褒姒大传

郑洁 著

中国出版集团公司
China Publishing Group Corp
華文出版社
SINO-CULTURE PRESS

图书在版编目（CIP）数据

烽火红颜 / 郑洁著 . -- 北京：华文出版社，2014.6
ISBN 978-7-5075-4182-3

I. ①烽… II. ①郑… III. ①长篇小说－中国－当代
IV . ① I247.5

中国版本图书馆 CIP 数据核字（2014）第 110364 号

烽火红颜

作　　者：郑　洁
责任编辑：胡慧华
特约编辑：张志君
出版发行：华文出版社
社　　址：北京市西城区广外大街 305 号 8 区 2 号楼
邮政编码：100055
网　　址：http://www.hwcbs.com.cn
电　　话：总 编 室 010-58336239　发 行 部 010-58336212 58336238
　　　　　责任编辑 010-63336197
经　　销：新华书店
印　　刷：三河市宏盛印务有限公司
开　　本：710 × 1000　1/16
印　　张：39.5
字　　数：728 千字
版　　次：2014 年 6 月第 1 版
印　　次：2017 年 3 月第 2 次印刷
标准书号：ISBN 978-7-5075-4182-3
定　　价：49.80 元

目　录

引子：妖孽

日上残破帘钩，照亮陈旧的几案、凳子，及上面轻薄的浮尘。风吹动褪色的帷幔，房顶蛛网瑟瑟乱颤。宫娥紫珠半蹲半跪在床前，被剥离般的腹痛撕扯着，脸色惨白，冷汗纷纷滚落，手死命地抓着被子，折断了玉葱般的指甲。她透过泪雾看到墙上灰拓拓的水渍，一只蟑螂伸着长臂。屋外空地上半人多深的蒿草，无人打理的树木，共同勾勒出凄凉颓败。

这是掖庭宫的一角，矮房的影子被附近的高楼压着。宫娥余红莲面如满月目蕴秋水，在门口走来走去。她身上绿绸宫装，饰以金丝连缀花边，将手中锦帕胡乱绞着，惶急、焦灼："稳婆磨蹭着不来，怎么办啊？"

风飒飒，窗帷荡起荒蛮、巨大的阴影，仿佛要覆盖今生、来世。忽听屋内传来一声惨叫，伴着一声响亮的婴啼。

"啊！生了。"余红莲急忙进屋，动作麻利地将婴儿洗了，剪脐带，结线，包好婴儿，见紫珠一身麻布裙襦，躺在草席上的一片暗影里，身上破褥面上冷汗，濡湿的头发贴于苍白面颊，虚弱、凌乱，像一吹即灭的余烬。

紫珠嘴唇哆嗦着，声若游丝："饿……饿……"

余红莲情急，扭头朝外喊："饭，快些端来！"

门口不见人影，唯有荒草搅动霞光。冷漠的世界瞬间退隐，所有的尘音渺若云烟，这就是穷苦人的命！余红莲倒吸着冷气，胸口如被钝刀划过。

一个葱黄丝绫裙襦的宫娥趾高气扬地进来，挑着黛眉，眸光冷寒犹如冰山：

"大王有令，处置妖孽，不得有误！"

"是！决不迟误。"余红莲曲身行礼，恭送黄衣宫娥迎着血色霞光离开，见一个素衣嬷嬷端着黑色陶碗慢腾腾走来……

燕子在浩渺天际飞掠，霞色轻淡浮云集，天光渐渐暗下来。

紫珠喝完稀饭，闭目良久，似乎有了精神，啜泣着睁开眼道：

"孩子……我的孩子……"

余红莲忙抱起婴儿给她看，声音嘶哑：“妹妹，这女娃好漂亮呢！只是，大王已……谕旨……处决。”目光极为暗淡，神情迟疑、悲悯。

紫珠粗重喘息着，上气不接下气，哆嗦着取了颈间淡紫色兽纹陶贝[①]吊坠，挂进女婴脖子，从枕边包袱里抓出一把金钗银环、玛瑙珠翠，艰难欠身，塞给余红莲：

“姐姐，救救这可怜的孩子吧！她不是妖孽，真的不是……”

她是妙龄女子，也喜香浓金猊，日暖高照，抱被慵起；也喜菱花铜镜，笑理云鬓静贴花黄，将一腔心事悄悄描画、盘结、收藏。可这世界，终不过是富贵者的堆金砌玉、花天酒地、欲望权势；贫贱者的衣食无着、低眉敛眼、愁苦无际。

听紫珠低声泣诉，直到暮色缓缓自窗口倾泻。余红莲情绪郁塞地抹泪，抱着婴儿走出破屋，绕过一道道宫墙和芳径，绿树鲜花映入目中尽是萧索。

她刚刚踏上罗城[②]南门的石阶，迎面来了两个侍卫，为首者剑指婴儿：“该死的妖孽！”

余红莲忙伸臂护着婴儿，面色冷寒：“不可鲁莽！在宫内伤了妖孽，引起血光之灾，姜王后怪罪下来，谁能担待？”

那人闻听收回剑势，冰冷目光射向宫墙外的浓黑天空：

“奉命处置妖孽，我等已候多时！”

余红莲双眸低转出慧黠，倩然一笑：“区区小事，何劳二位大驾？”掏出两枚指环，分别塞给二人，笑语妍妍：“前日之事，表示感谢，二位兄长且去喝茶消闲吧。”向着怀中婴儿，扬起寒光闪闪的鎏金青铜匕首：“处置妖孽，我一人足够！”

镶满鎏金铆钉的朱漆宫门巍然挺立，向夜幕昭示着它的高深莫测。为首侍卫悄然低头，见纯金指环在橘红灯影里熠熠生辉，笑意在脸上铺展开来：“如此，就有劳红莲姑娘了。”朝同伴一挥手：“走！”

两个侍卫喜滋滋地在芳径深处消失，余红莲暗自庆幸着，脚步轻捷地南出宫门进入林子，闻得林鸟惊飞，猿猴哀啼。她缩着脖子，一手抱着婴儿一手拨着林枝，顾不得荆棘刺肤蠓虫扑面，走得气喘吁吁汗水淋漓。听闻水声潺潺她方自转喜，突然僵在那里。脊背被冰冷的利器顶住，冷冽寒意漫向四肢百骸。阴测测的男人声音如同坟墓里的幽魂：“你，鬼鬼祟祟意欲何为？”

林间鹈鹕鸣怒，绿杨风疾。宫廷修炼的定力使她处变不惊，强自镇静：

“我鬼鬼祟祟？你袭击弱女子于夜晚林中，可算光明磊落？”

青铜宽背长刀闪着耀眼寒光，飞一般移向她左肩。一个身着白衣，白巾蒙面者转到她面前，眼睛像绿莹莹的鬼火。彼此对视，打量一遍，白衣人目凝狐疑：

“你，从宫里来？”

红莲不答，耳听猫头鹰哇呜一声叫得瘆人，她肩膀缩了缩。皓月升起，一天风露，杏花如雪。白衣人绿幽幽的目光激射着她："你慌慌张张抱着婴儿作甚？"

余红莲睫毛纷乱地眨动，依旧不答。

"说实话饶你不死！否则，哼哼……"他一声冷笑如阴风缭绕，令人毛骨悚然。林中冷风嗖嗖生寒，月色透过树缝，斑驳光辉照亮地上草如绿毯，一些小花点缀其间。

听他声音不像本地人，看他衣着打扮，余红莲不由大骇，脱口：

"你，犬戎[③]白狼[④]！"

白狼闻听手臂一动，红莲只觉肩头猛一冷痛，不由蹙眉哀呼。

白狼声音沧桑、冷硬："你竟敢蔑视我猃狁民族，真是该死！"

余红莲明白猃狁是以白狼为图腾的游猎民族，被外族称为犬戎，乃有污蔑之意。婴儿在胸前蠕动，触发心底柔软，她暗转双眸，曲身行礼：

"英雄，请恕奴家口不择言之罪。如今奴家要事在身，请英雄放过我吧！"

那白狼听到英雄二字果然高兴，收回青铜大刀，苍冷眸色变暖：

"放过你也不难，须得如实应答！"

"请英雄明示，奴家知无不言。"余红莲惴惴不安，盯着他的阴沉双目。

白狼面巾一耸，目中绿光莹闪："你一宫娥，抱着婴儿作甚？"

余红莲低着螓首道："这婴儿被我朝视为妖孽，我奉命处置于宫外。"

白狼面巾又是一耸，目射灼灼希冀："我有一表妹叫卓文菲儿，猃狁人，被周厉王姬胡掠进周宫，你可知道她的下落？"

余红莲道："犬戎女子被掠来甚多，因着种族歧视，大都隐藏身份，竭力融于汉人。奴家却从未听说卓文菲儿。"眸光暗转，嫣然含笑："待奴家完成任务回宫，着意给你打听打听。"

白狼怅然、失望，盯着婴儿，鬼斧神工般的阴谋家嘴脸裸露无遗：

"你大周祸害我猃狁人无数，既说这婴儿是妖孽，我便要留住她！"

红莲瑟瑟后退数步："英雄容禀，她真的是妖孽，会引发国难的！"

"你们说是妖孽，我偏要留住！"白狼冷笑着重复，青铜刀一横，欲行抢夺。

余红莲由婴儿掩护，从怀里掏出一物，劈面朝白狼一撒。白狼闻到气味愣住片刻，便晃悠悠倒下。余红莲抱着婴儿急走，回头冷笑道："好讨厌的戎贼！幸亏我带了防身之物。"

余红莲衣袂飘远时，白狼倏忽坐起，冷笑："哼哼，雕虫小技！"

月光飞掠林梢。风吹落几片树叶几瓣落花，在夜空下纷纷扬扬。

余红莲踏着斑驳月色来到与树林接壤的内城河边，见河水悠悠流淌，泛起粼粼银光，飘着草屑、树叶。她从树林里拿出早已准备好的竹筏、木盆，将婴儿严严实实包裹一遍放入，望着婴儿顺水漂流而去，合手默祷：请天帝保佑这苦命的孩子！

凄冷的月，昏暗的灯笼，花梢缺处，画楼人立。一群孩子在街口的梧桐树下边唱边跳：桑弓箭，箕布袋，大周灭亡的祸害……

青石街面，月色轻笼。一对布衣夫妇背着桑弓箭，抱着箕袋，被一群官兵追赶着。

如狼似虎的官兵在街上飞跑，无数双脚踏在青石板上，噪杂、纷乱。环眼浓眉的头领举着钢刀，喝令属下捉拿奸细。

布衣夫妇逃到街衢尽头，前面高墙后面追兵，被追兵团团包围。忽一道白光凌空飘来，绕着官兵画了个漂亮的圆弧。旋即，空中冒起血光，惨叫声此起彼伏。

布衣夫妇原将束手就擒，此时恐惧尽失，面露惊喜，看着白狼飘然落地，慌忙跪礼。白狼扬手命起，对地上横七竖八的官兵飞快地补刀。血溅向空中，惊颤了迷离月光。刀刃沥血，他低头擦拭。

眉心纹痕深深的男子再行拱手礼，左手抱住右手，寓意抑恶杨善：

“多谢乞颜阿爷救命！”

布衣女子头顶朝天髻，水眸映着濯濯月华，光彩流转，敛衽行礼：

“启禀乞颜阿爷，我夫妇不辱使命。”

白狼双目溢出笑意：“好！我看到大街小巷都有告示，正要制造‘妖孽降世、国将不复’的混乱。你们不要再买桑弓、箕袋了，危险。”从宽大的衣袍里抱出婴儿：“下一个任务，收养这女婴，教她琴棋书画及大周贵族礼仪。大周人说她是妖孽，我便要打造个真正的妖孽！”仰头，洋洋得意：“你们将改为褒姓，祖籍褒国[⑤]，继续享有猃狁王月俸。”

布衣夫妇惊喜不定的表情转化为顺从，齐声道：“但听阿爷吩咐！”

布衣女子接过婴儿的瞬间，见白狼从林中消失若一缕轻烟。她抱着熟睡的婴儿，轻触她玉一般的肌肤，借着月色看她眉眼，目中凝重转为欣喜：“这女娃粉琢玉雕一般，讨人喜欢……可惜……”转面男子：“夫君，褒国君主褒晌为禹帝后裔，今大周王朝梁柱。主人该是……”

男子望着一天云破碎，两树玉扶疏，神情怅然、愤慨：

“周天子把王族、功臣分封诸侯，分管各地，以便拱卫王室。那些强大的诸侯国，便不断地向我猃狁攻城略地，甚是可恼！”

注释：

① 陶贝：和铁贝，石贝、玉贝、铜贝，及布币、刀币、环钱和蚁鼻钱通行于民间，是西周

时除了金银之外通行的几种货币。

② 罗城：古代的内皇城，即宫城。

③ 犬戎：中国古代的一个民族，即猃狁，也称西戎，活动于今陕甘一带。

④ 白狼：被犬戎人尊为战神，犬戎是以白狼为图腾的民族

⑤ 褒国：大周王朝的附属诸侯国，褒姓侯爵，今汉中以北，包括汉台县、勉县、留坝县。

第一章　褒晌出征遭围困　杨氏褒府发救兵

一

公元前781年暮春，大周王朝的国都镐京[①]弱柳拂烟，繁花成阵中崛起万顷宫阙。

珠围翠绕的绮仙宫里，帷幔重重，金装壁画。周天子姬宫湦正和后宫玩捉迷藏的游戏。他胡乱捕捉，哈哈笑道：

“孤王今日捉住哪个，便要她当众喂我奶吃。”

姜德妃一身真红丝绫裙襦，额前一道金串流苏，两侧十二描花环簪，莲脸杏眼，无尽娇媚，一闪身躲在蟠龙柱边，笑道：“大王想吃奶？何不找奶妈去！”

姬宫湦应声捕捉，险些撞到殿柱，寺人[②]王进忙上前庇护，被他推开，笑道：

“孤王偏要吃嫔妃的奶，德妃，你可不要被孤王逮住。”

赵嫔一袭素锦芍药刺绣裙襦，一条水绿锦带系住如瀑长发，发上金丝璎珞，烂漫无瑕惊若天人，在红木几案旁朝姬宫湦摆手，嗤嗤笑着：“大王，嫔妾在这儿，等着你呢！”

嫔妃们东躲西藏，姬宫湦南捉北撞，嬉笑声撞破重重帷幕，自宫门飘出。

申侯在宫门跪着，狠狠磕头，额上血肉模糊，满脸的皱纹耸了又耸，长声禀道：“大王，泾、河、洛三川同震，岐山又崩，倾塌民舍无数。我大周百川沸腾，山冢崒崩，高岸为谷，深谷为陵，百姓水深火热。此乃天帝罚我大周！西有犬戎觊觎，东有夷寇作乱。褒晌带兵远征，数月不见捷报。褒家军一旦有失，我大周倾折梁柱啊！请大王敬畏文王功德，不要亵渎先祖，以大周社稷为念吧！否则，天帝就要收回他的大命了！”

王进有些紧张地朝宫门口望望，追着姬宫湦恳求：

“大王，申侯已在门口跪了半晌。”

姬宫湦愤怒地朝王进挥袖：“这都是王后的主意！孤王待见不待见谁，难道还要看旁人脸色？今儿偏要气气她！申伯老匹夫膝上功夫了得，那便让他跪着去！”

申侯继续在宫门口呼叫，他的叫声被一浪浪嬉笑声压了下去。

上古，大禹之子有褒氏善良睿智，勤劳勇敢，佐理治水有功，被分封诸侯、建立褒国。褒国北依秦岭，南屏巴山，古有鱼米之乡之誉。褒人分布汉水两岸，过着半农耕半渔猎生活。

褒侯府历经夏、商、周三朝，五百多年基业，富甲天下。府外昊空静远，一抹流云氤氲于丽日身际，如同鸳鸯的朝暮相依。府中阔庭大院，海棠花开得如火如荼。粉红的花瓣浴着阳光，润泽如玉。狂蜂浪蝶为争香夺艳打斗不休。

褒候夫人执行内务的紫云堂，鎏金朱漆大门熠熠闪亮。门外是阔大的广场，四周错落的园艺，幽径纵横交错，宛如阡陌交织。侍女褒姒发挽乌云杏眼桃腮，端着烘漆红木盘子，上放八宝纹陶瓷盖碗，姗姗走过绿荫小径。看到大少主褒洪道从岔道上走来，便欲躲避，却被拦住，她忙行跪礼，缓声道："奴婢褒姒，向大少主请安。"

褒洪道站在路旁一丛幽篁后，将她上下打量：

"昨儿本少主让你随侍，竟敢溜走？"

褒姒举盘在顶，细密的睫毛散乱地颤动，水眸低转：

"奴婢，奴婢急应夫人差遣。"

褒洪道拽起她来，捏住她下巴，冷冷逼视，声若闷雷：

"别拿母亲压我！你，洪德……"

褒姒猛地一颤，参汤撒了些，为维护身子平衡，脖子僵硬地扬着，忍痛忍泪：

"奴婢不敢。奴婢，还要去送参汤，请少主开恩放行。"

褒洪道面色微黑浓眉如刀，五官略嫌粗狂。正要说话，乍见林娴身影在树后一闪，忙甩开褒姒，大声斥道："你这婢子，再敢对本少主无礼，定然打死！"

褒姒手中木盘被甩出去，汤碗破碎，参汤撒了一地。她含泪望着地上的一片狼藉，大脑一片空白。夫人半晌必要喝参汤的，怠慢了夫人，可是不要命了！夫人处置过那么多下人，杖毙、凌迟、炮烙[3]，五马分尸，有些人死得实在不值！看看天色尚早，她决定回去重熬，刚一转身，便被一个巴掌甩到脸上，踉跄着后退数步，却见少夫人林娴指着她骂道：

"贱婢，好好的参汤，偏让你浪费了！不当家立事不知柴米贵。赶明儿你嫁个小厮，也整天这样顾头不顾尾的，还不让人给休了？"

褒姒听到"嫁个小厮"，难过极了，却也不哭，只捂着热辣辣的脸，跪地道：

"奴婢该死，奴婢再也不敢了！请少夫人宽恕。"

林娴娇媚的脸容被仇恨扭曲，踹了褒姒一脚，摇着团扇骂道：

"我瞧你一身狐媚子功夫，捧茶端水可是屈才了。何不让侯爷收了你？立时和我婆母成了姐妹。到了那时，我还得叫你一声小娘，拜你一拜。"

褒姒被踹倒，急忙爬起。她已到及笄之年，没有父母姐妹，也没人为她结发、行笄礼。泪在眼眶里乱转好久，硬生生被憋了回去，伏地磕头，嘶声哀求：

“少夫人行行好，别说了吧！奴婢，奴婢颜面扫地啊……”双肩耸动，喘得上气不接下气。

林娴满脸不可思议的冷笑：“哎哟哟，你这样的贱婢，还有颜面？啧啧啧！”嘴角挑起深浓的讥诮：“你若还有些颜面，就该安分做人，别整天琢磨些有的没的，生生折了福寿……”

林娴又说了什么，褒姒喘得听不清楚，忍到林娴离开，早已泪眼模糊。啜泣着往回走，悲叹自己任人踩踏、宰割的命运。回到伙房，恰是小丫头云儿正给少夫人熬参汤，便添了些水，煮成两碗，一人一碗各奉其主。

二

褒姒急忙赶回紫云堂，却见两位少主匆匆走进朱漆大门。她低头跟至正厅，神情畏怯地一旁站立。

宽阔的正厅，垂花门前的紫琉璃珠帘潋滟流光。镂花窗前的紫锦帷幔被鎏金八宝钩挽起，钩上垂着做工精致的荷包，荷包上琉璃珠流苏。一屋明暗交错的光影由里到外，辉映出双凤浮面雕透地平宝座，十二单扇仕女围屏，花梨木六方几案，双心面的芙蓉插屏。厅正中悬挂着周天子御赐的匾额，上面是篆书“视远惟明④”四字。

褒侯夫人杨子叶高坐于六方几案前，两旁摆着青铜仙鹤衔芝香炉，丝丝缕缕地飘起香雾，衬得她像受着供奉的女娲娘娘。她推开褐陶茶盅，拿起褒府十锦绣雄狮葛麻令旗，语声沉沉，如春雷隐隐初惊蛰：

“道儿德儿，你父亲奉旨征讨淮夷⑤，被困于银月城⑥外，内缺粮草外无救兵，此乃朝中权奸作梗。洪道，你从亲兵、护卫、门客中选拔三千名高手，前去解围。”

“遵命！”褒洪道跪接令旗，转身就走，偏头扫向褒姒，目光有些粘稠。阳光穿透雕花窗，在他身上洒下斑驳光影。

厅中静得像碧落上的潭底，光影如潭水轻曳摇荡。褒姒一遇大少主目光就吓得缩紧双肩，偷偷看了夫人一眼，见她墨绿丝绫绣牡丹襦，胸前一个手工精致的荷包，珊瑚珠流苏长长地坠着。白锦高腰百褶裙，裙裾上大片大片的金织牡丹花簇。

杨子叶紧蹙的眉心隐藏着激烈情绪，握着令旗的手微微发抖：

“泾、河、洛三川同震。大王颁旨昭告天下，号令军民人等抗震救灾。德儿，我命你带稻米八万，白银二十万，率护卫三百，前往镐京听命天子，不得有误。”

褒洪德双手撩起白色锦袍，慢慢跪下，惯常的洒脱、闲适淡去，满脸阴云地接过令旗，蹭到母亲身边，挽住她胳膊撒娇：“母亲，孩儿不想听旨，孩儿不喜欢沽名钓誉，趋炎附势。”

杨子叶摇头轻叹，把宠溺目光投向儿子，见他盯着褒姒看，一抹不悦之色沉落眼底，婉然一笑，轻声叫道：“德儿……”她接连喊了好几声，褒洪德才如梦初醒，转面，眼里细碎的柔情缓缓淡去，烦愁乍现，闷声道：

“母亲，孩儿就不想沽名钓誉。”

一缕柔亮光纤，为杨子叶的面容涂上些温婉色彩。她按下复杂情绪，拉儿子在身边坐了，笑抚他背道：“德儿，皇天无亲，唯德是辅。天命无常，唯德是与。你不能呆在家里做井底之蛙，要做鸿鹄，搏空万里；莫做燕雀，留恋檐枝。”

似有无限的为难、委屈缠上心来，褒洪德神情黯然：“可是，孩儿从未远离过母亲……”说是留恋母亲，他痴缠的目光却盯着褒姒，仔细打量她的麻布紫襦，简单云髻，除了头上的玉凤钗，浑身上下并无他饰，已炫目得让人不敢逼视。他觉得唯此最美，任何华贵的衣饰、脂粉都为累赘。

窗前一脉阳光，映着褒姒欺雪凌脂的容色，神情却是卑微之极，微瞥褒洪德一眼，急忙收拢慌乱的心神。

杨子叶看在眼里，愠怒之色转瞬即逝，耐着性子道。“德儿，昔日武王拜访箕子，寻求治国常理。箕子告之：鲧治理洪水，将五行的排列扰乱，天帝大怒，没将治国的九种大法与他。治国安邦的常理受到破坏，鲧在流放中死去。禹子承父业，天帝将九法与他，治国安邦的常理便确立起来……”

褒洪德最喜欢说道先祖之事，来了兴趣，忙坐直道：“天帝给祖先九种大法，一五行，二五事，三八种政务，四五种记时方法，五建立最高法则，六用三德治理臣民，七明智地以卜筮排除疑惑，八细研各种征兆，九用五福劝勉臣民、用六极惩戒罪恶。”转着眼珠笑道：“说白了，箕子所言的最高法则，就是父母法则。天子只有成为臣民的父母，才能成为天下的君主。人人都是父母生养，故要服从、尊敬、孝顺父母，不要违逆父母，犯上作乱。”

杨子叶轻轻拍着儿子，眸含温柔笑意：“我的儿，你可想成为你父亲那样的军中主帅？可想效仿褒国先祖、圣主？”

褒洪德身子一挺，满目强烈的渴望，情绪激动：“想，当然想了！”

杨子叶笑容淡薄，如幽径旁缥缈的花雾：“德儿，那你可知何为圣主？《尚书·无逸》篇中，周公说，君子在位为政，切莫自图安逸。要了解种田耕作的艰难，便知民众的隐痛。”稍顿，接道：“看看那些民间的百姓，父母辛勤种田，儿子却不知道耕种艰难，贪图安逸享受，恣肆强横，甚至轻侮父母说：他们是往昔过来的老人，没有见闻和学识。”

褒洪德有些不好意思地笑了：

“母亲，孩儿不才，但不敢轻侮父母，说父母没学识。”

杨子叶端然道：“既然如此，那你就带队出去看看。了解百姓的艰难，就不会贪图安逸；苦身劳形，将来才有出息。若非你兄长急赴淮夷，去京城自然轮不到你。如今国难当头，百姓难于安定。民怨不在于大，也不在于小，要使不顺从的顺从，不努力的努力。你此去镐京，职责是宽大待下，辅佐王家确定天命，要尽心尽力，不要苟安贪逸。你也无须顾虑重重，到镐京求见司徒⑦郑伯友，一切自有他妥善安排。”接着低语呢喃，循循善诱了许多，无非是灌输些忠君爱国之类，及此去镐京听旨的远大意义。

褒姒探探汤碗温度正好，便瞅空端与夫人：“夫人，请用参汤。”

褒洪德见褒姒走近，探身朝前扯她衣袖，有心逗她一逗：

“姒儿，你的裙带……”

褒姒被拽参汤溅出，她也不顾，以为裙带散了，一摸还好好的系着，便红了脸。瞥见二少主的麦色皮肤明朗双目，温暖之色可以融化三九寒冰，又被夫人刀锋般的目光惊得一抖。参汤再次撒到脚下，将大红撒金花地毯洇湿了一大片。

杨子叶慢舒广袖，十锦绣牡丹的袖口闪起柔润的光泽，夺过参汤往漱盂里一倒，挥手掴了褒姒两个巴掌，不温不火的声音，像是在纠正举手之错：

“这汤撒完了，我还怎么喝？”

“奴婢该死，奴婢该死！”褒姒嘴唇苍白，磕头求饶，面颊鲜红滚烫，起了清晰的指印，。

“起来吧。”杨子叶淡然一笑，以锦帕擦手，又低头在百褶牡丹裙上掸了掸。

三

栏杆卧影东厢日。

玉炉烟浓香罗浥。

日光透过雕花窗，照亮褒侯夫人满脸的傲岸。她眸光如剑，射向惶然起立的褒姒：“快请林娴来此议事，速去速回。”

褒姒低头垂眸道：“奴婢遵命。”艳如花瓣的唇蠕动一下，慢慢退出，一直走到大门前的青石道上，才抚着胸部长吁口气，又摸摸滚烫的脸，抽动着双肩擦去泪水。

回头见褒洪德蹦跳着追了出来，俊朗面容在霞光里熠熠生辉。

褒洪德潇洒敏捷地跨过雕栏，伸臂拦在她面前，深深的关切、怜爱，隐现于眉梢、唇角："姒儿，别和我母亲计较，女人有了年纪，就益发不可理喻起来。"双目灼灼，带着勾魂摄魄的力量："等我去镐京听旨回来，咱们去山上摘桃子。"

浓艳的杏花已谢，拂墙的燕支花[8]染亮了春光。褒姒不住地啜泣，心湖泛起波澜，抬眸望他，低头一揖，声若莺啼："祝二少主马到成功。"

她缓缓抬头，见雕栏旁一片璀璨霞光如同盛会灯火。

褒洪德温润目光被心底柔情燃亮，带着沉溺众生的温柔，拉住她手：

"姒儿，别哭了。"

冷硬现实，身份天壤难接，破碎的伤感密密麻麻缠绕于褒姒心头。她不想哭，泪水却不争气地流，惶然回顾，见夫人已追到大门口，蛇信子般的目光，隔着灼烈的光影紧迫着她。

杨子叶满目冷寒，厉声斥骂："贱婢，狐媚子！"

褒姒的头轰然一炸，急挣脱褒洪德，想说什么，却心绪纷乱，语无伦次，一阵风似地跑开，素白布裙荡起一片轻云。纤细的足，在裙下时隐时现。

褒洪德凝神望着褒姒窈窕背影，于一丛火红的美人蕉旁消失，笑意在唇角铺展开来："姒儿，等我回来！"

杨子叶缓缓走来，指着儿子，笑微微道：

"我的德儿已经大了，需注意体统了，主子和下人身份有别。"

褒洪德怨恨的目光迎上母亲，满面不羁、桀骜：

"什么体统，什么下人上人？依我看，褒姒最是凤中凤，人上人。"

"奴才！真不成器，反了你了！"杨子叶再也无法维持优雅，失控地向儿子挥去巴掌。

鹧鸪立花树，断鸿声远长天暮，灼烈的阳光倾覆着褒府。

褒姒转过几树桃李，风吹得热烫的面颊徐徐降温，来到怡芳轩，见白石栏杆，琢玉雕花，沐着艳阳金光灿灿；高楼朱阁，假山湖水，云影溶溶。回廊处琪花瑶草，四时不凋香馥。

大门前几丛翠竹，竹子高过屋檐，旁边的美人蕉火一般燃烧，燕支花十分鲜亮。

褒姒踩着红毯走上象牙色石阶，见阳光肆意流淌于朱漆大门。精致的廊坊，奢华的殿堂，无一不显出主人的宠荣。石阶上站着两个梳着双鬟望仙髻的丫头，被阳光照得满面生霞，乌发油亮，望着风的洒脱云的自如羡慕不已。

其中一个丫头生得娇花软玉一般，撒金花裙襦，银丝翠罗绣履，发髻间金簪金带。略略丰满的面庞，薄施脂粉，颇有富家闺秀的味道。褒姒向她行礼，急请少夫人。她不搭理，看看褒姒脸上的指印嗤地一笑，又盯着门楣上的一抹阳光，神情傲然。褒姒要往里去，她便强硬阻拦，眸现逼人冷厉："钻沙的小娼妇，这是你家堂屋门吗？被鬼撵了？抢着去投胎啊？"

挨打受骂都是家常便饭，褒姒不理，挣着往里走，林珠偏是不放。两人争来争去，褒姒满身是汗，以帕擦拭，抑着焦灼恳求：

"林珠姐姐别闹了吧！夫人请少夫人议事。"

林珠这才放开褒姒，冷笑着转过面去，抱臂站立。褒姒急往里走，却被小丫头云儿拽住。

褒姒急眉睖眼道："你也顺杆子爬了？"

云儿面色微黑，橘红色麻葛衫，白棉布刺绣裙，衣饰比之林珠，颇有悬殊，满面关切道："姒姐姐，少夫人如今不在房里。"

褒姒的头一下子懵了，揉揉鬓角，强自镇静，轻牵云儿手，细声问道：

"你就告诉我，少夫人哪里去了？"

云儿微微探身，细长眼在光影里眯着："少夫人今早脾气好大，摔了镜子呢！说是想自个儿转转。我见她出了游廊朝屋后走，想是往后花园去了。"

林珠一个响栗敲得云儿呲牙咧嘴，转着眸子，厉声斥骂：

"小娼妇，啥时候下雨不撑伞，淋（临）到你了！"

云儿吓得躲边上去了。林珠便拽住褒姒狠命地拖，一直拖到院里合欢树下，促狭地笑着："早听说褒姒妹妹曲儿唱得好，琴弹得精，难得今儿来了，快进屋弹一曲吧，好让我见识见识！我家小姐的古琴整日闲着呢，就让它出来见见光吧！"

褒姒知道，她和云儿都是错生在这片奢华锦绣中的贱草，可以随意把玩，可以掐折拽断。她心急火燎挣脱不得，再也撑不住了，泪汪汪地祈求：

"林珠姐姐，好姐姐，快别这样了！夫人十万火急呢！别再为我挣板子了。"

"哎哟哟，一听到夫人我腿都软了。哪来那么多十万火急啊？"林珠嘲讽着，拖了她这会子便有成就感，忽眼珠转了几转，笑着松了手："好了，逗你玩呢！这会儿玩够了，我陪你去找我家小姐吧。"

"多谢姐姐了！"褒姒说着拉住林珠，一阵风似地走下台阶。

林珠微窥褒姒惶急神色，暗自发笑，看看挂在柳梢的太阳道：

"难得这么好的天儿，花开了，柳绿了，我家小姐也不知去哪儿赏景了。"

褒姒扭头，看到林珠脸上细细的绒毛，急切应道：

"林珠姐姐，快带我去找找吧！"

四

林珠嘴上应着，一路穿水渡柳，和褒姒东拉西扯说着闲话，沿着青石甬道，朝东南方向走，很快走过了几条广巷数座大殿。褒姒忽想起云儿说的后花园，本是西北方向，倏然一惊，便在一棵银杏树下站住，故作强硬地告诫林珠：

“夫人请少夫人议事，片刻不教耽误！怕是府里出了大事。若是夫人责怪传禀不力，只怕受罚的不光是我！姐姐本是少夫人的身边人，需仔细掂量着了！”

林珠闻听眉毛一拧，美颜覆了寒霜，一手叉腰一手指褒姒：

“你这话什么意思？恐吓我？”

褒姒心里火急，也没了平日温软：

“什么意思姐姐心里明白，只别耽误大事就好！”

“嗬！”林珠瞪起乌黑的眸子，挑衅、轻蔑：“我耽误了？难道我们这些主子身边的下人，各个都得做主子肚里的蛔虫才好？难道夫人要去哪儿，还要先向你禀报？”

林珠的话暗含讥嘲，笑褒姒没有自尊、行事不妥。褒姒从来最怕口舌，不屑斗嘴。即便要斗要搅，也斗不过搅不过，因此常是忍气吞声，合手求饶：“求求姐姐别吵了，传禀之事十万火急！咱俩去后花园看看吧，少夫人或是赏花去了。”

“眼睛擦亮些吧！没看见我这儿比你还急？”林珠说着急，却绕着溪桥流水徐徐前行，一路假山奇巧，林木成荫，花柳成阵，她且行且赏。褒姒走得飞快，无心看杜鹃含露，海棠醉日，黄鹂鸣柳。将林珠落下很远，便又折回来，千求万求，林珠才肯跟上。青石甬道撒满阳光，投出两个女子的窈窕剪影。

水天空阔，鸥鹭塘上留醉眼，细看涛生云灭。料想夜晚商楼，应是孤月。

林珠走到接近后花园的一棵海棠花树下，眼波流转，猛地拽住褒姒，尖叫着蹲下：“哎呀！崴住脚了，痛死了！”

褒姒弯腰搀住她，神情狐疑，甚是急切：“要不，姐姐先在这儿歇着？”阳光透入她的麻布紫襦，夹着心火，灼热的气息排山倒海而来。

“你这小娼妇，见死不救哎？”林珠又一声尖叫，见褒姒要走，忙拽住她道：“扶住我，我忍忍，舍命陪君子嘛。”抚着右脚脚踝处，满脸委屈，拽住褒姒，蹙眉站起。

褒姒只好搀着一瘸一拐的林珠，走得甚慢。不时有婢女仆僮往返，见了林娴俱都行礼。

林珠边走边想着心事，朝嗡嗡低飞的苍蝇挥去水袖，面色莫测道：“你在褒府这么久，算是个识趣的。你自诩知书达理，可知《尚书·洪范》篇中，天帝赐予禹帝的九法是什么？”

褒姒谦逊作答，林珠又道：“九法中的第二法，讲的又是什么？”

褒姒边走边道：“第二法有五条，即态度、言论、观察、听闻、思考。态度要恭敬．言论要正当，观察要明白，听闻要聪敏，思考要通达。态度恭敬臣民就严肃，言论正当天下就大治，观察明白就不受蒙蔽，听闻聪敏就能判断正确，思考通达就能成为圣人。”

走至花坛，林珠随手采花，撕碎扔了道：“你既知这五条，我便不多说。五法中的态度、言论，你要记清了。褒府乃褒国首府，最是讲究规矩。少夫人乃是王亲贵胄，身价仅次于大周郡主。以后大少主继位，少夫人便是褒侯夫人。你若得她赏识，便会在褒府如鱼得水。”

走得久了，她脸上红晕浓重，浓密睫毛下水眸灿亮，眼底水光掺杂着一抹迷幻色彩。

褒姒应着明白，心里却不甚分明，扭头看煌煌霞光，将林珠的眸子映得水亮。想她这种出身于仕宦之家的丫头，见多识广，八面玲珑，今日讲出此话，概为警示，或为拉拢。

拉拢她一个丫头？

她已用三年时间明细褒府规则，任何事都不似表象那般简单，内里的错综都千丝万缕。她想起所见所闻种种，低头缩肩道：“感谢姐姐赐教，褒姒明白。做人忠厚为本仁善为源，褒姒从来小心谨慎，不敢有半步差池。褒姒是个下人，只想做好本分，并不敢有何奢望。”

她知道，若非杨子叶足够强势，林娴在褒府完全能手眼通天翻云覆雨。一条大龙仇视她一尾小鱼，并非全因大少主，也有敌对夫人的成分。她祈愿神仙打架，百姓不要遭殃。若能在褒府混到褒侯千秋大少主继位，别说什么如鱼得水，不被开膛破肚就是万福！

她又想起一尾被开膛破肚的鱼，痛感绵长。

林珠微启丹唇，扁贝般的皓齿细细密密，撇出一抹足够高贵的笑容：

“你明白便好！常言道，人往高处走，水往低处流。似你这般玲珑剔透，屈居人下岂不可惜？你只要做得好，便会有飞上枝头变凤凰的契机。”

褒姒明晰林珠的宛转心思，便道：

“姐姐说笑了。褒姒一心伺候好主子，别无所求。”

“说笑？就算大家都是瞎子，我可不是！还有夫人，少夫人，大小姐，各个都是人精。”林珠耸着鼻子，不住地用眼剜着褒姒。

月洞门花园，白玉栏杆，紫藤蔓延，古树参天。缤纷鲜花若隐若现，清风送来袭人花香。林珠走到门前，忽然推开褒姒，笑意自嘴角铺展：

“哎，我脚好了，咱俩分头找吧。”

褒姒稍愣，点头，见花径旁的一片耀眼阳光里，林珠走得飞快，回望她的神情有些诡异。

注释：

① 镐京：大周王朝的首都，今西安。

② 寺人：西周称太监为寺人，泛指像寺庙里的僧侣一样孤苦、清心寡欲的人。

③ 炮烙：商周时苏妲己所创酷刑，用铜做成空心的柱子，把犯人脱光衣服绑在柱子上，再把烧红的炭火放进铜柱子……

④ 视远惟明：能看到远处，才是视觉锐利。取自《尚书》，视远惟明，听德惟聪。《尚书》始于夏商，中国古代最早的一部历史文献汇编。汉代以后，《尚书》成为儒家的重要经典之一，又叫《书经》。

⑤ 淮夷：商周时期生活在我国东部淮河流域一带的少数民族，也称东夷，后和百越人形成苗族。

⑥ 银月城：淮夷帝都。

⑦ 司徒：管理土地、户籍的官吏，相当于后来的户部尚书。

⑧ 燕支花：一种可做胭脂的花。

第二章　荒郊陨命因贪财　贼喊捉贼为掩私

一

菰叶长，水荭开，假山之畔松竹苍翠。湖水澄碧，春波涨绿，鸥鹭轻飞。

褒姒走过几条花径，向右一拐，见一排浓荫翳日的高大林木，树上群鸟高声欢唱。姹紫嫣红开遍，粉蝶双双翩跹。

藤萝不时挂到裙裾，褒姒提裙走着，绕假山穿芳径，汗水淋漓地寻来找去，却不见少夫人踪影，也不知林珠去了哪里。她纳闷寻思着，不觉走到院墙边上，见刺玫开了满墙的花，喧嚣了一片天地，减了人的片刻浮躁。忽闻树林深处似有呢哝人声，时大时小，似诉密约沉沉，离情杳杳；似怨春色将阑，莺声渐老。

褒姒顿生好奇，悄悄向林深处走了三十几步，分开葱翁的林枝一看，立时呆住。

一身青竹色衣衫的男子，和少夫人在一棵合欢树下紧紧拥着，头顶那片英英艳艳的合欢花，更是衬托了鸳鸯图的绝妙。

褒姒吓得将帕子捂住嘴，堵住即将发出的惊叫，仓惶避开林娴的惊鸿一瞥，急向大树后退，看着眼前斑驳纷纭的树影，心里是悠长的恐惧、空洞、无底。定神片刻，才搓着手，悄悄走出林子，一想起夫人的苛责，不由得冷汗淋漓，湿了紫襦。

浩渺长空，天际征鸿，一缕孤烟细。褒姒盯着地面发呆，刺目的阳光，倏忽映出一个人影。她唬得跳脚，目光颤抖着上移，入目的是一袭红绫裙，上面是十锦绣百蝶穿花图案。上襦同色红绫，领口是绛红百花刺绣图纹镶绲，包裹着一截细腻脖颈。

接着，她看到了少夫人林娴秀美的脸，精致的五官。墨为瞳、粉为颊、唇为脂。一双深若幽谷的眸子，眼底氤氲着终年不散的花雾。

林娴卓然而立，身姿高挑仪态不凡，头上扇形高髻，插着三支点翠嵌珊瑚珠金雀步摇，流苏乱闪。左手一只燕支花，右手团扇，目光幽幽盯着褒姒。

褒姒醒过神来，急忙跪礼："拜见少夫人。夫人有请少夫人。"

林娴以玉葱般的手拢拢鬓发，弯腰逼近褒姒，幽深的眸子，挑起厉色的狐疑："你，什么时候来的？"

褒姒局促不安地捏紧裙幅，头上玉凤钗的玉石坠子浮荡不已：

"启禀少夫人，夫人请您议事。奴婢方才找到这儿。"

林娴扔了燕支花，捏住褒姒略微丰润的下巴，眸光冷凛逼人，挟着压迫的力道：

"方才来的？"

指甲掐入肌肤刺痛尖锐，褒姒咬牙忍着："奴婢不敢隐瞒。"

"不敢隐瞒？"林娴仰着下巴，咯咯冷笑："你们这些贱婢，各个狗胆包天，鬼心眼一大堆，有什么不敢！我最不待见人多嘴多舌，胆敢搬弄口舌，我便要了她的贱命！"

林娴骂完松了手，褒姒不敢思量委屈，敛衽道："夫人有请，少夫人移步吧。"

林娴沉吟片刻，瞪了她一眼，转身就走。褒姒紧跟着，被她的影子压得喘不过气来。冰池晴绿还照空，香径落红吹已远，连天芳草花黯淡。一切只有承受，因为祈盼明天。

花园的月洞门上爬着花蔓，当值的妇人慌忙拜见林娴。她一袭布衣，脸上无肉，低转的双目，闪烁着一丝若隐若现的狡黠。林娴伸臂道：

"不用行礼，快带我去方便方便。"

那妇人不敢怠慢，带着林娴来到花园西角门的茅房。林娴停步回望，见褒姒被树影遮住，示意妇人近前，取了腕上冰花紫玉嵌金丝镯子给她，目光闪闪若有深意，声音娇慵："知道太多的人，便是祸害。"又附耳低语几句。

那妇人也不推让，接了镯子，急出花园西门。林娴站在茅房旁，看着蔼菜花繁蝴蝶乱，一蹊柳烟万丝垂。阳光筛落的树影纷繁变幻，如同莫测的人生结局。约莫一盏茶功夫褒姒来寻，她一闪身进了茅房。褒姒焦急地站在茅房外，将一方罗帕绞得七荤八素，看几只苍蝇在门口乱撞。片刻，林娴系着腰间丝绦慢悠悠出来，看到褒姒便冷颜斥道："鬼附身了！上个茅房也被催。"

褒姒吓得一颤，急忙敛衽，弱声道："少夫人恕罪，奴婢不敢。"

二

褒姒随着林娴进入紫云堂，头深深低着，感觉空气粘稠、凝重，听檐漏声声滴断人肠。又悄悄抬眼，见画堂侧，匾额旁，护卫大统领常林脸色铁青肌肉绷紧，眼睛骄傲地向上翻着，像是不把任何人放在眼里。杨子叶一贯的不拘言笑不动声色，语声平静，阴沉地笑着："褒姒，若是让你传命捉贼，这会子贼也跑了。若是让你传命救火，这会子火烧屋梁了。"

"奴婢，夫人，宽恕奴婢……"褒姒语无伦次，看到夫人的阴笑她腿都软了，急忙跪地，脊背麻酥酥的淌着冷汗。

“丫头褒姒，无视礼仪，屡犯规矩，连传禀小事都无法支应。来人，拉出去杖责八十，以儆效尤。” 杨子叶面色平静，如同战场上的主帅指挥若定，低缓的声音在空中回荡。

杖责八十无异于死刑。褒姒惊恐不堪，匍匐向林娴，嘶声哭求：

“少夫人，救命啊……”

林娴扬着下巴，食指缠着丝绦，将腰间红珊瑚流苏玉佩搅得乱转，似笑非笑地望着厅中红柱，红柱上刻以兽马金环，饰以珍珠、玛瑙。

杨子叶一拍宝座扶手：“来人，将褒姒拉出去杖责。”

护卫们应声而入，褒姒哭着，不住地朝林娴磕头，拽住她裙裾哀求：

“少夫人救命啊……”

林娴轻轻一笑，云月初霁，向杨子叶合手躬身：“母亲且慢。”示意护卫们退出，眸含笑意看着婆母，微启檀口，声音娇慵，意味深长：“母亲大人，褒姒虽然犯错，但不可杖责。”

褒姒惊呆了，又朝杨子叶磕头：

“夫人，看在奴婢多年伺候的份上，饶恕奴婢啊。”

“大胆刁奴，不许狡辩。林娴，你且讲来。”杨子叶眼睛微眯，疑惑目光直射儿媳。

林娴脸上一抹轻淡笑容，口齿十分伶俐：“才刚，我在路上，看到一个陌生男子从身边走过，往后花园西角门方向，一眨眼就不见了。然后，褒姒就告诉我她内急，追着那人去了，让我等了好长时间……”

“不，夫人！这是没影的事……”褒姒带着颤音辩解，被杨子叶喝止。她目光如剑，隔着空气迫人窒息：“我们堂堂褒侯府，有多少仇家盯着？岂容人随便来去！”

夫人和少夫人的目光纵横交错，压得褒姒直不起身子，组不成句子：

“夫人……褒姒……没有……真的没有……”

林娴敛了笑容道：“我当时反应不及，请母亲宽恕。想褒姒是您贴身侍婢，决不会干出丧失颜面之事。接着又想，万一有什么鬼魅魍魉，威胁到母亲千金之躯，威胁到褒侯府……”林娴说着跪地：“请母亲恕罪，我已命捕捉那人。此事必要查清！我们褒府明镜高悬，从不冤枉好人。母亲你清如水明如镜，就像转世的女娲娘娘。不能让侍婢蒙冤，不能授人以柄。”

“好！”褒侯夫人欣然赞同，犀利目光盯着褒姒，面色僵冷，略有快意。

林娴将一个嵌金丝白玉镯递给婆母，指着褒姒道：“她给我这镯子，哭求我替她遮掩，我也曾心软，可又想母亲和褒府安危是何等重要之事，岂敢废公徇私……”

褒姒大哭喊冤，被杨子叶喝止，将玉镯递给站在身后的侍婢褒宝。褒宝细看，又和自己腕上的玉镯作比，挑眉，声音有些发抖：

“果然是前不久夫人赏赐的，我和褒姒一人一个。”

三

杨子叶薄唇蠕动着，面色阴冷，如箭目光，只要射透褒姒。褒姒瘫软在地，不知丢失的镯子为何在少夫人手上，抽泣着哆嗦着，哭得梨花一枝春带雨，又狠狠磕头，喘得上气不接下气：“夫人，奴婢冤枉啊！奴婢自幼失去父母，难忘夫人收容之恩，视若再造。自进府以来忠心耿耿，恪守本分，不曾与任何陌生人交接，请夫人彻查！”

“褒姒，你还真会巧言令色。”林娴指着褒姒，眼睛笑着，嘴角皮肉不动，转面，对着门口击掌三声。几个护卫押着一个头发凌乱嘴角带血的年轻男子进来。男子被五花大绑，神色惊恐，噗通跪在地上，对着褒姒哭道：“都是你害了我！悔不该被你美色迷惑，不顾妻儿老小，只一心拿银子讨你欢心……”

“不，不……我不认识你！”褒姒哭喊着，凄凉的申辩响彻大殿。

“狂徒！”褒侯夫人啪地一拍花梨木几案：“你家住哪里来此何事，从实讲来！若有半句隐瞒，定杀不饶！”

那人二十多岁，眉目间距有些狭窄，眉心长着颗朱砂痣，却不嫌贵气只嫌晦气。在地上磕头如捣蒜，嗓子哑得像塞了破絮：“小人家住秦岭山中，与褒姒早就倾心。只恨有情人难成眷属，无奈另娶。此次受约入府，只图私会褒姒，决非对褒府图谋不轨，请夫人饶命！”

杨子叶指着他，蹙眉冷笑：“万恶淫为首，周厉王律法早行，通奸乃是死罪。我褒帅府岂能任你自由来去！”

褒姒抖成风中乱絮，如同骤然被推进万丈冰窟，声音凄哀沙哑：

“夫人，奴婢冤枉！奴婢不认识他，请夫人明察啊……”

林娴在暗影里转着眼珠，微笑着朝婆母敛衽：

“母亲，褒姒口口声声喊冤，哭得人心怪酸的。她跟您这些年，没有功劳也有苦劳。请母亲查清此事，不可使她含冤抱屈。”

“嗯。”杨子叶板着脸缓缓点头，困顿不堪地闭目，双手交叉搓了搓，揉揉鬓角。

林娴满脸的肃穆，款款移了莲步，质问那萎成烂泥的男人：

“你说早与褒姒两情相悦，以我看是空口无凭存心诬陷！褒姒乃是夫人的侍婢，诬陷她乃是栽赃夫人。若不拿出物证，你今天休想走出褒府！”

接近中午，室内的光纤十分明亮。柳袅烟斜，风花香软，蝉鸣骄杨。那人眼神暗淡，不住发抖，哑声哭道：“若说物证，真实难煞小人了。褒姒心细如发，但恐事情败露，岂会以物品相赠？”想了片刻，忽抬起头道：

“不过，小人却知道，褒姒脖子里有一个兽纹陶贝吊坠，说是打小就带着的。”

满屋人睁大眼睛看着褒姒。褒姒虚脱般跌下去，满脸的悲愤、绝望、伤痛、怨恨。

林娴用淡然面色粉饰诡异，一步步走近褒姒：“丫头，你可有此物？”

褒姒一手撑地，支起虚弱，一手捂住脖子，身子向后仰着：“这……这……”

她穿得比较保守，不像一般人敞着脖子。这粗麻紫衫是她特意定做，领口袖口用褐绿二色的彩条纹锦镶绲，与腰间绅带同色。

杨子叶面色凝霜，目光闪射出逼人寒气，挺背扬声：

“林娴，你与我仔细查看！”

林娴扒开褒姒衣领，眸光顿时生辉：

“哎啊，真有个陶贝吊坠儿，淡紫色的，挺好看呢。”

杨子叶攥紧手中帕子，紧张注视，内心隐隐希冀，又隐隐否定，情愫复杂。

林娴盯着褒姒，丹唇挑起不易觉察的笑意，话声很轻，像窗棂上流淌的风烟：

“我们堂堂褒侯府，公正廉明。婆母仁智，断不会冤枉一个好人，你自己解下来吧。”

褒姒神情凄惨、萎靡、绝望，哀声哭道：“不！夫人，我冤枉，冤枉……”双手颤抖捂住脖子，被悲伤、恐惧的浪潮一波波吞噬。

林娴揪住褒姒衣领，强行拽了那兽纹陶贝吊坠，递给婆母，抑着笑意满面端肃：

“此等饰物，寻常人难得注意，请母亲大人定夺。”

杨子叶千思万绪纠结，终凝成对褒府权杖的维护，面色冷凛，猛一挥手：

“来人，将这两个无耻之徒押下去，听候处置。”

带刀护卫破门而入，褒姒和那人大哭着呼喊饶命。

忽一道银光来自左窗，穿透帷幔，带着劲风，飞舞着射向那人脖子。

护卫统领常林正骄傲地向上翻着眼皮，目光锐利，以惊人的敏捷击落了暗器，收剑入鞘，弯腰拾起，原是一颗五星钢镖。

第三章　褒洪德秦岭遭劫　褒小姐夜半突至

一

褒侯夫人偏首望向左窗，繁复的雕花叠彩迷金，细细的金粉填在艳色朱漆上，炫得她眼花缭乱。

窗外那棵百年梧桐树上，一个黑色影子一纵而逝。

五星钢镖在常林手里擎着，向空放射出凛凛寒气。

太阳透窗，向屋里撒下灿灿金辉。几个护卫蜂拥出门，稍倾进来禀告：

“启禀夫人，不见刺客踪影！”

“这还了得？他不是鬼？也不会变成蠓虫飞了。搜！常林，严密盘查。”杨子叶声音冷硬，见护卫们鱼贯而出，暗藏了一抹忧惧神色。大周重臣及诸侯国的相互倾轧、打击，夷、狄等外族的觊觎种种，风一般飞掠心头。她捏紧几案上褐陶茶钟，鼻尖微微冒汗，如坠冰渊般的冷寒。

常林向褒侯夫人附耳，低声道：“奴才认为，此刻或是府中内鬼。”

杨子叶瞳孔骤然缩紧，面色苍白道：“彻底清查！”

林娴幽眸悄转，向婆母一福：“母亲大人，有人要他死，我们偏要他生。不如将这人放了，也可彰显母亲的宅心仁厚。”

窗外风啸，一瞬间花瓣缤纷，落英如雨。褒侯夫人猛一扬手，眸现冷笑：

“好！上天有好生之德，我就依娴儿的。放了这狂徒，将褒姒押下去，等候处决。”她原是杨国杨侯的[①]千金，在褒侯夫人位上历练已久，少女的端庄秀雅淡了几分，多了几分盛气凌人。终究是大周王朝的二品夫人，仅次于大周天子的王后、王妃，居嫔之上。

门口进来两个护卫，压着哭喊冤枉的褒姒出去。

褒姒哭声渐远，偌大的屋子静了下来。淡红色栖纱窗滤来明净的阳光，青铜鎏金仙鹤嘴里徐徐吐出乳色烟气。杨子叶低头弹弹指甲，目光幽深如望不到底的渊，凝视款款落座的林娴：“若是做主子的一味慈悲，做下人的就会没了规矩。今天治罪褒姒，杀一儆百。”

林娴坐在下首，靠着湖蓝色绣石榴锦垫，更衬得眉眼婉丽玉骨冰肌，婉然一笑尽显妩媚："母亲英明，孩儿钦佩。这会子清净了，才又想起，不知母亲传儿媳来，有何训教？"

杨子叶悠然一叹，神情冷寂，如花树在东风里调尽芳菲：

"你父帅征讨淮夷被困，救兵不至。我寝食难安，欲上书朝廷请求救援。你姨夫乃是王叔、丞相，在天子那儿说话极有分量。还须你修书一封给他，恳请他进谏大王，发兵淮夷。救兵如救火，十万火急。你父帅南征北战为了什么？这褒府几百年基业，以后都是你和道儿的。"

林娴在直起身子，故作惊诧，瞪圆双眸：

"有这等事？孩儿谨遵婆母之命，告退。"

灼烈阳光铺满鹅卵石小径，林娴步履匆匆，拂开夹道篁竹，迎着扑面的阳光冷笑：

"我便回房修书，我姨夫何等悟性？哼哼……

隔窗看着林娴影子在一丛翠竹后消失，杨子叶摇头叹息，又命褒宝：

"文房四宝伺候。"

辕门外传来金鼓，声声不息，伴着口令。褒宝知道，那是二位少主在点兵将。半个时辰后，她伺候着夫人在竹简上刻成谏奏，用细缎带子牢牢困好，放在花梨木几案上。

杨子叶寒着脸道："等林娴书信送来，我便派人火速进京。我这奏谏不能交于丞相，一定要交到郑伯友手里。"

褒宝朝前探身，黑眸闪射出诧异："夫人既然不放心丞相，上书之事理应绕开他，为何让少夫人修书与他？"

杨子叶满面无奈，目光沉重："没有什么能绕过他，他在朝廷耳目众多。我让林娴求他，只是想装装傻，证明咱把他当自家人。"

褒宝挑起嘴角，由衷赞叹："夫人圣明，所虑甚是。"

阳春时的中午，金霞荡荡，彩霭绯绯。眉心长着颗朱砂痣的男子满脸阴气，迎着草长莺飞走，神情忐忑地摸摸怀中金锭。无所谓自责和后悔，一切都是命，半点不由人。

忽一道黑影飞掠身际，如迷糊的天帝跌落一片黑云。

男子来不及躲避，已被利刃逼向咽喉。黑衣蒙面人黑铁塔般耸在他面前，语声阴沉：

"我奉命行事，你今天必须死！"

男子魂魄已被惊散，步步后退："你……她……"还没说完即溅血倒地。

“蠢货，该死！”蒙面人目光阴鸷、深邃，撒下一声冷笑，震动了周边荒草。向着褒城方向飞奔，很快消失于金光万道里。

二

褒府肃穆、宁静。大门前两个青铜狮子大张着口，与苍翠的园林相对，忠诚卫士般守候着府邸。

褒毓带着贴身丫鬟，袅袅婷婷地绕过假山，踩着湖畔的鹅卵石走。粼粼湖光倒映着蓝天白云，芳华正当的海棠花影恍如梦境。一缕阳光溶于一宛水波，风吹来一抹花香清冽怡人。

褒毓凤目褐瞳，神情傲岸。褒府人以禹帝后裔自居，她十分不屑。屡次梦中由女娲娘娘相告，说她是炎帝后裔。她肤白若脂，自思貌相酷似，以此为傲，边往前走，对挎着竹篮跟随的丫鬟道：“两个刁妇，都想除掉褒姒，没那么容易！”

丫鬟曲身行礼：“小姐，一个是嫂嫂，一个是大娘，出言不尊，会被人议论的。”

“本小姐偏不待见那两个笑里藏刀的悍妇，你这婢子休得多嘴多舌！”

主仆们莲步翩翩，走过一道道交错环绕的朱漆围墙，雪白的大理石雕栏，堆叠高砌的石阶，恢弘的建筑群体现了权力的神圣庄严。

经过一座月洞门，丫鬟见门旁垂下几缕青藤，忙上前拂开，回头道：

“大家都在传说，褒姒勾结奸夫，欲对褒府不利……”

褒毓捣着丫鬟鼻子冷笑：“你这属鼠的，只能看到眼前一寸；没有主见，只会人云亦云。说过你多少回了？若再不改，本小姐便割了你这舌头，丢给麻雀。”

“是是是……”丫鬟打着颤冒着汗，趔趄着退了数步。

褒毓身量窈窕，头上飞天髻，插着珠花银凤簪，栖红葛麻裙襦上绣着七彩蝴蝶，在红肥绿瘦中格外抢眼。提篮的葛衫丫鬟相形见拙。

主仆间再也无话，偷偷避着人眼，来到后院东角门边，走近院墙边的一排矮房，本是褒府刑房、牢房所在。

褒毓来到女牢门口，立在一片明暗交织的光纤里，掏出一把陶贝打发狱卒，由丫鬟递上竹篮，给丫鬟一个犀利眼风，一闪身进了牢门。见褒姒头发上沾着草屑，在蒲草上缩成一团，目光呆滞，像死了许多年。高窗上飞进一缕霞光，映着她苍白、失意、怔忡的脸。

褒姒听到动静缓缓仰头，看到褒毓的淡眉凤眼、风情万千，映亮了牢房的幽暗。她身子在幽暗光影里打颤，哭着拜倒：“小姐啊，奴婢冤枉……”

褒毓慢慢蹲下，面色一如既往，覆了寒霜，拿出竹篮里的饭菜，摆在地上，声音苍白，仿佛没有一丝感情色彩："别哭了，赶快吃饭。"

光影如霜，映出褒姒脸上晦涩。冰冷褒府，终究有人惦念，她一时泪流如雨："小姐啊，奴婢没通奸！奴婢不认得那人。奴婢不想死，求你救救奴婢啊……"

褒毓总是将勃发的青春禁锢于冷漠、坚固的面具之下，行动敏捷言语短促：

"恶言恶行，天帝不佑。"

褒姒痛楚、伤感、绝望、颓丧，紧攥褒毓手，颤声哭道：

"如此冤死，奴婢不甘。"

褒毓的乌瞳折射出细碎雪光："恃强凌弱，这等手段，未免太过阴狠！"

褒姒如溺水人抓到漂浮的椽木，声低而颤："小姐，你难道……"

见褒姒惴惴住口，眼神飘忽、游离。褒毓将纤指覆着她手，褐瞳濡染了逼人寒气："褒府人一言一行，没人能瞒住我。"说着，向后一甩长发："我去大娘那儿求情，本想她饶你一命，不料全然无效！哼！满口的禹帝九法，实则桀纣之道！"

听了这话，褒姒想起所受的种种委屈，便哭得颤栗："褒姒未知父母下落，纵死不甘。求小姐救救奴婢，奴婢结草衔环，此恩必报。"

静谧的光影顺着窗缝投射在地面，窗外阳光明媚，窗内阴暗沉寂。

褒毓的一翦褐瞳在阴暗光影里流转："你果真知恩图报，不会反悔？"

褒姒跪地叩头、哭道："绝不反悔，甘为小姐役使。"

褒姒话已出口，羞愧已晚，自责愚笨。她是褒府千金，岂会缺人使唤？能跟在她身边，便会身价倍增。褒毓却流出不可思议的欣慰，凝神道：

"若要大娘饶了你，需得二哥哥出面。"

褒姒万分伤感，嗓音沙哑："二少主赶赴镐京听旨。他对这等事是何心态，终究琢磨不透。"话里浸透悲怨、凄凉，对世态炎凉的了然。

一袭清淡光影，在栖红锦襦上洒下斑驳印痕，褒毓面色沉凝，取下珠花银凤钗递给褒姒："这个可以试毒。你在这里，一定要小心别人加害！我去追二哥哥回来。"

褒姒因着希冀，苍白的脸上焕发出奇异光彩：

"小姐，山高路险，如何使得？"

她说完这话，却见褒毓已轻捷地飘出门外。

墙头红粉，春在灿花。褒毓的妙曼身影，带着几分盎然，浸泡在一片明暗光影里。莲步翩跹，走得足不沾尘。栖红色葛麻襦飘摇生姿，裙裾飞扬。

三

夕阳无语下苍山。

褒洪德带着书童褒南及三百名护卫，运粮车排成长长的两队，其中一辆车上装着银两和油毡帐篷。平明时分出了褒城，两天一夜行了将近四百里车程，餐风露宿，于第二天黄昏时分走近秦岭山脉。大队人马在山脚下生火做饭，稍稍歇息，饭后朝山道上走了一程，天已经黑了下来。众人点亮灯笼，谨慎前行。褒南坐在马上，回头望不见队尾，看着褒洪德的侧影被灯火燃亮，抱拳道：

“二少主，难道要连夜过山，不睡觉了。”

秦岭山脉被夜雾袅绕，像个蓄谋已久的阴谋。浓浓倦意遮挡不了褒洪德逼人的英气。他仰头望望天空，目光掠过山野，神情洒脱道：

“才到酉时，这山这么大，走一程再说。”

褒南仰望山顶，高不可攀，云遮雾罩，略有畏怯道：“少主，山里有野兽。”

褒洪德不禁一笑：“山下有飞贼。野兽和飞贼，哪个更厉害？”

褒南想说山里也有盗匪，却朝褒洪德点头，露出钦佩神色，再也无话，只管催马向前。

无数盏灯笼在山中密林里亮起，远望如同坟茔里的簇簇鬼火。山林里树木丛生，高峰横插云中，松峦历历，依稀攀岩附壁。猫头鹰立于灌木深处，叫得凄厉。褒洪德见冷月高挂林梢，一阵阴风吹过，灯火明灭处几片叶落，宿鸟惊飞。车队在山道上慢了下来。马叫嘶嘶，或弹弹蹄子打着响鼻。忽闻风中传来一阵冷笑，众人四下寻找，纷扰一阵，却不见一个人影。

车队慢慢穿越羊肠小道，进入一片较为平坦的松林。

晚云如髻，松间蝉啼。一护卫望着四周密林，目露畏怯声音发抖：

“刚才……难道是鬼？”

“鬼由心生，天下本无事，庸人自扰之！”褒洪德襟怀坦荡，无所畏惧。他话音未落，胯下的枣红马发出一声凄厉嘶鸣，噗通跪在地上，仰头长嘶数声。

月光笼着树影，明明灭灭。马的左前蹄被一短刀横切，鲜血直往外淌，洇湿了那片草地。

褒洪德大骇，忽闻冷风潇潇扑面，急从马背上纵身一跃，避开那股冷风，拔剑而起，大鹏般迎向扑来的一团白影。

白衣人身形敏捷，气势汹汹，力拔山兮气盖世。旋即，又有数道白影手执雪寒

利刃嘶喊着冲至，数柄凌霜长锋，联袂成扇形屏障，将褒洪德等人包围起来，

夜凉明月生南浦，梦里彩云无觅处。

众护卫亮剑拉开阵势，见白衣人各个白巾蒙面，眼睛闪着狼一般的光。

“白狼！”褒洪德瞳孔陡然一缩，眸中萧杀寒气顿生：“犬戎奸细，杀啊！”一个白鹤冲天飞掠而起，将青铜剑刺向领头一狼。众人紧急行动，与白狼一众展开混战。剑气嚁嚁，如汪洋大海起春雷，万仞山前响霹雳；刀枪灼灼，如三冬雪光耀人眼，九月秋霜铺满地。

褒洪德心系抗震救灾，料已骑虎难下，不得不拚。他手中宝剑一抖，寒光电掣，在四面八方罩起银色影子，剑光掩护之下，招招向白狼抢攻。

白狼各守一方，招式变化无常，各恃独门武功，既自成重量级山头难以突破，又互为腹背无懈可击。褒洪德一行人被围在中间，各个杀得汗水淋漓，一时伤亡惨重。喊杀声难辨你我，刀枪不分上下乱刺。伤残者哀哀叫苦，执刀郎呐喊声声。

愁云飞上九重天，遍地尸骸甚凄惨。

褒洪德初生牛犊，心高气傲，本想以众护卫之力，决不致有失。那知众白狼的打法稀奇古怪。护卫们越战越危，越打越险，将装着军粮的马车越抛越远。

看来难逃劫难，若是丢了军粮和赈灾银量该当如何？褒洪德若有所思，剑势一缓，脚步迟滞。白狼趁势将包围圈收紧。褒洪德身边的护卫伤势不重，怒吼如虎，不顾生死反扑。为首白狼两眼射出绿光，声东击西，指南打北，左一挥，右一砍，前一劈，后一翻，刀刀辛辣，招招夺命。忽又凌空一跃，身子围着护卫们转，刀光在半空中划个圆弧。众护卫纷纷倒地，惨叫声伴着山风怒号。

月挂中天，松涛阵阵，幽谷忽惊山鸟啼。褒洪德战得汗珠滚滚，见身边护卫越来越少。再看远处，运粮车正被一群黑衣蒙面人赶着进入密林。

褒家乃大周王朝中流砥柱。难道是白狼勾结内奸？褒洪德脑子里轰地一炸，想要去抢回钱粮，却被众白狼围得水泄不透，战得神疲力乏自顾不暇。

冷风飞卷落叶，萧杀之气迫人。褒洪德惊险避开为首白狼的致命一击，又拼命几招逼退群狼，再回首时，所有运粮车已不知去向。他头猛地一晕，险些被白狼一刀刺中。一个护卫急忙去救，迫得那白狼收回刀势，又猛地一刀戳向护卫前胸。褒洪德心痛如铰地看着那护卫倒地、毙命，不由得泪眼婆娑。眼看身边护卫越来越少，而为首白狼刀走偏锋，来势凶猛，如飙风，如骤雨，如沙尘暴。地上烟尘四起，空中落叶飞舞。褒洪德不寒而栗，暗自悲叹：

此命休矣！父亲，母亲，恕孩儿不孝了！

目射绿光的为首白狼见褒洪德脚步迟滞，正待寻隙力毙，忽从树林中掠出一道

黑影，鬼魅般飘于褒洪德面前，挺剑挡住为首白狼，厉声道：“蒹葭苍苍！”

为首白狼闻听此语目光有异，收了剑势，向后猛一挥手，接道：

“白露为霜！”

黑衣人微微颔首，发出一声激越的鸟叫，众白狼便如一阵长风，无声撤退。

注释：

① 杨国：杨姓侯爵，系黄帝后裔，封国地为今山西翼城。

第四章　野花深处隐鸟歌　褒姒渺茫去无着

一

春宵乍暖还寒，月色荡漾。黑衣人一纵而起，挺剑直追白狼。过于宽大的衣袂被风刮得呼呼作响，身影飘荡于迷离夜色，看起来庞大臃肿。

褒洪德情急大喝：“穷寇莫追！”话毕，却不见了黑衣人踪影。他环顾身际，见多数护卫倒地身亡，或断臂断腿，或破了胸膛。血腥气随风而起，扑鼻难闻。失了主人的马在山林里乱走、长嘶，有的凑在一起，弹弹蹄子，舔舔鬃毛，相互安慰。惊雀高飞，寒鸦凄厉长啼。

薄雾般的寒气沁透在树顶月影里。一群白狼刚在密林深处站住，黑衣人就追了上来，紧走几步，朝为首白狼盈盈曲身：“珊瑚拜见！”

为首白狼从头到脚打量黑衣人一遍，绿莹莹的双目流转，折射出不易觉察的笑意：“珊瑚，你为什么要来冒险？救褒洪德？轻举妄动，乃致命毒药！”

黑衣人显然是个女子，眼波妩媚，语声娇脆：“抢粮可以，不能杀褒洪德。”

为首白狼倏忽一怔，盯紧黑衣人，目光渐变暧昧：

“珊瑚，你难道……喜欢他？”

黑衣人脖子一扭：“哪里！”语气幽怨：“不跟你说了，我自有道理！”

黑衣人说着，转身就走。

杜鹃泣血世人苦，可叹战争的疮痍泯灭了多少生灵。褒洪德看着周际的尸体，被悲伤的情绪冲击着，头脑昏晕，胸口闷痛，一时迷惘得不知所以。叹了口气，扶起身边受伤的护卫，掏出怀中金疮药，撕了锦袍里子为他包扎。褒南也在效仿主子，也许用力不当，那护卫痛得颤栗，尖叫一声。

“二哥哥——”林中传来女子的呼叫，冲破四周飘逸的血腥。

冷月斜横，绿叶参差舞。褒洪德扭头望去，褒毓披着银月的清辉，在林间幽径上打马如飞，穿越一片片荒草、林木。落叶在她身后飘扬，鸾带在身后飘飞，裙裾轻盈，在猎猎长风里挥舞成一抹锦绣瑰丽的旗帜。

“妹妹，你么来了？”褒洪德扶那不停呻吟的护卫靠在树上，站起来望着褒毓，大声问道，俊目里尽是惊诧、疑惑，待她走近，又忧惧道：

“你可知道？山中白狼猖獗，危险！”

“什么白狼、黑狼？本小姐一概不知。莫说是小小秦岭，就是那太白山、贺兰山，五台山，本小姐也敢独自游上一游。”褒毓说着，神情笃定地离鞍下马，向褒洪德走近，青碧鸾带将腰肢勾勒得妙曼纤细。她走得很快，嫌地上的尸体绊脚碍事，踢了又踢，面不改色地傲然走过。

褒洪德擦去眉际血滴，见怪不怪地看她，目光如炬，略有隐忧，殷殷关怀直入她心：“妹妹，这里是荒山野岭，离家将近五百里地。你一个闺阁女子，也太过猛浪了。这样处处掐尖要强，要教父亲操碎心了！”

褒毓站在被树木筛落的月影里，冰雪容颜，成了漆黑夜幕中的一抹亮色：

“二哥哥，别埋怨了，若非事出突然，哪个会来追你？”

又和白狼联系在一起，褒洪德大惊失色，脊背冒汗，头皮发麻，强稳心神道：

“出了什么事？让你这样着急？”

褒毓却不答话，拍拍身边枣红马，“看，都把我这千里良驹累坏了。”那马不住地蹭她，像在夸功，抑或撒娇。她拽着马鬃望望周际护卫，这才问道：“二哥哥，遭遇强盗了？如何会弄成这样？不去镐京听旨，大娘岂会饶你？”

褒洪德焦急地问道：“你从家里来？出什么事了？”

天幕的眉心处，一轮皎月光华四溢。褒毓褐眸流转，淡淡的凛冽之气从周身散发出来，仰头直视褒洪德英俊面孔：

“大嫂说褒姒与人私通，大娘已把褒姒押入大牢，等候处斩！”

心像被石块击中，闷痛难忍，褒洪德不及细问，猛一挥手：“回府！”

飞鸟绝迹三更半，月映细柳金线乱。山野里云烟弥漫，山林里叶舞飞扬，月华濯濯从叶缝里流淌、洒落。受伤的护卫神情困乏形容狼狈，鲜血染红甲胄，见二少主随着小姐往回途走得飞快，怕回去受罚又想快些逃生，一个个快马加鞭追随。

褒洪德心系褒姒安危，归心似箭，打马跟着褒毓飞驰。无心思量方才施救的黑衣人行迹蹊跷，无心思量稻米八万和白银二十万去了哪里。他生于富贵，不知人间疾苦，自然不计较这些劳什子。若还命中该有，他堂堂褒候府，自然还能寻回。而褒姒却只有一个。

褒毓和他骑马并行，将府中情形一一说了，最后道：

“大娘和大嫂都不待见褒姒，这丫头可怜见的。大嫂那点心思谁不知晓？倒是大娘，她那心就该放正些。褒姒生得乖巧伶俐，模样、性子都好，手上活计也很不错，跟前跟后伺候着她，没有功劳也有苦劳。”

褒毓口口声声为褒姒鸣不平，对褒府主母颇有微词。褒洪德直道她快言快语，也不计较。倒是佩服她对褒姒的这般心肠，堪称侠义。一群人马扰扰攘攘走出山野，进入通往褒城的官道，只见四野空幽，渺无人迹，月色千里，天上人间尽是明澈银华。

二

褒帅府刑场四周，灿烂日光飘拂花梢，将远近交错的鎏金门、朱红墙化作一片闪烁的流光。鸟声叽叽，翠尾分开红影。幼蝉高鸣，酿出无边繁音。芳菲花树渐已凋零，几棵耐力十足的花叶被风拂着飘落，簌簌铺满方块青石地面，似是下了一场缤纷花雨。

护卫统领常林亲做监斩官，威严地坐于监斩台上。八名带刀护卫分列两旁。监斩台红毡为顶，遮挡着火辣辣的太阳。行刑的刀斧手红面虬髯，执着大刀，刀尖立地，反射着寒光。

幼蝉轻鸣，风摇落满树的轻薄阳光。褒姒被绑在斩桩上，面容颓废，头发凌乱，疲惫不堪。她在太阳耀眼的光亮里眯着眼、看着远处摇曳的斑竹，呆呆自语：

“谗佞奸凶，害我贞忠；祸因所恃，滋极骄盈。”

她在时昏时明的记忆光纤里回归思绪，每一个片段都那么清晰可见，又那么遥不可及。

那个夜晚，秦岭山脉月倚林，照亮山崖边的三间石屋。

深夜风啸新雨歇，野花深处隐鸟歌。熟睡的褒姒被一阵响动惊醒，见南窗月饱满晶莹，风潇潇而来潇潇而去。她揉着眼睛看在窗外的月光，摇动了栎树的酽影。一只野猫在窗口和她对视，又倏忽逃跑。耳旁似闻激烈的狗叫，和一些金戈交鸣。

她竖起耳朵倾听，除了风吹动树叶和蒿草的声音，却什么也听不到了。

槿花篱外竹横影。六月天气，风呼呼送凉，甚是舒爽。褒姒悄悄起床，在窗口闻到一股血腥味，不由一颤，拿起挂在床头的宝贝碧玉萧，揣在怀里，悄悄走到堂屋，见屋门大开。风吹来濡湿的青草气息，血腥味更浓。

她蹑手蹑脚来在父母住的石屋门口，掀开竹帘一看，父母不见踪影，床上被褥凌乱。觉出不妙时她身子猛地一抖，竹帘呼啦啦脱手。

四下风声霍霍作响，如八月奔涛流泻，千尺崔嵬横立。惊恐、慌乱、狐疑，褒姒想哭，咧了咧嘴，又忍住。母亲经常告诉她，夜里啼哭会招引野狼。

后窗风吹树影变成可怕的幻象，前窗明月朗朗在心上凝成寒霜。她瑟瑟发抖地走出石屋，见门前台阶上铺着一层暗暗的黑色。她伸手去探，放在鼻子边：

“血！血——”

暗红色的血液沿着台阶流了很远。几只肥大的山鼠黑黝黝的鼠眼乜斜着瞄她，欢快地吸着沾了血液的草，又为争夺利益罔顾鼠道同门相煎，竖着耳朵伸着利爪撕打、对咬，发出叽叽的怒吼。

月亮在空旷的山野掠过，在草地上缓缓移动，蚊子在草丛中嗡嗡地叫，远处似有狼哭。

夜风满树飞花，正是销魂时。她面前的月光映出两个影子。两人黑衣黑巾霍然而立，衣袂随长发飘飘，如同坟墓里冒出的鬼魂。十二岁的褒姒双手抱头，发出幼兽般尖利的嘶叫。

她的叫声惊不破粘稠空气，哭声弥散于静远夜空。四周弥漫着黑色，野鸡在山崖上扑棱棱飞。

一个黑影不由分说抓起她就走，穿越流淌着月光的空旷草地，穿越葳蕤的灌木丛，在狭长的山梁上疾行如飞。任凭她歇斯底里地哭叫、踢腾，黑衣人置若罔闻。

深厚的夜幕被露水打得精湿。她被仍在高崖前的一片平石上，摔得极痛，咬着牙不吭一声。明亮的月影里，她看到两个黑衣人抱臂而立，以玩味的目光看着她。

环绕身际的雾，远方野蛮的灌木、复杂的藤葛混在一起。她一骨碌坐起来，像被抛到岸上已久的鱼突然蹦跳，攥着拳头，向黑衣人瞪着黑乌乌的眼珠：

“你们是谁？我爹娘哪里？”

“我们啊，是你大爷，嘿嘿嘿……”黑衣人相视，得意的笑声飘荡在无边夜色里：“这个雀儿，值两个钱……”

忽然传来暗器破空之声，两缕银线分别打向两个黑衣人前心。他们木桩般倒地，手脚踢腾几下，就一动不动了。一声阴测测的笑自天际飘来，一个白影纸一般轻飘地落在褒姒面前：“别怕，我来救你！”

渴念爹娘，难料生死，再也撑不住伤痛、恐惧，小褒姒放声大哭。

崖上月光明亮，成了映衬白衣人的背景。他白巾蒙面，头发和衣袂被风飘起，眯着的眼里流出笑意：“别怕，强盗已被我杀了。”

小褒姒怎么努力也读不懂成人间的尔虞我诈，看不出生命为何会裂出这么巨大的疮口。她跪到蒙面人面前放声痛哭：“多谢恩人，我要找我爹娘——”

白衣人声音如夜月清冷，眼里绿光莹莹：“找你爹娘？你必须活着才行，我要带你去个地方。听我的，你才能找到爹娘。”

“你是谁？为什么救我？”褒姒擦擦眼泪，疑惑地问。

白衣人应答流利：“我是阿蠡，乞颜阿蠡，黄帝后裔。我的先祖黄帝之德，无法描述。小到人们的衣食住行、日常资用，大到文字、医药、音乐、历数，皆万世之功，一时已备。他的天人合一观念、和平观念，是将来世界的发展方向。周天子姬宫涅残忍好杀，有违天命。”

褒姒揉揉鼻子，冷冷地打断他：“你别拿轩辕帝为自己贴金。娘亲说过，我们都是轩辕帝后裔。凭什么只有你是？”

白衣人不怒反笑：“小丫头，口齿倒也伶俐，像是可造之材。你信也罢不信也罢，我乃轩辕帝后裔，岂会骗你？轩辕帝的《内经》，孤虚法十二章、兵法十三章、奇门遁甲一千零八百局，我尽皆掌握。遵循他老人家的和平观念，因而我要救你。”

褒姒想了又想，却想不清楚，忍着泪道：

“你说要带我去个地方，方能找到爹娘。那个地方是哪里？”

白衣人的声音在夜风里有些飘忽，像不可触摸的黑雾：

“随我出离秦岭，前往褒国的褒城。你若能混进褒侯府，料是命运不差。只是那褒侯夫人杨子叶疑心甚大，你万不可说出我来，只说父母被强盗所害，你一人逃出秦岭可也。你且安心在褒府待着，日后，我自会带你找到父母。”

三

春水碧于天，花后柳丝长。竹林风声日艳艳，花瓣纷扬飘落，几个惜花丫头在忙着收拣。

监斩官常林在红毡搭起的高台上坐着，两旁站着成排的护卫，严阵以待。

褒姒流着泪惨笑：杀一个弱女，何须如此？诸侯及诸侯夫人莫不张口仁爱闭口道义，以指缝里流泻的温度作些慈善之事；不失时机地表现出忠君爱民，成王败寇的政治游戏一出出演得人眼花缭乱，必要时都要拿穷苦人的贱命去做血祭。为政者嘴上勤政爱民手上揭民脂膏，手握权柄只为钻营、谋私，哪里想得起百姓疾苦？

阳光如利箭将心射穿，褒姒觉得好困好痛好累，想起父母就不由悲酸难忍，呆滞泣语：“浮云一别，流水数年。欢笑如旧，疏鬓已残。何因不见？恨满青山。”

牢房里的夜晚，蚊子嗡嗡老鼠乱窜虫子直往人身上爬，吓得她魂飞魄散，才明白什么叫生不如死。自进褒府，她兢兢业业恪守本分，即是对着最卑贱的下人，也总是怀着善念有求必应有难必帮。不是她懂得处世之道，而是她天性善良，行事小心翼翼，连花草都不忍踩踏。

脸上被蚊子叮咬的几处红斑在阳光下分外明显，她泪流满面地默念：

自幼爹娘便教我琴棋书画，说我将来必成大器，必要干出惊天动地的大事。可自从进了褒府，读书写字也被人讥笑、羞辱，偷空弹琴更是罪孽……

互听远处传来扰攘的人声，林娴的话声随着浓烈的阳光气息飘了过来：

“想着要处斩褒姒，我这心里好生难过。昨儿半夜没睡，今儿天不明就醒了。她是婆母跟前的人，怎能这般不成器！婆母家法严明，我可是爱莫能助了。不管怎么说，我也要为她送送行，尽尽心吧。”

林珠紧跟林娴，被一群丫鬟簇拥着走，拿着一枝海棠行着赏着，接道：

“小姐就是心太好了，褒姒这个人，纵然生得好皮囊，腹内原来草莽，犯了通奸大罪，您明知说不下情，生生在心里憋着，看不憋下病了么。今早喝了那一丁点儿粥，够出气儿用了。这会子又硬撑着来为她饯行，没得让奴婢们心痛。”

褒姒听着这些，已经无泪，但闻杂乱的脚步声越来越近，忙闭上眼睛。直到被踢了几下，睁开眼睛，见面前阳光映出鬼魅般的影子，一双粉红葛麻刺蝶珠履漫在桃红裙下，分外刺目。她缓缓抬头，迎上林娴幽深、凌厉的眸子，不由一颤，复怒目而视。

林娴身上桃红十锦绣蔷薇丝绫裙襦，头上灵蛇髻，左边鎏金凤钗右边粉红海棠，额点胭脂红花钿，更见肤白凝脂。她神情黯淡语声哀，堪堪藏了心中得意：

“褒姒这丫头够可怜的了，从小没了爹娘没人管教。到府里以来，虽然承蒙恩宠，却不思回报，外表看着厚诚，暗地里却蝇营狗苟。真是不让她祖宗安息！我林娴天性慈善，最见不得可怜人，可叹也救不得她了。今儿给她饯酒送行，也算尽尽主仆情分。”微微踮足，瞩目高台上刀斧手：

“等会下手快些，千万别让她痛着。”

小丫头云儿弯着腰，将酒递到褒姒面前，见她只这几日便瘦了好些，轮廓分明的脸上双眸凹陷，眼珠因哭泣而充血，眼睑下有两片深深的青黛。云儿的泪水珠子般滚落，声音嘶哑：“姐姐，快喝了它，一路走好……”黑陶碗在手中抖着，将酒倾洒，如泪纷落。

“云儿，谢谢你。”褒姒哽咽道，有多少话想对云儿说，却只能含泪望着，暗觑那双粉红葛麻刺蝶珠履，声音嘶哑，如铁钉滑过墙面：

“要我喝饯行酒，须得少夫人亲自敬我。”

林娴的满脸浅笑像王后赏赐乞丐，又像给狗扔了块骨头：“褒姒，无论有多少人非议你，我林娴都坚守底线，决不亏待，今儿便亲自送你一程。”接过云儿手中陶碗，递给褒姒。

褒姒却扭过头去，对云儿道：“回壁月小筑，将我的碧玉箫拿来，那是爹娘留给我的，我要带着上路。”云儿使劲点头，哭着去了，稍倾拿来碧玉箫，嘱她收好。

林娴再将陶碗递给褒姒，和她对视的一瞬，目光虚浮，竟有些迷乱、惊惶。

褒姒脸上荡起凄惨到极致的笑，咬牙，恨声，一字字从牙缝里迸出：

“感谢、少夫人送行，褒姒，会记住你的！”

林娴眸中笑意收尽，娇艳的脸上隐着雪霜般的冷，看着褒姒将酒饮下，得意目光掠过天际浮云，忽一声尖叫震慑人魂。

众人唬得不轻，林珠跳了起来，见主子的右手食指已被咬得鲜血淋淋。黑陶碗掉在地上摔得粉碎。黑陶片映着阳光，发出刺目的冷辉。

褒姒仇恨地瞪视着林娴，将吸出的一口鲜血，向着她头脸吐去。

林珠气急了，窜上去掴了褒姒几个耳光，接连啐了几口，指着她斥骂：

“狼心狗肺的娼妇，好也不识歹也不识！这会子染上疯狗病了？”

空气里激荡着灼热的气息，鹧鸪从海棠花底呼啦啦飞起。

林娴将左手朝褒姒扬起，又慢慢缩回，环视周际众人，隐忍得肌骨发痛，声音娇慵：“人之将死，必会狂癫。我天神般慈悲的心，怎会和妖邪计较？”

林珠忙命人拿来药箱，给林娴清洗、包扎。一群人纷纷指着褒姒辱骂。在远处看热闹的人也都围了上来，七嘴八舌地辱骂不休，污言秽语不堪入耳。还有人扬手打褒姒，向她猛啐，动作很大，生怕林娴觉察不到。林娴适时地将众人止住，面色端然道：“你们作为下人，不要相互排斥、诋毁，要彼此顾念、依从，和衷共济，永防大恶；不要贪图享乐，不要懒惰，要努力做好本分。设若你们行为不善，不走正道，违法越轨，欺诈奸邪，蝇营狗苟，我就用刑法将你们灭绝，也不让你们后代留下。我今天训诫你们，你们也不要心怀不满，彼此串通来诋毁我。”

众婢女都被说得低下了头，齐声道：“奴婢不敢！”

众男仆齐声道：“多谢少夫人训教。”

太阳斜横风声疾，似神龙迸舞，姮娥顾笑，文王羽箭，万马腾跃。褒姒石雕般坐在地上，头上脸上落了许多吐沫星子。她缓缓闭目，面色苍白，人间七情俱已远去。

林娴眼睛微眯望着太阳，缓缓走上监斩台。众人曲身行礼，常林也站起来请安。林娴将手一摆，面色端然道：“午时了，送她上路！”

第五章　东风梦回伊人远　小楼吹彻玉笙寒

一

阳光万缕照着斩桩，照亮褒姒的颓废、伤痛、萎靡。监斩官常林双目冷傲地向上翻着，手臂一扬扔下处斩令，众人凝目。红面虬髯的刀斧手绷着脸咬着牙，高高扬起的钢刀反射着阳光，耀眼夺目。

耀眼夺目的钢刀忽被一块横空飞来的石头弹开。刀斧手虎口被震裂的同时目光迷乱。

一个绛红色影子落到褒姒身旁。众人一阵扰攘。林珠惊呼着二少主，瞥见林娴面色有异，急忙将她扶住，惊异道："小姐怎么了？"

林娴扬手扇了林珠一个耳光，林珠捂着脸退到一旁，再不言语，瞥见褒姒晃悠悠地仰面倒地。褒洪德急忙将她扶起，急切地摇晃着，两眼含泪，惊叫声挟裹着悲愤欲绝的气息："姒儿！姒儿……"

侯爷主外，夫人主内。褒府的护卫统领常林，一般只听夫人调遣，对府中上下人等有杀生予夺的大权。他箭一般从高台上射过来，将刀架上褒洪德脖子，声色俱厉：

"违背夫人之命，就是死罪！"

他话音未落，一群带刀护卫已将褒洪德围住。褒洪德一贯的我行我素，将繁文缛礼视若无物，岂会把这些人放在眼里？他一手托着褒姒一手执剑反击，虽是义勇可嘉，但终归输于自命不凡的身手。在他束手就擒前褒姒被夺走，像柴捆子一样被扔在地上。

常林呶呶嘴，一个护卫忙去探褒姒鼻息，回身禀道：

"已经断气，想必是惊吓过度。"

常林看了已被捆住、尚且死命挣扎的二少主一眼，目光一转，亲探褒姒鼻息，狐疑一类的情绪终淹没于浩浩霸气里，微叹一气，扬声命令：

"天教她死，无人可救。给她个全尸，拉到城外的乱葬岗埋了！"

"不行，褒姒冤枉，褒姒没死，我要去母亲面前请命，谁也不许动她！"褒洪德被护卫们推着走，声嘶力竭，泪流满面，嘶声哭喊："姒儿，姒儿你等着我……"

常林却扬声下令："明明已死，拖去乱葬岗埋了。"

林娴看看拼命挣扎的褒洪德，极快地审时度势，幽眸一转，引林珠到一旁，脸色凝寒，压低声音道："快去找李护卫，一定要验尸！我说的验尸，你可明白？"

林珠雪绸裙襦双挽手，显出王亲贵胄之家训练有素的沉静、端庄，眸光流盼，心领神会："奴婢明白，奴婢这就去。"

常林的目光警觉而疑惑，将林娴主仆的小动作尽收眼底，也不放在心上。他知道二少主是夫人的心尖子，虽然依法拿下，却不敢擅专。看看头顶火热的太阳，命护卫们押着褒洪德去往内宅。他一路捉摸着，要将这烫手山芋极快地推出去。

燕子在阳光下飞舞，空中如同凝着白雾。青石道洁净苍冷，映出褒洪德眸底的那抹凄伤，他一阵阵悲思泉涌：

碧云冉冉，杨柳堆烟，幽静的亭台轩窗大开，斑驳起一地细碎的流年。那是个梦一样让人迷醉的瞬间，她侧身于花间，目光婉转流盼。风吹皱了涟漪，鸟惊落了桃花，他的心一点一点，绽出了繁复的花瓣。豆蔻梢头初开了矜持，一种内心深处的向往，一种渴慕，在暗自回旋。

褒洪德被押着穿越宽阔的广场，走过一座座巍然殿堂，走过绵长的廊道。莲纹青砖地板亮得照见人影，重重鎏金朱红门紧闭。梅花纹饰的镂花窗一道道敞开，让冷寒的气息一览无余地从屋里飘出来。隔着紫锦帘幕，隐约可见窗内烛影摇红，紫檀香味从窗口飘出来，丝丝缕缕的在空中浮动。

紫云堂九丈宽三丈高的丹墀[①]，红毯宽约数丈，一步步逶迤到大门以里，代表着世袭褒侯的无上权势，代表着女主仅次于大周天子后妃的荣耀。堂上明珠照耀，释放光华万道。屋内铺设俱是美玉良金，辉煌富丽。

杨子叶早已得报，对秦岭变故痛切、忧愤，已命人去秦岭探查，指着被押进来的褒洪德，手臂颤抖："逆子，不成器的逆子！"

褒洪德跪地请罪，一心为褒姒鸣冤，想要以理说服母亲，语声侃侃：

"先祖禹帝崇尚德教，慎用刑罚，不欺侮无依无靠的人，任用当用的人，尊敬当敬的人，威慑当威慑的人，为百姓谋福祉，而不是凌辱百姓。正是他这种大德大智，才承天帝大命。正是禹帝的努力，我褒国才封于此土。母亲要恭敬地追随禹帝，探求圣明先王体恤百姓的方法，深刻思考对百姓的明智教导，探求圣贤安保百姓的遗训。您的心要比天还宏大，用和顺指导自己，不停地去完成使命……"

杨子叶对此子宠爱备至，见他将最近阅读的《尚书》说得头头是道，多有惊异；虽有影射她的不是，她也不生气，且充耳不闻，扭头看着窗外飞花。

褒洪德继续道："文王的明德如日月光照，普及四方，浸润汉水。因此，我褒国才为四方诸侯敬重……”

“母亲多能远知往事，天帝辅助诚信的人，用诚信助我褒国，成全褒国百姓渔猎耕织。吾辈何以不敬重先祖基业？这基业如今好像生了病，我们怎能不对先祖的疾苦好好攘除？”

“商王纣轻慢五常，崇信奸邪，逐退师保大臣，囚禁、奴役正士。斫涉水者脚胫，剖贤人之心，作威作恶，杀戮无罪，荒废怠惰无所敬畏，此乃自弃于天帝……”

杨子叶听他扯出殷纣，略动肝火，却徐徐道：“我的儿，听你说了这么多，我也想说说。我这心里琢磨着，你父亲和我想要建屋，已经确定下来，你却连地基都不愿意打，况且愿意盖房吗？我们新开了田地，你却不愿意播种，况且愿意收割吗？如此，你父亲还好意思说，我的后人不会废弃我的基业吗？你父亲东征西战，我处理好褒侯府内务颇不容易，在我心里，就像讨伐纣王一样。我必须一直往前走，不能回头。你别再东拉西扯，想说什么就直说了吧！”

褒洪德跪地道：“褒姒被冤，实在有损我褒府声誉！请母亲恩准孩儿仔细查验！查出内奸。这牵涉褒府的长治久安，不可草率！”

杨子叶鎏金凤冠上金串乱颤，声音不高，字字恳切：

“你母亲行事不愧于人，不畏于天，谁也休想指手划脚。”

二

褒洪德含泪抬头，望着母亲的目光饱含着凄凉、绝望、悲怨，正要说话，却见林娴进来，面色端庄娴雅，行了拜礼，语声温婉道：“什么内奸？二弟切莫危言耸听。下人们可会胡说八道了，马上就传得神乎其神，使人视听混淆。若还传开了，我褒府颜面何存？”

杨子叶沉着脸指着林娴：“你且出去。”

褒洪德想起途中褒毓所述，想林娴心中有鬼，此番必是来阻止验尸，遂仇恨地看着她。

“母亲大人，请容儿媳进言。”林娴略一曲身算是行礼，已换了一身淡烟绿裙襦，身上佩环叮当，纯金头饰笼罩在明澈光华里，一派华贵。她语声如情态祥和，眸中流溢着淡淡笑意：“褒侯府乃褒国首府，声誉至关重要。安定百姓要选择什么呢，不就是仁德吗？要慎重什么呢，不就是刑罚吗？要考虑什么呢，不就是判决适宜吗？”

但凡涉及褒侯府声誉之事，杨子叶皆十分慎重，瞟了林娴一眼，不知她卖的什么关子。她神情笃定："褒府威望非凡，声誉当然至关重要。天帝不降大命予不勉行德政的人，凡是四方诸侯小国大国的灭亡，无不是怠慢天帝而被惩罚。褒国几百年屹立不倒，全靠天帝照拂。"

风吹进雕花窗，夹着残花的香气，芬芳馥郁。林娴闻着花香颇觉舒爽，一笑莞尔："母亲行事一向公正严明，关于处死褒姒之事，二弟既然已数次当众质疑，验尸乃为上策。否则，母亲大人岂不要遭受众人腹诽？"

林娴这话虽然带着离间意味，却表明了观点：支持查验。

她是问心无愧还是早有准备？褒洪德一愣神间，想着褒姒沉冤难雪，陡然涌起劫难般的情绪，一颗心灰暗到极致。

杨子叶低头凝思，心里有了计较，抬头眸光冷彻：

"身居高位者，脚下方寸之地或是万丈深渊，或是汹汹烈火，严明法纪或可救赎。褒洪德抗震救灾违命而返，丢粮陨士，本应斩首！但念他年少无知，死罪可饶活罪难免。来人，刑杖他五十大板！再说验尸。"

四个护卫破门而入，拽住褒洪德就往外拖。

五十大板，必会使人皮开肉绽不能动弹。林娴琢磨着杨子叶伎俩，乃是制止儿子为一个丫头出头丢人现眼。她故作惊惶，掩了心中快意，喝住护卫，跪地求情：

"母亲，二弟年幼，你就饶了他这一回吧！他要验尸，你就随他去吧。"

杨子叶脸上是泰山崩于面前而不色变的宁静，闷声道：

"法令如山，谁再求情一并惩罚！"

林娴讪讪而起，转面雕花窗，目光低转，流出一抹不易觉察的冷笑。

东风梦回伊人远 小楼吹彻玉笙寒。

褒洪德被打了五十大板皮开肉绽，又因长途跋涉，急怒，忧愤，一时陷入昏迷。晚霞越窗，已是第二天傍晚。鸟在窗外齐声欢唱。青铜烛台上烛影摇红，风吹动窗帷鼓起偌大的阴影。书僮褒南戴着麻制的礼帽，穿着蓝色绸襦，浓眉亮眼，颇显聪慧。拿着细颈长瓶，将药液涂遍褒洪德伤处，忙完，眼泪汪汪地跪在床前，哭道："二少主，二少主你醒醒啊。"

"姒儿，姒儿，姒儿……"褒洪德突然发出呼唤，声音虽然极弱极轻，褒南却听得真切，惊喜地跳起来，擦着泪笑道："二少主可醒了，待我快去禀告夫人！"

床上莲花织锦黄绫被，流金鲛绡帐，床前紫锦帷幔，遮挡晨暮清寒。褒洪德摆手制止，稍稍一动就痛彻肺腑，五官扭曲，拧着眉毛斥道：

"蠢材，让你盯紧怡芳轩，留意常林，却生生在这儿偷闲躲懒。"

"奴才不敢，夫人命奴才伺候少主，奴才怎敢离开……"褒南面色悲悯，忧心忡忡："少主伤重，这两天夫人都寝食无味，夙夜不安，二少主为何不让奴才禀报？"端了茶水，伺候少主饮下。

褒洪德也实在渴极，一口气饮完，刚要翻身起来就痛得五官扭曲。褒南急忙去扶，被他拂开，独自艰难蠕动，发出细微哀嚎，接着道："我自有道理，你不必追问。"心上钝痛，眼珠在暗影里转着，一遍遍回映出褒姒笑靥，浑身血液沸腾，流到哪儿哪儿就澎湃汹涌。

"少主睡了这两天，饿坏了吧，燕窝粥在铜炉上热着。"褒南说着，便要去旁边铜炉上端粥。褒洪德将他止住，望着窗外道："快去备马，我要去城外乱葬岗。"言毕，强忍剧痛起来，步态踉跄地走向门口。

"少主——"褒南想要阻拦，手一伸出去，却变成搀扶，惊恐目光与飘摇的烛影交汇、纠缠着。

"备马！不得有误。"褒洪德用力推开他，这一用力，胸腔痛得几欲窒息，忙扶墙站稳。

"喏，少主。"褒南只有丢开少主，急往外走。

苍茫红霞，层林血染，东风愁起碧波间。

褒洪德一行人几匹马向城外飞驰，踏紫陌越红尘，烟尘滚滚。

三

褒宝风一般旋进紫云堂，连声道："夫人，不好了，不好了！二少主去城外乱葬岗了。"

杨子叶正自侧卧着小憩，窗外霞光映出她海潮般的心事。忙从美人榻上起来，双手紧紧攥着锦帕像要撕碎："德儿，他疯了！褒姒，她该死！"

常林大步进来，披着头发额带金环，看到杨子叶的眸映着烛火，倒映出源源不绝的怨恨。他俯身抱拳，姿态低得像一条忠诚的狗："夫人，属下无能，查遍各处，没抓到刺客。被少夫人指认与褒姒通奸那厮，已在野外被杀。"

杨子叶怔了会儿，满腹狐疑，语气幽然："从堂上情形来看，早就有人要杀他灭口。这件事林娴也休想撇清。明赦暗杀，好心机！我就不信刺客会飞了？"

多年的武夫生涯使常林冷硬、机警，他转着阴气沉沉的眼珠，低声道：

"夫人早就看出端倪了？那你处决褒姒……"

杨子叶仰头一笑，笑到一半倏忽收敛，像上帝收尽阳光撒下阴云："没有人能瞒过我这双眼！任性的德儿为那丫头所迷，她早就该死！我堂堂褒侯府，难道会让一个出身低贱的丫头做少奶奶不成？永远可畏的是天命。不是天道不公，而是人自己终结天命。天帝的惩罚不加之于身，她就不知道什么叫天命。要紧的是……”

常林凑近杨子叶，阴气沉沉地翻着眼皮：“内鬼……”

杨子叶点头，眼底一抹挥之不去的烦恼、无奈：“这些年我儿洪道渐长，对帅位经常琢磨。他弟弟洪德也大了，因此他处处戒备。那林娴，我也不必说了。”心思纷乱，悠然一叹：“褒府这么大，我也就你这一个贴心人。若是林娴因嫉妒起事，杀人灭口倒也罢了。若不是她，情况就更加复杂。林娴……内鬼……这些问题变成了催命的魔咒，日夜戴在我头上。”

常林有些同情地看着夫人，猎人般的目光扫掠门窗，低声道：

“夫人胸藏千丘万壑，不应为区区此事烦恼，应当借杀人灭口一事广加拘捕，严刑拷问。没有谁的骨头是青铜做的，没有谁能大过夫人！诱之以利，动之以刑，内鬼必会很快现形！”

杨子叶眼里的一道光斑一闪而逝，轻轻摇头：“侯爷常常训导，仁者尧舜心，则上下归服；仁君惠政，戒用酷刑；惜贫怜弱，天佑神佐……”忽有叹道：“不知哪个为区区一个丫头杀人灭口？”

常林面色映着西窗霞影，迷离虚幻：“兴许褒姒勾结外贼……”

杨子叶摆手打断他：“要怀疑一个小丫头勾结外贼，外人未免会笑我们草木皆兵。但事情的确蹊跷。”说着站起，走到窗前，沉吟良久道：“至于林娴，她心机深重，且不要轻易惊动与她。毕竟，她是丞相夫人的外甥女儿，褒府少夫人。无论如何，她总会维护褒府吧。”

低头沉思，忽觉这话很没底气。

两个着橘黄上襦白绸裙子的丫鬟垂首进来，曲身行礼：

“夫人，该进晚食了。”

杨子叶神思一转，对侍立一旁的侍婢褒宝道：“去怡芳轩，传少夫人一同进食。”见褒宝去了，又对常林叹道：“判断案件，要依据褒人常法，采用适宜的刑杀条律，而不应顺从个人意愿。假如完全顺应自己才叫顺当，应当说不会有顺当的事。囚禁的犯人，必须考虑七至十天才能判决。我对于此案的心意，你不会理解。德儿太年轻，不能顺从他的心意。”

褒宝奉命到怡芳轩，见这里铺设得繁复雅致。中堂挂着精装细裱的武王伐纣画幅，设着调透宝座、红木几案。门窗朝南之位，铺设着双层竹席，饰以黑白相间的丝织花边，无饰的几案陈设彩玉。西墙朝东之位，铺设彩饰花边的双层细竹篾席，无饰的几案上陈设花贝壳。东墙朝西之位，铺设双层莞席，饰着绘有云气的花边，无饰的几案陈设玉雕。堂西夹室朝南的位置，铺设双层青竹蔑席，饰着黑丝绳连缀的花边，无饰的几案陈设漆器。

林娴正在宝座上支颐凝思，褒宝进来行了跪礼，说明来意，她便随着林珠褒宝婷婷而出，一路穿花度柳前行。霞影渐淡，暮色里海棠芍药如笼轻烟，美妙难言。淡淡雾霭，淡淡愁绪。风里飘荡起那些陈年旧事，她一时间恨如芳草，不由脱口而出："无端折断芙蓉枝，不得清波翩然游。"

褒毓行色匆匆，沿着青石甬道朝林娴走来。云髻上一支纯银发簪，发丝随风飞舞，映着妖艳的凤目如潭。单薄的素色绢帛裙襦，裙裾飘荡成风里的一缕烟云。

林娴走到一抹雕栏旁，挥手命林珠褒宝先行，两个婢子只有遵命。林娴抿抿鬓发，随手摘下海棠，装作把玩，悄然凝眸，紧盯着由远而近的褒毓，待她走近，便道："妹妹，猫有事没事就四处乱跑，过分勤快可是不好。小心被鹰盯上，会是悲惨的下场！"

褒毓稍微愣神，冷颜含笑："是猫是老虎谁能知道？嫂子，只别看花眼就好！"凑近林娴，悄声道："处决褒姒前，我去见了她，且让人暗中盯着她。"

林娴眸光轻轻一颤，明明十分上心，却故作漫不经心：

"圣人不思考就会变成狂人，狂人能思考就能变成圣人。妹妹你该多想想了，你是褒府千金，身份何等尊贵，怎能和她一个小丫头搅在一起。"

"嫂子也该多想想了，人若犯下奸淫、偷窃、抢夺、内外作乱、杀人越货，强横不怕死这些罪过，没有人不怨恨她，天帝也一定不会放过。"褒毓的褐瞳在霞光里流转，嘴角挑起冰薄的讥诮："后院这么复杂，万一有人和褒姒串供，只怕对褒府主子多有不利！"

林娴浓睫倏忽一抖，心里暗惊暗恨，嘴上却不服输：

"人心眼长多了，会变成银针，刺向自己的五脏六腑，好痛好痛的啊！"

褒毓细长的眉梢挑起一抹冷笑，以牙还牙："大嫂，这话正是我要说的！"

林珠褒宝远远站着朝她们张望，见天色不早，便又折回来相请，顺便向褒毓见礼。林娴随着林珠褒宝，走得步步生莲，一身宽幅绿绫裙襦被风灌满，涌动如潮。

看着林娴身影消失，看着一群燕儿飞掠房顶兽脊，褒毓的一抹冷笑渐渐消融于无边暮色。

林娴嫣然进入紫云堂正厅，见菜肴和茶果已摆放齐毕。红烛高烧，青铜兽嘴香炉里淡烟袅袅。杨子叶身后的墙壁是五彩金妆的华丽，墙上镶着匾额画，画中金童对对执幡幢，玉女双双捧如意，看起来赏心悦目。褒宝执壶酌酒，另一丫鬟在俯身烹茶。

杨子叶端坐在上首神一般威严，灼灼双目盯着林娴，锐利得像要扒掉她一层皮。

林娴胸中那可怜的心脏紧缩着，面上不动声色，挥袖一弹椅子，微笑着在下首坐了。

注释：

① 丹墀：大殿前铺着红毯的台阶及台阶上的空地。

第六章　两处密令寻褒姒　生要见人死见尸

一

紫云堂外金鼎玉砖、廊庑饰以珠玉。堂前九丈丹墀上雕琢着凤凰纹饰，红毯铺陈，两鼎凤纹青铜香炉摆置两侧。晚来和风透窗纱，瓦楞鸳鸯轻拂粉，炉焚兰麝可添锦。

褒洪德由褒南搀扶着，踉踉跄跄地登上丹墀，见回廊里的琉璃宫灯自东向西挂满。兽脊屋檐下的朱漆彩绘层层叠叠，繁复描画着凤舞九天的气势。他气喘吁吁绕着游廊进入正厅，向杨子叶屈身行礼，声音和面色同样，燥得像一点就着的火：

“母亲，孩儿到了乱葬岗，却寻不到褒姒，坟墓里空无一物！”

杨子叶倏忽一惊，瞳孔骤然放大，又蓦地紧缩，嘴角牵起莫名笑意：

“哦？有这等事？”

林娴嘴唇轻抿着，在烛光的暗影里神情诡谲，转面，幽眸含笑望着婆母，娇慵的声音分外悦耳：“母亲，难道那丫头是诈死？若非诈死，劫尸者意欲何为？莫非是她同党？这样想来甚是可怕！”

“她只是个小丫头，说什么诈死、同党，嫂嫂尽捡些不着边际的话说。”褒洪德朝林娴埋怨着，眉梢挑起懊恼，又转面杨子叶，神色悲郁道：“母亲，褒姒行刑前猝死，一定是被人陷害，此人窃走尸体，乃为销毁罪证！”

林娴脊背森然发冷，脑子里像炸开了一窝蜂，嗡嗡响个不停。

杨子叶泰山青松般稳坐不动，神色冷凛，如山顶积雪：

“褒姒已死，尸骨难寻，争辩无益。德儿，你也累了，快坐下进食吧。”

早有丫头加了瓷碟、镶银木箸，褒洪德与林娴分礼坐了。杨子叶挥手命丫鬟下去，亲自给媳妇、儿子布菜，端起三脚铜斛和他们相碰，饮了，目光颇深地看着儿媳：“娴儿，你千金之体，亲自到斩桩给一个奴婢饯酒送行，堪称我褒国佳话。”

林娴拿罗帕擦拭嘴角，低头目光疾转，抬头，笑容如阶前海棠明艳：“褒姒如花岁月误入歧途，着实让人难过。孩儿时时思念着圣明先王禹帝的德政，以作安治褒民的法则。如今的褒民，不加教导就不会善良；不加教导，就没有善政保存褒国。

孩儿无意受人褒奖，只图教下人们变得慈善贤良，胸怀博大。”

杨子叶看着她右手拇指上缠裹的白纱布，故作惊异道：“娴儿，你的手……”

“唉！”林娴摇头叹息，像一个不计较被猫戏弄的绵羊，同时又不胜惋惜：“褒姒这丫头……儿媳也不怪她。人之将死，其心也哀；哀极生怒，人情皆是。”

云迷四野催妆晚，暖客红炉玉影偏。褒洪德挑起眉头，盯着林娴好一会，目光阴郁如斯。

杨子叶压下杂芜心事，面色如无风无浪的湖泊，端起青铜斛笑道：

“吃酒，吃酒。”

几案上摆着姜汁松花卷、金糕拌梨丝、盐水大虾、酱牛腱、豆鼓鲇鱼、锅烧鲇鱼、烀皮甲鱼、锅烧鲤鱼。另有芙蓉糕、翡翠糕、豌豆黄、奶皮糕四点，另有一个蛤芥蘑汤。

杨子叶给林娴和褒洪德布菜，笑幽幽道：“年轻人胃口好，也是福气。人若有了年纪，晚间就不可随意进食。你们趁热吃吧，这大虾、鲇鱼、甲鱼、鲤鱼，都是汉江里的新鲜货，肥而不腻，味美可口。”

林娴笑着迎合，不住夸赞鱼虾好吃，又夸厨上手艺高。褒洪德低头吃饭，不时抬眼横扫林娴。一顿饭吃得貌似和悦，实则各怀心事。饭毕，丫鬟们端来漱盂，递上罗帕。另有丫鬟撤了餐具，收拾几案，上了丹漆茶蜜[①]。

褒洪德说茶蜜难喝，褒宝另泡了铁观音奉上。褒洪德低头吹出涟漪，轻抿一口道：“人有小罪，不是过失，而是经常自作不法；这样，即使小罪，也不可不杀。人不是经常自作不法而是过失，即是大罪，也不可杀。诸侯能够这样行事，百姓们就会心悦诚服，就会互相告诫，和顺相处。像自己有病一样看待臣民犯罪，臣民就会抛弃咎恶；像保护小孩一样保护臣民，臣民就会安定康乐，不是执法者刑人杀人，就没有人敢刑人杀人；不是执法者要割鼻断耳，就没有人敢施割鼻断耳的酷刑。”

杨子叶看了眼林娴，接道：“大恶招人怨，百善孝为先。不孝顺不友爱的，算不算大恶？譬如儿子不认真佐理他父亲之事，大伤父母之心；父亲不爱怜儿子、厌恶儿子；弟弟不顾天伦，不尊敬哥哥；哥哥不顾念手足，对弟弟不友善。父子兄弟之间到了这种地步，若不惩诫，天帝赋予的常法就会大乱。要我说，得赶快用大周之法惩罚这些人，不要赦免。”

母子二人的话，在林娴听来，颇不自在，也不答话。杨子叶母子二人说过家事谈罢淮夷战场，接下来的时间再也无话。休闲时光变成益欲浓重的煎熬。橘红灯光笼着杨子叶的疑虑重重，褒洪德的痛不堪言，林娴的惶惶不安。

褒洪德盯着面前茶钟，悲郁的目光忧伤的面色。心底对褒姒的那份倦恋，如同一个惨淡命运者不可抵挡的无言歌声。她那一抹笑靥，恰似孔雀飞掠时掉下的翎羽，被夕阳照得光彩夺目，恰似在烂漫春光里掉落的一瓣桃花。春过后，了无痕，徒伤悲。

二

夜色如魅，孤魂野鬼四处飘移。待林婉和褒洪德告辞，海棠未凋，琵琶未歇。杨子叶命常林进来，面凝寒霜吩咐："秘密查找褒姒下落，生要见人死要见尸！"

"是！"常林俯身抱拳，欲要告退，又转回来，目光流泻了情绪的复杂："若是找到活着的褒姒……"

"一定要审问清楚，再……"杨子叶目光沉凝地点头，挥臂向下，做了个砍杀动作。

"奴才遵命！天也不早了，夫人早些安歇吧。奴才告辞！"常林大步流星走出门外，抬头凝望满天星斗，如分派的护卫在各处守卫褒府，幻想自己就是最亮的那颗。他出身名门，自幼习武衍文，由杨国杨侯推荐进入褒府，成为夫人心腹，用八年时间超越了褒侯心腹陆牧，成为护卫统领。回想这二十年实在不易。夫人对他却也不薄，为他置田置房，娶妻纳妾，要的是他的全力效忠。

林珠提着灯笼在前面走，林娴沿着游廊款款随行，一路见各处华灯璀璨，如同仙苑，头顶星光如雨，池中仙鹤翩跹。出了游廊走到一棵大树下，冰冷的露水落在脸上，寒意弥散了林娴全身，她不由拢拢上襦。回屋来坐在花梨木几旁，跳跃烛影摇曳着她的忐忑不安，云儿急忙上茶。

林娴弯腰弹弹裙摆，拿起陶瓷茶钟喝了一半，将茶钟放下，目光凝滞于右边烛影，起伏的心事随烛光飘摇。

云儿上茶时不小心洒了，又忙拿了帕子擦拭，垂眸道：

"奴婢鲁莽，少夫人恕罪！"

林娴闪闪的眸子恨不得扒掉云儿的衣服，抬脚踢过去：

"你这冒失鬼，整天价鬼附身！"

云儿吃痛咧嘴，耷拉着眼皮，垂手而立："少夫人恕罪！"

林娴正要说话，一个身形彪悍的国字脸男人急匆匆进来，灰头土脸，鞋上沾着泥土，机警环顾，欲言又止。林娴一挥手，林珠及云儿一齐退下。那人噗通跪下，低头抱拳道："少夫人，奴才无能，还没找到尸首！"

林娴呼地站起来，踮起茶钟摔碎在地：“废物，蠢材！”

李护卫脸色灰白，诚恐诚惶叩头：“埋葬当天，奴才避着常统领走，路上遇到大小姐，避了一会儿。约莫常统领刚走，就赶到那里。不料墓穴已被挖开，不见了褒姒尸体！奴才一直不停寻找，也真是邪门，难道她还魂了？”

“鬼话！”林娴心悬空，神纷乱，在屋里走得片刻不停：“杨子叶和常林一个鼻孔出气，适才她听到褒洪德的消息时，分明在强抑震惊。这证明，她对那丫头尸体去向并不知情。”

“劫尸者是谁？”

“目的何在？”

林娴不住地自语，临窗而立，看着窗外的夜色泼墨一般漆黑，苍穹辽远，星稀月落，浮云如暗流汹涌势不可挡。风鼓荡起窗帷，寒意起自足底。

猜疑不着边际。假想不能成立。林娴在屋里转了几圈后，才命李护卫站起，冷冷笑道：“褒洪德觊觎侯爷之位，心怀不轨。那丫头招他待见，我偏要她死！我料定在斩桩杀她，必有意外，就在饯行酒里下了宫廷秘制的剧毒，无色无味无症状，五日后尸体才会慢慢变色，神仙也难复活。让你验尸，是让你毁尸。若是不毁，那褒洪德必然要验尸。”

“二少主觊觎褒侯之位，必要排挤大少主。所谓验尸，不过是要抓到怡芳轩把柄。”李护卫目光幽深，黑面浓眉，身材魁梧，宛如黑铁塔一般。嘴角眉梢，时现一抹暴戾。

他出身苦寒，少年时父母双亡，苦练武艺，誓要出人头地。十年前褒府比武纳士，他名列前茅侥幸入府，成为护卫。几次随褒帅出征，豁命杀敌。于阵前救过大少主，屡立战功。木讷少言，难以攀上副帅位子，看不惯常林的飞扬跋扈，看准了夫人与少夫人之间的微妙关系。他心念一转，唯少夫人马首是瞻。在褒府安身立命，需要投靠强劲的主子。

“褒侯之位只传嫡长，即便他觊觎，又当如何……”林娴目光低转，芙蓉面上的情绪变幻让人难以揣摩，倏转嫣然：“李护卫，我们做的一切，都是为了继承问题。保护你大少主顺利继位，我自然不会亏待与你。”

“奴才誓死效忠，直到白骨化尘。”李护卫面色黢黑，看起来牙齿雪白：“少夫人，可要继续查找褒姒尸体？”

林娴婉然一笑，复转冷厉：“继续寻找。查到尸体一定要销毁。”

天狼星身际，一颗夺目的流星带着仓惶的姿态一闪而逝，难觅踪迹。

坊间伊人拂袖舞，海棠花树千枝琼桠，飘荡白絮似梨花、似梅花，似琼花。

三

灼灼月华投射在褒府内苑，蜿蜒起伏的屋宇、阁楼、亭台、廊庑，交错的青石廊道纵横开来。开阔处的池塘、河渠，宛若揉碎的梦境。

聚龙阁的青石廊道迤逦连接着紫云堂。石基底座饰以华美的彩绘，镇守石基的吉祥瑞兽栩栩如生。阁内，褒洪德经褒南擦药已毕，半躺在床上望风吹树影动，皓皓明月一泻千里，沉声咏哦：

“月出皎兮。佼人僚兮。舒窈纠兮。劳心悄兮。月出皓兮。佼人懰兮。舒忧受兮。劳心慅兮。月出照兮。佼人燎兮。舒夭绍兮。劳心惨兮[②]。”

银月当空，树上珠玉乱洒，半天柳絮交加，萦绕着聚龙阁的红墙碧瓦。

杨子叶领着褒宝进入聚龙阁，走过幽径，转过紫檀屏风，绕过回廊，推开褒洪德卧房门，见风越过雕花窗吹起窗帷，荡起巨大阴影。儿子半躺着，烛影摇动他满脸的忧伤、落寞。青铜兽嘴香炉里，紫檀香袅袅，一截截香灰掉落无声。

褒洪德见到母亲并不搭理，缓缓转过脸去。

杨子叶徐徐走近儿子，挨着他坐在床沿，双手交叉，目流冷笑：

“我儿子大了，有出息了，知道怨恨娘亲，给娘亲脸子看了。”

褒洪德缓缓转面，烛影浓重了他眸中血丝：

“母亲，褒姒是冤枉的！若非如此，然何坟墓是空的？”

杨子叶面孔笼着红烛的光影，看起来仁慈祥和：

“德儿，褒姒已死，多说无益。你就忘了这丫头吧。”

“我忘不了！一定得找到褒姒。”

“我是按褒府规矩行事。”

“规矩？为什么那么多劳什子规矩？我就偏偏讨厌那些礼仪、规矩，那些繁文缛节！我一定要找褒姒，活要见人死要见尸。”褒洪德猛一掀被子坐起，痛得鼻尖冒汗，面色青白。

“德儿，切莫胡言。你已十八岁了，不是小孩子！你这样由着性子肆意妄为，乃是自毁名节，就不怕下人笑话？”杨子叶语重心长，恨铁不成钢，心里甚是烦恼。

“什么名节？我就讨厌这劳什子名节！”褒洪德英气勃勃的脸上不乏青春的叛逆。

杨子叶细长的眉梢凝着楚痛：“如今政局动荡，百姓水深火热。在内，周天子姬宫湦沉湎酒色，不理国事，重用奸臣虢石父，大兴土木，加重徭役、农工，激起民怨沸腾。在外，西戎东夷猖獗，不断挑起争端。我还真不敢说，大周接受天命会福泽长久；也不敢说，大周国运不会绵长。我只知道，桀纣不重视德行，过早失去天命。你身为圣主禹帝后裔，合该继承先祖明德，使褒国基业永固。”

褒洪德接道：“《尚书》有云，君主不以杀戮治下，才会有功德，才能制止下人肆行非法。君主立德在前，天下百姓才会顺服、效法，才会发扬美德。君臣上下勤劳忧虑，接受的大命才会久远。愿母亲认真接受好天帝的大命，而不要左右盘算着一个丫头。”

杨子叶一听伤心已极，泪光闪烁：“我的儿，你已经十八岁了，可我琢磨着还像教养小孩？而且是在开初教养。”转面看着窗外，抹去泪水：“禹帝啊，先祖啊，我曾亲自传给他明哲的教导，现今您该给予他明哲，给予他吉祥，给予他永年。因为您该知道，我初理政务时，就到褒国来了。我一直在辅佐褒晌认真推行德政，用德政向天帝祈求长久的福命。”

褒洪德便不敢再接话了，低头搓着双手，怅怅叹息。杨子叶颤抖着手拉住儿子：“我的儿，你父亲此次进兵淮夷九死一生。你兄长带兵前去营救，尚不见信鸽传回音讯。为娘忧心如焚，夙夜不安，你也当为父母分忧了！”

褒洪德眼前掠过战场的血腥、残酷，单纯的心忧患、忐忑、酸楚不已，猛地抬头，目光怨恨，言语激切：“母亲，这内忧外患，都由那周天子昏庸无道而起。明日孩儿就带兵去淮夷，营救父兄！”

“涉险攻打淮夷，凭你？”杨子叶摀着他头黯然叹息，忽拧起眉毛道：“报国立功的机会我已给你。让你去抗震救灾，你丢了军粮死伤人马，半途而归，是何道理？”

风吹烛影迷乱，飘进来澹澹花香。褒洪德看着墙上流淌的烛影，皱眉，神情执拗：“孩儿去抗震救灾，乃为拯救百姓于水火，却不想什么立功报国。”脸上涌起厌烦、懊丧：“我已说过了，还问。”

杨子叶轻轻拍打儿子，嗔怒道：“蠢才，有这样和你母亲说话的？”

褒洪德低头，闷声闷气道：“我就再说一遍，我们那晚走进秦岭时，突遭犬戎白狼伏击，那些白狼委实厉害！眼看孩儿命将不保，突然出来一黑衣蒙面人……”

杨子叶脊背又出冷汗，微微冷笑：

“黑衣蒙面人武功高强，杀退白狼，救了你们。”

褒洪德沉于追忆，目现迷惘：“我都说过了，也算是也算不是。”

杨子叶指着儿子，目光责备、爱怜：“小冤家，小事可糊涂，大事要清楚。是就是，不是就不是，何为也算是也算不是？”

注释：

①丹丹漆茶蜜：贡茶。晋代《华阳国志》载，周武王伐纣，实得巴蜀之师……丹漆茶密，皆贡品。

②月出皎兮……劳心惨兮：出自《诗经》、《月出》篇。是西周时流行于陈国的民歌，一首情诗。

第七章　洪德相思无着处　褒姒石屋欲逃生

一

风儿轻寒，窗口石基上散落几片凋零的花叶，幽芳不倦。

褒洪德呆呆看着墙壁被烛影染红，陷入沉思：

“那黑衣人武功很是了得，旋风般围着白狼转了一圈，说着什么‘蒹葭苍苍’，又发出一声鸟叫，众白狼立即就撤退了。”

杨子叶转到窗前，看着窗外荡漾的月色，神情狐疑：“看来黑衣人并非我们的人，若是我们的人，必然会与众白狼死战到底。白狼见到他不战自退，证明他与白狼渊源不浅，或是同伙。”站起来，走到窗前拉起窗帷，看窗外海棠花在风里凋谢，怔忡道：“这些年犬戎人觊觎中原，屡屡挑衅。我褒府乃大周王朝中流砥柱，被犬戎人视为眼中钉肉中刺。那黑衣人既是白狼同党，为何要救我儿？事情不像表象那么简单！或许，比为娘想象的还要复杂。”

褒洪德在床上望着母亲背影，看到母亲的衣袂随风涌动如潮：“黑衣人也许是行侠仗义的草莽英雄，白狼和那黑衣人一走，褒毓妹妹便打马而来……”

杨子叶的银盘脸细长眼颇显睿智，猛地转过身来，目光映着红烛，如火燃烧：

“草莽英雄……褒毓这贱人，言谈举止，多有不可思议之处！”

褒洪德伤处发痛，斜倚床栏，如被寒流冲击的枯叶那般萎靡：“母亲，你别草木皆兵了。褒毓是我妹妹，会有什么问题？依我看，我大嫂可能有些问题。”

杨子叶转回床前，坐下沉默片刻，语声柔缓：“你大嫂出身名门，性子未免冷傲了些儿，但你们兄弟之间，还需精诚团结。只有如此，方可抵御外敌。”权利之争残酷，她不想看到两个儿子手足相残，心思在烛影里悄转，发出恨声：“褒毓从小在那贱人身边长大，未免污染。回到褒府这些年，还是一意孤行，臭脾气！无论我说什么，她全当耳旁风！尽管我百般善待她，可她真像一只喂不熟的狗。给狗扔块骨头，狗还会摇摇尾巴。”

“她无非孤傲些，不太入俗，算什么臭脾气？母亲你总是看她不顺眼，还整天对父亲说什么……视她若亲生。”褒洪德心绪纠结，眉深深皱着：“那个女人已殁多年，我不明白，母亲为何一提起她就怒发冲冠？这且不说，还讨厌、怨恨她的女儿。那可是我亲亲的妹妹。”

“德儿，你总是胳膊肘向外拐，还是不是我儿子？”杨氏倏然涨红了脸，怒斥完毕，又觉失态，站起来揉揉鬓角，又替儿子掖好被角，温声嘱咐：

“儿啊，你安心歇息，安心养伤，好好练武。你父帅老友青瞳真人的剑谱，你要努力的学。这世界弱肉强食，只有强大起来，你才能避免许多伤害。古今英贤莫不为立德于天地，立信于生民，继往圣之绝学，开万世之太平。”

杨氏嘱咐完毕，掀开帷幔，和褒宝走到门外柳树荫里，分明感到风的威力比来时大了几分，花飞扬，叶凋落，鸟无措。杨氏扭头看褒宝胖乎乎的娃娃脸：“赵氏那个贱婢，一直阴魂不散，将一身贱处传给她女儿。这小贱人半夜三更单骑进入秦岭，难道是豁了命，要和我唱对台戏？依你看来，这贱人行为可是匪夷所思！”

褒宝的雪缎裙裾被风飘起，细声细气道：

“奴婢对主子知之甚少，不敢妄加评论。”

杨氏猛地折断拂面柳枝，冷傲面色覆了寒霜：

“我很看重你，别总这样含糊其辞，以后多留意与她！”

褒宝敛身，风吹起鬓发覆了面颊，敛衽道：“奴婢记下了。”

杨氏目光轻飘飘掠过路旁的海棠花树，声如呓语：

“谁会在秦岭深处施救德儿？那一众白狼又如何会就范？”

褒宝敛身、垂眸，惴惴不敢应声。

褒南小方脸大眼睛颇显伶俐，躲在翠竹后看着杨子叶主仆走远，轻灵地进入聚龙阁，凑近床头，轻声道：“二少主，奴才已经探得明白。怡芳轩李护卫说没找到尸体，常统领说，劫尸者乃是一黑衣蒙面人。”

褒洪德急忙坐起，胸口剧烈起伏，目光灿亮如星：

“姒儿蒙冤，果然和怡芳轩有关！劫尸的黑衣人，难道就是在秦岭相救者？”

褒南转着眼珠：“他们为何都在查找褒姒尸体？依我看这事儿十分蹊跷。”

褒洪德指着褒南斥骂：“好你个乌鸦嘴！害我跟着你尸体尸体，你怎知姒儿一定死了？”

褒南笑着讨饶，挥手自掮嘴巴：“奴才该死，掌嘴掌嘴！”

“密切关注常林和李护卫，一定要找到姒儿！”褒洪德说完，眼神一瞬急乱，一瞬暮雨潇潇。想到褒姒也许活着，一时又是心中大畅，目中燃起濯濯的希冀。

褒南出神地看着二少主，多少诸侯千金他都不放在眼里，独独对丫头褒姒着迷。别人不理解，褒南却看得透彻。褒姒虽是一个下人，没地位没尊严，但有才德和品貌。

虽说二少主向来不受俗礼羁绊，但这身份的天壤之别，如何逾越？褒南想来想去，也不敢多话，曲身行礼，说着告退。

窗外的风没有止息，树叶哗哗响得如同落雨。前路茫茫的惆怅，使等待成了无休无止的折磨。褒洪德对着窗外夜色怔忡道："姒儿，我一定会找到你！"

二

一间神像残损香火早断的破庙，围墙如瘫痪老人般苟延残喘。院外是齐腰深的蒿草，缤纷野花若隐若现。黄鹂在围墙上鸣叫，拍打着翅膀飞上树梢。尘灰积满禅房前的阶面，屋里的破旧帷幕被风吹得乱颤。褒姒躺在破炕上，于梦里发出轻笑。

门外柳花飞，锦屏春昼长。她喜欢在风和日丽的日子，坐在池塘边的青石板上，赤着脚拍打清澈见底的池水，向空中洒下一串银铃般的笑。头顶是清丽而明朗的天，像一张脱俗的女子脸。银珠般的水滴四下飞溅，燕雀儿围着树枝打转，蝴蝶儿双双结伴飞。

自进褒府，她的生命分为严整的三部：承受凌辱，等待凌辱，肢解凌辱。再将痛楚感伤粉碎，融入火热而勃发的青春，重组成生命中明灿的春水。习惯了没有父母的痛爱，习惯了世态炎凉人情淡薄，习惯了不被人欺压、不被人辱骂就天下大吉。她隐着忧伤藏着心事，十五岁少女的生命，就像那开在灌木从中的七色小花，没有施肥、栽培，但却不减颜色，一岁一枯荣，应季而开。

她的生命又像这脚下湖水，清澈明净。二少主会在这样的时刻溜到她身后，轻轻捂住她眼，用苍老的声音问："小丫头，猜猜我是哪位？"

她接着听到几声苍老的咳嗽，便惊讶于他的慧敏，连老人的咳嗽都模仿得惟妙惟肖。她的灿然笑意于眸中荡开，故作懵懂地扯出一堆人名，就是不提二少主。

然后他就会慢慢松手，像泄气的皮球，一瞬韶华褪尽，浑身上下全是萎靡的褶皱。

阳光，清流，灿花，鸟语。褒姒回头望去，笑得烂漫无暇："是二少主啊，恕罪恕罪！"

她说着恕罪，却不行动，纤秀的脚拍起更高的浪花。

水浪溅到褒洪德头上、脸上，沾湿了他女孩般的浓密睫毛，白色十锦绣锻袍一片濡湿。褒姒仰望空中闲云，笑得燕子般喳喳。不忍凝眸，不忍撞碎他的满脸温柔。

褒洪德弹去脸上水珠，看着她的细长发丝萦绕身际，如梦如幻，琢磨着怎样留住这纯美笑靥，直到永远。

那天她悄悄端起陶罐，放生了他捉回的甲鱼。他用苍老的声音，故作震怒道：

“大胆丫头，竟敢忤逆主子？还不快与我赔礼！”

她故作惊怕，欲行跪礼，他却轻柔搀起她，眼神痴痴语声轻柔：

“姒儿，我们是好朋友嘛，哪个要你赔礼？”

只有在他面前，她才能感受到呵护、溺爱，才敢撒娇、任性，才觉找回自我。褒姒突然感动，湿了羽睫。褒洪德引她到柳树下，望着荡漾的水面，吟咏《诗经·蒹葭》：

“蒹葭苍苍，白露为霜，所谓伊人，在水一方。溯洄从之，道阻且长，溯游从之，宛在水中央。”国风·周南·关雎

褒姒知他心意，无奈难以逾越现实，心中悲苦，哽咽着回以《诗经·螽斯》：“螽斯羽，诜诜兮。宜尔子孙，振振兮。螽斯羽，薨薨兮……”祝福已毕，又吟《诗经·兔罝》：“肃肃兔罝，椓之丁丁。赳赳武夫，公侯干城。肃肃兔罝，施于中逵。赳赳武夫，公侯好仇。肃肃兔罝，施于中林。赳赳武夫，公侯腹心。”

褒洪德听她借诗祝福、赞美，但并不表达内心感受，便又表白道：

“喓喓草虫，趯趯阜螽。未见君子，忧心忡忡。亦既见止，亦既觏止，我心则降。陟彼南山，言采其蕨。未见君子，忧心惙惙……”

褒姒听了，一时悲喜很快淡去，心里涌起对自己身世、命运的怨恨，除此再无其他，便脱口吟出《诗经·采蘩》：

“于以采蘩？于沼于沚。于以用之？公侯之事。于以采蘩？于涧之中。于以用之？公侯之宫。被之僮僮，夙夜在公。被之祁祁，薄言还归……”

褒洪德听她以野外采白蒿的女仆自喻，虽然语声平淡，但也流露出内心的怨愤、悲伤，痛苦、压抑。他感慨万千，悲悯、怜惜，又不知如何劝慰。但想只要认定目标，千山万水亦可抵达，便豪气万丈道：

“姒儿，在这褒府你坦然行走，无需惊怕，一切有我。”

……

他长她三岁，常常帮她做粗活，偷拿桂花糕、绿豆糕、枣泥糕等好吃的讨好她。常为她撑腰、做主，帮她疏通阻遏。那日她洗澡时丢了夫人赏赐的手镯，惊恐相告，他脸上是嫡亲兄长般的担当：

“姒儿莫怕，即便丢了夜明珠，也没什么，一切有我。”

三

二人独处的时光总是风月无尽，她偶尔会像个娇蛮公主，或一个撒娇的孩子。那日夫人带着褒宝回了杨国，她无事可做，便随他去秦岭打猎，看见悬崖上的一株优昙花，在一片葱茏里灿烂着。她惊喜地拉着他飞跑过去，指着高崖道：

“那是优昙花，三千年才开一次，我母亲说它有返老还童之效。”

几天后，花园里，梧桐下，他将优昙花捧给她，神情凝重：

“姒儿，我要看着你永远年轻，永远没有白发。”

“好啊，你敢诅咒我，想让我变成白发老婆婆！”她笑嗔着追着他打，他仓惶地逃。

在紫藤架下揪住他，倏见他葛麻衣袍染了血污，手上腿上都有伤口。她惊得跳脚，边为她包扎边不停落哭。他却笑着哄她，连说没事没事，男子汉大丈夫，这点儿伤又算什么。

她喜欢看他的双眼皮，尤其他笑的时候，好看的双眼皮成了三重双，乌黑的瞳仁闪闪发亮，额头、下巴同时颤动，连嘴唇的弧度都令她着迷。

他的笑承载着沉溺世界的温柔，她永远都看不够。

她又梦到他们坐在青石边相互撩水，笑声响亮。在破炕上笑醒，她缓缓睁眼，于刺目的光线里，看到动荡的帷幕落满尘埃，破旧的墙壁，偌大的一间房，前后贯通没有隔墙。

而她，正在靠墙的大炕上躺着，嗓子疼得像要冒火，手刚刚一动，就碰到了怀中的碧玉箫。她环视周际惶然惊异，正要坐起，互听一个阴沉的声音自窗缝飘进来：“看好她，不得有任何差错！”

“喏。”一个清亮的声音答道：“师傅你真神！说她今天醒今天就醒了。那千年珊瑚……”

清亮声音被阴沉声音打断：“只许听话，不许多嘴！”

褒姒刚一坐起，只见一个白色布襦的中年人踩着门口光影走了进来，灰黄脸又宽又大，表情阴沉，皮肤粗糙得使人想起蜕了毛的猪皮。那双属于猎豹的眼睛绿光闪闪，如夜空里的寒星。起了浅纹的额头上刻着沧桑，和褒府人养尊处优的模样迥异。

霞光穿越窗棂映亮屋内石壁，泛起淡淡的红色。一张裂了缝的白木几案，一条腿歪着，活似风疾老人。几条狭窄的木凳在旁边挤搡着。屋角一个锅灶，一口大水缸，墙上挂着木桶，墙角竖着扁担。

白衣人拉了凳子在褒姒面前坐下，粗大的毛孔，干燥的皮肤，让人无端抵触。褒姒内心惊惧不安，咬紧嘴唇，不去看他，海水般的忧患在心底四溢、蔓延：

为何在这里？可是他救的？他为谁所差？目的何在？

许多种想法被她一一否决，最终归结为褒府诡计。

褒姒低垂眼眸只不说话。白衣人盯着她也不言语。两个人好像在比耐力，就这样静默许久，褒姒终在耐力上输了，抬头问道："你是谁？"

话音未落，便后悔说了废话。白衣人的目光幽深如潭，潭底的风光不会让她看见。

"我是谁？你可真是健忘。"白衣人有些遗憾地摇摇头。"我乃黄帝后裔，继承先祖遗志，多行和平善事。"

"我们……见过？"褒姒充满疑惑，听闻黄帝二十五子，后裔多分布中土。褒府为禹帝后裔，追根溯源，亦是黄帝后裔。这个蒙面人鬼鬼祟祟，自称黄帝后裔，岂不与褒府一脉？

在褒府见过太多甜蜜的毒药，猎人的陷阱花样百出。她尤为难忘，当年那个救她的人亦称黄帝后裔，骗她进褒府，言说只有进了褒府才能找到父母。她于褒府为奴已经三年，想起往事便万分悲酸：那人当初救她，也不过为了卖她吧。倏觉眼前这人和那人十分相似。

白衣人倏忽一笑，脸上仿佛要掉下干裂的渣子，微微前倾身子：

"你被褒府少夫人施毒，被我千年珊瑚所救。"

褒姒心上冷笑，却叩头拜谢："多谢救命之恩。"

白衣人命起，目光和语气一般暧昧，有些不可思议：

"你不用谢我，我向来只为自己活着。"

褒姒愣了片刻，狐疑的丝缕混乱而嚣张。白衣人一直盯着褒姒，阴气沉沉的目光颇为难测。窗外，春山岚欲收，昊空下一大片绿草和灌木，一大群燕子在绿草如茵里蹦跳。

霞光破窗，为褒姒的影子打上一层柔柔的红光。她想站起来时，头猛地一晕，斜倚在木板床上故作平静，可怜、脆弱的心脏紧缩着，思量着处境和活路：

只怕是出离龙潭又入虎穴！

娘亲告诉我，活命的利器就是心的坚韧。无论何时何地，心都不能被打劫！

要赶快设法逃走！

第八章　褒姒归程遇狐眼　摘草伤人凌波寒

一

从外面进来一个满面笑意的青衣僮子，身上混合着霞光和青草气息，发间沾一草叶，灰布鞋上带着泥渍、草渍。手里拎着两只兔子，背上干柴、弓箭。他放下兔子、干柴，挂了弓箭，又端给褒姒水喝。褒姒早已渴得嗓子冒烟，也不客气，接过瓷碗一饮而尽。青衣僮子笑嘻嘻的看看她，对白衣人笑道：

“师傅，你的辛苦没有白费……”

白衣人挥手制止：“休得多嘴，快去打水，做吃的。”

“好嘞！”青衣僮子答应着，取了木桶拿起扁担，大步流星跳过门槛，步履矫健。

一缕霞光飞掠褒姒眉梢，散乱的睫毛微微地颤着。她敛衽为礼，出语试探：

“奴家既中林娴之毒，料想必死无疑。那所谓的千年珊瑚，果真有起死回生之效？”

白衣人语气淡然：“我家祖祖辈辈依《黄帝内经》悬壶济世。父亲矢志岐黄，在那个孤岛上苦守一生，尝试以百毒浸泡珊瑚，以身试毒，一生辛劳却无疾而终。我继其衣钵，苦研多年，终有了百毒不侵的珊瑚。因其百毒不浸，故可解百毒。”

正说话间听到鸽子鸣叫，他步态雄健地走出去，进入院外齐腰深的蒿草里。

褒姒跳起来，跟过去，隐身于断壁残垣后，见这寺院孑立于半山坡上，占据偌大一片山地，外围便是荒草、杂树和山峦。白衣人在山峦上站立，仰望，白色的袍摆被风吹起，鼓荡出神秘、怪异气息。霞光在他的白袍上映出一片灿红。一个凌空飞来的鸽子稳稳落于他肩，咕咕叫了两声。他取下它腿上布条，拍拍翅膀，将它放飞。

褒姒不由攥紧衣袂，蹙眉、凝思，无端颤抖：行踪诡秘，身份悬疑，想从他手下逃跑，怕是没那么容易！

青衣僮子挑着水走来，褒姒急步回屋，在越窗而来的风里瑟瑟抱紧自己，像一只不幸跌进蛛网的昆虫。

青衣僮子被水溅湿了裤脚，放好木桶和扁担，忙取火镰火石生火。柴草燃烧时发出哔啵响声，飞出一些火星，烟雾从窗口飘了出去。

当肉香弥漫屋子时，褒姒发现自己早已饥肠辘辘。少顷，那青衣僮子端了饭菜，在歪着腿的几案上摆好。饭是白米山芋粥，在一口铜锅里冒着热气。菜是野兔肉焖白萝卜，香气扑鼻，另有一摞沾着芝麻籽的烧饼。

看看天色已暗，青衣僮子点了油灯，挂在石壁上。

褒姒被饥饿所迫，也顾不得什么礼节了，拿起烧饼大口咀嚼，大口吃菜，饭菜未毕，便觉一股奇怪的困意袭来，趴在几案上昏昏睡去。

松外子规啼，草上双燕飞。猪脸白衣人和青衣僮子相视一笑，起身为褒姒盖了薄褥，极快地走了出去。院外月华万缕，将两个飞速消失的影子濯透。

月沉沉，鸟悄悄，满地残迹未扫。褒姒醒来已是午夜，慢慢睁眼，见挂在石壁上的豆油灯明灭起伏，屋里不见一个人影。

正是逃跑良机！她猛地坐起来，摸摸怀中碧玉萧，掀起身上薄褥，一边穿鞋，一边警觉地四下环顾。

凉月，露盈珠粒圆花叶。

月光从洞开的窗口扑进来，照得半室通明，照亮几案上残迹，和剩下的几个烧饼。破旧帷幕巨大的影子卧在一角，风夹着野草、泥土气息涌满屋子。

褒姒跳到门口，吱呀一声打开房门，躲在门口朝外探视，被风吹得衣袂翻飞。门前并无人际，一大片齐腰深的蒿草，发出飒飒声响，如同敌人八方来袭。

是非之地不宜久留！

褒姒倚门定神，抚着蹦跳的心脏，摇摇头，摇落惊惧、疑惑、犹豫，系好脖子里的鸾带和腰间丝绦，回身拿起几案上烧饼，揣进怀里就走，顺着小径走出寺院走上山坡。夜露浸湿野草，她脚下一滑，便顺着斜坡滚进山谷。

山谷不算很深，涧溪绕着小径缓缓流淌。两边山崖上长满了野草、藤萝和杂树。褒姒被摔得头脑昏晕，掌上、膝上都蹭破了皮，忍痛爬起，将被溪涧浸湿的裙裾拧干了水，贴住肌肤仍觉寒意袭人。她瑟瑟发抖，仰头望天，天光成了那么狭窄的一片。月光自山顶洒落，照亮谷中小道和溪流。看着不高的山势，可她拼尽体力都无法攀越，几次抓着野藤攀了山石，很快又摔了下来。无奈顺着小径往谷外走，见小径狭窄低凹崎岖，伴着涧溪延伸。人被两边山崖的侧影压着，走得胆战心惊，只怕遇到蛇和猛兽，冥冥中又觉被一双幽睛紧紧追着。

二

她合手祈祷女娲娘娘保佑，竟一路走得有惊无险，走着走着，只觉视线开阔，地上的绿草、野花渐渐醒目，抬头望时，见天际一片鱼肚白，眼前是一片开阔天地。

“哇！感谢女娲娘娘，终于走出来了。”褒姒对着眼前的无际碧野露出笑容，鞋已湿了，原是不小心踩进涧溪。看看溪流清澈，她蹲下去洗了脸，洗掉鞋上的泥水穿着湿鞋赶路。遇到猎人樵夫，都以奇怪的眼光打量她。她便低头看看自己的白裙，已肮脏得看不清颜色。又走过一段岗坡地，走过一段沙丘路，看着在朝霞里无限铺展的绿野、大道，她庆幸脱了险，又悲伤不过是一只流浪狗。

白云漠漠，熏风荡荡。风暖草香摇征辔，迢迢不断如春水。孤鹰的影子掠过头顶。褒姒走得困顿不堪，放眼朗朗乾坤阳光万里，不知该去哪里。她坐在路旁喘息，伸手触摸干裂、痛楚的嘴唇，指上染了斑驳血渍。

“父亲母亲，您们在何方？二少主如今哪里？可知家中变故？”她伤心地想来想去，便哭了起来，哭了一会儿，又惊恐地回头望望，接着赶路。不断有行人走过，她看看人家便止不住悲伤：这世间有没有人像她一样，无家可归无路可走？

尽管漫无目的，可她还得继续走，迎着阳光踽踽而行，头上彤云灼灼，鲜艳得可怕。路边的紫色小花开成紫毯，一些蒿草粗壮如同小树，夜猫子飞快地穿越青蒿。走过一条小河时，她临河照水，觉饿得难受，坐在河边的沙滩上吃了烧饼，喝了河水，又折了芦苇，搅碎阳光投射在水里的影子。阳光的影子碎了，她憋闷的心略有快意，轻轻撩水，水从指缝漏下，溅起串串水花。阳光明亮，远方的草地如蒙薄烟。蝴蝶在河面上你追我赶，鹰在长空搏击千里。她脱了绣花鞋，将脚伸进暖洋洋亮灿灿的水里，接受河水的慰抚，闭着眼睛享受。

河边树林里些许桃花尚未落尽，散发出疏淡的幽香。

互听树林里响起窸窸窣窣的脚步声，褒姒惊讶地扭头，见一男一女挽着手臂从桃树林里走出来。女子皮肤黢黑，大约二十七八岁，身穿红衣头上红巾，身形彪悍形同男人，颇宽的下颏，饱满的脸上脂粉浓厚。一双眼角上撩的狐眼，说不上美艳且有几分暴戾。

男子大约三十多岁，身穿黑袍腰挂佩剑，身形同样彪悍，浓黑的眉像两把插入鬓角的剑，鼻梁上有一瘊子，一双眼滴溜溜转着，流出几分邪气。

男子揽着狐眼女子亲了一口，抖着手中麻袋笑道：“小妍妍，这麻袋就是温柔乡。下次咱们还来这里，不能去你家了，怕被你那死鬼丈夫看出端倪。”

黑脸女子啄木鸟一般在男人脸上啄了一口，虽在笑着，斜溜的狐眼亦难免流出戾气：“冤家，也不知你整天在申国干些什么，奴家好不容易才把你盼回来，你愿来这儿就来这儿吧。那死鬼得了痨病后，我们就分了房。我两句话骗得他魂儿上天，要不他会大鱼大肉的招待与你？”

男人右手揽着狐眼女子腰，左手摸摸鼻梁上的瘊子：

“小妍妍，只要你跟着我，保你以后吃香的喝辣的，不再受罪。”

狐眼女子嗤地一笑，挺胸做了个猥亵动作，痞子相裸露无遗，忽面色凝寒道：

“马三，你也别太小看本姑娘了！本姑娘自幼上东阳山，随师父黄发智叟学艺多年，我要做人上人！听说你表叔的表哥的堂妹是镐京王宫里的老宫娥，你武功高强又精通医术，去镐京谋个差使应该不难，等脚跟站稳，我便去投奔你。”

马三目光滴溜溜乱转，别有深意：

“这建议甚好，可以考虑。你家那死鬼……”

狐眼女子骤然向空扬起匕首。匕首映着阳光，反射出凛凛寒气。她瞪起白多黑少的狐眼，做了个砍杀动作。

马三神情诧异，似笑非笑地定格在阳光里。

狐眼女子狠狠推他：“别装！一肚子妇人之仁成不了大事。我看你会看走眼？哼！”

三

褒姒已观察这对男女多时，暗叹这人心不古的世道，男人风流倒也罢了，竟有这般不守妇道、心底歹毒的女人。

马三站在阳光里哈哈大笑，惊得鸟儿横飞，忽瞥向溪边坐着的褒姒。

褒姒肌肤如玉檀唇丹口，玉凤钗上的米珠流苏轻轻荡着，如瀑乌发流泻肩头，虽是粗布紫衣白裙，却美得不沾凡尘之气。只看得马三的目光和脚步同时停住。

褒姒在他直勾勾的目光里低下头，有些惊怕和不知所措。

狐眼女十分敏感地朝褒姒看看，又指头猛戳马三，语声尖利：

“丢魂了！走，让你看个够。”恶狠狠挽起马三臂，朝褒姒走过来。

褒姒警觉地站起来，惊怕地望着他们。

狐眼女子见情夫不住地打量褒姒，忍不住嫉妒，恶声恶气道：“还说你不好色？见了狐狸精就着迷！”面对仇敌般瞪视褒姒，目中一抹凶煞之气。

褒姒被她瞪得五内生寒，见她面色凶暴出语恶俗，不由暗生抵触情绪：

你才是狐狸精，一只丑狐狸！你全家都是狐狸精，瞧你这双正宗的狐眼！

狐眼女子不怀好意的目光盯住褒姒，面色数变，对马三耳语后，又向褒姒投来诡异笑影："小丫头，你生得这么美，穿得那么破，做乞丐真是可惜！生为女儿身，又何必死心眼，揣着金碗去要饭？不如随我去个地方，你便会锦衣玉食，便有享受不尽的荣华富贵。"

褒姒见她笑意覆盖了眼底凶光，狐眼闪烁不定，料定绝非善类，应当避之为妙，拔腿便走："我要回家了，爹娘在等着。"

见褒姒一溜烟似的走得飞快，狐眼轻蔑地冷笑一声，弯腰折断草茎，朝褒姒扔去。

草茎如两股闪电，发出破空声，朝褒姒背影激射而出。

褒姒走得气喘吁吁，被草茎击中时两腿一麻，噗通一声跪倒在地，发出一声哀呼。

狐眼闪电般一掠而至，一脚踩在褒姒背上，笑声阴鸷，语声冷厉：

"哈哈，想逃跑，没门儿！"

褒姒吃痛，咬牙切齿，挣扎不脱。狐眼猛地点了她身上几处穴道，伙同马三将她捆了，用帕子塞住嘴，又蒙上眼睛，装进麻袋，由马三扛上就走。

潇潇竹影透青雾，幽林双双飞白鸟。

夕阳的光辉洒满朱漆大门，狐眼在前边带路，褒姒被马三扛到天香楼门口。

天香楼门口的几个打手见到狐眼女子便嬉笑起来，一人道：

"兰妍姑娘，又送来雏儿了？"

名叫兰妍的狐眼女子也不理他们，径自催着马三："快走快走！见红姐去。"

天香楼红墙碧瓦隐藏于浓郁绿荫之中，颇具曲径寻幽意味。前院的一间正厅，紫锦为幔镂花为窗，厅中红木几案红木椅子，中堂设着花鸟图案屏风，华丽中带着几分清雅。正中座位上一个四十多岁的妇人，身上鲜亮的绫罗，头上珠翠鲜花，打扮得花团锦簇，身边站着两个粗布裙襦的丫鬟。妇人看着兰妍进入正厅，跟进的马三将肩上麻袋放下来，急切地站起，催道：

"快弄出来让我看看。这雏儿多少钱？"

"不贵不贵，一棵摇钱树，才两百个铜贝。"兰妍伸出二指，语声矜持，颇有些给人捡了便宜的傲慢。

马三笑着将褒姒从袋子里弄出来，兰妍飞快地解了她几处穴道，匕首嗤嗤几下割断绳索。

褒姒醒来，慢慢坐起，揉着手腕上被绳子勒伤的一片青紫，双眼一时难以适应室内光线，不由自主地眯着。

妇人一步步走近褒姒，打量的目光熠熠闪亮，如守财奴见到财神。她拉着褒姒站起来，笑得满脸褶子："哎呀，我瞧她这等俏模样，倒是棵好苗子，只是价钱，兰妍妹妹，你该心痛心痛红姐，这生意不容易，就别再宰割了吧？"

褒姒正要站起来，忽吓得跌在地上，手在袖筒里攥着，指甲深深的嵌进肉里。

兰妍拉拉裙摆扶扶头上簪花，满脸的不乐意，眼波在透窗的霞影里转了又转：

"嫌贵？红姐，咱们打交道这么长时间了，你也太不够意思了吧？再仔细看看，这脸蛋这条子，就是棵不折不扣的摇钱树……"面色怅然望着窗外，微微一叹："唉！你若觉得不合算，我就送她到那边的丽人坊去。"

第九章　褒姒被卖天香楼　奇怪嫖客夜游走

一

褒姒暗暗震惊、叫苦，闻得左右厢房莺声燕语不绝，夹着男子的调笑。

右厢房一女子的声音媚到骨缝里：

“爷，我亲亲的爷，奴家可把你给盼来了……”

左厢房一女子娇声娇气道：

“相公，你又被哪家雀儿勾去魂了？这么多天不来看奴家，想死奴家了……”

褒姒不动脚趾头，也知这是什么地方，不由耳热脸红，血液激荡，声音急促道：

“我是良家子！快放我走！”说着，拔腿就往外跑。

狐眼女一个箭步追上来，死命地扭住褒姒胳膊，狠命地摔倒在地，又补了一脚，瞪着眼斥骂：“小娼妇，贱骨头！你敢再动一下，小心我掐了你的爪子，打断你的腿！”

那满头珠翠的鸨儿急忙上来解围，满脸堆笑：“小姑娘，你就安心呆这里吧，妈妈我一定痛你爱你捧红你。瞧你这好模样，在这儿混成万人追捧的花魁有什么不好？走出这个门儿，回到你那个穷得叮当响的家里，嫁个乡野村夫或混成富家丫头，哪有在这儿当头牌舒服？若还运气好，遇上个痛爱你的官贵，将你赎身做妾也是有的。横竖你都一生清闲吃穿不愁！”

褒姒直觉被屈辱之潮淹没，难以喘息，哭道：“若不想我死在这里，就得放我出去！”她猛地推开鸨儿，拼命冲向门口。狐眼追上去，朝她脑后猛击。褒姒扶着镂花门，以倾斜的姿势晃悠悠倒地。狐眼收势，对鸨儿诡秘一笑：“红姐，你若嫌贵，我这就带她走。”

鸨儿忙笑着阻止：“兰妹妹你真是……不给你姐姐一点儿面子。罢罢罢，姐姐我狠狠心，省下几身好衣料，收下了！”

褒姒醒来时发现已经入夜，身上轻薄纱衣，躺在床上，红菱被熨贴舒适。屋子里散发着微微的熏香气息，窗外正是灯火阑珊时，男女的调笑声不绝于耳。

褒姒猛地坐起来，恐慌四顾，心随着芙蓉帐、红纱幔动荡、迷乱不已。

稀薄的光影伴着微风从窗棂透射进来，照得床前一片恍惚、迷离。

红灯笼映亮镂花窗，人影乍现。鸨儿在窗外吃吃笑着，低语呢喃：“这位爷，你尽管进去乐呵吧。刚才你已看过模样，自然是国色天香没人可比。我用守宫砂[①]验过货，保证是个雏儿，假一赔十。老娘我什么嫖客都见过，就没见过你这种蒙着面还不让点灯的。常言说妻不如妾，妾不如妓，妓不如偷……到妓院还想玩儿偷情啊？老娘可不管那么多，我这两只眼只认得银子……”话声伴着脚步声渐渐远逝。

褒姒跳下床就往外逃，门却被推开，一个黑影带着醺醺酒气迎面扑来。

褒姒急向帷幔后躲避，黑暗中被什么绊倒，又急忙爬起来往门口逃。

那人饿虎扑食般扑上来，将褒姒牢牢抱住，呼吸急促，嗓子刻意压着：

“别跑……”

褒姒挣扎着，抗拒着，推搡着，又低声哀求：

“我……不是！爷……求你放过我吧！”

那人一声冷笑，抱住她不丢，滚烫的身子将她压到墙角：“我是来救你的！”喘息浓重，将她按在地上，动作粗鲁地撕扯裙子：“你得听我的，就给我一次……我会救你出去……”

褒姒情绪激烈地抗拒着男人的侵袭，拼命厮打：

“要我听你的，你就不得对我无礼！”

男人正急不可耐地撕扯褒姒亵衣，呼吸急促得不可描述，闻言动作稍有停滞，稍后便又继续，粗重喘息，压着嗓子乞求：“你这小骚狐，骚得人把持不住，就一次吧，就这一次……我一定救你出去！”

褒姒的胸衣已被撕开，挣扎得浑身无力时，男人似乎也已惫殆，渐渐放松警惕，身子不再用力，手也不再钳制，头脸贪婪地埋在她胸前，深情恋人般轻轻摩擦、吸允，温情得不可思议。

褒姒悲愤地沉于黑暗的深渊，闻到这人身上散发着青草气息，看到他闪烁的双目，在静夜里如火燃烧。她掐准火候猛地抬膝朝他胯部重击，同时狠命地推开他，挣起来奔向门口。

那人在褒姒夺门而逃的瞬间将她抓住，动作粗鲁地拖到床上，火热的身子挤压上去：“你逃不出去的！要想走出此地，必须得给我一次……”

暧昧而浑浊的空气让她窒息，褒姒拼命反抗，绝望、伤感、厌恶，哑声哭叫：

“你这个怪物，为什么不敢露出真面目？还怎么要我听你的？”

那人忽然停止了动作，眼神飘忽不定一会儿，突然掏出一块白布捂住褒姒嘴。

一股怪味直袭褒姒喉咙，她手在空中胡乱抓舞几下，渐渐失去直觉。

那人背起昏迷的褒姒，从后窗跳了下去。

二

褒洪德的伤势一日日痊愈，练武练得汗水淋淋，又有明丽日光当头加温，蝉叫明亮、高亢。他接过褒南递来的羊皮袋，咕嘟嘟将袋中茶水喝完，抿了一把汗，低声问褒南："李锋、常林可有异动？姒儿可有消息？"

褒南哭丧着脸，低着头道："少主，小的无能……"

主仆二人走出练武场，向前一程，见芬芳四溢的天地，淡淡烟雾如梦似幻。红漆鎏金大门错落层叠，左边一道月洞门，清翠环绕，绡帘飘忽，将内外分割成两个天地；右边朱漆描花廊坊，仆人往返穿梭。

褒洪德远远望见一个艳婢挎着竹篮，从一处密林里钻出来，沿着青石甬道，走得步步生莲，一举一动都显示出训练有素的世家风范。

褒洪德正自狐疑，忽听褒南道："林珠，她好像鬼鬼祟祟的样子。"

褒洪德手臂一挥："走，截住她。"

林珠一身淡绿撒金绣百合绢帛裙襦，曲折纹鎏金凤钗，一转眼撇见褒洪德从前面路口走来，忙弯腰摘下路旁一朵月秀花，眼风倾斜偷偷观看。

月季花被林珠擎在手里，轻薄花瓣，嫣红欲滴，柔嫩艳冶。

褒洪德往前走着，见眼前几道曲径首尾相连，雕栏玉砌，流觞曲水，绕过几处俨然透出江南风韵的楼阁。阁外一座白石廊桥，丫鬟仆童络绎经过。

林珠刚刚放完信鸽，微窥褒洪德相向而来，弯腰拂了拂裙摆掩饰慌张，踏着满地香尘，折身拐向另一条青石甬道，袅袅走上廊桥。几个路过的丫鬟都行礼、问好。桥上流过不徐不疾的杨柳风，桥下碧波粼粼的河水。风过处，落英缤纷如雨。一片残花落在林珠臂上，被她拂开。

褒洪德绕向另一条青石道，走上廊桥另一端，挥去几个跪礼的丫鬟，故作赏景，拦在林珠前头。见她施施然走来，面颊红润，头上鎏金凤钗折射着阳光熠熠闪亮，淡绿色裙裾在风里动荡起伏。

林珠见无可回避，索性镇定地走到褒洪德面前，双挽手，曲身行礼：

"奴婢林珠，见过二少主。"

褒洪德袖子一扬，麦色皮肤溢满阳光，迷人的双眼皮里流出微薄笑意：

"林珠，不用行礼。"

林珠说着多谢二少主，在阳光下亭亭玉立。桥下一弘碧水，成了衬托她窈窕身影的背景。褒洪德迎着阳光眯着眼，想她这看起来孱弱单薄的身子完全是欺世假象，这种自幼浸淫于世家的婢子，修炼出何等手段和心智都不会令人惊奇。

粼粼水面倒映着两岸花树，一弯清流一脉花香一抹丽影，清新怡人。

褒洪德收藏心事，笑问：“林珠，你不跟在少夫人身边伺候，慌慌张张为了何事？”

风拂起水面千万细细波纹。林珠饶是早有准备，眼风仍有些躲闪，声音轻柔，若绕上墙头的紫藤花蔓：“启禀二少主，褒姒妹妹出事，奴婢甚是悲伤，特来林中为她焚香、祈祷。”

林珠揣摩着洪德心思，话说得滴水不露。没说褒姒死，也没说她活着，焚香、祈祷保平安，天上人间皆可行。她落落大方地掀开提篮，提篮上蒙着红锦，篮中放着紫檀香和黄色香表，另有火折子。

风从足底掠过，在林珠淡绿色绣百合裙上掀起一道激荡的涟漪。

褒洪德心中钝痛，面色苍白，明朗目光变得暗淡，空中的阳光似乎灼伤了他，身子微微的颤栗。

林珠脸上一片真实的伤感，慢慢盖上红锦，浓密的长睫毛荡出一片黑影：“奴婢留了这些东西，明天还来为她祈祷。”清泪从眸中流出，忙用绣着缠枝梅花的粉帕拭去。

与褒姒的种种情形在光影里纷至沓来，褒洪德浑身发冷，心像被利器切割，哀伤不语有顷，挥手命林珠退去。他独自下了白石廊桥，走向青石道，步履有些蹒跚，身子有些僵直。

紫云堂在廊桥的东南侧，中间隔着一道广巷。褒洪德穿越宽阔的方砖形青石广场，经过廊坊，穿过莲花池旁的两条抄手游廊，已看到前方一座挺立的阁楼——爱民楼。这是父亲处理政务的地方。与爱民楼遥遥相对又一样巍峨的殿堂，就是母亲处理褒府日常内务的紫云堂。

华帷珠帘，翠幕玉栏，紫云堂在花木掩映中，宛若碧海明珠。

褒洪德上了红毯铺地的丹墀，门前的婢女、仆僮见到他一一躬身行礼。他来到朱红雕花门前，见门上的鎏金铆钉在半明半暗的阳光里折射出迷离光晕。进入内厅，见母亲躺在美人榻上，沉香木雕的修竹纹美人榻上铺着金心红缎褥子，另有织锦香枕。

两个小丫鬟正在地上跪着，一下一下地给褒候夫人捶腿。想来再轻的活儿，时间长了都会嫌累。两个丫鬟的鼻尖额头，都挂着亮晶晶的汗珠子。

三

之前杨子叶被丫鬟伺候着，侧身望着窗前飞花，倾听檐下燕语，一种不可名状的忧惧、压抑感让她窒息。渐渐进入似睡非睡的迷糊状态，脑子里勾勒着褒晌在淮夷迎战的情形：

土炮声声，战旗猎猎。褒晌战神般威武，立于高台，久等不见先行官回来，眼看将误战机，他身先士卒，挥刀号令将士们向敌营冲杀，不料进入了敌军的埋伏圈。海水般的淮夷将士左手长矛右手短刀，或刺向大周将士的胸口或刺向马腹砍向马蹄……褒晌正迎战两个淮夷将官，远处嗖嗖三箭，分三个方位一齐射来。他举着长戟将两箭挡开，又杀退来袭的敌将，却有一箭射向后心，他树桩一般向前倒去……

褒洪道骑马来救，大呼："父帅，先行官被淮夷人捉去，恐有内鬼——"

"有内鬼——"杨子叶尖叫着，猛地从榻上坐起来，冷汗流了满脸。

一个丫鬟急忙递上帕子。

褒宝掀着金丝帷幔走出来，面若傅粉睛若点漆，看着夫人擦汗，轻摇她肩：

"夫人，你又做噩梦了。"

褒洪德上前拉住母亲手，直觉那手冰冷、颤抖，不由痛楚、心酸、悲悯：

"母亲……"

杨子叶面色恢复淡定，对两个丫鬟道："你们去后院制衣坊，看看我那件罗裙做好没有。眼看夏天到了，正要穿呢。"

见两个丫鬟应声去了，杨子叶紧攥儿子手，满目肃然道：

"我近来常做噩梦，每次都梦到你父帅出事，梦到褒家军里出了奸细。"

褒洪德觉出母亲的心底衰弱，剑眉一拧："儿近日伤情痊愈，可带兵前往淮夷，援救父帅、兄长。母亲在家里，千万要留意褒姒……"

杨子叶掀开蚕丝薄被，从榻上站起来："德儿，你还是去镐京候旨，抗震救灾吧。大旱之后又是地震，三川皆竭。这一系列天灾，对于饱受兵祸之苦的百姓，真是雪上加霜。许多地方灾情严重，百姓们食不果腹，卖儿卖女。你带上八万担稻米救济灾民，我让常林陪你前往镐京。褒姒已死，切莫再提。"

褒洪德跟着母亲站起，闻听褒姒已死便一阵眩晕，抑着悲愤、忧伤的情绪，扶母亲在几案前坐下，大惑不解道："母亲，淮夷乃是当务之急。"

杨子叶掩去忧患之色，溺爱目光投向儿子：

"你无实战经验，又习武不精，不能去淮夷冒险！你今儿好好歇息，明儿带队去镐京，抗震救灾亦可建功立业。淮夷军情，可暂且等等，也许，捷报会很快回来。"她语声迟疑，下巴刻意上扬着，手却在宽大的袖子里紧紧攥着，心痛得如遭凌迟。权奸挡道，刀兵无情。褒府已几百年基业，设若天帝要收回大命，褒家军全军覆没，她夫君儿子可有生还的把握？

无论天到尽头地入洪荒，她都要留住褒府一袭血脉，不能让祖宗于泉下啼哭。

褒洪德明朗双目流泻出执拗："不见姒儿，我决不甘心！"

杨子叶心系褒家军存亡，语声铿锵：

"有些事，你得放下。成大事，需有舍弃！"

褒洪德半晌不语，垂首静立，母子间再无言语，屋子就这样静了下来。一瓣残花从幽静的镂花窗飘进来，静静落到地上。褒洪德偷看母亲，见她神情悲愤，心事重重，知她牵念远征的父兄，又见她鬓边几根白发，便凑上去，紧张道：

"母亲，你有白发了！待我帮你拔掉。"

杨子叶推开儿子，轻叹一声道："古人一夜白发，我这些烦愁，这点白发再正常不过。妇人到了这个年纪，但凡儿女知礼、孝顺，又何用在乎白发黑发？"

褒洪德见母亲目光悲郁，满脸愁闷，不由心痛，忙跪下道：

"母亲，儿去镐京听旨便是。"

杨子叶面现欣喜，搀起儿子，如释重负道："此去镐京，路途遥远，要崇重法令，以德治政，以安人心。教导从属，要以周法赏善罚恶。不要制造怨恨，不要使用不好的计谋，不要采取不合法的措施，以蔽塞你的诚信。"

褒洪德道："孩儿谨记母亲教导，您在家治理褒民，也是一样，要挂记他们的善德，宽缓他们的徭役，丰足他们的衣食。褒民安定，天帝就不会责备和抛弃褒府。"想起林娴，又道："也不能让家人和内外官员作威肆虐。这些人若是沽恶不悛，就不可德治。在我褒国，不遵守周法的，也有诸侯国的庶子、正人、小臣、诸节等。假如他们另布政令，告谕百姓，称誉不法，危害国君，这就助长了邪恶之风，您就要迅速捕杀他们。"

杨子叶频频点头："我儿长大了，懂事了，母亲甚为欣慰。你要记住，天帝不只帮助褒府。此行，要明确你的职责、使命，开阔你的视听，时刻保持警惕。永远不要抛弃我的忠告，你就可以成为圣贤，为世世代代的褒民称颂。"

似在梦中，褒姒感觉有清风扑面，什么鸟唧唧啾啾鸣叫不休。

她梦到自己穿越山谷和狭长的森林，又走在山梁上的灌木丛中。正迷惘四顾，不知该去哪里，突然似被狠狠推着，一个失足跌向悬崖。褒洪德大鹏般飞身掠来，抱着她飞奔，在阳光温暖的花丛里停下步子。

褒姒深情和他对视，又急忙挣开他，羞涩躲避，这一躲又被什么东西刺痛面颊。

意识清醒时，她发现自己臂着轻绡身着丝绫，躺在一棵枝繁叶茂的栎树下，面颊被草茎戳得生痛。四顾不见褒洪德影子，唯看到在风里扭动的杂草、树木。

朝霞裹着尘粒在林间起舞，她的心如同霞光里的尘粒载沉载浮。明亮的天光透过树林的缝隙倾泻下来，风吹动树叶，簌簌响个不停。鸟儿都在树梢上起舞、欢歌。

风里传来一声冷笑，褒姒惶然四顾，哪有人的影子？

她一骨碌坐起来，弹弹身上草屑，抚平乱发，回忆昨夜情形，觉出身子无碍时有些庆幸，揉着发懵的鬓角，颦眉苦思：

我被狐眼卖进妓院，难道被那奇怪的嫖客救出来了？他是何人？为何最终放弃兽性？又为何救我？

携着重重疑问、惊骇，太阳将落时褒姒走近浓荫翳日的森林。林梢被夕阳涂上血红的色彩，映入眼睑的是几棵花开当时的山茶。啄木鸟在一颗棠梨树上笃笃地劳作。松鼠自草丛里跳起，窜上一棵栎树。

褒姒回头望望衔于林缝里的红日，踏上林间小道，见透过树顶的霞光明明灭灭，宿鸟惊飞，林叶飘落。再往前走一程，只见藤萝遮道，丛生的灌木齐腰。一阵凉风吹入脊背，突生些彻骨寒意。她毛骨悚然地抱紧自己，稍倾，拨开藤萝，深一脚浅一脚地走得浑身是汗，也不顾荆棘刺肤疼痛难忍。藤蔓挂住裙裾上的棉线，她低头撕了半天，用力揪断。忽听背后风声嘶嘶，似有什么东西破空而来。她回头一看，不由大惊失色："啊——"

连日的失养、奔波、挣扎、折磨，猝不及防的恐惧使她晕了过去。

注释：

①守宫砂：古人喂蜥蜴朱砂，七日后风干捣碎，调以花粉，涂抹女臂。淫者红去，不淫者红滞留。

第十章　劫后余生又遇险　白狼再救为哪般

一

褒姒醒来时浑身困痛，见青藤缠着青藤，处处是拥挤着向上攀爬的生命。为获得一寸热辣的阳光，一滴饱满的雨露，不要命地抢着把头向上探了又探，没有谁会顾忌生命拔节空间的狭隘，挤搡。

身后一阵风吹得脊背发冷，夹着一股腥臊之气，迫得她透不过气来。她回头望去，见那只试图吃她肉喝她血的豹子卧在草丛里，前蹄伸直，后蹄弯曲着像在用力爬起。颈部连中三颗五星钢镖，鼻子眼里都在流血，分外狰狞。

褒姒吓得浑身哆嗦，手脚瘫软，只觉冷风吹进衣袖嗖嗖生寒，不由抱紧膀子。

前面不远处，传来一个似曾相识的声音："不用怕，它死了。"

褒姒循声望去，猪脸人在前面一丈开外站着，一身白衣在风里恣肆飞扬，发出飒飒声响。

"是你？"褒姒抬头看他，目光疑惧、惊诧。豹子身上的腥臊气直扑鼻息，她不由抬手捂住口鼻，站起来时一个趔趄，撞到豹子毛茸茸的前蹄，吓得面色苍白，接连后退。

"你不用害怕，"白衣人语声平静面色无波："我在保护你。"

你不害我已天下大吉，还说保护我？褒姒回想褒府种种，少夫人每每责骂她时，总说是没救了。夫人苛责她时，总说是拯救她。这白衣人受褒府指派，前时如何会让她逃脱？

褒姒面带冷笑，整个人固定在霞影里，被不可名状的怪异感严密包围。

杂乱的树影从白衣人肩上掠到脸上。他幽深的瞳孔，益增阴沉和神秘，抬头看着被树林遮挡的天光，手握挂在腰间的青铜刀柄，朝褒姒走近：

"我要你安全回到褒府。"

"回到褒府？"褒姒蹙眉凝立，目光畏缩地盯着他的脸，懵懂、疑惧。

明知道褒府要杀她，他们到底演的什么双簧？

白衣人冷冷一笑若秋风之凛冽："我一直在跟踪你，刚才射死了那只豹子。这是个乱世，回到褒府才是你的活路！”

“活路？你脸皮粗得掉渣，脑子也掉渣了？拜托，我是褒府死囚！”褒姒气得忍不住了，不客气地嘲讽，冷眼瞪他，如审视深渊。

“小丫头，你心系褒洪德，明明在往褒国走。”白衣人像揭穿阴谋一样，冷冷地嘲笑她。

“谁去褒国了？逃还来不及！”褒姒嘴上强硬，倒退两步，回望来路，倏然羞愧无比。明明要保命要逃离，却为着一个他身不由己，魂牵梦系，仿佛鬼使神差，无法自抑。

白衣人拿出桑弓萁箭，对褒姒晃着，面有得色，像炫耀法宝：

“你可识得这个？”

那桑弓两端缀着数缕红缨，红缨编成的小辫乃褒姒亲为。桑弓在眼前晃动，如血激荡。褒姒胸口起伏，思潮波涛汹涌，乌瞳燃烧起灼烈的焰：“你……你……我父亲的弓箭……为何在你手里？”

流水极天横晚照，春风一枝萱草。白衣人诡秘一笑：“小丫头，我是黄帝后裔阿蠡。三年前，我救了你，送进褒府。你难道真的忘了？”

“阿蠡……”褒姒喃喃出口，看着他眸中那抹熟悉的幽绿，思绪如风萦回。

三年前，十二岁的她头插草标，顶着灼烈阳光，被他领着，来在雄壮威武的褒府大门前。她迷惘地看着镶满鎏金铆钉的朱漆大门。他厚实的手掌扶过她髦乱头发，并低声叮嘱：“世道混乱，你只有进入褒府，才不会被杀，才有机会见你爹娘……”

三年了，他为何一直没露面？如何从褒府斩桩再次相救，施以千年珊瑚，又偷偷放走？

她顾不得想那么多问那么多，别人若不愿相告，问也白问。她读不懂太多的尔虞我诈，只含悲咽泪道：“我爹娘呢？我要找爹娘！”

他阴沉目光在她身上游弋，面色冷硬地朝她挥手：

“你爹娘在我手里！想见到爹娘，就得听我的！”

褒姒痛哭着，随他来到一处较为空旷的草地。群鸦在林梢积聚，猫头鹰飞速窜过青芜。在头顶飘荡的血色霞光，将她带回三年前那个血腥之夜……

他为何将她骗进褒府，为何这般步步为营？

她敏感地想到马戏场上的动物和驯兽师的关系。

驯兽师饲养动物是出于爱的本能吗？他只是出于生存需求。

动物需要驯兽师吗？但它需要在世界头晕目眩的混乱中占据固定位置，遮蔽冰天雪地的冷寒。

二

阿蠡敏锐地收尽了她的排斥、狐疑，声音如斯阴冷：

“你必须回到褒府，为猃狁王侵吞大周出力。否则你爹娘就得死！”

他慢慢逼近她，阴冷的眸咄咄瞪视。她闻到他身上的青草气息，分明就是天香楼那个嫖客！临时收手，亦为掌控有力。她如悬在半空那样无着，在轻淡的霞光里浑身哆嗦：“你是……猃狁细作？”

阿蠡目光灼灼，将她逼视：“你也是！我数次救你，你得知恩图报！”

明明是欺骗、胁迫，还说是相救！她和父母相依为命，幸福、满足。他们逼走父母劫为人质，将她骗进冰冷的褒府。她是堂堂正正的人，绝不是细作！

褒姒想到此处，恨不能冲上去撕碎那张猪脸：

“休想逼迫我！你这个奸诈小人……”

阿蠡一张猪脸，皮肤干得好像一击即碎，表情莫测：

“在石屋睡着时，你不停呼唤褒洪德，我就知你必回褒府。悄悄跟踪，果然如此。”

霞光退尽，天空飘起一大片黑脸云，蓄意欺凌、遮蔽初升的孤月。暗沉的天光压着褒姒的影子，渺小而单薄。阿蠡掏出一方紫罗帕，乜斜着眼甩给她：

“你且细看！”

褒姒接住紫罗帕，果然是母亲的，上面是蘸血的文字：

姒儿，我们在安戎城尚好，时刻盼你团聚。

紫罗帕自手中飘落，褒姒的血液一瞬沸腾，在苍茫的暮色里嚎啕大哭。

阿蠡的白袍在风里作响，如潮涌动，语调沉缓冷静：

“有褒氏经帝禹分封、建立诸侯国。褒国历经夏商周三朝，褒侯世袭已久。自周穆王姬满在位时，褒家已成为大周王朝的中流砥柱。褒晌如今为大周军中主帅，擎天之柱。只有分裂、瓦解褒府，倾大周天柱，猃狁王才能顺利入主镐京，一统天下。那时，你功不可没，将有无上宠荣，贵及父母，岂不甚好？”

“不，不！”褒姒哭喊着，抬头望天，晦暗天光映出眸中惊恐、混乱。

阿蠡见褒姒愁容惨淡，泪眼婆娑，便沉声道：“人生在世，忠孝仁义。你完成猃狁王使命，忠孝两全。否则，就看着你爹娘怎么死！”

他看着她被狐眼女子劫走，是想让她明白孤立无援的危险。

他最终没在天香楼玷污她，乃为长远计划。

褒姒虚弱得像被风卷起的黄叶，慢慢蹲下，目光绝望、凄冷：

“褒府……我的死地。”

阿蠡看着她的乌发被风撩起，显衬出灵巧的瑶鼻和红润的檀唇。他语声沉缓、冷静：“棋局稳稳布下，谁会先走死棋？”

三

褒姒的心痛到极致灰到极致，乱捻着丝绦上的线，话音低弱，如欲将断裂的游丝：

“如何……瓦解……分裂褒府……”

天地昏暗得没有任何生气。阿蠡弯着腰凑近褒姒，阴谋家的嘴脸裸露无遗：

“你这张脸这身段将无坚不摧！你只管引诱褒洪德，争取二少奶奶位子，褒府必乱！”

阿蠡的白衣扫过草地，用火镰火石取了火，举在手里，阴冷目光直逼褒姒：

“走！”

褒姒如同踏进沼泽，被无休止下陷的恐惧攫住，慢慢起立，步态虚浮地跟着他走，心思凄苦、荒芜，边走边幽然怨叹：“落红与芳树，香危道略同。正叹春去远，又苦雨伤丛。玉人今何在，飘零事东风。沉沉无着处，悲凉千载同。”

火光忽明忽灭，在林中起了淡烟，松子油形成火红的直线，一串串落在地上。

他们一前一后穿越森林，褒姒抬头看看天空升起的皓月，褒洪德的笑脸时隐时现，泪水将她的衣襟打湿。

一切都是命，半点不由人！

树林幽暗深邃，银白的月光划破树叶密集的影子，地上的潮湿空气侵得空气极冷。夜色瀑布般流泻下来，月亮在草和落叶上泻下清冷的光，把树影和苍苔照得斑驳如画。

当凝在地面的薄雾被东方一缕橘红色的朝霞淡化于无，孤鹰飞过苍茫天空。褒侯府辕门外锣鼓声声，旌旗猎猎。褒洪德集合了三百护卫和一百匹马一百匹骡子，两百辆木轮马车上装着从褒府粮库搬出的八万斤稻米，另有白银二十万两，大队人马浩浩荡荡出了褒城。

褒洪德骑了枣红马走在中间，左有常林右有褒南，各骑着一匹雪青马护卫前行。马蹄踏在青石板上踏踏作响，马蹄铁映着霞光泛起缕缕银色冷辉。街道旁站满了看热闹的百姓，露出兴奋羡慕或嫉妒的表情。

大队人马走得甚急，第二日黄昏时进入秦岭。山路崎岖、狭窄难行，野鸦横飞，叶舞飞扬。又因高度戒备响马，他们在山中没有片刻停歇，牵着马择着道艰难前行。

阿蠡在山道上远远望见绣着斗大褒字的红色大旗，忙拉住褒姒隐身灌木丛里。待褒洪德人马闪过，阿蠡拉着褒姒从灌木丛里出来，回头看着锦绣大旗冷哼一声。

褒姒被阿蠡拽着往前走，回头远望着褒洪德的乌发被鸾带束着，衣袂上金丝银线绣着的流云纹饰随风飘动。她哆嗦着嘴唇流泪，呜咽不已。

阿蠡意态暧昧，携着冷笑："你有很多时间和他在一起，又何必急于一时？"

褒姒五官扭曲，只是呜咽，不停抿泪。呵手试梅妆，嗟叹离恨长。盈盈粉泪，寸寸柔肠。她边走边盈泪回望，直至褒洪德背影在苍茫暮色里逐渐模糊。

面前羊肠小道铺满落叶和荒草，覆着苔癣，又被夜露打湿，滑腻难行。她伸开双臂，却抓不到任何支撑物，泣语飘散在无际的风里：

"芳莲坠粉，无端抱影销魂。渚寒烟淡，长恨相从未款。而今何事，又对西风离别。棹移人远，缥渺行舟如叶。"

褒洪德牵着马在山道上艰难行走，乌黑的瞳心溢着水光，拧眉默语：

姒儿，你在哪里？

艳阳高照，碧野清幽。一大队人马出了秦岭，顺着被霞光覆盖的官道一路前行，一径去往镐京方向。晌午时走得人困马乏。褒洪德在马上打着哈欠，见所过村庄破败不堪，艰难寻食的村民面黄肌瘦、行动迟缓，路旁的树皮草根皆被挖尽。

面前闪出一座树林，常林提议在林边歇息，生火做饭。

第十一章　褒姒回府遭酷刑　常林负伤丢军粮

一

褒府絮飞晴雪，弄影摇清。纤风细软，萦绊游蜂。翠荫相接，掩着玉阙珠楼，好似瑶池仙宫。

紫云堂里，杨子叶穿着青紫色云锦襦，窄腰大袖，身后逶迤长摆有如凤尾，配以金丝络垂坠着，走起路来摇曳生姿，更显身形纤秾合度。她拄着案台坐着，千思万绪，怅岁久，恨闲损，难禁愁绝。

几个护卫将褒姒押进来，杨子叶急忙坐直，面带寒霜，目中剑气霍霍，将她激射："褒姒，你不思改过自新，竟敢诈死？"

褒姒跪地哭道："夫人，奴婢不敢，奴婢没有。"

杨子叶推开面前青玉茶杯，冷冷笑道：

"既然说不敢诈死，你就将如何获救如何回来之事，从实讲来。"

褒姒哭哭啼啼叙述了在一破庙醒来，发现被一神秘人所救，又在夜半悄悄逃走，徒步走回褒城，以头上玉钗抵押，住在悦来客栈，夜晚险些被刺杀又被二少主所救的种种如实说出，刻意隐瞒了阿蠡用千年珊瑚为她解毒，及被狐眼绑架卖往妓院等情节。

听褒姒说完，扬子叶兀自仰头，笑容更寒更冷："蹊跷，真是蹊跷！"

堂外露条烟袅，挂满帘栊，惹长短旧恨，几番风月。花叶无声帘外语，峭寒生碧树。褒姒跪在地上流着泪，思绪如窗外落花满天飞，暗道：

如果我说出少夫人在斩桩上毒害我之事，她一定不会承认，反而更要杀我灭口。那样，我不仅无法为父母活在褒府，即便逃出去，她也不会放过我！

杨子叶眸子里转动着不屑、狐疑，忽然一声冷笑：

"这世界没有无端的爱恨，神秘人救了你，必有所图，必然防范慎密。你然何能偷偷逃走？褒姒，你若不能自圆其说，我今天定要大刑伺候！"

褒姒叩头在地，语声哽咽："夫人，奴婢全部交代了，已经无话可说，请夫人宽恕，饶命。褒姒定然拼死效忠，决不犯错。"

杨子叶如剑目光射向门口，厉声道："来人，将褒姒带下去，用刑！"

褒姒闻言出了满身的冷汗，拼命哭喊着磕头、求饶，但依旧被护卫们押进刑房，绑在十字木上。紧一阵松一阵的皮鞭打得她皮开肉绽，直到天黑，她昏死过去又被冷水泼醒，睁开迷糊的双眼，见屋里又黑又潮，散发着难闻的怪味。面前的墙缝起了霉，因刚刚下过雨，椽头上白色的蘑菇悄悄露出头来。

褒姒耷拉着头，浑身血痕，无限悲苦地思量着早已料定的今日酷刑，及猝不及防的那晚逃生。

那晚客栈，燕燕轻盈，莺莺娇软，夜长争得相思染，江汉皓月冷千山。青铜烛台上数支红烛照着几上嫣红的海棠，颇觉幽静。她站在窗前，回想她早晨患急性眼病，看郎中途中遇到街头卖艺女绿贝，她拿出碧玉箫与她合奏。绿贝卖艺所得的铜贝被狐眼兰妍抢走，淮夷太子蚩磊行侠仗义，打败狐眼帮凶，帮绿贝讨回铜贝。她又赠绿贝铜贝救治母亲，彼此结下姐妹情谊。不觉间，一抹欣慰笑意自唇间溢开，益发显得容色倩丽。她对着黝黑夜色默语：

绿贝姐姐乃琴中圣手，乃我乐中知音，能与她合奏真乃此生幸事！不知何时我们再能相逢？再能合奏？

想着想着，褒姒又流了泪，客馆叹飘蓬，极目楚天空，云雨无踪，漫留遗恨锁眉峰。叹春池荷花开来晚，辜负东风。

那时她只顾对月出神，不曾发现，楼下暗影里有个黑色人影，幽冥般逼近。

她喜欢赏月，每每月圆时总要对月出神。此晚只站到月影西移，花落无声，益愈冷清。她栓死房门，回到床上盖上被子，暖意融融中听闻雕花窗有异响，倏忽一怔。她警觉地坐起来，盯着门窗，目光惊恐不定。

西边树影后的最后一缕光华是月亮的背影，天空渐渐变得黑暗。

褒姒跳下床，掂起门后斜靠的木棍。

一个黑影一脚踢开雕花窗，举刀便向床上砍去，感觉落空时，眼里射出惊恐。他凭着夜黑杀人练就的极好视力，环顾屋子，不料双腿受了重重一击。他踉跄了一个，挥刀向床下一扫。

褒姒已从床头钻了出来，挥起手中木棒向那人打去。

那人敏捷一闪，挥刀向褒姒砍来。

褒姒双目一闭，觉一大团黑色将她淹没。

黑衣蒙面人高举利刀正要砍下，忽觉脑后风疾急忙收势，转身招架。

黑衣蒙面人身后的偷袭者接连几招抢攻，口中斥骂：

"何方鼠辈！受何人所使来杀姒儿？实话相告，我便饶你不死。"

褒姒又惊又喜，急忙呼唤："二少主！"

那黑衣蒙面人边打边退到门口，向门外一跳，似有顾忌，不敢恋战之势。

褒洪德一味抢攻，听到褒姒声音动作一顿，回头道："姒儿，你没事吧？"

褒姒跳起来急道："抓住他，盘查内奸！"

黑衣蒙面人一个跳跃间已经跑远，黑铁塔般高大的身影，灵猿般敏捷地消失于苍茫夜色里。

褒洪德也无心追赶，急忙抱起褒姒，抑制不住的欣喜："姒儿，姒儿……"

褒姒感觉冰冷的身体在逐渐变热，脸上有了温热泪珠。不，泪已流尽，只有血在奔涌。那温热的液体流过脸颊，流过脖颈，深深地流到心里。

二

一个手拿皮鞭满脸横肉的男人指着浑身是血头发披散的褒姒，厉声喝斥：

"不想死，就快招供！"

褒姒的面颊上血痕斑驳，睁着无神的眼，声低而哑：

"我无话可说……"低头哭道："二少主……"

满脸横肉的男人瞪着眼，狠狠向她挥起皮鞭：

"臭娘们，还敢以二少主吓我，找死！"

一阵疾风暴雨似的皮鞭落在头上、脸上、身上，褒姒只觉得身体飘了起来，伴着旋舞的金花飞向天空。

她被扔在阴暗潮湿的地面上，但却感觉不到冰冷，只觉得身体里的暖意随着血液一点点流走，每流一分身上就凉透一截，神志渐渐变得模糊。

残云收小暑，新雾带秋岚。戌时府里就开始掌灯，高悬的灯笼发出柔和的光，照得青石道一片迷离。

褒毓从迷离光影里走来，身上荷衣头上玉凤钗，满目冷傲，猛地踢开刑房的木门，朝着高扬金丝鞭的大汉娇斥："会死人的，还不住手？"

满脸横肉的男人急忙收回鞭子，低头，合手道："拜见小姐。"

褒毓面色如霜指着褒姒："她一个小丫头，你个狗奴才还真下得去手！"

男人左眼皮上的那颗猴子颤了颤："小姐，奴才奉命行事！"

褒毓乜斜着他，轻蔑笑道："蠢材，本小姐提醒你，二哥哥是我父母亲的心肝儿，你做事得好好琢磨着点！"

男人抱拳，满脸的卑微："是是是，在下牢记小姐训示！"

窗外花飘落，歌扇萦风，吹散愁恨千缕。

此时，褒洪德骑着千里驹走过官道穿越秦岭，虢家村情形在脑子里疾闪：

他听一精瘦汉子说褒姒在褒城东市，便要赶回，不料常林武力阻挡。褒洪德面色涨红，丢给常林个冷硬背影："事关重大，我非回不可！"

常林转到他面前，眼瞪得溜圆："多大的事也不能耽误抗震救灾！"

褒洪德言语短促："我得立即回去！"说着，就要去牵那头正在低头啃草的枣红马。

常林面色冷寒，横剑拦截："你不能走，否则按动摇军心论处！"

褒洪德挺剑相对，眼风凛冽，咄咄逼视他："让开！"

常林低吼："除非你踏着我的尸体离开！"

"你以为我不敢杀你！"褒洪德从怀里拿出十锦绣令旗扬了扬："我乃押运官，你只是副官！"

常林仰头一声冷笑："夫人私下给了我监管你的权力！"

褒洪德急着要走，常林偏拦住不放。两个针锋相对互不妥协的人厮杀在一起，引得众人惊骇，纷纷攘攘，只到常林击落了褒洪德手中武器。

太阳风华千里。在地面、林间缭绕的晨雾灰飞烟灭。常林收回剑势，手仍在瑟瑟发抖："少主，请回去休息！"

褒洪德无奈心生一计，拉着褒楠进入密林，对换衣服……

他回到褒城，在东市的悦来客栈救回褒姒，如今要去追赶抗震救灾的粮队。

他在冷峭的夜风中挺着脊梁，扬起鞭催动马，耳旁不闻鸟语花香，不闻高山流水，马蹄踏踏敲响心中的急迫，漫天的月光翻飞着旋转着沉落心底。他边走边想：

姒儿大难不死，我便心安。常林的大队人马走得甚慢，我总能在面圣之前赶上他们。

山林、冈峦、丘陵，俱在褒洪德视野里飞速倒退，心房上回荡着母亲的话语：

"奴才！大王号召抗震救灾，诸侯各个不敢落后，你竟敢屡次违命！若是大王怪罪下来，我举家都得遭殃！"

"为娘听你的，决不为难这丫头，一切等你回来再做定夺！"

走过一处山道，路面越来越狭窄，杂草上濡染着湿漉漉的露水。褒洪德勒紧马缰绳，缓了速度。在迷茫的夜色里看到两匹马驮着常林、褒南，迎面而来。后面散乱地跟着数匹马，驮着带伤的护卫。几声马嘶夹着几声人的哀嚎，令人毛骨悚然。

褒洪德急忙勒马，燃亮火折子，厉声道：

"何故如此狼狈，军粮呢？银子呢？难不成你们又遇上劫匪了？"

常林被搀下马来，瘫坐在地上，满脸的颓废、萎靡，不见了往日的目中无人气势，气喘吁吁地诉说虢家村的那番遭遇——

他手中握剑高仰着头，轻蔑地看到褒洪德拉着褒南走向林中，许久不见出来。

草地上飘起炊烟和粥香，护卫们闻着饭香饥肠辘辘，难忍煎熬，不由纷纷低声埋怨。

常林狐疑地转着眼珠来到林边，大喊："二少主，大家等着你吃饭、启程呢，快出来吧！"

常林喊了数声不见回应，便觉得事有蹊跷，倏然一惊，冷汗随着脊梁下趟。他慌忙跳进林子，用宝剑劈开林中荆棘，三步并作两步走，跑得浑身是汗口干舌燥时，远远看到褒洪德穿着紫色甲胄的背影，好像在追着什么东西。

三

常林高声朝那影子呼喊："少主——"

距离不远，褒洪德却置若罔闻地一直往前跑，丝毫不理睬他。常林在后面追着喊着，褒洪德一直朝前走，头也不回，如同着魔。常林追得越急，褒洪德就走得越快。常林情急中一个燕子抄水掠到褒洪德影子面前，不由大惊失色！

这个假扮褒洪德者竟是褒南。

常林狠狠一脚将褒南踢得纸片般飞出去，又抢进、将剑架上他脖子，怒吼：

"大胆狗奴才！竟敢冒充二少主？"

褒南被踢中胸口，吐了口血，瞪着眼道："常，常统领饶命，小人，乃身不由己。少主，去村里借马回褒城，只怕已走出二三十里了……"

常林怪叫一声，砍断身旁的大树，边和褒南往树林外走边厉声叮嘱："你既敢冒充少主，到了镐京须得小心，否则欺君之罪！不仅砍你头，更要连带整个帅府！"

忽闻惨叫声从林梢传来，又闻一阵马嘶，常林说着不好，和褒南飞一般奔出树林。

林外空旷处一群人正驾着粮车朝一条官道上飞奔。褒府护卫死伤无数，幸存者仍在拼命追赶粮车，接连毙于抢粮者刀下。

"狗贼，还我粮车！"常林怒吼一声，朝为首黑衣人掠去。褒南拔剑在手，冷汗淋淋追随。

为首黑衣人发如墨染，英姿飒爽，寒星双目中暗掩沧桑，结束几个缠打的褒府护卫，大声指挥属下："快押粮车走，我来断后！"

常林边追边大喝："哪来的狗贼？竟敢抢褒帅府的粮车！"

为首黑衣人眉目间的那抹沧桑遮不住儒雅风流，仰头冷笑几声：

“周幽王无道，登基以来施暴政、掠美女，天怒人怨，以此引发天灾人祸，乃是上天对大周的惩罚。此乃大周子民的多事之秋，我要将这粮食发放灾民，你褒府拥护周幽王便是为虎作伥，可耻可恨！”

常林脸色铁青地斥骂，举剑便刺：“何方乱党，忤逆之贼，一派胡言！我褒府忠心为国，何罪之有？”

黑衣人寒星目一闪，一鹤冲天向常林当头劈来。常林飞身闪过，直奔粮车，黑衣人飞身拦截在常林前边。

褒南也在为抢救粮车奋力格斗，以一抵十，面不改色。花憔柳悴，群鸦惊飞，草色托影，烟光惹鬓。东风急，哀鸟黯然飞天际。

半个时辰后，粮队被劫走，常林胸前血流如注，被臂上插着箭羽的褒南搀扶着坐在地上，面如金纸。阳光照着被血染红的地面，血腥味扑鼻，一大群苍蝇不顾生死地嗡嗡乱飞。草地上到处都是褒府穿着蓝衣的护卫，或死或伤，惨不忍睹。或断了胳膊腿或被开膛破肚，肠子流了一地；有的断了脖颈，和身体分离的眼睛瞪得吓人；有的脸庞开花，有的吐出很长的舌头。半死不活的或爬着蠕动或仰着只有喘气的份儿，惨叫呻吟不绝于耳。

褒南臂上缠着白布，布上渗出血迹，跪地痛哭：“少主，粮车和银子被抢，护卫们死伤大半。我们拼了命了，但那淮夷太子蚩磊实在难对付得紧……”

常林胸口的绷带上不断冒血，面无人色，气息奄奄道：

“那蚩磊乃是蚩尤[①]后裔，性格放荡不羁，秉着一身好功夫……”

褒洪德心思杂芜，幽幽轻叹：“父帅正在攻打淮夷，难道……”

常林蹙眉咧嘴，往日的桀骜消失殆尽，目光沉凉，忧伤：“蚩磊此番抢劫军粮，乃一石三鸟之计。一来扩充淮夷军饷，二来扰乱褒帅之心，三来让朝廷责怪褒府抗震救灾不力……”

褒洪德听得脸色变绿，两眼发直，灵魂出窍。

褒南颓然抚着伤口，苍白脸上珠泪横流：

“出了这么大乱子，怕是要被夫人砍头了……”

褒洪德又恨又悔道：“都怪我，都怪我！闯了如此乱子，真是辜负了我母亲一片美意！”

常林面色灰白，嘴上崩了无数血口，失去精光的眼神泄露出心底的挫伤、颓丧：“二少主，不怨你，那淮夷太子蚩磊处心积虑，可能早就盯上我们了。还说是抢粮发放灾民，谎话啊……”

褒南伤心农妇般四肢伸展，坐在山道上，满目的怜悯、凄凉、忧患：

“常统领，我们如何回去向夫人交差？”

褒洪德忽想起那个告诉他褒姒消息的精瘦汉子，想来他是敌非友，不由生恨，瞥了一眼常林，暗想：

精瘦汉子告诉我姒儿在褒城东市杏花巷的悦来客栈里。他是谁？什么目的？

他有些懊丧地脱口而出：“虢家村似有奸细，虢石父老贼摆不脱干系！”

褒南忙道：“就是就是！给咱们指路的那个精瘦汉子是奸细。我们受伤后他不知从那儿钻出来了，告诉我们强盗是淮夷太子蚩磊。我说他是奸细，他认了。我骂他无耻，他也不恼，说各自境遇不同，各有各的活法，为了妻儿老小，不过在刀口上混口饭吃……”

褒洪德跳了起来：“如此说来，抢粮事件不是偶然巧合，虢家村是虢石父老贼的老家，精瘦汉子可能是虢老贼派出的奸细！不如我且去抓几个虢家村的人，逼出些口供来！”

“不妥，虢老贼甚得天子宠信。二少主千万别鲁莽行事！”常林声音虚弱地制止，挣扎着就要起来，却因虚弱倒了下去。

褒洪德急忙搀住他，一时忧心忡忡，思绪纷乱难理，闷声叹道：“唉！也不知父亲兄长在淮夷如何？我若将这般复杂情况告诉母亲，岂不更舔母亲烦忧？”

常林喘着粗气，嗓音沙哑：“夫人早就了解虢石父这个人。回府吧……”

注释：

① 蚩尤：善战，会造兵器，尊之者以为战神，斥之者以为祸首。是苗族相传的远祖之一，其活动年代大致与炎帝和黄帝同时。

第十二章　婆母儿媳暗较劲　威严褒府藏诡秘

一

怡芳轩的丹墀前牡丹芍药竟艳，江天如画，望中烟树碧碧。燕子起舞，徘徊风露下，不知今夕何夕。

正堂里绣屏锦帷，饰以珠玉，甚是雅致。内殿帘幕低垂，遮挡住一屋明灿光影。林娴坐在明丽的妆台前，描画精致的妆容，额贴大红花钿，金粉勾起微微上翘的眉梢，几分娇媚中带着几分冷厉。她的含情秋波早已退去了少女的青涩，尽显成熟少妇的丝丝妩媚，甚是撩人。

层层帷幔罩着熏香袅袅，如梦如烟。林娴看着镜里自己的影子微微叹息，神情忐忑，回想着刚才在路上相遇褒毓的一段对话：

“你屡屡害她一个丫头，她总是被人所救，你心中该有一个道道！”

“你这是信口栽赃、诬陷！我可是王叔、丞相夫人的外甥女儿，你的嫂子！”

“若非如此，我早就对你不客气了！你要再敢对褒姒不利，我就把你的事一股脑抖出来！”

“哼！随你说什么，我婆母都不会相信。她认定你是个唯恐天下不乱的祸事精。我要不杀褒姒，说不定哪天她就会害我！”

“巧言令色！就你的那些破事，她要说早就说了，为什么非要等到以后？路不平，有人铲。你欺负一个孤苦无助的小丫头，本小姐决不答应！”

“就凭你一个庶出的小姐，为了一个丫头，犯得哪门子混！难怪，都说你爱和人较劲，天生的！就不怕有人趁褒侯不在家，正好杀了你？杀了你，不仅没人为你伸冤报仇。我婆婆还会暗暗记人一功。”

褒毓在阳光下轻蔑一笑，惊飞了树间鸟雀：“哼，你天生爱斗，我天生爱较劲儿！正好匹配，棋逢对手才有趣味！要不然，活着多没意思？没有人能杀我，不信你就试试！”

林娴暗藏心事，笑着凑近：“妹妹，我们是一家人。我所做的一切都是为了维护褒府！我是你嫂子，你是我小姑子。我没在褒府长大，你也没在褒府长大。咱们应该同枝连气！”

褒毓将手里的一枝海棠花撕碎，向远处扔去，仰着头笑：

“维护褒府？咯咯咯……”

沉于心事的林娴看到小丫头云儿端着茶进来，夺过那杯玫瑰花蜜茶朝她头脸倒去，骂道：“死蹄子，哪个要你殷勤，滚开！”

云儿不可逃避地接了那杯茶水，茶水顺着头脸往脖子里流。她不敢分辨，像被手掌追击的蚊子般仓惶而逃，正撞上匆忙进来的护卫李锋。云儿忙弯腰打躬祈求恕罪，轻飘飘走到门前，忽听里面一声大响，想是少夫人摔了什么东西。云儿悄悄站住，倾听。

李护卫跪在地上，低着头道：“少夫人，奴才……奴才无能，恳请责罚。”

林娴霍然而起：“又没弄死她？”

“奴才无能，褒毓小姐去刑房了，二少主又半路回来……”

林娴怒叱：“你永远无能，永远在求责罚。我想砍了你的头，管用吗？”

“少夫人仁慈，属下一定拼死效忠……”

“空谈误千秋，实干万事兴。超前的行动力加上拼死效忠才管用，否则就是蓄意蒙蔽主子！”林娴斥詈，搓着手来回走动：“猫有九命。褒姒这贱婢难道是猫妖？谁救走她的？看来事情果真有万一。我早在悦来客栈布下防线。那娘们儿认得褒姒，来通风报信。可你连个丫头都杀不了！她就是一把悬在我头上的刀！你知道头上悬刀的我怎么活着吗？”

“少夫人，在悦来客栈，奴才实在想不到二少主搅局……”

“就该连褒洪德一起灭了！”

“奴才……奴才心虚……他是夫人的心尖子。”

“气死我了，滚出去！”

云儿飞快地来到门外丹墀上，边走边用袖子擦拭头脸上的茶水。

林珠手里捻着一朵鲜艳欲滴的刺玫，背着阳光一步步走上丹墀，看到云儿的狼狈相便放声大笑，伸手给了她一个响栗：

“小蹄子，何故钻到洗脸盆里扎猛子了？嗨，还把我家小姐喝的玫瑰花弄到头上去了？贱草就是贱草，戴上玫瑰也不香。”

云儿低眉垂目红着脸，将粘在头上的玫瑰花一颗颗捋掉，只不做声。

林珠狠狠啐了云儿一口：

“呸！哑巴蚊子咬死人，看不顺眼你这个贼眉鼠目的蹄子！”

阳光充沛，见长空，万里无云留际。花下鹧鸪，便欲乘风归去。水晶宫里，一声吹断横笛。

片刻，李护卫匆忙从里面出来，阳光撒了他一脸一身，疏忽望见林珠俏立的身影，不由发呆。

二

林珠回头望这个怡芳轩的红人，嘴角挑起温柔笑意：“李护卫辛苦了。”

李护卫目光里的阴鸷散去，骤如阳光温暖，粘稠目光沿着她的脸一路滑落，凝住：“林珠姑娘见笑了。”

林珠目光一晃，一笑莞尔：“大家都是受人差遣，五十步笑百步有甚道理？”

李护卫黢黑面上闪出温馨笑意，走下丹墀两层石阶，又转回来，目中光华流转，暗蕴温情：“下午无事，姑娘可去我那儿，喝新来的碧螺春？”

林珠细长的眉毛一扬，美人微笑转美眸，艳阳羞：

“心安茶自香。这两天不便打扰。”

李护卫脸上闪过失望，转身的背影有些寥落。

林珠望着他硕壮的背影在一抹青翠后消失，一抹温情之色渐消于灿烂光影里。柳外骄阳，回照动帘钩，流风掩云过西楼，水东流，烟岚收。

太阳放射着白花花的毒箭，褒洪德被吊在刑场里的十字木上，汗流如雨。

褒南瞧瞧四下无人，递给他水喝，神情关切、怜惜：“少主，挺得住吗？”

褒洪德满脸汗水，顺着下巴流到脖子里，苦笑：“喝点水，这会儿好多了。”

褒南踮着脚仰着头，递芙蓉糕到他唇边：“少主，赶快吃几口。”

褒洪德贪婪地大口咀嚼，掉了许多碎块在衣襟上。

褒南面带欣慰地看着主子狼吞虎咽，一会儿就将芙蓉糕吃完，他顿足道：

“夫人铁了心要惩罚少主，如何是好？”两眼疾转，忽笑道：“有了！少主，待我量量高低。”褒南说着，将腰里丝绦线条拽断几根，从褒洪德脚下量到地上，忽展了愁眉，高兴得跳起来：“少主，今晚我搬来一个凳子，你总会好些。”

褒洪德闭着眼，一说话嗓子眼就刺辣辣地痛，声音嘶哑：

“不行，被人看到，你要受罚。”

褒南双目炯亮：“我等更深夜定时再来，陪少主一夜。若有人来了，我搬上凳子就跑。”

褒洪德依然制止：“不行，这儿夜里有灯火。别人在暗处咱们在明处。看你那伤胳膊，行动也不利索。

褒南苦着脸，仰头叹息道："这也不行那也不行，难道就只有看着二少主受罪？"

林娴一出屋门就被太阳闪花了眼，头上的金凤钗映着阳光熠熠夺目。看到小丫头云儿，她眼里便有了厉色，冷冷斥道：

"你这贱奴，整天价眼里没活儿，巴巴的瞎琢磨。"

一旁的林珠忙顺杆子趴上去，撇着嘴瞪视云儿："还不快干活去！"

云儿低头合手神情忐忑，打着千儿道："喏，夫人。"匆忙进屋，走得像尾巴着火的兔子。

林珠转过面望着林娴，拍手笑道：

"小姐穿上这身杏黄罗衫真是好看，衬得益发玉骨冰肌。"

林娴傲然撇嘴，捣她鼻梁："瞧你这巧嘴，净给人灌蜜糖。"又神情婉然，低声道："听说褒洪德现在刑场吊着？"

林珠翻着眼皮看主子，警觉环视四周："嗯，二少主说要替罪褒姒……"面现讥讽笑意，挑着嘴角道："你瞧瞧，主子要替罪奴婢，什么道理？传出去岂不贻笑天下！夫人这下可端不住了，二罪并罚，将她儿子吊在十字木上示众五天。这样热的天，这惩罚不次于死刑。"附耳，神情诡异："小姐，恰逢常林重伤，机会难得……"

林娴低头看着在丹墀下跳跃的阳光，挑眉冷笑："杨子叶不过想赢个公正无私的评价，暗地里另有准备。我岂会鲁莽出手？"瞥见林珠惊讶的神情，她自顾自往丹墀下走，径直踏上门前的青石甬道："就算褒洪德现在死了，杨子叶会对淮夷那儿封锁消息……"将一些话在心里咀嚼，忽而转笑："轻举妄动，对我们的最后计划没什么好处。"

林珠紧追着她，思绪几番流转后，露出钦佩神情："小姐好心胸，深谋远虑！"

三

林娴回头，手稳稳落于身边婢子肩头，满面含笑地鼓励："好好干，待大成之日，你会有享受不尽的荣华富贵。褒洪德也受了这两日苦了，我婆母现在必然心痛肝痛。走，我们去紫云堂求情去。"说罢，摆着纤腰向前走去。

林珠跟着主子后面走，满脸谄媚笑意，拍手赞道：

"小姐，你越来越让人佩服了！"

林娴见围墙上的刺玫花姹紫嫣红地开着，煞是赏心悦目。便探身摘了一朵，轻轻把玩着："口是心非，笑里藏刀，这仕宦之家各个都在修炼，我还真学了不少！"

主仆二人进入紫云堂，双双跪下。林娴朝居中坐着的婆婆叩头，满脸虔诚："母亲大人，天气这么热，念在二弟年幼无知，请饶了他吧！少主受罚，合府恐慌。”

杨子叶望望在窗口荡漾的阳光，情绪极为复杂，心里涌上酸楚。她有些想哭，却极力撑住。抑着悲绪，在紫檀椅上转面，满目冷漠之色，声音冷硬：

“褒府规矩不能破坏。”

林娴朝暗影里洒下一抹冷笑，面转悲戚之色：

“母亲若不饶恕二弟，儿媳就一直跪着。”

扬子叶怅然一叹，心思暗转，目流一抹欣慰：“娴儿如此贤德，我心甚慰。”

常林带着一群护卫、下人，自门口跪满了院子，众人齐声哀求：

“请饶恕二少主吧！”

画桥落絮，料理春醒情绪。紫檀香的味道那么静美，仁慈的女娲娘娘轻柔爱抚着她的面颊。褒姒笑着醒来时，发现躺在自己的床上，她倏忽一怔，疑为梦境。

她轻轻抬头，见轻柔的霞光洒满屋子，给粉红帷幔染上一层淡淡的红晕，流水似地在床面上缓缓流淌。

褒洪德麦色面庞因为暴晒变得黢黑，颊上蜕了皮。他已在陶碗里晾好茶，深情目光萦绕着她的面颊。捋顺她散乱的头发，目光流淌着阳光的暖色，轻轻覆盖了爱怜、痛楚：“姒儿，对不起，我回来晚了，让你受苦……”

褒姒耳边回响着阿蠡的嘱咐，又闪现夫人怨恨、狐疑的目光。不知究竟是该靠近他还是该疏离，矛盾的丝缕混乱、嚣张，难以打理。

她久久凝望他，看着他晒得蜕皮的面颊，和腕上斑驳印痕，想着他何等贵重之躯，却因她承受不虞，一时心绪复杂得无以复加，欲说还休。哭的冲动那么强烈，那一笑却是凄惨到了极致：“二少主，您不该为奴婢出头……”

褒洪德捧起她手，凄楚目光盯着她皓腕上的一道道青紫血痕，心里酸痛，语声强硬：“姒儿，从今往后，我再也不会让你受苦！”

霞光映亮褒姒眸中愧疚、感动，这一刻，灵魂荡悠悠飘起来，无上的温暖和幸福……

她很快打理了荆棘般丛生的心事，如水眸光静静凝视他，不觉流出深情，垂着眼睑道：“二少主……”

褒洪德与褒姒对视，轻轻捧着褒姒手，慢慢放在唇边。

门吱哼一声响着，突然被推开。褒南吊着伤臂站在门口，神情有些尴尬：

“少主，燕虹小姐马上就要到了，夫人命你快去迎接！”

“姒儿，我忙完就来。”褒洪德明朗双目折射着窗外霞光，热切眷恋着眼前如花少女。见她发髻间插了一只白玉簪，青丝绾开两抹，两个鎏金铜簪从耳畔发际别上去，玲珑别致。他依依不舍地站起来，目光郁郁掠过窗外。

天色碧，数点烟鬟青滴，一杼霞绡红湿。

褒宝满头是汗地走上怡芳轩丹墀，面颊绯红，颜色如桃花初开，迎面碰上林珠，笑道："来了贵客，快请少夫人。"

林珠含笑拉着褒宝手入内，见林娴正将一杯水狠狠泼来。两人急忙闪身，险险躲过。

林娴脸色阴沉，如暴风雨来临的天空。看到褒宝便急忙站起，瞬间收尽激烈情绪，幽眸笑意深深，伸臂客气道："宝姑娘来了。"忙命林珠倒茶，让坐。

褒宝谢茶谢坐，笑着铺展开裙裾："府里来了客人，乃是夫人的外甥女儿，金枝玉叶的燕虹小姐。燕虹小姐是燕国[①]人，父亲燕侯四海扬名，她母亲燕侯夫人又是咱们夫人的亲妹妹。听说这燕虹小姐聪明又漂亮，打小就是咱们夫人的心尖呢！夫人请少夫人赶快过去，说燕虹小姐马上就要到了，"

"呵呵……瞧你这夫人来夫人去的，真绕口。"林娴身子微倾，朝椅背上靠靠，放弃一贯的骄矜，一抹笑影潋滟、妩媚。

"我早听说过，这燕虹小姐就是咱们夫人内定的二少夫人。她这一来可热闹了，有的下人要还敢勾引二少主，怕是活腻了！"林珠捏着帕子摆来摆去，面色狠厉，流出十二分得意。

林娴用眼色止住林珠，对褒宝流出温婉笑意：

"既是姑娘说急，那咱们现在就走。"

林娴穿着一袭石榴红葛麻镶绲裙襦，优雅地朝褒宝摆手，站起来，迈着端庄莲步往外走。

注释：

①燕国：燕姓侯爵，封地为今辽宁省南部，北京、天津、河北省一带。

第十三章　燕候千金远道来　初见褒姒妒丽色

一

林珠和云儿忙不迭跟着林娴步态姗姗。林娴回头朝云儿瞪眼："你把我刚脱的衣服拿洗衣坊去，再把制衣坊新作的那件米黄罗衫拿回来。眼看天热了，正要穿。"

云儿答应着好，为不能早些目睹燕红小姐芳容而感到扫兴，悄悄向褒宝挥手，急忙回房，收拾了林娴衣服，放在一个提篮里，心里又惦着褒姒，匆匆向后院去了。

彩霞万顷，收尽江山浓晴。双阙红云，三江白浪，帆影碧空。

云儿提着竹篮走进璧月小筑，撩开竹帘入内，来到褒姒床前，脸上挂着那抹惯常的卑微："姐姐，燕国的燕虹小姐乃是夫人的外甥女儿，如今省亲来了。大家都在风风火火忙着迎接呢，我就趁机来看看姐姐。"

褒姒要坐起来，稍一用力五脏六腑就撕扯着痛。她咧着嘴，看着云儿，目中水光欲泄，流淌着迷惑、艳羡："都在为燕虹小姐忙着。"

云儿若有所思，俯身凑近褒姒："听说燕虹小姐此来，是要与二少主成亲的。"

褒姒被云儿一句话打开心中的麻辣瓶，忽像被什么东西揪起来，狠狠抛向空中，又狠狠摔下来，强忍着凌迟般的痛，语声凄哀："如此……甚好。"

叶声飒飒，吹透栖纱窗。堪恨东风恶，吹人落天涯。

"姐姐也学会言不由衷了。"云儿探究的目光看她半天，意味深长："我知道，姐姐这次回来，其实很害怕。你想离开褒府，又深深留恋着。"

褒姒眸中迟疑、慌乱淡去，惊诧地挑起细长眉毛："妹妹，你如何知道？"

"因为，姐姐的眼睛藏不住事儿。本来就有人容不得你，燕虹小姐这一来，你更要好好自处才是。只怕有时侯想躲是非，是非却不会放过你。"云儿这番话看似莽撞，实则贴心贴肺。她说着站起来，将褒姒换下来的脏衣服收拾了，放进篮里：

"这些，我拿回去洗洗晒干，再给姐姐送来。"

褒姒正在感慨和忧患惊惧间徘徊，忙摇手制止，满目急切道：

"好妹妹，这哪里使得？快放这儿吧，等我身子好了自己去洗。"

云儿提着篮子，脸上那抹卑微再起，泪光闪烁："姒姐姐，你敢情是看不起我，嫌我笨手笨脚？咱们那年一同被褒府买进来，一起干活，凡事姐姐总是照应着我。后来我被分到少夫人处，哪一日不惦念姐姐的好处？姐姐如今受伤，妹妹正该照应？”

褒姒千思万绪闪回，急忙说道：“岂会嫌弃妹妹？只是怕拖累你……”

寂寞品豪华，红日影更斜。云儿回身劝褒姒躺稳，面色悲戚道：

“咱姐妹同是打小失去父母的苦命人，同在褒府当差以来，情同手足。如今处境，正该同病相怜。三人一心，其利断金。以后咱们同甘共苦，总强似独自生受。”说着坐在床头，抹起泪来。

褒姒想起自己凄凉身世，心里涌起楚痛，擦着泪劝道：

“妹妹别哭了，但依妹妹就是。”

云儿抹抹鼻子，沉吟良久，抬头来眸光流转：

“在这褒国首府，要想好好活着，必须得学会自我保护，必须得强大。一只蚂蚁，任何人都想踩死它。姐姐应该很明白，你这次回来，仇视你的不只是少夫人。在客栈里害你的是李护卫，少夫人的狗，平时和林珠黏糊糊的。”

褒姒脸上的血色哗地褪去，嘴唇抖嗦着道：“早料到是他……夫人心好狠。”心里涌起浓重的悲哀，为不能自控的命运忧叹不已。几番思量逃离，但一想起父母和阿蠡她就不由浑身颤栗。

云儿神色沉郁，凝重点头，轻拉她手：“姐姐不必那么害怕，夫人这人，做事最怕授人以柄。她有顾忌，就不敢肆意妄为，她还会忌惮二少主。我想，她让燕虹小姐来，便是明白了二少主在你身上的那份心，是要拆散你们。”打开门看看四下无人，只见晚霞如血，南来无数雁儿，和风飞向天涯。

褒姒悲酸难言，哽咽道：“什么你们？哪来的你们？妹妹别说了吧。”

云儿关门进来，在如血霞影里向褒姒凑近，嘴角一抹微笑，淡若月下水光：

“男人的感情最不可靠，他们各个喜新厌旧见异思迁。要想好好活下去，姐姐当趁着二少主对你的感情，向他索要东西。机不可失失不再来！”

褒姒抬头看她，目光懵懂、狐疑：“索要东西？”

二

云儿惯常的卑微淡去，神情笃定如运筹帷幄的将军：“你本来跟着夫人，也是个不错的差使。但如今失宠，只怕是要被差去干粗活。侍奉人干粗活都没出息！不如让二少主给你谋个好差使，有了好差使，你就会活得越来越好。活得越来越好，就没有人再敢轻易欺负你。”

褒姒摇头，惨笑：“谁不想活得好些？究竟没那么容易。我孤立无助。”

“姐姐不要这样灰心丧气，凡事总要一试，才知道自己是否可以。姐姐若有了好差事，就让我过来帮你，可好？”

褒姒凝重点头，将云儿手握紧。

云儿又向褒姒移了移，说话极俱理性：“褒毓小姐咱也得抓住。她喜欢和夫人唱对台戏，夫人也奈何不得她。有时，表面上还要对她礼让三分。”

褒姒颊上伤痕难掩嫣红莹润，秀色可餐，略略颔首：“褒毓小姐外冷内热，秀外慧中。只是少夫人，非常可怕。她身为褒府少奶奶，却不知在干些什么……”

云儿稍黑的脸上泛起激愤：“她和娘家带来的林珠，整天神神道道的，她们究竟为何把你当仇敌对待？”

褒姒惨然一笑：“这还不简单？当初因为我是夫人跟前的，又不得宠。现在……”突然打住，摇摇头道：“有些事不便说。也许以后，你自然会明白。”

云儿理解地点头，又目流忧色：“燕虹小姐要长住褒府了，但不知她脾性如何。若也是少夫人一类，只怕以后会更多是非。她身份高贵，自幼招夫人待见，又是夫人未来儿媳人选。夫人痛二少主，自然会把她当成心尖子。”

褒姒听了半晌不语，心乱如许：

心上人有了未婚妻，我果真会漂亮地隐身？

为了人质父母，却如何去和燕侯的千金小姐争夺二少奶奶的位子？

旧恨新愁，风尘泪眼，怅望辗转梁燕啾。

紫云堂门前织锦为毯，宽约两丈许，一路红锦蔓延，一队艳婢在正厅门前候着。

厅中银烛摇曳，桔黄色的灯笼一片通明。青瓷花瓶中，海棠花如同粉色的雪球。青铜兽嘴香炉里，紫檀香飘飘袅袅。荷色的窗帷上流苏随风飘动。灯光幽幽从雕花窗中透出，照亮了廊前的盆景和地面。牡丹、芍药、海棠、杜鹃在廊间互斗美艳。

褒宝领着几个丫头忙碌一阵子，很快摆好了御菜十品：罗汉大虾，串炸鲜贝，白扒猪肘，菊花里脊，山珍刺五加，清炸鹌鹑，红烧赤贝，白扒鱼唇，红烧鱼骨，葱烧鲨鱼皮。又上了饽饽四品：喇嘛糕，杏仁豆腐，绒鸡待哺，豆沙苹果。

杨子叶居首而坐，两旁香衣鬓影珠围翠绕，满屋里喝酒行令欢声不绝。褒宝，林珠等丫头站在一旁伺候着。杨子叶往燕虹小姐面前的小瓷碟里布菜，笑道：

“虹儿，一路舟车辛苦，快多吃点。”

坐在夫人右首的燕虹小姐高挽朝天髻，整齐的刘海恰接近眉毛，横波目芙蓉面姿态娇娆，皮肤晶莹玉润，一颦一笑间春色烂漫满室生辉。她边小口吃菜边笑语妍妍：

“姨妈，我要来褒国找二哥哥许多天了，我母亲偏是不让。你这儿的大厨还真不错！做的菜比我家的好吃多了，我喜欢！”她身上粉红织锦衫，一袭同色百蝶穿花丝绫裙，头戴雕工精美的镶金玉凤，凤全身金光、菱形眼、鸟纹做双翅、腿上镶金毛，一动一静间展翅欲飞。

“好表妹，好吃你就多吃点，我家母亲为了你来，好一阵忙碌呢！来，表嫂敬你一杯。”坐在左首的林娴说着，站起来干了一杯。她幽眸莲脸风姿绰约，一举一动间都媚态独具。

“好！谢过表嫂，等会儿我也要敬你。”燕虹接过青铜酒斛一饮而尽，言谈举止颇见豪爽，没有半点世家小姐的骄矜和小家碧玉的含蓄作态。

三

再往下坐了对应位置的是褒洪德和褒毓。褒洪德凝目燕虹小姐，觉得她美则美矣，只是缺了一种什么东西。他目光下意识地避开林娴，再看一袭紫绡的褒毓满目的淡然，心里好像藏着块难化的冰，难道冷艳这个东西也有浑然天成？

除此之外杨子叶还请了府中几坊女管事来凑热闹，大家酒足饭饱后撤席上茶。燕虹小姐放下茶杯笑道：“几年没来了，姨妈府里好像变化挺大，越来越美了。”

林娴莞尔一笑：“表妹，今年我让林珠从镐京带过来一种花，叫月下美人，在后花园种着。晚饭后才开花，开到子时便会凋谢，当真好看得很！”

燕虹笑得像一只欢快的燕子：“月下美人？这名字真好！走，去看看。”

杨子叶亲自带队，让褒洪德褒毓林娴作陪，领着一帮人打着灯笼，热热闹闹地往后花园而去。路上燕虹拉着心目中的夫婿褒洪德不住笑谈，看上去亲密无间。

花园里，那花果然在月下开成那么一大片晶莹的白玉，构成奇观。燕虹采了一朵嗅嗅，笑得嘎嘎响：“我道什么月下美人，原是昙花。不过它果真又香又好看。”

众人无不拍手称赞，争相附和，说说笑笑十分热闹。草间树上的虫子高叫低鸣着媚附。唯褒毓一旁独站，望着风吹树影动，呆呆地愣神。

赏花回来夜露渐凉，众人七嘴八舌地说冷，林娴拉着燕虹道：“林珠，你带路绕近道回去。虹表妹身上衣服单，小心着凉。”

林珠答应着，提着灯笼头前带路，林娴燕虹等一行人紧紧跟行。

褒毓款款随行，见林珠不走洒满月光的大道，偏绕藤蔓缠扰的幽静小径，不由暗觉蹊跷：为何要这样走？林娴必是要隐藏覆盖什么或要暴露什么。

忽闻一阵如泣如诉的琴声自路旁一间矮房飘来，转轴拨弦三两声，未成曲调先有情。弦弦掩抑声声思，似诉平生不得志。

褒毓驻足，不由挑眉冷笑：明白了！

杨子叶看到幽径尽头，琴如天籁流转处有一矮房，门前挂一灯笼，门上四字：璧月小筑。她正要拉着燕虹转向另一路口，却见燕虹已抢进几步，驻足，凝神聆听，神态痴迷。

寻声暗问弹者谁？琵琶声停欲语迟。轻拢慢捻抹复挑，初为霓裳后六幺。大弦嘈嘈如急雨，小弦切切如私语。

燕虹站在月影里，身际冷月如霜，映淡了粉红裙襦，映亮她眉目间一抹惊喜：“何人弹出如此优美的琴声？走，看看去。”

林珠燕虹在前面走，众人随行，脚步声在静夜里听起来杂乱、喧嚷。

月光清朗，幽暗的灯火从矮房的镂花门窗倾泻出来，在夜色里放着寂寞的光，照亮了门前树林。林花已谢残红，中有鸟语匆匆。

燕虹推门而入，见一女子临窗坐着，长发如瀑从肩头流泻，素手拨琴弦，天籁两三声，余音绕梁，清韵幽幽。低眉信手徐徐弹，说尽心中无限事。银瓶乍破水浆迸，铁骑突出刀枪鸣。东船西舫悄无言，唯见江心秋月白。曲终收拨当心画，四弦一声如裂帛。

弹琴女子纤手抚琴，喃喃自语：

“汉水长，烟花漫。红尘碾得冰弦断。沧笙踏歌青云远。锦瑟空弹花若怜。

如花眷，似水年。冻蕊焉识春风面？乌云蔽月鸟绝踪，三千痴缠坠花湮！”

燕虹听罢顿时愣住。

她身后众人已到，褒洪德抢先进入，来到女子面前，关怀之情现于眉目，殷殷切切：“姒儿，你伤势未愈，怎能这般不爱惜身体？夜寒露冷，你快别弹了！”

褒姒含泪凝视洪德，又缓缓转过身来。

燕虹惊讶地发现，这个双目凝泪、面容呆滞的女子，杏仁眼、鹅蛋脸，瑶鼻檀口，眉若远山，肤若凝脂，人如琴韵，美得离奇脱俗，仿佛不属于这个尘世。

璧月小筑琴忆旧。露冷阑干愁如水，裁剪曾劳玉指柔，尘暗鹔鹴裘，空对明月白了头。褒姒愣愣地，从一屋子人中收尽了洪德的关爱、夫人的愠怒、林娴的轻蔑、燕虹的嫉恨、林珠的幸灾乐祸和褒毓的怜悯。她急忙起来拜见，却因虚弱，一个趔趄差点摔倒，不由呻吟一声。

褒洪德抢进一步搀住她，满目的深爱痛怜：“姒儿，你怎么了？”

燕虹呆呆站着，悄悄攥紧拳头，美目流出一抹不加掩饰的妒恨，锥心，刺骨。

第十四章　杨氏保家欲联姻　洪德夜半逗燕虹

一

看着娇弱不胜的褒姒悠悠倒在褒洪德怀里，褒洪德抱着她，痛楚、怜爱，不住呼唤。燕虹粉白的脸涨得通红，一甩袖子朝门外转身，袅娜身影一阵风似地淹没于一片月华里。

杨子叶掩藏慌乱，忙推褒宝："快追！"

林娴抢在褒宝前面追去，林珠等一群丫鬟在后面紧跟着。几个女子鸾带飘飞裙裾轻盈，在夜月长风下飞舞成一片片瑰丽的织锦。

褒洪德搀扶褒姒躺下，为她盖好被子，轻拍她脸："姒儿，好好歇息，我明天来看你。"轻轻掩门出来，见母亲面色苍白地兀立在月光下，被风吹起衣袂，看起来孤独、冷凄。

杨氏紧紧拉住儿子，踏着青石板疾步前行，脸被月华映得惨白，溢着隐隐火光："德儿，你得早和燕虹成婚！以后，不能接近褒姒这个婢子。走，快去追她，你必须设法讨燕虹欢心！"

褒洪德清朗双目萧杀寒气顿生，在一棵海棠树旁挣开母亲：

"什么？必须和燕虹成婚？不，我一定要娶个喜欢的人！"

"你喜欢的人，就褒姒那个贱婢吗？你休想！"杨子叶伸手折断身边月秀花枝，露水和汁液沾了满手，又掏出罗帕擦拭。

褒洪德痛苦、挣扎，身子似被清冷月光冻得发抖：

"为什么？为什么我就不能娶喜欢的人？"

杨子叶在清冷月色下立定，月光在她周身打上一层稀淡银灰。她看看四周无人，声音如风中树叶般颤抖："儿啊，你已成人，得为父母分忧，此消息你切莫走露！飞鸽传书回来，你父帅奉命征讨淮夷，被那淮夷军逼得节节败退死伤无数！你父帅一心求胜，遣人去朝廷求助，但所派使者各个有去无回。我想，怕是被那丞相姬淑岱沿途堵截、残害了。淮夷兵凶战危，为娘夙夜难眠啊！"

褒洪德一瞬间血液沸腾浑身滚烫，朝母亲瞪着眼睛："为什么？他难道和我们褒家有仇？即便如此，他难道不明白褒家军的胜败会影响整个大周王朝的命运？”

杨子叶如陷冰渊般的寒冷，攥着儿子的手变得没有任何温度：

“儿啊，成人间追名逐利的血腥，朝廷大员权力之争的残酷，你父帅屡屡嘱咐我，不让我告诉你，说只有这样，你才能一门心思衍文习武，才能成器。如今我不得不告诉你了。”杨氏隐忍着，被忧患和悲怨充溢着的脸，在月光下一片苍白。她五指交叉着儿子的五指：“姬淑岱是周厉王的儿子，周宣王的弟弟，当今周天子的叔叔。宣王驾崩，本该他继承大统，却被姬宫湦具足先登。朝廷权利之争甚为复杂，一时半刻和你说不清。姬淑岱心有不甘，觊觎王位已久，旨在铲除拥戴姬宫湦的一切势力。我们褒家当然要首当其冲！他想让褒家军在淮夷彻底覆灭。为今之计，我只有请求燕侯发兵十万救助你父兄，但心里实在没谱……”

褒洪德感到母亲的手指像三九天的枯柴，僵硬、冰冷。她泪流满面呆呆立着，如同化石，往日的理性、威严、温暖都倏忽不见，如今只是一块担心在一场山崩里灰飞烟灭的石头。褒洪德一时呆住，热血在浑身游走，每一个细胞都在澎湃汹涌。好久，他喘着粗气道：“你怕我姨妈不让燕侯发兵？就宁愿牺牲儿子的感情，苦心孤诣地玩出这联姻的把戏？”

“这不是把戏，是战术！朝中权奸当道，一不小心我们全家就灰飞烟灭。感情是慢慢培养的，燕虹哪一点都比那丫头强。我褒府只有快速赢得燕侯发兵，才能度过劫难！”杨子叶擦去泪水，语气斩钉截铁：“你姨妈嫉妒心太强，打少女时就仇恨我。她一生的追求，仿佛就在于能战胜我、超越我。她那儿必然不行，只能从燕虹身上下功夫。”

褒洪德如雷击顶般的呆愣，慢慢蹲下，抱着头半天，七情远去，六魂不存。

杨子叶低头凝望儿子，面色冷硬：“任何人动一下手指头，那个丫头就得死！你若想褒姒无恙，就必须得听我的！走，找燕虹去，一定要抓住她的心！”

褒洪德被母亲拉着，慢吞吞地移步，恋恋不舍地回望璧月小筑，目光纠结、忧伤、凄凉。

二

菱花尘满慵将照。屏山半掩檀香袅。林娴打着呵欠回到怡芳轩，对李侍卫秘语几句，他慌忙道：“今夜动身？”见林娴点头，他转身即逝。屋子里淡淡熏香，细芳幽然。林娴在林珠和云儿的伺候下卸妆洗脸已毕。林珠斥退云儿，掩了门，望着红烛在林娴脸上打上淡红，眸光低转道："小姐，你今儿干嘛故意引燕虹小姐去见那贱婢褒姒？你如何知道，燕虹小姐舟车劳累后会夜晚赏花？"

林娴捶着腿，一边喊累一边笑道："因为，我不想褒洪德和燕虹成亲。瞧燕虹那张没有棱角的脸，还有那吃相那说话语气，一看就是没心没肺的主儿。这种人好对付的很！她就是一个陀螺，你这么用手一拨，她就得使劲地转。"

林珠对着烛火，目光流转，颇有兴趣地眨着浓睫：

"那你又如何知道，燕虹小姐一定会去听褒姒那贱婢弹琴？"

林娴朝床头一靠，歪着头笑转美眸："我早留意褒姒那丫头了，她不爱说话，没事儿就喜欢看书、写字、弹琴。咱褒府用于写字的帛那么贵，哪里是她个贱婢用得起的？所以几乎每个晚上，她都要与琴对话，抱着书睡觉。她的琴弹得很好，凡听到者，都会被她的琴声吸引。所以我想，燕虹这丫头也不例外。"

烛花很大，啪地一声响，惊得人乱颤。林珠剪去一截，丢进旁边水盆里，伴着呲地一声响。她放了青铜剪道："我都怀疑褒姒的出身，一般出身贫寒的人都不会读书写字弹琴。而我听说褒姒十二岁就进来了，进来时就会弹琴，读书、写字，一身贱处！听说《诗》[①]上的那些东西她都能背过来呢？我一见那玩意儿就头痛！我想，以夫人的多疑，她不会想不到这些。"

林娴啪地拍死一只爬到脖子里的蚊子，林珠急忙凑上去捏了下来，大叫："哎哟，喝了小姐这么多血哎！"又听林娴道：

"我婆母当然多疑，所以褒姒各方面做得再好，再没什么挑剔，也不及那褒宝得宠。一个下人，做好本分就行了，弹的什么琴读的什么书？我婆母怀疑她，就多次盘问她，她只说是出身秦岭的猎户。我婆母没有赶走她，是因她干活、眼劲儿都很出色，尤其是女红。有些舍不得，可后来褒洪德有心于她，便不容她了。"

林珠有些惋惜的神情，声音很低："屡次逃脱灾祸，也算这贱婢命大。"

林娴眸底闪过冷笑："我婆母暂时没杀她，一为彰显她的宽容美德，二为不和她犟儿子结怨。她终不会放过这个贱婢。"

林珠幸灾乐祸地拍手："燕虹小姐来了，分散了褒洪德的精力，褒姒就死得快了。"

林娴附身拉拉裙摆，清幽眸光放射出骇人冷辉：

"不能让褒洪德和燕虹亲近！不能让他们……"倏忽停住，急忙改口："不能让他增加实力。"

林珠只以为是主子口误，摊手，无奈道：

"我们该怎么办？先灭褒姒，还是先灭燕虹？"

林娴举手在她额头敲了两个响栗："猪脑！褒姒和燕虹都不能灭！"

林珠豁然开朗："明白了！走近燕虹，利用褒姒，离间褒侯和燕侯……"

林娴把鬓边青丝向后一抿，嘴角一抹嘲讽，目光幽深："对！咱们不仅要和燕虹走近，还要和褒姒走近。不能让燕侯联手褒侯，一旦他们联手，褒洪德就成了巍峨大山。我们的荣华富贵梦何时实现？"

林珠有些似懂非懂，轻推林娴："燕侯、褒侯，他们本是一刀割不断的连襟，很容易联手的啊？"

林娴在烛影里撇嘴冷笑："虽是亲戚，但杨氏和她妹妹关系一向不好。女人间总爱较个高低，比容貌、比家事，比丈夫，比儿女。一比到底。"

"我们就要推翻杨子叶走燕虹路线、遏止褒姒的这盘棋。"林珠点头，笑道："世事如棋局局新，果真不假。我们以前冒险在刑场、悦来客栈，欲灭褒姒而不能，现在又得亲近她个小娼妇。"

林娴双目灿灿，在摇曳烛影里光华流转，点头，说是乏了。林珠熄了烛火，掩门离开。

三

漱芳阁宽绰的敞院布置精美，细致的廊坊漆红烤蓝，粉饰一新。阁外花坛里各色奇卉争奇斗艳，阁内帘幕重重遮挡轻寒。

燕虹气呼呼地在褒宝等几个丫头的伺候下沐浴更衣已毕，穿上纯白色雪绸衫，宽大的裙摆迤逦下垂，整个人显得圆润柔媚。她如瀑的青丝披了满身，面庞映着烛火，更加莹白剔透。

她坐在菱花镜前左顾右盼，怅叹半天，刚刚躺到床上，却见褒洪德挑帘进来，便转身向里，给了他一个冷漠背影。

红烛飘摇，似褒洪德波荡起伏的心绪。他板着脸就要朝门外走，被藏在树影里的母亲摆手止住。他沮丧地转面，进屋，一步步蹭到床前，坐在床沿拍拍燕虹肩，勉强笑道："虹妹妹，我来了。"见燕虹无动于衷，他轻抚她柔嫩玉臂，将一个做工十分精致的龙纹玉佩在她眼前晃着。

燕虹看到玉佩，猛地坐起来，掏出她自己脖子里那块对在一起，正好是一龙一凤。她看着褒洪德目流惊喜："这玉佩是那年我开锁子[②]时咱外祖母给的，二哥哥，外祖母早已殁了，你还一直戴着它？"

褒洪德看着她玉润晶莹的一张脸，笑道："当然。"

燕虹心里一喜，就撒娇般地推搡他，双眸含春：

“二哥哥，明天你干什么？”

褒洪德心乱如麻，口里却爽快道：“练武，再有，陪妹妹。”

燕虹歪着头笑：“咱们一起练武，一起玩。”

褒洪德心里苦涩，面上笑道：“当然好了！”

两个人说笑了一顿饭工夫，告辞表妹出来，褒洪德见夜月清明飞尘无迹，便迈着机械的步子一直往前走，不知不觉来到褒姒的璧月小筑。陇月低洒，花间明残照，碎露莹莹雾渺渺。

褒洪德想继续走，可他抬不动步子。

“你若想褒姒无恙，你必须听我的！”

母亲的话响在耳边，风起自足底，一瞬间寒透了心肺。褒洪德望着璧月小筑微弱的灯光流窗破雾，在寂静无人处站成冰冷的石头。

“想不到，二哥哥原是这样一个胆小鬼！”一声娇脆的话语传来，褒洪德回头一看，正是妹妹褒毓。她穿着吃饭时的深紫色十锦绣牡丹上襦，只多了一件藏青坎肩遮挡薄寒，荷色百蝶穿花罗裙在风里若飞若扬。一条荷色鸾带，将长发松松地系住。腰挂佩剑，细长的眉毛下，一双凤眼浸着清冷月光，面色凛然。

“毓妹妹，这么晚了还没歇息？”褒洪德淡淡一笑，疏朗的眉眼映着月光。

“你不敢进去？”褒毓指指璧月小筑，微扬的双眉似笑非笑似嘲非嘲，慢慢走近他，探身低语：“二哥哥，褒姒不会傻到回来自投罗网。她冒死回来，怀着怎么样的心思，你最应该明白！”

褒姒为何回来的问题，他已在心里了悟千百次，一旦被她说出，褒洪德还是感动、羞愧，手紧紧攥出了汗水。

杜鹃啼处春无主，相思泪染胭脂雨！

想起母亲的泪眼，泣语，褒洪德心思幽测婉转，声音透着寒意：

“我当然明白！她一丫头，之所以回来，乃是贪图我褒府的荣华富贵。”

褒毓一声冷笑：“算你明白！褒洪德，我和你没话说！”话音未落，人已走远。

褒洪德握紧拳头捶向脑门，发出一声低叹，脚步凌乱，仪态怅惘，踽踽往回走。

东风贯是吹红去，只有花难护！

注释：

①《诗》：《诗经》雏形版本，始于西周初期，末期已风行民间。

②开锁子：孩子十二岁的生日。亲朋都来祝贺，父母都要大宴款待。

第十五章　褒帅淮夷骂权奸　林珠褒府巧离间

一

阴风四起，乌云蔽日，黄灰漫卷。淮夷人的箭矢如飞蝗，纷纷射向抢攻的褒家军。

不断有褒家军中矢倒地，凄厉惨叫不绝于耳。

淮夷军五轮箭雨过后稍歇，褒家军已经伤亡惨重。后面的将士依然源源不断地向前冲来，填充了队中的空白。忽又转换队形，后队向前，前队殿后，一手拿着盾牌一手举着长矛，分别从不同方向进攻，显然是要分散淮夷人的攻击点。

青面环眼的淮夷军首领约四十多岁，在高头大马上瞻顾，笑语身边副官：

“多亏太子指点，此役褒家军伤亡已近三成。”

那副官浓黑的眉眼，抹去脸上灰尘，指着沟壕那边，露出发黄的牙齿：

“将军，剩余的褒家军人数仍不弱，且神勇无比。你看，他们在疯狂反扑。”

“放心！他们攻不过来。”青面环眼的淮夷首领指着前面又宽又深的战壕冷笑。话音甫落，他面色微变，看到褒家军的进攻更加勇猛，移动速度加快，淮夷军营里不断发射的箭羽已经发挥不了效力。

此时已是黄昏，山峦后飘起一抹淡红。褒晌巍然立于金狭江岸上，伸臂，命令将士：“击鼓助威！”

鼓声响彻云霄，宛如战神怒吼，震得林中落叶簌簌乱颤。

褒晌面色刻板、冷漠，剑眉凝着沧桑直插两鬓，站在高处细看两军交锋，目光沉郁掠过阵营，见褒家军阵容整齐，正准备开始新一轮攻击。最前面一排人拿着盾牌，挡住敌军射来的漫天箭雨，掩住紧随其后的弓弩手，弓弩手们将密集的箭矢连绵射向淮夷军中。

少顷，淮夷军前排的弓弩手相继倒下，因为人手不够，逐渐抵挡不住褒家军更加密集的箭雨，阵形渐已混乱，徐徐向后退去，军士们只顾保命哪顾攻击？

天色渐渐暗下来，夏虫呢喃，间或传来蝉的凄切鸣叫。

褒家军弓弩手分左、右、前、后，趁着淮夷军队退后的瞬间，后面数排装着石土的车队迅速递进，将石土倾入淮夷军连夜挖出的沟堑之中。

前面的弓弩手左右两排发射完毕，后队很快替补上，继续发射逼退淮夷军，借助暮色，掩护着车队持续往返，一直将沟堑填平。车队退去，大队的军马越过堑壕，蜂拥追击淮夷军。

青面环眼的淮夷首领命副将去调兵救援，他自己高举利剑截在急于逃跑的士卒前面，大喊：“逃跑者，杀无赦！”

淮夷首领迅速结集军队，布阵，与褒家军对垒。两下里短兵相接，展开血战。

褒晌发现自己这支训练有素的军队十分精悍，并非一味硬拼，而是分成数阵，分击合围，有攻有守，极具章法。

清翠山峦上的云层益发厚密，天空阴沉得像要下雨。

褒家军歼敌无数，而淮夷军在仓促中只是舍命狂打，直到淮夷援兵江水般滔滔而来。

褒晌手中旗号变换，从容布局，箭矢手、盾牌手、烟弹手，轻骑兵轮番上阵，配合默契，抵制了淮夷军一波波的攻击。

淮夷军见援兵到来士气大振，那浓眉环眼的副官一箭射断了褒洪道手中的大旗。

褒家军见象征权威的军旗被射倒，不由沮丧，此消彼长，又很快被淮夷军逼退数里。

褒晌见势不妙，急令鸣金收兵。褒家军撤退，虽然懊丧，但仍然军容整齐，各司其职，井然有序地退回驻扎在金狭江右岸山林边的军营。此处两面环山一面临水易守难攻。

淮夷军见褒家军退去，欢声雷动，齐呼万岁，兴高采烈。

二

金狭江名副其实，江边黑虎峡陡峭，湍急的水势从狭窄的江面飞流直下三千尺，以横冲直撞之势掠起如雪激浪。

褒洪道拿着火把，目射阴鸷，闪射着危险气息，扫向附近神秘莫测的峡谷和江面。

江面氤氲着一层雾气，峡谷两旁层峦叠嶂，云遮雾绕处可见古树参天，巨岩绝壁，鸟兽争鸣，让人不由不感叹造物主的神力。

褒洪道追着江边小溪走到一铺满绿草的小径，便右折向林木深处走去。

虽是酷暑天气，林中却有一阵阵清凉之气沁人心脾。举目处，繁盛树木将道路遮得严严实实，整个森林幽邃而神秘。

褒洪德转过几棵虬枝华盖的大树，接近林中一处光亮，看到李护卫面色的莫测，急忙道："李护卫千里迢迢而来，难道家里有何急事？娴儿她……"

李护卫的面色溶于夜色的幽静，在火把辉映下忽暗忽明："二少主被褒姒迷住，夫人也是无奈，屡屡纵容……"他心知他觊觎褒姒美色，便恶意煽风点火。稍顿，凑近褒洪道："少夫人的意思，少主你若想稳固帅位，何不趁机……"扬臂，做了个砍杀动作。

他的话被不停转着眼珠的褒洪道厉声打断："休得胡言！她妇道人家，懂得什么？为人之明君，为君之明臣，切忌隐晦无常，不念恩义，罔顾信诺。我褒洪道顶天立地一汉子，岂是为小利而舍大义之徒？我想顺利继承帅位，也不能在大敌当前之时弑父夺帅、制造内讧。"说完猛地一挥袍袖，转身就走。

一阵风拂过面颊，将他黑色战袍卷得猎猎作响。褒洪道回到军帐，见士卒们忙着收拾林中干柴，点燃了一堆堆篝火，为的是防止野兽袭击。随着火光跳跃，温热之气扑面，他们因惊怕、慌乱而不安的心，渐渐在火光里平息下来。

微风轻拂，星子忽闪，山野的夜晚安详又自在。空气里血腥味退去，漂浮起一股青草芳香。草间和树上有激越的虫鸣，与篝火的颜色神奇融合着，柔和而浓郁，清亮而潮湿。

营帐内烛影摇曳，褒晌立于营寨之上的一处高岗，望着褒家军十万人马的连天营帐，遍地火把，重重防线，深觉这是他从军以来最为艰苦的征战。远兵跋涉，利在速战；敌军居险，利在坚守。褒家军连日激战，兵困马乏。淮夷军持着高人布阵，泰然自若。褒家军损兵折将，淮夷军也有伤亡。淮夷军每夜所挖战壕总是在第二天早晨被褒家军填满，短兵相接的攻防战总也不能幸免。

褒洪道从夜色里走来，摇曳的篝火映出他眼神的迷离："父帅，我刚刚查检，军中粮草最多能撑上一个月，救兵又无音讯。如此打下去，只怕……"

"此道防线难以冲破，我们进攻银月城，还需另辟蹊径。我儿莫怕，为父自有道理。"褒晌高昂着头站立，神情刚毅、笃定，如山顶苍松。他面色映着夜空，以铁质的冷硬掩饰着心里的忧思重重：

眼见褒家军伤亡越来越多，军中马匹、粮草、箭弩越来越少。我若还败北而逃，必难逃朝廷处罚。若还就这样硬打下去，只怕最后内无粮草外无救兵，终难逃全军覆没之局！只可叹这些将士们，谁无老幼家小？他们从军打仗，图的是建功立业，荣华富贵，光宗耀祖。而我，却将他们带入绝境！灭绝他们举家希冀……

两行泪，不知不觉地挂在褒晌面颊。他用手一抹，向空一弹，许多的泪珠被风吹成无数细碎的水星。

褒洪道一直注视着父亲，父亲站在一幕星天下，白色的帅袍围拢出他双肩宽阔的弧度，身姿巍峨如山，面色沧桑不减，宛如古代的战神降临。褒洪道从未见过父亲落泪，心如刀割，跨前一步劝慰："父帅，请宽怀！飞鸽传书已经数日，母亲也许很快就有回信。"

"嗯，你安心歇息去吧。"褒晌看着儿子身影在篝火里渐渐暗淡，骂道："朝廷，是指望不上了！奸贼挡道害我将士。待我回朝，定要禀明大王查明此事，绝不与他罢休！"

三

褒侯府大院里的棠梨、桑葚花已凋零，青涩的果子藏在绿叶间，羞怯不堪。牵牛花爬满墙头打着喇叭，谢尽芳菲的紫藤抖出一色的绿荫，给人以清凉。

褒洪德和燕虹、林娴在紫云堂吃完早饭，燕虹站起来，看看激荡在东窗口的彩霞道："这天儿还是热，待我回去沐浴，换衣，再和二哥哥一起练剑。"话毕，蹦跳着出去。

林娴站起来，正正百合花绢帛裙摆："珠儿摘了凤仙花，我要染指甲。"告辞，款款出门。

褒洪德看着林娴身影从门口消失，满脸洒脱桀骜渐变成不悦，耷拉着嘴角道："我如今就听你的去陪燕虹，指望燕侯早日发兵。褒姒身子弱，你记住让人每天给她送碗参汤。"

杨子叶心事重重地放下青陶茶钟，向儿子投去凛冽目光：

"你就不怕我给她下毒？"

褒洪德向房顶看看，目光突然间一片凄然：

"她若死了，我也不想独活。"转身就走。

杨子叶站起来，紧追到门口，指着他伟岸的背影，大声道："冤家，冤家！"

褒宝拿着青铜鸭嘴壶给夫人上茶，温婉笑道：

"夫人，不必理会少主的孩子气。"

杨子叶转身落座，深深叹息：

"褒姒在悦来客栈遭人暗算，我派人去查，那客栈已关闭，甚为蹊跷！"又命褒宝，"你就去熬了参汤，给她送去。只有稳住她，才能稳住德儿。救兵如救火！"

褒宝答应着出去，半晌转回，一进门就笑着称奇。杨氏忙问何事？褒宝绞着帕子笑道：“奴婢熬好参汤到了璧月小筑，见林珠已送了燕窝粥去。”

杨子叶正端起茶盅，闻言一怔，溅出一些茶水，放下茶钟道：“一棵贱草，如何就成了香饽饽了！”将右手里的罗帕攥紧，转着眼珠对褒宝道：“你把去年齐侯夫人送我的那块紫绫拿到怡芳轩去，就说赏赐给林娴做衣服，留意林珠，提醒林娴。怕是她主子胡闹，破坏了我的大计。”

褒宝领命，拿着紫绫往怡芳轩走，转过小桥，望见林珠和褒姒并肩走来，她急忙藏于树林后，待她们走近，但听林珠指着路旁一棵石榴树道：

“瞧这石榴都打蕾了，真好看呢！待会儿我折几枝回去。外面空气好，姒妹妹没事出来转转，利于身体恢复。”

“多谢姐姐指点。”褒姒看了石榴树一眼，见它火红的蕾挂满枝头，她含着胸低着头走，满目幽怨满怀心事。

阳光万缕中鸟叫欢畅，清风携来阵阵花香。褒宝装作若无其事地跟在她俩后边，一直走到后花园，见她们止步便也在林中藏住。

褒姒站在一棵夹竹桃树旁，望着从树顶筛落的阳光变换纷纭，想起在林中碰到林娴的那次，灾祸就此开始，她不由目光悲戚浑身冷寒。耳听得兵器相击之声，另有树叶向空飞扬，夹着飕飕的风声破空。她吓得面色苍白，怕是不小心惹祸，便扭头要走。林珠却拉住她道：“二少主在此练武，咱们去看看。”

“二少主……”褒姒目光低转，面上带着阳光的温暖，随着林珠前行，见林中一片空地上落了许多青叶，浑身是汗的褒洪德和燕虹贴得很近，手臂相交，应该是在练一种双人合攻的剑法。褒姒低了头，又忐忑望望林珠，不知该去该留，咬着下唇，两手不由捏紧裙边。

忽然剑气破空之声消失，树叶也停止了飞扬。只听褒洪德道：

“虹妹妹，这套双璧乾坤剑法是剑谱中的上乘武功，二人合力便可事半功倍，以一敌十。”

“那好啊！二哥哥，你一定要教我练会哦！”燕虹笑道，擦去额头汗水，手捏着裙子向外甩甩。

“当然。”褒洪德擦着汗，一扭头迎上褒姒绝望、伤痛的目光和忐忑神情，不由一愣。

褒姒撒腿就往回跑，褒洪德急忙追了过来，急问：“姒儿身体好些了吗？为何见我就躲？”

燕虹看着褒洪德离去，满面妒恨，怅然若失，将剑摔在地上，咬着牙，瞪着眼睛道："二哥哥，我难道就不如一个身份卑贱的丫头吗？"

林珠转动的眼珠在阳光里有些迷离，站在燕虹身后，幽深一笑尽显暧昧：

"那个漂亮丫头叫褒姒，常和二少主黏糊。男人见了她无不喜欢。"她目光闪烁出幽深："虹小姐，有些事……我们做下人的，不好多嘴。"

阳光拖长燕虹影子。她狠捋一把树叶，一抹冷笑起自眸底：

"褒姒，你这贱婢！

第十六章　杨氏诡秘委重任　褒姒坊中丢大印

一

初夏天气，杨花涌满天际，紫气绕回廊，烟水自凝碧。

褒姒身上的伤痕都在掉痂，也不觉怎么痛了，端了一大盆衣裳来在井台边，摇动辘轳系出水来，倒在井边大木盆里，弯腰蹲下，背着阳光用力搓洗。洗完衣服已出了一身汗，颇觉腻烦。她擦擦汗，端着木盆往回走，见美人蕉开得如火如荼，一些无名小花在一旁拼命抢夺风情。天空一片瓦蓝，万里无云影。太阳热力大增，晒得花草蔫蔫。

回到璧月小筑她喝了几口水，便来到房后面的朝阳处搭晾衣服。想着再过几天就能洗澡了，一抹笑意不觉从唇边溢开。

褒宝仪态优美地摇着牡丹撒花扇子从树荫里走过来，笑道："妹妹大好了呢！"

褒姒已将衣服晾完，拉着褒宝手往回走，笑靥迷人："好了，承蒙夫人恩典，歇息这么多天。又有何事，劳姐姐亲自来传？"

褒宝弯腰折了一朵小黄花插在头上，问褒姒好看不？褒姒说好看，姐姐怎么样都好看。褒宝说她越来越灵巧，又笑道："夫人找你。"

褒姒有些慌乱地立在那儿，灵魂出窍，乱地眨动的眼睫毛证明了活力：

"夫人叫我去？"

褒宝一笑嫣然："妹妹莫有顾虑，依我看，像是好事呢！"

褒姒极为忐忑，盈泪欲滴："姐姐取笑了！如今夫人不知怎的就不待见我，还会有什么好事？"不知怎的？其实也隐隐知道。心如丝网盘结，挣不出伤感的漩涡。褒姒端着木盆，引着褒宝往前走，又听褒宝道："我说好事就是好事，咱们快走吧。咱们一同进入褒府，又一同侍奉夫人，可算是知己，我岂会糊弄你？"

褒姒正走在一棵合欢树下，望着花叶纷乱舞，心如一团乱麻。她知道褒宝作为一个下人，只能一切以夫人意志为转移，姐妹情深像晶莹美丽的雪花，抵不过夫人轻轻的吹一口气。

两人擦着汗进了紫云堂，见常林等几个管事的也在。褒姒看到杨子叶那张不动声色的脸，便一阵发憷，屈身行礼道：“奴婢见过夫人。”

夫人手一扬：“起来吧，可是大好了？”

褒姒在地上叩头道：“蒙夫人垂怜，歇了这些天，如今大好了。”

夫人向左右环视，面色凝重：“大家听好了，丫头褒姒，自进府以来，一直跟着我。通过这么多年的观察，她仪态端方，勤勉恭顺，聪慧舒雅。从今日起，就由她掌管制衣坊。但凡涉及制衣坊的一应事物，都由褒姒处理。”

她话音未落，众人就击掌附和：“褒姒胜任，夫人英明！”

夫人手举令牌看着褒姒：“接令。”

褒姒只觉得仁慈的天神向她洒下大量的幸福云朵，灵魂轻渺渺地飞到空中，受宠若惊跪地，谢恩，手抖抖索索地接过令牌，站直身子，只觉脚下虚浮，身如飘在水上的绿萍。

杨子叶凝视她一会儿，问道：“褒姒，你有什么要求？不妨说出来。”

褒姒心跳不已，脑子里嗡嗡响，听着那声音十分缥缈，仰头瞧见夫人目中的笃定，她目光低转，嗓音婉柔地说想要云儿做帮手，杨子叶欣然应允。看着众人唯唯而退，对面色僵冷的常林道：“你以为我为了德儿，就肯重用她？”

常林伤势虽大愈，但乃虚弱，一动就出汗：

“您确实重用她了。在下愚钝，请夫人明示。”

杨子叶冷然一笑：“咱们褒帅府，多的是向往权利的女人。对于一个没有根基的人，你捧得她越高，她就摔得越惨！”

常林笑得嘴歪着：“明白了，夫人深谋远虑。”

杨子叶扬起眉毛：“别人出手……德儿就不会怨我。褒姒不死，早晚会出乱子！”

二

霞光透过东窗，映着褒姒粉嫩雪融的脸。风吹树影，飘进来一阵湿热的风。

褒姒在制衣坊的红木几案前坐着翻看羊皮册子，云儿帮忙将一些布料拿进拿出，她们正在清点制衣坊的存货和库银。

褒姒边核对账目边对云儿道：

“如今各地闹灾荒，大街上到处都是外地逃来的难民。他们食不果腹衣不蔽体，把草根树皮都看成宝贝。我们处在帅府，应该感激这种衣食无忧的日子。”

云儿点头赞道：“姐姐说的也是，若是离开帅府，说不定我们还不如那些难民。”眸子一转，接着问道：“这差事挺好，我让你求二少主，没错吧？”

褒姒摇头道："哪里？我不曾求过谁。"

云儿细细的眉梢挑起惊奇：

"是夫人给你的？怎么燕虹小姐一来，所有人都变了呢？"

褒姒点头笑着，心上疮痍正在淡化：

"正是夫人。我说要你，夫人当即答应。我们应当感激，应当居安思危。为了开源节流，以后，你负责出去采购布匹及各类制衣用品。"

"好则好矣，我也不怕麻烦。"云儿说着凑近她，忽闪着亮眼："姐姐这样做，必有原因？"

褒姒望着在窗台上跳跃的一脉阳光，目现伤感："我没进褒府前，我父母以买弓箭为生，我常随父母去市街，略懂布匹行情。如今看着样品对账，总觉得账目和市场行情大有出入。"稍顿，她淡然一笑："也许我判断错误，但既然夫人把这么重要的差使交给我，我就不能辜负了她的信任。云儿，你听好了，以后所有的进进出出，我们半点不得马虎！"

云儿一伸舌头，皱着眉道："只是，我们怕是要得罪人了。"

褒姒扭头看到一只鸟在窗台朝她瞪着眼睛，低声道："得罪谁？"

"原来的差办。"见褒姒闪闪的眸子里掠起一缕疑问和不安，云儿嘟着嘴道："府里所有的买办事物，包括制衣这块儿的进进出出，都由内务总管负责打理。谁不知他除了家里高门大院妻妾成群之外，还在外养了几房妾室。如今姐姐刚一接手，就夺了他这块儿的权利，他不恨咱们恨谁？"

褒姒心念已定，向耳后抿抿鬓发，淡然一笑：

"做人，但求无愧于心。我兢兢业业做事，光明磊落做人，怕他何来？"

褒洪德推门而入，拍手笑道："说得好！身正不怕影子歪。"

褒姒急忙站起来，明眸灼灼光彩流盼："二少主来了。"急忙看座，让云儿给他上茶。

褒洪德提袍坐下，日光映得他黑眸生辉，端起茶钟吹出涟漪，轻抿一口，笑道："好茶！"看着一缕光影在褒姒脸上掠过，他目光痴迷，渐流心绪。

褒姒被他看得红了脸，不知不觉丢了手中羊皮册子，垂着眼睑道：

"今儿大好天气，二少主没去练武？"

褒洪德看着她颊上一抹红晕，目光闪亮：

"早饭后就练书法，觉得闷了，就跑出来转转。"

云儿添了茶，笑道："少主，以后制衣坊诸多事物，还需您照应呢！"

褒洪德微仰着下巴，麦色脸上豪气干云：

“你们放心干着，有什么事，就告诉我一声。”

褒姒和云儿听了这话就好似有了主心骨，一时和褒洪德谈得眉飞色舞。

门口灼烈光影映出燕虹满腔怨恨的脸，她倚门瞪目：“二哥哥，害我找了你半天。昨天说好的，去城外打兔子，怎么一大早就跑到这儿了？”

一丝犹豫一闪而逝，褒洪德站起来笑道：“好！”被燕虹拉着走进万缕霞光里。

三

烈日沉入西边的山峦已久，天空失去最后一缕云霞的绚丽多彩，褒府笼罩于一片神秘的暮霭中。

制衣坊的门被吱呀一声推开，林珠悄悄探身进入，在柜台前后上下翻来翻去，在抽斗里找到一个黄锦包着的东西，急忙藏入怀里，临走时不忘将抽斗合上。

她刚一出门，迎面碰上粉襦白绸裙的褒姒和橘红粗布裙襦的云儿，便笑意铺展了满脸：“妹妹们好，我正要找你们呢！想看看那些罗、纱类布料，选做件衣服。夏天来了，身上这衣服穿着怪热的。”

云儿略略迟疑一下，细长眼里涌上满满的笑意：“吃了饭回来，肚子发胀，不是说嘛，饭后百步走，能活九十九。我和姒姐姐在外面走走。”

褒姒婷婷走近，仪态凝重地捻了捻林珠身上穿的绢料青襦，将笑容打理得无懈可击：

“这料子如今穿着就是嫌热。”拉着林珠进了缝娘的屋子，青铜烛台上数只蜡烛，照得屋子通明。三十多岁的缝娘粗布衣裙，正在案台上拿着直尺和剪刀，量来裁去，见她们进来急忙停下活计，摆设出浓得化不开的笑容打着招呼。

褒姒对缝娘笑得温厚：“大嫂，你只管忙你的。”

云儿指着一排排纱罗料让林珠看，笑道：

“珠姐姐身份矜贵，这些料子尽你挑选。”

林珠云鬓半偏，翠钿疏散，只一只鎏金凤纹镶珍珠簪子，斜插在脑后青丝上。她左挑右选，看来看去，拉起一块块布料往身上比试，最后皱着眉头满目烦恼之状，连说找不到如意。

云儿和褒姒对视，心照不宣地一笑，略略思忖，在一旁轻拍林珠，笑道：

“我们女孩家穿衣服，颜色最重要。想是夜不观色，姐姐才挑不到如意。”

林珠正寻思着借故走开，便故作无奈地摇头，轻轻一叹：

“也是，不如我明儿抽空来吧。”

“天黑了，云儿，回去提灯笼，咱们送珠姐姐一程吧。”褒姒婉然吩咐。

云儿应着喏，回房提了灯笼，和褒姒一起送林珠好远，三人沿着青石小径边走边说笑，听虫子在草间叽叽欢叫，看漫天的星星把天空衬得十分诗意。

站在一处回廊看着林珠的身影消融于暮色，云儿对褒姒道：

“不知她刚才想来刺探什么？是看二少主……”

褒姒站在灯笼的淡红光晕里，身材袅娜，妙目生辉，轻拍云儿臂，笑得憨厚：

“但愿她真的来做衣服呢。”

云儿撇嘴冷笑：“不知她打的什么主意？明明对布料心不在焉嘛。”

褒姒想着褒府人心莫测，想着林娴本想杀人灭口，一个个环节惊险地走，结果自己却这么快得到提拔，林娴主仆会甘心吗？其他人又是怎样的心思？

年华似水载物有轻重，世事无常人生恍如梦。

她抱臂站在树影里，像一片被吹进阴暗罅隙里的叶，浑身发抖。天涯望尽幽思清愁两茫茫，那卷帘西风的空山寂雨里，是否还能觅到当初那抹最为动人的笑靥？

第二天的太阳在翠柳梢头欢呼雀跃时，褒姒云儿正在门口对着几只鸟说笑，却看到林娴主仆二人穿花渡柳款款而来，忙向林娴打着千儿问好，带着习惯性的如芒刺背感觉，边暗责昨晚的敏感多疑。

林娴主仆在缝娘那里挑完布料，量体裁衣已毕，拿着裁缝开的单据，到褒姒这儿来结账。

褒姒仔细看着账单，收了陶币，以肘拄着柜台，对林娴笑道：“这等小事，何劳少夫人亲力亲为？我等会儿叮嘱裁缝早些做出来，到时为您送去。”

林娴身子斜倚着案台，看着自己被凤仙花染红的指甲道：

“这些时日好像胖了些，自己来量才会合体。”

“也是。”褒姒返身打开抽屉，寻找印章而不见，又怕怠慢林娴，慌得接连打开了数个抽斗，仍是不见，急道：“云儿，印章怎么不见了？少夫人在这儿等着呢，咱们赶快找找。”

褒姒云儿翻了所有物什，又蹲到案台底下的缝隙里看，急得满头大汗，只是找不到印章，褒姒一边找一边连连对林娴说着好话，请求宽恕、原谅。

林娴换了个站姿，左胯倚着柜台，细长的手指一摆：“算了，我得回去了。”转面林珠：“你在这儿等着就行了。”一转身，袅袅婷婷地去了，窈窕影子极快地在一丛苍翠后消失。

第十七章　林娴主仆阻联姻　燕虹惹上咬人草

一

白玉香熏里散发着若有若无的香味，异常清幽。明灿的霞光透过栖纱窗，映着粉红帷幔，温柔得像女子未染的檀唇。林珠等了一会儿，便没了耐性，竖眉瞪眼，指着鼻尖冒汗的褒姒，斥道："我们来做衣服，又是夜不观色又是找不到印章，依我看你是故意刁难！"

过多的挫折、不虞，褒姒渐渐修炼得淡定从容。她微微一笑，露出迷人笑靥：

"奴婢岂敢为难姐姐？想是印章不小心弄丢了。"

林珠怒色一缓，看着褒姒，神情忽变，亲切得令人感动：

"姒妹妹，丢失印章之事非同小可，应当立即禀报夫人。"

褒姒听了，面色发白，陷入恍惚、迷离之境，挣扎过后，黯然道：

"也只有这样了。"

云儿、林珠点头，三人商议着走出门来，迎着灿烂阳光，一路并行，呼吸着花香，穿廊越院，一径来在紫云堂，跪礼，齐声道："见过夫人。"

十二道垂花门里，薄绫纱幔被鎏金钩挽着，中间垂着淡紫贝母珠帘，微微折射出迷离朦胧的光晕。杨子叶的手在花梨木几案上轻轻扣着，面无表情，疑问的目光投向褒姒："褒姒，此时不在坊中执差，你三人结伴，到此何事？"

褒姒缩在袖筒里的手紧攥着，双肩微微颤抖，叩头在地：

"奴婢辜负重托，不小心丢了印章，恳请夫人责罚！"

夫人闻言稍怔，眸底隐隐流出电光：

"褒姒，你真乃大胆！接管制衣坊才多久？如何就丢了印章？"

褒姒打着寒颤，垂眸细声道："启禀夫人，奴婢昨天晚饭前还在用印章，今天上午少夫人来做衣服，突然发现印章不见了。奴婢该死，恳请夫人惩处！"

林珠叩头道："我刚才也在那儿，看到褒姒妹妹找得甚急，印章确实丢了。"

云儿叩着头，神情惶急："夫人，昨天酉时之前印章还在，云儿愿以性命担保，今天印章丢得甚为蹊跷。"

杨子叶双眸流转出狐疑，扭头一旁的褒宝："快去传常林来。"

褒宝应声出去，少顷和常林一起进来。杨子叶目不转睛地盯着常林：

"褒姒三人来禀，刚刚发现制衣坊的印章丢了。这关系到制衣坊命脉，你带人到各处查找，不得有误！"

"喏！"常林伤已痊愈，恢复了彪悍，雄健威武地领命去了。

风吹动门口紫贝母珠帘，发出零碎声响。杨子叶肘拄案台托着下巴，昏昏欲睡的外表下浮荡着心事万千。

一顿饭时间后日已近午。褒洪德和燕虹练完剑，汗水淋漓地进来，还未来及说话，见常林大踏步进来，合手行礼："启禀夫人，搜查完毕，没有印章下落！"

杨子叶站起来，又缓缓坐下："各人住处皆无疏漏？"

见姨妈面有隐隐怒气，燕虹悄悄拉着褒宝问明了原因，又听常林道："启禀夫人，只有燕虹小姐处没搜。她是贵客，我想……"

"搜，快去我屋里搜。这贼名，我可担当不起——"燕虹向上捋着袖子，冷眼瞥了瞥跪在地上神情忐忑的褒姒，有意高挑着尾音。

褒姒眸中水波乱颤，望着杨子叶道：

"夫人，以奴婢之见，燕虹小姐那儿，就不用搜了。"

"想和我套近乎？你没安好心！"燕虹嗔着脸斥詈褒姒，脸上是女侠一般的嫉恶如仇，扯住常林胳膊就往外走："搜，一定得搜！谁想嫁祸于我，没门儿！"

二

日光柔和地映入紫云堂正厅，幽幽的檀香自白玉香熏中袅绕而出，紫贝母珠帘轻微地碰撞着，发出嘀呤嘀呤的响声。

一盏茶时间常林回来，燕虹面红耳赤地跟着，一进门就哭得胸口起伏，尖声叫道："姨妈，我没偷章子，我真的没偷。不知怎么印章会跑到我屋里……"

常林将制衣坊印章放于杨子叶面前几案上，冷眼瞥瞥褒姒，闷声不语。

杨氏忙站起来，柔柔拉住外甥女，微微的笑脸饱含着无尽的宠溺：

"虹儿别哭，既然你没拿印章，一切都有姨妈做主。"说完指着褒姒，面色倏忽冷寒："褒姒，我来问你，制衣坊印章，你究竟什么时间丢的？"

褒姒跪地，手已将白绸绣芍药裙裾揉皱，垂目道："启禀夫人，应是昨晚酉时前后，我们出去吃饭、散步的时间。此外我们一直都守在房中，并无闲杂人进出。"

褒洪德明目朗朗，凝望杨氏："启禀母亲大人，昨天上午我和燕虹妹妹出城打猎，中午在森林里烤兔肉吃，昨晚接近子时我们才回来。

褒姒心里忐忑，低声道："以奴婢看来，定是有人恶意栽赃燕虹小姐！"

林娴从门外光影里走进来，一袭水蓝十锦绣芙蓉花薄绫裙襦显得婉美脱俗，满面端然："奇怪，谁会栽赃我的表妹？"

"启禀夫人、少夫人，栽赃小姐者，一定是和小姐有宿怨的人。"林珠言毕微窥众人，一抹冷冽笑意一闪而逝。

杨子叶沉声道："褒姒执掌不慎，蓄意嫁祸栽赃。将她拉出去，杖责六十大板！"

褒姒瘫软跪地，哑声哭道："夫人，我没有栽赃，真的没有，请夫人饶恕啊……"

褒宝看着褒姒目流恻隐，睫毛纷乱地眨着，嘴唇接连蠕动，不敢出声。

林娴跪地求情："母亲大人，请宽恕褒姒。她毕竟出身低贱，难免心胸狭隘，行事出格。她嫉恨虹表妹，也属人之常情。"

杨氏道："狭隘善妒，妇之恶德，不可饶恕！"

褒洪德跪地，情绪激烈："母亲，褒姒并非奸诈之人，绝不会栽赃诬蔑，请你收回成命！"

林珠冷笑着环视众人，和林娴目光轻轻一碰。

杨子叶低头沉思后，抬起头来：

"褒姒，我就饶了你这次。下次再犯，决不饶恕！"

午饭后的花园阳光安静，花儿蔫蔫，灼热光线几乎使它们窒息。

林娴和林珠打着扇子沿着浓厚的树荫间隙走，林珠不时挥起扇子赶走飞虫。

蝉在树上鸣声激烈而高亢。蜜蜂卧在花蕊下一动不动。林珠紧跟着林娴道：

"小姐，这么热的天也不午休，你有心事？"

"不想睡，睡了晚间会失眠。"林娴采了一朵花揉碎，扔向花丛："褒洪德那么在意褒姒，杨子叶，她的联姻计划没那么容易得逞！"

林珠看着阳光透过树叶落在林娴脸上，忽暗忽明，抿嘴笑道："燕虹小姐恨不得眼里放箭，杀了褒姒那贱婢。"

林娴对着阳光眯眼，又朝林珠斜睨："就要这种效果。"

"接下来更有好戏看了！"林珠拽住林娴胳膊笑道，警觉环视四周："咱们再做些手脚，让燕虹小姐做了褒姒，褒洪德就会和燕虹反目。"

林娴转着眼珠笑道："珠儿，你还不懂男人，他们是个见异思迁的物种。燕虹杀了褒姒，褒洪德就会和燕虹成亲。得让褒姒赶走燕虹，我这心里才会安生。"

林珠挑起眉毛张大嘴："蚂蚁吃掉大象啊！小姐你真敢构思故事。"

林娴扭头看林珠，笑意幽深："前几天我婆婆给燕虹小姐做的衣服，应该好了，你去看看取走没有。乞巧节[1]快到了，又是我婆母生日，朝中大员及诸侯夫人都要赶来祝贺，我们褒府上下人等自然不能着装寒碜。到时候，燕虹必定要穿这件新衣服显摆显摆。"

林珠稍思，诡秘一笑："小姐你且回房休息，我这就去看看。"

林娴擦着鼻尖上的汗道："记着是去办咱们衣服的手续。"看看四周和树林："要是她衣服没拿走……"凑近林珠耳语。

林珠点头，露出诡秘笑意，转身走了几步，被林娴喊住，她急问：

"小姐还有什么吩咐？"

三

林娴看看四下无人，掏出一个纸包递给林珠，低声叮嘱："燕虹小姐每天都让人采玫瑰和凤仙花洗澡，说是燕侯夫人的活血养颜秘方。你去她那儿，悄悄把这些个东西放进花里，切莫让人看见了！"

林珠有些忐忑的神情："放花里？不会有毒吧？"

林娴扬手给她一个响栗：

"死不了人！小蹄子你放心，我林娴做事很有分寸。"

"那是那是。"林珠颇有使命感地凝重点头，接着奉承了几句，转身就往外走。

风洒落一地轻薄阳光，几片早衰的叶子纷扬飘落。林娴忽有些不放心，紧走几步撵上林珠，在阳光里瞪着闪烁不定的幽眸：

"你给我小心些，千万别露陷儿。事情搞砸了绝不轻饶！"

林珠回头，诡秘一笑："小姐请放心！"走得汗水淋淋回房，边擦汗边拿了桂花糕，径直往漱芳阁走。

红霞满天时燕虹练完剑回来，吃了几块桂花糕，进入泡了玫瑰、凤仙花的木桶里洗澡，忽觉身上痒痛难忍，急忙跳出来，尖叫："哎呀！"

两个侍候的丫环大惊失色，急问："小姐怎么了？"

燕红拿了袂子裹住身子，在腹部胡乱抓挠几下，劈面掮了两个丫头耳光，又踢了几脚，骂道："我身上为何又痒又痛！胆大包天的死蹄子，你们昨天伺候不周，恨我责罚，今天便想害我，在水里搞了什么鬼名堂！"

两个丫头见燕虹身上起了无数红疙瘩，吓得一齐跪地，哭道：

“小姐饶命！奴婢们岂敢加害？”

燕虹在身上胡乱抓绕，挠出无数道红印子，又羞又气急穿衣服，嘴里胡乱骂着，穿好衣服边踢两个丫头边斥骂：“黑心烂肝的两个娼妇，你们没害我，谁敢来害我？你们倒是说啊？敢情是不想活了！我这就去让姨妈杖毙你们。”

两丫头一边磕头一边哭道：“奴婢真的不敢，小姐饶命啊——”

燕虹一边抓挠身子又一脚踢过去：“死贱人，滚开，我去找姨妈理论！”说着一脚差点踢翻了木桶，一个高颧骨宽下颚大嘴巴丫鬟急忙按住：“小姐，水若没有了，你还如何查证？”

燕虹小姐气势汹汹地飞跑，一直来到紫云堂门外，放声哭喊：

“有人害我，有人害我！姨妈要为我做主啊！”

杨子叶正靠在椅背上等待晚饭，褒宝在为她捏肩，另一丫鬟在地上半跪着给她捶腿。听到喊声她猛地站起来，惊得岔声：“虹儿，谁敢害你？快快讲来。”

褒宝几乎少见夫人这般惊慌态，忙搀起地上被撞倒的丫头，睁大眼睛迎进哭泣的燕虹，见她满面涨红，柳眉倒竖，不由惊惶道：“小姐，到底怎么了？”又问她后面跟进的两个惊慌失措的丫鬟：“小姐怎么了？你们这些没用的！”

燕虹的宝石蓝镶滚绢裙涟漪轻荡，不理褒宝，拉着杨子叶手嚎哭，在地上跺脚：“姨妈，你看啊——”拉开衣领，挽起袖管，边乱抓乱挠，五官扭曲：“姨妈，我痒死了，痛死了，全身都这样！”

杨子叶见外甥女儿皮肤裸露处满是大块的红肿疹斑，另有一道道挠伤的印子，她目光收紧，气喘吁吁道：“虹儿，为何这样了？蜜蜂蛰了……不可能啊！”指着站在她后面的两个丫鬟，满目怒气：“你们如何伺候小姐的？”

两丫鬟吓得嗦嗦乱颤，一起跪倒，哭道：

“我们伺候小姐洗澡，不知……不知为何……”

燕虹顿足，哭道：“姨妈，我洗澡就洗成这样了。定是有人恶意坑害！”

高颧骨大嘴巴丫鬟磕头，哭道：“夫人，奴婢像往常一样采花、烧水，伺候小姐洗澡，不知怎么就成这样了。定是哪个看小姐不顺眼的人暗中做了手脚，奴婢防不胜防啊！”

杨子叶让褒宝去请常林。少顷常林来见，急问何事。杨子叶道：

“虹儿今儿像往常一样用玫瑰凤仙花洗澡，身上突然就痒痛难忍。”拉住燕虹，让常林看她手上和腕间的大面积红斑，语气低沉：“像是出了什么问题，你快去漱芳阁看看！”

一缕风从窗口挤进来，绚烂夕阳映衬着室内堂皇。看着常林领命而去，一阵细细的颤动倏忽掠过杨子叶心头。

褒宝俯身下来，淡紫色裙裾荡在锦毯上，胭脂淡扫的面颊剔透细嫩，蹙眉问那两个丫鬟：

“你们采花后放在哪里？可有谁去过你们屋里？”

高颧骨大嘴巴丫鬟哭道：

“我们采完花放在门口青石几上就去烧水，不曾见谁人来过。”

注释：

① 乞巧节：七夕，古人曾把七夕定为乞巧节。

第十八章　燕虹怀妒罚褒姒　制衣坊里现危机

一

烛影轻荡，熏香迷蒙。杨子叶心思纷乱，疑窦丛生，眯着眼，指着她骂道：

“毛手毛脚的贱婢，燕虹小姐的洗澡之物就放在门口？倘是今天被人下了毒药毒死，你们也这样一问三不知？若是她出了意外，你们谁也别想活着！”

一盏茶功夫，常林回来禀道：“在下带了颇通医道的卓文护卫前去查明，燕虹小姐的洗澡水里被人放了霍麻草。这种草又名咬人草。一旦接触，皮肤就会奇痛狠痒不已，并出现大块红肿疹斑，就好象被蜜蜂蜇了一样。莫说是小姐花柳之躯，就算是猪、牛一类，碰着了霍麻草一样顶不住……”

杨子叶霍然起立，指着他，厉声道：“注意措辞！可有解救的法子？”

常林朝自己嘴上打了一掌：“奴才失口了，请夫人、小姐恕罪！我那属下已用生地、何首乌、艾叶、荆芥、赤芍、防风等几味药草在熬六消水，夫人快命人伺候小姐去熏洗。”

杨子叶命褒宝亲自带着那两个丫鬟去侍候，燕虹小姐难熬痒痛乖乖去了，走到门口又回头哭道：“姨妈，你要快些找到那个害我的人！我定要割他一刀问一声。”

夫人答应着，望着她们离去的背影面色平静，转面常林语声凝重：

“依你看来，谁在作俑？”

晚霞散尽的天空一片水蓝的琉璃，群鸦飞上林梢。丫鬟已点亮了青铜烛台上的银烛。烛光摇曳，映出常林眸中一抹狐疑：“难道……会是褒姒？”

杨子叶微微摇头：“我了解这丫头，她比较胆小怕事，”

常林惶然：“难道是……”

夫人冷冷一笑：“我猜是褒毓，就她个贱人敢和我作对。”

常林脸上尽是狐疑：“褒毓小姐？”

杨子叶挥手赶走飞过面前的蚊子，声音低哀：

“那个贱人死了，留下个女儿与我为敌。”

常林微微一皱眉，继而转笑："请夫人宽怀，褒毓小姐如今年少气盛，以后慢慢就好了，她毕竟是褒帅血脉。"

夫人光洁的脸濡染了窗外弥漫进来的夜色："以后，你休说这个！我不爱听。今天的事，必须查请，为正庭规，我不惜对褒毓用刑，杀一儆百！"

明灭的烛光，微微起伏的帷幔，风吹得雕花窗咯吱咯吱作响，窗外月色映着花光，枝头叶舞飞扬。

两个丫鬟伺候着燕虹熏蒸，药味随着水蒸气挥发，浓烈扑鼻。

燕虹的头发被棉巾包在头顶，皱着眉闭着眼坐在木桶里道："这会儿好些了，这药还真管用。才三天，就大见轻了。等本姑娘好了，一定赏赐你们。"

"小姐真是慈悲，能伺候您是奴婢们的福气。"高颧骨宽下颚大嘴巴的丫鬟转着眼珠美言，用热棉巾蘸了水轻轻绞绞，敷在燕虹右肩头的红斑处，满脸的笑意："小姐，这样行吗？"

"嗯，哎哟……"

"怎么了小姐？"两丫鬟齐齐扭头，满脸紧张地问。

"这儿……"燕虹指向后背左方："好像很痒。"

一瘦长脸丫鬟急忙用毛巾蘸水，朝那块敷上，小心翼翼问道：

"这样行吗？小姐？"

燕虹忍着毛巾的热度，皱着眉道："好，好些了。"

高颧骨大嘴巴丫鬟在桶里绞毛巾时和瘦长脸丫鬟相碰，狠狠瞪了那丫鬟一眼，笑道："俗话说，病来如山倒，病走如抽丝呢！小姐须忍住，咱们每天趁热熏洗。今天洗这两次，以后每日一次就行，每日早、晚抹浓缩药液一次，加老醋适量外擦，六天后即可痊愈。"

二

燕虹脸上挂着许多水珠子，头顶热雾袅袅，点头道：

"本姑娘忙着和二哥哥练习剑法，你们可别忘了提醒。"

两丫鬟齐声道："小姐的事就是天大的事，奴婢不敢忘记！"

燕虹抬手抹去脸上水珠，轻蔑道："看你们笨得像猪，连洗澡水都看不好，被人做了手脚，把我害成这样。你们这嘴儿倒是甜得很！本小姐问你们，到底是谁在凤仙花里加了碾碎的霍麻草，你们如今知道吗？"

两丫鬟紧张对视片刻，低着头道："奴婢真的不知道。"

“哼！”燕虹小姐冷哼的同时猛地一拍，溅起很高的水花，弄湿了两丫鬟头脸和衣服：“你们这么笨，我还是别向姨妈求情，让她治罪你们好了！”

两丫鬟顾不上擦去脸上水渍，吓得脸色苍白：

“求小姐开恩，奴婢真的不知道！”

燕虹甩开她们按着热敷毛巾的手，向她们瞪眼道：“废物蹄子！赶明儿我被人药死了，你们就这样没头没脑？待我禀明姨妈，快些赶你们出去！”

两丫鬟你看看我我看看你，高颧骨大嘴巴丫鬟费神寻思后，对着瘦长脸丫鬟，在手心画个姒字。两人会意，相视点头，高颧骨丫鬟朝同伴挤挤眼道：

“小姐来此不久，为人又这么好，从没和谁结仇，但却被制衣坊主以盗取印章嫁祸，她差点被夫人杖毙，想是因此怀恨在心，就祸害小姐。褒姒贱婢真是可恶！”

燕虹小姐脊背一挺，目射凛冽寒气：

“对，你们记清了，就是褒姒那个贱人害我！”

她话音未落，忽听外面一人厉声道：“不是褒姒！”

三人一齐回头，见粉红色帷幔被掀开一角，轻飘飘走进一个人来，正是一身烟霞色轻罗，两臂薄绡轻挽的褒毓。两丫鬟急忙行礼：“小姐来了，见过小姐。”

褒毓发挽云髻斜插玉凤钗，一袭烟霞色软烟罗裹身，臂上轻绡益添冷艳、妩媚，对着两丫鬟言语短促:“你们只管好生伺候虹姐姐,不许多嘴多事！”转到燕虹面前，凤目闪亮，嘴角一抹似有若无的冷笑：

“请虹姐姐相信，作俑者不是褒姒！”

“我不知妹妹何故替她遮掩，不是褒姒？还能是谁？”燕虹凝望她的冰冷和她臂上轻绡无风自动。自来褒府，谁不追着她燕虹凑趣？唯她淡眉淡眼满脸冷傲，没丝毫讨人喜欢处。

“总有那么一天，作俑者会露出狐狸尾巴。”褒毓指着两个丫鬟，怒目而视：“你们记清了，不是褒姒！”声音和身影鬼魅般消失于门外浓厚夜幕里。

丽日映东窗，花儿自凝芳。褒姒和云儿正在门口光影里拿着一件浅紫色罗衣，低头刺绣。云儿线用完了，欠身拿起旁边箩筐里的金色丝线，眯着眼睛穿上，在线尾打了结，抬头看到褒姒饱满的脸，粉嫩的颜色，一双水目光彩流转，端的动人心魄。

云儿掂着针，笑影潋滟道：“我娘亲曾是村里最好的绣娘，可惜早逝。如今跟着姐姐学绣完这件衣裳，女红必然精进，心里好高兴呢！”

褒姒抬眸道：“褒毓小姐的衣服，我绣得比自己的还上心。”

云儿将针扎在衣服图案上百合花的尾部，笑道："褒毓小姐和你一样，偏爱荷色。这百合花又绣得这样活灵活现，衣服穿上身，保证特别好看。在这褒府，凡事总得有人罩着，巴结下小姐总是没错。"

"我却没想过巴结二字，小姐恩情，必得结草衔环相报。她冷面热肠，就像我的亲姐姐。"

"为绣这件衣服姐姐已忙了许多天，自是尽了姐妹情分。夫人的贺寿礼服咱们才绣了一半呢。"

褒姒抖开衣服前袂。低头，仔细观看刺绣图案：

"眼看这件就做好了，那件百鸟朝凤上襦是咱们献给夫人的寿礼，也要在乞巧节前绣出来。云儿，劳你这些天跟着辛苦。"

云儿笑得眼睛眯成一条缝，歪着头道："还跟我客气啊？姐姐的事就是妹妹的事。咱制衣坊就是一体。"

半个时辰后衣服绣工完毕，两个人翻来覆去细看，见无疏漏后，褒姒笑道：

"你且把它交给裁缝订好扣子。我来绣夫人的那件寿礼。另外把那些做好的新衣送到各女眷处，想来大都是为庆贺夫人生日所备。夫人生日是件隆重事，我们在衣服这个环节把好关，不要出任何疏漏。"

云儿边往外走边笑道："姐姐细密。"

褒姒顾不得歇一下有些酸困的眼睛，捶捶腰，回身拿起那件绣了一半的百鸟朝凤上襦，小心翼翼地将衣袂铺展在膝上，低头，全神贯注地刺绣。

三

当制衣坊门被猛地踢开时，褒姒下了一跳，抬头看到燕虹一席墨绿轻罗站在门口，双目灼灼激射剑气。两个丫鬟站在她身后，神情有些莫测、诡异。

褒姒急忙将绣花针别在绣线上，将手中衣服搭在椅子上，站起来行礼：

"虹小姐来了，褒姒拜见。"

"贱婢！"燕虹挥手两个耳光打乱了褒姒头上发髻，一缕乱发垂到脸上，一只凤钗落地。

燕虹一脚踏断那只凤钗，指着她鼻尖骂道：

"贱婢，我和你有什么仇？你为何屡屡害我？"

褒姒抿去乱发，屈辱感使她彻骨痛楚，神情畏怯，泪水涟涟道：

"我没有，真的没有。小姐冤枉我了。"

虽然阿蠡也曾闯进来，指令她必须夺取少奶奶位置，且指示她下药害死燕虹，可她不敢下手。她天生胆小怕事，见了虫子就会吓得浑身瘫软。

燕虹示意两个丫鬟将她架住，喝道：

“无法无天的贱婢，胆敢顶撞主子，给我掌嘴！”

两个丫鬟答应着是，分左右掮褒姒耳光。那个瘦长脸丫鬟罪人般低着头眯着眼，下手轻些。高颧骨大嘴巴丫鬟拼命讨好燕虹，掌掌攒足力气，在褒姒细嫩的脸上留下无数指头印子。

云儿正从裁缝屋里抱了一沓叠得整齐的衣服往外走，她听到打骂声吓得变了脸色、心跳加速，急忙放下衣服，从裁缝房里跑过来，朝燕虹噗通跪下，尖声哭道：“求求小姐了，别打褒姒姐姐！若是制衣坊有什么过错，请责罚奴婢吧！”

那女裁缝隔着槅扇探得房中情形，也放下手中活计跑进来，跪地、叩头求情：

“请小姐饶了褒姒姑娘吧？她不该受责罚，要罚就罚我吧！”

燕虹双手插腰，气呼呼地踢了满脸挂着疲惫细纹、身穿粗布衣裙的女裁缝一脚：“你算什么东西！哪里来的乡野俗妇？也配本小姐责罚？瞧这张枣树皮脸，能做出什么好活来？小心我让姨妈赶了你去，能滚多远就滚多远！”

两个丫头继续行凶，褒姒嘴角流血，脸上数道红印子，眼角也肿了起来。

“住手！”随着一声断喝，褒毓冲进来，分左右攥住两个丫鬟手，瞪视着燕虹目凝冰霜：“我们帅府法规严明，尔等不得随便打人！”

燕虹小姐一掌拍向褒毓：“我的事，不许别人干涉！”

褒毓一身浅荷色衣裙，急忙闪避，疾若一道流光。燕虹猛地扑来，两人战在一处，原本寂静的屋子里飒飒响起风声。

褒姒擦去嘴角的血，向云儿递去眼色，云儿会意，匆匆走得甚急。

少顷杨子叶披着满身的阳光赶来，屋子里看不清褒毓和燕虹面容，只见一明一暗两个影子像两股旋风，时而缠在一起，时而乍合即分。

屋子里已是几倒凳翻，处处都是战争的创伤。

杨子叶接连喊了几声住手，无奈两人不听，正惶然不知所措，却见一个白色影子飞进来，立即将两个缠斗的影子分开。

燕虹和褒毓分别站立，汗水淋漓鬓松钗乱，轻罗衣衫被汗水洇湿，样子十分狼狈。

褒洪德站在两人中间，一身皂白罗衫衬托出脱俗的飘逸，阳光般的明朗目光撒向左右，笑道：“都是自家人，妹妹们为何打斗？”

燕虹忙小鸟依人般拉住褒洪德手臂，双目潋滟浸润柔情，牵拉的唇角挂着委屈："二哥哥，你给我评评这个理！我来教训下人，褒妹妹，她就和我打了起来。"转面向杨子叶撒娇，搀住她胳膊："姨妈，虹儿在你府被害成这样，你快替我出气！"

褒毓的冷笑冲淡了满屋光影：

"虹姐姐，枉你出身燕侯府邸，说话做事好没道理！"

杨氏瞥了眼她的克星褒毓粉白的脸，皱眉，垂目，揉着鬓角。又看看面凝寒霜的燕虹面如傅粉，不由摸摸自己的脸，觉面肌已松，多少脂粉也掩不住悄生的皱纹，不由暗叹：年轻真好！

燕虹报仇被阻满怀怒气，指着褒毓吼道：

"我如何没道理了？你和客人打斗才是没道理！你娘怎么教你的？也难怪，一个小妾的女儿，还能有什么好成色？上梁不正下梁歪。"

褒洪德及所有人都把惊惧目光投向褒毓，她出乎意料并无愠怒，只冷然朝燕虹撇嘴，褐色眸子流出不屑之色，抱着臂仰着头道：

"燕侯如何教她女儿，外人自然无权过问。常言说入乡随俗。她来褒府是客，下人犯了错，就该由我们褒府处置。她今天带着丫鬟来制衣坊打人，是何道理？难道燕侯府的人都是这般肆意妄为？"

燕虹一时哑口无言，脸色数变。杨子叶狠狠瞪了褒毓一眼，寒着脸拉住外甥女儿："虹儿，快随姨妈回去，待姨妈查明事情真相，自然会还你一个公道！"

"不嘛！我又被嫁祸偷印，又被咬人草祸害，分明是这个贱婢看我不顺，暗地里使坏。"燕虹指着褒姒，满面涨红地怒斥："分明是你恨我和二哥哥亲近，想害死我！"

众人面面相觑。

褒姒顺着槅扇缝隙看到林珠在裁缝屋里悄悄朝这儿探头，听燕虹说话如此嚣张，屈辱、悲怨、痛楚、忐忑齐集，颤声道："没有，奴婢不敢。"

杨氏示意褒洪德，母子分左右把燕虹往门口搀着，边走边道：

"虹儿放心，一切自会水落石出！"

燕虹回头，瞪眼：

"大家听好了，我燕虹眼里揉不得沙子。有我没她有她没我！"

第十九章　寿堂上群美荟萃　巧弄舌绵里藏针

一

七夕这日天气晴朗。依照习俗，褒府大门到后堂各院门口，花园各路、各景点，都摆设巧果与巧灯，各庭院和花山顶上，摆设以巧果为主的点心茶水。

朝霞映红制衣坊的东窗，褒姒和云儿满面笑容地伸开一套绣着百鸟朝凤图案的衣裙。这是一套精心构思而制的佳作，从底色到配线、绣工、图案，无不费神设计，且将钩、锁、绾、套、挑等多种针法穿插并用，花中套花，鸟上摞鸟，底色是雪青湘绮。共用了二十四色配线，花鸟走兽，色色相异，如彩虹熠熠闪光。另有金线成捻，作为纬线织入，更见色彩旖旎，华贵不凡。

整件衣裙精美绝伦，令人爱不释手。

云儿拎着衣角惊叹："瞧这雌雄双鸟交错，绣针布局繁密。群鸟姿态生动，一花一草都栩栩如生、呼之欲出呢，姐姐真是难得一见的好女红！"

褒姒淡淡地笑着，摇头："这也没什么值得夸赞，不怕妹妹笑我高攀。伺候夫人这些年，我心里就把她当母亲敬着爱着。难得她过生日，我以女儿般的孝心忙碌这许多天，甘之如饴。"

"我瞧着姐姐连日熬夜，眼睛都敖红了呢。"云儿说着目光低迷，轻叹："如今这世道，难得有姐姐这般待人诚恳者。希望夫人能够晓得你这片痴心。"

褒姒细致地叠好衣服，放进填漆雕花木盘里，望望窗外太阳道："尽人事听天命吧。不早了，咱们赶快去紫云堂。"

云儿迈步向外，扶扶头上精心佩戴的钗环：

"咱们的寿礼上好，今儿就等着领赏吧。"

两人锁了门，沿着青石甬道往紫云堂走，见处处人流往返，衣着焕然一新，且沿途摆设的巧果巧灯十分壮观。

湿热的风吹进漱芳阁的镂花窗，带进来一些粉尘。高颧骨宽下颏丫鬟忙拉上窗帘，屋里光色变暗。燕虹吃饭已毕擦去满脸的汗，挥去围着打扇子的丫鬟，正要取挂在墙上的青铜剑，只听高颧骨宽下颏丫头道：

“小姐，今天是夫人生日，各路诸侯夫人都来庆贺，连申后都差了人下了贺礼来呢！”

“哦。”燕虹小姐一拍额头，笑了：“我差点儿都给忘了！等会儿我母亲也要来了。快，换了衣服去找二哥哥，我们一起到紫云堂，先去给姨妈磕个头！”

“小姐，可是要穿前几天定做的那件秋香色软烟罗？”高颧骨宽下颏丫鬟含胸抬眸问道。

“是！褒毓那庶出的下流胚子就穿了烟霞色软烟罗呢，本小姐一定不能输给她！”

“是，小姐乃侯府嫡出千斤，岂可输给别人。况且那件秋香色软烟罗上身，会衬得小姐身材更加窈窕。”高颧骨宽下颏丫鬟巧言令色。

“啊——”燕虹高兴得跳起来，她本来有些丰满，被人夸赞窈窕就飘飘然。

瘦长脸丫鬟正要进里间去拿衣服，被高颧骨宽下颏大嘴巴丫鬟拽回来：

“我去。”

瘦长脸丫鬟知道高颧骨丫鬟爱做眼前光活，在主子面前表现，没人时就是副主子，正暗自感叹人心的叵测，忽听高颧骨丫鬟在里面尖叫：

“哎哟，小姐，不好了！”

燕虹正对着铜镜里的影子笑眯眯打量，闻声回头斥道：

“鬼叫什么！难不成你家死人了？”

高颧骨宽下颏大嘴巴丫鬟战兢兢拎着那件秋香色软烟罗新衣出来，在燕虹面前抖开，紧盯着燕虹的脸，声音发颤：“小姐，你看。”

燕虹目光凝住衣服前袂上的一个拳头大的破洞，眼睛瞪着，一时呆滞，又啪地一掌甩在高颧骨丫头脸上，夺过衣服，指着那显然是被铰的破洞，双目射出凛冽剑气：“贱婢，这是怎么回事儿？！”

高颧骨大嘴巴丫头一手捂脸，慌乱中一手指着瘦长脸丫头：

“是她……你问她……”

瘦长脸丫头急忙跪地，脸上没一丝血色：“小姐饶命，奴婢两个人一起去拿的，当时衣服叠得整齐，奴婢想着是主子的东西，岂敢翻看……”

高颧骨丫鬟眼珠疾转，急忙跪在瘦长脸丫头身旁，连声附和：

“对对对！想必是褒姒怨恨小姐，故意使坏……”

瘦长脸丫头情急打断她：“也未必，褒姒又不是缝娘，可能根本不知道此事……”话音未落，就被高颧骨丫头从背后狠狠拧了一下，不复敢言。

燕虹将衣服狠狠摔在地上，抱臂冷笑道：

“好啊，这个也不是那个也不是，这褒府难道出鬼了不成！”

高颧骨丫鬟面色诡异，低声道：“我想，就是褒姒搞的鬼。”

燕虹面色数变，声音冷厉：“和我作对？这个贱人简直活腻了！”

二

紫云堂正厅铺锦毯设拜褥，几上果盘里列着香梨、苹果、橙子、胭脂果等，及各式各样的点心。宾客云集，华灯溢彩，人影香艳，不可描述。屋子里锦裀绣屏焕然一新，屏开孔雀褥设芙蓉，点缀着应时新鲜花卉小盆景，青铜花薰中焚着百合御用香。

褒洪德神采焕发地带着褒南，在廊檐下笑迎宾朋，目含深情，紧紧盯着匆匆而来的褒姒。

褒姒以微薄笑意覆盖了心里痛楚，避开褒洪德粘稠目光，和云儿一径来在正厅，见诸侯夫人已到了很多，满目的粉脸红唇、黑发俊目的美人，或凑在一起说笑或在一角坐着喝茶谈笑。花香果香脂粉香，五颜六色的衣服，闪闪发光的头饰，莺声燕语合着甜美的娇笑，杂着玉镯佩环珠钗金锁的叮叮当当声。褒姒两人眼花缭乱目不暇给，被浓郁的色香味包围着。

又有一些女眷陆续到来，各带长随丫鬟数人，花团锦簇。各有一个贴身丫头跟进，余者俱在廊檐下站立。林娴、褒宝、林珠各带领一帮丫鬟婆子，给宾客安置座位，接受礼品和打赏礼物。处处红翠飞舞，珠玉摇动，十分壮观。

褒姒捧着朱红描金礼盒，和云儿在拜毯上跪礼叩头，齐声道：“祝夫人寿比南山福如东海！”跪礼已毕献上寿礼。

杨子叶由褒宝手里接过礼盒，拿出色彩亮丽做工精细的百鸟朝凤衣裙，仔细翻看几遍，不由开颜：“好，这绣工真好！难得褒姒这份儿孝心。宝儿，打赏褒姒云儿各一百铜贝。”

褒姒云儿跪谢打赏已毕，一旁站立。

众女眷笑着凑过来，争着观看这件色彩斑斓的百鸟朝凤贺寿衣，无不惊叹做工奇巧。又夸杨子叶调教的好，才有褒姒这样颇俱才色的丫头。

百鸟朝凤贺寿衣端的异常炫丽，一瞬间映暗满屋繁花和四壁。

一女眷拿着锦衣爱不释手，目光发亮道：

“这么多色彩线织成这件锦裳，雪青底色又衬得花鸟图案格外鲜活，看起来这么璀璨多姿，今天我算是开眼了！”

褒宝看着杨子叶眉宇间的喜色，笑道："褒姒的女红越来越娴熟了，不仅刺绣，就是那漂染、裁缝功夫也是一流，都比得上那些老嬷嬷了。"

燕候夫人杨子青早在女眷群中坐了，只是冷笑。她脸形近似姐姐，唯五官略次。

忽听女眷中一人拿着衣裙道："这衣服好则好矣，只怕有些不妥！"

众人注目，此妇人四十岁左右，从头饰到衣着无不雍容华贵，肌肤白里透红，鼻梁高挺，秀美的眉目间有几分冷傲。

这种冷傲竟与褒毓有些神似。

说话者正是丞相姬淑岱的夫人，犬戎公主耶律馨儿。

杨子叶心中不快，眉目间笑意更深："请问夫人，这衣服何处不妥？"

耶律馨儿下巴上扬着，眸光流转，勉强牵动嘴角笑意：

"自姬宫涅登基以来，这种青色只有帝后才可穿戴，大臣们甚忌此色。"

燕虹母亲杨子青已经向她姐姐杨子叶瞪眼撇嘴数次，她盯着那套百鸟朝凤衣裙很久，窃喜有了同盟，朝耶律馨儿笑道：

"敢问这大周王朝的妇人，除了申后，谁还配穿青色百鸟朝凤锦裳？"她自己也不知到底为何要仇恨姐姐，这种恨好像与生俱来。自少女时起，她总觉得姐姐抢了她光色占了她地盘。

她们的话引起一阵喧嚷，女眷们窃窃私语，众说纷纭。

杨子青拉着一位夫人的手来到门外，窃笑道："她还赏那个做衣服的褒姒，依我看这丫头一定是别有用心。说不定姬宫涅一道圣旨下来，定个谋反之罪，她堂堂的褒候府就玩完了！"

杨子叶正接过一位女宾的贺礼放于一旁几案，此时面色发白，血液以平静的姿态激流汹涌。

褒毓瞥了杨子青一眼，带着两个丫鬟从门外进来，命丫鬟进献寿礼。她径自分开众人走到耶律馨儿面前，细长的眉毛挑起不屑：

"夫人此言差矣，这百鸟朝凤图案在民间流传已久，这锦衣虽然属于青色系，但和帝后的淡天青①色差之甚远，请诸位再看看……"她向人群中浏览："在座诸位，就有十数人穿这个色系的衣服。难道我们这些女流之辈，各个想谋反不成？笑话了！"

褒毓一句话问得众人都笑起来，一位穿着雪青色软罗服的诸侯夫人站起来道：

"我就穿这个颜色，这是今年的流行色嘛。"

三

女眷中立即有许多人响应。

杨子叶悬着的心慢慢落底，本担心人多嘴杂，怕有人在朝廷造谣生事。虽然明知处处与她叫板的褒毓这番露骨之言只为止谤，底牌是维护褒姒，她还是由衷地赞赏她这番敢说敢为。

“多谢小姐维护。”褒姒看着褒毓从身边走过，低声道。她已将手紧攥得出汗，想着褒毓的屡次相助，心里充满感激。

林娴正牵着一女眷手，扶入座位，又来到丞相夫人面前，笑道：

“姨妈，一路辛苦了。”

丞相夫人耶律馨儿拉住林娴手笑：“我的娴儿，今儿有你忙的了！”

杨子叶立在红柱旁神情笃定，望着满屋繁花盈眸，莺声燕语聒耳，满面笑容。

一时客人俱至，分别含笑见礼。看看日光正午，客已到齐，林娴脆声道：

“可以开宴了。”

话音甫落，从外面进来一群丫鬟仆童，在客人们座前设了轻巧的红木描金小几，又端着红木填漆托盘，将盘内放着的青瓷杯、小茶钟摆放几上，并泡了上等名茶。又摆几凳放茶具，将紫云堂附近几间大厅及内外廊檐塞得无一空隙。也有因事或疾病不能来的朝臣夫人，或有怕人多处沾惹是非、不喜虚伪应酬者俱借事推脱，但遣人送了口信或小笺。褒府中几个管事婆早已先后到达，忙着招待应酬。

紫云堂正厅数张几案，林娴招呼着杨子叶、耶律馨儿、杨子青、诸侯夫人依礼就坐。

杨子青端起青瓷茶盅抿了一口，忽然环顾人群：“虹儿，我的虹儿呢？”

杨子叶正要派人去请，忽听燕虹人未到笑先至，柔美声音如珠玉相撞，冲破嗡嗡人声，像雅乐飘于空中：“姨妈，虹儿来给你拜寿了！”

众人一齐向门口瞩目，有人突然捂着嘴，发出惊呼。

燕侯夫人见女儿穿着前袂有一大洞的秋香色罗襦，蹦蹦跳跳进来，身后跟着两个神情畏怯的丫头。

燕侯夫人杨子青倏然变了脸色，像发现刺客般地跳起来，大叫着迎上去：

“啊！虹儿，衣服，你的衣服！”

杨子青警觉环视众人，扯着女儿衣袖，一瞬红了眼眸，哀声大叫：

“虹儿，你为何偏要住这儿啊？这堂堂褒帅府，做不起衣服也说一声啊？免得让我女儿这般出丑！”

人群中接连发出几声窃笑，杨子叶盯着燕虹衣服上的破洞，一时有些摸不着北的昏晕。

燕虹看看在女管事群中坐着的褒姒，又看看身旁的褒洪德，目光里的怨毒一闪而逝，夸张地尖声叫起来：“啊，姨妈，母亲，我刚做好的衣服，特意为姨妈贺寿的，怎么就这样了？”

杨子青满目怨怒，捣着女儿额头训示：“你这孩子，整天毛手毛脚的倒也罢了，跟着你的那两个小蹄子呢？眼睛长到屁股上了？”转面瞪着杨子叶：“姐，你是如何管教下人的？知道你眼里没我这个妹妹，可也不该让我女儿当众丢丑！”自幼她就觉得姐姐像个搅乱她世界、损害她利益的外来者。姐姐的存在占有了她的空间，姐姐的美使她变得毫无光彩。她的一切不顺都是因为姐姐的存在。

姐姐时时会原谅妹妹。杨子叶紧拽妹妹手示意她止怒，对着众人合手，歉然一笑：“请各位就坐，杨子叶管教下人无方，敬请见谅！”沉静目光在人群中寻觅：“娴儿，想必是裁缝失误，快领你妹妹回去更换衣服。”

林娴含笑答应着，亲热地拉着燕虹手来到门外。刚刚走出红漆壁廊，即被灼烈的阳光耀得睁不开眼。她立即出了满头的汗，急忙伸臂，用宽大的衣袖遮挡阳光，低头窃笑着。

注释：

① 淡天青：最为纯正的青色。东、西周时期，专录典章制度的书籍《礼记·月令》记载：天子着青衣。从战国到秦汉魏晋盛行“五行”，秦始皇按水、火、木、金、土（五行）与黑、白、青、赤、黄（五色）分别相配的“五德”，穿黑色袍服。晋代以赤色为贵，皇帝着红袍。后来，“五德”之说受到挑战，从隋朝开始，帝王着黄袍，此后，黄色遂成为皇帝专用之服。

第二十章　林娴作痴骂丫头　燕虹执意嫁洪德

一

阳光下游丝细软，鸟儿撒欢。两个丫鬟低头跟在林娴燕虹后面走得飞快，四个人顺着红漆壁廊一直往前。林娴擦着汗水，心如明镜亮，神思暗转，回头指着两个丫头，骂道：

“死娼妇，今天是我母亲大人的寿宴，连王后都提前送来了贺礼。各路诸侯夫人谁敢不敬？燕虹小姐衣服这样，你们难道看不见？分明是玩忽职守！不把帅府声誉放在眼里。等我回头禀明婆母，把你们送到刑房，跪火钉、上烙铁，处置死你们这两个眼里没有主子的吃货！”

天气闷热，花草蔫蔫耷拉着脑袋，只有蝉声激越惊颤杨柳。

两丫头原是伙房上的，临时抽调伺候燕虹，素畏少夫人林娴，吓得齐哭，苍白着脸，结结巴巴：“奴婢……奴婢……”欲言又止，泪眼相看，忽左右拽住燕虹手，拼命摇晃：“奴婢们伺候小姐这些天，没有功劳也有苦劳。请小姐救命啊！”

燕虹朝路旁花荫下瞪眼：“表嫂，本来我不想说，可见不得这两个蹄子可怜相，今儿就实话告诉你。近来事故连连，姨妈说查出作俑者，每次都无疾而终。我再哭闹，恐被二哥哥轻看。所以嘛……我想是那褒姒贱婢仇视，与这两个蹄子无关。”

林娴暗自收尽一抹冷笑，拉着燕虹手赞道：

“表妹真是聪明！眼光入骨三分。”

少顷林娴和燕虹回到紫云堂，于众夫人房中一席坐了，和褒毓等几位侯府千斤小姐坐了一儿。她们近处并无席面，却有一张高几，放着璎珞、花瓶、香炉等物；另有一精细小高几，放着酒杯、汤匙、银箸、贡瓷碗、银盘等物。

下面是二三品大员的夫人之位，再下面数条几案依次坐的是四品夫人，其他五六品夫人也分礼坐了，各有侍女拿着漱盂、锦帕、麈尾等在一旁侍候着。

褒宝、褒姒、林珠、云儿和褒府诸位管事婆也在偏厅的两张几案坐下，其他丫鬟婆子和诸位夫人带来的丫鬟、小厮、车夫、随从等人，皆在廊檐下坐着，另有一帮粗使丫鬟小厮端盘捧碗，在一旁伺候着。

众人喝酒行令，屋子里脂粉香夹着佳肴香，人声鼎沸。

吃过饭，撤去残羹，上了新茶。众人各自凑伙，说说笑笑，半个时辰陆续告辞，唯杨子青和褒府一众另凑一儿，看着丫鬟、小厮们撤去几凳，扫的扫，擦的擦，且开窗通风，散发着酒肉味的屋子立即变得清爽、明亮、洁净。

杨子青仰着下巴看着姐姐，目光里写满挑衅："姐，咱们说说吧，说完我就带着虹儿走。我们母女命薄福浅，享不起你帅府的福分！"

杨子叶想着淮夷军情，暗自忧心如焚，挥手对着众人：

"燕虹褒姒云儿等人留住，其余人等退下。"

众人唯唯而退，杨子叶眼风扫过处，褒姒云儿和燕虹身边的两个丫头跪了一串。

燕虹在她母亲身旁坐着，蹭着母亲撒娇，软语呢喃。

"乖女儿，你身上如何会有醋味？哎啊啊，熏死人了！"燕侯夫人杨子青闻到女儿身上的醋味已经皱眉，拉起女儿手，看到她腕上依稀的红斑，顿时瞪大了眼睛："虹儿，你这手上又是怎么了？蚊子咬的？不会吧？不让你来褒国，你偏不听！"她是蝇子在面前飞过就要大嚷的那种，性格相比姐姐的内敛、笃定，是冰山和火山的差异。

"这……这……"燕虹犹豫着，眼神躲闪，一时无法应对。她深怕母亲不让她继续住下去，不和二哥哥在一起，日子会过得生不如死。

杨子青见女儿这般模样狐疑益甚，猛地挽起女儿的软烟罗袖管，见这白藕般的手臂上布满斑痕，她惊得一下子跳起来：

"虹儿，你这是怎么了？被谁害成这样了？我的宝贝女儿啊——"

二

燕虹拉住母亲手，在褒洪德神一般笼罩的温暖目光里心神荡漾，眼珠一转，嘟着嘴道："那日和二哥哥去采花，不料碰到了霍麻草，身上就成这样了。"说着对接了褒洪德赞许的目光，和姨妈脸上的欣慰，她涨了精神，继续道："多亏姨妈请了褒国最好的郎中，熬了那什么六宝汤，当晚就止住痒痛了。要是在在燕国那个偏远地方，没有好郎中，岂不要害死女儿？"

杨子青揽着女儿，轻柔地抚着女儿柔荑，目光里无尽宠溺：

"我只是不放心你，你父亲也是。总要等你嫁了如意郎君，我们才会安心。"

燕虹甩开母亲手，站了起来："若说嫁人，女儿要选择一个喜欢的人！"

杨子青笑眯眯看着女儿，如守财奴盯着她的宝贝："当然，我和你父亲决不为难你。"悠然一叹："只是不知这大周王朝，谁家公子才能配得上我的宝贝女儿啊？我不许虹儿受半点委屈！"

褒洪德母子闻此各自变脸，洪德温热的目光射向褒姒，看到褒姒和云儿都在悄悄看他。

杨子叶正自忐忑，却见燕虹将褒洪德推到她母亲面前：

"母亲大人，女儿非二哥哥不嫁！"

如同重物卸载，杨子叶在窃喜中心狂跳不已，望着妹妹杨子青，笑得眼尾有了细纹："自家人，亲上加亲，如此甚好！"

站着的褒洪德和跪着的褒姒，目光迅速一碰又急忙避开，各自进入冰火交煎的境地。

杨子青虽然觉得自己的宝贝女儿做了仇人的儿媳有些吃亏，但看着褒洪德的器宇轩昂、仪表堂堂，心里又有了属于女性的窃喜，她眉开眼笑看着洪德：

"德儿，你可愿意娶你表妹？"

周身奔涌的血仿佛一下子涌到脸上，褒洪德攥紧拳头微微发抖，正不知如何表达的他被母亲看似轻闲地悄悄拧住。个人的儿女情长、民族荣辱、淮夷战争对家族命运的影响，三种意念汇成三股雄壮激流，在体内相互冲撞、喷射、搏杀，自幼所受的教诲和叛逆性情都成了模糊不清的雾霭。他胸部闷痛到窒息，一时七情俱失，惴惴难言："我……我……"

"德儿……"杨子叶将低着头，将面红耳赤的儿子手貌似轻轻一攥，又羞又恼暗自加力，以无声的语言将她多次的提醒重复：淮夷危机！你父兄命悬一线，整个褒家的命脉都在你手上！

见儿子依旧木桩般不动，她故作嗔笑道："好小子，你一天到晚虹妹妹长虹妹妹短的，这会儿提及婚事，又羞得说不出话了。"笑脸转向妹妹和外甥女："婚姻大事，自古父母之命媒妁之言，我们做父母的，当然要为儿女做主！"

杨子青面上笑容渐转狐疑：

"德儿，愿不愿娶你表妹，你必须亲口告诉我！"

燕虹跳起来，带着撒娇和爱护的意味，挡在褒洪德面前，嘟着嘴，含羞娇道："母亲，姨妈，二哥哥每天陪我练武，他的心思我再清楚不过了！你们别逼他了。"

"瞧你们这两个小鬼，还真有趣呢！"杨子叶做着夸张的欢喜表情，亲自为妹妹上茶。

"我看未必！"褒毓人未到声先至，面挂冷笑挑帘进来。

杨子叶看着她眸光立寒："谁让你进来的？"指着门口，厉声道："我和燕侯夫人在此议事，你快出去！"

褒毓却置若罔闻地杵在那儿，一脸的冷笑是招牌式的。

燕虹气咻咻走到她面前，指着她："让你走你不走，赖在这儿是什么意思？"

褒毓走了两步，身子斜倚着殿柱，抱臂，冷笑依旧："什么意思？你问二哥哥啊！问他愿意不愿意娶你。"

杨子叶每遇到这个煞星都气得发抖，但她总为维护面子隐忍着。曾有那么几次，她想伸手打她都被她所制。如今千万不能再丢人现眼失了威信！她不由双目喷火，恶狠狠盯着褒毓。

杨子青满脑子的狐疑被人挑起，霍然而立，一步步逼近褒洪德：

"说，娶虹儿，你愿不愿意？"

燕虹见势，忙以小鸟依人的姿势拉住褒洪德："二哥哥，你倒是说啊？"

三

褒洪德目光将她轻轻一扫，完全没有焦聚，呐呐道："你要我……说什么？"

燕虹气得跺脚："说……"索性丢弃那些劳什子自尊，恼羞使她变得恶声恶气："我今儿就要你明说，你愿不愿意娶我？"

褒洪德看到妈妈焦灼的目光，又看到姨妈的狐疑表妹的热望，和褒毓胸有成竹的冷笑，最后看到跪着的褒姒，落叶般地将头低到尘埃里。他宁愿去纵火、去杀人，也不愿面临这种抉择、表白。

燕虹坚定不移地要问个清楚：

"二哥哥，你愿不愿娶我，你到底喜不喜欢我？"

杨子青猛地将女儿拽过来，借着天赐的力遏行云的好嗓子，大声尖叫：

"虹儿，女孩家哪有这样的？你羞不羞啊？得让他追着问你！"

杨子叶又气又急，向前推着儿子：

"德儿，喜欢你表妹你就说啊！怕什么羞？"

褒洪德仍是张口结舌："我……我……"

褒毓仰头冷笑两声："都傻了吗？他分明是不愿，不喜欢！"

"啊——"燕虹发出一声幼兽般的嚎叫，向外奔跑，不顾母亲连声的呼叫。

褒洪德看到母亲背向姨妈，脸上是比死还难受的表情。他只有追出门外，边跑边喊："妹妹，虹妹妹——你听我说！"

褒毓看热闹似地追着褒洪德出去。如释重负的杨子叶转过身来已是满脸笑容：

“子青，我们都是过来人，小儿女们的这般模样你也看到了。心里有对方，面子上偏要逞强，一会好一会儿恼的。”

杨子青蹙着眉头，心思暗转，冷笑道：“我家虹儿小孩心性，爱好很快就会转移。你杨子叶的能耐我很佩服！但你也不能光凭这点，就以为能把我们母女攥在手心里。”忽神色转厉：“你以为我女儿被你们套牢了，我就会服了你？想得美！我女儿从小算过命，要当王妃。这两年姬宫涅都在选美，我和燕侯打算把虹儿送去。”她喜欢让姐姐不舒服，其实很明白女儿撞向南墙不拐弯的臭脾气。

杨子叶笑容清郁，深深地盯着妹妹看，似在告诉她，她已看到她骨缝里。她笑对送客回来的褒宝：“忙乎这半天，姨奶奶也乏了，快伺候她歇息去。”

杨子青因着适才对姐姐的一番恶语，此时心里非常受用，含着累捶着腰，跟着褒宝去了，绣着繁复枝叶的紫红裙裾在身后迤逦出隐隐傲气。

杨子叶坐回铺了青竹垫子的红木椅，心里的火气似慢慢被青竹吸取，略感舒适。她仰头长呼一气，目光掠过深深低着头的褒姒，指着伺候燕虹的两个丫鬟，厉声道：

“霍麻草之祸还未查清，如今又出了燕虹衣服被铰之事。我们堂堂褒侯府就没有法规了吗？自古俗语，历法行，乾坤清！我一定要弄清，这些事究竟是何人所为？”微微叹气，她指着伺候燕虹的俩丫鬟道：“你俩先说，燕虹小姐的衣服被铰是怎么回事儿？敢有一字不实，定然大刑之后赶出府去！”

两个丫鬟战战兢兢地哭道：“奴婢们想着今日是夫人寿辰，一大早就去制衣坊取了衣服回来。原想燕虹小姐的衣服何等衿贵，岂敢随意翻看……不料小姐试衣时，却看到那么大个破洞……

杨子叶脑子里闪过燕虹穿着破衣到紫云堂的情形，不由了然小女儿心态，轻轻一笑，又目凝寒霜，对立在门口的丫鬟道：“快传制衣坊的裁缝来。”

偏西的阳光掠过雕花窗，尘粒在光柱里魔怪般翩跹起舞，蝉的一声长鸣打破满屋静寂。

三十多岁的女裁缝毫无声息来到褒姒身边，忐忑着跪下，声音粗粝：

“米氏拜见夫人。”

杨子叶指着她，厉声道：“我外甥女新做的衣服被铰之事，你可知情？”

那裁缝吓得浑身一抖，低声道：“奴婢已听到传闻，很是诧异。”

杨子叶目光里闪射着剑锋一般的光：“你是什么时候做好那件衣服的？其间有谁去翻过那件衣服？这件事弄不清楚，整个制衣坊都得处罚！”

第二十一章　侯府无辜多祸患　云过城头玉指寒

一

紫云堂光线明亮，女裁缝却如掉进黑暗的缝隙，摇头间抖落满脸恐惶、烦恼：

“各房要为夫人庆贺寿诞，女眷们多来定做衣服。这几天很忙，人来人往的。奴才把衣服做好，整整齐齐的叠放着。发放手续，都是云儿和褒姒姑娘亲手打点。”

杨子叶朝她一摆手：“你在褒府干活十年了，倒是个老实的，从没出过差错。如此说来，云儿，可是你受人指使，趁发放衣服之便，铰了燕虹小姐的衣服！”

云儿吓得猛地朝地上磕头，哭诉：

“夫人饶命啊！奴婢纵有一百个脑袋，也不敢铰主子们的衣服！”

杨子叶盯着褒姒那么一会儿：“褒姒，你倒是说说，究竟是谁如此大胆，竟铰了我外甥女的衣服？”

褒姒茫然目光收尽了杨子叶的不怒自威，叩头道：“这个，奴婢真的不知。”

杨子叶冷冷一笑：“分明是你对虹儿心存怨恨，屡屡陷害，趁寿宴玩她难看。来人！将褒姒拉下去杖毙！”

四个带刀护卫应声而进，分两边拖起褒姒。

林娴恰逢其时走进来，惊得挑起眉毛，命护卫暂停，她急忙跪下：

“母亲大人，今日大喜，褒姒绣工得到众人赞赏，请母亲开恩，饶了她吧。”

褒毓在门口撇嘴冷笑：“遇事就踩小蚂蚁，请问堂堂褒府公道何在？”

杨子叶气得别过头去，不理，暗自盘算着，也不知林娴今儿充的什么大神，装的什么好人，打的什么主意。只听林娴道：

“一切等查明真相再做定夺，请母亲大人饶了褒姒。”

杨氏揉着鬓角，声音有些沙哑、疲累：

“好，我今儿就依了娴儿。你们，都下去吧！”

众人一齐拜谢而出。杨子叶向椅子后一仰身子，目光结满愁怨，深深地叹息。

太阳不似前时威力，花草渐渐舒展身子。褒姒和云儿在蝉声和云影里走得极快，不消一会儿就汗水淋漓。无心看林木葱茏处清溪缓缓流淌，池塘里莲花盛开，不蔓不枝。

褒姒扭头看到云儿被汗濡湿的长睫毛并成几缕："云儿，依你之见，燕虹小姐的衣服到底是谁搞的鬼？为什么连裁缝也不知情。"她看到所经之处的草地和树林里，到处是忙碌着捉蜘蛛、采凤仙花的丫头，为证得巧①多少。

云儿以帕拭汗，看着燕儿飞过林梢，随意抒发己见："这裁缝也是看人下菜的主儿，但凡主要人物的衣服她都提前做好，从不延误。在主子跟前得势的下人衣服也享受优待。比如过年过节这些特别忙碌的时候，我和林珠都去做衣服，她的早好了，我的总要等上多日……"

她的话被褒姒挥手打断："知道知道！我心里急得着火，你别说这些琐碎了！直说铰衣服这件事。"眼前，拱形小桥凭水而立，阑干洁白如玉，波心动荡，木槿、紫薇无声。

云儿抿去满脸汗水："前两天我正抱着燕虹小姐的新衣服往她那儿送呢，见燕虹小姐来寻事就放下衣服……"她目光随着心思悄转："后来经她一闹，就把送衣服的事儿给忘了。不过之前我看过衣服，好好的并无破损。"

褒姒心事重重，细长眉毛拧着，眉心拧出伤感、疑虑纹痕：

"问题到底出在哪儿？难道是燕虹自己铰了衣服，恶意寻衅……"

云儿摇头，立场鲜明地反对："不会不会，燕虹小姐是个直性子，心理没那么阴暗。这几天我也没看到谁在坊中逗留！都匆忙来去。只有林珠，燕虹小姐闹事那会儿，我看到她躲在裁缝屋里，鬼鬼祟祟的样子。"

褒姒想起燕虹来打闹时，她透过槅扇花窗看到林珠的情形，心猛地一颤，神情恐慌："明白了，一定是她！"

二

云儿急忙看看四周，见树林里丫鬟们仍在忙活着，没人注意她们。她把手伸到褒姒面前，往手心划个娴字，见褒姒点头，她低声惊叫：

"天啊，她越来越深藏不露了！做了祸，又替我们求情，让我们感恩于她。这一会儿云一会儿雾的，到底唱的哪出儿？"

褒姒想起近来林娴的维护，以为她良心发现。此时心上痛楚，理不清纷乱人世的千丝万缕，看不清人到底有几张面孔。她似笑非笑道：

"我怀疑过燕虹，但感觉和你一样，觉得她直言直语的，心里不拐弯子，没那么多花花肠子。"她窈窕的身子映衬着两边的青翠，长发在身后飘飞，美不胜收。

云儿拿着帕子擦汗，撇嘴道：

“猜人猜不透。你看燕虹小姐今天这一招，也够厉害的！”

褒姒苦涩笑道：“她心里嫉恨我，怀疑我，又闹了那么几次，没把我怎么样。她可能觉得没脸，又极力装扮形象，欲赢取二少主好感，就换一种方式来闹。不管怎样，她的目的性都很明显，并无多少隐晦可言。也不像那些躲在暗处放冷箭的。”

云儿点头：“倒是如此。只是，连日的事贯穿起来想……好像有人故意在制造你和燕虹小姐之间的矛盾。而褒毓小姐，她可是真心在帮咱们。”见路途挂满巧果与巧灯，各种各样的造型。有菊花、荷花、月季、牡丹、芍药、玉簪、兰花、海棠、佛手、文官果、玉兰、梅花等花卉巧灯，八仙过海、群仙祝寿、童子拜女娲、福禄寿等人物灯。

她们正在走过一个假山叠翠的园子，园子的四面挂满形形色色的巧灯，墙壁上留着宽大的红色窗洞，里面也有三五成群的丫鬟在捉蜘蛛、采凤仙花。燕虹的高颧骨大嘴巴丫鬟跑过来对着那些人吼：“别采了别采了！花都被你们采完了，燕虹小姐还用什么洗澡？快走快走！”

褒姒看着众丫鬟一哄而散，褒洪德含笑的眸光在眼前一闪，她心痛到窒息，沉声道：“自从掌管了制衣坊，我哪一日不是兢兢业业恪尽职守？可树欲静而风不止，无风也有三尺浪。今天又差点被杖毙，或被弄到监牢里整死也未可知。这帅府制衣坊就是烫手山芋，若是到了那权利炙手可热的地方，岂不是陷入滚油锅里？”

云儿瞪着眼，声音没了控制：“谁说不是呢！”

褒姒往前走着叹着：“唉！这看不透的人生迷局！夫人在撮合二少主和燕虹小姐，燕候夫人却是阴晴不定。少夫人手法多变，唱的什么戏？”

云儿狠狠一甩帕子，恨声道：

“那些黑心烂肝的主儿，需得给她点厉害瞧瞧，人善人欺呢！”

林娴这天睡了个懒觉，日上三竿时起床，来到梳妆镜前，让丫鬟将妆凳搬了个接近阳光的地方，坐下之前手在衣襟上掸掸。见窗外石榴火一般的燃烧着，几声鸣叫的鸟雀，给静谧的时光添了些声色。

小丫头侍候着梳洗，林娴坐在红木圆凳上，身上膝上搭了白棉布袱子，一个丫鬟端着铜盆跪于面前，一个丫鬟拿着粉色面巾在一旁侯着，看着主子将纤纤玉手伸进水里，撩起水花。

林珠已从妆盒里拿出羊脂膏、珍珠粉、玫瑰花制作的胭脂，及染眉的黛螺，还有梳头的桂花油，钗环等头饰，悉数放于妆台，并揭开妆镜上蒙着的暗红色葛麻。

林娴略略附身，华贵栖红锦绣裙在地毯上摊开一大片绚烂涟漪。她洗脸两遍，接过丫鬟递上的粉色面巾，轻轻擦拭已毕，坐于妆台前，对着镜子左顾右盼。镜子里映出一个绮年玉貌的绝色美人，只是愁闷的神情一览无余。

林珠将羊脂膏打开，递给她。她轻轻用指腹沾了那么一点，在掌心晕开，向脸上均匀涂抹，又轻轻拍打，由丫鬟再施脂粉、描眉黛、染胭脂膏于润泽双唇。

另一丫鬟拿着犀牛角镶珍珠梳子，将她的头发梳开、打油、盘髻、插上几支碧玉簪，另插了一支展翅欲飞的金凤，凤目由两颗红宝石镶成，在窗外涌进来的霞光里闪着夺目的光。

梳妆已毕，众丫鬟退下，林娴由林珠伺候着吃了早点，喝了羊奶，两人相伴来到后角门，要去后花园呼吸新鲜空气，做每日必行的漫步，赶在太阳热力尚小之时。

三

晨风凉爽，浸着花香，吸之惬意。林珠掏出身上钥匙，打开铜锁，看着主子出去。

一股风涌来，夹着浓郁的茉莉花香，飘起林娴的杏黄罗裙，吹起腰中烟雾般轻薄的鸾带，荷衣飘动，若飞若扬。

林娴提裙刚一出门，脚下十分的腻滑使她掌握不住身子的平衡，一声惊呼尚未出口，双足一滑，身子猛地向后倒去。

林珠刚刚走出来，回头关上角门，见状大叫一声："小姐——"急忙上前搀扶，不料她脚下很滑，亦跌倒在地，划破了手掌。起来后费了好大力气，就是扶不起来主子。

林娴由于疼痛脸色惨白，手脚并用挣扎着，却觉腰部沉痛无力，怎么努力也挣不起来。她流着泪，哀声道："好痛……好痛……"鼻尖和额头渗出细密汗珠，眉毛扭曲，红唇抖索。

林珠搀着主子，亦是满脸汗水："小姐，你忍忍，忍忍啊！"她回头朝着院子里嘶声呼喊："快来人啊！少夫人跌倒了——"

她话音刚落，红木角门被人从里面推开，接连跑出来一群丫鬟、仆童，几个人相继滑倒，叫骂声一片。

林珠看着地上污渍，再看众人惨象，倏然瞪大眼睛："原来这里被人泼了油！"她高声斥骂："哪个缺德鬼如此恶作剧？难道你们不要命了？！"

众人无不惊骇，对着那片油污咒骂不绝，七手八脚将林娴抬回屋里，放到床上，一个个慌得不知怎么办才好，七嘴八舌纷纷嚷嚷。

"我想静会儿，让他们下去吧。"林娴对着低头给她擦汗的林珠，病猫般有气无力。

林珠让一个看起来精明强干的仆童去请郎中，挥手让众人退下。

兽嘴香炉里青烟缥缈，几上的百合花凝着露珠。屋子里百合花香混着飘进来的茉莉花香。静谧四溢开来，仿佛能听到香灰断裂的声音。粉红色的帷幔无波自动。

林娴直是叫痛，咬牙切齿道："分明是有人加害与我，是谁这么大胆？"

林珠伏在床前，用毛巾轻沾她脸上冷汗，抬头看着窗外茉莉花纷扬飘落："难道是褒姒在报复？"

林娴惨然摇头："褒姒，她不敢。定是燕虹那个蠢货，她恨我屡屡阻止惩罚褒姒。"

少顷，一个背着药箱的青年郎中进来，神形有些武夫的彪悍，鼻梁上有一瘊子。

林珠放了帷幔，捋起林娴腕上金镶玉花卉纹镯子，不使之压住脉细，让郎中悬丝把脉已毕，只听他道："为确诊少夫人症候，须得观其伤处。"

林珠稍作犹豫，见主子点头，即掀开帷幕。郎中附身看着华容惨淡的林娴，悄悄出示一个亮闪闪的腰牌。

林娴艰难蠕动，侧身，目光凝注于腰牌半天，又看了看他鼻梁上的痦子，瞳孔紧缩："你……从镐京来？如何进来的？"

郎中看看一旁站着的林珠，满面肃穆，欲言又止。

林娴朝他一摆手："无妨，自己人，我从娘家带来的陪嫁丫鬟。"

郎中却固执己见："在下只能向少夫人一人传达。"

林娴朝林珠一瞥，示意她离开。

林珠识趣退到门口，警觉目光环视门外，不放过一花一木。

云过城阙玉指寒。由于疼痛，林娴笑容郁郁："说吧。"

注释：

① 得巧：古代的少女们于七夕节把捉到的蜘蛛关在小盒子里，早起打开看，以蜘蛛结网稀密预兆得巧多少。结网密实就是得巧多，结网稀疏就是得巧少。得巧多少即福缘多少。

第二十二章　林娴跌伤来密探　主仆再施计连环

一

数声相应鸠呼雨，一片初飞叶报秋。郎中顺着林娴细嫩的颈部往下看，目光有些游离，强稳心神，露出略嫌参差的牙齿：

“有钱能叫鬼推磨。我花些铜贝，便成神医。我叫马三，从镐京来……”

林娴微微点头，心里对他那粘稠目光甚是厌烦，脸上做出婉柔笑容。

马三身子前倾，对着林娴一阵低语。

林娴听得目中光彩斑斓，见他快要蹭到身上，目光隐隐折射着暧昧之意。她也不好发作，在倾听中默默忍受着时光之烦。

林珠站在门口向帷幔后倾听，只听到窃窃私语，听不到任何内容。少顷，忽闻郎中大声道：“快来帮少夫人翻动身子。”

林珠急忙过来扶着林娴侧身，郎中用手轻触她腰部伤处，心神飘忽间，听得林娴惨嚎一声：“痛……”

林珠急忙朝帷幔外张望，见两个小丫头朝屋里探头，她瞪着眼睛大嚷：

“快滚！没你们的事。”

窗外，一声羌管怨楼闲。

马三让林娴试着坐起看看，林娴竟慢慢坐了起来。马三心中有数，煞有介事地查病已毕，林珠扶着林娴仰躺，林娴依旧呻吟不息，隔窗光影照亮她脸上的惨然。

马三低头开处方，无非开出些习武者人人熟识的跌打损伤类药，一边叮嘱：

“腰椎第五节骨裂，少夫人恐怕得卧床一段了，百日内须小心养着。”

开完处方，马三领了赏钱，一出门就被阳光洒了一身。知了叫的烦躁，他只觉浑身燥热，满脸是汗，由候着的僮子引着出府。

阳光照得栖纱窗如同燃烧，照亮垂着流苏的宫灯，灯壁薄绢上绘制的花鸟图案格外艳丽。林娴蹙着眉道：“那厮医术并不可靠，再叫卓文护卫来看看。”

林珠答应着，急忙差人出去，不大时间请来了一个玉树临风般的青年秀士，眉宇间的一丝阴郁，和护卫打扮颇不相配。他放下药箱，仔细替林娴诊室完毕，面色端肃道："少夫人须仔细服药、歇息，才不会留下后遗症。"

林珠笑着送走卓文护卫，安置好林娴，拿着卓文开的药方，亲自取药，又亲自监督着熬好，服侍林娴饮下，另有外用药，她亲手涂抹。

透窗风儿轻暖，拂过玉指纤纤。林珠将药轻轻涂抹、使药物渗入林娴肌肤，再涂抹一层加固，边抹边道："小姐，手重了你就说一声哦。"

林娴时断时续的呻吟，林珠时时猛地缩回手，将药摸完时，林娴被林珠扶着仰躺着，唏嘘了几声，拧着眉毛道："听说燕虹一定要和我做妯娌呢，我婆婆自然高兴得不得了。"

林珠正在拿着褐色长颈陶质药瓶往柜中放，撇嘴道：

"燕侯夫人一直和咱们夫人拧着，她和褒毓倒像是一路爱找茬的货。"

林娴闭着眼睛道："未必，人心隔肚皮。褒毓是仇视我婆婆，要打持久战的。而燕侯夫人和我婆婆是亲姐妹，亲不长疏，久分必合。"

林珠恍悟："难怪，我刚才顺路，想去报告今儿这摊子事呢，被褒宝挡在门外，说是奶奶和姨奶奶在议事。我站了有一会儿，听里面传出笑声。回来时遇上伺候燕虹那丫头，我借故打听。她说燕虹小姐非咱们二少主不嫁呢，姨奶奶却非要她回燕国不可。"

林娴撇嘴，冷笑道："燕虹是个天不怕的货，杨子青再怎么拧，最终都会成全她女儿。燕虹想嫁个如意郎君，这儿偏有一个仙人似的褒姒！"

林珠凑近她道："看褒姒那副窝囊样儿，只怕……"

林娴挥手打断她："别杞人忧天，我自有良策。"看着门口，低声嘱咐她如此这般……

林珠会心一笑："小姐放心，一切按你的吩咐。"

窗外彩霞收尽，淡烟疏雨，人不住，花无语，水自流。

二

雨过天晴时，林珠在花园的树影里一直等到红霞渐暗，柳烟成阵，群鸦归林，才见褒洪德和燕虹收了剑势。褒洪德转身就往回走，燕虹在后面追着大叫：

"二哥哥，等等我！"

褒洪德并没回头，稍稍顿了一下，立即又往前走。燕虹撒腿直追，裙裾被风飘飞成灿云。

林珠隐身在一棵树后，看着他们背影消失，急忙走向林深处。这里浓荫蔽日，叶声飒飒，鸟鸣啾啾，群鸟似在这里召开联欢盛会。林珠站定，吹了一声响亮的呼哨，仰头望着天空，见一小黑点越来越大，一只灰色鸽子轻轻落于她肩。她将布条绑在鸽子腿上，双手捧着它向高处一送，它很快变回了一个小黑点，减至消失。

林珠在稀薄的暮色里沿着青石甬道往前走，见各处亮起了各色灯笼，石竹、紫薇、紫槿争芳斗艳，茉莉花被灯笼映得满树灿烂。

林珠来在制衣坊，见檐前一串红灯笼照亮四周绿树。云儿在门外站着吃石榴，将石榴籽一颗颗吐在花坛里。灯笼的橘红色映亮她喜气洋洋的脸。

云儿见林珠来到，将眼里的不快往暗处一撒，强颜欢笑道："珠姐姐可是稀客！"忙将石榴掰了一块递给她，几棵晶亮、饱满的石榴籽掉在地上，因为弱小，被人一脚踩碎。

林珠吃着石榴笑道："好吃，就是这会儿饿了，吃这个不顶用。"朝坊里面望望："褒姒呢？"

云儿吭吭哝哝几声，心想你来这里就没好事，我干嘛要回答你？岔开话题道："这会儿刚吃过饭呢，姐姐可就饿了？"

林珠也不回答云儿，抠了一小把石榴籽，将石榴块子往树丛里一扔，转身就往制衣坊走。

云儿忽然惊叫一声："啊！虫子，石榴里有虫子！"

林珠最怕虫子，正在往嘴里塞石榴籽，哇地吐了出来，尖叫着扔了手中的石榴籽，手犹自扬在半空僵住，定格在彻骨的惊恐里。

云儿悄转眼珠，煞有介事地拉着她手看来看去，笑道："还好没爬虫子。"

林珠耷拉下来的手却被云儿拽着："走，我去那边给你摘没虫的石榴。"

林珠猛地甩开云儿，在暮色里恶狠狠瞪着她："来你这儿了，不让我屋里坐，急着支走我是什么意思？"说着，就步步生莲地往门口走。

云儿急忙走在前面，伸开双臂拦住她："屋里有客，这会儿不方便进去。"

林珠啐了她一口，指着她斥骂："小娼妇，才离开怡芳轩多少天，就敢作福作威了？"

云儿眼珠一转，急忙作出笑脸，朝前探头，眼里眨动着诡秘："珠姐姐，你用词太夸张了！非是云儿敢阻拦于你，实在是怕你冲撞了贵客，吃罪不起。"

林珠撇着嘴翻着白眼："哼，我偏要见识见识这贵客！"推开她就走，却被云儿死死拉住，祈求道："姐姐，真的不能进去！"

林珠斩钉截铁，吼道："不让去，我偏要进去！"

云儿看看制衣坊门口，无奈道：

"我就实话告诉你吧，二少主，他在和褒姒姐姐说事。"

林珠笑得眼眯着，像刚刚受了主人赏赐："那你怎么不早告诉我？你对她倒是挺忠心的。"见云儿呐呐无语，她紧盯着她的乌黑瞳仁，唇角笑纹扩展开来："大家都在传说呢，二少主马上要和燕虹小姐成亲了。你得想办法帮褒姒一下，她将来飞上枝头变凤凰了，少不了你的好处。"

云儿在光影里抖了一下，垂着眼皮道：

"姐姐休得胡言，我们做下人的，应知顺逆，哪里管得着二少主和谁成亲？"

林珠习惯性地对着云儿额头，一个响栗敲了过去：

"死蹄子，说你咳嗽你还就跟我喘上了。看不见你那几两牛黄狗宝！倒跟我耍心眼儿。眼看着二少主和燕虹小姐成亲了，看将来哭的是谁？"

云儿究竟小孩儿心性，禁不住被她带入情节，睁大眼睛问道：

"即便如此，褒姒姐姐也只能认命，有啥办法？"

三

林珠看看闪亮烛光从制衣坊的雕花槅扇里流泻出来，笑道："一个好汉三个帮，你连这都不懂！"在暗影里转动眼珠，抬头映着头顶橘红灯光："你个蹄子不用跟我耍滑使奸，倒是仔细想想，近来制衣坊的几件事，哪一件不是我家小姐出面替你们求情？若不是我家小姐宅心仁厚，怕是你们的小命早就没了！"

云儿想想也是，不知少夫人暗里冷血招明里温情牌是何道理。她十四岁的脑袋终是弄不清人世纷争的真相，不由拉住林珠，祈求道："姐姐，我知道你行。你就告诉我，该怎么帮助褒姒姐姐？"

二十岁的林珠眸光流转，语气变得神秘："拆开二少主和燕虹，为褒姒制造机会。一旦他俩将生米做成熟饭，褒姒就是铁定的少奶奶了！"

云儿急得直跺脚："使不得使不得！若是褒姒姐姐和二少主干了那等丑事，二少主还是娶了燕虹小姐，褒姒姐姐哪里说理去？又是伤风败俗，岂不要羞死？"

林珠又一个响栗敲过去："好你个蠢蹄子！二少主那样的性情，肯定不会对褒姒始乱终弃！机会就在眼前，就看你会不会把握。"

挂在路边树上的橘红色灯光给云儿乌油油的头发打上一层淡淡的红色，她眼珠转了几转，点头，又皱眉："今天不行，二少主肯定马上要走，他晚上得在夫人的看护下读书写字，白天又陪着燕虹小姐练剑。哎呀，他们根本就没有机会！"

林珠似笑非笑，继续深刻诱惑："你如果促成褒姒和二少主好事，到时候你就是副主子。性格决定命运，你到底有没胆识？”

云儿的眸子随着念头转：“当然愿意，倒不为什么副主子，君子成人之美。”

林珠在迷离灯影里笑得婉美：“念起咱姐妹之情，我愿意帮帮你。明天咱们就行动，瞒过夫人眼，给他们制造机会。”

云儿惊讶得睁大眼睛：“怎么制造啊？”忽一转念：“我却不信，你凭什么帮我们？”

林珠拉她到一棵树下，手往树上扶，沾了些粘液，急忙丢开，瞪着云儿：

“蠢蹄子，还用问为什么？就燕虹那脾气，将来和我家小姐做了妯娌，岂不要欺负我家小姐一辈子？”

云儿有些得意的仰头笑了：“这才叫一物降一物。”

林珠接连给她两个响栗：“谁愿意被人欺负啊？所以，我家小姐近来帮着褒姒，就是想和她做妯娌。”

云儿乜斜着眼看林珠，撇着嘴：“这样褒姒姐姐就能永远被她欺负着。”

林珠又要扬手敲响栗，云儿急忙拽住她胳膊：

“好姐姐，我头都被你敲出几个疙瘩来了。”

林珠收势，眯着眼笑：“我倒是问你，要是燕虹小姐成了咱府少奶奶，有你好日子过没？”

云儿有些惊怕地点头：“嗯，这倒是。”拉住林珠祈求：“珠姐姐，既然你家小姐愿意和姒姐姐做妯娌，那你就快想办法帮帮褒姒姐姐吧！”

林珠有些智珠在握的孤傲，仰着下巴道：“那你得听我的！”

云儿拉住她手，眯着眼笑道：“云儿几时敢忤逆姐姐？以后更要听姐姐的，为了我们的共同目标。”

林珠道：“夫人急着让二少主和燕虹小姐成亲，咱们得赶快寻找机会。只要褒姒和二少主好上了，看她燕虹到时怎么哭！明天下午，你只管准备了酒在房里恭候二少主，其他事有我来做。”递给她一包药粉，神秘兮兮道：“记住把这个放到酒里。”

“药！不会是毒药吧？”云儿深怕着了她的道，有些狐疑地问：“这样能行吗？”

“蠢蹄子，谁敢毒害二少主？找死啊！”林珠一个响栗敲完，又胸有成竹地拍拍云儿肩：“只要你肯听我的，褒姒肯定会成为褒府的二少奶奶！”

第二十三章　脉脉含情痴儿女　燕虹褒姒争夫婿

一

朗月别枝明鹊，清风倏忽惊蝉。万木葱茏，枝繁叶茂。莲花满池，蔚为壮观。云儿正要说话，却见褒南提着灯笼慌慌张张由远而近，看到黑影里的两人吓了一跳："原是你们两个，干嘛躲在这儿吓人？"往制衣坊门口疾走，眼中闪射着急切：

"快去找二少主！夫人正在等他读书呢！"

云儿正要追过去，被林珠拉住，转面道："姐姐还有什么吩咐？"

林珠声音低沉、诡秘："今儿咱们商量这些，千万别告诉任何人，包括褒姒。"

云儿点头道："当然，这是天大的事，岂敢泄密！"话甫落人已远。

林珠在暗影里看着褒南推开门，褒洪德从屋里出来，褒姒和云儿站在门外灯影里，朝频频回头的褒洪德挥手。

林珠看着制衣坊的两人退回屋，门吱呀响着关上，一抹阴冷的笑渐渐消沉于万缕灯火里。

晨风轻拂垂柳，茉莉洒下芳菲，紫槿开得如火如荼。

林珠提着竹篮沿着小径走得飞快，不顾草间露水浸湿了绿缎面绣花鞋，直到在绿树掩映处望见漱芳阁的飞檐若隐若现。她慢下步子，轻轻抿去鼻尖汗水，刚刚来到门前，见朱门忽开，一瘦长脸丫鬟正往门前泼水，她急往旁边躲避。那丫鬟看到她吓了一跳："哎呀，不知林珠姐姐来到，差点冒犯了，恕罪恕罪！"

林珠摆手一笑："无妨无妨。"向门里张望："燕虹小姐呢？"

瘦长脸丫头笑道："大清早就被夫人叫去了，商量大事。"接着问："听说少奶奶摔伤了？要紧不要紧？正想去探视，又怕叨扰。"

"没什么大事，歇歇就好了。"林珠笑道，弯腰将竹篮放于石榴树下的石凳上，拿出两个精致的盒子，递给那丫头，笑语妍妍："这是我亲手做的桂花糕，夏天吃这个最好，清热解毒呢！"

瘦长脸丫头乐得扬起眉毛：

"呵呵，姐姐真是神机妙算。自从上次你送来这个，燕虹小姐直说好吃，说她最喜欢吃这个了，这两天都在嚷嚷着呢！瞌睡就遇到了枕头。”

林珠的眉梢有一抹朝霞闪耀：“燕虹小姐喜欢？那敢情好。你们只管吃，我回头多送些来。”凑近一步，被明霞映亮黑眸：“燕虹小姐马上就成二少奶奶了，咱们趁机巴结巴结。”

瘦长脸丫头打开盒子闻闻，又合上，笑道：“姐姐美意，且留着给燕虹小姐。姐姐等闲不来这里，就请屋里坐坐喝口茶去。”

林珠摆手道：“不了不了，得回去伺候我家小姐。”说着告辞，走得像一阵风。

高颧骨丫头从门里探头出来，对林珠背影撇着嘴道：

“哼！她们主仆倒是很会来事儿。”

飞上树梢的太阳热力渐强，燕虹、杨子叶、褒洪德等人正在褒府大门前送杨子青坐上华贵不凡的四轮丽车。马车朱轮华顶，红锦络带，青盖紫帷，车门垂着绿绸和纱罩，由一个健壮的车夫驾着，两侧各随一个骑马的艳婢，四个带刀护卫。

车夫缓缓扬鞭，马车轴吱吱呀呀响着，沿着青石甬道徐徐向前。

燕侯夫人杨子青挑着车帘向后看着，满脸被人占了便宜的屈辱感，不停擦泪。

燕虹丢开杨子叶手，追着马车向前飞跑，哭喊着：“母亲，一路走好啊——”

杨子青嘶哑的哭声被逆向的风弹了回来：“虹儿，我就等着下聘礼……”

燕虹目送着母亲的马车走远，站在原地呆成石雕。

褒洪德满脸愁闷，先行离去。杨子叶牵着燕虹手，拉住她往回走，轻拍她臂安慰：“虹儿别哭了，但等你们完婚，以后咱亲上加亲，多好啊！你可以让你母亲常住这儿啊？”

燕虹流着眼泪笑出声，话声婉柔：“嗯，我听姨妈的。”

杨子叶将她鬓发一抿：“真是个好孩子！”

二

燕虹偏着头看姨妈，欲言又止，低下头，神情有些黯然，捏着衣袂垂着眼皮往前走，颇显得忐忑不安心事重重。

杨子叶见状忙问：“虹儿，你有什么话，就对姨妈直说。”

燕虹拉着姨妈站在一抹雕栏旁，捏住一缕头发噙在嘴里，难弃心底那抹杂芜、忧伤、羞怯：“姨妈，二哥哥，他一直没亲口说娶我。可我，真的很喜欢他。只怕他心里想着别人。”说着低头，像颗娇弱不胜的含羞草。

杨子叶为掩那几分心虚，刻意高昂着头，似胸有成竹：

“虹儿，听我的没错。你二哥哥他怕羞，真心的喜欢无需表达。你放心，在褒府，一切都有姨妈给你做主。”

燕虹听了心中甚慰，伸平手掌接住一瓣随风飘扬的茉莉，金黄的阳光停驻在手心，眸子里溢满感激的泪。

午饭后太阳如火球悬空，林梢如笼着神灵洒下的祥光，碧落边俱是舞鹤翔鸾。

制衣坊玉钩斜挂，帷幔婆娑。褒姒正趴在案台上小憩，感觉被谁轻轻拍了下，睁开眼见是褒毓卓然而立，她急忙站起来：“小姐来了，快快请坐。”

褒毓一袭剪裁合体绣工精细的淡荷色裙襦，一头黑发如瀑，冷艳足以使窗外的太阳暗下来。她嘴角牵出淡淡笑容：“打扰了。”

褒姒为她看座，一手拿着尖嘴铜壶一手拿起绿玉茶杯，笑道：

“高兴还来不及，哪里会是打扰？”

褒毓撩起衣袂：“丫头，你手真巧。做这件衣服真是合体，人人都说好看。”

褒姒低头倒茶，看着壶嘴里倾出细流。笑道：“区区薄礼难表感激。小姐然何没有午睡？这碧螺春泡了有一会儿了，这会儿正好上口。”

褒毓用手背抿去额头细密汗珠，拉拉衣裙：

“白天睡了晚上会失眠，故而出来走走。”

褒姒看着褒毓姿势优雅地拿起茶杯，见碧螺春漂浮在绿玉杯里，仿佛一块凝碧的美玉。褒毓轻轻抿了一口，笑道：“这茶果然好喝。”

相对静坐，褒姒感叹身如浮萍的命运，心深处那根痛楚的丝，总是被人扯了又扯，想要倾诉，又怕倾诉，不由轻叹一声，垂下头去。

褒毓心如明镜，也不说破，放下茶杯，笑道：“我二哥哥要娶燕虹，你难道认命了？人若自己认了命，只怕命运就没有改变了。”

褒姒正端着茶要喝，茶杯一晃，就有些茶水洒到粉红抽纱裙上。杏眼里有水光猛地一溢，又急忙敛住：

“奴婢愚笨，感激小姐屡屡相救，大恩如天，图报无地！”说着跪地，叩头。

“快起来，你这是作甚？”褒毓急忙放下手中绿玉杯，搀起她，望着在雕花窗上跳跃的一米阳光，神情迷离：“最近与你化敌为友的人，最是阴险！须得小心提防才是。”

褒姒若有所悟，心中苦涩益甚，轻轻点头：

“明白，谢小姐指点。小姐大恩，没齿难忘！”

“你若真没忘恩，就要争气，努力，争取让二哥哥娶你。”

褒姒倏觉她此话突兀，不觉一愣，张了张嘴，欲言又止。

褒毓隔窗看到褒洪德远远走来，抿嘴一笑：“贵客来了，我要告辞。”说着起身，径直走到门左侧一棵树荫下，见褒洪德从另一小径走进制衣坊，她回头冷笑：

“大家各有各的目的。哼哼……”她对着在太阳下无精打采的花儿，声音阴冷得如同冬夜之风。

云儿将怀中酒坛用红布包着，臂弯里另跨提篮，轻飘飘地走进制衣坊门，见褒洪德正在屋里站着擦汗，白绫衫的脊背处被汗濡湿，犹看着褒姒目光痴缠。

褒姒见云儿进来便道：

“这么热的天，你疯哪儿去了？快来给二少主看座、打扇子。”

褒洪德回头看到云儿臂弯里被红布裹着的酒坛，笑意一瞬溢开：

“什么劳什子东西？抱得宝贝似的。”

云儿揭开红布，将陶瓷酒坛和提篮往几上一放，又拉了和裁缝屋相隔的槅扇帘子，笑得眼睛眯着：“原是知道二少主要来，特备酒菜招待。”回头关上门，将篮中荀干、萝卜干、咸水豌豆、芥末荠菜等几个小菜往几上一摆，又拿酒钟。

三

褒洪德拍手笑道：“琴对知音，酒缝知己，咱们今天一醉方休。”说着，亲自抱着坛子，往酒壶里倒酒，再拿起酒壶，倒满三钟酒。

褒姒郁郁满怀，也要借酒浇愁，便积极响应。

三人碰杯，一饮而尽。褒洪德又满上一杯，饮下，敬褒姒云儿。

褒姒云儿并不推拒，皆一饮而尽，又分别满上一杯，先干为敬，再敬褒洪德。

三人俱是开怀畅饮，杯来见底，褒姒洪德含情脉脉对视。云儿趁添酒之际，回身将一些药末撒入酒壶中，趁着酒意道：

“今儿能和二少主一起饮酒，这好日子以后不会再有。”

褒洪德接连饮了数杯，被酒意荼毒着思维，醉态毕现，笑道：

“有，如何不会再有？以后天天会有。”

云儿指着他道：“二少主骗人呢，你马上娶了燕虹小姐，以后就不理我们姐妹了！”

褒洪德结结巴巴道：“谁、谁娶燕虹？她、是我、妹妹。我、我要娶……褒姒……”

窗外熏风，夹着花香缕缕，燕儿呢喃檐下，将万种风情赋予袅袅柳烟。

褒姒本来不胜酒力，此时已面红耳赤，伸手指着褒洪德，笑得凄然：

“二少主，使不得的……二少主，你如何也学会说谎话……”

褒洪德身子一歪，拉住褒姒手，又捧住她脸：

“姒儿，你难道……还不明白……我的心吗？”

意念回旋里，不易用语言描述。此情此景，共掬一方灿霞，共享一方悠然。轻舞素衣一韈，注定此生只为一个念想而倾情。

云儿见火候已到，便悄悄退出，回身掩门。

通往漱芳阁的绿荫小径上，林珠将一盒胭脂膏悄悄递给高颧骨丫鬟：

“笑道，这盒是特意送给妹妹的。抹到脸上特别好看。”

高颧骨大嘴巴丫鬟一绺头发遮着半边脸，惊喜得瞪大双眼：“这如何使得？”

林珠道：“一点姐妹情谊，有什么使不得？”

那丫头道：“如此说来，恭敬不如从命了。这么热的天，劳姐姐来送这个。走，去屋里喝口水。”

林珠摆手道：“没空没空，这么热的天，我想去制衣坊看看有没有适合的布料，好做件凉快些的衣服。妹妹可愿一起前往？”

那丫头欣然道：“好啊好啊！”

林珠挽着她胳膊往前走，故作亲切地探寻：

“妹妹不去燕虹小姐跟前请示啊？”

那丫头抿了一把汗，又抿抿耷拉在左颊边的头发，回头望望屋门，低声附林珠耳，神秘兮兮道：

“燕虹小姐啊，贪吃得像个猪。今儿中午在夫人那儿吃了饭回来，又吃了那么多你送来的桂花糕。吃多了又说胃痛，又是拉肚子，也不去练武了，正躺在床上哼哼呢！那个瘦猴吃货在旁边给她打扇子，我正好清闲一阵子。”

“清闲一会儿是一会儿，没人和自在有仇。”林珠说着暗自一笑，面上不动声色，望空中耀眼光线里飞过一只孤雁，她徐徐走得袅娜生姿。

高颧骨大嘴巴丫头在后面紧跟着，不停擦汗，脸上尽是谄媚表情：

“姐姐快人快语，真是舒服。”

接近制衣坊时，两人走得浑身是汗。林珠擦着汗，远远望见云儿从屋里走出来，又回身掩住房门，哨兵般朝四周警觉巡视。

林珠敏捷地往大树后一躲，拉住跟过来的高颧骨大嘴巴丫鬟，指着云儿道：

“你看她鬼头鬼脑的，也不知褒姒那蹄子在屋里干些什么？近来燕虹小姐那儿发生那么多事儿，大家都说是制衣坊搞的鬼。不会连累到你吧？”

那丫头目中懊恼，脸色立即阴沉：“怎会不连累？燕虹小姐脾气大得很……”

撩开那缕覆盖左颊的头发，露出一片紫色伤痕。

林珠看到伤痕，夸张地惊叹："嗨哟，我说这么热的天，你留这么多头发不嫌热，原是遮丑啊！燕虹小姐那儿可不能再出事啊！"

高颧骨大嘴巴丫头语气干脆："待我快去后窗看看！"飞快地向房子后绕去，片刻后回来，连声道："不好了不好了，我得赶快禀报去！"飞一般提着裙子往回走。

林珠冷笑着看她身影消失，闪身躲于树后，朝制衣坊门口瞪着眼睛：

"我倒要看看，燕虹怎么闹事？褒侯燕侯怎么联姻？"

第二十四章　痴褒姒醉登巫山　俏燕虹怀妒行凶

一

阳光透过房顶的琉璃瓦照在燕虹脸上，映出一种近乎透明的光泽。她躺在床上捂着肚子喊痛，忽地坐起来，捋着蓬乱的头发：

“不睡了，快快梳妆，我找二哥哥去。”

侍立的丫鬟急忙轻轻扶起她来，轻牵她手，来到妆台前坐下，拿起妆盒，擦羊脂膏、施朱粉已毕。又揭开胭脂盒，轻沾少许胭脂于掌心，又点了一滴清水，揉匀后，轻柔地拍在燕虹双颊，她的双颊即显出瑰丽的娇红。燕虹拿着小铜镜上下左右照过数遍，对自己的这般容貌很是得意。

穿着粗布蓝衣的丫鬟已将发髻盘好，正要插上十二描花环簪，忽见高颧骨丫鬟满脸是汗地进来，对着燕虹耳语。燕虹猛地推开梳头的丫鬟手，厉声尖叫：“别梳了！”取了墙上宝剑就往外走。

一盏茶时辰，隐身林中的林珠此时满脸得意，因为她看到燕虹衣衫不整头发凌乱地提着剑从小径奔来，猛地一脚踢开阻挡的云儿。看到云儿痛得呲牙咧嘴她就极度地快意。又看到燕虹杀气腾腾地地冲进制衣坊，两个丫头在后面紧紧跟着。林珠拍手，笑道：“小姐，你真是神机妙算啊！”

燕虹冲进制衣坊不见人迹只见酒菜狼藉，她以剑挑开内室的水晶珠帘，不由惊叫一声。

她的一声尖叫将在床上翻云覆雨的二人惊醒。洪德正在引着心爱的人走过终生铭记的刻骨痛楚，一刻春意无限，几度巫山情深。他汗水满脸，顺着鼻尖流淌，扭头看到燕虹持剑一步步逼近，眼里跳动着熊熊的火苗。他一下子被惊散了酒意，急忙扯起绿绸床单遮住两人身子，朝燕虹喊道：

“一切因我而起，虹妹妹，千万别伤害她！”

燕虹如同失语，手抖得几乎握不住剑，一股股怒火穿胸贯顶，挥剑刺向赫然失色的褒姒。

“别——”褒洪德哑声呼叫，身子朝褒姒盖了过去。

利刃以其残酷、野蛮的方式，刺入血肉之躯时发出污浊声响。

青铜剑带着刺耳声响掉在地上。燕虹发出令人恐怖的尖叫：

“不，二哥哥，二哥哥！”

杨子叶带着常林赶来时，见儿子看似平静地躺在在燕虹怀里，闭着眼睛奄奄一息，如同安稳地沉睡着。他的脸无一丝血色，地上的一滩血向周围蔓延开来。

晴好的阳光透过门窗倾泻而来。他如同沐浴在春阳的温暖里，独自享受着自己的世界，尘世的一切的名利、爱恨、喧嚣俱已远去。

燕虹的紫色衣裙已染成深褐色，床上的竹席、绿绸床单上都是血迹。

褒姒啜泣着抽搐着，和云儿在地上跪得像个待宰的畜生，一阵阵惊悸使她们瑟瑟发抖。

杨子叶伏下身来拥住儿子，她告诉自己别哭，可泪水还是一滴滴落到儿子脸上。

“姨妈……我要杀那个鲜廉寡耻的贱人，没想到……都是她害了二哥哥啊！”燕虹的哭声划破室内宁静，手指发抖，指着褒姒，两眼放射出缕缕不绝的毒箭。

“虹儿，姨妈没有怨你。”杨子叶面色恍惚，声音溢着悲苦，后变得坚硬：“云儿代管制衣坊，下人褒姒以姿色勾引少主，图谋不轨，伤风败俗，扰乱褒府秩序。来人，将她押起来，等候处斩！”

云儿哭声凄厉，狠命地朝地上磕头：

“夫人，请饶了褒姒姐姐，饶了褒姒姐姐吧！”

几个带刀护卫进来，押了在剧烈的抽搐里羞怯不堪、悲伤难言、泪水满面的褒姒就走，将云儿凄惨的哭声抛于身后。

夏夜突然变得漫长无比，从窗口吹来湿热的风，蚊子在欢歌起舞，熏香袅袅飘进弥散的夜气里。

褒洪德居住的聚龙阁里，烛火轻轻摇动，惊醒满屋的如水死寂。

褒洪德仰面躺着，安详得如同进入甜蜜之梦。

杨子叶拉着儿子冰冷的手，呆呆目光被摇曳烛光一遍遍晃动着，似乎经过了千秋百代。

“姨妈，已经子时了，我会看好二哥哥，你回去歇息吧。”燕虹看着眼窝黑青，面色虚白的杨氏，恳求道。杨子叶凄凉目光凝望燕虹，见这个娇娇女仿佛在这一天里经历了人生所有，面色暗沉，眉心那缕愁恨深雕细琢一般。

二

杨子叶丢开儿子，拨拉开小鸟依人般的燕虹散乱的头发，用帕子轻轻拭去她脸上难以斩断的细流：“虹儿，你能原谅他酒醉乱性，就证明你已经长大了。明天我派人去燕国下聘礼，若德儿恢复得快，八月中秋就是你们的大婚日子。”

“姨妈，二哥哥，他会好吗？”燕虹仰视的圆眼睛里，是前所未有的伤痛和忧心忡忡：“他好了，会不会还……”泪顺着眼角流淌，失血的脸映着烛光，晶莹闪亮。

“郎中说过，德儿伤入肌骨，没入内脏。应该会很快好起来。”褒姒的影子在脑子里乱晃，淮夷战场扰乱人心，她强稳心神：“虹儿，我的儿子是懂分寸的，你就放心吧！”

“姨妈，我担心，二哥哥他，会不会恨我？”燕虹捏着裙边低着头，满面羞赧。

“德儿本性豁达、善良，他应该能理解你的苦心。”杨子叶低头思忖，轻抚燕虹臂上薄纱：“不过，毕竟你伤了他。等他醒来，你得好好向他认错、赔罪，千万不可再惹恼他。”

“嗯，我听姨妈的。”燕虹在烛影里轻轻点头，泪花闪闪：“姨妈，你回房歇息吧，这儿有我。”

“虹儿，你回房歇息吧，赶明儿来换我。”杨子叶道。

两个人推来让去，谁也不愿离开。

繁星濡染的天空逐渐暗淡下去，林子里的夜猫叫得骇人，直到东方徐徐露出白色，园子里的鸟窸窣振翅准备踏上行程，一对鹧鸪并肩飞出花丛。

烛光摇曳，烛泪串串积累，似在诉说悠悠往事。

褒洪德在越窗的晨曦里睁开眼，看到窗帷微动，杨子叶和燕虹各自在膝上爬着打瞌睡。

昨日情形再现，他心一阵阵揪痛，嘶声道：“母亲，褒姒，在哪里？”

微弱一语惊醒杨子叶，她惊喜道：“儿啊，你可醒了！”

这一声把打盹的燕虹也叫醒，她急忙凑前，手抚他苍俊面颊：

“二哥哥……”泪流满腮。

褒洪德迫切而痛楚的目光直视杨子叶，无力地向她伸手：

“母亲，孩儿求你，别伤害姒儿……”

燕虹缓缓站起来，扭头走向窗前，心如在风中飘离树枝的茉莉，急剧下坠。

杨子叶紧握儿子手，瞥见燕虹身影，荷色罗裙被风飘出寥落的姿势，她目光痛彻："儿啊，你要快快好起来。"俯身，低声耳语："你父兄……他们生死全看你了……"

褒洪德目光痛楚、挣扎得使人怜悯，又一次进入冰与火的煎熬，颤得难以出声。

燕虹擦着眼泪走进满园的晨光里，捡起风干的茉莉花瓣，怔忡道："任你何等芳菲，春风过，夏雨落，秋风凄，冬雪飘，终会零落成泥、不可抗拒吗？"

褒宝端着褐色陶碗进屋，后边一个端着瓷罐的丫头跟着进来。褒宝见到褒洪德醒来甚是开颜，温声道：

"二少主醒了，饿了吧？这汤正好上口。半个时辰后再喝汤药。"

那丫鬟忙将药碗放于红木几案，和褒宝扶起褒洪德，在他身后垫了被子、枕头，使之半卧，又拿袱子盖住他脖子以下部位，看着褒宝一勺勺将汤喂完，甚是仔细。又伺候着漱口，吐进漱盂。

杨子叶见儿子喝完汤闭目躺着，心里安稳了不少，便示意褒宝随她来在门外，被灿烂的阳光洒了满身。

杨子叶看着褒宝的黑眼珠在朝霞里晶晶闪亮，又见燕虹走来便满脸笑意道：

"宝儿，你去告诉内务管事，速忙准备齐全聘礼，让常林前去燕国。"

燕虹拉住杨子叶雀跃："哎呀姨妈，你真是太伟大了！"

褒宝抿嘴笑着，沿着门前青石小径袅娜去了。

第二日平明时分，奉杨子叶命，常林、褒南领队，带着吹班①，聘金、币帛等礼物，由媒人拿着婚书、礼帖手环，金戒指等首饰，送往燕国。另有一帮人马驾骡马载着大饼、冰糖、冬爪、桔饼、柿粿、福丸②、猪脚、面线、糖果、阉鸡两只、母鸭两只、大烛数对、礼香两束、礼服（新妇用礼服）等物。

几日后的半晌，褒洪德试着站起来，捂着胸口，忍着伤口疼痛，踉跄着就要往外走，走了两步就气喘吁吁，慢慢弯腰，蹲了下来。

褒南端着药碗进来，放下，急忙搀住他：

"少主小心，你伤口没好，这是要去哪儿？"

褒洪德脸上、嘴唇都苍白得像抹了一层灰，嗔着脸对褒南道：

"这几天你去哪里了？也不说一声。你现在就去叫褒姒来，我有话说。"

褒南不敢透露和常林去燕国下聘礼之事，顾左右而言他：

"少主这几天身子如何？吃饭怎样？"

褒洪德瞪着他："去叫褒姒来！"

褒南满脸无奈，神情忐忑，递上药碗道："少主，你喝了药吧，一会都凉了。"

褒洪德推翻了药碗：“你这狗奴才，少和我打迷糊，去叫褒姒来！若敢违命，定罚不饶！”

褒南慌乱起来，迫于无奈，吞吞吐吐道：“褒姒，夫人把她……关起来了。”

褒洪德一时瞳孔扩大，浑身哆嗦，气血翻涌一阵，干呕了几声，又一声低哼，仰头向后倒去。

三

褒南吓得大叫：“少主！少主——”他将昏迷的褒洪德抱到床上，又摇晃又呼喊好一阵子，褒洪德幽幽一气醒来，头猛地一抬又猛地落下，目光呆滞，呓语一般，一声接一声念叨着褒姒。

褒南忙招手喊过来一个青衣小厮，低声叮嘱，那小厮撒腿就往紫云堂跑。

杨子叶正在让燕虹查看为她准备的新婚首饰和衣裳，笑容满面道：

“虹儿，你就是姨妈的亲女儿。眼看德儿一日日好起来，婚期就定在八月中秋。我为你准备了这七大箱八大柜嫁妆，你妈那儿不用忙碌就行。”

燕虹看着满屋摆着的描金箱子描金柜，控制不住孩童般的率真、稚气，摸摸这个又打开那个，高兴得跳着走，兴奋得满脸红晕，眉开眼笑道：

“姨妈你真会为虹儿着想，虹儿高兴得不得了呢！”说着跪拜：“虹儿给姨妈磕头了！虹儿会小心孝敬姨妈一辈子。”

那青衣小厮在门口脸色惶急地探头探脑。

杨子叶看到小厮，脸上笑容僵住，示意褒宝领燕虹进入里屋试穿新衣。

杨子叶急忙往门外走，听那小厮压低声音语气急促地说：

“二少主拒绝喝药，又犯了晕厥，吵着嚷着，一定要见到褒姒。”

杨子叶面色大变，急忙跟着小厮走，边走边急促叮嘱：“你快去告诉你二少主，就说褒姒马上就到。”

见小厮答应着，以兔腿般的敏捷跑得飞快，杨子叶挥手跟出来的丫鬟：

“快走！”

杨子叶来到牢狱时见这里光线幽暗，稻草遍地，一些虫子在稻草里乱钻。

稻草间放着一张边角破烂的青竹席片，褒姒在上面抱头坐着，头发凌乱，面色困顿、萎靡。她看到杨子叶时，眼神颤了几下，终于凝住。

杨子叶慢慢蹲下来，捏着褒姒下巴，目光冷冽：“我知道你委屈，可我必须得统筹全局。所以，我儿子必须得和燕虹成亲！”见褒姒苍白着脸低着头，嘴唇蠕动着，又只是无语，她声音阴冷地问："褒姒，听清楚了吗？"

褒姒胸中闷痛面容呆滞语声沙哑："听清楚了。"

杨子叶拉着她站起来：

"你现在跟我出去，要想活着，必须听我的，明白吗？"

褒姒目光死盯着眼前一片晃动的光影，她看到自己的影子在透窗的光影里打颤："明白。"

杨子叶带着褒姒走过阴暗的通道进入阳光里，跟随的两个丫鬟急忙给她撑起一把四周缀着流苏和璎珞的青罗伞。她扭头瞪视亦步亦趋的褒姒：

"别以为你能翻天！你就是想翻，没人会支持你。"

褒姒心如被利刺扎着，目露畏怯，声音低弱：

"奴婢明白，世间万物轮回，一切都该遵循自然法则。"

杨子叶捕捉着她的游离目光：

"你跟着我这些年，我知道你是个明白人，不用细说。"

阳光飞上聚龙阁的门楣，并肆意撒欢。

褒洪德见褒姒面色平静地走进来恍若隔世。他紧紧拉着她手，拥进怀里：

"姒儿，都是我不好，委屈你了……"

褒姒费力挣开他。

他目光痛楚，再次拉她拥紧，胸口起伏："姒儿，我一定要娶你。"

褒姒的泪控制不住奔涌，现实种种于她，冷雨浇心的凄凉、哀伤、颓丧。但为了阿蠡手中的人质父母，她必须苟活。哪怕在刀尖上舞，她别无选择，必须坚持。她抑着悲情，对着他淡然一笑："二少主，你身子这样弱，要好好养息。"

燕虹隔窗看到房中情形，五官狠狠地扭曲着，一路飞跑，折断了许多花草，泪水一路飘落，滑倒在一颗树下，怔忡自语：

"二哥哥，我哪点不如那个丫头？你为什么要这样伤我！我原谅你那么多，你为什么还要这样？二哥哥，我恨你，我恨你！我要回燕国，我要让我父亲带兵来讨伐褒国！"

注释：

① 吹班：乐队。

② 福丸：龙眼干。

第二十五章　夜半刺客欲夺命　杨氏巧用迷情香

一

秋风起兮白云飞，草木落兮雁南归。阳光密集，风扫落几片绿叶纷纷扬扬。

燕虹身后传来冷冰冰的声音："你可弄清楚了，真的就这么恨他？"

燕虹回头看到那张不动声色的脸上溢着细密汗珠，猛地站起来，扑进她怀里："姨妈——"哭得上气不接下气，哽咽难言："我向二哥哥赔礼，伺候他，不计较一切。你说这样他就会一心一意爱我。可他，还是爱褒姒，他根本不爱我！他不爱我……"

杨子叶扶着哭成泪人的外甥女儿来在雕栏旁，拍着她背安慰：

"傻孩子，你先别哭，听我说好吗？你这样哭得姨妈心都碎了。"

燕虹止住哭声，尚且抽噎不已，只听杨子叶道："你们婚期已定，再过半月就要成亲。你就要成为整个大周王朝瞩目的褒候府少夫人了，须有些气量，别计较小节。你这样哭哭闹闹只会惹人笑话。"

燕虹捂着耳朵跺着脚，尖叫着在地上转圈："不听你这些不听你这些！二哥哥和一个丫头搂搂抱抱，这难道只是小节？我就可以容忍吗？不行不行不行！"

燕虹尖叫刺耳，杨子叶看着她跳得像个猴子，又气又急又想笑，心亦灰到极致，暗叹：莫说褒姒一个丫头，若论品行、言语、处事、活计，都比这燕虹强多了！她因出身贫贱与少奶奶无缘，也真是亏了！眼前，我褒家必须与燕侯联姻，才能解得淮夷之围，才能立于不败之地！

思绪至此她面色镇定自若，微微笑道："虹儿，小不忍则乱大谋，你可要衡量好了。如今朝臣四品以上者，哪个没有几房妾室？大不了到时你们将褒姒收到房中，作为侍寝丫鬟。她还不是任你拿捏、处置，你何须为此伤神、挂齿？"

燕虹双手叉腰，跳得像突然窜出的泉眼：

"不要不要不要！我必须要二哥哥爱我一个人。"

杨子叶面色转阴，转身给她个背影，声音冰冷："别闹了，这样闹下去，你只会失去他。"

燕虹闻听此言心痛到窒息，好一会儿，转到她面前，可怜兮兮眼泪汪汪：

“姨妈，那我该怎么办？为了二哥哥，我一切都听你的。”

杨子叶轻轻抿去燕虹脸上泪水，觉得那皮肤的柔软质感如触绸缎，暗自感叹青春无敌，嘴角溢出笑意：“你只管对洪德好，我做主你们顺利大婚。至于褒姒，留到以后慢慢算计。”

风吹得光影乱晃，吹起茉莉干枯失香的花瓣相携天涯。杨子叶拉着燕虹手，揽着她腰，两人一起回转，进入聚龙阁内厅，见褒姒正伺候着洪德喝完药，端着水让他漱口，吐进漱盂。

见燕虹和夫人一起进来，褒姒急忙施礼，抬头迎着燕虹怨恨的目光，心头一颤，无所适从地捏住裙边。

杨子叶面无表情道：“褒姒，你且去吧。”

褒姒告辞出来急匆匆走上大道，低着头缩着肩像个畏畏怯怯的犯人，见一个人影横在面前她吓得一颤，目光顺着飘荡的裙裾慢慢上移，看到褒毓那张秋海棠般冷艳的脸时，她轻轻舒了口气，急忙行礼：“小姐。”

褒毓那双属于刺玫的眼睛，在有些凌乱的刘海下，阴气忽隐忽现。她头微低着，略含笑意的眼睛从下向上射出犀利的光：

“争取让二哥哥娶你，你不能就这样放弃！”

让他娶她，是她心里梦里的期盼。可一切都由不得她！她只是一只无法抗拒袭击的蜗牛，唯有一点点收紧自己。褒姒在风里颤栗，抱起膀子，嘴唇苍白得如同抹灰：“争取……夫人和燕虹小姐都会杀了我，我要找到爹娘，我不想死……”

褒毓扬起下巴瞭望天际白云：“她杀不了！你听我的没错。”

二

褒姒有些错愕地看着褒毓转身而去，看着她被风鼓起的裙子激荡出神秘。

她为何屡屡帮我？事实决不是“和杨氏对着干”那么简单。她要干什么？

褒姒一路走着想：阿蠡要我执行命令，为何多日失去联系？

褒姒推开制衣坊门见云儿正坐在柜台前，拿着她的裙子无声流泪，她不由得靠墙悄立，悲酸难抑。

云儿听到动静急忙回头，看到她的一瞬跳了起来，挂着泪笑：

“好啊好啊，姐姐回来了！”

褒姒环视屋子，百合花在窗台上静静开着，兽嘴铜炉里沉水素香冒着青烟。摆设依旧，只是人的心情不复。她口很渴，端起云儿递来的茶水咕嘟嘟喝完，也不说话，撩开水晶珠帘进入卧房，扑进这张曾经和他缠绵的床上，千绪纠结，身子起伏不已。

云儿抹泪道："姐姐，想哭你就哭吧，哭出来你会好受些！"

"云儿你去吧……我自己躺会儿……"她的脸被手臂包裹着，声音又低又闷，如同从地缝里透出。万般的悲郁以一种平静的姿态奔流向海，昨夜的虫咬蚊叮使她彻夜难眠，这会终于睡过去。

醒来时她感到世界静得如同死去，从帘外透射进来的灯光如同枉死城的幽火。她只觉胸中堵塞着一口闷气，张大口粗重地喘息。她不让自己哭，所有的悲愤、怨怒、痛楚在一声长吁里结束。隐隐的伤，隐隐的痛。那急于散芳的花啊，即便你超越世俗提前花期，可为谁娇娆？为谁妩媚？琴瑟难合，断弦谁听？

躺在一旁的云儿听到声息急忙坐起来点亮烛台，笑道：

"姐姐熬坏了，这一觉睡到如今。"

褒姒撑着虚弱坐起来道："如今什么时辰了？"

云儿道："已近亥时，我特意留了饭在这儿，热热就能吃。"说着下床，点了放着松子的小铜炉，将铜钵里的饭菜放上。

松子燃烧发出哔啵声响和一些微香，饭菜很快就好了。

褒姒狼吞虎咽地吃完，熄灯入睡。

无星无月的的天空一片漆黑，一个黑影一脚踢开窗扇，跳进屋，举剑进入卧房，对着褒姒便刺。另一个黑影飞速追至，举刀砍向第一个黑影后背。第一个黑影闪身的瞬间已收回攻势，回剑招架。

两个人在屋里格斗几个回合，跳出窗外，越打越远，一直打到树林边上。

褒姒和云儿已被惊醒，也不敢点烛，在满屋的黑暗里惊怕不已。

云儿隔窗看着两个黑影的激烈打斗，神色黯然，忧心忡忡道：

"姐姐，夫人派人来谋杀，这可怎么办啊！"

烛影在褒姒脸上摇曳，她轻轻摇头："夫人深藏不露，行事从不授人以柄。这刺客一定不是她派的。"

"难道是林娴？她一贯阴晴莫测。"

"若是林娴下手，在牢狱岂不更容易些？"褒姒眼神凝滞，入定般的，看淡生死。

云儿瞪大眼睛："嗯！那就一定是燕虹这悍妇了！不在监狱下手，她猪脑才会拣这时候。"

褒姒忧伤地摇头："什么猪脑？她有恃无恐。若非有人施救，她今晚一定会得手。”

云儿犹有余悸地胡乱点头：“是啊是啊！是二少主救了咱们吗？”

褒姒笑得寒凉：“他自顾不暇，况且，又不知燕虹有此狠心。燕虹在他那儿，乖得很。”

云儿连连点头，黑眸灿亮：“嗯，这个我明白。许多人都几张面孔，人前一套背后一套；对上一套对下一套；明里一盆火，暗里一把刀。谁会救咱们呢”

褒姒临窗立着，看着窗外树影摇曳，心思婉转：“我猜她是褒毓小姐。”

云儿惊诧道：“褒毓小姐？真是匪夷所思……”

褒姒神情恍惚，忧思连绵：“是啊，我一直在想，褒毓小姐为何屡屡帮我？”

云儿惊得弹跳起来：“她要干什么？”

褒姒轻轻摇头：“你问我，我问谁？他们都像掌控生死的神，而我们只是一片叶一粒尘，被风左右是不可改变的命运。”

褒姒走到窗前，用力拽下被踢坏的窗扇放在地上，一股夜风扑面生寒，她望着黑暗夜幕流了泪：“活着真难！看来以后更没安生日子过了。对不起云儿，都是我连累了你！”

云儿的笑容淡若轻烟：“姐姐说什么连累？当初在前院我就是别人的出气筒，自打来到姐姐身边，才活得像个人。”

三

杨子叶正在紫云堂正厅检阅常林拿来的请柬，对着一个牛皮册子上的名单，查看有无疏漏。检查完毕叮嘱常林：

“从速发往各地。镐京姬淑岱府上，要带去重礼。”

常林答应着告退。

褒宝进来，将一枝嫣红的秋海棠插进瓶里，扭头冲着杨子叶笑道：

“燕虹小姐今天亲自炖了猪蹄汤给少主端去，少主喝了一大碗，两人笑着抢猪蹄吃呢！”

杨子叶面上有了亮色，沉缓点头：

“这样就好。德儿还是识大体的，又是个难得的情种。”

褒宝插好海棠，左看右看：“等二少主大婚之后，夫人就放下担子了。”

褒宝言毕望着夫人，见她却没有想象中的轻闲，似乎万里远征，才刚刚起步。

杨子叶看着在窗外沉落的霞光一点点变得黯淡，一些落红被风吹得凄然。她拿出一把薰香，递给褒宝：

“刚立秋蚊子还很多，把这薰香拿到德儿房里，晚上用。天儿不早了，你去伙房炖了鸽子汤，给德儿和我外甥女儿送去。”

“奴婢遵命。”

杨子叶又凑近褒宝耳语几句，褒宝竟红了脸。

褒宝款款出门，去伙房炖了汤备了菜，端着饭菜提着竹篮里的薰香，走过白石铺垫的广场，见朱阁玉楼，都在茫茫暮色里变得神秘。所经之处，丫鬟仆僮一个个行色匆匆。

褒宝走过两个抄手游廊，来到镶着兽环铜锁的红木门前，轻轻推开房门。

褒洪德正和燕虹并坐在一起，你一言我一语地讨论剑谱上的招式。红烛映着燕虹粉嫩的脸，光艳夺目。

燕虹见褒宝进来，忙起身接了填漆木盘，盘里放着一个罐子，还有两碗米饭两碟素菜。她接过盘子的瞬间便大叫：“哎哟，好沉。褒宝受累了。”

“能为主子效劳，是奴婢的福分。”褒宝笑盈盈道。

将木盘放在几案上，燕虹掀开盖子，见汤上面飘着一层油和葱末香菜等，空气里立即飘满肉香。她低头一闻，眸现欢喜：“好香！”

褒宝将饭菜摆好将汤盛好，又提着熏香，目凝柔美笑意，声音甚是悦耳：

“有小姐在这儿，夫人很放心。”凝目青铜兽嘴香炉：“夫人那儿还有事，待我换上这个熏香再走。这个熏蚊子最好。”

燕虹和褒洪德就坐，将汤递给她，又将两碟菜往他面前推：

“二哥哥要多吃些，身体才好。”

褒宝走近香炉，取了炉中香折了，扔进旁边放着水的灰盆，呲地一声灭了。又将带来的熏香换上，便往门外走，步步生莲，绿裙飘拂。

二人在灯下坐着吃饭，四目相对，不觉生出些别样情绪。褒洪德看着燕虹被红烛映得熠熠生辉的脸，灿若星辰的眸，颦笑间散发着蓓蕾怒放的活力。

燕虹裸露的颈丰满白腻，和披散的黑发对比鲜明，皓腕如藕节，细长的素手也是极美，一动一静间搅动无尽春色。

褒洪德不由慨叹造物主之奇，眸含怜爱：“妹妹别只顾照顾我，快吃啊。”

燕虹深植爱意在心，对着他的笑脸，已是不胜婉羞。又拿了镶银木箸替褒洪德夹菜，拿银勺添汤，无不尽心尽意。忙碌完毕，才坐下慢慢吃饭。时而凝目望望洪德，满面纯色，温情可餐。

素香缥缈，烛影摇红。这顿饭褒洪德吃得极香极快。

光影拂动，座中青年男女，抬手举足间风情泄露。燕虹见洪德放下碗筷，忙伺候他漱口，又备了毛巾为他擦汗，脉脉温情挽着他，歪着头笑道：

“二哥哥，趁着夜风凉爽，月色难得，咱们出去走走？”

少女体香欺近，伴着熏香萦绕。褒洪德突然地有些困惑，不知该拒绝还是反对。他被燕虹挽着走到门口，感觉到身上有一股难以驾驭的本能力量，彻底地反叛着他的理性。

晚风飘起她裙裾向他轻轻拂动，似春情的手轻轻抚他肌肤撩他激情。

风里花香使她沉醉，悄悄地向他依偎，被眩晕的幸福包围着，她一时不辨东西南北。

他臂依软玉温香，胸中热流奔腾，扭头看她面若桃花初开，姿若瑶台仙子，又似褒姒影子。他一瞬六神皆空，七情汹涌，拥着她返回屋里，语声喃喃：

“我……喜欢你……”

第二十六章　褒毓勇闯温柔乡　褒姒洪德夜私奔

一

褒宝风一般卷进紫云堂，双颊上显出羞涩的红晕：

“夫人，少主和燕虹小姐……已经安歇。”

杨子叶眸光闪亮，抑住欣喜，流出些运筹帷幄的孤傲：“好，如此甚好。”

床帷激烈地颤动，一男一女的剧烈运动将它折腾得如落叶经风。

满身是汗的燕虹在褒洪德身子下欲迎还拒，纤细的手，紧紧锁定他双臂，不知是该推开还是该拉近。

她张着渴望的嘴，接受着他的狂吻，每一个毛孔都欢欣鼓舞地张开着表示欣喜。粗重的喘息像一朵渴望盛开的花，却又怕承受绽放的痛楚。

褒洪德终于挣开燕虹纠缠的双手，双目红得吓人，粗暴地撕扯着她的衣服，喘息得像个野兽。

“嘿！”随着一声娇斥，他背上忽挨了重重一击，热辣辣地生痛。

褒洪德中镖般呆住，情欲的浪涛瞬间退潮，慢慢站直，罪犯般畏怯，被褒毓牵着一直来到门外，见她目光冷如冬夜寒星：“二哥哥，恕我冒昧了！人家也是燕侯千斤，你这样先奸后娶，成何体统？”

褒洪德如从梦中醒来，脑子里依然顽固闪现着褒姒的影子，面红耳赤，恨地无缝，随着褒毓来到屋后林中，见明月朗朗，树影浮动，如同梦境。回思刚才情形，他羞愧不堪地低着头：“我要娶的是心心相印的人，不是什么燕侯千斤。刚才不知为何，险些做了不可挽回的错事。”月光透过叶缝，照亮他目中那抹痛楚、悔恨、羞愧。

“二哥哥，你几时也学会这褒府流行的虚伪了？言行不一口是心非！”褒毓的声音弥散在清冷树影里，眉梢挑起轻蔑：“今儿八月初六，中秋节就是你和燕虹姐姐大婚的日子。”

“中秋节？”褒洪德上前拽住她手，神情惊恐：“谁说的？我如何不知？”

“咯咯咯……”褒毓仰头冷笑：“府中人人俱知之事，你竟然不知道？真是可怜了褒姒那丫头，默默承受一切，处处逆来顺受，她生来就是人案板上的肉！”

褒洪德呆若木鸡，知她所言非虚，也知母亲用心良苦，胸中千万种情绪纵横驰骋，淹没灵魂之势。他正要说话，忽闻身后又传来一声冷笑，却见林娴被林珠扶着，踩着斑驳月色走了过来。

林娴绿衣白裙，另着墨绿坎肩，月光洒落她满脸满头，照亮耳垂下的玉珰。

褒洪德浓黑的眉毛蹙着，问道："嫂子，你腰伤可好了？夜晚为何在此？"

林娴嘴角勾出浅浅笑纹："二弟将要大婚，各处都在忙碌。嫂子我刚能走路，睡不下，想去紫云堂请安，恰好路过这儿。"

风吹树影动，婆娑生姿。褒洪德不想多和林娴答话生事，回头处已不见褒毓影子，深深叹息，低头道："夜冷露寒，嫂子早些回去歇息，洪德告辞。"

林娴朝前一探身子，笑着惊叹：

"我的天神！兄弟你这般好脾气，你也敢娶那个母夜叉？"

被她一语中的，褒洪德进入沸水般的煎熬，黯然神伤着转身，直着眼睛顺着甬道一直往前，不知走了多远，却见一个人影横在面前，劈面给她一掌。

燕虹的紫红衣袂被风吹动，脸上洒满凄惶月光。

冷雾浸月，悠悠往事休更说。褒洪德一怔，不敢直视她，目光躲闪：

"虹妹妹……"

燕虹于伤悲之中声音尖利："你一直迷恋那个贱婢，心里根本没有我！林娴骂我是母夜叉，你为什么不理？"冲上来，揪住他衣襟又撕又推。

褒洪德奋力摔开她，踉跄着冲进了茫茫夜幕。

明月照冷林，一两片林花飞落。亭台屋宇，如蒙白霜。

二

叶声飒飒，月色照亮燕虹眉目间的凄楚，怨恨，悲伤。

她被他摔在地上，粗粝的树皮划伤了小腿，皮肤洇出血珠，身边衰草四周冷树，她盈泪的水眸望着苍茫夜色深处，在那一丝篁竹后，他就那样走得义无反顾。

她满面伤痛望着他背影在月色里沉没，摊晾成没有灵性的植物。衣裙被草间露水沾湿，冰冷的土地向她传递着彻骨寒意。而不久前，他们还你侬我侬鱼水相戏。

褒洪德骑着马，身前坐着褒姒。风声在耳边呼啸，吹散着他们身上的温热气息。

沉睡的褒城街面空旷，马蹄的响声激昂嘹亮。

几只过街之鼠仓惶逃避。

房檐下的乞丐仓惶抬头，向夜幕深处探视。

马蹄飞扬，掀起滚滚黄沙遮蔽月华。褒府巍峨的建筑随着渐行渐远的马蹄声，消隐于浓黑夜幕。

风吹得褒姒长发飞舞成黑浪，一浪浪打在褒洪德脸上。她眯着眼，在头晕目眩中感到身边的景物在迅速倒退。

由于风吼，褒洪德不得不提高音量：

“姒儿，我要带你到一个谁也找不到的地方！”

终究是怀春女子，一颗心尽系情郎，沉醉于突然迸发的激情里，忘却了尘世名利、责任、恩怨，忘却了前生今世。她抓住救生稻草般紧紧贴着他，大声表达：

“二少主，我怕——”

褒洪德的声音激情四射，冲破浓厚夜幕：

“姒儿，别怕，我会守护你一辈子！”

褒洪德说着话，已看到拱形的城门，厚重的青铜城门在夜色里呈现出黑乎乎的颜色，城垛上一团灯影，静寂无声。

褒洪德勒住马缰绳，朝城楼上高喊：“谁在楼上，快开城门！”

雄浑的声音划破夜空，缭乱了地上模糊灯影。

四周冷寂，唯有风吹树叶的沙沙声。接着，一只猫头鹰在树上发出一声冷笑。

褒洪德接连喊了数声，前胸伤口处隐隐作痛，鼻尖渗出细碎汗珠。他紧紧揽着褒姒，抚着胸口望着城楼。

灯影摇曳处，一个人影一晃，凌空传来破锣般的哑声：

“谁啊，半夜三更喊什么喊？”

褒洪德目射濯濯希冀：“麻烦您开下门，我要出城——”

那人嗓音粗哑，像破铁块割破寂寞夜空：

“不行！近来淮夷战事吃紧，为防奸细，褒帅府有令，军民人等夜间一律不得进城出城！”

褒洪德接连说了许多好话，无奈守城者死活不开城门，他骑马转了东西南门，均被拒绝。想要说明身份，又怕空口无凭，反被谣传诽谤。

褒姒紧贴着心爱的人坐在马上，柔软之躯向他传递着温情信息，娇声莺啼：

“看来夫人早有防备，因而收了你腰牌。现在，腰牌需要她亲批，常林才可发放。”

褒洪德温柔地捋着褒姒被风吹乱的长发："姒儿别担心，一切有我。"

褒洪德心急如焚地打马来在北门时，褒姒心中灵光一闪，要求下马，请他噤声，让他躲进黑影里。身际叶声飒飒，被黑暗的光影包围着，如同遭遇八方来袭。

褒姒站在被风摇动的灯影里，中气十足地向楼上喊了第二声，就有一个轻薄的声音传来："大爷正在做好梦，那个小娘子在下面喊啊？"

褒姒仰头朝城楼上摆手道："军爷，可不可以下来说话啊？"

"行，行行！小娘子稍等。"一个士卒附身探头，看着孤立灯影的褒姒，一脸捡了外财的得意。

三

不大一会儿，一个干瘦脸高颧骨的中年士卒从城楼上下来，含着暧昧笑意的目光一眨不眨地扑捉着褒姒的影子，看到黑影里的褒洪德时他立定原地，收尽笑容：

"请问二位，何事呼叫？"

褒姒将一锭铜贝塞给他，合手鞠躬道："这位军爷，我娘家出了急事，我夫妻得赶快出城，还望军爷照应。"

那人的消瘦脸高颧骨看起来就福浅命薄，半夜发财已是惊喜万分，看着褒姒惊为天人，又见褒洪德衣貌不俗，便故作犹豫道：

"深夜开城门，被人知道不仅踢了饭碗，怕是还要砍头。"

褒姒又递给他一些碎银，面有悲色道：

"我夫妻急于行孝，须赶快出城。还望军务开恩。"

"好吧！我就拼着被责罚，做回好事。"那人说着，边朝怀里摸着钥匙，边走向城门。

城门被打开，吱呀呀的响声在夜里听起来有些耸动人心。

出城来夜风更大，吹得衣袂哗哗作响，吹散了人身上的稀薄暖意。

褒姒揽着褒洪德的腰道："我说坐后面行嘛，也省得碍事。"

"坐好，我怕你会摔下去。"褒洪德说着，催马扬鞭往前飞奔。

褒姒正要说话，忽听身后一声大喊："站住！二少主，站住！"

褒洪德一听常林的声音就大惊失色。

褒姒脸色灰白，指甲不自觉嵌进褒洪德腰间肌肉里，声音颤抖：

"怎么办，我要被抓住了，焉有活命？"

"姒儿，你掐痛我了。"褒洪德说着，高扬手臂，狠抽马臀，那马负痛长嘶一声，飞一般朝前狂奔。

褒洪德的枣红马驮着两个人拼命狂奔，常林的单骑在后面紧追不放。

常林的嘶喊在夜色里迅速扩散："二少主，你停下来！在下奉命而来，请你不要为难在下了——"

褒洪德的声音被风拉长："别妄想了，我们不会回去的——"

常林边打马疾走，边高声喊话："淮夷军情危机，褒帅和褒家军都危在旦夕！褒家军吃了败仗，大王怪罪下来，诛灭九族之罪。你身为帅府少主，不能只想你自己！只有娶了燕虹小姐，才能赢得燕侯发兵，解救危机！你这样一意孤行，以后只会后悔！"

褒洪德听着，在马上泪水汹涌，沙哑着嗓子道：

"我只想大家别分开我和褒姒而已！"

褒姒听清了常林的话，在震慑里喘息，潸然泪流，忽拍打褒洪德背，哭喊：

"停下来，停下来！"

褒洪德只是打马驰骋，在马上泪水纷飞，不理褒姒。

褒姒主意已定便大声哭喊："再不停下来我就要跳下去了——"

褒洪德闻此稍有一顿，负重的马慢了下来。常林便催马拦截在他前面，抱拳，声厉："二少主，请跟我回去！"

褒洪德拔剑出鞘，指向常林，怒吼："让开！"

常林举剑迎上："二少主，事关褒帅府存亡，你必须得回去！"

见两人相持不下，气氛剑拔弩张，褒姒牵念洪德伤情未愈，不易久战。又深谙常林冷血无情，她思绪急转，倏然不顾摔伤之险跳下马来，跪在地上，泪流如雨："为人子者，当知忠孝仁义。为赢得燕侯发兵解淮夷之围，请二少主别以奴婢为念！否则，你一定会追悔莫及！褒姒将成为褒府和大周王朝的罪人。我不想你痛苦、后悔、怨恨！"

常林一闪身下马，以迅雷不及掩耳之势掠了褒姒放于马上，朝着无边夜幕冷笑一声。

褒洪德大惊，举剑便刺，喝道："放下她！"

常林举剑迎击，面色得意语气果决："不放！我要回府，将她交给夫人处置！"

褒洪德伤口未愈，在劳顿和惊恐、愤怒、忧惧中"哇"地涂了一口鲜血，直觉身子虚浮，头顶的天空倾轧而来，在马上晃了几晃，强稳心神，正要举剑刺向常林、救出褒姒，忽见一匹马驮着一个人横冲直撞而来。那马与他错身而过十几丈远，那人突然从马上摔下来，发出一声惨嚎。

那嚎声凄惨至极，如同兽类临终的呜咽，只让人惊心动魄。

第二十七章　流不尽的将士血　淌不完的无辜泪

一

斜月沉沉藏海雾，碣石潇湘无限路。褒洪德听那惨嚎有些熟悉，不由一愣，拨马回头，朝摔倒在地的人走去。

风裹起浓郁的血腥气扑鼻，褒洪德心猛地揪紧，离鞍下马，取了火折子点燃。

跳动的火苗照着一张被污血覆盖的脸，伤者眼睛紧闭，浑身的血将蓝色战袍染红。衣袍破洞处，右腿上一处伤口已腐烂化脓。

“陆牧！”褒洪德认出他是褒府护卫副统领，摇着他尚有余温的身子呼唤，泪流满面，伤痛凄惶。

那人却一动不动再无声息。

常林听闻惨嚎也已回转，铁青着脸附下身来，探探陆牧鼻息，沉声道：“还有气息。”

褒洪德看到陆牧干裂的唇上起了无数血口、血泡，忙取了身上的鹿皮水壶，满目痛楚地抱起他，灌了几口水。

少顷陆牧幽幽一气醒来，翻着眼皮看看两人，粗重、断断续续喘着道：

“淮夷战事吃紧，我带着褒帅虎符，去镐京求援，镐京有内奸截杀，我只有迂回褒国，一路遭追杀……可叹我，没有死于战场，却死于内耗。二少主，常统领，快让夫人……发兵……”声断处两脚一蹬，气绝身亡。

褒洪德倏然瘫坐在地上，满眼的血雨腥风，犹攥着那一只布满血痕的手，直到它由温热变冷变僵。

褒洪德发出一声惊天动地的哭喊：“陆牧——”

夜风将哭声扩散，传了很久。

苍茫天地间，昏暗的天光将地上三人固定成悲伤的标本。

少倾，褒姒悄悄走近褒洪德，为他擦泪。

褒洪德紧紧握住她手，像握住一缕稍纵即逝的年华。

褒姒倾情感受着他由悲凉而起的剧烈颤抖，直到被他缓缓丢开，听到他声音沙哑："姒儿，对不起，我得娶燕虹，终是负了你啊……"

褒姒心里的一根莫名丝线倏然断裂，朽木般倒跌，如沉冰海般的寒冷，四肢枯木般伸展着，一动不动。

秋风凉，秋月凄，丹桂金灿灿的铺面生香。

褒洪德拉着燕虹手，坐在紫藤架下，明目炯炯望着她冰玉般的美颜：

"虹妹妹，为兄每思边关军情便坐卧不安。如今朝廷里奸贼挡道，褒家军危在旦夕。我这做儿子的，不去前线杀敌，却沉于儿女情长，不忠不孝不义。"愧疚如潮，忧心如焚，吞噬七情。

月光笼着燕虹眉眼，风情万千。她满面生辉依偎着他，目中满满温情：

"二哥哥，大婚后，咱们一起去淮夷，把敌人杀个落花流水。"

褒洪德目光清郁，苦涩笑笑，轻抚她光洁发丝：

"敌军强大，匹夫之勇乃以卵击石。"

燕虹挣开他，跳起来："那该怎么办？"

褒洪德站起来，轻柔抚她温润面颊：

"我岳父大人若能发兵，即可解得淮夷之围。"

燕虹抱着他笑得嘎嘎响："好啊好啊！我父亲最是痛爱我，我说的事，他无不依从。"眸光在月色里流转，收尽褒洪德忧思满怀，拽着他手道："救兵如救火，不如咱们连夜去燕国搬兵。"

褒洪德想不到燕虹如此态度，迎着月光，万缕银灰映出他满目惊喜：

"好啊！"

褒洪德随即带着燕虹来到紫云堂，禀明杨子叶。

杨子叶大喜，多日的谋划终于有了结果，心轻飘飘飞到空中，将令旗、腰牌递给儿子："你们乔装打扮悄悄出城，不要惊动任何人，明白吗？"转面嘱咐常林："你负责护送两个孩子出城，不能有任何闪失！"

二

银月如水，飘过怡芳轩屋顶。李护卫踏上铺着莲纹的方砖，眼前宽大的门道笔直而通畅。他从镶着无数鎏金铆钉的朱漆大门进入，穿越几道宽绰的月亮门，半月形的门扉，将庭院错落有致地分成几个单元。隔着月亮门，则是精致秀美的曲池，池水清幽，绕着凉亭。

李护卫进入内厅，对坐在紫锦帷幔前的林娴行礼，声如闷雷："少夫人，在下一直密切关注紫云堂动静，刚才看到常林送乔装打扮的褒洪德和燕虹北出城门，说是他还要返回。在下不解其意，听候主人吩咐！”

林娴倏然站起，金丝蓝绫纹绣荷花裙绽放如云，黑瞳幽深，眉梢挑起一抹冷笑：

“往北去了？杨子叶梦想去燕国搬兵……”睫毛纷乱的眨动，明澈剔透的瞳仁反射出令人心悸的寒气：“人多目标大，对付两个毛孩儿，你一人足够！坚决制止他们北上……”

林珠端茶上来，递给林娴，双挽手站立，语气幽然：“孤男寡女，一路说不定会发生什么。燕侯一旦发兵，褒府感恩戴德，两家必然会联姻。”

林娴瞥着林珠，不满道：“这是什么规矩？主子在说话，下人却要代主行令？”

林珠面色大变，忙弯腰后退：“奴婢不敢，小姐恕罪。”

李护卫收住停在林珠身上的温柔目光，言语铿锵：

“主子看重李某，李某一定不辱使命！”

他高耸的颧骨，深邃冰冷的眼神，身形魁梧，脸色铁一般的坚硬。

月华濯濯，夜风轻拂，潇潇绿叶在夜色里曼舞，桂馨满怀。

常林打马伴褒洪德和燕虹二人出了褒城北驿，挥手作别，在北驿的烽火台站着，风吹起衣袂呼呼作响。他目光承载着万仞之重，目送着两骑消失于融融月色里。

夜行辛苦，于痴情儿女却是浪漫之旅。

女扮男装的燕虹一袭大红袍，远望如同一团红雾。她不顾夜寒露冷，扬鞭催马，向并行的褒洪德笑道：“二哥哥，我最喜欢这样骑着马跑，比坐轿舒服多了。”

平整的官道起了一层淡雾般的尘烟，两边树上群鸟惊飞，月光给原野撒上一层银色光辉。

白色布衣的褒洪德，明目朗朗显示智慧。聚拢失散的心神，想着褒姒，未免两厢歉疚，勉力笑道：“虹妹妹侠女风范，这等男儿装束看起来英姿飒爽，岂是寻常女子可比？”

燕虹猛一扬鞭，目中欣喜随月光四溢开来：

“二哥哥，大婚之后咱们就去淮夷杀敌，如何？”

褒洪德在马上扭头，笑道：“当然极好。我母亲说了，大丈夫要勇于舍生取义，只有浴血奋战过，才懂得珍惜太平日子。”目视前方，缕缕月色化作绵绵不绝的光华，洒于眉梢唇角，沉落心底。

燕红扭头洪德：“我母亲说了，只有拥有权利，才知道活着的舒服。”

二人飞速前行，褒洪德指着前方林子目流警觉：

“这些林子，最易于毛贼出没，虹妹妹小心了！”

燕红正待答话，忽觉劲风扑面，一马一蒙面人横于面前，一股劲霸刀光携着凛冽寒气当胸刺来。

燕红啊地一声大叫，身子一个后仰离了马鞍，在空中迅速拔剑，一跃而起，对着蒙面人劈下。褒洪德大惊之际，急忙挺剑相助。

那人面对二人夹攻毫无慌乱之色，似是有恃无恐。他瞅准方位，身子利箭般向后激射，全身退出，复大鹏般飞来。

三人战在一处，凌厉的攻势和敏捷的闪挪腾躲，天地间掠起刀光剑影。

那蒙面人以一抵二，手中双刃荡起漫天寒光，激射向如云的剑影，霸道的气流将四周树叶激得狂飞旋舞。

黑色影子如黑浪翻卷，白色影子如魅追行，红色影子攻时若一团红光暴起，防似劲风乍开无数朵芙蓉。剑气密绵，划出千缕光束；刀光如潮，势如霹雳万均。

燕红边打边骂：“哪里来的毛贼，偷袭你姑奶奶为了何事？”

那人也不做声，一味痛下杀手，招招迫命。

褒洪德燕虹心系搬兵急于脱身，亦是拼命搏杀。

几十个回合后，那人越战越勇，褒洪德燕虹渐渐下风，败迹显露，几次差点被伤。愈是要脱身，却愈是脱身不得。燕虹急道：“二哥哥，双璧乾坤剑法！”

褒洪德闻言猛一涨精神，两人合力使出几招豁命打法，迫退那人，又双剑合璧，凝聚两人真气，将一股烈焰般的剑气直逼那人。

三

蒙面人只觉被连环光影笼罩着，分不清对方剑在哪里人在哪里，豁命发出的力道都被逼了回来，对方强劲的内力震得他心浮神荡，血气翻涌，魂魄悠悠难以归体。

片刻，渐处下风的他被褒洪德燕虹的双璧乾坤剑法迫得吐出一口鲜血，落叶般向后飘去。

燕虹也已累得喘不过气来，褒洪德更是不济，瘫倒在地，如同烂泥。

燕虹挣扎着站起来，欲追过去揭开那人面罩，那人却倒退着进入林子，仓惶逃命去了。

燕虹欲要追去，被褒洪德挥手制止："虹妹妹，救兵要紧，穷寇莫追。"两人坐下来调息了半个时辰，便上马赶路。

天地苍茫，白露为霜。风撩起落叶，草间虫子吟唱，萤火虫如同灯火明灭。

二人骑的均是千里驹，黑夜可走八百里。

第二天傍晚的最后一缕彩霞在西边林梢隐去时，褒洪德在马上仰头，觉得天气比褒城凉爽了些，风丝丝透入白绫薄袍里，略有寒意，想是南北地域差异所致。他看到石砌的拱形城门，城门上书二字：燕国。

褒洪德扭头燕虹，见她乌黑的头发高束着，落了一层灰白浮尘，白皙的脸灰突突的，看上去非常疲累。他笑指城门，欣喜满怀：

"虹妹妹，燕国到了。你穿的也薄些，冷吗？"

燕虹在马上打完一个哈欠，略略的寒意被兴奋淹没，举起双臂欢呼："好啊好啊！就要见到我父亲母亲了。这儿是比褒城冷些，咱们快回家添件夹衣。驾——"

二人飞马进城，夜幕在他们身后徐徐降落。

浓郁的桂花香气弥散在夜风里，熏人欲醉。

褒洪德心急如焚地跟在燕虹的千里驹后面，见青石街道被两旁街灯照亮，街上行人匆匆。被风摇曳的灯影里飘着酒肆的幌子，打铁铺里传来铿锵的声响，小吃店里香气四溢，胭脂水粉店里时时有浓妆艳抹的女子出入。

忽听燕虹指着前面惊叫："二哥哥，你看啊！"

褒洪德眸光立寒，忽见前方空中一大团烟柱裹着冲天的火光，面积很大，几乎漫卷了一方天空。

褒洪德正自疑惑，只听燕虹声音尖利，如同鬼嚎：

"不好了，我家！那是我家！"

二人打马如飞，朝着火光的方向走近。褒洪德看到火光烛天的掩映里，燕虹的脸色越来越白，呼吸越来越急促，身子激烈抖动着，马鞭几次险些脱手。他高声提醒："虹妹妹小心！"

距火海越来越近，空气里充溢着刺鼻的焦糊味和浓郁的血腥气息，使人几欲窒息。褒洪德赫然变色，睁大惊恐双目，看着苍茫夜幕下，金澄澄的火汹汹燃烧着他第一次来临的燕侯府。

在那片燃烧着的建筑物外，到处都是手执火把，佩戴兵器的士卒。

金戈铁马与乱跑的士卒混在一起，人的惨叫声不绝于耳。寒刀利剑竞相回鸣，砍杀声，哀嚎声，马嘶声浓重着悲惨和混乱。混乱晃动的身影往返来回，分不清彼此。

火舌像魔怪般乱窜，摧梁折栋之声暴起，火星冒了满天，火苗被风卷着四处逞威。倒塌的地方火色一暗，接着便烧得更旺更猛。

两匹马驮着惊恐不定的两个人向火场疾驰。离火场大约几十丈远时，燕虹像频临绝境的困兽一般喘息，终大声哭喊：“父亲，母亲——”

燕虹不知她是怎样走近火场的，在模糊的视线里，终于看到她家的人已被杀尽，混乱奔跑着的都是黑衣蒙面人。

燕侯府大门前的树影里，花圃边，曲池畔，处处躺着尸体，或瞪着眼睛或尸首分离，或断臂断腿或流出肠子。成群结队的苍蝇围着那些尸体乱飞，一只乌鸦叼着一颗眼珠飞速逃跑。

黑衣人到处跑着在验尸，或在死人身上查检、嬉笑着收拾战利品。

火借风势依旧汹涌，发出哔哔啵啵的响声。

第二十八章　燕候府邸遭血洗　暗室之中藏秘密

一

燕虹看到自家老门官的头被大树撞得缩进锁骨里，不甘的眼睛吊得吓人，手脚伸着似乎还在挣扎。她急忙下马，伸手探去，他尸身仍余温热，却无半点气息。

燕虹五官扭曲下巴乱颤，眼泪模糊了视线，扒拉下老门官的眼皮，就要冲进黑衣人堆里拼命。

褒洪德心系淮夷战争，在树影里死死抱住她，依着悲怆，声音火急：

“虹妹妹，听我的，现在不能过去！”

燕虹拼命挣扎，气喘吁吁地哭骂：

“放开我，放开我！你这个怕死鬼！”

褒洪德死死拽住她不丢，黑瞳映着火光，放射着寒气：

“虹妹妹，你听我说！现在过去只是白白送死！”

燕虹依旧乱推乱搡着，哭着对着他尖叫：“我全家遭难，我不能苟且偷生！我要去找父母亲，我要为死去的人报仇！快放开我！否则我不客气了。”

风声火势弥漫天地，掩没了她的哭叫。

褒洪德不知这场灭顶之灾的来龙去脉，看眼前情形，料想燕侯夫妇十有八九已经遇害，不由满怀悲郁、伤痛，费了好大力气才制住燕虹：

“留得青山在，不愁没柴烧！我们要留下来查明真相。如今贼势猖獗，我们盲目送命，谁能为姨夫姨母报此血仇？”

燕虹闻言呆了一会儿，便又开始挣扎不休，哭着要拼命。褒洪德又哄又劝，直到她哭闹得没了力气。长途跋涉已是艰辛，途中和黑衣人搏斗耗了元神，悲郁、气恼、愤恨攻心，燕虹后来竟昏迷。

燕虹醒来时发觉她躺在褒洪德怀里，一大片树影将他们笼罩着。空气里弥漫着烟火味，倒塌的房屋仍在燃烧，余烬未绝。一些地方冒着黑烟，一些地方的火苗窜起来很高。四周没有一个人影，昔日宏伟的建筑群成为一片惊心动魄的火堆。几只野猫伸着尖利的爪子，在死人身上乱抓乱抛。

往昔繁华化烟云。夜来风急，吹起落红憔悴殒。燕虹晃悠悠站起来，怔忡如飘零落叶，被褒洪德搀着，在死人堆里来回翻找。不见她父母的尸体，她不由嘶声嚎哭："父亲，母亲啊——"

她呆滞目光寻索四周，彻骨绝望、伤痛、悲愤：

"到底是谁害得我家这样？到底是谁？"

她步态踉跄地往前走，胸中痛得难以呼吸，绕过一簇簇燃烧的火苗，绕过一堆堆熏得发黑的石块、瓦砾，不知不觉来在后花园的假山旁。

褒洪德亦步亦趋跟着她走。月华清冷，风里焦糊味和血腥气益浓。东边树林旁横七竖八躺着几个死人，假山旁的池水里漂着几具死尸，池水被血染得暗红。一处被焚烧的阁楼旁躺着一个赤裸下身的婢女，手抓着茂盛的草茎表情痛苦，脸上有数道血痕，瞪着死不瞑目的眼睛。

空气里回荡着阴风的冷笑，被焚烧过的余烬冒着浓烟，人如同面临四面楚歌八面陷阱。

燕虹被眼前死人惨相惊煞，神经质般瑟瑟后退着，不觉钻进假山石洞里，浑身瘫软地靠着假山石，以倾斜的姿态一滑到底。双臂本能地去攀上一块微微凸出的石壁，疯癫一般放声大哭。

褒洪德低头跟进，面对她的精神失控不知所措。

忽闻吱吱呀呀的响声，褒洪德大惊，恍然四顾不明所以。燕虹手臂下的石壁在慢慢耸动，发出惊耸人心的响声，一些碎石屑随风飘落，很快被风吹散。

"有机关，快闪开！"褒洪德大喊一声，慌忙拉开大惊失色的燕虹。

石壁带着吱呀呀的响动向旁边转着，假山赫然露出个可容一人进出的黑洞。

二

燕虹"啊"地一声惊叫，捂住嘴，瞪大惊恐的眼睛。

褒洪德取火，拉着燕虹向石洞里探视，见石壁上有湿漉漉的水渍，覆着苔藓，突出的石块上沾着些鼠毛似的东西，一些腥臊味从里面散发出来。

褒洪德扭头看着燕虹，黑瞳熠熠闪亮："这是条暗道！"

浓厚的夜幕被余烬和烟雾映成奇幻色彩，侥幸逃过劫难的树苗和花草被夜露打湿。秋风薄凉，秋蝉单调的叫声在林深处响起。

褒洪德和燕虹靠着火折子照明，沿着石壁向暗道深处走了一程，走过九曲十八弯，蹭破一些蛛网，惊跑一些老鼠，打死一些横飞的蝙蝠。

“虹妹妹，前面好像有灯光！”褒洪德望着前面一片朦胧的亮光，惊愕使他瞳孔扩大。

“知道了！我府潜藏着奸细，才里应外合血腥毁灭！他这般仇恨我家，到底为了什么？走！我今天就是拼了这条命，也要抓住他，问个清楚，为我全家人报仇！再一刀一刀割死他。”燕虹的眼里充溢着血雨腥风，合着怨怒，浑身哆嗦如枝头荒叶。止了啜泣，嗓子里发出咯咯响声，拉着褒洪德往前疾走。

“虹妹妹，先别妄加猜测，咱们过去看看再说。”褒洪德压低声音道。

“快走，抓到奸细，为我父亲母亲报仇！”燕虹说完，抽噎了几声，眼睛映着飘摇火光，闪射着刻骨仇恨，拔剑在手，加快了脚步。

他们沿着石壁下行，灯光越来越亮，似是从一个地下室透出。他们正要快步走近那个灯光闪烁的地下室，黑暗中一个人影朝他们扑来，夹着凌厉风声，声音嘶哑地斥骂：“奸贼，拿命来！”

褒洪德正要举剑迎击，却听燕虹一声尖叫：“住手，自己人！”

那袭击人又惊又喜，嘶声道：“小姐啊，小姐回来了……”

听到话声，从地下室奔出来两个人，映着身后灯火，影子乱颤，宽大的袍袖荡出迷离、慌乱的气息。

燕虹站在暗处看得分明，撕心裂肺地大喊一声：“父亲，母亲！”哭着扑了过去。

“虹儿！”

“虹儿啊！”

劫后余生，燕侯夫妇跌进梦里般的迷乱，搀着女儿进入地下室，一家三口抱在一起痛哭。

褒洪德想着救兵无望，今日燕侯府如此，他日褒侯府未必胜过燕侯府今日。他在一旁只是擦泪，哽咽不已，待他们哭声稍歇，问道：

“姨夫姨母，燕侯府为何惨遭灭门之灾？你们可知敌方是谁？”

燕侯黑脸膛高颧骨，因清瘦下颏凹陷，眼睛上方眉骨突出，他深深叹息，目光阴郁：“朝中形势复杂，朝臣勾心斗角。丞相姬淑岱笼络了几朝元老，势力很大。他觊觎王位，视忠心姬宫涅的朝臣为敌，为排除异己不择手段。你父亲等姬宫涅肱骨，屡屡遭其陷害。听说淮夷形势危急，姬淑岱却谗言惑君不发援兵，欲假借外敌之手灭了褒家军。我和你父亲乃是至亲，虽说我一直保持中立，想必那姬淑岱不肯放过。趁着淮夷危机，各个击破。”说着，面色悲愤，顿足、叹息不已。

褒洪德目射怒火：“朝中情形正是如此。但他王叔再大，能大于大周君王吗？”

“申侯的女儿申茳如今贵为王后，外表温顺、持重，城府颇深。她恨姬宫涅好色，仰仗其父扶持姬宫涅登基功高，又手握重兵，暗中和王叔姬淑岱勾结，牵制姬宫涅，姬淑岱对外驾驭群臣，内宫又有申后相助，基本上可以翻云覆雨，手眼通天。”

“如此说来，这场横祸，姬淑岱该就是罪魁祸首！”褒洪德横眉冷目，攥紧拳头。

“虹儿，洪德，你们如何就及时赶来？又如何知道此处机关？”杨子青拉着女儿手抹泪。

三

褒洪德神情黯然，挥泪道：“父兄被困淮夷，我和虹妹妹乃为搬兵而来……虹妹妹无意间触动了这石室出口的机关，我们一路寻了进来。”

燕侯燕龙叹惋不已：“王室争权夺利，可怜我等，都成了无辜牺牲品。”

燕虹搀住父亲，捋顺他乱发，擦去他左颊上血渍，目中一抹狐疑射出：

“父亲，你们如何知道这个石屋，我怎么都不知道啊？若非我不小心触动机关，恐怕再也见不到你们了呢……”哭得涕泪满襟。

石室里石几石凳木床，石壁周围摆满红木描金箱子，箱子里装满金银翠玉等珠宝，另有几箱吃的穿的用的。整个石屋摆设拥挤，烛光微颤着，流下烛泪。蚊子和蠓虫嗡嗡乱飞。

“这是许多年前，你爷爷暗造的密室，以防不测，只有我和你母亲知道。咱家的金银珠宝等贵重物品，全部藏在这里。密室外面通向假山，里面通着卧房的橱柜，搬开橱柜，按动墙上机关便可入内。”燕侯拉着洪德走上几层台阶，推开密室门口挡着的铜板，走出密室，一些碎石和土屑掉落脚面。他们站在房屋坍塌的地方，入目处一片断壁残垣，瓦砾温度灼人，火光烟雾齐飞，映暗了残月和星斗。空中黑烟弥漫，北边的天狼星黯然失色。

燕侯看着曾经的休养生息之地如今成了一片废墟，满目的伤痛和荒凉：“那蒙面贼人众多，武功高强，来势汹汹。我带领众护卫、兵丁杀他一阵，眼看着寡不敌众。众护卫跪求我逃走……他们……却无一幸免……”

烟雾眯眼，烟熏味刺鼻，褒洪德接连打着冷颤、喷嚏，随着燕侯返回石室，见燕虹趴在母亲腿上迷糊着，杨子青拍着女儿流泪：

“虹儿，你别怕啊……”

燕侯从箱子里拿出点心，又拎出几鹿皮袋水，杨子青推醒女儿，几人吃点心喝水，聊以充饥解渴。褒洪德说起淮夷战事，燕侯燕龙眉宇间十分凝重，捋着髭须，在颤动烛影里来回踱步，好一会儿沉吟不语，脸色阴沉。

杨子青耐不住了，指着他埋怨道："你一个爷们儿，整天缩手缩脚的！你前怕狼后怕虎，可人家还是没放过你！如今被整成这样了，你还不敢放个屁！依我看，不如早些和褒晌联手，那丞相姬淑岱总要畏惧几分。如今之势，不如快速发兵淮夷，就淮夷那几个小贼，不够咱们怎么收拾！然后，你们班师回朝，搜集证据，联手扳倒姬淑岱那个恶贼。"她言行随心所欲，一切行为跟着感觉走。

褒洪德闻听"淮夷那几个小贼，不够咱们怎么收拾"，正怀疑姨妈是否受了刺激神经错乱满口胡言，即见燕侯寒着脸冷斥："真是妇人之见！听说那淮夷太子结交甚广，网罗天下高手。和褒家军对垒的就有许多江湖异士。如今这场横祸，我的亲兵护卫被斩杀殆尽，军队也损伤甚多，军心大乱，没有战斗力，救援不了淮夷！"

燕虹看着褒洪德焦灼神情，想着淮夷兵凶战危，悲声哭着推搡杨子青：

"母亲，孩儿中秋节就要大婚，公爹和伯哥面临危机。父亲无兵可发，怎么办啊！褒家军吃了败仗，朝廷怪罪下来，褒府诛灭九族，你女儿我也得死！"她哭闹着，顿足，又手拍石壁，又摔东西。

杨子青本来仇恨姐姐，此时又拉着女儿埋怨："嫁谁家不好？你偏要嫁褒家！如今悔婚还来得及。"

燕虹哭着蹦了起来："聘礼都下了，如今又要悔婚？孩儿没脸见人了……"跺着脚，哭声凄惨："我不想活了，我想死啊！我要死了，谁给我可怜的爹娘养老送终啊……"

燕侯被女儿哭得肠断，忍不住抹泪，一扬手，目光刚毅："如今也说不得了，调长漠十八鹰，火速支援淮夷！"

褒洪德和燕虹无异于发现石洞时的情形，同时一怔，相视时目射灿烂火花。

杨子青愕然，拉燕龙衣襟："当家的，你真的舍得豁出老本了？可别后悔！"

燕侯不理她，看着褒洪德，神情凝重若百年古松："十八鹰长居沙漠，只要我苍鹰讯号出动，不日即可抵达淮夷参战，攻无不克战无不胜。"

第二十九章　燕侯调动十八鹰　周军直捣银月城

一

燕虹欢喜地拍手，跳了起来："好啊好啊，真是太好了！"忽又拉杨子青手，在烛影里转动灵活的眼珠："母亲，长漠十八鹰那么厉害，我怎么从来不知道啊？"

杨子青的手轻轻滑过女儿发梢："十八鹰是你父亲年轻时赴任边关，结交并训练的死士。这世道兵连祸结，十八鹰是他命根子，常年重金养着，不到万不得已，他是不会动用的！"

褒洪德却有了深深歉意，弯腰鞠躬："姨夫姨母的大恩，我褒家没齿难忘！"

燕侯撕了身上的黑色缎袍里子，咬破手指，在石几上匆匆书毕，上了台阶，推开密室出口处遮挡的厚重铜板，在一片断壁残垣里站定，掏出短箫，吹了几声。

一只苍鹰穿越烟雾和火光，翩翩落于燕侯肩头。

燕侯将布条绑在鹰腿上，单臂举送它凌空而去，环顾身际，将左脚边一截余烬踏灭，不由发出深长叹息："唉！这场灾祸不知会被人怎么评议。明日两件当务之急，一去镐京，二重建府邸，须赶上你们的回门宴。"

褒洪德听闻当初的燕侯府何等威严、华贵，道路、壁廊俱是白石砌就，屏风、影壁尽是玛瑙妆成。楼阁重重，雕檐碧瓦，亭台叠叠，如今尽成断壁颓垣，他不由满怀的感伤。

淮夷的荒蛮之地，两军正在进行着惨烈的战争。

猎猎秋风吹进帅帐，吹得褒晌褐色帅袍哗哗作响，听外面战鼓巨响，他急上高台观望，见大股的淮夷军攻向大周军队，势如江水滔滔不绝，将士数倍于褒家军，兵力上有压倒性的优势。

褒家军采用了风、云、雨、雪、霹、雳六阵对垒，每阵又分二十个小阵，每小阵八百人，集合在阵将旗下，受中军将旗统一指挥。六阵以出奇制胜为先决，行动敏捷神速，或以前为后，或以后为前，包抄迂回，左右穿插，分击合围，方得以少御多，将一种防御性极强的阵法演绎得出神入化。

淮夷统领遥望两军形势，手中旗号变换，指挥若定，从容部署，十几队轻骑轮番上阵，配合默契，对褒家军进行一波又一波的攻击。拼杀一阵后，终将褒家军前路较弱的雨阵冲击得岌岌可危。

眼见雨阵即将不保，六阵将被各个击破，分而歼之。先锋官褒洪道一马上前，身形掠起，夺过受伤的雨阵原阵将手中令旗，怒吼："雨阵二十疾雨阵听令！"左右挥舞令旗，号令结集。

雨阵下阵型渐已混乱的二十小阵阵主正为见不到阵将号令而失措，见阵旗挥舞精神大振，迅速纠合属下兵士，挥动令旗，率领小分队四面八方穿插，互为援助互为腹背，将一股来势凶猛的淮夷铁骑截断开来。雨阵二十小阵迅速凝固起来，不久便与云、雪二阵首尾衔接，配合无间。六阵阵将各挥阵旗，势如水银泄地，凤舞云天，前后呼应，士气大增。

淮夷军虽然人多兵重，却也被分流截散围之阵中，各个击破，军心逐渐涣散，慢慢出现溃败之势。

淮夷统领见形势不利，忙号令鸣金收兵，意图保存实力，明日再战。

褒家军见敌军撤退，依旧保持阵型，按首领手中旗令，依次向阵营收兵。众人各自暗叹，终于抵住淮夷军这一轮强悍的攻击。

褒洪道白袍血染，抿去脸上一抹血渍，见身际金戈铁马，将士们脸上俱是豪迈之色，峥嵘青春，战意豪情，意气风发。

落日徐徐西坠，红霞将金狭江水染红。

回得营来，吃饭已毕，褒家军坐着闲聊，各个喜笑颜开，庆幸又一次打退了敌军。

军帐烛光摇曳，风在帐顶呼啸来去。褒晌喝了一口茶，将茶杯往几案上一放，站起来踱步，烛光拖长他忧心忡忡的影子。

二

褒洪道掀着帐帘进来，抱拳："父帅，适才儿乘着夜色潜至淮夷军营，察看是否有机会潜出防线。但见淮夷军防线布得极为严密。层层绊马索，遍地警铃，巡夜士兵密密麻麻，毫无可乘之机，看来突围无望！"

烛火映得褒晌脸上一半透明，他苍俊的眉眼风浸霜染，唇角向下耷拉着：

"我已深知敌情。淮夷太子蚩磊虽然淡出政治，但他结交的那些人却誓死效忠淮夷王。蚩磊的弟弟蚩佑早集中精锐兵力，趁着地势，打通许多地方的防线，且要联合百越人，对褒家军形成合围。只不知那百越头领买不买蚩佑的帐……似这般苦守下去，淮夷在兵力上占尽优势，只消几日时间，褒家军箭尽粮绝，淮夷大军压境，我军又该如何突围逃生？”褒晌的脸埋在黑影里，苍眸闪射雪光，心里涌起沉痛，一声深长叹息渐溶于帐外风里。

第二日晨光隐现时，金鼓阵阵雷霆不息，阳光映出刀剑的寒气。淮夷军这一日发起的总攻极为猛烈，以雷霆万钧之势冲散了褒家军风、云、雨、雪、霹、雳六阵，双方进入混战。

“父帅，敌众我寡，混战不得！擒住贼首，贼必自溃！”褒洪道言毕，和褒晌同时掠起，攻向淮夷统领。那人见两人一左一右攻来，不得已策马从二人中间穿越，长枪左右盘旋，抵挡二人攻势。他挡住左边褒晌一剑，却被右边褒洪道一戟刺中马腹。战马狂嘶，顿时扬蹄将那人摔下马去。他忍着剧痛欲翻身而起，却被褒晌一剑刺向肋下，即倒地毙命。

淮夷将士见首领毙命，一时纷纷败退。褒家军乘胜追击，杀声震天。

淮夷二王子蚩佑双目变得血红，满面戾气指挥战斗。他要杀敌立功，让父皇早日易储成为太子。他早已胸有成竹，号令弓弩手掩护，在宽壕上放下吊板，大军飞速踏过木板，撤在壕沟之后，再吊起木板，将连夜赶制的迷烟弹和火丸投入沟壕之中。

褒家军骑兵冲来，一时火光大作，迷烟四起，人仰马翻，伤兵的哭号惨绝人寰。后面步兵心惊胆战，不敢上前。

褒家军伤亡惨重，纷纷溃败。

蚩佑立于城头，见自己的军队以虎狼之势迅速踏着木板越过宽壕，与早已埋伏在林中的数万人会合，铁蹄席卷褒家军阵营。敌方士兵丢盔弃甲，纷纷落败，这一仗竟然摧枯拉朽，赢得痛快、轻松。

第三日，两军在银月城外的黑虎狭对恃。

经过数日的攻防战后，褒家军总结经验，迅速变换阵形，几个阵营分流出击，步兵弓弩手层层推进，后跟轻骑，随时伺机冲上去猛打一阵迅速撤回，意图扰乱阵营使敌军疲惫。

这日进行的全是零星交战，站在高台观战的褒晌在当头阳光里眯着眼，对褒洪德道：

“敌我悬殊，咱们只能采用拖字决，等待救兵，不能贸然发动总攻，否则将有全军覆没之忧。”

淮夷军新任统领在银月城城头看着褒家军连天的阵营，彷徨不定地对身边副将道：

“敌军阵形诡异擅变，惯于声东击西，可随时截断我军首尾。我怕无法随机调兵驰援主力，而使主力有失……”话未落忽听号角齐鸣战鼓擂响，又听淮夷军中喊杀声大盛，他定睛观望，只见淮夷王子蚩佑雪袍乌发俊颜，浓眉之下寒星目喷射杀气，纵马而出，冲入战场。手持一柄银枪，亲率上千名将士，利器如银龙呼啸，狂风漫卷，寒光凛冽，威不可挡。

褒晌见状倒吸了一口冷气，打马而出，和淮夷王子蚩佑战在一处。

淮夷军新任统领在银月城上面色暗沉，大手一挥：“二王子已经涉险，若有半步差池，我等罪该万死。传令，总攻开始！”

新一轮混战开始，双方将士杀得地暗天昏。褒家军寡不敌众败绩明显，褒洪道气喘吁吁力战数将，已是强弩之末。

三

忽闻敌方阵营传来震天杀声和惨嚎声，褒晌回头一看，十几个盘旋的黑影如风起伏，庞大的身子，宽大的衣袖如苍鹰的翅膀，起落间如苍鹰腾飞，又如十八股飙风席卷，分别由淮夷军东南两面杀出。苍鹰所过之处，淮夷军人仰马翻，鬼哭狼嚎。这个断了胳膊，那个瞎了眼睛，这个栽倒马下，或破了腹，肠子流了一地，或头与尸体分家，圆滚滚的头颅被抛出很远，落地时还发出一声尖叫。

褒晌见状大喜，低声自语：“难道这就是传说中的长漠十八鹰？燕侯，你够意思！”一瞬间涨了精神，照准敌军，挥剑猛劈。

蚩佑早已趁褒晌的愣神间拨马而回，观望处面色大变，他打马如飞，雪白的影子很快消失于杂乱人群里。

褒家军军营里号角齐鸣，欢呼声响彻云霄。数万人马奔腾如虎，向淮夷军夹攻而去。

十八鹰神速飞旋，一个个像张开翅膀的神鸟，所到处惨叫连天。

在银月城城头上观战、预备补充的淮夷军也受了十八鹰袭击，像纷乱得难以打理的落叶，有的器械而逃，有的纷纷坠落如雨。

褒晌见儿子褒洪道一马当先杀敌，他立在马上对淮夷将士高喊：“天朝疆域辽阔，物产富饶，尔等放下武器，愿意投诚者既往不咎，我一定禀明大王加官进爵！”

蚩佑此时立在马上乱了心神，挥枪喝令手下结队迎战，但手下却已溃不成军。江湖异士尽丧于长漠十八鹰之手，他属下将官们也在心里起了小盘算，眼见蚩佑功败垂成，褒家军要全面得胜，且承诺既往不咎。他们顾虑身家性命，纵然迫于蚩佑余威，纠合手下士兵结队迎敌，也不过苟延残喘而已，毫无章法和气势。

蚩佑见褒家军蜂拥而来，声势震天，杀气弥漫，己方将士虽人数众多但军心涣散士气低落，他知大势已去，悲叹一声，打马如飞，带领数十名亲兵狼狈逃窜。

褒晌一时豪气干云，向十八鹰振臂高呼："乘胜追敌，直捣淮夷帝都银月城！"

十八鹰如群鹰翱翔，凌空翻飞而去，后面紧跟着滔滔不绝的褒家军将士。

中秋前日天高云淡，群鸟鹏翔，银杏树上飞蝶旋舞。制衣坊里，褒姒、云儿和裁缝摊开一块庞大的墨绿葛麻，奉命忙着赶制一个屏风上的富贵牡丹图案。为心爱的人新婚忙碌，新娘却是别人。褒姒不言不语，忙着飞针走线，唇咬出了血，和泪下咽。

那满脸疲累的裁缝身穿布衣，头上玉凤簪子，手中活不停，瞅着褒姒道：

"姒姑娘果真是好脾气，个人自有个人命，怨恨无益。"

中秋日褒帅府二少主大婚，门前车马络绎不绝，人来人往热闹非凡。大宅屋宇齐整，楼阁丰隆，风卷幔帐间，女子急整钗裙。

随着新人对拜，送入洞房，一波的欢喜稍停，另一波忙碌开始。

杨子叶忙着迎进各方客人，笑得面肌酸困，捶着腰靠在屋内红柱上，忽转着眼珠问褒宝："林娴呢？快唤她来！另叮嘱常林和各位管事，招呼好客人，不得出任何漏子！"

褒宝答应着急忙去了。

杨子叶拉住进来的丞相夫人耶律馨儿手，眉开眼笑：

"劳夫人长途跋涉了，见到你真是高兴！"

耶律馨儿示意侍女献上贺礼，极力掩着不屑，仰着下巴笑道："高兴，高兴啊！你们褒家军打了胜仗，功高至伟！咯咯咯……"

"快请夫人上座了。"杨子叶扬声吩咐身边的丫头，看着耶律馨儿趾高气扬地离开，她的目光渐变寒冷，捂住了闷痛的胸口。

随后又有各路诸侯夫人、王妃、及朝廷大员的妻妾来贺。杨子叶将笑容打理得齐整，一一迎进，命褒宝和几个管事婆子打点了珠宝首饰、葛麻、宫扇一类的回礼，妥善安置座位。

第三十章　洞房夜半进刺客　不知爱恨孰更多

一

晚霞铺满小径，花草树木笼着梦幻般的红。

林娴匆匆走出怡芳轩，对仰头采了一把桂花的林珠说：

“快些，快赶上午宴，给新郎新娘倒杯贺喜酒。”

“嗯，知道，咱们要装得特高兴。”林珠低头闻闻手中桂花：“小姐，这桂花真香啊！咱们笑着看她杨子叶今晚怎么收场！”扬手将桂花散了满径。

林娴警觉的目光环视四周，朝林珠一个响栗：

“哼！死蹄子，说话小声点儿，隔墙有耳。”

林珠头一缩：“是是是！小姐，奴婢记下了！”

冰轮初升，桂香满空，玉宇一片清明。一天的忙碌，晚饭后，安顿好客人，杨子叶累得腰酸背痛，心里却总有些悬浮，不能安生。她半卧在铺了十锦绣牡丹褥的美人榻上，望着熏香炉里一缕弥漫的淡烟，忽然莫名的压抑、惆怅，对正在给她捶背的褒宝说：“我这心里七上八下的，不知是何缘故。”

“夫人，燕侯发了救兵，二少主也大婚了，你担了许多天的心，应该放下才是。瞧着今天，那么多人前来贺喜。谁不崇敬褒帅威名？”褒宝笑得弯着眼睛，手上功夫不停

杨子叶回头吩咐褒宝：“好，别捶了。你去叮嘱常林，人多杂乱最容易出事，做好各处安全防范，不得出任何差错！”

褒宝站起来，皱眉笑道：“夫人，你都让我去说三遍了。”

杨子叶面有愠色瞪起眼睛：“快去！”

看着褒宝出门，她歪在榻上小憩，不知不觉就睡了过去，梦中忽闻大喊：“夫人，不好了！洞房进了刺客，二少奶奶被刺伤，流了好多血……”

杨子叶一个激灵翻身坐起，有些迷惘地向面前的褒宝瞪着眼睛，又听褒宝说：“夫人，洞房进了刺客，二少奶奶被刺伤，流了好多血……”

杨子叶身子又是一阵发抖，昏昏晕晕道：

“什么，褒宝，你在说什么？我难道在做梦吗？”

褒宝跪下来，哭着拉住她手摇晃：“夫人，你累坏了吧？这是真的，你不是做梦啊夫人！快去洞房看看吧！”

“我的天——”杨子叶瘫软下去，被褒宝一声声的哭喊唤醒，她脸色灰白声音沙哑：“你二少主呢？”

“二少主在陪他几个朋友，贼人就趁着混乱进了洞房行凶。”褒宝搀着杨子叶哭道。

“常……林……呢？”杨子叶声音抖得像窗外树叶，一阵风，吹得窗棂砰地一声大响，她又是一抖。

“正在洞房。”褒宝的声音弥散在凌乱灯影里，搀住杨子叶就往外走。

褒宝和几个丫鬟打着灯笼簇拥着夫人朝聚龙阁走来，发现夜色下的聚龙阁高不可攀。它殿宇雄伟，殿基很高，两侧的边道和高大的殿宇拔地而起。殿前八丈宽两丈高的丹墀，两侧尾道由白石砌成，石阶迤逦而上，直通殿顶。站在殿顶眺望，偌大的褒国尽收眼底。

阁前夜明珠生辉，另有大红角灯，两行高照，通往各处的道路一片通明。道上是往来匆忙的巡逻护卫，另有匆忙的丫鬟仆僮打扮得端庄素雅。一夜人声噪杂，爆竹烟火，络绎不绝。

阁内洞房，常林看着躺在床上奄奄一息的燕虹，手攥得关节咯咯吱吱作响。风卷起帷幔，一股寒意侵入肺腑。

二

林娴拉着燕虹手坐在床沿，隔着雕花窗依稀看到杨子叶身影，她拿着帕子抹泪，哭声悲痛：“我的好妹妹啊，今天是你的大喜日子，怎么就出了这种事啊，你到底和谁结了仇了？哪个黑心的要置你于死地啊！”

洞房的后窗大敞着，层层红幔被一览无余的风吹动，荡起一波波黑色阴影。

燕虹闭着眼静静地躺着，四肢平摊面如金纸。

常林和林珠等几个丫鬟，见杨子叶和褒宝进来急忙参拜：“夫人。”

林娴拉着燕虹手，一把鼻涕一把泪的，哭得眼睛发红。见婆婆步子虚浮地走来，她急忙站起来，搀住她，哀声道：“谁也料不到会出这种事情，请母亲大人节哀。”

杨子叶低附在床前，探探燕虹鼻息。

燕虹大红的喜服左肋上一片濡湿的黑红，毫无血色的脸被一片红烛的影子笼着，眉头微皱着如同熟睡。

杨子叶缓缓坐下，面色平静地环视众人：

“天也不早了，常林留下，你们都下去歇息吧。”

众人退下，杨子叶捂着胸口五官纠结，好一阵伤痛、挣扎后，凝目常林：

“虹儿有危险吗？”

常林凑近夫人，低语：“从她身上喜服多处破烂看，刺客是招招夺命。得亏她会武功，若不然，十有八九没命了。”

杨子叶受伤的野兽般低吼：“谁敢这样与我做对！”

常林看到烛光颤了几颤：“今晚各处戒备森严，外来刺客不容易混进来。”

杨子叶在烛影里扬起头，满目血雨腥风的惊恐：“谁？谁在勾结外城？”

褒宝低着头走近夫人，捶着她肩，细声细气道：

“夫人，褒姒不会的，我了解她。”

杨子叶目光如刀，势要割破人的肌肤：“休要多嘴！”

褒宝低了头，咬着嘴唇，睫毛乱颤着。

常林又道：“少夫人这般情形，三天后不能回门，得赶快派人去燕国，免得失礼。”

杨子叶目光低转，冷然点头：“是得派人前往燕国，得拿上燕儿的亲笔信。”

杨子叶看着跳跃的烛火，问道：“德儿呢？他在哪儿？快叫他来。”

褒宝应声而去，踩碎了门口颤悠悠的月光。

红烛摇曳，映着层层帷幔，如同仙苑瑶宫。

杨子叶慢慢站起，身子晃了一下，急忙扯住帷幔，稳住身子。她在荡漾的烛影里徘徊着，心如乱麻，头很痛很空，思绪像窗外飞扬的风，脸色荒芜、沉痛。

少顷褒宝回来，看着杨子叶欲言又止，目光乱颤，双手交叉胡乱搓着。

杨子叶按按发痛的鬓角，在几边坐下，拉平几上红锦，凝目望着褒宝，声音低沉：“德儿呢？”见褒宝惴惴不言，眼睛乱眨，嘴唇蠕动，她不由怒道：“吃哑药了？快说！”

褒宝把惊恐的眼神敛了再敛，垂眸，打着千儿道：

“启禀夫人，二少主酩酊大醉，在他书房睡着了，叫不醒。”

杨子叶瑟瑟发抖，猛地扯掉了身边大红帷幔，狠狠摔在地上，指着褒宝斥骂：

“死蹄子，就这点事儿，就值得你贼眉鼠眼瞪着我大半天？他醉了，有什么可隐瞒的？”

常林忙合手道：“请夫人息怒，二少主大喜之日酒醉，也在情理之中。”

褒宝情知端的，却也曲意附和道："人生得意须尽欢，二少爷洞房之喜，醉酒也在清理之中。请夫人莫要责备。"

杨子叶转面看着不省人事的燕虹，心中痛楚难忍，目光冷厉扫略：

"搬来我的美人榻，咱们谁也不能离开这儿半步！德儿醒了就让他来见我。"

动荡的烛光，如起伏不平的心事。烛泪堆积，如同人心上的泪。

三

褒姒坐在铺了紫锦的圆儿旁绣花，几次扎到了手指。她将手指含在口里吸允，呆呆看着烛台上烛火跳动，蜡烛发出啪地一声响，她吓得猛地一颤。

"听说洞房进了刺客，燕虹小姐差点被杀死了。"云儿说着，拿着洗了的帕子搭上屋角的小绳。

褒姒睫毛眨动了一下，恢复呆滞，世间一切，似不关己。

云儿凑上来，关切道："姐姐，你一天都没说话了。有什么心事，说出来总会好受些啊！"

褒姒摇摇头，泪却流了满脸："时间真是良药，在几个时辰前，我想放一把火，烧毁这个暗无天日的尘世。"

云儿递给她帕子擦泪，面带恻隐，递了一杯茶过来，恨声道：

"姐姐，我知道你心里有恨，我也恨，恨二少主如此薄幸。"

"云儿，你别说了。"褒姒哭着打断她，看到那杯茶，才感到很渴，端时，却似被烫住，手猛地一缩，再慢慢伸过去，端起茶一口气喝了，递给云儿又倒一杯，又一口气喝了。喝得太急被呛住，一阵激烈的咳嗽声飘过窗棂，回荡在夜空里，如同幽怨的心湖，激荡出无限叹惋又起伏不平的悲怨涟漪。

云儿轻轻拍着她背："姐姐，你就哭吧，切莫闷坏身子了。"

饱满的悲伤情绪终要将褒姒撕裂，绣花拍坠地时，她骤然爆发出一阵悲泣。

看横枝在后窗扫掠，银色月光飘落枝头。伴着褒姒的哭声一咏三叹，濡染了月色，月色变得苍凉、冰冷。

待褒姒哭声稍歇，云儿拉起她手，觉得那手冷冰冰的没有温度：

"姐姐，天色不早了，咱们睡吧！"

褒姒站起来，头很晕，身子不由自主摇晃了几下，手扶几案，语声低哑：

"好，睡吧。"

云儿一手端着青铜烛台，一手搀着褒姒，慢慢往卧房走，忽闻敲门声响起，又听褒洪德在外，语声含糊道："开门，云儿，快开门！"

褒姒一个趔趄靠在墙上，头嗡地一下，思维空白，见云儿睁大眼睛，似惊似喜地看着她，大张的嘴里吐出疑问："我去开门？"

褒姒急忙挥手，制止了她的鲁莽，又忽地吹灭了蜡烛。

敲门声再度响起，伴着褒洪德含糊不清的叫声，在静夜里听起来那么突兀，响亮。

看着屋里没了光亮更没任何声响，褒洪德无法平复的悲酸随着汹涌的醉意和荡漾的月色无限扩展开来，他不知自己以怎样的姿势倒进那片月色里。

云儿和褒姒摸索着睡到床上，听着褒姒的抽噎一阵紧似一阵，伴着叹息，云儿推推她："姐姐，你这样不理二少主，岂不是放走了大好机会？"

褒姒仍不言语，泪流到耳朵里，锦茵枕一片濡湿。

云儿感到憋气，坐起来道："姐姐，燕虹小姐花烛夜遇刺，二少主却来看你，他心里有你啊！成亲，乃是他身不由己。你不该拒绝他的！"

褒姒忽地坐起来，在满屋黑暗里泪眼凝望云儿，终于长吁一口气，语声徐徐："自从燕虹小姐来褒府，发生那么多事，我们都无法证明自己。如今她又在洞房出事，我免不了被人怀疑。再开门接纳褒洪德，我难道不要命了吗？"

云儿闻听此言，忍不住在室内昏暗的光线里一颤，接着愤愤不平："以前那么多事说不清也就罢了，难道我们两个手无缚鸡之力之人，就能杀了那身怀武功的燕虹？难道他们又要蓄意嫁祸栽赃！"

褒姒想起阿蠡的大计，想起渴念的父母，又想起褒毓的神秘，在黑暗里只觉得寒气侵肤，闷声道："这世间许多事，都说不清楚。活着太难。我们管不住别人，唯有管好自己。"

第三十一章　褒府内鬼躲暗处　夫妻新婚便反目

一

杨子叶在美人榻上熟睡，梦里犹发出轻微的叹息。她身下铺着灰鼠毛毯子，身上盖着轻薄的绣荷花桑蚕丝被子。

褒宝又一次换完烧残的红烛，坐在凳子上，双肘支着铺了红幔的几案，打盹时下巴一颤一颤的，几滴口水从嘴角流下来，滴到红幔上。

常林坐在洞房门口，靠着门框熟睡，腿伸着，铜枝般的双臂将青铜剑紧紧抱着，枕戈待旦的样子。

燕虹于寅时醒来，艰难转动玉颈，看到窗外熹微的晨光，桂馨从窗口飘了进来。与蒙面人的恶斗情形犹在眼前，敌人利刃插入左肋的瞬间，她只感到冰冷的恐惧而感受不到疼痛。

想起蒙面刺客的招式，及那双阴光闪烁的眼睛，燕虹发出一声惊悚人心的呼叫。

这一声呼叫惊散了满屋晨光，惊醒了所有人。

“虹儿，你可醒了！”和衣而睡的杨子叶掀翻了身上的桑蚕丝被，踩着被角扑向床前，拉住燕虹手，喜极而泣。常林和褒宝从不同地方，以相同的姿势弹跳起来。

“宝儿，快去把熬好的参汤端来。”杨子叶对褒宝说，又命常林：“快去请治疗外伤的郎中来。”

“是。”褒宝正要出去，却被常林伸臂拦住。

常林满面庄严，俯身抱拳：“启禀夫人，少夫人失血过多，身体虚弱，此时不宜大补。”转面刚好赶来的两个丫鬟：“快去请护卫营中的卓文蒋来。”看着两丫鬟去了，转面杨子叶：“这卓文护卫乃犬戎人，出身于名医世家，祖祖辈辈悬壶济世。他父辈对他特别宠爱，就希望他投身军中得到功名。他天资聪慧，练武的同时也得承家中医术精髓，出手不凡，有药到病除之奇。”

杨子叶点头道：“这当然好，褒帅一向量才使用，从不计较出身、门第。他若治好虹儿的伤，我重重有赏。”

常林从靠着墙壁的几边端起昨夜备好的一碗药，嘱咐褒宝：

“快将这止血镇痛药热了，快些端来。”

褒宝答应着，端着药碗，小心翼翼地走进门口晨光里，风吹起裙裾，她不由打了个喷嚏。

屋子里陷入长久的静谧，晨光渐强，和红色烛影是此长彼消的气势。

燕虹躺在床上，一呼一吸间扯痛五脏六腑，嗓子痛得像要着火，低咳了几声，伤口痛得几乎窒息。她呼呼喘气，五官扭曲：“哎哟……痛……好痛……”

又接连咳了数声，每一咳腹胸腔就要命地痛。

褒宝端了药走来，碗里放着鎏金银勺。

杨子叶将一条棉巾搭在燕虹脖子里，将她的乱发理到耳后，流着泪，沉声道：

“我的儿，快把药喝了，喝了药很快你就好了，啊！”

褒宝坐在床沿，用鎏金银勺，将汤药一勺一勺给燕虹灌完，伺候着漱口已毕，又递上蜜糖茶。她柔声悦耳：“这茶乃是新采的桂花炮制，加了陈年的蜂蜜，有清热润肺之效。尤其对咳嗽大有好处。”

常林抱拳附身，满面端肃：“少夫人逢凶化吉遇难呈祥，必有后福。”

燕虹环视屋子，目光迷离漂浮，喘着气道：“你们也不用糊弄我，我也不知能不能活过今日。二哥哥，二哥哥他一夜都没在这里？他去了哪儿？”在狐疑中流泪，一时心如死灰。

杨子叶暗恨自己疏忽，压下恐慌和怒气，避而不答燕虹，扭头凝视褒宝：

“快去看看你二少主酒醒没有？这孩子，大喜之中就醉成那样，真是……”

燕虹也不乏多情女子的敏感，闭着眼睛沉思，气若游丝，哭道：

“到底是谁要杀我？二哥哥，他心里没我，他昨晚趁我昏迷，不知在哪里留宿？”

杨子叶急忙附身，拍着燕虹手哄劝：“我的儿，且不可冤枉了你二哥哥！他真的醉了，睡在书房。至于凶手，我一定会查个水落石出。”

“我没冤枉他……姨妈……你别骗我……”燕虹流着泪，五官纠结，心里无限悲郁。

二

燕虹怀着难以消除的怨恨，无力发作，咬着嘴唇抿去泪水，触到被濡湿的葛麻枕。

一白面俊目高鼻梁的护卫背着药箱随着常林进来，曲身行礼：

“卓文蒋参见夫人。”

“不用多礼，快为少夫人把脉。听说你医术精湛，治好少夫人，我有赏赐。”杨子叶说着，命丫鬟放下大红帷帐。

卓文蒋悬丝把脉已毕，禀告杨子叶：“少夫人体质一向较好，这外伤恢复着也快。昨晚在下已奉常统领命查看过伤口，谅无大碍。少夫人只管卧床休息半月，再佐以汤药进补，另有金疮药外用，玉体当会康复。”

灿烂霞光铺满屋子，层层红色帷幔在霞色里熠熠生辉，微风吹进桂香，一片落叶飘进来。

杨子叶闻听心中郁结散去，在越窗的朝霞里扬起眉毛：“好啊！”

褒宝进来，拉着杨子叶到门旁耳语：“二少主酒醉，犯了风寒，烧得厉害，正躺在床上说胡话呢。”

杨子叶目现恐慌，脱口而出：“我的儿啊！”急忙走近燕虹，俯身，轻轻擦去她面上泪水，哽咽道：“姨妈本不想告诉你，你二哥哥，他犯了风寒，烧得说胡话呢！”

燕虹有些惊愕地挑起眉毛：“他……”亦心痛亦怨恨，掺着伤口痛，她睁大眼睛望着红幔覆盖的房顶，眼里尽是绝望、伤感，一颗心灰到极致。

卓文蒋已开了处方，亲手递于杨子叶。

杨子叶过目后，交给褒宝，和褒宝走到门口，低声嘱咐：“你亲自抓药亲自熬好，片刻不得离身！另熬一碗浓浓的燕窝红枣粥。”转身走近燕虹：“我的儿，你安心养病，千万别渴着饿着。我去看看德儿。”挥手示意卓文蒋跟她走。

燕虹闭着眼流泪，心痛不已：“嗯，你去吧。”

杨子叶命一个丫鬟在这儿照看燕虹，带着一个丫鬟走到门口又回头，叮嘱常林：“你守住这儿，片刻不离。”

褒洪德躺在书房里的床上，面红如蒸。这是一间偏殿，专供平时小憩所用。清亮的朝霞涌满小屋，窗帷微微颤动，他的牙咯咯作响。

褒南用冷毛巾敷在他头上，用以降温。

褒洪德在梦中低诵：

蒹葭苍苍，白露为霜。所谓伊人，在水一方。

溯洄从之，道阻且长；溯游从之，宛在水中央。

杨子叶紧走几步拉住儿子手，哭道：“儿啊，你如何就成这样了？我杨子叶这是造了什么孽啊……”

卓文蒋面色康健，稳如泰山，把脉、诊断、开处方已毕，凝望面色无华目含泪水的杨子叶道："请夫人宽怀！二少主偶感风寒而已，烧退了自然就无恙。在下告辞。"

看着卓文蒋高大身影消失于阁前，褒南拿着药方出去，杨子叶坐在床沿，拉住儿子手，命身旁丫鬟："去库房领白银二百两，给卓文护卫送去。"

太阳飞上树梢，带着一抹炫目的丽色，映亮了屋子，飞掠褒洪德眉眼。他耸了耸眉头，纵纵鼻子，咂巴几下嘴，睁开眼睛，看着正在低头抹泪的杨子叶，喊了一声母亲。

杨子叶惊喜道："儿啊，你渴吗？饿吗？想吃什么？"

褒洪德看着母亲哭红的眼眶，满心愧疚，不乏伤痛，挣扎着想要坐起来，被母亲按住："德儿，你就躺着吧。"

褒南将熬好的药端来，和杨子叶一人一边扶起褒洪德，伺候着他喝了药，漱了口。又有杨子叶贴身丫鬟端来燕窝粥，说是二少主和二少奶奶一人一份儿。

三

明丽霞色照亮褒洪德五味杂陈的脸，一片微红。他想起昨晚褒姒的峻拒，心如同被掏空，又想起燕虹洞房花烛夜独守空房，甚感愧疚。他推开丫鬟递来的燕窝粥，凝眉望着母亲睡眠不足的脸：

"孩儿昨晚醉了……虹妹妹，她如今怎么样了？"

"德儿，洞房花烛，你不该丢下她。"杨子叶沉声道，看着儿子嘴唇干裂的病态，心只是痛着，不想告诉他燕虹被刺之事。

褒洪德吃完药，仰卧一炷香时辰，在丫鬟的伺候下喝完燕窝粥，杨子叶坐在床边，为他擦去满头的汗，满目爱怜："儿啊，好些没？"

褒洪德跳下床，在屋里走了几圈，笑得神采飞扬："好了，好多了！头不痛了，腿上也有劲了。这个卓文蒋，真乃神医！"

杨子叶笑逐颜开地拉住儿子就往外走："走，快去看看你虹妹妹。"

母子二人来在洞房门外，杨子叶才悄悄告诉了儿子昨晚情形，吓得褒洪德脸都白了，连声道："怎会有此等事情，那蒙面刺客……盘查没有？"

杨子叶黯然落泪："只顾忙着保你两个冤家的命，哪里顾得上盘查？若是燕虹出了意外，燕侯夫妇岂会与咱家干休？我和常林昨晚在洞房守了一夜。燕虹知道你昨晚不在洞房守护，那样子甚是恼怒。洞房之夜不见新郎，哪个女孩都会介意！你这会儿进去了，要小心赔罪，要尽捡好话说。好男人，就要会哄得妻子开心。她如今这般情形，生气不得！你安抚住燕虹，我好命常林排查刺客！”

褒洪德满面凝重地答应着，随着母亲来在洞房门外。林珠正从屋里走出来，看到他们急忙行礼：“夫人少主吉祥。大少夫人腰伤行动不便，让我来看看二少夫人。”

“去吧。”杨子叶向她射出警觉的目光。

常林和褒宝闻声急忙出来，向褒洪德行礼，道喜。

这洞房原是褒洪德的卧房，只是如今经过张灯结彩的布置，已经焕然一新。褒洪德环视着它所有的摆设，透过层层红色帷幔，仿佛看到床上坐着褒姒。

褒姒坐在床上，自己揭开大红盖头，对他笑得甜蜜。

他一时心花怒放，正想上前，褒姒的影子却一闪而逝。

褒洪德从幻觉里醒来，揉揉鬓角，向躺着的燕虹走去。尽管有心理垫底，看到燕虹的样子他还是吓了一跳，急走几步握住她手：“虹妹妹……”

燕虹的脸色冷冰冰的，眼神同样冰冷，缓缓挣开他手，把脸扭向墙壁，声音冷寒：“你既是在洞房花烛夜去找别人，如今又来作甚？”

褒洪德想起昨晚情形，心上更是不快，强作笑颜道：

“妹妹哪里话来，昨晚我醉了酒，请妹妹宽容恕罪！”

燕虹想着林珠的话，气得面色发紫，夫君在花烛夜去找另一个女人，世上没有谁会容忍。她冷冷道：“骗子，别以为可以把我蒙在鼓里，你走开！”

褒洪德面上一寒，正要往外走，被面色惶急的杨子叶拉住，耳语儿子：“一定要哄住媳妇。”

杨子叶挥手，命褒宝常林等出来，她走在后面，悄悄掩上房门。

褒洪德遵着母亲叮嘱，脸上摆满笑容，凑近燕虹：

“夫人，为夫醉酒了，你就饶了为夫这一次吧！”

燕虹想一个耳光打过去，可她轻轻一动伤口就痛，伸出长指甲朝他右脸一挠：“走开！”

褒洪德哎哟一声捂脸，手指轻触伤处，再看指头上有了血痕，他怒道：

“最毒妇人心！”

褒洪德又羞又怒摔门而出，阔步就往书房走，看到褒毓在一棵桂树下袅娜而立，褒毓眯着眼站在漫天光影里，紫莓色裙裾飞扬，头上飘落两片桂花，脸上是惯有的冷肃。

第三十二章　褒帅归来合家喜　为儿纳妾娶褒姒

一

桂树叶剪春云，香馥不似人间种，疑从广寒月宫来，吹得满苑花开。褒洪德脸上伤处热辣辣地痛，又羞又怒，见了褒毓欲躲闪着过去，朝桂花树后绕道走，捂住面颊。

褒毓却偏偏转了半圈拦住他，拽开他的手，看到他脸上的指甲痕惊呼：

"二哥哥，新婚就被二嫂毁容了？你以后还有好日子过？"

褒洪德羞愧低头，一抹恼怒在心底发酵，另有一抹难言的愧疚。

褒毓伸开手掌，接了几瓣飘落的桂花，扬臂扔去，冷笑道："你够狠心的，把最爱你的女子抛弃了。看来，这脸上的惩罚，也是罪有应得！"

褒洪德被她戳到痛处，黯然神伤道：

"你懂得什么？做人，处处都是身不由己。"

褒毓挑起眉毛："身不由己？这只是臭男人们喜新厌旧的理由。"

褒洪德绕过她，一直往前走，听到喜新厌旧这句，回身，朝她皱起眉头：

"女孩子家，你懂什么？少管闲事。"

褒毓却追住他不放："真是想不到，我的二哥哥原是这样一个龌龊鬼！"

褒洪德黑瞳映着阳光，目中隐现怒气："你休得胡言！谁是龌龊鬼？"

褒毓凑近他，头低着，眼皮上翻眼珠朝上瞪着：

"你爱褒姒吗？男子汉大丈夫就该敢作敢当！"

灿阳轻渺地覆盖了褒洪德脸上羞红，他低头垂目道："我没说不爱她。"

"爱她，又不敢娶她，却娶了另一个不爱的女子，难道这个男人不够龌龊？"

头顶一抹流云缠绕住丽日，如同多情女子伴着心仪。褒洪德陷入无语的尴尬，良久。

褒毓折一桂花开满的桂枝，闻闻，心旷神怡的表情，把桂枝在空中挥动，眼波在灿烂阳光下潋滟："既然彼此相亲相爱，你就该娶褒姒，给她个名分。"

褒洪德心中甚愧，红了脸，低头顿足，又仰头对着白云蓝天慨叹："为淮夷救兵之事，想不到我褒洪德也能委曲求全。如今，娶她已是不可能了！”

褒毓走近他，鼻子耸出一抹冷笑，用桂枝轻轻拍打他：

“二哥哥，胆小鬼！这世上有什么不可能？你可以娶褒姒做妾的。”

褒洪德目中亮色一闪，随即黯淡，摇头间顿显失意、颓废：

“不行的，去燕国搬救兵途中，我答应过燕虹，一生不得纳妾。”

褒毓冷笑：“如今男人，哪个没有几房妾室？况且你和褒姒，乃是情之所至。你便向母亲大人请求，母亲断没有反对之理。”褒毓又接着说了褒姒许多好处，说得褒洪德动容，便来到紫云堂，要寻机向母亲请求。

杨子叶头昏昏晕晕地坐着，越窗阳光映着她苍白、疲惫的脸。她很在意自己的健康，挨个触摸手指，看看指甲上是否有凹陷，又揉揉鬓角，发出深长叹息。

常林进来禀道：“夫人，在下搜查各处已毕，并无查到任何可疑之人。”

杨子叶站起来走来走去，将手中帕子揉成一团，带着忧伤的目光在阳光里颤动，复转凝静：“刺客，他到底是谁？谁在暗处和我作对？”

褒洪德披着满身霞光进来，杨子叶看到儿子便问：“虹儿呢？她现在怎样？”

褒洪德一直捂着右边的脸，看看常林，没说话。

杨子叶又问常林：“派人拿虹儿手笔去燕国抱微恙，去了没有？”

常林躬身道：“信使早已出发，请夫人放心。”

杨子叶示意常林离开，拉开儿子手，不由瞪大眼睛：

“德儿，你又惹恼媳妇儿了？”

褒洪德瞪着眼睛竖着眉：“她像个刺猬、猴子，我好话说尽，她动辄就扎人、抓人，母亲，孩儿要娶褒姒作妾！”

杨子叶愣神过后，挥着胳膊拒绝：

“你要娶那身份不明的丫头做妾？不行，不行的！”

二

聚龙阁内厅便是婚房，门口柔和的银光伴着房中烛火明明灭灭，如日月交替时光飞逝。那团银光来自于门前一座屏风。它松木为胎骨紫檀木为框架，一分一寸皆由能工巧匠精心打磨而成。骨架四周镶嵌的玉石玲珑剔透，饰以珠宝刻以彩绘，灿若锦绣明若朝霞。中间屏芯用的是深碧色缎面，仿佛望不到边际的一抹青翠，引人遐思。屏风上的富贵牡丹图案，是褒洪德大婚前制衣坊费了千捆蚕丝、银线，费了七天时间织成。骨架正中的夜明珠犹如皓月吐银，即使月华的银辉也不足以与它媲美，在深浓夜色中照亮门前数十丈青石地面。

伤势减轻，燕虹的脸色红润起来。这天饭后她喝完药，正坐在床上纳闷、惆怅，见褒洪德进来，便一个枕头摔过去："走开！"

褒洪德遵母之嘱，陪着笑脸走近：

"虹妹妹，你也能走动了，今儿天气这么好。桂花、茉莉、夹竹桃、美人蕉都开得极美，一接近园子就香气扑鼻，我扶你出去看看？"

燕虹身子一扭，面向窗口："不去！"

褒洪德拉住燕虹手，低声下气："虹妹妹，我那夜酒醉，你就饶了吧！"

燕虹瞪视他，眼里放射出怨毒的光："你休想！褒姒那个贱婢，看我怎么收拾她！若不是我的信，我母亲一定派人来了。我母亲若是知道事情，你们褒府还能安生？那丫头就死定了！我骗我母亲，是怕我姨妈犯难，可不是为你！"

褒洪德跌落在铺着红幔的锦凳上，在沉默里面色慢慢变寒，心随着窗外飘扬的落花浮荡难即。

褒南满面喜气，小跑着进来："二少主，二少奶奶，奶奶命你们赶快更衣，老爷和大少主得胜回来了！奶奶命咱举家到校场迎接。"

"啊！好啊！"褒洪德跳起来，多日的忧患减去，一瞬间春风荡漾百花盛开，一时对燕虹充满感激，转面看她："虹妹妹……"对一旁站立的两个丫鬟道："快伺候少奶奶更衣！"

燕虹余怒未消，抱着头尖叫："不去，我不去！"

风吹动落花满天飞，后花园的林子幽深静谧。

林娴刚刚放飞一只信鸽，被林珠拽着往青石道上跑："快走啊小姐，大家都在忙着迎接褒帅凯旋。"又扭头看林娴脸色："小姐，这等坏消息，你也报得这么及时？"

林娴走的气喘吁吁，擦去鼻尖汗水：

"好坏消息都得报！成功没有那么容易！"

"奴婢知道，奴婢佩服小姐这毅力。"

"褒洪道那个冷面人回来了，咱们凡事都要多加小心。"

林珠答应着是，两个人说着话走得飞快，绕过一道道红墙，穿越一个个花圃，走过月洞门，走过拱桥，一直来到校场，见这里地上铺着红毡，摆放着鲜花盆景，一应物什上都挂满彩带，不放过四周的树木。阳光很有威力，几只鸟在空中飞来飞去。以杨子叶为首，褒府所有人俱在这里翘首张望着，各个晒得汗津津的。

风里花香弥漫，鸟叫清脆高亢。众人等得焦急，忽听凌空传来一声高呼：

“褒候回府！”

褒姒在人群里望去，见褒晌被一群将士簇拥着，迈开虎步走来，眉目间挂满风霜，难掩勃勃英姿，一袭褐色帅袍围拢出雄健气度。他身旁跟着褒洪道，眉目间一丝欲抑还扬的冷厉，高抬的下巴显示出自命不凡。

杨子叶跪在地上，带头高呼：

“恭迎候爷凯旋回来！候爷洪福齐天，大周王朝洪福齐天！”

众人随着她跪下，亦齐声高诵。褒晌早已由人看座，高高地坐了，向跪着的杨子叶及众人伸臂，满色一如往昔的刻板，声若洪钟：

“夫人请起，大家请起！”

他身后是整齐站立的褒家军，一个个风尘仆仆，虽有风霜之态但精神饱满，长久的征战似乎不着痕迹。

三

杨子叶抬头望去，见一些士卒陆续抬着一些伤员，摆放在校场边缘，另有一些白布蒙着的尸体，她脸上顿现不安和悲戚。

褒晌随着她目光回头望去，面色一瞬暗沉，长叹一声：

“许多牺牲的将士都尸骨难寻了，这是最后一批伤亡的褒家军……”

杨子叶黯然失色地朝着那些伤兵、尸体拜下去，众人也都效仿。一时，悲哀的气氛弥漫上空，将阳光的影子冲淡。洪德看着那一具具白布覆盖的尸体，不觉五内生寒。只听褒晌声音沧桑：“江山由白骨砌成，一人成功万木枯，大家节哀顺变吧！”

为迎褒帅回府，紫云堂早已布置一新，檐前挂了一串红灯笼，另有应时花卉盆景沿着廊檐摆满。

褒晌命前呼后拥的众人退去，拉着夫人手入内，由褒宝和另一丫头看座上茶。

褒晌连说口渴，喝了数杯水之后，手从脖子抚到胸口：“这会儿才感觉好受些。”转面夫人：“这次出征淮夷，险些全军覆没。多亏燕侯的长漠十八鹰挽回败绩。那十八鹰真是奇迹，各个有万夫不当之勇。他们保着我直捣淮夷首府银月城，瓦解了蚩氏家族根深蒂固的部落统治。银月城现由我部镇守，其残余力量逃往岭表[①]一带。”

杨子叶面色瞬间数变，抚着胸口道：“候爷此番出兵，贱妾夙夜忧叹，寝食难安。如今平了淮夷，为大周开拓疆域，利在当代功在千秋。侯爷这次立了大功，回朝受封领赏，赢得姬宫湦赏识，谅那奸贼姬淑岱、虢石父都无话可说！以后也就不怕他们施巧计诬蔑陷害了。”

褒晌面色益愈沧桑、凝重：“禽兽之变诈，红口白牙凭空生谤，时时令人无法应变，唉！贼心难测啊！”忽凝起浓眉，问道：“近期府中可安？毓儿近来如何？”

杨子叶只觉胸口憋闷，极力隐忍着，勉强笑道：“还好。”

褒晌探究目光凝着夫人，倏然有了歉疚神色：

“夫人海量。每一想起毓儿自小和她娘在外受的那些苦，我这心里便……”沧桑容色覆着痛楚和深深的不安、内疚：“我褒晌一生光明磊落，唯欠毓儿母女太多。”低头蹙眉，在往事里苦思良久，抬头道：“德儿是否勤勉、听话？”

“正要禀告老爷，德儿大婚了。”接着，她将为赢燕侯发兵而促成儿子婚姻，及婚前诸事一一叙述，触及痛处，不由抹泪：“虽说德儿和燕虹大婚了，可燕虹在洞房花烛夜险些被杀受了刺激，又因德儿当夜醉酒去找褒姒之事被下人搬弄给燕虹。燕虹一直不能释怀，德儿他们一直都没圆房。这几日德儿又嚷着要娶褒姒做妾，可把我给难坏了！常林为查刺客忙乎了一阵子，毫无线索。从当时情形来看，府里应有内鬼。”

“朝廷大员之间相互倾轧，内鬼不足为怪。咱们也往别处派过线人。夫人，盘查内鬼乃是当务之急，要悄悄进行。”褒晌殷殷叮嘱。他一贯比较喜欢洪德，又道：“看来德儿一直不喜欢燕虹，咱却为救兵强令他完婚，也算委屈他了。”

杨子叶挑起眉毛看褒晌：

“那又如何？总不能由着他娶了那个出身下贱的褒姒。”

褒晌捋须，目光幽远：“褒姒那丫头除了出身低些，别的倒也没什么。”

杨子叶满目俨然，厉声反驳：“没什么？刚才我给你说的那些，你都当了耳旁风？近来府里发生那么多意外……”

褒晌眸光清朗，扬起眉毛：

“夫人怀疑褒姒和内鬼有关？传褒姒来，我要亲自察问。”

杨子叶面色得意地命传褒姒。

褒姒接到传禀，想着府中发生的一系列事情，带着进鬼门关一般的恐惧来到紫云堂，望着独坐堂中的侯爷，气度雄伟恰似昊天玉帝。她双腿发软，战兢兢俯身参拜：

“奴婢见过侯爷。”

褒帅命起，双目直视着她，单刀直入：

“褒姒，听说你与我儿洪德交往甚多？”

主子杖毙下人，可寻个行为不端罪名。褒姒不觉惊出一身冷汗，忙又跪地，不敢言语。

褒晌面色端肃，神情刻板，指着褒姒：

“本帅问你，你要实言应答。你可是真心喜欢我儿洪德？”

褒姒心中酸楚、悲苦、压抑、忐忑不安，又知褒帅为人方正，刚直不阿，便双目噙泪，情绪十分复杂地点点头：“褒姒有罪，恳请侯爷责罚。”

褒晌爽朗地笑道：“情爱本无界限，你何罪之有？起来吧。”

褒姒缩着脖子谢罪起来，偷瞥褒晌，打心底增了几分热爱、敬重。

褒晌命褒姒坐，褒姒受宠若惊却不敢不从，惴惴坐下，不住地对侯爷察言观色。

褒晌微微抬臂端起茶盅，喝了口茶道：“褒姒，本侯真心看重你，你应该明白。本候一向觉得，忠实为做人之本。本候今天提问你，你务必对我实言。”

褒姒略感偎贴、踏实，清眸望着侯爷，神情凝重地点头。

褒晌微微颔首：“依你看来，你的两个少主，哪个更为合适将来掌舵？”

听侯爷这么突兀地提出这么庞大、敏感的问题，褒姒不觉一怔，思绪纷纭、纵横驰骋。她认为这问题无法回答。看来侯爷一贯被称颂的“忠耿仁爱，视民如子”纯属沽名钓誉。他身为褒国君主，当然杀伐果决，要顺夫人之意，寻个“妄言论政罪”杀她。

褒姒的无尽思忆，撑起心底的无尽悲凉，面色凄然，垂眸道：

“侯爷请赎罪，您提的这个问题，不仅奴婢无法回答，其他人应也如此。”

褒晌刻板面色转为莫测，瞪大眼睛：“本候面前，你尽管直言，无妨！”

褒姒站起来，打着千儿道：“请侯爷恕罪，奴婢才敢直言。”

褒晌大手一扬：“恕你无罪，说吧。”

他之所以如此发问，是想试探她是否因野心和贪图权势才属意于洪德，也顺便打探出两个儿子的真实思想。

褒姒眸光清亮，凝视褒晌，语声徐徐：

“侯爷有经天纬地之才，尚贤、兼爱。自掌舵二十年来，褒国百姓或农耕或渔猎，各得其所，安居乐业。侯爷如今春秋正盛，正当协助天子兴天下之利，除天下之弊，不必考虑二十年后的褒国掌舵人问题。”

褒晌微有诧异，轻轻牵动嘴角，睨视褒姒，袍袖拂动：“说下去。”

窗外灿阳如同明丽画轴，轻柔的风儿悄然拂过艳艳花蕊及脂粉香气。

褒姒微垂的清眸里亦有隐隐亮色流泻，慢启丹唇，声音轻柔：

“褒国发展的不同阶段会面临不同问题，就需要不同类型的人君。请侯爷恕奴婢无知，无法探知二十年后的褒国情状，也无法预测二十年后的褒国内外环境将会如何。所以不敢断定二十年后的褒国君主，开拓型或守成型哪个更为适合。二少主思路鲜活，胸有大爱；大少主知书达理，刚勇稳健。照此推算，褒国未来二十年会异常精彩。但世有不可得，事有不可成。奴婢以为，万事巧诈不如拙诚，诚者得人心，故请侯爷且莫为继承人问题花费心思。与其让二位少主内耗，不如正面疏导使其奋发图强，施展潜能。自古名莫简成，誉莫巧立，水不厚则难负大舟。二十年后，掌舵人问题自然会水到渠成。”

褒晌从座位上站起来，脸上终有了异于刻板的另一种表情，目光灼灼，流泻出的惊诧、欣喜一闪而逝。

褒姒的回答极有技巧地褒奖了他非凡的统率力，又将她自己的心思隐晦地遮蔽，滴水不露。诚若如她所言，也避免了统帅继承人问题带来的褒府内耗。

况且，谁的心思如何并不重要，重要的是让儿子们打消继承人之争，沉下心来做事。

褒晌此时淡定入座，朝褒姒挥手，面色温和：“你下去吧。”

褒姒谢恩退下，褒晌对着走出帷幔的夫人哈哈笑道：“夫人且莫过于多虑。女人间总免不了嫉妒诽谤，教人真伪难辨。除了洞房刺杀这件，其他都是小事，不要轻易定性。依我看，褒姒这丫头不错，就让德儿娶她做妾。”

褒洪德在门外偷听已久，欢天喜地地跳进来，跪在地上：

“谢过父亲大人成全孩儿！”

杨子叶看着褒晌脸上难得的生动表情，知道他主意一定便难更改。她以恪守妇德为善，不能忤逆丈夫，沉思片刻，瞪着眼指着儿子：“燕侯一家对咱们恩重如山，你不可轻慢了虹儿！你父帅劳师远征，需要歇息，过几日重新摆宴，你和一妻一妾同时洞房花烛。”

褒洪德叩头谢恩，站起来，满面委屈：“父亲大人，孩儿知道轻重，故没有轻慢虹妹妹的意思。是她刁蛮成性，三番五次挑衅，每天晚上把我关在门外……”

褒晌不由哈哈一笑：“好好好，为父不曾怪你，德儿懂事就好。”

看着褒洪德蹦跳着出去，褒晌蹙眉道：

“德儿秉性仁厚，道儿生性有些薄凉。自古以来，仁厚者才能稳固天下，可惜啊！”

杨子叶道："老爷切莫再说此话，这只能引起他们兄弟反目。依我看，道儿夫妇对德儿颇有提防，这很不利于团结。"

注释：

① 岭表：岭南一带。

第三十三章　燕侯千金心婉转　喜堂被打褒姒癫

一

披着满身霞光，褒洪德神采奕奕地来在制衣坊外，迎面碰上云儿拿着两件新衣服出来。

云儿一身米黄色裙襦看起来干净清爽，发挽乌云，头上单单别了支黄铜凤钗，凤眼上镶了红宝石，米珠流苏动荡不停。弯腰施礼，眉开眼笑：

“那阵风吹来了二少主？”

褒洪德双目闪亮，嘴角扬起：“姒儿可在坊中？”

云儿满面春风，回头指着屋门道：“她在查账。”说着就要走开。

褒洪德伸臂拦住云儿：“快去告诉褒姒，过几天我就要娶她了。”

云儿眼珠疾转，细长眼在光影里变亮：

“娶她作妾？老爷夫人同意了？你去说岂不更好？”

褒洪德想着长久以来的折磨、渴盼，心如撞鹿，面上一抹微红，低着头，声音极低：“依祖宗惯例，大婚前男女不易见面，还是你去吧……”

云儿说着是，迈动莲步走得飞快，进门便道：“恭喜姐姐贺喜姐姐！”

褒姒正拿着羊皮册子核对账目，抬头望着云儿：“喜从何来？”

云儿夺过她手里册子放在一旁，拉着她起来：“二少主就要娶姐姐了，咱们赶快去做喜服，女人一生就这一次，不可以太寒碜的！”

褒姒张大嘴，由呆若木鸡渐转惊喜、娇羞：“真的吗？你又如何知道？”身子微抖着，如花蕊向阳迎风。

“此乃天大的事，岂敢胡说！二少主亲口告诉我的。他说依祖宗惯例，大婚之前你们不易见面。”云儿一手抱着衣服一手拉着褒姒，一阵风似地往裁缝屋里走。

裁缝屋子里光线充足，几缕阳光从雕花窗射进来，投射在墙上，散发着如梦似幻的光。新鲜布匹溢着清新香气。

云儿将抱着的衣服递给裁缝，笑道：“扣鼻盘好扣子包好订好，不收工钱。”

裁缝已笑着迎上来，接过衣服翻看，甚觉满意，笑道："谢过云姑娘。云姑娘聪明伶俐，最难得是个热心肠。"又放下衣裳对褒姒行礼："叩见二少奶奶！"

褒姒红了脸，急忙搀起她来。那裁缝跟着云儿走向布匹摆放处，三人将那些大红色的绢、罗、锦、纱、绫、絛一一相看，一一评议。

"如今这天气，就要这块布了，姐姐看来如何？"云儿拉出一块红锦说，又拉出一块红纱："将锦做面，再加一层软罗里，衣缝好花绣好加了絛边，再覆一层红纱，这件喜服肯定好看！"

褒姒低着头，若有所思片刻，抬头问云儿：

"燕虹小姐上次喜服用的什么布料？"

那裁缝笑道："正是这锦呢！只是中秋时天气热些，加了絛边，没加软罗里，也蒙了红纱的。云姑娘真是好眼光，这喜服做出来肯定漂亮！"

褒姒暗忖处朝裁缝摆手："用这锦不妥。"拉出一块成色稍次的红绫："就用这块做吧。"

那裁缝会意，点头赞道："也好，褒姒姑娘心细如发，果真明白事理。"

林珠告诉了燕虹褒洪德要娶褒姒做妾，低着头走出屋子，听到屋里砰地一声大响。她稍稍一愣，嗤嗤浅笑着走得飞快，边走边道："赶紧的！得快向燕国报信。"

"褒洪德，你该死！"燕虹在房里骂着，狠狠把衣服撕碎，又摔了花瓶、镜子、茶钟等。

高颧骨丫鬟抱着一束美人蕉进来，差点被燕虹一个花瓶击中，吓得一跳，变了颜色。她见花瓶碎了一地，又从柜子里拿出一个长颈青瓷花瓶，将花插入，却被燕虹一把扯出，撕碎了，拿着花枝朝她头上摔：

"死蹄子你给我记清了，我讨厌看到这花！"

那丫鬟本是有心计的，想她若一直这样闹下去，她们也会被连带责罚。她凑近燕虹，低声下气道："小姐，奴婢有几句话，不知当讲不当讲！"

二

自从洞房之夜，燕虹一直有股怨气郁结于心，心事无人诉，听了林珠的挑唆只是火上浇油，此时怒火无处发泄，便道："说吧，我不怪你。"

"俗话说，在家从父出嫁从夫，你千万不能冷了少主的心啊！男子纳妾，再正常不过之事。况且那褒姒只是一个出身低贱的丫头，无背景无依靠，如何能和小姐的金枝玉叶相比？男人嘛，他也就对她新鲜一阵子。以后怎么拿捏她这个小妾，还不都在于小姐你？小姐何不做出宽容大度的样子，以赢得合府上下拥戴？如是这样，不仅公婆夸赞，二少主也会愧疚，会另眼相看你。你省把力气用在以后，她褒姒就是一只小蚂蚁，你轻轻动动小指头就能捏死她！小姐若一直这样闹下去，只怕最后会……”

燕虹搓着手，在满屋浮荡的光影里来回走动，此时停下来，目光闪闪看着那丫头：“最后会怎样？”

那丫头也豁出去了，两眼直视燕虹：“最后会众叛亲离。”

燕虹听了，颓然落座，抱住头大哭。

时间过得飞快，这日褒府张灯结彩，红毯铺地、绿毡遮天，欢声笑语热闹非凡。更有附近那些欲来靠近褒晌的官吏，欲要借事讨好。

喜堂前台高插汉，榭耸凌云，红柱上刻着殊禽异兽；堂中绮罗锦席，尽了民女机杼；丝竹管弦，废了野夫饥寒。

只听傧相喊着吉时到，六个手执彩鸾的丫鬟分别搀着一个新郎两个新娘，从帷幔后走了出来。中间走着满面喜气的新郎褒洪德，两旁走着满脸怨气的燕虹和不卑不亢的褒姒。

褒晌夫妇亦着喜服带喜冠，上首坐了，看着姗姗而出的儿子媳妇，满面生辉。

在傧相的口令声中新人正要下拜，却听门前车马喧嚣，人声鼎沸中忽听门官高喊：“燕侯夫妇到——”

褒晌夫妇闻言一怔，急忙出迎，却见杨子青寒着脸，拉着姐姐杨子叶就往里走，边走边吵：“杨子叶，你这褒府好大的气派哎！你儿子说过不纳妾的，这一天却娶了两个？可不是你们请求我们发兵救援的时候了！看我的虹儿被你们拿捏成什么样子了？她答应你儿子纳妾，我杨子青却不答应！”

杨子叶神情惶急，急把妹妹往一旁拉，低声下气道：“妹妹，你听我说……”

“不听不听不听！”杨子青挥着袖子甩开姐姐，冲进喜堂：“虹儿，虹儿！这堂咱不能拜！”

燕虹闻言掀了盖头，朝母亲扑过来，数日的委屈蜂拥而至，她咧着嘴大哭：

“母亲——”

“虹儿不哭，一切都有为娘给你做主。”杨子青将女儿抱住，满目宠溺地替她擦泪，温声哄劝。又猛地蹿上去，扬手掮了褒姒几个耳光：“哪里冒出来你这个根底不清的贱人，也想做褒侯府少夫人！”

褒姒被打掉了盖头，打乱了头发，应变不及的环境，满腹流窜的爱恨、屈辱，她两行泪挂在脸上，张大嘴却哭不出来，呆成一棵发抖的植物。

杨子青欲要再打，褒洪德伸臂护在褒姒面前："姨妈，休要伤害姒儿。"

杨子青推搡着褒洪德，大骂："畜生！你去燕国搬救兵时怎么说的？这才几天，却公然纳妾了？你全家合起来欺负我家虹儿，我杨子青绝不答应！想打想闹，我奉陪到底！"

杨子叶拉着妹妹说了许多好话，让她不要闹了。杨子青竖着眉毛道：

"你儿子要纳妾，我就把我闺女领回去！回头再发兵讨伐褒国……"

杨子青对姐姐多年的不满好像找到了发泄口，一定要闹出个子丑寅卯来。她的吵闹不休，夹着嚎啕大哭要寻短见的燕虹，众人围观着评头论足。

杨子叶觉得实在不能再丢脸了，拉着妹妹手哀求："子青，别闹了，德儿不纳妾就是！"转身拉住儿子手，挥泪道："德儿，母亲对不起你！你快去劝住你虹妹妹！"

见燕虹哭着正往外走，褒洪德双睛通红，唏嘘着：

"孩儿明白，孩儿这就去。"

三

杨子青回头看着褒洪德追到雕花门外，拉着女儿手边哄边走，脸上一抹胜利的喜悦之色逐渐扩大。

燕侯立在人群里转着眼珠，复满面愧疚地对褒眗甩手："啊呀，这母女二人都被我惯坏了！说过不闹事的……"

褒姒身子剧烈地抽泣着，胸口起伏得像装着鼓风机，泪雨纷飞，疯一般往后花园跑。

阳光，树木，花草，在视野里都成了不可辨识的图像。

"凭什么？凭什么他就能纳她作妾我却不能？"褒洪道在树林里砍倒一大片树木，眼瞪得像吃人的野兽。褒姒急忙绕过去，逃命般狂奔，感觉浑身无力时终于停下来，抱着一颗大树痛哭，她听到风在耳边讥嘲鸟在头顶冷笑。

她感到头顶的树木在旋转，天上的乌云向她倾轧而来，太阳变成一团忽远忽近的火，缭绕着她炙烤着她。她倒在地上时没有发出任何声音。

她醒来时发现在林深处背依大树坐着，脸上撒满被树叶筛落的阳光，周围野草茂密，蛐蛐在身边叫的欢畅。阿蠡在拼命摇晃她："醒醒，快醒醒！"

看清阿蠡的一瞬，她如见亲人般猛地抱住他胳膊，哭得惊天动地：

"啊……阿蠡叔叔…………你快告诉我爹娘在哪儿……我要去找他们啊……爹

娘啊……阿蠡叔叔啊……”

阿蠡粗大的手掌捂住她鲜嫩的嘴，声如闷雷：“不许哭！别暴露身份！”

“不！”褒姒含糊不清地哭诉，情绪失控得像一个在父母面前撒娇撒泼的小孩，双脚乱踢乱蹬，拼命撕拽他手，又推又打：“我不怕，带我离开这儿，快带我离开这儿！爹娘啊……”

阿蠡见她的悲情控制不住，面带恐惧四下望望，伸手死死捂住她嘴，瞪着她低吼：“你不能走！你必须留下来完成瓦解褒府的任务！你这个阶段什么都没做好！再不执行命令，我就杀了你爹娘！”

如同无助的小孩发现她抓住的不是慈爱的爹娘而是索命的恶狼，褒姒猛地丢开阿蠡，停止了哭闹，进入木偶般的呆滞状态，眼神凄凉、绝望。她掰开阿蠡捂嘴的手，声音嘶哑，不住地说：

“争取做少奶奶……可人家不要我……人家不要我……不要我……”

阿蠡半弯着腰逼视她，面带狞笑：

“曾让你下药杀死杨子叶褒洪德，可你下不了手。现在你看到了吧？他们是如何待你的？那个褒洪德，他其实根本不爱你……”

“啊——”褒姒尖嚎一声抱住头，“我不听我不听我不听！”

“不许哭！”阿蠡动作粗暴地掰开她双手，扳住她双肩猛摇，凶神恶煞般瞪着她，面色狰狞：“你必须听！你没有选择！”

她被他逼近的狰狞吓住，瞪着眼睛张着嘴，说不出话，只听他道：

“你想报仇吗？”

她眼中泪光荡了一下，呆呆地如经过千年的挣扎、煎熬，终流着泪，凝重点头：“想。”听风在耳边唱着挽歌，头顶的阳光变得异常刺目，不堪承受。

阿蠡拿出个褐色陶瓷长颈小瓶，瓶上带着红布塞子，递到她手里，压低声音道：“这是一瓶无色无味的蚀骨销魂粉，你只需把药粉洒在褒晌的衣服上，七日后，他便会毒发身亡。没有人知道是你干的。”

阿蠡说完，风一般消失无踪。

褒姒拿着褐色陶瓷长颈小瓶反复看着，先是流泪，又接连发出几声惨笑。

她站起来，擦了泪，将药瓶揣在怀中，看看四周的绿树青草被红色的喜服衬得极不协调。

她要脱去喜服，将它一缕缕撕成碎片，可脱到一半时发现内里只有一件红肚兜。她慢慢穿上它，刚刚走出林子，就见路过的丫鬟仆童向她投来怪异鄙视和嘲讽的目光，不由目光凄凉，将裙子一点点地攥紧。

第三十四章　姐妹猜忌各为己　褒姒怀怨欲复仇

一

褒姒心如锥刺，目不斜视地往前走，敏感而易伤的心，包裹在故作的一抹冰冷笑容里。

云儿从翠竹夹道的小径斜刺里跳了出来，呼叫："姐姐，姐姐！"飞奔着上前搀住褒姒，神情急切："到处找不到姐姐，吓死我了！姐姐，你要想得开啊！"

褒姒嘴唇抖索，冷笑着甩开她，裙裾拖地，沿着平整甬道走得像一阵风。

云儿气喘吁吁地追在她后面，一直回到制衣坊。

褒姒进门就脱了大红喜服，换上橘黄绫上襦和绣着芍药的白缎裙子，取了头上凤冠放在几上，也不顾发髻凌乱，抱着大红喜服默默流会儿泪，拿着铜剪，一剪剪铰碎了，擦去泪水，来到缝娘房里，神色平静，笑对正在忙碌的裁缝："褒帅此次征讨淮夷功在社稷，必要去京述职。天儿一日日冷了，我要为他做件夹衣预防路途风寒。你必须连夜赶工。"

云儿惊讶得瞪大眼睛："姐姐，你……"

三十多岁的缝娘，眼里的不屑变成同情，放下铜剪，探摸褒姒头：

"孩子，你……脑子没出问题吧？"

褒姒浅浅一笑，看看窗外将要正南的太阳："我毕竟在紫云堂伺候侯爷夫人那么多年，视同亲人。你只管做好衣服，我这两天来拿，工钱不少你分文。"

"姑娘别客气，你这性子真是难得的好。"裁缝目光温暖。

云儿拉住褒姒手，目流艳羡："姐姐，云儿佩服你！"

这日早饭已毕，崇敬神灵的褒晌和夫人在宗庙焚香拜祭，请求祖先保佑面圣顺利。拜毕，褒晌拉着夫人手出来，站在明灿阳光下，凝重叮嘱夫人：

"我得进京面圣，家里一切全凭夫人打理。却不知为何，心里总有些烦乱。"

杨子叶在门楣旁正正裙摆，笑道："候爷此番进京定是加官进爵受赏，你和燕侯共同参奏权奸，拨乱正反，应当奏效。候爷为人过于方正，行事未免过于呆板，甚至迂腐。我虽然从不支持你进谏，但这次不反对你。此次进京，一定要仔细权衡着。”

褒晌摇头，眼神郁郁似有化解不开的心事，怅然叹息：

“君心难测，伴君如伴虎。参奏权奸，一不小心就是灭顶之灾。丞相姬淑岱党羽遍布朝野，他可以翻云覆雨一手遮天。朝中重臣勾心斗角，相互倾轧，不断内耗，多少精力都用于见招拆招上，痛心！”

杨子叶扭头凝视褒晌，见灼灼阳光映亮他的印堂：“那个经常围着大王转的虢石父，他没有姬淑岱那么多野心，应该好处些。两害相权取其轻，不如老爷向他靠拢靠拢，总会好些。”

褒晌额头青筋鼓起：“虢石父这个奸小，他一意谄媚、迎合大王，虽是朝中的姬宫湦党，但他好不到哪里去！要在大王面前独大，要压倒群臣独霸朝纲，他诡计多端，常常瞬息万变。而大王又多疑、猜忌，担心朝臣功高震主。这些内耗有时比外患更厉害！我褒晌一身正气，两袖清风，决不与此奸小为伍！”

夫妇们下了台阶绕过壁廊，顺着青石板甬道往紫云堂走，褒宝等几个丫鬟小厮在后面跟着。所过处阳光静好花开盎然，下人们无不屈身行礼。

夫妻们并肩走过宽阔的广场，见精雕细琢的白石一直铺陈开来，夹道每隔一段距离就砌着青石，清肃、端雅。广场尽头，一座座辉煌屋宇矗立在氤氲弥漫的烟霞里，中间交错着一道道朱红墙垣，及雪白的大理石雕栏、雕刻着莲纹的丹墀。

杨子叶掀开拂面绿柳绕过朱红墙壁，咬咬嘴唇道：

“候爷这次立了大功，受人嫉妒是免不了的。但只要小心应对，一切自会无恙。候爷要早去早回，免得妾身挂念。德儿这个不省事的，唉！”

二

褒晌双臂背后，仰头，望着高大屋宇沐浴在万缕霞光里：

“前几日闹成那样，褒姒那丫头太过憋屈！你应该让人去安抚安抚才是。”

杨子叶看着路旁青竹起伏垂柳袅娜生姿，心思婉转：

“昨晚你和燕侯在书房谈天论地之时，我已派人去了。”

褒晌沉凝点头：“噢。”说着话走着路不觉路远。夫妻们刚刚回到紫云堂正厅，见燕侯夫妇进来急忙起身让座，杨子叶命褒宝上了龙井。屋内光线明朗，风越窗穿过十分凉爽。

四人围着圆几坐，杨子青抿了一口茶，看着杨子叶笑容莫测：

“打扰了你儿子纳妾，你不会移恨于虹儿吧？”

杨子叶面色波澜不兴：“我恨不恨虹儿，以后虹儿自然会告诉你。”

杨子青仰头一笑，细长眉挑起一抹讥讽：“那当然好！德儿说过不纳妾，以后你也不要再怂恿他。但凡贤良婆婆，都不会挑唆儿子虐待儿媳，都盼着儿子媳妇和睦。这么大岁数的人了，你总不会不懂这个吧？”

杨子叶见她语语如刀，直刺心脏。她面色一寒正要反唇相讥，却见褒姒端着一红木填漆方盘进来，里面放着件深紫色织葛麻袍，跪地道：

“给大人夫人们请安。”

杨子青面色立寒，正要跳起来发飙，被坐在身旁的燕侯止住，只听杨子叶道：

“褒姒，起来说话。”

褒姒跪了那么一会儿，低着头，眼睫毛纷乱地眨了又眨，失神、慌乱、挣扎已毕，道着谢起身，将盘子放于一旁，把紫袍拿了又放，放了又拿，手上汗津津的，彷徨难定。

杨子青跳起来，指着她斥骂：“贱人，有屁快放！畏畏缩缩所为何因？”

褒姒不由打了个寒颤，暗中将牙一咬，脊背僵直，拿着深紫色缎袍，递于杨子叶：“夫人，这是我新做的衣服，秋来可御风寒……”

杨子叶目光暗转，神思纷乱：这丫头一腔痴情系着德儿……却是不妥！她忙用眼色打住褒姒话头，接过衣服，抖开，做欣赏状，又对褒姒微微一笑：

“丫头，这是你给侯爷做的衣服？真好。天气冷了，我正琢磨这事呢，你真是个有心人。”

褒姒看到杨子青刀子般的目光直插自己胸口，暗自冷笑，不动声色道：

“夫人，我伺候您和侯爷那么多年，理应孝敬。”

“褒姒，难为你这么体贴，孝顺。”杨子叶故作姿态地拿起衣服要给褒晌穿，却被杨子青猛地夺了过去。

杨子青对着燕侯笑得真切：“这衣服做工和面料都挺好的嘛，侯爷你穿上试试。”转面窗口西风：“若是合适，你就把咱姐夫的这件衣服穿回去。眼看着西风一日日大了，路上也好御寒。”

杨子青强行让燕侯试穿新衣，一边暗骂：骚狐狸，你想用这衣服勾引我女婿，杨子叶还替你遮拦，你们想的美！老娘我拆穿你的诡计！还要告诉我女儿，时时提防着你个贱货！

褒姒见燕侯阴差阳错地穿上了衣服，僵立在原地，双腿在裙子下剧烈地颤动，暗思已成无法挽回之局，冷汗淋淋湿了内衣。却见杨子青围着燕侯打转，前看后看左看右看，又帮他系了袋子，拍手笑道：

“候爷穿上真是好看呢！今儿回去就穿这个……”

杨子叶示意褒姒出去，急忙打断妹妹：“今儿妹夫要和你姐夫一同进京面圣。”

杨子青眼珠一转，弯腰抱腹，做痛楚状：“候爷，我肚子好痛，想必是犯了陈病，你得赶快陪我回燕国看看那个胡郎中啊，啊呀……”她长呼短叫地喊痛，面容扭曲，把病态搞得惟妙惟肖：“我说的是城南门那个郎中，我的病就他能治，别人都不行。哎呀，痛死我了……”

褒侯燕侯急忙站起来，动容道：“这便如何是好？”

杨子叶断然道：“你们二人进京面圣，我这就安排人，去给妹妹找这褒国最好的郎中。”

杨子青做出痛不可当的样子，哭着倒卧在地，对弯腰搀她的燕侯使眼色：

“不行啊，候爷，你一定要带我回燕国看病。你要是进京，我不幸病死了，咱虹儿会记恨你一辈子的啊。”

三

杨子叶弯腰拉她，言语干脆：“子青，你不要动辄死啊活啊的！他们进京事急，这牵涉到整个大周王朝的安危，牵涉到我们两家的生死存亡。姐姐这就派人去请郎中为你看病……”

杨子青连声哭喊不行，一定要回燕国看病。杨子叶一定要她留下来，不能影响褒侯燕侯进京。杨子青若非装病一定会为姐姐的对立而一蹦三丈高，此时只有做出痛苦状匍匐在燕侯脚下，拉住燕侯手哭，意志坚如磐石：

“候爷，快带我回燕国看病啊！她杨子叶巴不得我死了，好让她儿子纳妾，好把咱虹儿当乞丐拿捏！我一定要回燕国看病，否则就要死在这里了……”

杨子青长一声短一声，哭叫不休。

燕侯满脸宠溺地抱扶起妻子，黢黑的皮肤和深刻的眼尾纹衬得妻子花软玉娇。他看着妻子满目痛楚，叹息着替她擦泪，细声安慰：“子青子青，你忍忍，咱们这就回燕国啊！”

杨子青扑在燕侯怀里，避开人眼处，嘴角流出诡秘笑容。

早有他们来时的马车在门口候着，杨子青被燕侯扶上马车，只听身形伟岸的车夫喊了一声“驾”，她看着褒侯夫妇渐远的容颜笑着捶打燕侯：

“我又战胜杨子叶一回了——”

燕侯满面愠怒甩开她，看着马车驶入官道，两旁的绿树向后倒退，板着脸道：

“我就知道你在和你姐弯弯绕！去镐京面圣之事何等重要？却被你搅黄了。子青，你都多大岁数了？得收敛收敛了！”

杨子青坐直身子，手指头捣着燕侯鼻子，瞪着眼奚落：“收敛你个头啊！我还不是为你好？此次褒眴面圣祸福难料！你还跟他去参的什么奏啊？我二十多岁嫁你时你已经是个三十多岁的半老头，难不成我刚过四十就要守寡啊？”

燕侯因容貌和年龄差异一贯惧内、从内，此时，黢黑的老脸因恐慌益发丑陋，瞪着眼睛问道：“子青何出此言？”

杨子青眉梢挑成洋洋自得的弧度：“我是谁啊？我是绝顶聪明料事如神的杨子青！丞相姬淑岱权倾朝野，影响力根深蒂固。他把褒眴作为眼中钉，因为你与褒眴连襟，已遭了鱼池之殃，好则那场火灾我们损失的都是身外之物，是你为官这些年的九牛一毛。我整天说该捞就捞，不捞白不捞，你听我的没错吧？”忽话锋一转：“姬淑岱那是老虎屁股摸不得！他褒眴要参奏，那是吃错药！难不成你还真想让姬淑岱把你看成褒眴同党，把你当钉子一起拨了？”

燕侯粗眉拧成疙瘩，嘴角耷拉着：“褒眴若是遭难，咱虹儿……”

杨子青伶俐打断他：“镐京你不是有内线吗？咱们密切打探朝廷动向，褒家若是遭殃，咱们赶快救出咱女儿女婿，到时看她杨子叶还怎么拽！咱们让洪德招赘燕侯府，这样咱们就又有女儿又有儿子。洪德这个小黄脸还不错的，将来你给他谋个好前程……”

褒眴轻车简从进京，在群臣堆里俯伏金阶，见文武高擎牙笏，山呼称臣，随班拜贺。

姬宫湦高坐在龙椅上，刚劲突出的下巴上修饰着浓密的络腮胡子，有棱有角的脸，一双威严、沉着的鹰眼，闪射着睥睨众生的霸气：

“诸位爱卿，抗震抗洪救灾之事，各地情况如何？”

丞相姬淑岱目闪幽光，丰神俊容，挺拔如劲松，面色却有些阴沉，出班奏道：

“启禀大王，微臣所辖三川、三关、九原、山南山北一带，皆取得显赫成绩。臣先命各地州府开仓放粮，还卖了一些家当充作赈灾款。对灾民极贫者赈米，次贫者赈钱，急病者赈药，丧者吊慰安葬，孤寡老人和孤儿安置赡养等……”

姬宫湦亮闪闪的鹰眼里闪过一道强烈的光芒，兴奋和狐疑交织：

“王叔做得甚好！”

太史[①]虢石父出班道：“臣启奏大王，臣所辖山东山西山阳山阴等地，百姓也已安居乐业。臣赈灾赈粮时计口为率，因各户人口不一，以户为率难以公平。不仅按户赈灾，且六十以上者人均加绫一匹，妇人生产者加粟一石，极贫极病者加铜贝五十，家有伤残者免役免租，灾情重者另外从优赈济……”

注释：

① 太史：记事写史的官员。

第三十五章　褒晌忠谏猝获罪　杨氏闻讯魂魄飞

一

太保尹球等几位官员也一一奏禀。

姬宫湦面色和悦，连连点头："诸位爱卿，可否另有本奏？"

褒晌这才正正头冠，拍拍袖子，出班，清朗的面色一望浩然：

"微臣褒晌，平定淮夷归来，有本启奏。"

姬宫湦此前已多次听姬淑岱、虢石父参奏，说褒晌在淮夷贻误战机、坑害将士；违背军法，乱行赏罚；克扣军备，中饱私囊。他目光低转，脸色由暗转明：

"褒爱卿，你且奏来。"

褒晌正了正帅冠道："臣此番征讨淮夷历时数月，经历大小战役无数，直捣淮夷首府银月城，瓦解了蚩氏家族根深蒂固的政权统治，少量淮夷残余逃往岭表。现我部驻扎银月城，请大王遣兵调将加固边防，以达一劳永逸之功效。"

姬宫湦霍然而起，笑声朗朗："褒爱卿，干得好啊！"昂首大殿，声若洪钟："褒爱卿平蕃有功，孤王擢升你为太师，平时镇守褒国，可随时入朝参议政事，另赏赐黄金一千两。"

一下子就位列三公①之首，褒晌面色平静地叩头谢恩，心花灼灼开放：太师、太傅、太保并称三公，位极人臣。如此一来，更便于剪除权奸，以正纲纪！姬宫湦如此擢升我，是否早已洞察时事，有意让我来抗衡以姬淑岱为首的恶势力？

褒晌顿时深觉责任重大，双肩沉重，怀揣昨夜赶写的竹简奏折，思索着最好的呈献时机。

姬宫湦看看各怀心事暗自思忖的众臣，对虢石父笑道：

"虢太史，选美一事，可有进展？"

虢石父灰白的脸上溢开笑容，白多黑少的眼微微眯着："启禀大王，恰逢天灾人祸，上下忙于救灾，选美稍有延缓，眼下正在锣紧鼓密地进行，各地很快就将选拔的佳丽送进京来。"

褒晌耸眉，神色端肃言语短促："三川皆震，洪水为患，此等天灾乃上天对我大周王朝的惩诫。大王应遵循天道轮回，选拔正直而有才能的人来矫正国家失误，以求上天赐福于江山社稷。万恶淫为首，在此多灾多难之时，大王千万不可选美！”

姬宫湦笑容收尽面色微寒，眼睛盯着褒晌琢磨了半天。

司寇[2]伯阳父两道白眉，一双炯目，苍声奏道：“为大王选美之事，微臣昨晚占了一卦，不易进行。又夜观天象，见紫微星[3]附近有火星、铃星[4]飘移。凡此种种，皆不宜选美！”

姬宫湦指着伯阳父，轻蔑笑道：

“伯阳父，你说早就占出七杀星[5]暗淡，说是褒侯淮夷有难、大周有难。如今如何？孤王不信你，你对文王的先天演卦研究不精，一派胡言！”

司寇伯阳父跪地，双肩微抖：“七杀星暗淡乃是大将有难，但后来七杀星附近又出现了破军星[6]，故生转机。”

姬宫湦只是冷笑。虢石父出班，一笑就一条眉高一条眉低：

“大王乃万金之躯，日理万机。后宫乃大王休养之地，不可令其华阁虚设锦帷空待。大王龙体康健乃天下百姓之福泽，选美乃当务之急！”

姬宫湦脸上寒气散去，捋着胡须，微微点头：“虢太史甚识大体。”

褒晌闻言，不觉厉声：“人君修德勤政，则万民悦服，四海景从，邦乃其昌，永保天命。昔日夏桀失政，淫荒酒色，遂自取灭亡。今大王不取法祖宗，而效彼夏王，此乃取败之道也！况人君爱色，必颠覆社稷；卿大夫爱色，必绝灭宗庙；士庶人爱色，必戕贼其身。君为臣之标率，君不向道，臣下将化之，而朋比作奸，天下事尚忍言哉！臣恐周家百余年基业，必紊乱自大王矣！”

姬宫湦只觉一股怒气起自丹田，在胸臆间狼奔豕突，站起来，怒指褒晌，厉声斥道：“褒晌，你居功自傲，亵词谤讪，藐视君主！来人，将他推出午门，立即斩首！”

司徒郑伯友大惊失色，跪地凑道：

“褒晌乃一带名将，帅才钦服天下，忤旨本该问罪；但若因此治罪功臣，天下人会道陛下阻塞言路，有毁清誉。”

二

姬宫湦紫色脸膛，粗眉大眼颇嫌粗狂。他不理郑伯友，猛地别过头去。

一群忠义之臣跪地齐呼：“司徒大人所言甚是，请饶恕褒帅！”

姬宫湦面上阴霾稍散，微微耸眉：“孤王就依众卿所奏，赦免褒晌，但他不得久羁朝歌，速回褒国！”

“臣，遵旨！臣还有奏折。”褒晌举起竹简，声音和目光一般苍凉。

姬宫涅竖眉瞪目，厌烦地摆手：“褒晌，你妄言论政，自以为是，孤王很忙，没时间看你奏折！”

褒晌悲愤萦怀，低头一拜，转身，脊背挺直，脚步蹬蹬蹬直下金殿去了，望见大殿前的玉阶在阳光里无限延伸，如同天梯。

一直不语的姬淑岱目光一如既往地幽深：“臣启我王，您须速派人马驻守银月城，将褒晌的部属换掉，否则后果不堪设想！”

姬宫涅在金碧辉煌的大殿上一抖，目光发直：“王叔何出此言？”

丞相姬淑岱凝着眉毛，面色端肃：“褒晌有通敌叛国之嫌。”

一句话如烈火飞石激射，震得众臣发抖。姬宫涅猛地站起来，瞳孔扩大：

“王叔此话怎讲？”

姬淑岱眼睛眯了眯，朗声奏道：“据臣所知，褒晌儿子褒洪德，曾送淮夷太子蚩磊八万军粮。”

姬宫涅瞪起眼睛，眸光如鹰犀利：“竟有此事？”啪地一拍御案：“若查证属实，我一定将他褒家诛灭九族，将褒晌父子五马分尸！”

姬淑岱复奏：“大周江山不易，臣身为王族，夙夜忧叹朝事，不敢有稍许懈怠。关于八万军粮之事，臣有人证物证。”

姬宫涅有些震慑，急忙敛住心神：“快带人证物证上来。”

姬淑岱走出殿门，对一个神形彪悍、鼻梁上有颗瘊子的护卫耳语。那护卫乃投靠数月的马三，闻言匆匆去了，一双眼滴溜溜转动着几分流气和邪气。

姬宫涅闷闷不乐地如坐针毡，直到姬淑岱手里拿着麻袋，带着一个绳捆索绑的人进来。

姬淑岱指着那人，满面肃穆声若洪钟：“对大王如实招来，饶你不死！”

那人战兢兢跪在地上，一说话露出淮夷口音：“我乃银月城人氏，蚩磊太子的属下，我曾跟着太子，在虢家村西边的大树林旁，接了褒晌儿子褒洪德八万军粮。”

姬宫涅目光莫测地看着姬淑岱将麻袋递给寺人[7]，王寺人呈上。

麻袋上印着大红的褒字，姬宫涅手里拿着麻袋不语，神情像一只等待猎物的狮子。

虢石父察言观色，趁机奏道：“大王，依我看褒晌反意昭然，各路诸侯均积极参与抗震救灾，唯他褒家没有。”

姬宫涅更是吃惊，唇边的两道细纹明显：“噢，太史之言可有凭证？”

虢石父永远都在笑着："微臣掌管历法，起草文书，朝中大事都有详尽记载。"他慢条斯理地说着，成竹在胸地拿出虎皮文书，低着头，并拢腿，双手捧给姬宫湦。

姬宫湦看毕暴怒，眼睛瞪得溜圆，脸色变青，扬手一拍御案："召回褒晌！"

崇政大殿庄严沉寂，殿顶夜明珠照着红色蟠龙柱上的金龙，如同腾飞。

褒晌被金甲武士押着上来，面容沧桑、悲郁，目中蕴着复杂情绪，噗通跪拜在地。

姬宫湦思量已定，指着他道："褒晌，你阴谋通敌叛国，罪在不赦！你还有何话说？"

褒晌看看笑眯眯的虢石父，又看看满脸阴冷眉毛高挑的姬淑岱，心已了然，苍凉一笑："褒晌自入仕以来身经百战，一心拥戴大王，为大周百姓谋福祉，肝脑涂地在所不惜。通敌叛国之罪，因何而来？"

姬宫湦冷笑着离位，将印有褒府字样的麻袋扔到他面前，脸色像暴风雨前的天空："褒晌，你可识得此物？休想抵赖！"

三

褒晌拿起麻袋，眉头一皱："此乃我府粮袋。"

姬宫湦看着那淮夷人，指着褒晌道："你可识得此人？"

那人凝目褒晌片刻，低头，目光游离："小人看他眼熟，和褒府二公子褒洪德眉目有些相似，身量也不差多少。"接着说道："今年春季我随蚩磊太子在虢家村附近埋伏，说是要接取八万军粮。我们等了一夜，第二天早晨看到村外褒府旗帜飘扬。褒洪德押解军粮到此，突然不见踪影。蚩磊太子杀死褒府押粮小卒，带着军粮扬长而去。小人不敢有半句隐瞒，虢家村人人知晓此事。"

姬宫湦如同置身冰天雪地的冷寒，命人将那淮夷人押下去，怒视褒晌，目中凶光暴涨："人证物证俱在，罪臣褒晌，你褒家赠送淮夷人军粮，罪同谋逆，孤王岂容你抵赖！"

褒晌微窥朝堂，见有人惊讶有人窃喜有人冷漠有人叹息，知是受了恶人诬陷。沉冤难雪的悲怨使他额头青筋暴起，语声慷慨、激愤：

"微臣征讨淮夷之时，我夫人命我儿洪德以八万军粮来京听旨抗震救灾。不料途中军粮被劫，护卫被杀，实属我儿失职失责！但念他年幼无知，应当宽恕，怎能说他通敌叛国？大王不怕天灾无视人祸，沉于声色犬马，又亲小人、远良臣，轻信谗言，责罚忠良，如此下去，这大周社稷岂能得安？大王乃自毁长城也！"

姬宫湦又羞又怒，下巴颤了几颤，胸中冷痛，指着褒晌道：

“褒晌，你不仅通敌叛国，而且谤讪君王，罪加一等！”

褒晌难掩情绪激烈，头在地上砰砰磕响，血从额头流到脸上，混着泪水成了数道血痕，惊悚人心：

“臣幼承廷训，勤于习武衍文，以舍身报国为己任；二十岁至今驰骋疆场，经历战役无数，每每九死一生，磨破多少铵蹬？多少战袍被血染红？不料如今世事晦暗，乾坤颠倒！君叫臣死，臣不得不死。臣忠言逆耳，不敢谤讪君王，希望大王悔悟，造福社稷！”

姬宫湦指着褒晌的手在发抖：“褒晌，你罪不可赦！孤王念你平蕃有功，先不杀你全家！”对着殿外怒吼：“来人，将罪臣褒晌羁押天牢！”

带刀侍卫应声而进，押着褒晌就往外走。

褒晌被架出去，脚步凌乱地往外走了几步，回头哭喊：

“大王，我是冤枉的，我是冤枉的啊——”

姬宫湦余怒未消，狠狠捶着御案。

虢石父笑容敛去，暗自庆幸自己当初在虢家村的精细布局。

姬淑岱眼睛微微眯着，露出危险气息，和不易觉察的得意之色。

杨子叶侧身躺在美人榻上，褒宝拿着纯银打造的精致锉刀，正在给她修指甲。锉刀柄上镂空的繁复纹饰，恰似含苞待放的花蕾。杨子叶刚刚修剪没几天的指甲，长出一些并不锋利。她下意识地并拢手指，见指甲亮如珍珠片子，在迷离霞影里发出柔和的光。被银色锉刀磨蹭着指甲边缘，她仔细看着褒宝手法娴熟地将指甲磨得圆润晶莹，另一只刚修过的手拿起几上茶杯喝了一口，杯沿倾斜处溅出些茶水，在绛红十锦绣裙摆上洇处一片黑红色。

一个风尘仆仆的护卫匆匆进来，跪地哭道：“夫人，老爷被姬宫湦关押大牢了！”

杨子叶昨夜已梦到被关押大牢、浑身是血的褒晌，此时推开褒宝，忽地坐起来，看到此人正是随褒晌进京的护卫，她困兽般的一声喘息在嗓子里响着，两眼发直倒了下去。

“夫人！快来人啊，夫人晕倒了——”褒宝哭喊着，和跑进来的几个丫鬟又掐人中又握手腕又揉胸口。杨子叶幽幽醒来，哇地吐出一口鲜血，哭道：

“老爷，老爷——”

褒宝边扶着她坐稳边流着泪道：“想是那姬淑岱怕老爷参奏，揭穿其卑劣行径，就恶人先告状……”

“不许再说此话！”杨子叶怒斥褒宝。消息传出，合府上下乱了手脚，丫鬟仆人们都吓得起了一阵纷扰。褒洪道、褒洪德、林娴、燕虹等各带随从，将紫云堂挤得水泄不透。

褒洪道搀着身子瘫软的母亲，瞪着眼斥骂："姬宫涅这个无道昏君！我和父帅带兵出征，多少次浴血奋战。没有死在敌人手上，父帅却要被他害死！依我看不如咱们反了，我带兵杀上京去，杀了昏君，扶起父帅登基！"

燕虹也跃跃欲试：

"不如我让父亲发来精兵，还有长漠十八鹰，一举灭了昏君……"

杨子叶哭着挥手阻止："道儿，虹儿，你们快别胡说了，会引来灭门之罪的……"

注释：

① 三公：太师、太傅、太保并称三公，为大周最高职位的朝臣，君王缺位时刻代行王权。

② 司寇：掌管律法的官员，即后来的刑部尚书。

③ 紫微星：帝王星。

④ 火星、铃星：灾星。

⑤ 七杀星：将星。

⑥ 破军星：将星。

⑦ 寺人：西周时称太监为寺人，泛指像寺庙里的和尚一般孤苦、清心寡欲的人。

第三十六章　杨氏情急忙通融　洪道去京遭不测

一

窗外星星灯火，室内人声杳杳，诉不尽乱世烽火。

林娴用指头捣着褒洪道，目流轻蔑："你除了练武，你就是块木头！也不想想，镐京拥有大周的精锐部队，那些大内虎贲军①，各个都是一等一的高手。想杀了昏王，就凭你？想给咱褒家带来诛灭九族之罪啊？"

褒洪德面色凝重如颓园苍苔："大嫂所言甚是，硬拼救不了父帅，只能害了我们全家。要想救出父亲必得计出万全。"

杨子叶挣扎、痛楚，挥手招呼林娴，殷切目光凝着大儿子：

"道儿，丞相姬淑岱权柄极盛，又是娴儿的姨父。是亲三分顾，你多带金帛拜见他，从他那儿打通关节。或可救你父亲出狱。此事十万火急，长则生变。"

褒洪道面色犹豫，忐忑道："姬淑岱觊觎王位，我父帅忠于姬宫湦，一直与姬淑岱不合……"

"德儿，不许听信闲言碎语！"杨子叶急忙打断儿子，微窥林娴，言不由衷道："丞相德高望重，毕竟咱是亲戚，他会看在娴儿的面子上，帮衬一下，咱全家永远感恩戴德。"

林娴拧了褒洪道一下："你这个猪脑，若借此机会和我姨父走近，冰释前嫌，岂不甚好？"

杨子叶点头赞道："还是娴儿聪明，道儿，你速忙打点银两，前往京城。"命众人退下，只对两个儿子道："刚才说话多有不便。你们听好了，给姬淑岱低头只为麻痹他，怕他再生奸计加害。道儿，有些话不必让娴儿知道。你一定要去求见司徒郑伯友，他为人正义，是个大忠臣，与你父亲交好，定然不会袖手旁观……"如今这般交代一番。

第二天晨曦初透时，杨子叶、褒洪德、林娴、褒宝等在门前挥泪，看着褒洪道和两个随从上马，三个人的影子很快在阳光下消失。

林珠在后花园的树林外望风，林娴站在一棵碗口粗的古松下撮唇，随着一声响亮的口哨，一只信鸽落在肩头。她掏出一布条绑在信鸽腿上，仰头看鸽子飞向白云漠漠处，脸上渐露几分笑容几分阴狠，表情复杂。

林珠看到林娴走出树林，急忙迎上来：

“小姐，你为什么支持姑爷去镐京啊？明知……”

林娴的面色在阳光下流淌着媚人的嫣红，挥手打断她：“我姨父是谁？不达目的不罢休！他们褒家要去送钱就让他送呗，要不就白白便宜了旁人。”

林珠扭头，目光映着霞光闪闪发亮：“小姐，你和表少爷的事……”

林娴脸上嫣红更浓，看看四周无人，盈泪欲滴，记忆之墙轰然坍塌，往事纷至沓来：

“表兄那时对我特别好，你侬我侬，订了白首之盟。这都是命啊，偏偏让我们分开……”面色悲戚：“可我林娴偏不认命！我要抗争，不要和那块木头在一起。”

林珠朝她眨动眼睛：“小姐，你在为上位抗争吧？在一般人看来，做个褒侯夫人已经不错了。可小姐你呢，偏要……”

林娴神情黯然：“你表少爷姬宇阳娶了姬宫婉公主的女儿邢倩倩，虽然如今已生了小郡主，可他们一直感情不好……”

林珠环视左右，压低声音笑道：“如今褒府这样，小姐总算快熬到头了。想不到，老天这么快就开眼了！”

林娴挑着眉，俏丽的容颜覆满阴霾：“什么老天开眼？是虢石父这个老狐狸早在盯着褒府，派人在褒洪德的必经之路虢家村引开他。协助淮夷人夺走军粮，将人证物证提供给丞相府。主子不在，护卫们意志薄弱，淮夷人很容易就得手了。即使不丢军粮，褒晌也没有好下场！”

林珠不由惊讶，直眉瞪眼看着林珠：“小姐如何知道这些的？”

林娴手扶身边桑树，悠远的目光里映出马三那张脸，若有所思：

“这个，你不必知道！”

林娴主仆走远，褒毓从大树后转出，繁杂心思倾泻于面前光影里：原以为林娴所作一切只为排挤洪德，让褒洪道继承帅位。如今看来，决非如此！林娴主仆到底意欲何为？为什么知道虢家村军粮被劫之事？难道她是姬淑岱放进褒府的棋子？

褒毓在灼烈的阳光里打着寒颤，褐瞳里漫起萧杀冬雾。

二

褒洪道和左右两个护卫打马走在官道上，马蹄扬起尘灰，马蹄铁映着阳光，反射出摄人心魂的冷寒。

三人撇下官道不走，抄近路走过一片金灿灿的高粱地，成熟的高粱穗子颗粒饱满，被一些鸟啄着，掉了许多子。

马匹和人头在高粱地里忽高忽低，马鬃被汗濡湿，一缕一缕并在一起。

褒洪道无心欣赏自然景观，奋力扬鞭，顺着高粱地里的小道向前直驰。

红高粱地里突然飞出几枚亮闪闪的暗器，直奔褒洪道面门。

“大少主小心！”两个护卫急忙挺马向前，分别将手中双刃施展，但听得无数当当响声，暗器纷纷飞舞、落地。

一身白衣头扎白巾的阿蠡从高粱丛里窜出，左手一柄青铜短柄宽背长刀。右手五星钢镖以不可想象的速度划出银白弧线，左手青铜长刀迅疾刺向三人马蹄。

三匹马负疼前蹄一软，发出几声凄厉长嘶，猛抖身子将主人摔了下去，噗通跪在地上，仰头流泪、嘶鸣。

两个护卫正要跳起，分别被阿蠡的暗器击中，仰面倒在高粱地里。

“犬戎奸细，休得逃走！”褒洪道弹跳而起，举戟便刺。

阿蠡举剑相迎，脚步微动处踩倒了一片高粱。

一场恶战进行了半个时辰，阿蠡装作败绩逃走，又突然回身，出其不意地甩出无数暗器，暗器夹着阳光、带着风声飞向褒洪道面门和胸口。

褒洪道见暗器纷纷而来，身子就地一转，长戟划出一圈银虹，顿见暗器在阳光里飞舞激撞。他这一个疾转看似灵敏实则消耗了真气，动作稍一迟缓，就见白狼的攻打更急更猛。

褒洪道只觉得剑气映着阳光刺目，迫得人喘不过气来。他胸口憋闷气喘吁吁，渐渐只有招架之功而无还手之力。他渐趋缭乱的视线里，看到一匹灰鬃马摇晃几下站了起来，打着响鼻朝高粱地深处逃窜。低头时，他看到前胸冒出来一截带血的刃尖，一股冰冷之气犀利逼心。

“哈哈哈哈……”阿蠡的身影随着一声长笑消失。

太阳依旧耀眼，随着一阵风过，高粱地里变得风声鹤唳。

太阳逐渐沉落，漫山遍野的红霞笼罩着倒地的年轻护卫，给他惨白的脸打上一层血色。他在鸟雀的叽喳声里悠悠醒来，拔去胸口一枚五星钢镖，盯着暗器看，面色变幻莫测一会儿，又捂着伤口艰难坐起，鲜血从指缝冒出，一滴滴淌在脚下的高粱穗上。

他长方脸大眼睛清秀慧黠，取出怀中金疮药，咬着牙涂到伤口上，痛得几乎昏厥，闭着眼双手按地，鼻尖额头冒出缕缕不绝的冷汗。

他慢慢站起来，在高粱穗间趔趄着，撞得高粱发出窸窸窣窣的响，看到褒洪道尸体时大哭起来："大少主，大少主啊——"

那匹负伤的灰鬃马颠着一条腿走来，低头用鬃毛蹭蹭他的右肩。

他目光忧伤、绝望，向马伸手。那马竟然抬起左蹄，与手相接。那护卫颤着手流泪："马兄，马兄，咱们回去好吗？"

那马点点头，发出一声悲嘶。

三

长方脸大眼睛护卫在褒府大门口的石狮子旁下马，正碰上燕侯夫人杨子青的车辇。

杨子青下了车辇，气势汹汹往里走，眼睛红肿，怒发冲冠，看样子像一头发怒的母狮。

那护卫的伤口已经化脓，每一动就痛彻肺腑。他的隐忍到了极限，一瘸一拐地跟在燕侯夫人后面走。

秋风从树梢乍起，白石甬道上落叶满地，桂花已经不见踪影，茉莉花飘落，舞满天际。几个迎面而过的丫鬟仆童看到长方脸护卫无不满面惊骇，逃一般远去。

那护卫随着燕侯夫人一直来到紫云堂正厅外，听到她爆发一声震慑人心的怒叱："杨子叶你快出来！我家老爷穿了你家贱婢做的衣服，就无端病逝，我要那褒姒贱婢偿命！"

长方脸护卫也顾不得许多了，抢在杨子青前面进门，满腹悲情磕头在地，嘶声哭道："夫人，我家大少主他……他……"

杨子叶眸光骤然紧缩，指着他道："道儿他怎么了？快说！"

"我家大少主他……被犬戎奸细杀死了……"

杨子叶看着瑟瑟发抖的护卫，看到他伤口的血洇红外衣，不觉浑身一抖，失手摔碎了茶钟，发出呓语般的疑问："道儿，他，这是真的吗？"

那护卫哭道："我们遇到白狼伏击……"从怀里取出五星钢镖："夫人，这是白狼的凶器。"

杨子叶拿住钢镖端详来去，见这钢镖和在紫云堂刺杀涉嫌和褒姒通奸那个汉子的钢镖相似。难道犬戎白狼早盯上褒府了？

杨子叶面色顿如白纸。

杨子青闻听对话呆了一瞬，接着大哭大骂："我家侯爷被你们害死了，一靠近你们褒府就倒霉！是褒府这群王八蛋害了我一家，害了我女儿啊……"

杨子青滔滔不绝的哭骂。

褒宝已请来了褒洪德夫妇。

杨子青拉住燕虹手嚎哭："虹儿，你父亲，你父亲……"

燕虹睁着惊恐的眼睛："我父亲，他真的死了？啊！"

"他……他穿了褒姒做的衣服，就莫名其妙地死了，是褒姒害了他……"自从燕侯莫名亡故，虽未查出缘由，杨子青悲痛、怨恨中尽想着移祸褒姒，为女儿扫清路障。她由于长途跋涉极其疲累，又兼悲愤攻心，一时晕厥过去。

褒洪德夫妇将她扶住，掐住人中喊醒过来，扶入座位，又去搀扶面色灰白摇摇欲堕的杨子叶："母亲，母亲你节哀啊！"

杨子叶拉着褒洪德手，悲声哭道："你父亲生死未卜，你兄长、姨夫倒先走了，祸不单行，到底为什么啊……"

林娴被一个丫头搀着进来，跪在杨子叶面前，扯住她手，长一声短三声地哭，夹着唏嘘、呻吟、抽噎、叹息，有悲天痛地感染鬼神之力。

杨子青突然站起来，掏出怀中匕首就往外走，尖声吼道：

"我要杀了贱婢褒姒，为我家老爷报仇！"

燕虹满腔仇恨，跳起来去追母亲。

褒洪德呆愣一瞬，一个弹跳追了出去。

褒洪德在大门前的青石甬道上拦住燕虹母女："姨妈、虹妹且慢。"

燕虹嘶声怒叱："我们要为我父亲报仇，你走开！"

褒洪德满脸惶急："虹儿，姨妈，这里面一定有什么误会！褒姒，我了解她，她不会害人的！"

燕虹瑟瑟发抖，声泪俱下："褒洪德，你还有没良心？要不是我父亲解淮夷之危，你全家都没命了。如今却恩将仇报，为一个丫头开脱？快让开！"

静水流深，沧笙踏歌。褒洪德满目纠结、伤痛、无奈：

"已经出太多人命，求求你们，请不要滥杀无辜！"

"敢替贱婢遮拦，我就杀了你们这对奸夫淫妇！"燕虹目射灼灼怒火，面色冷寒，朝着褒洪德便刺。

杨子青气咻咻地撒腿奔跑，像一头被夺了幼崽的母狼。

"虹妹妹，褒府已出这么多乱子，我们不能一错再错了！"褒洪德情急，欲一鼓作气击败燕虹追赶杨子青。

燕虹悲愤中拼命和褒洪德打斗，死不放行。褒洪德心系褒姒安危，不能专注，艰难攻守，被燕虹缠着，脱身不得。

杨子青飞奔着走上拱形白石桥，遇上一个丫头。那丫头看到她手中利刃已变了颜色，哆嗦着行礼："拜见燕候夫人。"

杨子青目光冰冷，沉声道："不用多礼，我且问你，制衣坊在哪里？"

那丫头神情惊恐，回头指了指：

"夫人沿着林边小道往前走，再向右一拐就到了。"

杨子青走下拱桥，沿着林边小道直往前奔，只走得汗水淋漓气喘吁吁。

注释：

① 虎贲军：西周时宫廷侍卫的别称。

第三十七章　子青寻仇遭暗杀　燕虹反目疑洪德

一

林珠和蒙面人在林中边跟着杨子青的影子走，一边分开面前遮挡视线的林叶。

蒙面人剑不离手，阴光灼灼的眼神是深藏不露者特有。

林珠在一棵苍劲古松后站住，将一把剑递给他："这把剑，仿着褒洪德的宝剑铸造。制造褒府混乱，机不可失，你快去！"

玄衣蒙面的李护卫，满含柔情目光在林珠脸上滞留一刻，跳出林子后看看四下无人，一剑朝杨子青后心戳去，拔剑，纵身跳进树林。

正在急走的杨子青被一股冷痛突袭，血溅了很高，染红了路旁野草、树叶。她回头欲看清偷袭者是谁，可眼神已经涣散，表达不出惊诧、痛楚、愤怒、屈辱等情绪，依着蒙面人回收的剑势，摇晃着仰倒在地。

褒洪德摆脱燕虹缠斗，汗水淋淋地奔过来，看到杨子青倒在血泊里大张着嘴，彻骨的惊恐使他懵懂、昏晕，一时间脑子嗡嗡作响，不辨东南西北。他的剑落叶一样飘进眼前血泊里，洇开的血慢慢弥漫剑锋。他俯身凝视她，一声惨叫起自腹底：

"姨妈！姨妈！你怎么了啊……"

在刚才的打斗中被褒洪德甩倒在地的燕虹磕在墙角，颤栗着哭了几声，忍着痛站起，从拱桥上追着褒洪德而来。

刺目的阳光，纷飞的落叶。燕虹看到母亲倒在满地的血红里，一双眼向上狠狠地吊起。燕虹突然就双腿一软，筋骨被抽般瘫倒在地，发出的一声哭叫似幼兽在怒吼：

"母亲……"

树林在旋转，坠叶在旋舞，鸟儿在鸣叫。燕虹的脑子好像被什么东西炸开，许多黑星在围着她，魔怪般起舞翩跹。

片刻，她勉力睁开眼，稳住神魂，匍匐着过来，伸出颤抖的手探母亲鼻息，趴在地上一阵绝命般的呜咽、抽搐，抹上母亲吊着的眼，缓缓站起来，惊惶、怨恨使她像一片掉进激流的叶，五官扭曲地指着她无措的丈夫：

"褒洪德，你为那个贱人杀了我母亲啊，你好残忍！你好凶狠！！"

褒洪德正在抱起姨妈，脑子顿时空白一瞬，慢慢丢开姨妈渐变僵硬的尸体，瞪大懵懂的眼睛，向空嘶吼：“我没有，我没有杀人——”

燕虹拔剑而起，指着褒洪德，泪水嗦嗦，声音暗哑：

“你没杀人，我母亲为何会这样？”

褒洪德仿佛被抽走了魂魄，一下子跪在地上，扬手向空：“我不知道，我真的不知道！姨妈，她刚才还好好的，为什么突然就这样了？！”

“哈哈哈哈……”燕虹流泪、惨笑，悲愤如火烧心：“你不知道，谁还知道？谁还知道……”

随着燕虹话声，阳光下多出一人，正是林珠，她对着杨子青尸体，瑟瑟发抖道：

“二少奶奶，奴婢刚才正在走路，听到姨奶奶一声尖叫，回头就看到二少主……”

“林珠……你竟敢诬陷我！难道不要命了？”褒洪德爆发一声怒吼。

林珠看到林娴走来，急忙向她身后躲，指着褒洪德：

“小姐救我！二少主要杀我……”

林娴附身对着杨子青尸体哭了几声，指着口瞪目呆的褒洪德：“二弟，你也太阴狠了吧？为了兵马大元帅之位，沿途拦截杀了你哥哥；又为了一个通奸的丫头，杀了咱姨妈，你的丈母娘……”

褒洪德疯狂般跳起来，悲怨、凄楚：

“你胡说，我没杀哥哥，更没杀姨妈！”

林娴斜睨着他，看着鲜血顺着他的剑锋滴落，目流惊恐，结结巴巴道：

“你哥哥去镐京就咱一家人知道，若非你觊觎爵位勾结外贼，你哥哥怎么会死？你刺杀姨妈的凶器在此，你就别抵赖了！”

二

阳光照亮喷薄而发的仇恨，褒洪德眼珠低转，心豁然明亮，瞪着林娴主仆，大吼：“原来你们就是窝藏在褒府的内鬼，我要杀了你们！”

褒洪德的剑锋映着阳光十分耀眼，鲜血沥沥下滴，林珠急忙拉着林娴往燕虹身后躲，拽住她衣服道：“二少奶奶救我……”

燕虹拔剑挡住褒洪德，哽咽、抽搐，青白的脸上挂满泪水：

“杀人偿命欠债还钱，褒洪德，我今天才认清你！想要杀人灭口，就先杀我吧！要不，我可要为我母亲报仇了！”发疯一般，挺剑便刺。

褒洪德强忍悲愤，边招架边喊：“虹妹妹，我们两家都事故连连，要查出真凶查出真相，我们就不能再打了！这样只会让亲者痛仇者快啊！”

燕虹边打边斥：“褒洪德，你一直都在欺骗我！而我被你的假仁假义蒙了眼，屡次相信你花言巧语，今天才看清你的真面目！我一定要杀了你，杀了褒姒那个贱人！为我父母报仇雪恨，也算是替天行道。”

悲愤生勇士，新仇旧恨集心头，燕虹招招凶猛，只欲夺命而后快。

怜悯困英雄，疑虑重重结胸臆，洪德处处承让，只欲招架不还手。

心有旁骛，褒洪德怎挡得住燕虹剑法神奇，十数招过后，便破绽百出，招架无力。燕虹杀得性起，一声冷笑，脚踏九宫，剑光一闪，直逼褒洪德咽喉。

杨子叶正在飞快地走下拱桥，走向林边，大惊失色地在远处喊道：

“虹儿，慢着！”和褒宝、常林等一干人惊慌失措地奔跑过来。

燕虹自进褒府受着杨子叶的万般呵护、宠爱，此时悲伤不已，弃剑，哭着扑过去：“婆母大人，我父母亲都死了，我要为他们报仇，让他们瞑目九泉啊……”

褒洪德匍匐着，跪到母亲面前，浑身颤抖，涕泪横流：

“母亲大人，我没有杀我姨妈，我一来就看到姨妈躺在这儿。”

杨子叶不顾小儿女的哭叫，扑在妹妹的尸体上痛哭，起伏的光影映出前尘往事：“子青，子青啊，你怎么就这样了啊。自小你处处要强，处处要和我比高低，姐姐稍比你强处，你就不依。你使小性子，耍小心眼，发小脾气，剪了姐姐的新衣，摔坏姐姐的钗环，姐姐都不怪你啊！姐姐知道咱们打断骨头连着筋，终究是自己人。上次来你还在和姐姐闹事，姐姐还没受够你的气呢，这次来你怎么就这样了啊，姐姐对不起你啊……”

她哭着说着，只哭得柔肠寸断，魂魄俱失。

常林、褒洪德、林娴、林珠等，及赶来的丫鬟仆人都围着杨子叶抹泪，劝慰，搀扶她起来。杨子叶刚刚站稳，因头晕差点栽倒，被褒洪德扶住，轻轻抿去她脸上泪水和耳后乱发。

燕虹站在杨子叶面前，仇恨的目光瞪视褒洪德：

“婆母，姨妈，是他，杀了我母亲，我要报仇。”

杨子叶被惊愕和狐疑搁置了悲绪，暗忖，便知事有蹊跷，拉住燕虹手，哭道：

“虹儿，你母亲是我亲妹妹，她死了，我比你还难受。虹儿你听我的吗？”

燕虹乖巧地点头，又朝褒洪德瞪眼，胸口一阵起伏，紧攥着手，将指甲掐进肉里。

杨子叶理理她沾在脸上的鬓发，言辞铿锵：

“德儿秉性良纯，不会杀人，更不会杀自己亲人！”

燕虹咧着嘴大哭：“婆母，你别袒护他了，林珠都已看到他杀了我母亲。”

杨子叶素来犀利的目光变得浑浊，面色沧桑如同老妪。她盯住林珠看看，又环视众人：“收敛燕侯夫人尸体，合府举哀！”扭头看常林，声音苍老如苔：“让你派人去收拾道儿尸身，去了没有。”

常林低头答道：“请夫人节哀顺变，人马已经上路了。”

三

杨子叶发出嘶哑的叹息，垂着眼皮、嘴角，神情像一棵折尽枝桠的枯树：

“常林，你和怡芳轩李护卫带人排查刺客，不得有误。传令下去，关闭城门，对进出人等严密盘查。”

常林答着是，走得像飘散在阳光里的一阵风。

杨子叶抬起头来，容颜仿佛在一瞬间老去，嘴角耷拉，抬头纹明显：

“都随我去紫云堂，褒宝去制衣坊传褒姒和云儿。”

众人答应着是，林娴、燕虹一边一个搀着杨子叶，林珠跟在后面，步态凌乱神情忐忑。

杨子叶在紫云堂正厅坐下，喝完一钟茶，丫鬟倒上第二钟，她端起，吹出轻微涟漪。林娴坐在下首，手里绞着帕子，微窥杨子叶脸色。

褒姒、云儿随着褒宝到来，跪在燕虹林珠洪德旁，齐声道：“见过夫人。”

杨子叶发出深深叹息，黯淡目光扫视众人，停在不住抽噎的燕虹脸上：

“家门不幸，事故连连，我对不起褒府列祖列宗……”止不住悲泣，肩膀颤抖，目光冷寒，射向林珠：“林珠，你看到我家德儿杀了燕侯夫人？”

林珠叩头道：“奴婢听到惊叫，回头就看到姨奶奶倒在地上，二少主的剑掉在地上，奴婢不敢撒谎。”

杨子叶双肩微颤，双目利剑般紧迫着她：“千真万确？”

林珠磕头在地道：“夫人明察秋毫。奴婢岂敢妄言。”

褒姒和云儿惊愕目光低低地射向褒洪德，又急忙敛住。

褒洪德情绪激烈：“母亲，孩儿冤枉啊！”

林娴瞪视林珠，林珠抬着头，一字一句道：“夫人若不信奴婢，可命人查验姨奶奶伤口。若伤口与二少主佩剑吻合，那凶手就是二少主。”

燕虹哭道：“婆母，你儿子为褒姒杀我母亲，请婆母与我做主！”

杨子叶嘴唇微颤，揉揉鬓角，高声道："来人！"

四个佩剑护卫一拥而进："参见夫人。"

杨子叶指着褒洪德："取了他的佩剑，查验燕侯夫人伤口！"

褒洪德将佩剑仍在地上，发出清朗的脆响。护卫们拿着佩剑去了，少顷转来，四人齐声道："启禀夫人，二少主佩剑和燕侯夫人伤口吻合，剑是从燕侯夫人后心刺进去的。"

褒洪德怒极，指着四人骂道：

"该死的狗奴才们，你们吃了熊心豹子胆了，竟敢合起伙来诬害本少主！"

燕虹朝他啐了一口，哭骂："畜生，褒洪德，证据齐全，你抵赖是没用的！"膝行到杨子叶面前，哭得喉咙沙哑："姨妈，你要严惩凶手啊！褒姒那贱人害了我父亲，我母亲要为我父亲讨回公道，褒洪德就为了那个贱人杀了我母亲。你要将这对奸夫淫妇一并惩罚，不然我父母亲死不瞑目啊！"

褒姒已经思量来回，往昔的许多无妄之灾历历在目，伤害的细节那么深刻。欲复仇褒府，那料燕侯却穿了褒候的衣服。对与错，自己皆是一身罪孽。料定今日灾祸难逃，却一心要他逃脱灾祸。她浑身哆嗦，伏地哭道：

"夫人，请你饶了二少主吧！所有的罪过都因奴婢而起，就让奴婢一人承担吧！"

燕虹跳起来，啪啪几个耳光朝褒姒搧去，又踢又打："贱人，你抢夺我丈夫害死我父母，纵然千刀万剐也不解恨！你一人承担？你以为你是谁？承担得起吗？"

褒姒被打得头晕眼花，鼻子嘴里的血恣肆流着，样子十分不堪。整个人倒伏在地上，像断了脊骨的爬行动物。她已了无生念，气喘声嘶：

"夫人，燕侯夫妇命案，奴婢情愿一人承担。凌迟、炮烙、五马分尸，决无怨言。"

第三十八章　褒毓智解洪德冤　林珠殒命成怨鬼

一

褒毓从门口明亮的光影里飞身而入，一手提着两把剑，一手抓住燕虹挥向褒姒的皓腕，褐瞳冷彻："休得欺负弱势！"环视众人，一声冷笑惊落了窗外飞花：

"哈哈……今儿好热闹！紫云堂跪了这么多人。"

林娴幽深目光死盯着褒毓手里的剑，冷汗湿了脊背，低头沉吟片刻，有了主见，狠着心道："请母亲饶了二弟，依我看二弟不会杀人，定是小人结伙诬陷。"

四个护卫急忙跪倒，齐声道："请夫人明察，我等不敢诬陷少主！"

杨子叶冷冷挥手："冤有头债有主，褒府不会冤枉一个好人。你等不必害怕，暂且退下。"

看着四个护卫道谢而出。林珠像被抽筋削骨似的脊背瘫软，瞠目结舌，强撑着跪直，额头上是豆大的冷汗珠子。

褒毓放开燕虹，冷眼瞥着杨子叶："依我看褒府就会冤枉好人！"

众人俱盯视她，见她在父亲遇难哥哥亡故的情况下神情依旧，并无任何伤痛或悲郁，不由对其冷漠暗暗纳罕。

杨子叶指着她，手臂发抖："你……出去！"

褒毓发出一声冷笑，将自己的剑握在右手，扬起左手里的一把剑，指向杨子叶。

燕虹急忙挺剑将杨子叶护住，却见褒毓收了剑势，将剑在空中一划道：

"是此剑杀死了燕侯夫人，而不是二哥哥的那把剑。"

杨子叶动容站起，所有人都变了脸色。

褒毓将剑往地上一撩，朝外喊道："来人！"

四个护卫进来，杨子叶声音响亮：

"速拿这把剑，查验是否吻合燕侯夫人伤口。"

褒姒面上露出喜色，和云儿轻轻对握了一下手。

屋内寂然无声。一只鸟在雕花窗上睁着圆溜溜的眼睛，朝屋里张望着，又拍打着翅膀飞走。

半盏茶时辰，四护卫拿着那剑进来，放在几案上，合手弯腰：

“启禀夫人，此剑亦和燕侯夫人伤口吻合！”

杨子叶指着在几案上闪闪发光的青铜剑问褒毓：“从何处得来此剑？”

褒毓避开杨子叶目光，微窥林娴的忐忑不安，神情闲适，轻描淡写的语气：

“我识得二哥哥佩剑，从后花园假山洞里捡得此剑，以为是二哥哥遗失。又听说褒府出了这桩公案，就来凑份热闹。”

杨子叶心里紧揪的那个痛点倏忽减弱，眉宇稍开：“我就知道德儿不会杀人！必是刺客行凶之后急于逃避盘查，就丢了凶器。”指着林珠：“大胆刁奴，你敢诬陷主人！”

林珠满脸汗水，神情慌乱，张口结舌，面红耳赤：

“我……我……夫人饶命啊！”

杨子叶一拍几案：“褒姒，你图谋陷害燕侯，又带灾燕侯夫人，即便我怜悯你，国法亦难饶恕。来人，将林珠、褒姒押往大牢听候处斩！”

林珠哭喊着冤枉，和闷声不语，面色僵冷的褒姒一起，被带刀护卫押了出去。

燕虹一瞬不瞬地看看褒洪德，渐露羞愧神色。当看到褒洪德盯着被押走的褒姒时，不由攥紧拳头。

林娴跪地哭道：“母亲，儿媳管教下人无方，请饶恕儿媳！”

杨子叶斜视林娴，脸色映着窗口光柱，一半昏暗一半明亮，声音冰冷：

“你要记住，天作孽，犹可恕，自作孽，不可活！”

林娴挂着泪，满脸无辜地辩解：“林珠这丫头是我从娘家带来的，有时未免宠过了头。或是她看走了眼，或许她恶意诬陷。请母亲从速查明真凶，从重发落，儿媳绝不护短！”

二

褒姒被押着往前走，他们扭得她手腕奇痛，注目处苍竹起伏落叶飞扬，夹竹桃一片片凋谢，成队的雁儿飞过灰云漂浮的昏暗天空。

“快，进去！”随着狱卒一声呼唤，她神情呆滞地走进光线幽暗、散发着潮湿之气的监狱，心随着锁门声沉入黑暗深渊。

幽幽的光线，晦暗的心情，悲伤的情绪，褒姒听到蚊子围在身边欢唱日月的隽永。她在柴草堆里蹲得困乏难忍，只觉嗓子冒火眼睛干痛，便朝着墙角一滑，浑浑噩噩地睡了过去。

被人推醒时，褒姒看到蹲在面前的褒毓。她的凤眼在满屋幽暗中灿亮如星。

褒姒急忙跪拜，还未说出话来，便声音嘶哑地干咳了好几声，抚着撕裂般痛楚的嗓子说："劳小姐亲来这污浊之地，岂不折杀奴婢？"

"起来起来，饿坏了吧，"褒毓搀起她，从竹篮里端出饭食，又拿出一个装满开水的羊皮袋子："是先吃还是先喝？"

褒姒手在喉咙处放着："渴，渴死了。"又是几声干咳，声音像铁钉划过石块，异常刺耳。

褒毓将羊皮袋递给褒姒，褒姒拧开盖子，仰头咕咚咚灌了半袋水，擦着嘴角笑道："不渴了，真舒服！"

褒姒拿着褒毓递给她的亮闪闪的银箸，凄惨一笑：

"小姐，你真好！只恐褒姒今生无以为报了。"面转伤感，扑簌簌落下泪来。

褒毓从无女孩忸怩态，豪爽地拍拍她肩：

"士为知己者死嘛，你不用报答我！"

褒姒狼吞虎咽地吃完饭，将碗、碟、银箸装进提篮。褒毓却将银箸拿出，递给她："这个你收拾着，用以试毒。我会让人送来三餐，还要想办法救你出去。"

褒姒无比感动，眼眶变红，紧攥着褒毓手："小姐恩同再造，另谢你救了二少主。"低头抿去泪水，脸色被阴影覆盖："奴婢有罪，只怕是出不去了，但不知是谁杀了燕侯夫人？"

褒毓神情疏淡，目中冷冽笑意："杀燕侯夫人者，乃是褒府内鬼。"接着道："我救褒洪德，全是为你。若是二哥哥被冤死，你就必死无疑！"

救褒洪德，全是因为我？难道在这古怪小姐心里，一个丫头就比她亲哥哥重要？

这样的人生答案太过悬疑！褒姒难以理清头绪，便不去想它，满怀感激哽在喉里，只化作汹涌不尽的悲泪。

晚霞散尽。豆油灯明灭的牢房里，林珠看到送饭来的林娴，就痛哭流涕地跪了下去："小姐，奴婢打小跟随你这么多年，一直都很忠心。小姐，你一定要救我出去啊！"

林娴之前给狱卒塞了一袋陶贝，拍拍她肩，笑容诡异：

"珠儿，你放心吧！有我就有你。"

林珠盯着她的笑脸看了半天，忽有些惊慌，哑声道：

"小姐，你今儿不会是要杀了我吧？"

林娴以帕掩嘴，恍然一笑："杀你，我还要亲自来动手？"

林珠磕着头，涕泪交流，又看着林娴脸上飘忽不定的笑，她心里只觉无边的杂乱、无序，哭道："小姐啊，你替褒洪德求情那会儿，奴婢都难过死了，以为你要舍车保帅了呢！小姐对奴婢的大恩，奴婢纵然结草衔环，相报不及！你一定要救奴婢出去啊，奴婢想家，家里年迈的父母需要照顾……"

林娴说着安慰之语，拿出饭菜，面带笑意看着林珠吃完。

林珠忽然大叫腹痛，倒在地上，翻滚到墙角，绝望目光盯着林娴，五官扭曲：

"小姐……我一直忠心效力……你……好狠……"

林娴跳起来扑上去，狠狠按住她头捂住她嘴，看着血从她鼻子嘴里流出来，看着她由四肢抽搐到僵直不动。林娴乜斜着眼站起，擦去手上污血，忽又跪地，哭声嘶哑："珠儿，对不起！我辛苦了这些年，不能失败。我会为你超度的！"

三

鸟无语，晚已阑，寒鸦归林，叶飘花飞，万物沐着灯影，亭台轩榭一片旖旎。

红灯笼的光晕透过紫云堂后厅的镂花窗，淡红的颜色在窗帷、几凳上缓缓流淌。

常林对凝望着窗外呆呆出神的杨子叶道：

"林珠诬陷二少主，背后必有主谋。我们一定要查出事情的真相！"

风从镂花窗吹起衣袂，杨子叶头上凤钗和心一起颤动，面色凝重：

"言之有理！说谎者，无非为了掩饰真相。褒姒这丫头今天冒死为德儿求情，情愿揽罪于己，可见忠厚。我这次押了她，原有些不忍，但为了虹儿，不得不如此。"

常林拱手道："奴才深知夫人的良苦用心。"

杨子叶站起来走到窗前，看落花当空舞，莹洁美丽，头也不回地问常林：

"你忘了褒姒在我房里时的那桩通奸案没有？"

常林的几缕髭须随风飘拂，额上铜环闪亮，目光流转处面目肃然：

"如何能忘？正在审理褒姒通奸案时，刺客发来飞镖，险些伤了那人，飞镖被奴才挡开。发镖者，乃为杀人灭口。"

杨子叶拿出五星钢镖让常林看："这镖乃是暗杀道儿的犬戎奸细所带，和紫云堂刺客的钢镖相同。犬戎奸细早已盯上褒府。"满怀的忧惧、痛楚、狐疑，以帕轻轻拭泪："德儿追着他姨妈，被燕虹缠着打斗不休。他甩开燕虹赶过去时，他姨妈已经遇害……"

常林满面肃穆，言语铿锵：“这刺客出手又狠又快，似是早有预谋。但从兵器上看，他不是前者。或是褒府内鬼勾结犬戎奸细，要给我们制造更大的混乱。”

杨子叶面色如冰，凌空放射着寒气：“林珠诬蔑德儿，或是林娴指示，或是勾结外贼。害我妹妹的刺客若是内鬼，串通犬戎奸细……这当真可怕至极！”

常林斩钉截铁道：“大少主去京城，外人并不知晓，一定是内鬼告密！”

杨子叶心乱神疲，颓然回到座位，泪流满面：“老爷，贱妾无能，害死道儿和我妹妹，还不知敌人藏在何处，真是有愧于列祖列宗！你在大牢福祸旦夕，贱妾却无力营救……”

常林见她失态，动容道：“死者已矣，请夫人节哀。如今有三件当务之急：一，派人去京城救出老爷；二，全府戒备排查内鬼；三，把褒姒当内鬼杀了。”

杨子叶一个劲儿地摇头：“无力营救老爷，排查内鬼无果，不忍杀了褒姒。”

常林愕然凝望杨子叶，曾几何时，她杀罚果决的刚硬、冷酷尽失，颓丧、萎靡如行将就木的老者。常林默默移开目光，看窗口青枝拂动，满面暴戾：

“只有杀了褒姒，麻痹内鬼，才利于我们彻查。”

杨子叶心如乱麻盘结，无法打理，面色怔忡，将擦泪的绣花棉帕揉成一团：

“我欲派德儿进京，又怕他阅历浅陋不够老成持重。排查内鬼之事，你亲力亲为，再不要牵涉怡芳轩的人。褒姒暂且留着。”

忽闻门口传来哭声，林娴神色慌张地进来，哭得梨花带雨呼呼喘息：

“母亲，不好了，不好了！”

杨子叶猛地挺直脊梁，站起来：“不要惊慌，慢慢讲来。”

林娴跪地哭道：“我适才去给珠儿送饭，看到她七窍出血躺在地上，我用手一摸，早没气了。母亲，你一定要查明凶手，为珠儿报仇啊！”

杨子叶脑子里一声轰响，向紫檀椅后背上一跌。听镂花窗吱吱咛咛响得烦人，她看着常林，犀利目光掺着幽深莫测：“常统领，快去验尸，排查施毒者！”

第三十九章　褒侯府风声鹤唳　讹传令处斩褒姒

一

自闻褒洪道遇难，林娴一直白衣缟素，益见艳质不俗，长一声短一声哭得甚悲，似乎进入了绝命的荒岛。

杨子叶见褒宝抱着白天晾晒的衣服进来，长声道：

“宝儿，快扶少夫人下去歇着。”

褒宝扶着林娴下去，丫鬟来禀：“夫人，酉时早过了，您还没吃饭呢。”

杨子叶垂目，摆手：“你们都下去吧。”站立窗口看披着稀薄灯影的蝙蝠，凌空落到树上。

杨子叶一夜忧叹、哀伤，辗转反侧，晨光熹微时睡得浑身困酸，只觉浑身血液都凝固了。她索性穿衣起床，自己洗漱，喝了口水，站在窗前看霞光从林梢腾跃，绿叶被渐次亮起的霞影染黄，眼里充溢着伤痛、迷惑、惆怅、绝望。

霞色在镂花窗口弥漫，褒宝端着燕窝粥走进来，脚步悄悄像个小猫。她将粥碗放在几上，悄悄灭了烛台上的数根蜡烛，又从跟随的小丫鬟手里接过了饽饽四品：翠玉豆糕，栗子糕，双色豆糕，豆沙卷；蜜饯四品：蜜饯银杏，蜜饯樱桃，蜜饯瓜条，蜜饯金枣。

褒宝将一应吃食摆好，将燕窝粥用碟子扣住，站在杨子叶身后，细声道：

“夫人，你都立半个多时辰了，快吃点东西吧！”

杨子叶叹息着来到几前，刚一坐下，夹起一个栗子糕，却见常林急匆匆进来，脸色濡染着晨风的寒凉：“启禀夫人，林珠在昨晚遇害，中的乃是武林人贯用的七步断魂散。”

杨子叶面色笼着破窗的霞光，神情是荒原孤蒿般的寂寥：

“可曾询问狱卒，昨晚谁去探过监？”

常林站在屋子中央，紫衫泛着隐隐的红，被霞光拉长了身影：“在下已问过狱卒，他们说除了褒毓小姐，没有别人。小姐提着竹篮，说是给褒姒送饭。”

杨子叶放下栗子糕，盯着常林：“这个冤家，难道她……”

常林神情卑微眼神笃定："小姐不会是内鬼，她昨天救了二少主。也许狱卒隐瞒了线索……"

杨子叶回头从案台上拿出十锦绣小令旗，甩给常林：

"逮了狱卒，严密盘查！胆敢弄鬼者，杀无赦！"

看着常林拿着可以杀生予夺的令旗去了，杨子叶胸闷、头痛、手微微发抖，被褒宝劝着胡乱喝几口燕窝粥，在丫鬟伺候下梳妆已毕，正拿着镶了珍珠的桃木梳子梳理鬓发，在菱花镜里看到了常林的影子。她动作不改，目光冷凛："结果如何？"

常林满目颓丧神情懊恼，惴惴不安："昨晚值班的两个狱卒死了。"

杨子叶手里的梳子掉在地上，摔掉了几颗珍珠，骨碌碌乱滚。褒宝急忙捡起梳子、碎珠，放于妆台。

常林走近一步，探着身子道："也是被毒死的。"

杨子叶对褒宝和门口的两个丫鬟，声音只有冷硬不见凄凉：

"宝儿，你们去传内务管事婆子，让她张罗你大少主的灵堂，他快要回来了。另广发讣贴，再去制衣坊定五百套孝衫。"

"是"褒宝答应着，领着两个丫鬟出门，很快消失在一片翠绿后。

杨子叶的泪一串串下淌，声音哽咽、凄哀："凶手在哪儿？他要灭了我褒府吗？自从老爷出兵淮夷，我褒府就祸事不断，乱成一团糟……"哭了一会儿，忽狠狠抿去眼泪，挺直身子，拍着几案道："查清楚，一定要查清楚！"

常林望望窗外，双目映着变幻动荡的霞影幽幽闪亮，低声道：

"夫人，奴才还有一事报告。"

杨子叶发出一声抽噎，目光冰冷："说吧，我挺得住！"

常林低声道："自从燕侯夫人在林边遇害，众人又闻知老爷遭难大少主被刺，林珠和狱卒被药死。如今已是人心惶惶各个自危。有几个丫鬟仆童逃走了，余者议论纷纷谈刺客色变。大清早看到他们东一群西一伙的交头接耳窃窃私语。大白天的也要结伴、持械而行，有的说在花园看到了红眼妖怪，或说在树林边看到披发女鬼，现在是风声鹤唳草木皆兵啊！"

二

杨子叶靠着椅背，双脚伸开，双手垂落，优雅无存："我褒府基业这么多年，造杀孽太多，难道真的到了该绝灭之时？"

常林抱臂，靠着殿柱拧着眉毛，陷入深深思索，忽心中火花一闪，眸光亮得逼人："请夫人节哀。奴才有一计，或可救出老爷，扭转乾坤！"

杨子叶猛地坐直，一根兴奋的神经被骤然拨动，扬起嘴角："有何妙计？快讲！"

常林一笑间歪了嘴角："放了褒姒，认作义女。"

杨子叶脸色瞬间数变，眼神迷惘，抑着迷惑、不屑：

"我心很乱，常统领前时要杀褒姒，如今又要放她，是何道理？……"

"此一时彼一时，一切都是情势所迫。"常林嘴角的笑纹深雕细刻一般："以夫人看来，那褒姒姿色如何？"

杨子叶有些莫名其妙，眼神轻飘："当然是万里难挑其一，褒毓林娴虹儿林珠等皆是美人坯子，但和这丫头都没法比。德儿对她用情至深。她这等美貌容易招妒，只消往哪儿一站，就会引来成群的女子敌视。所以虹儿一直和她过不去。林娴林珠主仆也看她不顺眼，总是找她麻烦。我那年一见她就喜欢上了，她那时才十二岁，就杏眼桃腮，秀发如漠漠春云，明眸似盈盈秋水。你知道我这个人的，很难喜欢出身低贱的人。"

常林的笑意更深，扩散了满脸："妇人，你可知姬宫涅最爱什么？"

杨子叶顿时恍悟，张大嘴，目中光华四溢："好啊好啊！再没有比这更好的办法了！早听说姬宫涅偷偷谕旨心腹宦官，广征天下美女入宫。"

常林像打了胜仗的将军那样容光焕发，含笑点头："夫人将褒姒认了义女，以褒府千金之身送往宫中，必能取悦姬宫涅，救出老爷。夫人知道殷纣时的苏妲己吧？她要吃比干丞相心，纣王都没皱下眉。若褒姒一旦得宠，定会福泽褒府，我褒府定会鸡犬升天！何惧他姬淑岱、虢石父哉？更何惧深藏不露的内鬼！"

杨子叶笑容敛去，又显得忧心忡忡：

"只能试试，才知此计是否可行，那丫头……"

常林沐着光影神采焕发：

"她若一旦入宫，那就飞上枝头变凤凰了，岂有不乐意之理？"

杨子叶摇着头，目现忧色缕缕："她乐意不乐意不在话下，我怕德儿不依。你知道的，德儿对她……虹儿德儿不合，多源于她。"

常林面色变得阴沉："正是如此，若送她进宫，断了少主念想，断了二少奶奶怨恨，乃一石三鸟之计！"

杨子叶沉吟不语，推开雕花窗，目中水光闪闪，语声喃喃："天啊，道儿去了，我舍不得德儿伤心！送褒姒入宫，他定要拼命阻拦，如何是好？"

常林附耳密语一阵，杨子叶脸上阴霾变淡，缓缓点头："此事在急不在缓，别让褒姒在监狱出了意外。你现在就去押她出来，速召集各坊管事的齐集爱民楼。"

常林领命去后，杨子叶一直情绪波动，坐立不宁。

褒宝和两个穿着孝服的丫鬟进来复命，杨子叶道：

“褒府血案连连，今天要审问罪魁祸首褒姒，立即处斩，以儆效尤！速去通知你二少主和大少奶奶二少奶奶前往爱民楼听审。”

两个丫鬟闻听变了脸色。褒宝满眼泪光，神情惊恐、悲伤，仿佛要遭横祸的就是她自己，可怜巴巴的目光望着主子：“夫人……”

杨子叶厉声打断她：“褒姒犯了死罪，你什么都不要说，快去！”

褒宝一路珠泪纷纷，神情悲伤、绝望、惊恐、凄惶，只看着两个丫鬟的脚后跟，低着头走得飞快。

少顷常林押了褒姒来，众人也已在爱民楼宽敞的大厅聚集。

掐丝嵌宝的浮雕宝象，鎏金青铜仙鹤展翅欲飞，香筒、香炉内漫上来一阵阵檀香气息，飘散在整个殿堂之中。杨子叶在上首的紫檀椅上坐了，觉得自己像受供的仙人一般，在高高的云端之上。她透过烟雾看着众人，见褒洪德林娴燕虹等在她前面左右分坐，下面依次席坐的是各坊管事。

三

杨子叶脊背挺直面色端肃，一阵阵胸闷、心痛。忽一拍几案，面色冷寒，指着跪在地上，形容憔悴头发蓬乱的褒姒：

“丫头，你今天要从实招供！说！你是如何勾结江湖人士，害死燕侯和燕侯夫人，又杀死林珠和狱卒灭口，意图掩盖罪行的？老实些，我会让你死得舒服，还会赐你个全尸！好让你有脸去阴曹地府与父母相聚。”

褒姒低头不语，思绪几番轮回，眼前光影里清晰映现出阿蠡给他药瓶的情形……她拿着棉巾将衣服擦湿，在衣服上撒了无色无味的药粉，将衣服在风口晾干，拿着衣服去给褒侯穿，却又被燕侯夫人抢去，穿在燕侯身上。

她暗自泣语：褒姒，你忍了那么多，这回是真的忍不下去，还是拯救父母心切？你到底是想救出父母、早日和他们团聚，还是想为这些年的欺凌、羞辱、诬蔑、陷害讨回个公道？不管你是复仇还是自保，你真的杀了人，至于燕侯夫人、林珠、狱卒的死，全是你罪行的连锁反应，你罪恶滔天不可饶恕！

褒姒一时心如槁木面如死灰，紧闭双眼泪如泉涌：

“我杀了人，我有罪，我接受惩罚，请夫人发落。”头叩在地上，似乎再也抬不起来。

她这般态度，倒是让所有人吃了一惊。

褒宝吓得大张着嘴，掉了手里的罗帕。

一个管事婆子悄语身旁妇人："她不可能杀人，是褒府为维护尊严，将她作为替罪羊了。"那妇人道："夫人拿她作为擦去面上灰尘的抹布。"

林娴的一抹得意之色在乌黑瞳孔里嚣张着。

杨子叶和常林也大为震惊。常林递给褒姒一块白帛一只羊毫：

"招供画押！"

褒姒以平静的姿态绝望、悔恨着，心如死灰地接过笔，招了供画了押。

杨子叶暗思顺利得过了头，正好省去用刑一环，懵着头道：

"常统领，将褒姒押出去，正当午时行刑！"

"押往刑场！"常林喝令带刀护卫，押了形同活尸的褒姒就走。

在众人的一片喧扰声里，杨子叶大声道："退堂！"

众人唏嘘着散去，杨子叶从爱民楼回到紫云堂后厅，想狱中褒晌，想褒姒心如死灰的样子，忐忑不已，坐立不安。却见褒洪德满头是汗地跑进来，跪在地上，声音急促："母亲，不可冤枉好人！褒姒，她没有杀人！"

杨子叶面色冷硬："大家有目共睹，她俯首认罪，我如何就冤枉她了？"

褒洪德面色惨白，满目悲泪："你给她定那么多罪名，决意要处死她，她自知无力抗争，就只有认命了。你看到过哪个罪犯有这么主动吗？我对不起褒姒，咱们褒府对不起她！母亲，你若杀了褒姒，我会恨你一辈子，你再也没我这个儿子了！"

杨子叶面色变幻莫测，忽泪流满面，指着儿子，声音沙哑："逆子！你父亲蒙冤入狱，生死难卜，你兄长去京途中惨遭杀害，你岳父岳母死得不清不白。这些，都没见你怎么样。如今咱家灾祸连连，大难将至。只消那奸佞动下嘴角，昏王再下一道圣旨，将会是灭门之罪。到时，只怕是连一条狗都留不住。如今你却为一个丫头要恨我一辈子，要背弃我。试问你忠孝何在？仁义何在？似这等不知忠孝仁义的无情之人，何以立世？"

"父亲……兄长……姒儿……"褒洪德悲郁交集，一时间只觉天昏地暗日月无迹，头昏昏晕晕不知所在，哇地一声大哭，猛地栽倒地上。

"二哥哥！二哥哥——"燕虹从门口扑过来，哭着抱起褒洪德，焦灼地呼唤。

一屋子人乱作一团。待唤醒褒洪德，听他不住唤着姒儿，燕虹柔肠婉转，朝杨子叶跪下，哭道：

"母亲，你就绕过褒姒吧！"

杨子叶见她为洪德而妥协，心里感慨良多，面上俨然道：

“不行，法不可废！”

褒洪德以感激的目光看看燕虹，和燕虹一起跪着，夫妻二人连声苦求饶恕褒姒。

站在杨子叶身后的褒宝，和另两个丫鬟都哭着跪下，求情：

“夫人大仁大爱，请饶了褒姒。”

第四十章　认义女计蒙褒姒　救褒帅倚靠献美

一

灿亮的霞光透过栖纱照在杨子叶脸上，映着她双目，使她像罩着一层纱幕，看不清表情，似受万众顶礼膜拜的神像。她沉沉的眸中一抹光色深不可测：“你要我饶了褒姒倒也不难，须答应我一个条件。”

褒洪德有些大喜过望，双目灼灼望着母亲：

“母亲大人，只要你饶了褒姒，一百个条件我也答应！”

杨子叶低头沉思已毕，昂首道：

“虹儿今天替褒姒求情，可见她对你用情至深……”

褒洪德被感动充溢着，点头道：“母亲放心，孩儿自会回报虹妹妹的恩德。”

杨子叶站起来，目光凝着儿子，神情痛心疾首：“若非虹儿搬兵救援，咱全家早已蒙难！我们褒府亏欠着虹儿！我这个当家的更是深怀愧疚。回报不是在口头上，要落到实处！若要我放了褒姒，你须得答应，今后不得有纳她为妾的想法！否则，我今天一定要杀了她！”

褒洪德一时呆住，张口结舌，神情恍惚，如同掉进冰窟的冷寒，如处绝顶的绝望、颓丧。

燕虹眸光流转处面有喜色，一下子跳起来，拉住杨子叶手臂蹦跳着，大声嚷着：“哎哟，姨妈！我的好姨妈，我好感谢您感谢您啊！我的父母亲九泉之下也会感谢您！天地神灵都会保佑您！您能做出这个决定，真是太英明太伟大了！”

杨子叶盯着褒洪德，面色一沉：“褒姒是杀是放，全看德儿的了！”对着燕虹耳语几句。

褒洪德冷汗淋漓气喘不匀，一时间经历了九重炼狱的折磨，纷乱的思绪终尘埃落定，面色苍白，声音哀痛：“好！我今后将褒姒看作同胞姊妹，决无二心！请母亲放了她吧……”

杨子叶傲然环视众人，命起：“大家听好了，褒洪德，你不得反悔！”见儿子凝重点头，她挺背扬声：“宝儿，传令常林，放了褒姒！彻查真凶。”

褒宝和两个丫鬟答应着，喜盈盈传令去了。

褒姒闻知无罪释放，恍如梦中，只叹命运莫测，不可把握。她随着欢天喜地的褒宝来到紫云堂，跪在杨子叶面前：

“感谢夫人饶恕，恩同再造，奴婢必将结草衔环相报！”

燕虹斜坐着，正吃着桂花糕，嘴上沾些白色颗粒，随手一抿，跳起来，走到褒姒面前：

“褒姒，你该感谢我吧？我向母亲求情，让她饶你不死。反正，上天有好生之德……”心思宛转，指着自己鼻子：“我也没亲眼看见你杀了我父母亲。”转面杨子叶：“母亲大人，二哥哥刚才说了，我们以后要把褒姒当同胞妹妹看待，决无二心。干脆，你就认她做义女吧？以后，看看哪方诸侯公子才貌出众，就把她嫁过去。我们呢，还多了家好亲戚。真是皆大欢喜！”指着褒姒，歪着头，笑得欢天喜地：“你该高兴吧？褒姒妹妹，你马上要飞上枝头变凤凰了！”

“谢二奶奶厚爱！”褒姒一个头叩在地上，低附到死的姿势，泪水嗦嗦将牡丹锦毯滴湿。

杨子叶微窥深深低着头的儿子，笑对褒姒道：

“丫头，自进褒府，你就在我身边伺候，性情温顺，不卑不亢，凡事尽心尽力，合府上下对你都少有微词。如今我能饶了你，你得感激我儿媳。我就依着媳妇意思认你做义女，你可愿意？”

已死的心，波纹不起。褒姒直起身子，又重新拜下：

“此乃奴婢求之不得的福分，奴婢受宠若惊。”

杨子叶笑道：“好啊！”容光焕发，环视众人：“大家听了，从今以后，褒姒就是我的女儿，褒府千金，你等不得怠慢了。”

众人答应着是，燕虹看看褒洪德，又看着杨子叶，高兴得满屋乱转，笑得眉飞色舞，口里说着：“好啊好啊，真是太好了！”

褒姒叩头，声音婉柔媚人心骨：

“褒姒谢过母亲，祝母亲大人福如东海寿比南山！”

二

杨子叶微微一笑，眼角细纹铺展开来：“宝儿，去给褒姒小姐做两套礼服，在紫云堂后厅次间安置住处，制衣坊一应事务暂由云儿代理。我也累了，你们都下去吧！”

褒姒低头拜辞，褒洪德夫妇也携手去了。

杨子叶站起来捶捶腰，见一个护卫进来跪禀："夫人，大少主……回来了，已在紫云堂正厅的灵棚里。"

忽闻哀乐声起，喇叭、铜锣等随着鼓声节奏吹打，夹着隐隐的哭嚎声，杨子叶声音和神情一瞬苍老："知道了。"泪流满面，悲声哭道："洪道，儿啊……"

待那人出去，杨子叶对门口两个小丫头道：

"去告诉你二少主和二少奶奶，还有褒毓褒姒小姐，一齐去正厅守灵。"

杨子叶随着丫鬟走向前厅，如拖着千金重石过独木桥。紫云堂外，青石道两边柳黯淡叶飘零群芳齐萎，北雁南翔，菊花独自芳菲。

灵棚设在紫云堂正厅，大门外立着大锣鼓架，金漆上面黑色花纹的鼓帮是丧事的标志。大门内侧是一班由号筒、喇叭、铜锣等乐器组成的官吹，随着门外鼓声吹打，迎送着来来往往的吊唁者。二门外左侧竖起幡杆，长过余丈的荷叶宝盖头的紫缎幡在风中飘动，向人们报丧。

灵棚里，紫缎罩遮护着棺材。灵儿前设长明灯及香炉、烛扦、香筒等五供，饽饽也供在灵前，下有奠池和拜垫供亲友祭奠。灵堂前分左右各站了二十四僧，不住地念经，为亡灵消灾、拜忏、祈福。棺材两边跪着许多披麻戴孝者。吊唁者络绎不绝，亲友、诸侯、大臣，各个黯然神伤来去，在灵前掬一把哀痛之泪。

杨子叶扶着灵柩哭了一会儿，只觉得胸口憋闷头晕眼花，身子摇摇晃晃就要倒下。褒宝等人大惊失色地将她扶住，搀着送回后厅。

她歪在后厅的在紫檀椅上，揉着胸口长吁短叹，泪水涟涟，见常林进来便道：

"家里这般情形，候爷还在牢狱，我真是无法支撑。"

常林一身白衣不波自定，抱拳低头道：

"事不宜迟，当立即命二少主送褒姒进京。"

杨子叶一腔悲郁写在脸上，目光黯淡到了极致：

"总得办完道儿丧事吧，难不成……"

常林依旧探身，声音果决："大少主殡葬须择日而行，营救候爷刻不容缓！"

杨子叶手搭扶手坐直，将心一横："好，也只有这样了！宝儿，你去告诉你二少主二少奶奶和褒姒，晚饭后莫在灵堂滞留，来后厅议事，记着避开褒毓，林娴。"

褒宝答应着走得迅疾，杨子叶看着常林："这事由虹儿说出来最好。"

常林点头赞许："夫人所虑极是！"

夜阑人静，细雨如银，如斩不断理还乱的离愁，将紫云堂后厅覆了一片迷蒙光色。寂寞梧桐深院，锁清秋。杨子叶、褒洪德夫妇、褒姒在后厅围着一张圆几坐定，由褒宝添茶伺候。常林佩剑站在红柱后面，警觉目光一遍遍在窗口、门口扫掠。

杨子叶盯着几面，神情有些呆滞，声音嘶哑，带着老妪般的沧桑和不可抗拒的刚劲："今儿叫你们来，乃为商议营救你父帅之事。"

几个人俱警觉收尽了杨子叶的巨变后凝重点头，每人脸上皆是铁一般的沉重。

褒洪德看到褒姒低头垂目坐着，不停摆弄发梢，他心里酸楚，朗声道：

"但听母亲吩咐。"

杨子叶扭头对两个丫头道：

"看好门，闲杂人等不得接近。常统领，你过来。"

常林急忙走近主子。

杨子叶让常林站在身旁，顿觉力量倍增，低下头的一瞬便泪流满面，泪光映着烛影闪亮："京中情形，想必你们也都清楚。姬淑岱虢石父等狼子野心，视忠君贤臣若眼中刺肉中钉。你父帅杀敌立功，姬宫湦封他为太师，位列三公之首，他们便决计除去，共同弹劾，早买通贼人诬假做真，将你父帅打入监狱，命在旦夕。只等那奸贼略施小计，咱褒家就可能被诛灭九族……"

褒洪德与褒姒相视，焦灼、痛楚，且悲且恨，却见燕虹站起来，一甩袖子道：

"母亲，难道我们就没办法，只有等死了？我才不想死呢！不如等大哥哥丧事完毕，我和二哥哥、毓妹妹、常统领，率领褒家军杀进京去，杀了奸贼，救出父帅。"

杨子叶肃然挥手制止："虹儿，不可义气用事。大内虎贲军无数，高手如云，硬拼？白白送死！"

燕虹眸中一抹悲恸一抹豪气，叹息："可叹我父亲暴毙，无法调遣长漠十八鹰。若不然，我定然带着十八鹰冲进镐京，昏王奸贼一个也不放过，杀他个落花流水片甲不留！"

常林幽然道："闻知姬宫湦正在广征美女，若觅得美人晋献，或能免祸，救出侯爷。"

三

杨子叶目流欣慰之色："常统领之言甚合我意，只是苦于佳人难觅……"

燕虹闻听眼珠疾转，忽兴奋得跳起来，伏在杨子叶肩头，满面喜庆之色：

"母亲，若说佳人，难道还用找吗？"指着褒姒笑意幽深："若论美貌，没人可及我褒姒妹妹万分之一。我见过众多的公卿、侯府千金小姐，姒妹妹是我见到的最美的人。若将她送进京去，定能讨得姬宫涅欢心。不仅父帅得救荣及我褒氏宗族，姒妹妹也有了好归宿！真是两全其美”

褒姒如临寒潭，浑身打颤，和褒洪德同时道："母亲，使不得！"

杨子叶望着褒姒，目中沧桑褪尽，刀锋立现，气势迫人："褒姒，如何就使不得？进入周宫册妃封后，可是寻常女子求之不得的好事。"

褒姒此时才了悟被免罪释放及认作义女的真实涵义，身心都在发抖，双手合拜："母亲，女儿无德无命，难当大任！我情愿跟着你、侍候你一辈子！"

杨子叶怒容满面站起来，指着褒洪德："我意已决！德儿，你别去守灵了，早些回房安歇，明日一早去找城西那个熟悉宫廷礼仪的李姑姑，教姒儿坐立、走路、行礼、吃饭等细节。姒儿聪慧，当不费力。后天你便送姒儿进京，救你父帅于囹俉。褒宝，送小姐回房准备，去制衣坊取回给小姐订做的礼服，若不合适，赶快改制。余人去守灵吧。"

"二哥哥，咱们走吧。"燕虹硬拉着呆若木鸡的褒洪德，匆匆消失于门外苍茫夜幕中。

褒姒慢慢站起来，腰弯得像历尽沧桑的老树，面色僵冷，如一潭泛不起任何涟漪的死水。谁会怜悯，美丽皮囊下的这颗千疮百孔、颤动而步步沥血的心？她跨出门槛时被绊了一下，脚尖生痛，差点跌倒。

"小姐，当心。"褒宝含泪搀扶着她出来，一阵冷风卷起落叶，扑面生寒。

褒姒沿着平整甬道，直着眼睛走，步态机械，心如死灰或心如止水，大抵如此。她边走边流泪、悲思：

母亲说过活命的利器是心的坚韧，可为什么我会甘于沦为工具？以至于精神的一切都被可悲地剔除。生活教人隐忍、仰视，我一直不敢懈怠。曾经女儿梦里的旖旎，那些关于和褒洪德未来的种种构想，就这样瞬间倾覆！原来我不是他的知音，不是他的人生伴侣，仅是他家献给周天子的贡品！

天真的梦，当然易醒！

夜幕下的褒候府，紫檀香萦绕，青烟如叹，似梵唱①不绝。

褒姒的单薄衣衫在风里飘着。深宫寒潭，囚禁的藩篱，权利顶巅的辉煌及灵魂的极端蹂躏，统统没在她的考虑范畴。她和褒宝一起走过冰凉的青石地面，偶尔碰上提着灯笼、行色匆匆的披麻戴孝者，皆如同在暗夜里跳动的野鬼。

她们穿过鹅卵石小径，在褒洪德的聚龙阁前站住。见阁前开阔宽敞，白石雕刻的莲座花坛华贵不凡。

冷风拂过东墙篁竹，起伏动荡不停。衣裙贴紧她们的冰冷肌肤，寒意蚀骨。

“残月别样明，离愁监露清。情未了，语已多，人怔忡。”褒姒站在檐下，看着夜风拂动竹影，无法抑制颤抖。

他若有情，她要和他最后一次相拥，以吊祭和埋葬此生唯一的爱情。

她不怕燕虹，不惧未来，不望过去，因为，她是贡品。

“贡品，咯咯咯……”她站在风里仰天渺茫星空，笑得泪水哗哗。

“小姐，你要想开些。人挪活树挪死，未必不好。”褒宝搭着她肩，低语飘逝在袅袅的风里。

一个褒府千斤身份如同魔咒，她将植物般蛮横地被移植往王宫，抹去过往。她没有些许庆幸，只有那么多不甘，无力地依着廊柱，声若呓语：

“心乎爱矣，遐不谓矣，中心藏之，何日忘之[②]……”

纵然光阴流转无休，那场凄美的爱情，依然清澈得让人扼腕、啜泣。

注释：

① 梵唱：咏唱一般的梵语，是印欧语系最古老的语言之一，公元两千多年前传入中土。后来，梵语渐成为一种属于学术和宗教的专门用语。

② 心乎爱矣，遐不谓矣，中心藏之，何日忘之：取自《诗经·隰桑》。意思是：心中洋溢着爱的情怀，相距太远而不能倾诉，深深地珍藏在心中，不知何时才能忘记。

第四十一章　深夜叩爱爱已殒　身如槁木心如灰

一

廊前月影晃动，廊下飘来几片树叶，出奇的清冷因着紫云堂前厅的灵棚，丫鬟仆僮们皆在那里守孝。

褒姒和褒宝小心翼翼登上台阶，沿着幽静长廊悄悄前行，风吹动裙裾窸窸窣窣地响。又拐了几个弯，一直来到聚龙阁后厅东窗下。幽幽灯光破窗而出，如倾泻一地的斑驳心事。

那个日子，一场酒后，在爱的痛楚、喜悦和挣扎里，她心无旁骛地交付了自己，若娇艳的牡丹，恣情盛开，姿态娇媚。

她曾想要和他去看积雪成川的高原，听山风流转，看日月涅槃，将念珠轻拈，荷包暗传。在斜阳半卧的神前，等待一场红尘的缘。

风在耳畔呢喃，如情人的窃窃私语。褒姒倚窗而立，不由自主的发抖，手紧紧捏着裙裾，面色苍冷。过往的激情、欣喜、痛楚、悲苦、压抑、屈辱，都在被风搅乱的纷纭灯影里狼奔豕突，又被一刀斩断。她悲思婉转：

过去了，一切都成为过去。如今我只要没有疑问地离开，带着美好记忆老死在异地，哪怕前边是寒潭、火坑，都没有选择。

她伸出的手在随着寒夜奔来的冷风里颤动，尚未敲到窗子，却听到一男一女对话破窗流出。

褒毓声音冰冷，仿佛永远没有感情："我明天和褒姒一起进宫。母亲当然会高兴！她就算不高兴又能怎样？我的决定，谁都拦不住。"

褒姒和褒宝同时一怔，对视的瞬间，用眼睛交流着心底情绪，疑云如雾霭笼在头顶。又听褒洪德高声道："什么？你要进宫？这不行！你该明白那是个什么地方！"

褒毓冷笑一声："哼，什么地方，她去得我为何去不得？"

褒洪德："妹妹，你们身份不同，你为什么要去陪葬？父帅会不高兴的！"

褒毓又是一声冷笑："哼！我正是要他不高兴。我是谁？只不过他一次偷欢的赘物！"

褒洪德："妹妹，你竟连父帅也仇恨？在你心里，仇恨真的就那么深？你难道不会试着去爱？爱，它比仇恨高尚美好！"

褒毓接着冷笑："哼哼！爱究竟是个什么鬼？只不过是你们男人满足私欲的托词。这世间还有高尚？一切都披着虚假的外衣！"

褒洪德："妹妹，你……"

褒毓的问话不乏好奇：

"二哥哥，既是说爱高尚美好，我便问你，究竟爱不爱褒姒？"

他曾信仰她，视她如庙堂上的鼎，他如跪地祈祷的信徒。他曾在名利和红颜之间纠缠、摇摆，弃不了她的至媚缠绵。

可经历种种，将他于情天孽海洗练。他参不透生死，却参得透他们的一夕欢爱，终究是劫。生死存亡，他只有包裹好自己，不流露任何情绪。

褒洪德短暂沉默后，言辞坚硬："曾经爱过，现在，我爱的是你明媒正娶的二嫂子。褒姒，她只是一个丫头而已。下人们，都只是我们褒府的工具……"

一瞬间天崩地裂星月失辉，褒姒在廊檐下摇摇欲坠，身子像凌空落叶，不能自控地倒向壁廊，一滑到底。褒宝用力将她搀扶，可无论怎么用力都搀扶不起。

他坚硬失常的声音刺穿褒姒的耳膜，她甚至不相信自己的听觉，头晕目眩，手脚不听使唤，灵魂已腐，身子如同空壳。被褒宝搀着往回走，脚步虚浮，身子轻飘，只觉这个肉体不属于自己。

还有什么希冀，因为爱已灭！

还有什么生机，因为心已死！

二

"……她若不是献给姬宫涅的贡品，我倒是想再尝尝，哈哈哈……"

他最后的声音显得放荡不羁，一遍遍回荡于夜空，一遍遍抽打她凌辱她摧折她。泪水无声滑过面颊，褒姒的眼神呆滞得可怕。一切都不可信，一切都虚妄得可笑。

可她明白这是现实，不可改变不可逆转的现实。这一夜，她十五岁的人生被全盘颠覆。沸腾心绪被冰冷的夜色打湿，怔忡的泣语如同叹息：

"……淇水汤汤，渐车帷裳。女也不爽，士贰其行。士也罔极，二三其德[①]……"

被褒宝搀着回房，她一进门就碰上杨子叶含笑的目光，暗暗审视她满目满脸的冰冷：

“姒儿，你此番进了宫，咱整个褒府以后都得仰仗你了。来，你看看。”她拉着她手来在几边，几上放着几盒首饰。她笑得眼尾纹明显，指着打开着的首饰盒：

“姒儿，这是为娘给你准备的，你看看是否满意。”

玉镯项链吊坠钗环等物在几个描金盒里分类聚集，散发着璀璨的光芒，梦幻一般照亮房顶和四壁。褒宝低眉垂目扶杨子叶落座，杨子叶印堂发亮神采焕发：

“姒儿，快来看看啊！若有不满意的，我即刻命人调换。”

褒姒倚墙而立，只觉身上瘫软，想笑，却发现笑肌已僵，不能控制。她低眉敛目，声音柔缓：“女儿感谢母亲赏赐，但这些东西，带上却是累赘。”

杨子叶脸上突现大臣献爵而被君王拒绝的尴尬、失落，又立即被笑容替代，一拍自己头：“瞧我，老糊涂了这是？姒儿进得大周王宫，天下奇珍异宝尽着挑，哪里用得上这些？”

褒宝和几个丫鬟一齐附和：“夫人所言极是！”

杨子叶拉着褒姒进屋，床上摆满了四季绢、罗、锦、纱衣物。

杨子叶吩咐褒宝伺候着褒姒，一件一件试穿。

褒姒不胜其累，指着一件浅荷色锦衣，上面绣着桃红色的荷花：

“试试这件。”

丫鬟们伺候着她，将绣着荷花的锦衣穿在身上。

她散发的艳光映暗了芙蓉帐和锦绣帷幔，整个人如同暗夜里点燃的烟花，璀璨妩媚。

浅荷色衣服配着她莹白如玉的脸，胸部桀骜地突起，恰如妍妍花开当时，出水芙蓉之姿。

杨子叶似乎在漫长隧道里发现了价值连城的夜明珠，惊得张大嘴，笑容可掬：

“天啊，我的姒儿！你真有眼光，简直是下凡仙女，我褒家的福星！”

她接着问褒姒还有什么要求，褒姒说想要个贴身丫头，看到云儿刚好进门，站在门后暗影里，满面卑微。

杨子叶立即笑道：“姒儿真聪明，自己人跟在身边，早晚有个照应。毓儿要以护卫身份跟着我儿，也算为我儿脸上贴金。贴身丫头你想要谁？就尽管说。”

褒姒脸上没有一丝笑容，也没道谢，指着云儿道：“我要她。”

待众人退去，夜阑人静鸟无语，褒姒琐窗独依。月冷千山，寒江自碧，孑影向谁去？万丈冰崖，雪莲花落，片片如星雨。听谁，露咽萧管，十指苔生，寂然弹新曲。

万籁俱寂，林娴在树林里双手放飞了信鸽：“褒府藏不住秘密！你们进不了京！”

边走边咬牙切齿:“李护卫这个狗奴才,怀疑珠儿的死,就再也不听使唤,真是可恨!”

话未落倏见褒毓从一棵树后转出来，手里拎着那只信鸽，狠狠摔过去。

林娴大惊，急取布条藏于袖中，见褒毓眸光阴冷直直射来：

“你究竟要做什么，我可不管。但你不可向京城揭穿褒姒身份，这牵涉到整个褒府的命运。否则，我一定会揭穿你！”

林娴面上骇然徐徐淡去，神情渐转笃定：

“天神明鉴，我便依你，你也得遵守承诺。”

褒毓走近她，伸出右手：“口说无凭，击掌为誓。若有违背，不得好死！”

次日的太阳初挂柳梢时，褒姒便跟着李姑姑学习诸般宫廷礼仪，虽然面色呆滞时而分神，心如被掏空一般，却也不敢懈怠，桩桩牢记。

第三日一大早，来自太白星内核的天国光亮正在一寸寸激情迸放，东边初升的霞光喜气洋洋。车马停在褒府大门口，穿着孝衣的仆人往返朝这里张望。杨氏拉着褒姒手,轻拍她肩,刻意提高音量:“姒儿,你兄长择日发丧,你命相犯冲就暂时避避。此番省亲，一切小心。”叹息着附耳，声音轻淡语气坚定：“姒儿，咱褒府就靠你了，母亲交给你的使命，你一定要完成！”

褒姒身着荷色锦衣，乌云般的头发垂到腰际，缀满璎珞，珠玉发饰如繁盛香草和紫藤花架。她不哭不笑不说话，默默的跪下，木然的叩首，一个又一个。站起来时表情平静，眼神冷如冰霜，深深看了褒洪德一眼，眼底含悲带怨，似恋似嗔，在云儿的搀扶下转身上车，泪止不住落了满襟。跨上车门的一瞬她蓦然回首，心似被撕裂了一般，见杨子叶燕虹褒宝等人在明媚晨光处站着，频频招手。

三

褒洪德褒毓押着铜轴木轮马车缓缓离开褒府大门，于众人曲折绵长的视线里，踏上通往镐京的官道。官道两旁落叶萧萧，孤鹰飞过浩渺长空，风鞭入肌肤生出料峭寒意。

不知行了多长时间，云儿歪在车上一觉醒来，挽着褒姒臂坐直身子，看看车四壁绣着芙蓉图案的兔毛毯子，又摸摸车顶垂下来的里一层黄绦外一层流苏，对褒姒笑道：“小姐，终于离开褒府了，我真高兴！”

褒姒斜倚车壁上，头上凤钗坠子波荡起伏着：

“云儿，还是叫姐姐吧，叫小姐我听着挺闹心。”

她伸出玉葱般的手，挑开车帘，见车正在穿越一片林海，车帘外鸟声欢畅。

“终究得叫小姐啊？再不能喊姐姐了！到京城被人识破，咱们焉得活命？”云儿说完，拍着手，欢快得像个小鸟：“真好啊，真好啊！褒府里那些勾心斗角，那些逢高踩低，我早烦透了！庆幸能到京城去，我好开心啊！”

褒姒轻轻摇头，面肌僵硬：“只怕是天下老鸹一般黑，走一步说一步吧，去留都由不得自己。”云儿偏着头，左右看看褒姒，眯着眼笑道：“依我看小姐这等杏眼桃腮、面如满月，是难得的福相呢？进宫以后若册妃封后，可别忘了提携我啊！”

褒姒的脸一直绷着，似乎世事再不能牵动她那根快乐的神经：“我父母健在，我想见到他们孝敬他们。不能先于他们作古，所以我得好好活着，仅此而已！”

云儿面转悲戚，眼里有了水光：“我父母早丧，是个孤儿，虽说受尽欺凌，可我也不想死，我要陪小姐好好活着。”

褒姒的泪又一次决堤，颤抖的手，紧紧揽住云儿：

“云儿，谢谢你！咱们都要好好活着。”

云儿头微低着，目光追着从帘缝里挤进来的那缕霞光：

“正是这样呢！咱们要好好活，要笑着活。”抬头看着褒姒，推搡她：“小姐，你笑笑吧！都好久没见过你笑了。”

云儿只是摇着胳膊央求她笑，褒姒一直绷着脸，哪怕找一万个理由说服自己，再怎么努力，都笑不出来。她只有求饶，声音蔫蔫的：“云儿，别推了，推得我头晕恶心。我真的不想笑、不会笑了。”

“小姐笑起来那么美，要真的不会笑了，那多可惜！”云儿又扭头端详她一会儿，笑道：“我这会儿细看小姐，虽然不笑，却别有一番韵味。想必小姐将来会成为天下第一个不笑的美人儿！”

褒姒有些嗔怒，瞪着眼道：“云儿，你什么时候也学得这般油嘴滑舌？这满口的阿谀奉承，我不爱听！”

云儿不乐意地嘟起嘴：“谁奉承了？我没有！小姐还没当娘娘呢，这就使起娘娘的威风来了。”

“好你个忤逆的丫头，这口头功夫越来越厉害了。”褒姒娇嗔地捣着她额头，看着即将沉落的红霞透过车窗映亮云儿的眼睛。

褒姒想着不知何日能够救出父母，阿蠡以后还怎么逼她，若找不到她可会为难父母？太多的身不由己，她一时想得头痛欲裂，直到车外升起一片皓月，车内一片灰暗，看不清云儿的脸。

云儿在昏暗光线里拉着她胳膊，关切问道：“小姐，你饿吗？”

褒姒扭头看到云儿的眼睛在黑暗中闪闪发光："不饿，你呢？"

云儿声音脆响："我也不饿。"又悄悄掀开帘子，看着车前面褒洪德和褒毓骑在马上的模糊身影："小姐，这两个人，我怎么都看不懂啊？褒毓小姐心高气傲，连夫人的情都不买，怎么会跟着咱们当护卫呢？再说二少主，他以前对你那么好，怎么现在……"

褒姒的声音在黑暗中又冷又厉："别再提他……"

注释：

①"……淇水汤汤，渐车帷裳。女也不爽，士贰其行。士也罔极，二三其德！"：是说被弃后渡淇水而归；女方没有过失而男方行为不对。二三其德：指言谈行为前后不一，品德让人质疑。

第四十二章　褒姒路途遭截杀　幽王初见钟痴情

一

月影透过帘缝，滑过云儿眉际。她歪着头伸伸舌头：

“我明白了，褒毓小姐自小在外面长大，对褒府没感情。回府后又一直讨厌继母，关系水深火热，便要出来解脱……”

车颠簸着进入山道，路面变窄。褒姒身子倾斜着，打断云儿：“这只是外人的看法。”话音未落，忽听车前的褒毓一声娇斥：“哪来贼子，看剑！”

车内的褒姒云儿闻听同时一颤，瑟瑟抖成一团，云儿忍不住尖叫：

“有刺客！”

褒姒短暂的惊慌过后恢复平静，柔柔地把云儿揽住，语声平静道：

“云儿，别怕啊！”

车外面喊杀声四起，无数个黑影混在一处乱杀乱砍。

褒洪德兄妹带领护卫，在山道上、岩石旁，和敌人进行着拼命的厮杀。

褒姒掀开车前帘子，云儿便啊地一声尖叫：“啊——快合住！”又指着一旁惊呼：“你看，那辆车，和我们的一模一样！谁在里面？”

褒姒朝外看去，神情笃定：“不知道。”拍拍云儿肩安慰：“富贵由命，生死在天，咱们不怕。”又看到无数个黑衣蒙面人分别朝两辆马车冲杀，均被以褒家兄妹为首的褒府护卫截了回去。

喊杀声不绝于耳，掺着接二连三的惨叫。云儿紧紧拽住褒姒手，抖得像被风吹过的树梢：“小姐，刺客是冲着咱们来的！”

褒姒抑着从心里一波波泛起的恐惧，轻拍她手：“是冲着褒府。”

黑衣蒙面人攻势凌厉十分猖獗，只杀得愁云荡荡，银月灰灰，尸体遍地倒卧，血流灌满路边的小渠。穿蓝色衣服的褒家军逐渐在减少。

褒洪德兄妹各自被一群人围杀，战得气喘吁吁，渐处下风。一个黑衣人掠向旁边车子，举刀砍下。车子断裂，黑衣人惊骇，指着褒姒云儿的车子：

“中计了，人在那里！”

褒毓的喊声惊颤了四周月色："二哥哥，你去保护车子，我来对付这些毛贼。"说着，一个纵跃间如飞虹惊起，三尺青铜剑在空中划出闪亮弧线，击溃了扑上来的数个顽敌。

褒洪德大鹏般掠起，击退了袭向马车的黑衣人，在马车周围堵截，使黑衣人不得靠近。

褒姒在车里拉住云儿手，过多的顿挫使她冷静、理性："不出所料，那车是褒毓小姐用来迷惑别人，她向来心多几窍，智谋过人。咱们快下去，去后面山林里避祸。"

"不不不不……"云儿舌头不听使唤，身子拼命往里缩："不敢动不敢动，头一伸到外面就被砍掉了。"

褒姒低吼："听我的，快走！"硬拽着云儿下了马车，相继钻到车子底下，从车尾钻出去，弯腰钻进道边的灌木丛里。褒姒从灌木丛里探头，看着人影混乱处的刀光剑影：

"瞧见没，这样才比较安全。万一有不测，咱们就往后边山林里逃。"

说话间忽见一个黑影一掠而起，飘向马车，高举长剑，狠狠劈下去。

褒洪德高呼一声："姒儿——"奋力杀退围攻者，扑了过来，和后面跟着的褒毓拼命保护马车。

褒府蓝衣护卫多已殒命，敌人却似都在围攻褒洪德。褒毓奋力解救，险象百出。

褒洪德被一个黑衣人刺中右臂，一瞬间鲜血染红衣袖。

褒毓抢进解救，却被几个黑衣人团团围住。

二

情势万分危急，忽从天际传来一声劲气十足的冷笑。

"啊！是他。"褒姒脱口而出。

"小姐，谁啊？"云儿扭头问道。

褒姒不语，忍不住轻颤，冷笑声似是来自阿蠡。

阿蠡要瓦解褒府，派出刺客沿途拦截，必然要乘人之危杀了褒氏兄妹。

褒姒在无边夜色里顿起寒颤，心思纷乱不堪。夜风中传来扑鼻的血腥味，和褒洪德的怒斥，她如临三九寒潭，冰冷直入肺腑。

是感恩褒毓？

是担心洪德？

爱恨交织，血液沸腾，浑身滚烫。褒姒攥紧云儿手，指甲猛地嵌进云儿肉里，又随着云儿的一声尖叫急忙松开。见夜空中飞来一群白色影子，她不由脱口：

“果然是他。”

“小姐，谁啊？”云儿摇着她臂，神情慌乱。

褒姒轻柔拍着云儿手：“你放心，咱们不会死。”

来人从他们面前飞掠，白衣翩翩随风翻飞，面上白巾，只露灼灼双目，形如鬼魅。

褒姒正思如何去求阿蠡放了褒氏兄妹，却见白影飞掠处，扑向马车的黑影纷纷倒地。风里回荡着凄惨哭嚎，金戈相击的碰撞声，纷繁错落的马蹄声。

褒姒一时懵住，陷入迷乱：刺客和阿蠡不是同伙！双方目的何在？

待黑衣蒙面人全部倒地时，一群白衣人走得像一阵来去自如的风，瞬间无踪。

褒姒拉着战战兢兢的云儿从灌木丛里站起，见阿蠡迎面而来，没说一句话，唯目光灼灼直视着她。

“小姐，这个人好怪！他就是传说中的犬戎白狼吧？他们杀了大少主，又为何要救助二少主和小姐？”

“白狼行为一向古怪。”褒姒含糊其辞，心神飘忽。

褒洪德和褒毓分别赶过来，褒洪德按着臂上溢血的伤口，满目凝重的关切：

“姒儿，你没事吧？”

他不是在乎我，只是在乎他的贡品！褒姒转面，目光移向夜幕的眉心处，见一轮苍月在风里瑟瑟发抖。

“别说闲话了！快些上车赶路。”褒毓的声音永远冰冷，没有任何感情。

“好险，多亏毓妹妹思虑周全！白狼如何会施以援手？真是匪夷所思。”褒洪德擦去脸上的一缕血迹，看着被劈开的那辆马车心有余悸。

褒毓转折眼珠却不答话，走到马车前，掀开软帘，探身往车里挂了个小小的灯笼。褒姒和云儿再上车时，感受到满车的温暖。

褒姒发现衣带间卡着一张白绢，悄悄拽出来，待云儿倾斜在车上睡去，才慢慢打开：颠覆大周王朝，杀了姬宫湦，你才能见到父母！

褒姒将白绢攥在手里，在灯笼淡红色的暖光里激灵灵发抖。

夜色正酣，官道在月光下无休止地延伸，残萎衰草在秋风里哆嗦着。

又一天红日初升时，镐京西郊的木芙蓉开得正美，千枝成玉，万缕芳菲。车轮吱吖吖响着，很快经过镐京的最繁华处——西市，这里商贾云集，酒肆林立，青楼歌坊，丝竹悦耳，热闹非凡。街上有浓妆艳抹、高绾云髻、广袖长裙的女子，更有那蓝眸毡帽牵着骆驼缓缓而过的淮夷人，还有白肤深目的鲜卑人，头戴笠帽、身穿奇特长袍的犬戎商人。另还有许多辨不清种族地域的异族人士，在拥挤的店铺，毗邻的摊位前探头缩身。一家鲜卑人开的嘎子汤馆里顾客盈门；一家柔然人开的绸缎店里，不时有打扮入时的女人在进进出出。镐京以其宽阔胸怀海纳百川。这里的居民对外来人不带一丝惊讶、倨傲。

霞光万缕中氤氲着花香，奢华的屋宇，气派的庭院，无不显示出居住者身份不凡。车顶上桐叶飞扬。睡醒的云儿掀开帘子看着车两旁，惊喜地喊：

“小姐你看，那边的木芙蓉多好看啊！”

褒姒隔着车窗望去，默默点头：“京师之地，奇花异卉聚集。”

三

车徐徐进入拱形城门的门洞，渐渐融入镐京的繁华。

褒洪德拿着杨子叶的信，求见褒晌旧友郑伯友，司徒郑伯友安置了褒毓一众歇息，引着褒洪德，由两个褒府护卫驾着褒姒乘坐的马车，过九龙桥，来在崇政殿外。

阳光千里，照着玉阶。繁华压轻枝，碧树自凝寒。崇政殿高大雄伟，兽脊、飞檐，屋顶的琉璃瓦上流淌着阳光的金色。台基的地栿、脚柱、间柱、阶沿石，皆有雕刻、彩绘，也有花砖，大理石铺成的地面亮得能照出人影。

褒洪德悄立玉阶，望着自己被阳光拉长又被风吹乱的影子，五内生寒。

崇政殿沉香宝座，银烛辉煌，游龙飞凤，金炉瑞霭，袅袅龙涎香腾起紫雾，奇彩飘飘不同寻常。姬宫湦高坐大殿，浓密的髭须颇显粗狂，鹰眸投射出逼人冷辉。待百官朝贺已毕，寺人王进尖着嗓子伸臂扬声：

“有本早奏，无本退朝。”

话音未落，午门宦官进来启奏：“褒晌之子褒洪德午门候旨，献美请罪。”

姬宫湦一愣，即道：“传旨宣来。”

姬淑岱满面冷笑，暗道：褒洪德小贼，命还挺大！虽则侥幸献美来京，却未必可以赎罪。天子喜怒难测！凡事俱在我点缀，你全家不过蝼蚁之命！

褒洪德来至殿中俯伏，旷世的英武超凡脱俗，沉声道：

“罪臣之子褒洪德，参见大王！”

姬宫湦面色嗔着，手搁在御案上：“褒洪德，你父子通敌叛国，我念在你褒家世代忠良，不加株连。你竟敢朝君，有何话讲？”还未待褒洪德答话，便命内侍官：“将罪臣褒洪德推出午门斩首，以正国法！”

司徒郑伯友满头大汗，跪地谏奏：“褒昫获罪，理当正法；但其夫人进女赎罪，以全君臣大义。今褒洪德献美人朝王赎罪，情有可恕。望陛下怜而赦之！”

姬宫湦冷眼一撇郑伯友，神情不屑，略有犹豫。

虢石父决不会放过任何机会，眯着眼笑得一条眉高一条眉低，印堂上现出深深的川字：褒昫女儿若是绝色，定会传遍朝野，我却闻所未闻！大王是谁？万花丛中趟过，眼睛高到天上去了。难道能看上区区一罪臣之女？真是笑话！

思至此处，虢石父奏道：

“今我大周国运亨通，四海伏拜，堪称盛世。大王后宫空虚，传出去岂不让天下人耻笑？今罪臣之女已来朝见，大王何不顺势召见？若她容貌出众，礼度优娴，可任役使，大王便留之；若不称圣意，可问褒家亵渎君王之罪，连女斩于市曹，以正其罪。君王不可失信于臣民矣。司徒所奏，望大王从之！”

姬宫湦稍有开颜，点头道：“虢太史言之有理。”遂命寺人王进：“宣罪臣褒昫之女朝见。”

褒姒候旨午门，惴惴不安多时，闻宣进殿下拜，声若娇莺：

“罪臣之女褒姒，参见大王。”

“近前，抬起头来！”姬宫湦指着她，声音不怒自威。

“犯臣之女褒姒参见大王，愿大王万寿无疆！”褒姒盈盈站立，款款莲步，荷衣飘扬，朝前再拜。既然心如止水或心如死灰，这完整的躯壳，也就无惊无喜无所畏惧。

褒姒抬头凝目，见姬宫湦王冠龙袍，鹰眸浓眉，有些豪放，也见器宇轩昂。

姬宫湦在龙椅上欠身，定睛观看，见面前少女乌云叠鬓，杏眼桃腮，一袭荷衣下浅淡春山。秋波似水流转，整个人如同海棠醉日，芍药笼烟，不亚瑶池仙女，广寒嫦娥。

姬宫湦一时呆住，一抹惊艳之色沉落眸底，接着询问了她芳龄几岁，读过什么书，爱好什么等，以审情怀、志趣。

褒姒俏立大殿，秋波闪闪传送风情万千，柔声悦耳：“奴家今年一十五岁，读过《诗》，《尚书》、《军志》、《军攻》[①]等书；略通琴韵、歌舞，擅长女红。”

姬宫湦起立，走过御案，伸臂：“美人平身。一介女流还读《尚书》、《军志》、《军攻》，可见小觑不得。”

褒姒手捏裙边，垂着螓首：

“也不过闲来无事，聊作消遣罢了，不值一提。”

姬宫湦闻听甚觉妥贴，见美人蕙质兰心，我见犹怜，不觉神魂飘飞，笑对左右：

“妥善收拾琼台宫，候孤王驾临。”又扬声传旨：“赦褒晌无罪，官赐太师之职，国戚新增，加俸三千担，明德殿筵宴三日，谕旨众百官庆贺王亲。文官二员、武官四员送褒晌父子荣归故地。”

宽敞的崇政殿不乏雅致，殿中央一颗硕大的夜明珠，如闪耀的星辰，又如皓月银辉。

“褒氏兄妹留下，众卿退去。”姬宫涅神情倨傲，语气果决。

众臣哗然而退，寺人王进在店门口立着。

褒姒低头垂目，眼角余光扫掠两个男人，见姬宫涅仰首昂立满面笑意；褒洪德惴惴垂目，叩头谢恩，徐徐擦去鼻尖冷汗。

殿顶夜明珠无光而亮，无亮自明，逶迤出褒姒的影子，迷乱，不堪。

姬宫涅走近她，满目欢喜：“美人，累了吧。”

平静的外表下藏着哭泣的心，褒姒蹙着眉提醒自己：你只是贡品，贡品！她抬头，凝视，明亮光影映出他满目惊艳。她心顿乱，不由自主地微窥洪德。

“褒洪德，孤要重重赏赐你。”姬宫涅看看褒洪德，又看看褒姒，语气踧踖：“美人，你看着孤王！”

“二哥哥……”她盯着褒洪德，小鸟依人般倚向姬宫涅，心里有些恶毒地诅咒、冷笑。

姬宫涅扬声向外：“赏褒洪德绸缎五百匹，宫扇四十对，珠玉、首饰二十箱，去明德殿候宴。”

“臣谢大王隆恩，告退。”褒洪德跪地拜谢，千思万绪波荡如潮，转身的背影僵硬、呆滞。他随着内侍宦官走到午朝门外，失意的影子弥散在风里，带着一抹孤独、迷幻色彩。

注释：

① 《尚书》、《军志》、《军攻》：商周时的兵书。

第四十三章　琼台宫里珠玉飞　美人初承恩泽时

一

姬宫湦拥着褒姒在琼台宫前下了车辇，一群宫娥寺人伏地跪拜。

褒姒被神采焕发的姬宫湦牵着手进入内殿，步态机械，眼神清郁、落寞，蹙眉看着精致的垂花门，蛟绡帘挽起，大红帷幔重重，熏香淡烟缭绕。紫檀几上酒宴已陈。各处静立宫娥，相同的服饰、神态、姿势。

御膳房里的寺人们提着食盒，川流不息地从厨下向这里送汤送酒送菜，在门口由御前寺人接住，每道菜必要经尝菜寺人尝过才能上去。

先上了一盆龙凤呈祥，盆中金龙彩凤绕日飞腾，极其华美生动。

姬宫湦给褒姒夹了一片火腿裹着鸡丝做的龙鳞，龙睛凤眼和凤尾的三眼花心嵌着亮闪闪的红宝珠，竟是七颗糖渍樱桃。

接着上来大碗菜四品：万字金银鸭子，年字三鲜肥鸡，如字锅烧鸭子，意字什锦鸡丝。

碟菜四品：燕窝炒炉鸭丝，炒野鸡爪，小炒鲤鱼，口蘑炒鸡片。

饽饽四品：百寿桃，五福捧寿桃，寿意白糖油糕，寿意苜蓿糕。最后上了燕窝鸭条汤，鸡丝面。

姬宫湦看着几上层层叠叠摆满的美味，美人在侧，馨香满怀。他殷勤布菜添汤几番，把盏笑谈，又斟满一杯酒递于褒姒："美人满饮此杯，再献歌舞，让孤王开开眼界。"

褒姒遵命饮酒，进去换了舞衣，身着轻薄的桃红色宫装出来，伴着靡靡的丝乐翩然起舞。

姬宫湦捋须凝神，只见宫灯烛影下，美人回首处冰帘半掩，明珰乱坠。似月影凄迷，露华零落，小阑谁倚？犹有双栖雪鹭，夜寒惊起……

另有歌姬放声唱道：素肌不污天真，晓来玉立瑶池；亭亭翠盖，盈盈素靥；太液波翻，锦裳舞罢，九曲流水。旧日浓香淡粉，花不似人憔悴，欲唤凌波仙子，泛扁舟浩波千里。

褒姒曼妙的舞姿赢来满堂喝彩。而她一径的喜怒不明，在珠玉满堂中旋转，被晃动的光影照得熠熠生辉。她其实知道自己的美，也习惯了众人的惊艳。小时候母亲常搂着她叹息：姒儿，女孩家生得像你这般美，只怕是罪啊！

她那时尚不解其意，只被夸得美滋滋的。如今才明白，母亲的忧心乃洞明世态。

女子太美，乃不祥，许多的无妄之灾，貌丑者无法彻悟。

姬宫湦在众人惊艳的目光里走近在褒姒身际闪耀的那抹光圈，一把将她揽在怀中："美人，孤王思之若渴，总算把你给盼来了！"

他环着她的柳腰，深情凝视，微微的一声叹息，相见恨晚的遗憾。

她眼神抑郁，讶然。他口气的恳切，眼底的深爱痛怜，就如曾经的褒洪德那般。

更漏声声滴到亥时，歌尽舞毕风声起。

琼台宫内殿烛影摇红，帷幔上五彩丝线绣的百鸟朝凤图案，缀满紫琉璃珠，碎金穿花的芙蓉葛麻被，十锦绣鸳鸯枕头。

褒姒被侍儿服侍着沐浴、梳妆、更衣，搀坐在内殿的芙蓉帐里。身际烛影离离，紫檀香雾萦萦，青铜壁炉里炭火明灭。

姬宫湦缓缓走近她，眼里带着温暖、游离的色彩。褒姒在帘幕重重里华服玉颜，秋波婉转，千娇百媚，如芙蓉照水，梨花沐雨。记忆的莽原苍翠葱翁，褒洪德在每个角落向她瞩目……

她满脸木呆，心里是朝暮渴盼的人质父母，耳边是阿蠡不绝的怒吼：

颠覆！颠覆！颠覆……

二

半月后，姬宫湦独宠褒晌之女褒姒，震惊朝野。褒晌举家因女得福，天下艳羡。

寿仙宫灯火旖旎。紫檀几上造型素雅的白玉花薰，玉质极其油润，上有青烟浮荡。申后心神不宁地走来走去，显然在压制着勃发的怒气。她矮小的身影被烛火照得臃肿，身上的大红色葛麻镶绲丝绫上襦，乃用蚕丝、纯银丝织成。同色的丝绫百褶裙，裙裾上缀满明琅珠玉。

烛火飘摇，香雾袅袅，铺着锦绣红幔的几上放了一碗鹿茸人参汤，盈盈飘着热雾。

一个狐眼方脸黑肤宽颐的粗壮女子宫廷侍卫打扮，进来禀道：

"娘娘，奴婢已经查明，大王新得褒美人，每天在琼台宫筵宴歌舞，不辍朝夕，招致六宫嫉恨，议论纷纷。”

申后身材虽然矮小，却也是五官俊美肤若凝脂。她缓缓落入锦椅，掩着怅然，摆摆手道：“兰侍卫，你辛苦了。大王专宠新人，招来众妃嫔忌恨，已纷纷诉于本后。本后屡劝她们识事体明大理。后宫都是大王的人，大家都是姐妹，要互敬互爱，不要相互怨恨、嫉妒、排斥、猜忌。”

兰妍的狐眼在灯影里暗转，满目关切：“大王如此，娘娘要想开些，且莫使凤体有损。”她由投靠姬淑岱的马三引荐申后，得赏识，如今已成申后近卫，可以在寿仙宫呼风唤雨。

申后挺直胸膛，满脸纳闷：“兰妍，你是说本宫在生闷气？本宫一切为大王着想，只要他高兴的，本宫就乐意。不仅如此，本宫还制止六宫骚乱，平息怨愤。本宫向来爱息事宁人。天也晚了，你下去吧。”言毕，她侧目望着暗红撒花椅搭，心事起伏如海上浪潮，纷纷扬扬如宫灯氤氲不尽的幻影。

“奴婢告退。”兰妍离开后殿走出宫门，一脚踢翻玉阶上一盆黄菊：“傲的什么霜？虚伪！”

一个提着灯笼的漂亮宫娥正好路过，急忙合手行礼：“参见兰侍卫。”

兰妍对下常是凛若冰霜，一见漂亮女子，眼珠子就瞪得像要掉出来。她朝漂亮宫娥竖起眉板着脸，猛地一脚踢去：“看不惯你那浪样儿，滚开！”

殿前花坛里的木芙蓉纷纷随风飘撒，似幽怨女子悄然洒落的几声叹息。灯火阑珊处走来一群打着灯笼的宫娥寺人，簇拥着一个华服盛妆雍容女子，正是绮仙宫的姜德妃。她冰肌雪肤的一张椭圆脸，黑乌乌的大眼睛里波光点点，宛如春水欲泄；樱唇瑶鼻，美得让人窒息。

兰妍两只狐眼咕噜噜乱转，急忙跪拜：“寿仙宫侍卫兰妍，拜见德妃娘娘。”

姜德妃眉若深黛目横秋水，薄施脂粉就千娇百媚，边走边道：“免礼。”

一行人拾阶登上铺着红毯的丹墀，沿着朱漆壁廊直入寿仙宫内殿。

姜德妃命随从站在廊下等候，她轻轻推开门扉，见申后支肘坐着，一手扶着鬓角，矮小的身影被满屋的灯影摇出伤感、落寞。姜德妃跪礼：“给王后请安。”

“起来吧。”申后满面婉然，命德妃一旁坐了。宫娥上了丹漆茶蜜，她悄然打量姜德妃：一身浅黄色流彩暗花十锦绣海棠宫装，头顶如意髻上金镶玉凤钗，一双横波目流泻出云情雨意，端的妩媚动人，只眼底暗藏了一抹似有若无的凌厉。申后笑道：“妹妹到此必有要事？”

姜德妃轻轻抿了口茶，眼波幽然一荡，和颜悦色道：“哪里有什么事？只不过闷得发慌，和姐姐聊聊，打发时间罢了。”她乃周厉王时姜王后的侄孙女，如今的齐国[①]侯爵姜吕之女，姜子牙的后裔，乃系名门贵胄。

申后密密麻麻的心思幽然弥散在淡红烛影里，暗道：你一向恃宠而骄，不把我放在眼里，如今却说闲来无事，想和我聊聊？见鬼！她望着姜德妃幽然一笑：

“是啊，宫中寂寥，秋寒难禁，咱姐妹正该相互走动走动。”说着瞥了身旁的侍婢墨竹一眼，若有深意。

墨竹在一旁笑道：“德妃娘娘曾得大王何等恩宠？如今却也这般寂寥情形。自从褒城二妖[②]进宫，宫里就乾坤大变了。以妖女褒姒得宠之势，只怕德妃娘娘以后也得仰人鼻息。”

三

申后瞥见姜德妃正暗暗对她察言观色，便将一个凌厉的眼风射向墨竹。墨竹面色惴惴，忙以帕子掩口，曲身急退了两步：“奴婢言语鲁莽，请德妃娘娘恕罪！”

姜德妃用凤仙花染红的指甲刮了刮袖口的狐毛镶滚，微微笑道：

“墨竹所言极是，何罪之有？妖女褒姒得宠，也不以礼拜见我们姐妹，长此以往，只怕坏了宫中规矩。臣妾这儿倒没什么，姐姐乃六宫之主，倒甘心被一妖女轻慢着？”言毕，横波目不觉溢出一抹厉色。

申后闻此，快意和失意兼而有之，又一股久积的忌恨冲淡了潮涌般的颓丧、萎靡，挺直脊梁，只是笑道：“墨竹一个下人，口无遮拦倒也罢了。妹妹身份矜贵，竟也信口说妖。她是大王爱姬。”

姜德妃祥和的笑容下隐着暗流，不由暗笑：

又来和我装！妖女之说本是从寿仙宫传出。墨竹一个奴婢，她就有胆量以“褒城二妖”诽谤君王新宠？申茳，你心眼未免太多！

姜德妃依旧笑得美艳，笑容下流出一抹不悦，蹙眉道：“姐姐好调教。”指着墨竹：“你这婢子，竟也敢污蔑君王新宠。就不怕我告知大王，治你谤讪之罪？只怕到了大王那儿……”她故意顿了顿，扬声笑道：“就不会那么简单！大王自然会想，你一个奴婢能有多大胆量？”

墨竹慌忙跪地求饶，话语却含骄慢：

“请德妃娘娘饶了奴婢吧！非是奴婢敢于胡言乱语，后宫里纷纷议论，都在说褒城二妖。若说以此问罪，难道就没有法不责众之说么？”

姜德妃指着墨竹笑得诡异：

“果然是王后调教的人，如此机敏善辩，怕是连大王都没辙。”

听姜德妃弦外之音，申后面色端然，对墨竹斥道："你这蹄子，近来益发没了规矩！如此造谣生事，还不自己掌嘴！"

墨竹便流着泪，自己掮自己耳光，啪啪的响声在宁静大殿里荡着，分外耸动。

姜德妃知道自己需得求情，收起一抹冷笑，袅娜起立，对申后跪拜：

"求姐姐饶了墨竹！"

申后笑道："既是妹妹如此仁慈，我就给妹妹一个面子。"命墨竹停手，向德妃谢恩。她看着姜德妃手上翠玉指环在烛影里熠熠生辉，笑道："妹妹这指环可是稀世美玉，乃妹妹初为良媛③时姬宫涅所赐。可惜现在，她赏赐褒姒的金银珠玉甚多，在琼台宫暖阁堆成小山。如此受宠之人，本宫前所未闻，也难怪有妖女的传说。"

姜德妃在椅子上略移身子，拉正裙摆：

"依照惯例，我们做姐姐的应差人赏赐君王新宠。"

申后含笑点头："明日再说吧。姐姐每天都打点很多事，若还忘了，就请妹妹及时提点。"

姜德妃也顾不上计较申后"每天要打点很多事"的优越感，只流出嫣然的笑："妹妹记住就是。咱们赏赐了她，她若再不拜见，失了礼仪，姐姐你能忍我却不能忍了。"

申后闻此暗喜，抑着欢喜送走姜德妃，一宿无话。第二日农历十月十五。众嫔妃各着深秋新衣齐聚寿仙宫问安，满屋的珠摇玉动馨香扑鼻。叽叽喳喳说着笑话，最终归结于妖女问题。申后挥手命众人停止，满面端然，义正词严："咱们主子要有主子的样子，这会子说说罢了，不要轻信下人们妖女的传言。"

几个嫔妃暗中撇嘴冷笑。

申后扭头墨竹："你去琼台宫打赏褒美人，礼物要厚些。"

姜德妃便对身旁宫娥道：

"王后好榜样。采青，你也回宫带了厚礼，打赏琼台宫。"

看着墨竹和采青领命而去，大多嫔妃不敢怠慢，也欲效仿。

坐在窗边的瑶嫔站起来，明媚霞光在她周身罩着一层清浅光彩，双目灵动裹水，笑着朝众人道："我一直不曾见得妖女何等迷人，姐妹们却都要降尊纡贵去巴结她，是何道理？"

一句话说得众人停止骚动，但见申后满面温厚笑道：

"我和德妃去了，你们不去也罢。"

"妖女侍宠不曾拜见姐妹们，我们何苦去贴人冷脸？"瑶嫔说着坐下，掸了掸裙裾，长方脸上薄薄施了胭脂，在明暗交错的光影里透出丝丝婉媚。

姜德妃扶了扶髻上凤钗，眼底滑过一抹幽怨：

“妖女若再不拜见我，我以后便不客气。”

众人齐声道：“那是自然。王后和德妃姐姐大雅容物，已礼让在先。”

墨竹等几个宫娥寺人捧着几盒珠玉首饰和几匹彩缎来在琼台宫外，褒毓伸手将他们拦住，褐瞳黄发映着阳光，妖媚得不与人同。她轻眨羽睫，冷声道：

“请问诸位到此何事？”

注释：

① 齐国：姜姓侯爵。封国地为今山东东部，河北省南部一带。

② 褒城二妖：据称夏朝末年有两条龙来到王宫，自称褒城二君。这里被宫娥引用为褒城二妖，乃有诬蔑、诋毁之意。

③ 良媛：亲王的侧妃。

第四十四章　众嫔妃因妒生恨　姜德妃迁怒下人

一

高颧骨、雪缎裙襦的墨竹扬头打量褒毓，黛眉微挑，撇着嘴斜着眼，轻蔑之极：

“遵王后之命，前来打赏君王新宠。”

褒毓闻听面色更冷，褐瞳流出凛冽之风：“君王新宠？你竟然以如此称呼来轻慢褒娘娘！”

墨竹也斜着褒毓的深红色侍卫服，冷笑道：“什么娘娘？君王新宠多了，都不过一时新鲜，就像这应时花草，未见得各个都成了娘娘。就那些不知尊卑的，到头来都不知道怎么死！”

褒毓幽深瞳子盯着墨竹那么一会儿，手一挥：

“诸位请回。娘娘正在休息，不便打扰！”

墨竹一个眼色，命人将礼品往丹墀上一放，面挂讥讽笑意：“知道她夜里辛苦，我等不便打扰。王后娘娘的心意送到，告辞。”和一众人转身，昂然走向丹墀下的万缕霞光里。

琼台宫前是一片开阔的广场，在明丽的秋阳浩远的天空下犹显壮阔。风中的残花轻轻飘落，仿佛是深宫怨娥遗忘的心事。

九丈宽的丹墀红毯铺就，一个寺人低眉敛眼，合手朝褒毓行礼：

“王后打赏，咱家娘娘需得回礼、当面拜谢。但凡初一十五，合宫嫔妃除了卧病，不得以任何理由迟延拜见王后。”

褒毓冷眼看那寺人，冷颜道：

“你的意思是，如今必须让褒娘娘前去拜见王后？”

那寺人满脸谄笑，连连点头：

“正当这般，宫里等级森严，咱家娘娘不能失了礼仪，授人以柄。”

褒毓手上加力，在他肩上重重拍打了三下：“大王说过，褒娘娘名分未定，不宜拜见，你难道想忤旨么？”

那人恐慌，接连打着千儿道：“不敢，不敢，但听褒侍卫吩咐！”

褒毓放开手，指着地上礼品，命几位当值宫娥寺人："褒娘娘最是不喜欢这等俗物，这会子打扰不得。你们且把这些劳什子堆到东边暖阁里去。"

那寺人和门口宫娥急忙拿着礼物去了，片刻回来，褒毓以警示目光告诫他们："褒娘娘如今夜夜专宠，若惹得她一不高兴，你们都得杖毙。今日之事不得再提！"

众人纷纷答应，低头，暗转眼珠。

一盏茶时辰后姜德妃的宫婢来，褒毓如法炮制。但听悠扬琴声自宫门流泻而出，想着褒姒专注弹奏的美妙姿势，褒毓的褐瞳转出一抹令人不易觉察的快意。

寿仙宫的众嫔妃一直等到太阳正午，看着宫娥寺人慌忙准备宴席，也不见褒姒前来拜见，顿时怨声四起。姜德妃向她提拔擢升的两个宫嫔一使眼色，那两个宫嫔一齐跪地请命：

"妖女如此无礼，王后娘娘不要姑息养奸！您就该行使后宫之主的天威，将妖女拉来杖毙！莫说娘娘乃一国之母尊贵无比，就是那山野民夫之家，正室也有权处置小妾。难道娘娘果真怕了那妖女不成？"

众嫔妃纷纷附和，请命。

申后望着一米阳光在镂花窗上跳跃，摇头，叹息：

"唉！非是本宫惧怕妖女，本宫一向宽容仁慈，况且妖女如今深得大王宠爱。若还杖毙妖女，只怕是伤及大王万金之躯。"

在众嫔妃的一片哗然声里，姜德妃低声冷笑：

你不过怕失宠，怕被人抢了位置而已！

"这矮后和她的兰侍卫真是一丘之貉，整天的满口谎言。"几位嫔妃交首私语，只听姜德妃擢升的两位嫔妃接着道："难道王后娘娘就听凭妖女祸乱后宫？我等姐妹们将情何以堪？"

申后满面的怅然、痛楚，在深红十锦绣百鸟朝凤葛麻裙上摊开双手："本宫无奈啊……"她纠结的双眉、满目的愁苦和悲悯，使人怜惜。

这日午宴，嫔妃们所谈论的几乎全是对褒姒的深恶痛绝，和势不两立的恨语。宴后撤菜上茶，有两三位妃嫔借事告辞。申后热情挽留余者，继续坐谈到暮色四覆，再进晚膳。

二

膳后众人退去，看着宫娥寺人收拾屋子。申后靠在紫檀椅上垂着腰道："累，累死了。”

墨竹忙扶了她倒卧在贵妃榻上，榻上铺了锦绣牡丹兔毛垫子。墨竹抱出云锦被为她盖了，边给她捶背边笑道：“娘娘总讨厌这初一十五的拜会，以奴婢看来，今日这场宴没有白设。妖女如今已成六宫公敌。她总不会永远憋在屋里吧？且看她今后如何应对！”

申后扭头瞪着墨竹，沉着脸道：“本宫依照旧例初一十五设宴，只为和众姐妹亲近。有时厌倦，左不过身体不适。墨竹，本宫知道有关妖女的谣言为你所传，体念你维护本宫，用心良苦，也不责罚于你。”

墨竹吓得急忙跪地：

“娘娘，是你告诉奴婢，夏朝时进宫的两条长虫自称褒城二君……”

申后一挥手打断她，笑着拉她起来，轻拍她手，语声婉柔：

“墨竹甚是聪明，和你说事最不费力。但你休得混说，否则一旦惹祸，本宫也救不得你。你没看姜德妃笑里藏刀，巴不得将本宫拉下马来，好使她取而得之。你以后千万要谨慎！无论褒姒妖女如何惑君乱宫，本宫只愿后宫祥和。”

墨竹一直在她背上轻捶轻按，手法老道。片刻后困意袭来，申后小睡片刻，又打着呵欠坐起来，被墨竹伺候着洗脸卸妆，宫娥又端来桂圆灵芝汤安神。待墨竹熄烛出去，掩门的吱吖吖响声刚一消失，申后啪地摔了那碗汤，瞪着眼看着窗口灯影，面色暗沉阴冷，一如深渊。

褒姒坐在琼台宫的芙蓉帐里，看龙凤烛摇曳，微蹙着轻烟眉，目光忧郁，幻想着让老天赐予一副飞翔的翅膀。

姬宫涅轻轻退下她臂上轻绡，又解开鸾带、丝绦，脱去她身上荷色锦衣。

她晶莹玉体裸露横陈于面前，他目光变得梦幻般的迷离、炙热、震摄。

摇曳烛影里，她嘴唇轻抿，面无表情。若不是那散乱眨动的睫毛，她完全像晶莹剔透的玉雕。姬宫涅温厚的手掌轻轻由她面颊一路下滑。云母屏风顶端的宫灯投射在她泛着隐隐绯红的脸上，是一众近乎透明的莹润色泽。姬宫涅的喘息越来越粗重，饥渴的兽一般呼吸。

她缓缓闭上眼，在凄楚、悲酸中，平静地等待着一种毁灭。

他的轻怜蜜爱渐渐变成即将喷发的火焰。

在芙蓉帐的激烈动荡里，褒姒幻想着让老天赐予一副翅膀，让她向着犬戎方向飞，精疲力尽也不休息，在最短时间里扑向无奈而愁苦的父母。

当他体内积聚的火焰正炙时，双眼放射出可怕的光。

她眯着眼看他，深藏一抹厌恶，一如往昔的淡定，郁郁忆起在此度过的第一个夜晚：她敏捷地挣脱被他环着的柔荑，看似不经意地将食指含在嘴里，趁着他神魂飘飞的瞬间狠狠一咬，血腥味渗往牙缝、喉咙。她忍着痛，滴血的手指找准部位，在床单上用力按压，制造出那些腥红。

他一声喘息倒在她身旁，微闭着眼，眉宇间写满幸福、满足。

她悄悄移出带血的手指，扭头看着跳跃的烛花啪地一声爆炸。

他侧身轻抚她，拉住她纤纤玉手："美人，你在看什么？"

"听说新婚夜烛花爆炸，乃是喜象，预示着幸福美满，开花结果。"褒洪德的炯炯双目在烛光里闪亮，褒姒心痛无比，默默流泪："想我蒲柳之质，一心向往神奇。愿得郎君一人心，白首相倚莫相弃。"

他当然不会知她心思，温热的气息吹得她耳唇发痒："美人，从没人不对孤王笑，从没人和孤王说这样的话。你这性子、这些话果然都奇怪，但孤王喜欢。"

她轻轻推开他，话语亦是轻轻："奴家当然知道，大王若是愿意，当会夜夜新婚，自然会觉得奴家奇怪。"

三

姬宫涅盯住她看了那么一会儿，揽住她笑道："美人在怨恨孤王？"

褒姒气若纳兰，细声道："奴家不敢怨恨，喜欢还来不及。"

"既是喜欢，然何不笑？"

"奴家是个怪人，天生不笑。大王不必介意。"挣开他，缩往墙角："大王明日还得早朝，赶快安歇吧。"

姬宫涅欺身而上，俯视着她，鹰眸闪亮："有你在此，让孤王如何安歇？"

褒姒仰面躺着，思绪在烛影里纷飞，忍不住回到那个酒醉之日。褒洪德亦这般拥着她，她至今难忘眸中那抹深深情愫。

那时，她多想和他远走高飞，离开这污浊尘世。然，终究未能，终究未能！

晨光满屋时早膳已毕，云儿看着两个宫娥忙前忙后为褒姒梳妆打扮，将所有繁琐程序一一记在心里。梳妆已毕，姬宫涅正将一朵芙蓉花往褒姒头上插，见内侍王进来禀："大王，司寇大人伯阳父已在殿外等候多时。"

姬宫涅朝他一挥袍袖，面色铁青，鹰眸冰冷："老匹夫屡屡胡言，孤王不见！"自褒姒入宫，他每每携她花前月下，寸步不离，万般缠绵。

褒姒扭头，看到寺人王进满脸的迟疑、为难。她清眸闪闪凝视姬宫涅：

"大王理应召见大臣。"

姬宫湦闻听脸上铺展开笑纹："好了，就听美人的，孤王这就召见他。"转面寺人王进："命伯阳父前殿候见。"含笑，轻抚褒姒柔软发丝："美人稍候，若无要事，孤王去去就来。"

姬宫湦来在前殿刚刚坐稳，伯阳父进来，须发灰白，双目炯炯，撩袍跪地，声音颤抖道："大王，你身兼社稷重任，切不可沉迷于声色犬马，弃六宫粉黛不顾，弃朝廷政事不理。天下数百镇诸侯奏折到朝歌，皆不能面圣。御书房里，文书奏简已堆积如山。"

姬宫湦鹰眸寒光立闪，指着他斥道："伯阳父，你又在胡言！朝廷是孤王的朝廷，御书房是孤王的御书房，哪个要你多事？孤王念你年老，不治妖言惑众之罪。你快滚！能滚多远就滚多远。"

伯阳父望着姬宫湦，目光苍凉绝望，磕头道："大王，请恕微臣忠言直谏。臣听说褒美人面带桃花，双颊如削，此非兴国之相啊！如今朝野议论纷纷，都说后宫出了妖孽。微臣昨夜细观天象，见紫微星①附近灾星飘摇，甚是忧心，又占了个先天演卦……"

姬宫湦心中一动，定睛问道："卦中有何解释？"

伯阳父沉吟片刻，磕头在地，沉声道："请大王定夺，大周的灾星就在后宫……"

姬宫湦霍然起立，瞪着伯阳父，恨不得将他杖毙："伯阳父，你老糊涂了，文王卦失灵！后宫俱是手无缚鸡之力的弱质女子，与社稷何干？你若再敢胡说，孤王定不轻饶！"

伯阳父自幼以周文王为榜样，精修文王的先天演卦，敢言直谏。他叩头在地，瑟瑟发抖："微臣虽老，但不至糊涂，先天演卦从未失灵！国之将亡，必出妖孽。请大王以国体为重，将褒姒等人驱逐出宫，将精力放于朝政，则国泰民安，社稷昌隆！"

"孤王日理万机，何等辛苦？你却怨孤不理朝政！"姬宫湦啪地一拍案台，扬声传旨："伯阳父年老糊涂，妖言惑众。孤王念及旧情，不加株连，让其告老还乡，永不再用！"

那伯阳父却只是叩头，哭着大喊："国之将亡，必出妖孽！请大王将褒姒等人驱逐出宫啊——大王啊大王，你这样昏庸下去，将葬送大周数百年基业啊——"

姬宫湦面色涨红、喝令侍卫：

"快将伯阳父轰出去，轰得越远越好！快宣虢石父来！"

侍卫们架着疯一般哭喊的伯阳父往宫门口走，恰恰碰上匆匆而来的虢石父。已知状况的虢石父笑眯眯捋须，站在玉阶上，看着狼狈不堪的伯阳父，耸着肩道：

"呵，我以为是哪个疯夫不懂规矩，在后宫禁地胡喊野叫呢，原来是大忠臣伯阳父。你不常骂我是个不得善终的奸佞吗？如今看来？究竟是谁不得善终？”嘿嘿一笑：“没空跟你说了，我急着进宫去见大王。”虢石父来在内殿行了君臣之礼。姬宫湦赐座，问道：“虢爱卿，老匹夫伯阳父说朝野俱在议论后宫出了妖孽，可有此事？”

虢石父早已划出了道道，暂且顺势而为，眯着眼笑：“定是有人嫉恨褒美人得宠，制造妖孽谎言。大王不必忧心，可立即传旨止谤。褒美人乃名门闺秀，貌美品端饱读诗书，身正何惧影子斜？”

姬宫湦立即涨了精神，脊背挺直，扬声传旨：

“捉到造妖孽谣言者，立即杖毙！”

注释：

① 紫微星：帝王星。

第四十五章　赏芙蓉出语不慎　褒美人险遭杖毙

一

又一日的闪闪金霞破窗，褒姒醒来便觉身上有些酸困，打着呵欠坐起来揉着眼，风透过镂花窗吹在身上有些寒意。

在帐外侍立的四个宫娥急忙伺候着她穿了红绸夹袄，十锦绣芙蓉葛麻上襦，十锦绣百蝶穿花百褶裙子，另套了石青色葛麻坎肩，领口袖口缀着雪白的狐毛。又伺候梳妆、用膳已毕，闷坐的褒姒看着窗外，呓语般地说道："残秋天气，潇潇风寒乱扯衣。北雁唤回幽梦，犹困秋醒。若有良朋，最宜载酒彩舟行。"

云儿正和一个丫鬟取下云母珠帘，换上葱绿撒花软帘。闻言扭头道：

"大王朝臣去了。小姐闷在屋里，最易胡思乱想，不如出去走走。听说御花园里有个芙蓉园，芙蓉花开得极美，吸引了很多人呢！"

褒姒目中火花一闪："也好。芙蓉花乃是平凡中的高洁，世人皆爱其美，我也不能免俗。"

褒姒坐着步辇出了宫门，身边跟着云儿等一群宫娥寺人。穿过几道宫墙，顺着抄手游廊往前走，听月檐下的风铃发出嘀零嘀零的碎响。虽是深秋风紧，御花园依旧青木葱翁，园艺师拿着圆柄铜剪修剪树木、花枝，一下一下甚是仔细。

彩石幽径尽头便是芙蓉园。褒姒下了步辇，由云儿扶着进入，见各色芙蓉树葱葱翁翁，高矮稠密颇不相同。不同的芙蓉花争艳斗美。曲幽小径上游人如织，果真是秋风万里芙蓉国。

褒姒仰首捏住一枝芙蓉，仪态陶醉，目光痴迷："傲霜拒霜有黄菊，芙蓉却是最宜霜。"恍然回顾往昔，见花间蝶舞双双，不由怔忡："山前明辉耀，花间蝶徜徉。未及清池上，红蕖并出房。日分双蒂影，风冷雨花香。采之欲遗谁，所思远道长。同心而离居，终老以忧伤……"

忽闻一声冷笑，姜德妃从花树后转出，后面跟着一群嫔妃。姜德妃指着褒姒，千娇百媚的冷颜覆满寒霜：

"好一个同心而离居，终老以忧伤。褒美人，你可知犯了欺君之罪？"

褒姒不想即兴所言被人偷听，见面前女子衣貌不俗，惊惶得后退几步。却听姜德妃厉声道："褒美人果真是骄蛮得紧！见了本宫也不行礼，成何体统？只怕后宫有你，从此乱了秩序。来人，将这不守礼仪没规没矩的妖狐拖下去，杖毙！"

宫娥寺人们面面相顾，神情彷徨。

恨郁于心，流之于外，姜德妃在褒姒进宫前得姬宫湦专宠，一向自命不凡，见众人如此，自觉失了威仪，不由得面容扭曲，扭住身边一个宫娥，劈面挥去几个巴掌：

"好你们这些没用的贱婢！竟敢忤逆本宫。本宫今天就先打死你，再管别人！"

不顾那宫娥跪地求饶，姜德妃一个眼色，两个寺人将惊恐万状的宫娥拖住，一阵急雨般的巴掌如雷霆不息。片刻功夫，那宫娥满脸胀紫眼眶乌青顺嘴流血，两眼闭着似是晕厥，两臂被寺人牢牢架着，才不至倒地。褒姒珠泪横流，惶急跪地，接连磕了几个响头，悲声祈求：

"娘娘快住手吧，要出人命了，请娘娘饶恕宫娥。要打要罚就对着贱妾！"

姜德妃黑黝黝的眸子如水流转，抱臂转面，不理。巴掌一声声响在空中，震慑着褒姒的肺腑，看着那宫娥摇摇欲坠，她嘶声哭求："请娘娘饶了无辜的宫娥，要打要罚贱妾认了。"

姜德妃一脚将褒姒踢倒，环顾众人，尖声冷笑：

"你们瞧瞧，妖女骄横越礼不拜，还不让本宫管教下人。她说下人无辜，那本宫倒是有罪了？她果真以为本宫不敢动她吗？"

云儿搀起褒姒，心痛不已。也不知面前丽人是谁，但知大王最宠爱自己主子，便指着她语声尖利：

"你这人真是凶狠，又没人得罪你，一见面你就张口骂举手打的，还说别人骄横！我家小姐最是个好人，从不责罚下人。"指着她身后众人："他们跟着你真是倒了八辈子的大霉。"

二

姜德妃自出娘胎就尊贵无比，誓要制裁褒姒，在后宫扬威。此时恼羞成怒，呼呼喘息着冲上去，揪住褒姒，扬手几个巴掌，骂道："不知礼仪的妖女，自称贱妾，自甘下贱！你不责罚下人，本宫就偏来责罚你！"

云儿见姜德妃一掌掌猛掮褒姒，就要扑上去拼命，却被琼台宫的几个宫娥扯住，悄声告诫："你难道不要命了？她是德妃娘娘！"

云儿护主心切，挣脱撕拽猛扑上去拽住姜德妃，尖声哭喊：

"别打我家小姐，别打我家小姐！德妃娘娘，云儿求你了。"

"来人，快打死这个贱奴！"姜德妃推开云儿，又扯住褒姒，朝身后的众嫔妃尖叫："妖女主仆如此无状，以下犯上欺压本宫，下一次就要对付你们，以后大家谁也别想安生了……"

经德妃擢升的一嫔急忙过来拉住她，耳语：

"姐姐，你身份高贵，这样撕打着不好吧？"

德妃甩开她，尖声大骂："你们惧怕妖女，本宫却不怕她！"又掮了褒姒几个耳光，看着宫娥们扯住云儿撕打。

嫔妃们虽然痛恨褒姒，但多有忌惮，又自恃身份，只站着静观事态，并不肯当众动粗。

一个宫嫔悄扯另一世妇[①]袖子，附耳笑道：

"看不下去了，德妃自恃高贵，竟然这么粗鄙！"

也有几个妃嫔笑嘻嘻看着暴怒母狮般的德妃，心里盼着她快些倒霉。

忽听一声王后驾到，众人立即停止骚动，但听树叶飒飒如急雨来袭。

满脸是汗的姜德妃丢开褒姒，急忙跪地，哭道："妖女欺君犯上，臣妾不过说她几句，她便与臣妾动手，蛮横无礼之极，请姐姐替臣妾做主啊！"

阳光当头泻下，空气里依稀有花叶碰撞的碎响。醉人花香后掩着生存的万般凄凉。破碎的声响一直漫向褒姒心底。她视线模糊，看不清面前的一花一木，在地上摊晾成一丛植物。

申后看也不看褒姒，端然指着姜德妃："欺君犯上？这是怎么说？"

姜德妃指着近处那棵芙蓉花树，"臣妾等人正在赏花，听到妖女站在那儿低语，说什么同心而离居，终老以忧伤。大家都是大周天子的人，她这话是什么意思？"

申后眸光怅然，从姜德妃头顶轻轻飘到芙蓉花树上，若有惊惶、酸楚：

"宠极爱何限？佳人情却疏。自古以来，此等事不足为怪。如今既然发生在大周王宫，牵涉到王室威仪，天子颜面，还需查明，再作处罚。德妃，刚才和人动手，就不要颜面不顾身份了？"

姜德妃闻言擦去鼻尖上汗水，哭道："妖女就是妖女，大王何等宠爱，她却有同心而离居之隐私？今日见了我等姐妹也不参拜。臣妾向来维护王室维护后宫，一时情急，就要责罚她。她主仆便扑上来与臣妾撕打。臣妾实属无奈……"

申后逆光而立，满面暗影浮动，语声沉缓：

“我大周后宫有一后三妃六夫人，九嫔、二十七世妇、八十一女御，和无数的姬、子、女史。德妃，你居于后宫一人之下万人之上，竟和身份不明的人撕打，成何体统？你以尊贵之身沾惹身份不明的卑贱之人，岂不等于将明珠投进泥淤？至于你说的卑贱之人欺君、以下犯上，本宫不敢做主，需禀明大王再做处罚。”倨傲目光环顾众人：“后宫本是祥和之地，谁再生事决不轻饶！”转身，由墨竹扶着，在芙蓉园门口上了步辇，一群人前呼后拥而去。

看着众人散去，褒姒仿佛听不到云儿的呼唤，就那样瘫坐在冰冷的地上，直觉冷风阵阵彻骨，看着阳光在芙蓉园撒下如烟的大幕。她目光沉冷到了极致，如同上元[②]的烟花徐徐陨落成冰冷的死灰，口中喃喃：“寂寞深宫，宠荣一寸恨万缕，惜春春已去，早晚摧花雨……”

云儿被打得鼻青脸肿，眼角青紫，哭诉声随光影起伏：

“难道我们就白白受了这场折辱？那申后明是斥责德妃，实则责骂小姐。看来她们都是一伙的。我们进宫以来第一次出门就惹上这等祸事，以后如何是好？需赶快禀明大王才是。”

一个叫莺儿的宫娥警觉环视，看看四下没人，才压低声音道：

“这宫中之水深不可测，不知奴婢可敢直言？”

云儿一声抽噎，抹着泪道：“莺儿姐姐但讲无妨。”莺儿压低声音道：“深宫内苑，宠冠后宫者从来都是众矢之的。今儿这场祸事，决非偶然。位尊者若要生事，位卑者焉能逃脱？这后宫主子最忌讳责罚下人时被人阻拦，一则丢面子，二则怕下人感恩别宫主子，此后串通，对她不利。咱们娘娘今天阻止德妃责罚贴身侍婢，她当然多心，动了真怒。”

空气里弥漫着芙蓉花香，扑人鼻息。燕雀当头闹着，云儿直觉要窒息，见莺儿警觉环视四周，声音更低：“德妃和申后不是一伙的。在褒娘娘进宫之前，德妃曾经宠冠后宫，苦心孤诣地要位极俪宸。她恃宠而骄，对申后只是做足面子，并不真心臣服。她手下几位嫔妃各俱丽色，结党对付申后已久。申后擅妒，虽然今天讥讽了娘娘，并无惩罚，表明她并不想顺德妃的意。”

云儿转起眼珠，微黑的脸上掠过一道灿烂光影：

“她若重罚了咱家娘娘，大王必然怪罪，得便宜的就可能是德妃……”

莺儿点头道：“妹妹甚是聪明！她若不忌惮德妃，可能就会把咱们一起杖毙，没得冤申。”

另一宫娥探头道：“是啊是啊！申后若不厉害，早被德妃弄到冷宫里去了。

申后今天若是动怒，只怕不仅要对褒娘娘不利，还要说下人撺掇主子，咱们就都得死。”

三

褒姒在辇上略略扬声：“祸从口出，都别说了！”

回到宫里，褒姒直觉倦怠、冷寒，怔忡着躺在床上，看风从镂花窗吹进来，拂动大红鸳鸯锦帐。她伸手合上锦帐，看着艳艳的日光从重重垂纱后薄薄透进，帐上的镂空金线串珠刺绣图案熠熠生辉，鎏金九龙帐钩亦在风中轻微作响，龙口钳着金珠，光芒莹莹，摇曳不定。褒姒只觉心底有无尽的愁绪缠绕，不肯消退，刚刚要闭上眼睡去，莺儿进来禀道：

“娘娘，寿仙宫宫娥送来八珍汤，另有治疗外伤的肤乐膏。”

褒姒一个激灵坐起来，双眉轻颦，目光困惑，细柔的声音仿佛被微风扯长的游丝，截断身际细密的伤感：“让她进来。”

莺儿退出，稍倾领着墨竹进来。

墨竹进来也不拜见，将一红木填漆盘子放于几案上，挑着嘴角，目光轻渺望着帐顶的一米阳光，眼底一抹桀骜显示着她的高不可攀：

“我家娘娘见褒美人面色不好，这八珍汤乃有补气养血之效。那肤乐膏乃宫廷秘制，用于外伤，消炎化淤……”

莺儿在一旁插话道：“是是是，对于皮肤上的瘀伤，肤乐膏一抹就好，真是感谢王后娘娘的恩德……”

墨竹翻着眼皮，不屑地打断莺儿：“这儿没你插嘴的份儿，出去！”

褒姒略略思忖，瞄了莺儿一眼，抚着皓腕上金丝翠玉镯道：“莺儿退下。”

莺儿唯唯退去，褒姒含了微笑望着墨竹：

“姑娘辛苦了。请转告王后娘娘，褒姒感谢她。”

墨竹依旧望着帐顶，撇着嘴，天山雪莲般的冷傲：“知道感谢就好。今儿若不是我家娘娘，你们主仆怕是要被姜德妃处置死了。我家娘娘最是仁慈、公道，今儿的事，她要召集后宫，在内训殿为你们主持公道。到时，你说话可要掂量着了！”

褒姒眼珠低转，面色茫然，渐转笃定：“观花赏景，偶发感慨而已，并没什么事，不料……”她顿了顿，打住话头，勉力咽下一腔悲愤、怨恨、无奈。

墨竹呲目冷笑道：“在这后宫，谁有没有事，都在我家娘娘如何权衡。告辞！”转身走到门口，又回头望着褒姒，目光阴冷：“但愿你真的懂得感恩！某些人屹立不倒，大家都没好日子过！后宫这么复杂，大家心里得画个道道。和谁近和谁远，得弄清楚。站错队会要命的！”

墨竹说吧，昂首疾步去了。

褒姒看着墨竹背影，心里波涛起伏，目光变得锐利如器。过去所受的心灵枷拘及肉体之苦历历在目，世事的纷繁，女人的嫉妒，都非你谨慎言行就能消除。想以仁爱、宽容独善其身，免除伤害，谈何容易！

云儿脸上眼角处都擦了药，进来问道：“娘娘，你为什么不教训教训她？这个蹄子也太嚣张了吧？”

褒姒郁郁一笑：“姜德妃已和我们为敌，王后，我们得罪不起。”

莺儿挑着帘子进来道：“寿仙宫的墨竹弦外之音，分明是要娘娘和申后串通一气，借今日之事申诉德妃。”说着，走到几案前，拿起肤乐膏递给云儿，满脸讥讽的笑，低声道：“瞧申后多周到，连咱们下人都关怀上了。用这个抹伤口，不出三日伤就好了。”

云儿接过肤乐膏，扬着眉梢道：“什么君子报仇十年不晚？叫我说太晚了！现仇现报才痛快。小姐，快去拜见申后吧！”

莺儿以眼色制止云儿，朝褒姒打着千儿道：“娘娘，请恕奴婢多嘴。后宫嫔妃行事，往往步步为营，步步杀机。螳螂捕蝉黄雀在后，暗箭比明枪更为可怕！娘娘须得小心行事，凡事运筹帷幄，走一步看百步，方为上乘心法。”

褒姒不觉看了莺儿半天，欣赏地点头：“龙藏深海，方能冲天一飞；雷隐云层，故能一鸣惊人。退一步彩虹满天。万丈高峰惹人羡，攀登者必先层层修炼。云儿，以后凡事多向莺儿请教、学习。她年纪不大，心胸不小。”

莺儿听到夸奖红了脸，讪讪笑道：“娘娘谬赞了！奴婢哪里有什么心胸？只不过早进宫几年，所谓的权术、阴谋，见得太多。”

褒姒按压着忡忡忧心，淡然的眼神含了欣赏之意，一抹艳艳的光彩在颊上绽放：“莺儿，你的及时提醒，乃是救命良药。至于去内训殿如何说话，我自有道理。”

接近中午时金霞万缕驱散飘在树梢的冷风和阴霾，路旁的合欢花挽不住最后一缕芳华，茕茕飘落，惹人叹息。申后披着阳光，和宫娥墨竹站在崇政殿必经琼台宫的路口，望眼欲穿。看到姬宫涅随着寺人王进和一群侍卫走来，她和墨竹急忙跪礼：“拜见大王，大王金安。”

姬宫涅看着申后发髻上的金凤簪在太阳下熠熠闪亮，抬臂命她们起来。

申后站起来，掸掸凤纹葛麻红裙的膝部，冲着姬宫涅微微一笑：

“宫里出了点事，臣妾特来禀报。”

姬宫湦只管大步流星走，和申后墨竹拉开一段距离，向后一挥袍袖，鹰眸透射出厌烦：“申茳，孤王多日没有上朝，很多事需要处理。你只管行驶后宫权利，那些芝麻绿豆大的事就不要劳烦孤王了。”

申后提着裙子小跑着追上姬宫湦，喘着气道：

“此事牵涉到后宫的长治久安，也牵涉到褒家妹妹，必得大王处置。”

姬宫湦在木芙蓉树下盯视申后，鹰眸立寒：

“姒儿贞静，整日不出宫门，会有何事牵涉？”

申后几次嘴角蠕动，似难开口。姬宫湦益发情急，催促道：

“快说，孤王讨厌吞吞吐吐！”

申后双手交叉着放于腹部，垂眸，声柔：“臣妾今天去芙蓉园赏花，遇到姜德妃对褒妹妹又打又骂。当着众嫔妃和下人的面，太不成个体统。”

姬宫湦鹰眸紧收，激射的浓郁寒气迫退满空霞光，面色涨紫语气急促：

“竟有此事？姜德妃一向强势、凌厉。褒美人可有损伤，现在哪里？她们为何如此？”

姬宫湦拉着申后疾走，只听申后气喘吁吁道：“德妃妹妹说褒家妹妹犯了欺君之罪，就要杖毙，下人们不敢动手。德妃便责打下人，褒妹妹求情，她又怪褒妹妹阻挡她责罚下人……”

姬宫湦气喘声厉：“褒美人醇厚诚朴，何来欺君之罪？那姜氏显然见不得有人比她强，跋扈、嫉妒。即便褒美人阻止她责罚下人，亦是宅心仁厚，何致遭罚？”

申后眼睫轻眨：“她两人都是大王的心肝宝贝，臣妾不敢妄加评议。后宫重地拒绝隐患，不可使任何矛盾放任自流。我要召集后宫到内训殿，还请大王亲自断定是非。”

姬宫湦脸上现出难以明状神情：“王后严谨治理后宫，孤王准奏。待我快去看看褒美人。”说着疾走，袍摆急速地搅动脚下风烟。

见墨竹追上来，申后朝姬宫湦的背影呶呶嘴：

“一听说褒美人被打，看他急成这般样子。”

墨竹抿去耳旁乱发警觉看看四周，低声道：

“听娘娘刚才言语，分明护着褒姒那个妖女，奴婢不甚明白。”

申后看着碧云空中落叶飘舞雁阵南飞，幽然一叹：“德妃野心你也明白，意在僭越。褒姒终究是一个没有位分的人，如今连女御都不是。深宫里的得宠者就像咱们这脚下花草，随季枯荣。要盖住我这棵大树，痴心妄想！而德妃却是一棵汁液饱满的树苗，一得雨露就要成精。她今天竟然打了姬宫湦的新宠，看她如何自处！”

墨竹的亮眼在光影里眨动，赞道：“娘娘乃是两害相权取其轻。墨竹佩服。”

注释：

① 世妇：大周六宫有一后三妃六夫人，九嫔、二十七世妇、八十一女御，和无数的姬、子、女史组成。

② 上元：元宵节。古人称元宵节为上元。

第四十六章　后妃们唇枪舌剑　褒美人被罚禁足

一

午后的金菊在窗台上一瓣瓣萎谢，时光静谧，宛若清溪般的悠闲。姬宫湦面色僵冷，和申后分礼高坐在内训殿大堂正中。

申后穿一袭十锦绣百合团花上襦，同色百褶宫裙。裙裾上锦帛葵花缎饰，十色织锦，纯银线制成的绲边，襟口、裙摆上皆是大朵绽放的金黄色葵花。她满脸的婉柔，看看姬宫湦，对着跪地，低头思忖的褒姒、姜德妃道：

“俗话说，长简刻短诗，无方无圆；明月照方窗，有规有矩。咱们身为王室，最得为天下之表率，最得讲究规矩。现在合宫上下都在谈论今日芙蓉园的纷争，大王所问，你们且不可隐瞒。也只是随便问问，妹妹们莫要紧张，据实讲来就行。”

姬宫湦鹰眸凝寒，隔着越窗的霞光迫人胆颤：“姜德妃，就今日殴打褒美人一事，你先说说。若有欺瞒，孤王定不轻饶！”

姜德妃脊背发冷，低头一拜，声音略嫌嘶哑，叙述了她听到褒姒心声如何急怒，褒姒如何倨傲不拜，她要责罚下人时褒姒横加阻拦，及云儿扯住她撕拽的过程，最后哭得气喘吁吁：

“褒美人自进宫以来，得大王专宠之恩，她却说‘同心而离居，终老以忧伤’。请大王明察！臣妾一心维护大王，情急猛浪处，还望大王宽恕，臣妾不胜感激！”

姬宫湦指着褒姒，厉声道：“孤王一直问你，你一直不语，是何道理？是孤宠坏了你吗？”

褒姒受挫，心比死灰更灰，明白自己难免遭人妒恨、排挤，但不欲和人结怨。她叩头，流泪：“德妃姐姐所言属实，但她误会了臣妾。臣妾的‘同心而离居，终老以忧伤’，乃是感叹深得君王眷顾，何等荣幸；感叹天下难成眷属的有情人，如秋风凄凉。臣妾岂敢欺君？阻拦姐姐责罚下人，乃是失礼。惹得姐姐动手，更是无状。一切过错都在臣妾，恳请大王责罚。”

姜德妃痛恨地指着褒姒，目光轻蔑：“褒美人，你真会巧言令色！你这是在避重就轻。大王，你切莫被她谎言蒙蔽！”

姬宫涅阴晴不定的目光盯着褒姒，面色莫测一如绝地深渊。

申后伸手将椅子扶手上的兔毛椅褡抚平，对姬宫涅笑道：

“褒妹妹深居宫中，却能感怀天下有情人之困苦，又体念下人，舍身相救。真乃宅心仁厚，贤良无双。”

姜德妃抬头，怒视申后，厉声道：

“真是佩服姐姐这张嘴，水都能说得点着灯！”

申后笑着不语，但见卑歉姿态。

姬宫涅脊梁挺直，收敛情绪，笑容幽深如潭：“好，好！你们都很好。”指着姜德妃：“你忠诚维护孤王。”指着褒姒：“你心系天下苍生。孤王就赏你们每人黄金三百两。但你们以后要精诚团结，共同侍驾，决不可再生事端！”

姜德妃不料结局如此，庆幸又惋惜，也不敢再言，低着头挽着手，接连拜了三下，告退。

申后微窥低头纳闷的姬宫涅，审视了褒姒半天，将内心的怒气一抑再抑。起身搀起褒姒，亲热地拉着她坐了，笑道：

“褒妹妹真是个美人坯子，我见犹怜啊！你以后多去寿仙宫走动，有什么委屈尽管和我说。咱们都是自家姐妹，且莫见外了。”

荟萃宫各处布置精美。烛影摇红，细芳幽幽。瑶嫔侍寝数日，心里脸上尽是幸福、满足。紫色帷幔，大红锦帐。温情的气息随着沉水素香弥天漫地。

姬宫涅温柔地揽着瑶嫔，略感倦怠的鹰眸不觉闪过一丝精光：“碧瑶，你天真烂漫甚得孤心，进宫不到一年就连升两级。由孤王连日陪着，你心里高兴吗？”

瑶嫔嗤嗤笑着蜷缩在他怀里，轻轻翕动的红唇透出心底的欢愉，微眯的眼睛含着沉醉：“高兴，臣妾怎么会不高兴呢？只怕笑多了早生皱纹呢！”

姬宫涅瞪着芙蓉帐一角，瓮声瓮气道：

“可褒美人，她就不笑，从来不笑，说是不会笑。”

一身粉红闪缎睡衣的瑶嫔侧身而卧，手在姬宫涅胸口轻轻摩挲，灵动双目如水流转，满脸红晕：“试问大王，您若和心爱的人一起，会否不笑？大王可记得和臣妾同时晋升的那位苏嫔？她不也一直不笑？后来就发现她和人通奸。若还有一个女子对着大王不笑，必有两种可能……”

姬宫涅心在发抖，一手轻柔揽她，一手轻拍她脊背，神情虔诚得像在跪拜女娲娘娘：“碧瑶，请讲。”

瑶嫔坐起来，如瀑长发垂到腰际，红色烛光笼着她的脸，妩媚娇艳。她捋着头发，声音干脆：“一，她根本不爱大王；二，她心里装着别人。今天臣妾没去赏花，但听人们议论纷纷，都在重复褒姒那两句话：同心而离居，终老以忧伤。”

二

姬宫涅抓住瑶嫔手坐起来，鹰眸圆睁，神情怔忡：

“同心而离居，终老以忧伤……”

瑶嫔也坐起来，双臂攀住他项颈，点头道：“正是这两句。”又说了褒姒收王后、德妃礼物而不参拜，惹怒众人之事。

情知瑶嫔意在揽宠，姬宫涅的热血依旧在皮下奔涌，不息，额头青筋暴露，大手不由攥紧瑶嫔。瑶嫔吃痛，一声尖叫：“痛……”

姬宫涅急忙丢开手，又轻轻将她揽进怀里，抑着心底虚弱，声音坚硬：“褒姒心底善良，她不会欺瞒孤王。”忽然下床，披衣，朝外喊道：“孤王移驾。”

瑶嫔急忙下床侍候着，并不敢稍有阻拦，看着窗外阑珊夜色，强忍心中刺痛，美颜含笑，抬眸问道：“如今已是亥时，大王何故要舍臣妾而别居？”

姬宫涅心有愧疚，轻吻瑶嫔红唇，手掌滑过她柔软发丝：

“许多天没有上朝，御书房堆了许多奏折，孤王要去批阅。”

瑶嫔拉着姬宫涅手送至宫门，看着他随着寺人王进及几个侍卫走进昏暗的灯影和飞扬的落叶里。她一时撑不住心底虚弱，倒在门框上痛哭，似看到自己孤苦的灵魂，正卷入高墙的阴影和打旋的夜风里，徐徐湮灭。

宫娥翠缕搀起她，给她披上红绸薄袄，细声道：“也不知那妖女褒姒哪里勾魂，大王定是去了琼台宫。如今大王对她正在兴头上，娘娘也该珍惜自己的身体才是。再美的花草总有凋零的时候，就没见过哪宫主子会常宠不衰。留住青山还怕没柴？娘娘切莫哭坏了身子。”

瑶嫔在翠缕搀扶下进屋，见凤烛依然摇曳，合欢被余温尚存，只是枕边良人已去拥着别人。她扑倒在床上流泪，被伤感、酸楚、怨恨的浪潮一波波吞噬、摧毁。

翠缕抹着泪劝了良久，瑶嫔才扶着床沿坐起来，看着皎洁浩月内外通明，清光粼粼透过镂花窗，照亮寂寞大殿。她觉得自己的身心正浸入苍茫无底的水晶宫里，慢慢沉没，不由流泪泣语：

“只缘别宫狐媚相，不得终宵在帐中。本宫好不怨恨也！”

琼台宫浸泡在银月清辉和朦胧夜雾里，如同瑶池仙苑。褒姒正在窗前弹琴，神情忧悒，边弹边凄声和唱：“翁竹新栽数行，常将劲节负霜。为缘春笋破墙，不得垂荫玉堂。嗟叹怀所离径，遐旷路中情伤。葩纷光珠耀英，多思感谁荣光？周风兴自后妃，空心历历向阳。”

她凝神望着窗外一轮皓月，一缕清风，穿越隔世尘烟。寂寞纤指滑过灵魂的忧伤，多少情未了，多少泪飞扬。倾尽一生诗意情怀，惘然回顾中，却早已遗失了那爱。

一曲方罢，褒毓的声音在她身后响起：“好一个空心历历向阳，糊涂！寻常女子若还受了委屈，夫君必然百般怜惜，殷勤守着。你如今这样，他却去揽着别的女人风流快活。我说你多少回了，你怎的还是在褒国时的窝囊样？受人欺负也不敢吱声，竟说，‘一切过错都在臣妾’。”

褒姒回头，见褒毓昂首挺立于橘红灯影里，一身绛红侍卫服，倒衬得她英姿勃发。高挑的身材，很有几分玉树临风的气势。褒姒纤指覆在七弦琴上，垂眸、低声道：“但凡女人多的地方就有惨烈战争，若不藏锋蓄锐，低头做人，等待的就是死路一条。”

云儿正在铺床，探头出来道：“大小姐，娘娘说的极是。那姜德妃在后宫根基深厚，和她结怨就等于自掘坟墓。”

褒毓徐徐走近褒姒，褐瞳冷彻，声音和神色一般凌厉：“你不受宠就被人踩死，你若受宠就万人敌视。妹妹芙蓉园所受折辱，和如今这般凄凉情形，不都是君宠所致？君宠是什么？说到底，就是无数女人的刻骨仇恨！不如瞅机会杀了姬宫湦，咱们逃出宫去。”

褒姒闻言惊颤，急忙关了门，瞪大眼睛看着褒毓，如看着天外来客：

“姐姐，你疯了么？此等话不可乱说，这会招致灭门之祸！”

褒毓但自不语，高昂着头，一声冷笑惊颤了满屋灯影：“咯咯咯咯……”

云儿铺好床陈好被，照照铜镜，见脸上瘀伤已好，略觉安慰。便掀着帷幔出来，双挽手，向褒毓行礼，笑道：“大小姐，奴婢有句话，不知该不该问？”

三

见褒毓轻颔螓首，云儿才道：“如今到处都在议论，说咱家娘娘接了申后、德妃的贺礼而不回赏、回拜，失礼失仪。可咱们并没有收到她们的礼物，也不敢实话回应。难道这和妖女之说一样，纯粹是造谣？宫里就这般诽谤成风？”

褒姒站起来，桔红色灯光为她的闪缎裙襦打上一道迷离光影。她踱着步，低头寻思：“宫中物品皆有出处，真假混淆不得。想来送贺礼之事，她们断然不敢胡说。想是哪个下人眼皮浅少见识，偷偷收了贺礼昧起来也是有的。”

云儿忙道："小姐果然心思慎密，依我看很有这个可能。今儿晚了，小姐安歇吧。待明儿传来他们一个个盘问，不怕问不出来。蠓虫过去还有个影子呢，礼物绝不会自个儿飞了。"

褒毓抱臂，倚殿柱而立，冷笑道："贺礼就放在东边暖阁里，你们何不自己查看？但想着盘查下人。这才多久？就被大周王宫的糜烂之风熏坏了脑子！"

褒姒有些摸不着头脑，向她投去迷惘、狐疑目光："姐姐，你……"

褒毓挥手打断她，神情厌烦，又似安然："那日你们出去观花，我收了礼物。后来出了那档子事，我心里只顾怨恨申后和姜德妃，就没有告诉你们。"

褒姒惊愕地走近褒毓，拽住她皓腕摇了几下：

"姐姐，恩姐！是就是，非就非，岂敢混淆？你这样隐瞒不报，果真使我犯了大错了，待明日一定去跪拜请罪。"

"请什么罪？"姬宫涅人未到声先至，推门而入，鹰眸灼灼直逼褒姒。

三人急忙跪礼，姬宫涅命云儿褒毓退下，听褒姒诉说了关于礼物的原委。他笑道："褒侍卫乃你胞姐，未免桀骜些。"温热手掌轻抚褒姒莹润面颊："伤好了，清减些，益觉娟秀。"

褒姒面色绯红，低头垂眸："日日伤感，怎不消瘦？"

大红色锦幔，黄绫合欢被，熏香里弥漫着柔情气息。芙蓉帐顶回荡着姬宫涅的喘息。褒姒耳边回响着褒毓的告诫："君宠是什么？说到底，就是无数女人的刻骨仇恨！"

褒姒一时伤感、酸楚，表情畏缩地抱紧自己，向床角，躲避着他的身子。

姬宫涅想着瑶嫔的话，坐起来的一瞬温情退去寒霜乍起，指着蜗牛般缩成一团的褒姒："无论别人怎么说你、怀疑你，孤王还是喜欢你，舍不下你。可这合宫妃嫔，也只有你敢这样忤逆孤王。既然如此，你就闭门思过吧。"下床，整衣，猛掀大红锦幔，向外怒吼：

"起驾，传旨，褒美人忤逆，禁足！琼台宫所有人不得迈出宫门半步。"

寒星朗月迷失，荒叶在空中打颤，一阵风带着席卷宫城的霸道掠过琼台宫前的广场，卷起姬宫涅的袍摆，呼呼作响。

灯影凄迷，落叶纷飞。姬宫涅走在无尽的怅惘和狂肆的风里，步履有些蹒跚。

寺人王进小跑步追上来，看看弥漫在四周暮色里的无尽苍冷，小心翼翼道：

"大王如今要去哪宫？"

姬宫涅面色映着天空乌云，晦暗阴沉："不去哪里，我们就在这里走走。"

寺人王进的声音在夜风里益见细声："夜深风寒，怕是伤了龙体。"

姬宫湦边往前走，闷声道："孤王心里憋闷！"

"难道……大王是为褒美人生气？"寺人王进表情畏怯，唯唯诺诺。

姬宫湦深深一叹，声音苍凉："德妃和褒姒闹事，孤王审问她们。其实已知德妃理亏，褒美人却揽错于己，说'一切过错都在臣妾'，可见仁厚。后宫里却抓住她在芙蓉园的那句话不放。孤王今晚驾临，是怜悯、牵挂她。可她那样子甚是可恶。孤王心里便有些疑惑。孤王为太子时，你就跟着伺候，最是孤王知己。你就说说，褒美人行为究竟如何？"

寺人王进已得申后面授机宜，亦深谙君妃之道，便笑道："褒侯府几百年基业，何等威严？褒帅夫妇又是何等持重，自然会调教出个德才兼备的女儿来。褒美人幼承庭训，大王睿智贤达，实在不该有此怀疑。"

姬宫湦听着沙沙的树叶响动，颔首，笑道："嗯，女人们总是排斥嫉妒。话虽如此，褒美人也需禁足，聊作惩戒。"

第四十七章　申后借手除德妃　奴婢被拘亡于毒

一

烛火明灭，申后坐在东窗前，看着亥时的通明圆月，凝神自语：“寒岁识凋松，真物知终始。长叹难奋飞，双发歌衮衣；宫羽声相追。华冶容为谁？”

她面前的紫檀木长几上，翠玉香薰里的白色烟雾袅袅而出。另有白玉插屏，仕女画小屏风，碧玉笔搁，莲花纹饰的果盘。果盘里放着香梨、贡桔、葡萄、橙子、嫣红的胭脂果。

一个宫娥小心翼翼地将炖盅放于她面前几案，揭开盖子，便有醇郁的香甜气息飘溢出来。她拿着细瓷小碗盛了，放了瓷勺，递给申后。申后舀了一口，羹汤入口香馥，神情十分惬意。

墨竹悄悄挑帘进来，眉目间荡着喜气，抿嘴笑道：“娘娘，这下可热闹了！”

申后一挺脊梁，轻轻撇了一眼宫娥，那宫娥急忙退下。墨竹回身掩了房门，笑吟吟道：“褒姒那妖女被禁足，姜德妃那妖妇也不知送的什么汤，妖女喝了就头晕、恶心、腹痛，或是被御膳房送的剩饭吃坏了肠胃也是有的。”见申后似笑非笑看着她，墨竹笑容可掬地接着叙述：“云儿急着去请太医，被宫门侍卫拦着。那云儿就是只狗，竟咬破了侍卫手，被侍卫打断了踝骨。褒毓那妖精甚是厉害，打退众侍卫闯出宫去。云儿现在不能动弹了，又喝了汤直拉肚子。想来都是德妃妖妇搞的鬼。妃嫔们今儿禁足明儿冷宫的事多了去了。我已告诫琼台宫那些执差的宫娥寺人只管执差，休管杂事。这下够褒姒那妖女忙的了！”

申后听完身子向后一仰，轻轻一笑：

“让她们斗去，本宫静观其变。妖女褒姒 不知羞耻不识抬举，在内训殿迎合德妃疏离本宫。真是前世冤孽，合该她死在德妃手里。”

墨竹看着在窗口跳跃的月影，笑得诡异：

“德妃太过嚣张了。上天欲使其亡，必先使其疯狂。”

过了好一会，申后才前倾身子手扶案台，幽幽一声叹息，说话似乎很没力气：

“都在处心积虑僭越本宫。即便德妃没了，楚楚可怜的褒美人没了，还有按捺不住的瑶嫔，还有那么多渴望一人得道鸡犬升天的宫里宫外无数佳丽。”

墨竹近前，轻轻扶着申后左肩：“依奴婢看来，瑶嫔这人成不了气候。一家世不行缺乏根基，二随意率性没有心机。不比德妃阴狠毒辣，又家世显赫，寻常动她不得。”

“无论如何本宫总需防患于未然。”申后从腰间丝绦上解下钥匙，低头打开一个柜门，拿出一个扎满银针的布偶，递给墨竹。墨竹笑着看上面刺绣的红字，原是德妃的生辰八字。

申后神情寂寥，如菊花在秋风中瓣瓣飘零，冰冷、凄楚：“她们步步紧逼，为了活着，本宫也只有自保。”她轻叹一声，指着案上羹汤，语气凝重：“你去给褒姒送汤，让人将此物放到稳妥处，记住拿回琼台宫一件信物。”附耳密语，墨竹点头道：“娘娘放心，奴婢这就去办。”

申后神情安然地抬眸，看着墨竹身影在门口灯影里消失。

半个时辰后墨竹转回，打着千儿禀道：“娘娘，琼台宫内应回话，一切妥当。”

申后点头，目光流盼、溢彩，摆摆手道：“快去吧，宫门将要换值。”

宫门口挂着一串灯笼，兰妍正看着一帮换值侍卫沿着小径由远而近，见墨竹出来急忙做笑：“墨竹姑娘辛苦了，这般时候还在忙着？”

墨竹见换值侍卫已走上丹墀，和兰妍这班人交换了腰牌，她拉着兰妍手来到灯火迷离的壁廊里，悄语：“姜德妃乃姜子牙后裔，名门望族。她宫里有许多价值连城的珍宝，听说近来竟招了外贼。王后娘娘执掌后宫，怀疑内鬼觊觎珍宝，勾结外贼，命你今夜去德妃娘娘的绮仙宫看看。”递给她一个绣着琼台宫三字的粉色汗巾：“若抓到携带此物者决不能手软！”

兰妍满目怨怒：“我见过褒姒妖女，确是个狐媚子，竟还串通窃贼！在下这就去绮仙宫。”

墨竹看着兰妍狐眼乱转着拜辞，一步步走下丹墀，粗壮身影极快地在一片灿烂灯影里消失。她转身入内，笑禀申后：“兰侍卫一去，绮仙宫必然被盗。”

申后微微颔首，语气凝重：“我看重她的机敏和身手，这世道，好人无用。”

二

晨光熠熠，姜德妃由两个宫娥服侍着梳妆已毕，看着镜子甚觉满意，站起来，挥退满屋宫娥，对正在擦拭紫檀木几案的贴身侍婢笑道：

“妖女装出一股可怜相，想蒙蔽本宫，没门儿！”

那宫娥梳着双螺髻，每个螺髻旁插着一个环簪，一身釉绿宫装清新亮丽，偏头看德妃：“娘娘，那妖女分明对汤有些怀疑，但娘娘赏赐，她主仆只有喝了。今儿还去送吗？”

姜德妃掀着紫锦帷幔看着窗外道：

“本宫送去的鸡汤无毒，只加了少许生榨土豆汁，对于体质弱者，便是毒药，御医也验不出来。今天继续送，本宫就要看着妖女慢慢地死！”

宫娥附耳德妃，德妃明眸闪闪瞪着她：“你懂什么？申后巴不得我现下杀了妖女，好趁机拿下我。本宫何许人也？我偏不中招！我已摸准妖女的脉，怕得罪人，怕竖敌，爱打温情牌。本宫不吃她那一套，就慢慢折磨她，长远算计！交代御膳房、内务府，克扣琼台宫吃穿用度，你去了没有？”

“早已去了。”

“采青，你入宫以来，见过多少个禁足之后熬不过去，自我了断的女人？”

采青四方脸大眼睛，颇显聪慧，屈指一算，笑道：“少说也有十几个。”

一个侍卫进来，神情惊惶，跪地禀道：“娘娘，在下昨夜在库房夜值，今早上头脑昏晕，像是中了闷香。出门便捡到琼台宫汗巾，觉得事情大有可疑，急忙盘点库房，果然丢了几件玉琮、玉璧、玉圭、玉璜、玉琥，还有一个玉兽面罩，另有几锭金银。”将汗巾递给采青，采青呈给德妃。

朝霞越窗，风吹在身上颇显冷冽。姜德妃在明朗光影里流转眸子，看着汗巾，厉声娇斥：“你竟连库房都看不住？罚俸三月，以儆效尤！”转面采青，目流怨毒：“妖女没有位分，却仰仗父亲位列三公，胆敢与我这个齐国公主暗中较劲！既然如此，就别怪本宫容不得她！”

采青探身凑近德妃：“妖女也算是褒国公主，她当然有此胆量。但她在宫里没有得力人手，如何做出这等鸡鸣狗盗的勾当？”神思一转，眸光一亮：“想必是另一妖女，琼台宫侍卫褒毓。她和妖女本是同胞姐妹，又是练家子，才青睐那个玉兽面罩，逃跑时遗落了汗巾。”

德妃点头，金镶玉耳坠在光影里摇晃不停：

“采青所言极是。宫廷盗窃非同小可，咱们快去禀告大王，彻底搜查琼台宫。走着瞧，今儿我不把妖女弄到冷宫就白活了！”

姜德妃十万火急地告知正在朝臣的姬宫涅，姬宫涅立即带人来在琼台宫，大声道：“搜！”

褒姒正在给卧床的云儿喂饭，见侍卫门如狼似虎地散去，往各房搜查。她急忙丢下饭碗、汤匙，跪礼，颤声问道：“不知大王盘查这里，所为何事？”

姬宫涅猛地转面，怒而不语。姜德妃指着褒姒轻蔑笑道：

“你倒是装得无辜，招引爱怜。”

褒姒正要答话，却见一个侍卫拿着扎满银针的布偶出来，递给寺人王进，王进呈给姬宫涅。

姬宫涅看着布偶上的刺绣红字，面色大变，鹰眸放射出骇人的冷寒，袍袖抖着，呼呼喘息。

姜德妃凑上来看过，五官扭曲，狠狠掮了褒姒两个耳光，跪地哭道：

“褒美人以巫蛊之术诅咒臣妾，大王要与臣妾做主啊……”

褒姒此时如梦方醒，惶然跪地，猛地磕了几个头，颤声哭道：“大王，臣妾是冤枉的！臣妾从来不懂什么巫蛊之术，臣妾只想与大家和睦相处。求大王替臣妾做主啊！”

姜德妃哭得梨花带雨，痛恨的烈火燃烧着双眸，忙磕头道：“妖女褒姒为了揽宠，盗窃挑衅，又以巫蛊之术谋害臣妾，大王要替臣妾做主啊！”

姬宫涅喘息稍平，满目疑虑，站起来，看看褒姒，复看德妃：“此事证据不足，容后决断！你等不得擅自打击报复，若有半步越礼，孤王绝不轻饶！”

看着姬宫涅拂袖而出，姜德妃和褒姒各由宫娥搀起，对视的目光激射出凛凛剑气。

几片枯叶飘落在寿仙宫的廊檐下，玉阶前的一个宫娥正拿着扫帚打扫。太阳灼灼放射出暖意。蟠龙红柱映着阳光，熠熠生辉。申后安然端坐着和墨竹下棋，看看宫娥忙碌的身影，微微一叹道：

“唉！花开花谢，叶生叶枯，总也像这后宫的主子，一茬茬更迭来去，从没有个尽头。”

墨竹低头走个黑子，目光扫向亮得照见人影的玉阶：

“就像这些落叶，日日打扫，却还日日堆积。这都是命数，违抗不得。”转眸一笑：“娘娘，我猜兰侍卫这会正在忙得不可开交。”风拂日影动，芙蓉花飘落几瓣，善良的女娲娘娘向地上抛洒无数祥云。

申后幽幽一笑：“自然如此，兰侍卫这个人才，哼哼……”

三

棋盘上的黑子已没有多少地盘可据，白子正是横扫千军的攻势。墨竹知道，王后棋艺再高，也不可能占尽风光，把三百六十个棋眼都塞满白子。就算不敢赢王后，也可以偏安一隅。可她连这也不敢，任凭白子长驱直入阵地。

申后正要走白子，见几面被人影挡住，作出怒态，抬眸看到姬宫涅阴气四溢的脸，急忙跪地。墨竹也慌忙跪倒，和申后齐声道：“拜见大王。大王金安。”

姬宫湦环顾身际，也不说话，牵着申后手就走。申后回头向墨竹丢了个眼色，和姬宫湦来至殿中，分礼坐下。看着宫娥们上茶，退去。姬宫湦低述完事因，鹰眸蕴寒道：“申茳，孤王命你执掌后宫，倒不知你是如何执掌的？竟给孤王闹出这样的事来！”

“大王恕罪。”申后深深一揖，面色黯然道：“臣妾掌管后宫，从来严谨行事，不敢越雷池半步。承蒙祖先保佑，后宫还算安泰。但凡事涉绮仙宫，臣妾就不敢多言了……”说着，淌起泪来。

姬宫湦转着鹰眸沉思半天，才道：“后宫花草再多，怎比你我结发夫妻？你有什么想法尽管讲来。孤王认真听着，决不怪罪就是。”

申后对着姬宫湦只是流泪，半晌，满面的委屈、凄楚潮水般退去，端肃、凛然之气俨然浓雾初升：

“臣妾信奉天神，为让天神保佑大周社稷永世不衰，每天许诺，要说真话行善事，上迎天道下顺人意。既然大王让臣妾说，臣妾索性直言。”见姬宫湦频频点头表示信任，申后更涨精神：“琼台宫怎会盗窃绮仙宫？若是真的盗窃，岂会查不到赃物？褒妹妹贤淑、温良，也不会以巫蛊之术诅咒德妃妹妹。一切不过是个精心设置的骗局，有人在给大王演戏。”

姬宫湦神情一瞬风云莫测，神情激动地攥住申后手：

“申茳，孤王一直都相信你的判断力。定是德妃妒恨成性、嫁祸栽赃，试图置褒美人于死地。她竟然如此凶狠、恶毒？”

申后端起茶盅轻抿一口，幽然笑道：“盗窃罪难以成立，巫蛊之术更是无根之语。臣妾不敢对任何人妄加评议，但听说德妃妹妹近来常差人去琼台宫，给褒妹妹送汤，顺手牵个手绢倒是容易。褒妹妹喝了汤总是头晕、恶心、腹痛，也不敢不喝。云儿闯宫要为褒妹妹请医生，结果被打断了腿。”

姬宫湦霍然而起，又猛地跌入座椅：“竟有此事？”满脸涨红，指着申后：“褒美人禁足仅仅几天，就发生这么严重的事？孤王禁足褒姒，并没有要她死！你是怎么掌管孤王后宫的？”满面涨红，向外扬声：“将琼台宫侍卫一律禁闭，罚俸、撤换。杖杀那个打断云儿腿的侍卫。宣召御医，仔细查验德妃送的汤。”

申后受了斥责哭着跪倒，凄凄哀哀道：“非是本宫治理不严，隐瞒不报。德妃妹妹宠深，行事一向……”她满脸甘受屈辱的负重：“但凡事涉德妃，后宫所有人都会忌讳。臣妾一向也不敢深言，只怕大王以为臣妾狭隘、嫉妒，诬蔑。”

“大王，臣妾有事禀报。”门口传来女子急促话声，瑶嫔进来跪地，犹望望门口满目恐慌，手紧紧捏着葛麻十锦绣芙蓉裙子不丢。

姬宫涅在锦椅上微微探身，满面狐疑："孤王在这里，你别害怕，有何事情，从实讲来。"

瑶嫔叩首道："从前那位不笑的苏嫔因通奸被赐死，实在冤枉。乃是姜德妃栽赃诬陷。"

姬宫涅在锦椅上不寒而栗，怒道："瑶嫔，你休得胡言！苏美人已死，死无对证！"

瑶嫔磕了三个头，抬眸看着姬宫涅："岂敢胡说？臣妾知道人证的去处。他叫焦南风，原本居住在离京三十里的三仙庄。因怕姜德妃杀人灭口，如今在秦岭紫云道观出家、隐居。"

姬宫涅双手抓紧锦椅的扶手，双腿并拢，打颤，身子牢牢贴着椅背，厉声传旨："快去秦岭紫云道观，带焦南风来见孤王！"

又一声哭叫在宫门口响起，一个身穿淡烟绿绣荷花宫装的丽容女子进来拜倒，掩面哭道："大王，臣妾冤枉啊！臣妾那次在御花园假山旁扑蝶落水，差点殒命，致使咱们三个月的孩子流产，并非意外，乃是德妃所害。是她趁着臣妾侍婢离开，看看四下无人，将臣妾推到水里的啊！"

姬宫涅在明亮的光线里颤抖，声音苍老如苔：

"赵嫔，你可知道你的身份？一言一行需得有理有据。既是德妃害你，你当时为何隐瞒不报，为何自称失足落水？"

赵嫔瓜子脸细长眼，头顶盘着堆云髻，插着一支羊脂玉缀珍珠簪子，悲悲切切哭得痛断人肠："姜德妃宠深势重，事发当时，臣妾口渴，命侍婢回去端茶，只有德妃侍婢采青在场，她断然不会与臣妾作证。臣妾若是说出实情，不仅奈何不了德妃，倒被她主仆反咬一口，说臣妾妒恨、诬陷、栽赃。臣妾为了活命，不得不撒谎，以求自保。臣妾口说无凭，大王可拘来德妃侍婢采青一问。"

姬宫涅胸中两股冷热气流相撞，撞得五脏六腑移位，奇痛。他不停擦着额头冷汗，但听申后正气凛然道："大王，此事牵涉到谋害龙嗣，干系重大。姜德妃身世显赫，罪名未定，不易拘捕。不如即刻将那采青婢子拘来严加审讯，辅以严刑，不容她不招！"

姬宫涅擦着冷汗，冷汗却不断冒出来。他黯然点头，申后便道：

"速带采青前来问话！"

片刻采青带到，身子伏倒在地，任凭帝后如何追问，但自一言不发。侍卫们将她抓起来时，见一股污血从她嘴角流到脖子里。一时众人大骇，她这样死去，是惧怕活着比死更难受，还会连带家人遭殃。

大殿里起了一阵不小的骚动。

姬宫湦看着口吐污血倒在地上的采青，眸光里颤动着冰水般的冷寒。

第四十八章　申后决计阻册妃　瑶嫔懵懂做棋子

一

几日后姬宫涅亲自坐镇慎刑司，审问焦南风、赵嫔、姜德妃，及已故苏嫔身边所有下人。

所有人俱招供画押，证明瑶嫔赵嫔所言非虚。慎刑司里光影摇曳群情沸动。姬宫涅心里悔恨、痛楚，巍然传旨："将焦南风拖出去，处以绞刑！"

看着侍卫们将瘫软在地的焦南风拖出去，姬宫涅满目挣扎，似乎痛楚不堪，揉揉鬓角之间，终将一切淹没于威严仪态下，扬声传旨：

"姜德妃嫉妒成性，祸害姐妹，贬为女御，终身禁足。"

姜德妃呜咽着跪在地上，浑身打颤，一双秋水里蕴满对过往美好的怀恋，和对今日处境的痛惜、羞愤、绝望、不甘。她身子摇摇欲坠，泣不成声道：

"臣妾初进宫时，曾得大王那么多的宠爱。宠妾所言所行，大王无不以从。这一切，臣妾无不记忆犹新，大王难道就忘干净了吗？可自从褒美人入宫，大王竟日日不离琼台，更不对臣妾正眼一瞧。你知道臣妾有多么痛苦伤心绝望吗？臣妾不敢自暴自弃，日日假颜欢笑强撑着。臣妾宫中失窃，大王不仅不秉公处置，反而疑臣妾诬陷褒美人。她是大王新宠，臣妾岂敢诬陷？即便后宫果真有诬陷之事，那也是别人在褒美人身上打的主意。"说完，将泪眼投射向端坐的申后。

申后心中一凛，微窥姬宫涅，指着姜德妃，满脸痛楚、怜悯：

"德妃妹妹，其实我很理解你的所作所为。你一心想得到大王宠爱，初衷原本不错，但的确有损王家威仪，有违后宫妇德。妇德，贞顺也。作为王妃，我们更不得嫉妒、诬陷、排斥后宫佳丽。但你诬陷苏嫔害她殒命，谋害赵嫔所怀龙裔，为何就这么心狠手辣不择手段？妹妹，草菅人命会触怒天神，谋害龙裔罪同叛国。纵然我这善心人怀念以往的姐妹情谊，以为你这一切情有可原，可是大周律法不可轻费。妹妹，原谅姐姐救不得你了……"申后说着，竟掬下数行眼泪。

姜德妃狠狠抿去一把眼泪甩向申后，沉冤难雪的肠断使她无法支撑自己，凄声哭道：

“大王，你该了解臣妾一向直率，不像有的人神口魔心。后宫这么多美人，谁又真正甘心屈居人下？大王不闻俗语？卧榻之侧岂容他人睡眠……臣妾纵然犯错，皆为爱之过甚。还请大王念在往日情分上，饶恕臣妾吧……”

“贤淑贞顺，守节整齐，行己有耻，动静有法，是谓民间妇德。你身为王妃，该做典范、楷模。一言一行，需上合朝廷律法，下迎万民之心。然却狭隘嫉妒，草菅人命，混乱宫闱，天地不容！还敢说饶恕……孤王岂能饶恕！”姬宫湦一字一句从牙缝里迸出，手紧紧握着砚台，很想向她砸过去，握得手都在哆嗦，仿佛拖着重物走过千水万山，沉重、费力、疲累已极时，终于慢慢放下，头也不抬，又命寺人王进：

“将苏嫔迁于王家陵园，以惠妃之礼安葬。代孤拟旨，册褒美人为淑妃。孤王另择时日举行庆典。”

申后忙欠身，轻拽姬宫湦袍袖，微微笑道：“刚刚处置德妃，此时册封褒姒，只怕人们会道大王宠新弃旧，有损圣誉。”

姬宫湦低头沉思，面色暗沉：“也罢。传旨，琼台宫月俸用度、仆从，一如妃例。”

姜德妃晃悠悠谢恩，飘飘然站起，目光阴郁、伤痛、绝望、怨恨，朝众人匆匆环视，猝不及防地撞向殿柱。

众人大惊。姬宫湦猛然跳起，抱住姜德妃，见她额头一片血肉模糊，已然气绝。他鹰眸里飙起血雨腥风，惊骇、心痛不已，悲声哭道：

“爱妃早年进宫，甚得孤心。许多事情孤王都睁一只眼闭一只眼，助长了你的坏脾气。褒美人进宫，孤王不意冷落了你……事至今日，终究是孤王害了你啊……”

众人跪地，悲凉的哭声飘出窗棂，被风吹了很远。

宫娥们抬着申后的銮舆走在回宫的路上，北风料峭，半隐半现的太阳没有一丝暖意。一路上的花木都瑟缩着，仿佛不胜冷寒地抱紧自己。

銮舆走过沁芳亭时，申后命停下，由墨竹搀扶着走近亭子。所有随行人在亭外等着。

墨竹跟进来时，见申后正俯身在朱漆栏杆上观看池中游鱼，在她身后轻声道：“娘娘，区区一个妖女，有什么矜贵的？大王竟然一下子就要册封为妃，此害除了彼害来。妖女父亲位列三公之首，妖女以后还不得觊觎后位？妖女以后若生了儿子，怕是还要……”

申后似在专心看鱼，并不搭腔，扶着栏杆的手却在发抖，好半天才微窥走近的墨竹，叹息一声道：“只要有利于大王龙体，只要后宫稳定，本宫就高兴。但这褒美人，也的确太……”

看到瑶嫔领着近侍，从曲幽小径上匆匆走来，申茳突然打住话头。

瑶嫔提裙进入亭子，曲身行礼："拜见王后娘娘。"

申后审视着她粉红的脸庞，头上高挽飞燕髻，用金凤钗别住，鬓边簪了嫣红的绢花，松松的鬓发垂下来盖住了耳朵，只露出耳垂上白玉明珰。一身浅绿常服，益发衬得她像如芙蓉卧波。申后面色深水无波，微微扬手："不必行礼，你起来吧。"

瑶嫔站定，扶扶金凤钗："娘娘，我曾在褒国见过这个褒美人……"环视亭外，目光投射出几分焦虑："此事干系重大，此地不宜说话。"

二

申后细长的眉毛向两鬓跳了跳，又归于不动声色，声音如微波不兴的湖面："褒美人乃褒侯千金，褒国名媛。你认识她，倒也不足为奇。走，回宫叙话。"说着，抛给墨竹一个眼色，便往亭外便去。

瑶嫔随着申后銮舆走过白石甬道，转过假山，绕过翠竹，走过广巷，来在寿仙宫外，见四周乔木高大浓密，小花悠闲开放在枝间。翠阁飞檐，碧窗朱栏。

她随着申后进入内殿，见绣帏重重，宫灯隐隐。正中围屏，悬挂着一副精美的工笔画。恬淡的色彩，描画出汉水滔滔；洒满啼痕的斑竹之侧，立着两位衣袂飘飘，仙气飞扬的女子，似悲似凄地眺望远方。图画一角写着"娥皇女婴[①]图"。

二人分礼坐在屏前的紫檀木几旁，宫娥上了仙桃、佛手、勃勃、松饼等五品。正中一个兽纹三足铜鼎里，袅袅轻烟向高高的殿顶飘升、弥散。

申后切了松饼，分别放在自己和瑶嫔面前的小瓷碟里，捏起一块吃了，姿态表情一如往常，慢声细语道："本宫为使内廷安宁，常常殚精竭虑夙夜难眠。唯有六宫祥和，大王才能安心于朝政。姜德妃虽性子烈些，行事有违宫规，但已是前事。现在突然殁了，我心甚悲。"

一旁侍立的墨竹双挽手站着，愤愤不平道："以前苏嫔都白白死了，赵嫔也白白没了孩子，德妃娘娘一直都安然无恙，今日突然就这样了。可见褒美人是得罪不起的。圣驾的雷霆之怒背后，不知妖女说了德妃娘娘多少坏话？妖女只想每日里独霸大王，只怕德妃娘娘复宠……"啧啧了几声，顿足叹道："唉！如今这后宫，真是没法说了……"

申后煞有介事地盯了墨竹一眼，她急忙打住。申后笑望瑶嫔道："本宫并不知道，瑶妹妹和褒美人原是老相识。"

瑶嫔低头回思往事，笑着回道："我曾和褒美人合奏过，那时她那衣着打扮，完全不是千金小姐的样子。”

申后瞳孔一缩，立即恢复常态的娴静，心思瞬息百转，面上淡然道：“你们同为褒国人，又都喜欢弹奏，应该经常切磋切磋。”

瑶嫔想起自己进宫以来，因为家世而遭受姜德妃为首的妃嫔们的鄙薄，而申后却处处关照。王后如今让她和霸占大王的妖女切磋切磋，是否另有其意？忽听墨竹道：“宫里很久没有新晋妃位了，妖女声名狼藉，没有谁能看顺眼她。依我看，要晋妃位，也得首选瑶娘娘，而不是傲慢无礼人人讨厌的妖女。我就不明白了，妖女凭什么在瑶娘娘之前晋妃？”

瑶嫔的妒意、怨恨被彻底撩拨起来，决意争取妃位。若得申后支持，自然不错。她会感恩戴德，便接着申后话题：“妖女并不拜见我等姐妹，和她切磋，难道我要主动去参拜她？”

申后微微一笑颇见舒雅：“切磋，须选择好时机。”忽打起呵欠：“真困啊。”

瑶嫔思量了半天，不得要领，也不敢多言，急忙告退。

墨竹凌厉的眼风射退近侍，扶着申后到美人踏上躺了，又抱来云锦蚕丝被，边给侧卧的申后捶腿边低声道：“娘娘可是要在瑶嫔身上寻思，制止妖女册妃？”

申后用肘拐她：“就你鬼灵精。瑶嫔那人，这儿有点简单。”指着脑袋，面现阴冷笑意：“都想册妃，册妃是再好不过的一个饵。你得指点下瑶嫔。”

墨竹眼珠转了几圈，满脸阴笑对申后耳语。申后很快收尽欣喜情绪，沉稳地点头：“嗯。你和我想到一块了。男人对于深爱的女人，犯什么错都能原谅，就是不会原谅感情上的背叛。你得把握好时机，控制住碧瑶，一箭双雕。”

墨竹脸上一抹阴鸷之色：“她不傻，许她以妃位，就不怕她失控。内线汇报，妖女褒姒痴迷于弹琴，苦于无人切磋，这是她的死穴。她就等着去冷宫里吧！”

三

冬季将临时，琼台宫巍峨的殿顶上流泻着濯濯月华，如同覆霜。

后殿正厅，褒姒正在低头练字。几案上一条长一尺宽半尺的横幅雪帛上，写着两行刚劲、娟秀交融的大字：

> 汉之广矣，不可泳思；
> 江之永矣，不可方思②。

莺儿递过来一杯茶，看着几案上的横幅雪帛笑道："今晚大王被王后请去，这儿就不热闹了。娘娘的字练得越发好了，就该装裱起来，挂在书房。"

褒姒面色若灿花映日初绽："那可不行。本是为消磨时间写的，又修心养性，一举两得。"

褒毓无声无息地进来，看看字，一把抓起那横幅雪帛，揉成一团，让莺儿出去。她目光清冷如冬月下的湖面，面色冷厉逼近褒姒：

"你一直都没忘记他！芙蓉园的教训还不够吗？写出这样的句子，就不怕惹祸上身？！"

褒姒再看自己随心写出的句子，原是发自于心的，清亮眸子渐渐有了惊怕之色，将大笔搁在九龙环峰的九泉碧玉笔架上，感激地看着褒毓：

"真是有心人，多亏提醒。"

褒毓冷哼一声，愤愤地将揉皱的横幅雪帛摔在地上，转身去了。

褒姒急忙捡起横幅雪帛，扔进青铜壁炉里烧了，又唤来莺儿铺好另一张雪帛。

褒姒看着褒毓消失的身影，饱蘸浓墨，略一思索，运笔如飞，两行水墨淋漓的字迹，恰似龙飞凤舞，了无停滞，大有一泻千里之势，凝重地落在雪白的条幅上：

他山之石，可以攻玉。

莺儿看着褒姒的专注神情，歪着头凝思，感慨道："娘娘这种只知看书写字的人，却总是被流言蜚语包围着，什么道理呢？"

褒姒依旧练字，头也不抬道："天下本无事，庸人自扰之，随他去吧。"

云儿拄着双拐，后跟着一个小宫娥，蹒跚着走来，急切道：

"总这样'随他去吧'也不行。听说大王欲册封小姐为淑妃，被申后拦住了。宫里如今又是谎言四起。"

"什么谎言？"褒姒一愣，笔停了下来，将雪帛弄黑一大片。

云儿略一迟疑，字斟句酌道："绮仙宫的事，人们都说是琼台宫害的。"

褒姒咬住了嘴唇，皱起轻烟眉，抬头，望着窗外月色在青枝疏叶间流淌，声音温润："大王要晋妃，自然就有人意难平，要干涉。自从咱们进宫，流言就没有停息过。"

云儿顺着褒姒目光望过去："所以，小姐要事事小心才是。"

紫贝母宫帘晃荡处，褒毓提着一棵血淋淋的宫娥头进来：

“奴仆中伤主子，被我正法。”

褒姒扭过头来，一瞬白了脸，见人头上的血一滴滴向撒金花地毯上撒着。她哆嗦着说：“我叮嘱的仁德宽宏，你怎么忘了？”

褒毓的目光斜射过来，冷冷道：

“对别人仁德，就是对自己苛刻。你猜她怎么说……”

莺儿正捂着嘴发抖，忙问：“她怎么说了？”

注释：

① 娥皇女婴：舜帝的两个女儿，同嫁禹帝为妻。

② 汉之广矣，不可泳思；江之永矣，不可方思：出自《诗经·国风·周南·汉广》，意思是：浩浩汉江多宽广，不能泅渡空惆怅。滚滚汉江多漫长，不能摆渡空忧伤。

第四十九章　褒姒月下追知音　幽王狐疑停册妃

一

褒毓在橘红色的宫灯影里扬着下巴，一手指着滴血的人头："她说姜德妃的咀咒木偶是咱们娘娘自己放的，说是我夜间偷盗了绮仙宫，乃为挑衅。"由于气愤，她变得气喘吁吁："前时见她和寿仙宫的墨竹鬼鬼祟祟在角门旁嘀咕，我想那个木偶，该是她放进来的。"

褒姒扔了笔，脸色更白，神情凄怆，捂紧胸口，身子渐渐萎于几案："你只怕草菅人命，又给人造谣的借口。"

"处置自己的下人，你有这个权利。凡事不要总教人骑到头上，得寸进尺，人心皆是！"

褒毓话音落时，已提着人头走到门外的一片璀璨灯影里。

莺儿忙唤来宫娥收拾地上血迹。

忽闻悠扬琴声自东窗凌空飘来，由远及近，清越，婉转，似黄莺出谷，乳燕归巢；似高山流水，花木盛开。褒姒清瞳闪亮："何人弹出如此优美的琴声？"

她跳起来，推窗眺望。见皓皓月华中，一个戴着斗笠的女子婷婷而来，在东窗前站定，怀抱七弦琴，悠扬琴声在身际荡漾，一波波消融于无边月色。

褒姒听琴声绝美，凝神观望。女子长发飘拂，斗笠上罩着薄纱，隐隐透出一张长方脸，裹水灵动的双目。

她不是街头卖艺的绿贝又是谁？

那时劫后余生，阿鬛将褒姒送往褒国，安排在东市杏花巷里的悦来客栈。她患了眼疾，去街上找郎中，遇到绿贝在街头卖艺，说是母亲病了，无钱医治。可她的钱却被狐眼女子抢去，又出来一个打抱不平的淮夷太子……

如今，她的体态、脸容都比以前丰润了许多，就如贫瘠之地的花移到肥沃之地，虽则枝繁花茂，叶润蕊盈，但模样不改颜色依旧。

褒姒的轻烟眉梢荡起惊喜："姐姐！你是绿贝姐姐。"

窗外女子面纱在风中轻荡，手上功夫不停，话语伴琴声流淌：

“褒姒妹妹,别来无恙?”女子说着,并不靠近,衣袂被风扬起,鼓荡出神秘气息。

褒姒欣喜地推窗、探头:“姐姐从哪里来?可是要与妹妹月下切磋?”

“正是,千金宜求,知音难觅。”女子说着,却兀自转身,弹着琴,越走越远。

褒姒也顾不得多想,拿起碧玉萧,披了金桂色折枝花卉百蝶纹狐裘大氅,一溜烟般从后门追了出去,向一群追来的宫娥寺人挥手:“你等不必追随。”

宫人们闻言止步。莺儿追上来,疑虑道:“娘娘!她是谁啊?”眼前高深的宫墙将王宫与俗世隔开,蜿蜒的红墙碧瓦彰显出王家庭苑的端然,大气磅礴,也让人望而生畏。

褒姒步子不停道:“我过去的好姐妹绿贝,她来找我切磋琴艺。”

莺儿神情狐疑、忐忑:“娘娘……”

褒姒朝她挥去广袖:“你不必多说。”

夜冷霜寒的夜晚,冷月洒在黄琉璃瓦檐上。宫殿起伏连绵,气势宏伟。芙蓉泣露伫立在这夜寂人静之时,孤独地绽放勃然的青春。花香合着紫檀香,一丝一缕的甜腻,婉然,这是宫廷特有的气息。

莺儿追着褒姒走,看着女子翩然的身影神秘莫测,终压低声音道出顾虑:

“看她神神秘秘的,不知如何会找到这里?娘娘你……”

月冷风萧,褒姒紧紧大氅的带子,娇嗔道:“琼台宫难道是龙潭虎穴?她自然是来找我,如何会找不到?她一个人进入后宫禁地,万一被当做盗贼拿了,如何是好?我得赶快追上她。”褒姒边走边忐忑,星星点点的疑惑不是没有,却被强烈的切磋欲望淹没,她步步生莲紧追不休。

那女子若即若离地走,褒姒总也赶不上她。所过处朱栏绿溪,青树白石,月色荡漾,飞尘绝无。一些提着灯笼匆匆而过的宫人急忙弯腰行礼。

女子闪身而入树林,琴声依旧,伴着夜风在林梢弥散荡漾。

褒姒正要追进林子,莺儿拦在她面前,看着阴气森森的树林道:“娘娘,这里面……”

二

偶有枯枝上的坠叶飘落,发出吧嗒吧嗒的轻响,间杂着风折细枝的清脆之声,和着大殿铜漏声声,共酿出夜晚的凝重、神秘。褒姒推开莺儿,语声果断:“你别管。”

褒姒分开林枝进入林中,见疏林梢头飞独鸟,冰月无事起寒烟。辨着琴声走来走去,却找不到绿贝身影,便听着琴声笑道:“姐姐敢情是和我捉迷藏来了?”

却听绿贝声音自林深处传来：

“妹妹大雅。今晚我们不管俗礼，只管以乐会友。”

琴声在树顶荡漾，突然变成在褒国时听到过的《文王》。褒姒双手捧箫送到嘴边，望着夜空一鹤排云上，便引诗情到碧霄，欣悦之意更深：

“早知姐姐并非世俗之人。也罢！我们今晚只管以乐会友。”

顷刻间，琴声伴着箫声四处流淌，落叶三五片悠悠飘下，鸟雀在枝间叽啾和鸣。

褒姒手扶碧玉箫放在唇边，只管倾情和着琴韵，神情惬意，浑然进入物我两忘之境。

忽听外面一阵扰攘，一个寺人尖声道：

“何人在此？还不赶快出来拜见大王、王后！”

褒姒闻听倏忽一怔，箫声停滞的瞬间，琴声也留着一个婉转的尾音，徐徐停住。

又听莺儿在外面催促：“娘娘，大王和王后娘娘来了。你们快出来拜见。”

褒姒急忙分开面前林枝，四处张望，不见绿贝影子，急道：

“姐姐快随我出去拜见大王和王后。一切有我，你无需害怕。”

她一连叫了几声，没人应答。寻找了一圈，也不见人影，清眸不由流转出惊怕、狐疑。

外面寺人依旧在喊话，褒姒只好走了出来，见十来盏灯笼照得树林一片通明，一大群人簇拥着姬宫湦，他旁边站着面色无波的申后。

褒姒急忙伏地参拜：“叩见大王，娘娘。”

姬宫湦前行几步，虚扶起褒姒，笑望看头顶皓皓明月：“今晚天气虽冷，但月色甚好，我和申后随便走走，不想竟碰到姒儿在此弹奏。”扭头申后，不由流出得意之色：“真不愧褒国名媛，姒儿琴棋书画无不精通。”

申后含笑点头，眉目间一抹婉柔，语声娇美：“这煌煌周宫何等宽阔，妹妹却要来此偏僻林中弹奏，不让姐姐一饱耳福，难道嫌弃姐姐粗陋吗？”

褒姒感觉到她绵里藏针，不由低头掩着惊惶，摆弄着碧玉箫道：

“偶见故人，我们本是琴友，追她至此，望娘娘莫要怪罪。”

申后伸出戴着嵌金宝石戒指的手，紧紧脖子子里鸾带，眸光静幽，对姬宫湦笑道：“褒妹妹既有琴友在此，何不请出来，回到宫里合奏，也不辜负了大王赏识。”

褒姒眸中水光微颤，神情略见忐忑：“她可能惧怕天威，已经走了。”

申后露出疑惑神情："既是琴友，理当出来拜见大王。方才还听到二人合奏，这片刻功夫，为何就走了？"轻推姬宫涅手臂，若有所思道："大王……"张了张嘴，欲言又止。

姬宫涅瞥见褒姒不安神色，鹰眸流出狐疑，扬声左右：

"带弹琴人出来！"

一群侍卫进入林子，不大时间带了一个穿着蓝色金线纹缎袍的青年秀士出来。那人仪态儒雅眉清目秀，吓得哆嗦成一团，跪在地上磕头道："小人拜见大王。"

褒姒一时大惊失色，脑子怎么也转不过劲儿来，直觉周边空气里浮荡着浓郁的迷雾。忽见申后眸底沉落一抹自得之色，目光幽幽，附耳姬宫涅。姬宫涅指着那人，喉结鼓起，厉声道：

"你是何人？为何在此？"

寺人王进低声禀奏："大王，他乃宫中琴师。"

褒姒脑子轰然一炸，一瞬慌乱得不知所以。见姬宫涅转着眼珠，面色莫测，她恍如掉进无底的黑洞，眼睫毛乱颤，哀声跪禀：

"大王，奴婢并不是和他合奏，奴婢刚才在和一位姐姐合奏。"

申后别过头去，幽然一笑："这树林里出了妖怪，大变活人来。"

三

月明风啸夜来霜，数点灯影出浅黄。姬宫涅看了申后一眼，心思纷乱、宛转，端肃面容覆了一层稀淡笑影，却带着显而易见的哀伤，像寒冷冬夜里骤然降落的薄霜。他指着跪在地上颤抖的琴师，声如闷雷："你为何在此？"

那人叩头，声音发抖："小人听乐部教坊司长调遣，来此与高人会琴。"

姬宫涅鹰眸寒霜益浓，厉声喝道："与高人会琴？为何在此？何来高人？"

那人竭力平复了声息，语声沉缓、冷静："小人只知听命，无权发问。"

申后仪态悠闲地摆弄着宝石戒指，温婉笑道："褒妹妹琴艺出众，当然是高人。今天你能与褒美人合奏，明日自会长进不少。"说完扭头看着灯火迷离的树林，面色莫测。

姬宫涅一瞬露出气急败坏的样子，又很快收拢自己，忽然呵呵一笑：

"弹琴乃区区小事，何须计较？孤王有那么多政事亟待处理，走！"

萧风呼啸，落叶纷扬，月色在大殿顶上轻荡。一群人脚步杂乱地消失于荡漾月色里。

子时，寒夜。明德殿十多个宫灯闪亮，照不透那层浮在空中的阴云。

青铜壁炉里炭火明灭，驱不散满屋的寒意。

姬宫湦歪坐在紫檀木宝座上，愁眉苦脸，萎靡、颓废得像可怜的农夫。他面前的花梨木几案上搁着一壶残酒，一盏青铜斛，数支白烛燃着灼灼冷焰，每一跳动，都有抽搐般的光影激荡。他穿着一身青云色黑貂皮四爪蟒袍，原是青白的底色，镶了黑色的貂皮绲边，金线绣龙图案在这样失意的夜晚亦显得比平日清寂了不少。他情绪低沉地接连饮了数杯酒，以拳拄头，满脸痛楚：

“欺骗孤王，你们都在欺骗孤王啊……”

酒不多，却醉了君主。

宫娥寺人左右侍立。寺人王进咂了几次嘴，弯腰凑近君主，满面忧悒、关切：

“大王，酒多伤身，您该安歇了。”

姬宫湦神色郁郁，对着窗外雾霭霏霏，兀自沉浸于默然的悲戚。天空格外暗沉，月落乌啼霜满天。他倏忽抬起头，迷离、忧伤地望着王寺人：“进啊，连你也要欺骗孤王啊……”

王寺人深思圣意已久，唯有迎合，急忙跪地，眼神恐慌：

“大王，褒娘娘不像撒谎啊！”

姬宫湦伸臂将几案上物什尽行扫落，发出惊心动魄的响声。伸臂指着王寺人，鹰眸瞪得像捕猎的老虎：“住口！”

王寺人吓得不住磕头，瑟瑟发抖地偷眼看他，直到见他怒容退去，满脸萎靡，双手交叉不住搓着，喃喃絮语：

“乐部教坊司长说去禀报的是琼台宫的。拘来琼台宫所有人让他辨认，他却说并无那人。琼台宫又说丢了宫人。进啊，只有你一心维护孤王，你说这事该怎么办哪？许多人肯定都在偷偷笑孤王呢！起来，去带来那个讨厌的家伙，孤王还要审问。”

王寺人站起来，苦着脸道：“大王，您醉了。龙体要紧，快歇息吧。”

姬宫湦恼怒地一拍蟠龙椅扶手，瞪着鹰眸斥责：“什么？孤王没醉！孤王要再审那个长着采花贼模样的讨厌家伙！”

王寺人心里憋闷，近前，贴心贴肝道：“大王，龙威要紧，您不必审了。”

“进，你也敢忤逆孤王？孤王一定要审，要弄死那个家伙！”

“大王，你要实在气不过，可以立即处置了。”

姬宫湦哼哼着点头，不安地左右晃动身子，像一个被刺扎伤的人誓要找到并消灭利刺。他忽然瞪着房顶：“进，你这就去办。”

王寺人答应着去了，少顷回来复命：

“大王，已秘密勒死逆贼，装在车上运出去了。”

姬宫涅满意地点头，忽又一拍胸口，满脸的痛楚、伤感随着灯影滑落在冰冷的地面：“这个褒美人，辜负了孤王还要将她册封为妃的情意。”

王进一腔悲郁，略微直了直身子，又弯下腰：“大王，册封谕旨已经拟好……”

姬宫涅摆手，满目踧踖道：“罢了，停旨不颁。王后，她在嫉妒褒美人，孤王今晚被她牵着鼻子走了！”

第五十章　褒侍卫反手一击　申王后将计就计

一

褒毓听到停旨不颁的消息是在第三天早上。此时，琼台宫帷幕低垂，灯火幽暗。各处大门吱咛咛打开，宫娥寺人们里里外外地抹几搬凳扫地，起了一阵骚动。

褒毓缓缓走进内殿时，晨曦撒了满屋，透过淡烟般的喜鹊登梅纱帐，看到褒姒正在榻上睁着眼睛，不住叹息。

褒姒看到褒毓进来急忙坐起，侧身捶着酸痛的腰，问道：

"这么早进来，可有急事？"

褒毓行礼已毕，褐瞳濡染着霜雾的寒气，语气却有些轻淡：

"因为你出去会友，姬宫湦停了册封的谕旨。"

褒姒微颤了一下，眸底有了泪光，摆弄着指甲，垂着眼睑道：

"得之我幸，失之我命。"

她也有惊悸难定的情绪，不过只一瞬，已然淡化了心底那些零碎、杂乱的伤感。一抹悲酸、苦涩的滋味接着填堵了心肺，逼得她紧紧攥拳，指甲嵌进肉里，不觉麻痛。她粗重地吸一口气，告诉自己：狭隘和怨恨，并非褒侯千金该有的东西。所有的不良情绪只能深藏在心，任凭它蚀骨剥肉，亦要保持着君主女人的恭谨、雍容。

褒毓站在她面前，有些怒其不争的怨愤，眸光更冷：

"分明是人家设计陷害你，你却只懂得逆来顺受。"

褒姒感到深深的挫败，命宫娥退出，面色凝重："这人究竟是谁？"

褒毓忖度着，转着褐琉璃似的眸子，语调沉缓、冷静："她明明可以直接寻个不是，阻止册封，却设出这种阴谋，诬蔑陷害，未免太过阴毒。"

"是申后……"褒姒止不住打个寒颤，望着轻烟罗纱窗滤来的晨光翠玉般明净，鎏金青铜纹凤花熏里袅袅飘出稀淡清烟。

碎碎的晨曦从窗口射进来，发出细密如针的炫光，刺得她眼眸生疼。她垂下头去，双手理着领口上的珠翠领针。良久，那痛劲儿才渐渐消逝。她面色寡淡了无笑意：

“姐姐的爱护之意，褒姒懂得。原是我自己行为失当，也怨不得旁人。”

浓重的阴翳凝在褒毓眉心，她耸着鼻子冷脸提醒：“冤有头债有主。娘娘总该想些法子，给那个害你的人些厉害瞧瞧，教她以后不敢再对你使诈弄鬼。”

有虚弱情绪滑过心头，褒姒抑着怯意道：

“芙蓉园之事，王后替我说了好话。”

褒毓满面讥讽、不屑：“那是猫哭老鼠，假慈悲！明里填薪，暗里掂刀，这在褒府你见得还少？”低了头，翻着白眼小声嘀咕：“你说过我救了你，就任我差遣。如今连好心提醒也当耳旁风。别叫我们一天到晚替你担心。有一天你被陷害获罪，大家都跟着倒霉。”

褒姒有些气闷，命宫娥打开窗子，往花梨木雕漆嵌玉梅花椅背上靠了靠，歉意道：“姐姐恩德，没齿难忘。褒姒总要寻到报答的时候。眼下之事，还要以忍为上。”

看着褒毓冷哼一声出去，如丝如缕的悲愁漫上褒姒温润的面颊。

几个宫娥急忙服侍着穿衣、漱洗，又伺候着梳妆已毕，扶着褒姒坐在花梨木几案旁。莺儿端上早膳，指着一盘精巧的淡绿糕点笑道：“这是莲蕊梅花膏，我特意命厨上做的，娘娘尝尝好吃不？有美容养颜之效。”

褒姒眉间一喜，片刻复原：“好像听说过这个。”

莺儿笑道：“当然，这是听云儿传授的褒府秘方，以当季开得最盛的白莲蕊、白丁香、白茯苓、白芷、白芨花晒干，兑鹿角胶青木香研碎，再折来新鲜的白梅花苞，把花粉灌进花苞。密封、蒸熟，再冷藏、静置足月，和以面粉、蛋清，再蒸。不仅吃着香甜可口，还会好颜色。”

褒姒拿着镶银木箸，夹起那莲蕊梅花膏尝了一口，不觉露出惬意：“让你费心了。”又夹起一块，递给莺儿：“你也尝尝。”

二

御苑里阳光灿烂，罩着殿顶金霞袅袅。褒姒用完膳，看着两个宫娥拾掇完几案退下，屋里依旧立着许多宫娥寺人，服饰相同神态相似，都雕塑般站立着。

褒姒忍不住蹙眉：“你们这么多人，每天就站这儿，也是无趣的很。”

一宫娥神色慌张，合手行礼，低声道：“娘娘，这是宫里规矩。每宫主子都有八个宫娥八个寺人随侍。”

褒姒淡然摇头：“人太多不妥，各个人都要月俸，未免浪费。待我回头禀明大王，发遣出去几个便罢。”她话音未落，满屋的宫娥寺人全都跪下，齐声哀求：

“娘娘万不可发遣奴才们出去啊！若是被发遣出去，我等轻则罚俸，重则杖责啊！”

褒姒黯然色变，点头道：“我明白了，不发遣你们出去便是，都快起来吧。今儿天儿好，你们就出去玩玩吧。”

众宫娥笑颜退去，莺儿挑帘看着窗外渐渐灿亮的朝霞，看着褒姒满脸倦容、不住打着哈欠，不由关切道：“娘娘又没睡好？”

乌云重重沉落心底，褒姒面色晦暗地点头，痛楚、哀婉，神思恍惚：

“原以为姐姐和我切磋琴艺，谁知……”盈泪欲滴，低头抹着眼角，哀声道：“此事甚是蹊跷，也不知姐姐如今怎么样了。”

莺儿闻言心里感动，却皱起眉头：“娘娘可不是总记挂着别人么？是她连带娘娘坏了名声受人疑惑，不能册封。依我看她就是来害娘娘的。”

褒姒急了，声音骤然提高：

“你这是什么话？我们是琴中知音，绿贝姐姐不会害我的！”

莺儿思量好久，忐忑道：“我仔细想想，她好像……是瑶嫔。”

褒姒转着眸子，骤然惊恐，嘴角挑起一抹狐疑：“什么？瑶嫔……”

莺儿捏紧手中帕子，往窗口、门口看看，压低声音道：“娘娘未进宫前，瑶嫔在后宫炙手可热。听说她是那边的人。”目光警觉，指着寿仙宫方向：“那个乐师失踪了，宫里都在议论纷纷。有人说是畏罪潜逃，有人说是被利用者灭了口。”

街头卖艺女绿贝的婉丽容色和那个青年乐师的眉目清俊交替、反复地在褒姒脑子里涌现，想着世情繁杂，变化无常，她一时间心事起伏，如海上浪潮。

忽见褒觞在门口摆手，莺儿答应着，急忙出去。

褒姒站起来走到窗口，见莺儿跟着褒觞，神秘兮兮地走了。

褒觞站在幽径深处，轻沾着扶疏的梅树枝上露水，笑问莺儿：

“你可认得御药坊的人？”

莺儿思忖后，眨着眼睛点头：“倒是认得一个，也不算太熟悉。”

褒觞褐瞳映着阳光，闪起一抹亮色：“有急事，你快去让他来见我。”

莺儿不敢违抗腹诽着去了，半晌领着个大眼睛红润圆脸寺人，从阳光跳跃的小径走来。

那寺人行礼已毕，褒觞对莺儿挥手道：“你回屋伺候娘娘吧。”

目送着莺儿离开，褒觞将一个褐色陶瓷长颈药瓶和一锭铜贝递给那寺人，面色冷厉：“你把这药添到申后的胃药里，我会记住你的好处。须知我家褒娘娘美貌无双，必会常宠不衰，会为你谋个好前程。”

那人猛地抬眼看她，如遭蛇噬般惊悸，面上红润退尽，苍白如纸，筛糠般后退着跪下：“褒大人饶命啊，借小人一百个胆，也万万不敢下药！王后贵为国母，小人……小人怕死后下地狱啊……”声音瑟瑟发抖，说到最后，竟痛哭流涕，请求体恤、饶命。

三

褒毓鄙夷不屑地斜着眼瞪他，一把揪起他，褐瞳放射出威慑、胁迫的力道，危险的气息：“你要想好了？活地狱难道不比死后下地狱可怕？若敢不听使唤，我这就送你去！”

那人气喘不均冷汗淋淋，样子狼狈不堪，眼睛放射出死一般的绝望，连声哭道：“褒大人饶命啊，饶命啊，小人听命便是……”

申后在寿仙宫接过红润圆脸寺人呈上的褐色陶瓷长颈药瓶，听他说明事因，含着温婉笑意，让墨竹打赏了浑身哆嗦言语无措的寺人，并送出去一程。

她向空举着药瓶，心痛、委屈、酸楚，泪水崩飞：“天神啊，祖宗啊，您们看见了吗？淫荡的妖女恃宠无状，竟敢毒杀我啊……”

墨竹挑帘进来，劝了好久，申后才止住悲哭，依旧不停擦泪。

墨竹含着怒意竖着柳眉，给申后递着帕子道：“我已和那寺人说好了，他也知道妖女以弹琴为名，去林中私会乐师之事。谋害国母，罪同谋反。他答应一定佐证妖女。”眉梢挑起一抹阴冷笑意：“机心总需善心佐，若无善心，机心只会将人引入歧途。妖女若安分些倒好，可她梦想立即册妃，害死国母，取而代之，过分的贪念只会把她送往地狱！”

申后揉着酸困的鼻子，面色悲凄，无限感慨：“多少绮年貌美的女子希望能享宫中荣华富贵？多少志向高远的脂粉英雄想睥倾天下。多少女子在宫中熬了一辈子，只混个女御。多少人在对权利的渴望中红颜变白发，多少人在冷宫变成死尸。她刚进宫，就欲望无边……”

墨竹微微一笑，正欲说话，却见荟萃宫的小宫娥翠缕拿了两个八宝纹翡翠玉瓶来，身后跟着眉眼含笑的瑶嫔。瑶嫔一袭淡墨绿色如意襟鸳鸯暗纹锦衫，缀着珠翠领针，镶着白狐毛领。淡绿玉兰花藻纹披风，简单发髻点缀着一个白珍珠钗。她恭恭敬敬跪下道：

“王后娘娘，这是我亲自调制的桂花百合蜜茶，是拿前些时候含苞待放的新鲜桂花，带着晨露的百合花，掺了研碎的山茱萸枸杞子汁，和着蜂蜜酿的，味正香冽。眼看着冬天来了，正好润肺、养血、清热，好喝又好颜色。”

申后容色稍霁，舒袖示意墨竹接住：“瑶嫔真是个有心人，调弄出这些精致的东西。我倒真是发馋，要一尝为快了。”

墨竹忙拿了一个玉瓶，用汤匙舀了少许蜜茶放进茶盏，盖上盖子。稍顷，申后尚未送到唇边，已觉浓香扑鼻，微微抿了一口，顿时开颜：

“真香啊，果真是好东西。”

许久不语的狐眼兰妍看着瑶嫔的俊丽眉目就想生气，低声道：

“王后娘娘，您吃着胃药好多天了，这茶性寒，只怕会相冲呢。”

瑶嫔闻听，面色遽变：“请王后娘娘恕罪！臣妾大意了。”

申后面色幽暗许久，审视目光盯着瑶嫔，许是念起她功劳，倏忽一笑：“起来吧碧瑶，坐着说话。你一直做得很好。本宫很欣赏你。”

这里处处算计处处杀机，叠金砌玉的浮华下都是暗涌汹涌。瑶嫔道着谢落座，暗惊于王后的不动声色，收敛了繁杂思绪，神色益发恭歉卑谨：“承蒙娘娘厚爱，臣妾感激在心，无以为报。臣下随主，忠心无二，每日牵挂着娘娘玉体。”

申后的笑容倏忽淡去，猝然站起，面色诡烈地举着褐色陶瓷长颈药瓶，咬牙切齿道：“碧瑶，你可知道这是什么？”

瑶嫔抬头看着瓶子，不敢乱下结论，眼神迷惘地摇头：

“臣妾粗陋，难以辨识。”

申后俊目蒙霜，声音颤抖：“琼台宫褒侍卫给侍药寺人的毒药，要下到我的胃药里！”

瑶嫔张大嘴，面色苍白，攥紧帕子：

“妖女又没位分，娘娘何不将她拘来杖毙？”

申后像受伤的母兽，在屋里不停走动，目光冰冷，令人胆怯。侧影随窗口跳跃的霞光跳动，忽明忽暗，冷冷道：“这几日大王招你侍寝。本宫常说你明理懂事，大王深以为然。后宫佳丽的品德如何，都在本宫这张嘴。”

瑶嫔脸上涌起红晕，荣幸被王看重，不能表示受宠若惊，只该低眉顺目表示服从。听申后言外之意，她可以兴之废之，左右她命运。她心中黯然，面上却浮出深深笑意：“臣妾明白。这都是王后娘娘的恩典。”

第五十一章　痛心疾首以毒斥　猝不及防钻瓮里

一

霞光渐暗，宫娥初上宫灯又用银扦剔亮，灿然的灯光让人有些心神摇曳。隔窗望去，几棵百年以上的银杏树，高数丈，深深碧叶，摇碎点点灯火，恍惚迷离。

申后望定瑶嫔，目光不可捉摸地闪烁，面庞浮上温柔笑意：

“大王面前，你要为褒美人美言几句。”

瑶嫔低着头想：为免暴露切磋琴艺之事，需得如此。不由感激申后提点，嫣然点头：“娘娘所言极是，臣妾谨记。”

说了半晌闲话，申后又留晚膳，膳后瑶嫔拜辞，狐眼换班。墨竹一肚子的疑问，直直的望着申后道：“妖女和人私会，大王都没责罚。她一旦册封，便会觊觎后位，若生了儿子，便会谋取太子之位。她这么威胁娘娘，明目张胆地害娘娘。娘娘还要瑶嫔为她美言？”

申后笑得幽深莫测，目光如雪地冷凛：“猜忌是非常痛苦的，又余情未灭，听得几句好话，必然难以自制，急巴巴要去琼台宫。瑶嫔这种人说话，他才会信。”

墨竹漆黑的双眸流出惊讶：“娘娘说的是大王？让大王再次亲近妖女？”

申后将鎏金指套刮在几案上，发出破碎响声：“你仔细从碧瑶那儿探口风，仔细留意大王行踪。他若去琼台宫，我自会准时赶到。”

墨竹转眸思量，笑道：“娘娘好主意！当着大王面揭穿妖女毒杀国母之罪，行使后宫之主的职权，杖杀妖女，大王亲眼目睹妖女恶行，以后自然无话可说。”

暮色透过栖红色窗纱洒进来，在人心上荡起一波波阴翳。申后侧身看着窗下，目光幽幽的，如深潭望不到底。良久，她脸上涌起先贤般忧国忧民的凝重沉思，语声沉稳：“六宫雨露均沾，天下才能太平。君主不能专情。可他如今这般纵容褒姒，实非社稷之福。我若不除妖女，有愧于姬家列祖列宗。妖女，你多行不义，自取灭亡！”

看着墨竹传膳上来，申后也无食欲，怅然对着美味佳肴，只不动箸。

墨竹便盛了一碗羊骨髓汤，恭恭敬敬递上：“天子之意难测，王后和大王夫妻多年，对大王之事无不上心，大王终会体谅您一片苦心。娘娘就请宽心用膳吧。”

宫灯从重重垂纱帷帘后透进来灿烂光影，申后背光宽坐，裙裾在足下铺展成舒雅优美的弧度。任凭身后是灿烂锦绣，争奇斗艳的浮光掠影，她却沉浸在阴翳之中，脸上是毫无生机的冰冷死色。

又一个星光灿烂之夜，墨竹慌慌张张进来禀报：“娘娘，大王果然听从瑶嫔，命制两个白玉琴，一个怕是要送给妖女褒姒。听说大王已命寺人王进回宫拿琴，他宴请外臣也该散了。”

申后急忙站起，目中隐隐透着森然，一拂广袖：“快走！命兰妍跟着。”

寒月澄明，饱满晶莹。一色的寒光覆盖了远近交错的宫殿、壁廊、亭台。

团风镶珍珠葛麻软帘掀起，兰妍闪身而入，黑脸凝霜：“属下待命多时。”

一大群人行走在花园里。鸟雀惊飞，锦衣迤逦，潋滟檀唇，默不做声。白霜覆盖的道路泥泞湿滑，各怀心事，费力平衡，一路走得寂静无声。耳中听得轧轧的铜轴木轮华盖车轴轧地声，陡觉这夜里寒露如霜，沁人心凉。

申后坐在车上挑帘望去，窗外依旧满月，色极澄明。万倾宫阙都披上了稀淡的银灰色光晕。远处上林苑的后山依旧层峦叠嶂，幽静得使人神往。近处未扫的残叶被风卷起，唯有阴暗得难寻光亮的地方才是容纳之地，仿佛人世上从来都是如此不容颓败无用的东西。

申后放下细金线纹绣的撒花帘子，便被淹没于一片暗沉光影里，只觉得生平所经的所有夜晚，似乎从未比今晚更冷更黑。

二

琼台宫前宫灯璀璨人影晃动，众人见到申后慌忙下拜，只听哗啦啦一片衣袂响动声。

申后命起，正要不经通传径直进入，却被褒毓伸臂拦住，面色一如黑夜暗沉：“请王后娘娘体谅小人一二，大王在此，不容打扰。”

申后容色被精湿的夜色沁透，泛着青白，眼风凛然：“连本后也不让打扰么？”

褒毓稍稍一怔。一个寺人已风一般旋进内殿。

朱漆蟠龙柱，紫檀龙凤雕透座椅上铺了兔毛椅褡，绣着多子多孙图案。小儿臂粗的龙凤呈祥烛上抹了香粉，飘出的香味和殿中铜兽口中吐出的合欢香味交融，让人觉得欣悦舒坦。

褒姒正在几案前俯首调琴，两边鎏金青铜仙鹤香炉，从鹤嘴吐出渺渺香雾。

寺人进来跪禀："大王，娘娘，王后娘娘来了。"

姬宫涅正在抚着褒姒黑缎般的秀发出神，闻言眉头一皱，一抹不悦之色沉落眸底："她来做什么？"略一思索，又道："命进。"

那寺人忙站起来，低头退出。

申后由墨竹虚扶着入内，对君主行礼。褒姒复拜申后已毕，被姬宫涅拉着手，三人分礼落座，宫娥上茶，退下。

申后面色悲愤、冰冷，伸臂指着褒姒，广袖在充溢着合欢香的空气里瑟瑟发抖。双目凝泪，一字一句如刀直刺："你平日不参拜本宫也就罢了，但必得把此事说清楚。"

褒姒有些迷惘，无措地看着她，清澈眸光里水色颤动，声音低弱：

"不知娘娘所问何事，奴家一定详尽答复，不敢有少许隐瞒。"

申后暗自冷笑，不动声色地拿出褐色陶瓷长颈瓶，在灯影里晃着，声音沉稳：

"这瓶药，是你给我的？"

一语不慎就会惹祸，一步走错就会没顶。褒姒心里森然发冷，轻轻摇头，矢口否认："奴家没有，奴家从未见过这药瓶。"

申后冷哼一声，伴着令人毛骨悚然的冷笑，咬牙切齿道：

"果然狡辩。带上来人证！"

话音甫落，狐眼押着圆胖脸的侍药寺人进来，那人跪地，吓得浑身颤抖不敢抬头。

申后拿手中药瓶给他看，瞳孔紧缩，冷然笑道："做下人的，最难得忠诚无贰。大王在此，你休要惊惶，就把事情原委，如实讲来。"

那寺人断脊狗一般伏地，偷眼观看殿中情形，眼神抖得像风雨中的飘萍，颤声哭道："大王，娘娘容禀，小人不敢有半句隐瞒。前几日琼台宫褒侍卫，让小人把这瓶里的药下在王后娘娘的胃药里。还说，褒娘娘美貌无双，必会常宠不衰，会为小人谋个……好前程。"

一瞬，惊诧、唏嘘之声溢满大殿，众人面面相觑暗转着眼珠，不敢抬头。

姬宫涅在宝座上转了数次身子，面色映着房顶琉璃瓦，晦暗阴沉。

褒姒抑着慌乱，端然摇头，笃定的神情，凝重的语气：

"唤褒侍卫进来问话。"

褒毓进来伏拜，听褒姒说明事因，竟面色如常，点头答道：

"这药的确是小人给他的。"

众人大惊，姬宫涅瞪大鹰眸，擦去额头汗水，那汗却不断冒出。云儿腿伤未愈，一瘸一拐地端着茶点出来，手一抖，磁盘落地，发出刺耳响声，茶果滚得到处都是。

早已看淡生死，活着只是行尸。今番誓要报恩，死了也少遗憾。褒姒很快平复心底的震荡，捏紧帕子，声音沉缓、坚定：“你倒是诚实，是我给你的药，一切由我承担。不知者无罪，你下去吧！”颤悠悠起身，跪向帝后，眸中泪雾盈盈：“褒侍卫只是听命而为，请求饶恕她，褒姒感恩不尽。”

褒毓跪着不动，褐眸低转不停。

申后举着药瓶，泪眼婆娑声色俱厉：“大王明镜高悬，善辩忠奸。褒美人恃宠毒害本宫，证据齐全，罪同谋反。本宫承天命执掌后宫，行事一向无愧于天地，无愧于姬氏列祖列宗，无愧于大周子民！我今天要行使职权，以保大王休养生息之地清净，以捍卫姬氏祖先金戈铁马得来的江山社稷。”

三

姬宫湦手脚冰冷，冷汗不停冒出，天青色四爪蟒袍脊背已湿，惊恸向全身蔓延、回荡，心痛无比，苦涩难忍，却也只是默默不发一语。原来这世间全是被欲望权势充溢着的女子，原来这世间并不存在真正的情爱。原来他身为天下至尊，却也逃不脱凡夫俗子的奢梦！

申后指着褒似、挺背扬声：“褒美人，你可知罪？”见褒姒头深深低着，只是不语，她痛心疾首：“你们既然目无王法，就别怪本后无情。你们以下犯上图谋不轨，毒害一国之母，欺君谋逆。本宫念你父忠心褒国，九族不加株连。来人，将她们拉出去，杖毙！”

挤满人的大殿中没有人语，只有呼吸声清晰可闻。姬宫湦近在咫尺却不说话，只是凝视褒姒，鹰眸幽深无底，看不清内里分毫。

褒姒脸色惨白，眼神空洞，面无一丝表情，如同固定的植物标本。

褒毓对着靠近的侍卫怒吼：“住手！”又向姬宫湦跪拜，哭道：“小人冤枉，褒娘娘冤枉，请大王明察啊……”

姬宫湦的眼神如冰渊望不到底，心思纷乱如厮，一拍椅子扶手：

“事已至此，有何冤枉？”

褒毓伏拜道：“大王，褒娘娘给的药是健胃补药，她一心孝敬王后，决无毒害之意！深宫寒潭，我妹妹又无位分，处处如履薄冰。此药若是变成毒药，必是被人掉了包，请大王明察，揪出罪魁祸首，与小人姐妹做主啊……”

姬宫湦霍然起立，鹰眸灿亮：“这……”瞬间已心念百转，千万狐疑，不知该相信哪个。

冷，透彻心扉的冰冷。是谁的笑温暖过她，是谁的泪为她滑落。褒姒凝神褒毓，她全然是咄咄逼人的冷酷，不肯罢休的执著。褒姒将心一横，泪眼望着姬宫涅，声音极其悲哀："奴家……一切都在奴家，褒侍卫只是听命当差……请大王做主，饶恕姐姐……"

申后气得手足冰冷，浑身发抖，盯着褒姒的眼神阴冷得使人打颤："大王圣明，褒氏姊妹谋害国母，罪同判国，出尔反尔，妖言惑众，臣妾请大王降旨，杖杀奸恶，立即行刑，以正宫闱，以平人怨。"

姬宫涅一双鹰眸，含着冰冷，夹杂嘲弄、狐疑、伤痛，神情彷徨不定。

申后双目喷射怒火，恨不得烧毁世界，一个眼色，墨竹拿住药瓶逼近褒姒。申后切齿痛恨道："既然你们刚才说这并非毒药，你就当众服下！本宫可赦免褒侍卫的罪过！"

褒姒拿着药瓶的手哆嗦着，直觉浑身瘫软，无法支撑，眼神倏忽冷彻，神情笃定地打开药瓶，泪流满面地望着姬宫涅：

"大王，奴家情愿服下这药，但有一事请求……"

姬宫涅鹰眸收进褒姒的哀伤欲绝，心思纷乱，满怀伤感，微叹一声红了眼眶，探身向前："姒儿……讲来。"

褒姒面色怔忡，哭道："请你放过姐姐吧……"言毕，慢慢将药倒向嘴里。

姬宫涅急忙抱住褒姒，满面的伤痛、凄凉，泪盈，声音含糊不清：

"姒儿……你好走……"

申后的脸上浮起一抹得意。狐眼撅着嘴笑睨褒姒。

大殿一时很静，但闻急促的呼吸声此起彼伏。

众人惊诧地望着褒姒许久，见她悲苦、凄楚的神情渐转淡定，推开君主，徐徐站起来。

姬宫涅惊异地看着褒姒沉稳落座，鹰眸欣喜，又渐渐冰冷，一步步逼近申后：

"你……你如此狭隘嫉妒，恶语诬蔑……"

申后眼神纷乱，不敢与姬宫涅对视，如同掉进无底洞里，只觉得身子在无限下坠，四周是可怕的黑雾。她哆嗦着，跪地大哭："臣妾冤枉，请大王饶恕……"

见君主勃然大怒，众人一起跪下。

"姒儿，孤王要择日册封你。"姬宫涅说完，对着申后冷哼一声，拂袖离去，在门口用力关上殿门，咣啷一声大响，震颤了所有人的灵魂。

申后神魂俱碎，七情已灭，匍匐在撒花地毯上，久久不能抬头，众人劝慰无济于事。

狐眼低着头背转身只怕被褒姒认出来，忧患的心思如潮暗涌：冤家路窄，你死我活！

待申后一众灰溜溜离开，云儿关上殿门，哭着拉住褒姒：

“小姐，我刚才，好害怕！”

褒姒轻抚云儿脊背安慰，褒毓满脸冷傲的笑：“一切都在意料之中。我只担心给她的健胃药被识破、掉包，那便不是她嫉妒诬陷，那我们都得死！”

“求求你，安分些吧！”褒姒惊恐不定地拽住褒毓，只觉得这局步步惊心。她思绪纷纭，走到窗前，觉得外面阴暗莫测的世界就是她的未来。

她头上不是珠围翠绕，只斜插了两只红珊瑚珠簪子，穿着暗绿的锦衣，上面绣着零碎的兰花，风恣肆扬起裙裾，使她看起来落寞清寂。

第五十二章　宫内外媚附褒姒　琼台宫花团锦簇

一

眼看着树叶落尽到了冬至，木芙蓉盛极而衰。

这一日早膳后，明眸皓齿的莺儿双挽手站在朱红壁廊下，笑看鸟雀登上梅枝。她上穿粉红葛麻裙襦，裙长及地，袖口用一品红丝线绣着半开未开的玫瑰；米黄色丝绦束腰，垂着小巧别致的香袋及青玉连环佩，倒显得身材窈窕婀娜多姿。

云儿摆弄着腰间湖蓝色玉佩走出来，闷声道：

“这些天烦死了，总算能勉强走了。”

莺儿闻声回头，见云儿穿着粉蓝色绸缎薄袄，袖口领口皆是芍药纹绣，外罩一层金银丝线织成的轻纱。乌油油的青丝在头顶梳成一个云鬓，斜插一支青玉簪，看起来比平日高挑。莺儿轻柔笑道：“云儿，你好像比刚进宫时长高了。”

“哪里长高了？是这头发的缘故。”云儿指着头顶的云髻笑道：“听说御花园西北角的腊梅开了，莺姐姐，咱们去解解闷儿吧。”

莺儿摇摇头：“不行，你这脚……还怕等会儿宫里又要忙起来了。”看着几个宫娥在忙着扫阶下的落叶，几个寺人在玉阶上摆放应时花卉盆景，一群宫娥寺人端着盘盏匆匆路过。莺儿低声道：“如今这些后宫佳丽见咱们娘娘屡屡脱险，得势了，都一心巴结起来。天天的这个送来衣物、美食，那个送来金银、首饰。金玉绮罗都将两个偏殿堆成小山了。内外官夫人们也人来人往的攀附，每天都络绎不绝好不热闹！进进出出怎么这么多人呢？流水似的源源不绝。琼台宫都忙翻天了。”

云儿不免得意，习惯性地眯着眼笑，笑容后缓缓流出苦涩：

“申后受挫，暗地里没少笼络人心，又屡次进言，要选美填充后宫。看似贤德，还不是要遏制我家小姐？大王一心恋着我家小姐，昼夜陪伴，不理那矮子，选美事就这样耽误下来了。宫里娘娘这么多了，选什么美啊？”

两人低声说着私房话，见一群盛装丽服多姿多彩的佳丽走来急忙见礼，引着进去。这拨人刚刚退去，赵嫔和几位后宫又来庆贺，一屋子的衣香鬓影，环佩叮咚煞是动听。又一群宫娥寺人抬进来一长串箱子、放好数匹葛麻，跪地行礼已毕，排着整齐的队列出去。

内殿里一片花团锦簇，褒姒只梳了个倭堕髻，一边插了个镶八宝掐丝金簪，丝丝络络的垂在耳畔，戴着翡翠玉镶金耳铛。身上穿着家常衣服，斜倚在紫檀木的榻上，慵懒地看着人来人往，莺儿忙着接礼、打赏。云儿脚踝处有伤，也不闲着，扶着墙，一跳一跳地指挥宫娥。

待会儿人潮退去，风顺着琉璃珠窗帘吹进来，琉璃珠发出零碎声响。褒姒拂着耳边赤金丝络，蹙眉道："瞧着屋里都没空了，快将那些劳什子收起。"

云儿忍不住好奇，一瘸一拐地接连打开数个箱子，惊叫：

"啊！这箱全是镯子、那箱全是耳环……"

一个宫娥双挽手，曲身，笑吟吟道：

"每宫娘娘每年都有首饰二十箱，绫罗绸缎二十匹。"

"哦。"褒姒淡淡回应，觉宫廷里多处铺张，甚是奢侈、浪费。

"这么多啊，用不完哎！"云儿捏着帕子，满面欣喜地打开一个个箱子，双目发光地翻看。

看着寺人、宫娥在莺儿招呼下将箱子收拾到偏殿里，褒姒环顾众人道：

"你们在此执差，以后咱们都是自家人，可以随便些，不必拘于细礼。"

宽绰的内殿不设侧门，描绘精致的孔雀屏风靠近西窗，由一块巨大的雪缎制成。雪缎被边缘的紫檀架子绷得平整如镜，简单素净。雪白的屏芯被越窗阳光映出一片柔和的光晕。这样的屏风在宫里不算珍奇，但镶嵌在屏风骨架中央的明珠透着淡淡蓝光，使屏风身价倍增。

褒姒坐困了，站起来，转身，将手覆在屏风的镶珠上徐徐摩挲，硕大、圆润的夜光珠，单手难以握住，在一日日渐趋寒冷的时光里保持着温润如初的触感。

姬宫湦在门口笑道："美人可是闷坏了？走，随孤王出去走走。"说着入内，轻牵褒姒手。

寺人王进垂首，声音尖细："大王，御花园里风景正美。"

姬宫湦拉着褒姒手，看着她没有笑容的脸：

"美人，孤王带你去御花园解闷。"

褒姒漆黑的眸子映着阳光，晶莹闪亮，轻低螓首：

"奴家遵旨。不想坐辇，随便走走吧。"

姬宫湦拉着褒姒在前面走，莺儿等一群宫娥、寺人、侍卫在后面跟着。路过御膳房的大院时，褒姒看到一个寺人在宽大的庭院里扬着斧头劈柴，累得满头大汗。又被一个木渣蹦起来刺到左脸上，鲜血汩汩流了出来。她不由自主脱口惊叫："哎呀！"

那寺人闻声不顾脸上的血一直流到脖子里，满面恐慌地跑过来，跪地附拜：“奴才该死！不小心惊扰了大王、娘娘，请大王、娘娘恕罪。”

二

阳光映着姬宫涅的蕴寒鹰眸，他指着受伤寺人道：

“你今天的确吓到美人了。”

褒姒满目急切地朝姬宫涅挥手：“没有没有……”转面莺儿：“快去拿金疮药，给他敷上。”

姬宫涅用眼色止住莺儿，命身边寺人：“带他去太医院止血，切莫吓坏美人。”拉着褒姒手继续往前走，低声道：“美人善心可嘉，却有不妥。以后若是遇到此事，应当视若不见。”

“奴家遵命。”褒姒欲挣开被姬宫涅攥着的手，却是无用，向莺儿投去迷惘、苍冷的眼神。

晚霞未退时月亮已经悄然升起，灿柔的月华照亮了寿仙宫外的小径。随着传膳太监悠悠长长的呼唤，御膳房的一队宫娥、寺人端着托盘从御膳房徐徐走来。

燕台夜永鼓逢逢，猎炬金樽烂漫红。列帝王侯灯市里，九衢仕女月明中。

宫娥太监在前殿布菜已毕，墨竹笑靥迷人地安置后宫嫔妃入座，另有一帮犬戎歌舞伎在高台上助兴。墨竹又亲手摆放银箸、羹匙，举止娴熟优雅，举手投足间透出大气从容的王室风范。

席间，申后夹了一块熏肉尝尝，满意点头：“这道菜不错。”伸臂向几位妃嫔面前的小碟里夹了，又夹给下首位置就坐的瑶嫔，笑道：“瑶妹妹多吃些，富态了更美。”

瑶嫔的桃腮红润似霞染，裹水明目映着灯火更外迷人：

“多谢姐姐，臣妾受宠若惊。”

赵嫔等几位宫嫔怕人群里是非多，托病不来。瑶嫔下垂手位置坐着几嫔，其余都是世妇、女御、姬、女史等。轻纱为幔，遮挡了后宫女子的尊贵美颜。大家推杯换盏间，窈窕姿影，绰约多丽，隐约可见。叽叽喳喳地说话，谈论的多是伯阳父的最后一次谏奏，直接转化为后宫妖孽问题。

申后自饮一杯，端着杯子环顾：“我给诸位妹妹敬酒。不想德妃妹妹那么烈性，以至殁了。本宫总觉得少了什么似的，每每伤感。连聚会都少了几分热闹。”她一个个敬至瑶嫔，笑道：“咱姐妹们独守寒夜，酒可暖身。莫道一杯薄酒，乃是姐姐虔诚的敬意，请妹妹满饮。”

瑶嫔已经半酣，接过杯子一饮而尽，说话间舌头已不受控制：

“伯阳父的文王卦辨理阴阳。他夜观天象，看出妖孽就在后宫。姐姐为后宫之主，难道就任凭妖女横行，祸乱后宫？”

一宫嫔和德妃交好，不胜酒力地趴在几上，口中念念有词，

“如今大街小巷都在传唱：褒城幽冥到后宫，祸害大周的妖精。有朝一日妖风盛，万民涂炭何聊生。宫娥们都不敢夜值。妖女仰仗大王宠爱，使人偷盗绮仙宫，以巫蛊之术诅咒德妃，害死德妃娘娘，真是狠毒之极！”众嫔妃各个都修炼到上乘的两面三刀功夫，七嘴八舌地要求申后瞅机会杖毙妖孽，以保后宫清净，社稷安泰。

申后幽然一叹，向身边的墨竹使罢眼色，黯然垂首，耷拉着嘴角再无一语。

墨竹雪缎百褶裙，头上云髻高绾，插了一只金凤钗，双挽手站在窗口，环顾众人道：“不是奴婢敢于扫诸位娘娘的兴，伯阳父精通文王卦，占出后宫有妖孽作祟，进谏大王废黜妖孽，可大王不仅不听，反把伯阳父罢官削爵了。妖女宠深，谁敢动她？”

申后因酒，白皙脸容添了红晕，满目感伤、无奈：“依后宫惯例，我们姐妹理应雨露均沾，可如今大王已两个月不离琼台，宫中规矩完全破坏。本宫曾进谏大王，反被他斥责狭隘善妒。大王十分迷恋褒美人，不仅每日同食同居，且行则并肩坐则叠股。那日本宫亲去琼台，那褒美人既不行礼，也不参拜……”声音益愈低哀，忍不住落下两行泪来，轻轻擦拭。

“妖女委实傲慢之极！”

“妖女仗着大王护着，也太没规矩了吧？”

众嫔妃纷纷议论，义愤填膺，也有个别低头不语或暗自冷笑者。

瑶嫔歪歪斜斜站起来，拢拢鬓发道：“妖女如此德行，真乃周宫的不幸！君宠常如花开，总有败落时。我等当盯紧妖女，若拿到她的错……”

众嫔妃齐声称赞瑶嫔为人痛快。

高台上，鼓乐声管弦声交相辉映，此起彼伏地消融在窗外月色里。琵琶唱遍江南曲，玉烛能焚塞北风。唯有清光无远近，他乡故国此时同，玉露铜壶切莫催。白色的雾氤氲上来，那是炭火腾出的熏暖气息，弥散在地毯上，驱散了寒意。

三

坐着观赏歌舞的嫔妃们都裹着厚实的镶滚宫装，此时褪掉外层，不见了初时臃

肿，一个个轻盈飘逸。

申后无心观赏歌舞，悄悄起身来到窗前，隔窗看到月色灯山满帝都，香车宝盖隘通衢。近处的临水亭旁，月色在明镜般的水面波光荡漾。

侍卫兰妍站在宫门口，微窥申后低矮身影，暗道：

人是微缩的，心是猥琐的，此话果然不假！

宫灯如火树银花乍放。将膳后的琼台宫笼罩于一片静谧之中。姬宫湦正拥着褒姒观赏犬戎歌舞伎的歌舞，忽听寺人王进来禀：

“大王，王叔姬淑岱有事求见，在宫门候着。”

姬宫湦揽着褒姒，蹙眉不语，王寺人复禀，他站起来道：

“烦琐。”迈着大步朝前殿去了。

褒姒舒展着双臂打了个呵欠，命歌舞伎退下，摆手让莺儿近前，悄声道：

“我今天让你拿药救那寺人，难道做错了么？”

云儿坐在一旁皱着眉，抚着脚踝伤处，听莺儿诉说了事因，歪头对着窗子，满目惶惑：“娘娘好心救人，大王也不高兴，难道见死不救才显得自身高贵？”

莺儿合手行礼，声音不徐不疾：“奴婢多嘴，请娘娘恕罪。”

褒姒扭头望她，清眸折射出温暖光晕：“不必多虑，你且讲来。”

莺儿舔舔有些干燥的嘴唇，看看窗外，低声道：“大王实在是为褒娘娘好。主子娘娘要有主子娘娘的架子，否则即便善举，也会被人恶意贬损，毁坏声名；或被别有用心者利用善良，造谣生事，嫁祸栽赃、诬蔑陷害也是有的。”

褒姒不由惊悚，心思婉转，很快平复，点点螓首表示恍悟：

“我明白了。比如今天那寺人若是哪宫娘娘的贴身奴才，被我施以援手，就可能被人认为蓄意拉拢利用，从而树敌。”

莺儿点头笑道：“娘娘果然大慧。若是您轻易对哪宫奴才施以援手，不仅娘娘好心被人恶意生诽谤，那奴才恐怕也要遭殃，自此不再被主子相信，无端遭受打骂、鞭笞，甚至找个理由处死也不为过。”

云儿不大的眼睛写满紧张，合手闭目，嘴角蠕动道：

“大慈大悲的女娲娘娘，得亏我家小姐今天救的只是御膳房寺人。以后我们要硬起心肠，见死不救才是好人。”

褒姒朝云儿凝目：“你少说些吧，这会儿脚踝不痛了？”

云儿蹙眉道：“痛……”

褒毓以灵猫般的敏捷进来，依着紫檀椅背直视褒姒，嘴角挑成讥讽的弧度：

“娘娘，你好美！”

褒姒站起来，看着众人，众人便识趣退下。两人牵着手到凤榻旁的桃心木几旁坐下。褒毓目送云儿等人退出，笑容郁郁如窗外稀淡的霜雾：

“这大周后宫那么多佳丽，以娘娘这般专宠情形，作为女人，也该满足了。娘娘若能很快册妃，就可算一步登天，宠荣之极。”

月光越窗，映着褒姒的淡忧：“恩姐，你曾经那么帮我，褒姒没齿不忘。没人时你就别叫我娘娘了。能和你做姐妹乃是福分。红颜弹指老，恩宠不过一时。姐妹情谊才能天长地久。”

褒毓手抚绿玉茶杯的沿口，紫檀屏风上的明珠不波自定，闪闪光辉映亮她闪烁的凤目：“我了解你，你心里，其实一直放不下他。”

褒姒眉头耸了耸，面色如风和日丽时的湖面，压低声音：

“好小姐，以后再莫说这个。”

“以后千万别叫我小姐，当心隔墙有耳，危险！”褒毓面色寡淡语声果断，在锦凳上前倾身子：“这个昏王强占了你，你恨他吗？”

褒姒眸光如水，直直流泻到地面：“既然无爱，何来的怨恨？”

褒毓站起来，走向窗前，风吹衣袍飘拂，给人一个孤峭背影：“你骗不了我。任何一个女子被一个不爱的男人强占，都会生恨。恨他，你就该设法毁掉他！”

褒姒有些惊悚，一直都看不懂她，觉得她言行多有不可思议处，莫名其妙地看着她：“恨，就毁掉？那么我早该毁掉你们褒府。也不是没想过，只是无能为力。”

第五十三章　深宫寒潭冰与火　昔日姐妹今操戈

一

褒毓转过身来，嫣红面颊如桃花初绽，褐瞳闪烁着幽暗的光色：“过去你无能为力，以后你是君王的女人，稍稍努力，就可以呼风唤雨撒豆成兵！”

褒姒抬眼望着褒毓幽光冷冽的眸，抱臂，在越窗的风里打着寒颤。

窗外的风掀起纷纷扬扬的木芙蓉花浪，一时间落英缤纷，恍如坠雨，细芳幽然。月光穿越繁枝落在窗上，分外静谧。褒毓临窗而立，一抹身影犹如霞光，灼灼逼得人透不过气来。

风掀起轻绡垂帘，化作一道摇曳流光。褒姒的乌发被风吹起，衬出玲珑的下颏和樱桃檀唇。她缓缓走近，轻轻拉住她手，满目狐疑：“姐姐，你恨姬宫湦？”

褒毓挣脱她手，目光灼灼逼视着她，语气生硬：“你才恨他！你恨他，你可以设法离间他君臣。对于一个君王，失去人心才是狠招。”

褒姒忽想着阿蠡、父母，心上怅然，眸中狐疑：

“那我岂不成了妹喜、妲己一样的女人了？”

褒毓冷颜如冰，朝褒姒低吼：

“我父帅拼命杀敌浴血奋战，他轻信谗言，就要以通敌叛国罪羁押大牢。他是个昏君！他没有了，或许会起来一个爱民恤物的明主！”

“你这话被人听到是要砍头的。”褒姒颤声道，愕然望着褒毓，好像彼此从来不曾相识。

莺儿从外面进来，满目惊慌：“娘娘，不好了！”

褒姒褒毓同时扭头：“何事惊慌？”

莺儿跑得钗松鬟乱，也不管腰中丝绦迤逦在地，抿去脸上汗水，声音惶急：

“听说镐京大街小巷都在传诵，说大周后宫出了妖孽，大王十分震怒呢！”

褒姒褒毓皆豁然起立：“后宫出了妖孽，什么妖孽？”

莺儿低着头，眼珠向上直射出畏怯的光，看看褒姒道：“奴婢不敢讲……”

褒毓看着莺儿眼神犀利，含着轻蔑、不屑一顾：

“有话快说，别吞吞吐吐，烦人！”

褒姒站起来，拍拍莺儿肩，声音柔缓：“莺儿，但讲无妨，我不怪你。”

莺儿这才鼓足勇气，抿抿鬓发，抑着忐忑道：“外面是这样传唱的：褒城幽冥到后宫，祸害大周的妖精。有朝一日妖风盛，万民涂炭何聊生。”

褒姒晃悠悠跌入座位，面色苍白，嘴唇蠕动着说不出话来。

风卷起松涛，林间落花坠地。空中无名鸟迅疾飞过，如逝去的似水年华。

褒毓眸中那一点斑斓似梦里的寒星，款款走到褒姒身侧，扶着她颤抖的臂：

“妹妹，早就有人出手害你，不差这一次。你现在还无名分，人家想弄死你，会像捏死只蚂蚁那样容易！”

褒姒陷入呆滞，发出的声音如梦中呓语：

“我知道后宫不会平静，想好好活着，究竟不那么容易。”

褒毓眸中一抹似快意似忧患的光色闪亮，扭头问莺儿：

“姬宫涅对这件事如何反应？”

莺儿道：“听说谣言已久，大王早就传过止谤旨意，要将传谣者一律杖杀。可这谣言一波波没有止息。”

褒姒惊慌、伤痛，渐转淡定，怜悯：“流言止于智者，杖杀未免残酷。”

褒毓玩味着褒姒神情，笑容冷冽如窗外扫落枯叶的萧风：“君王喜怒一瞬，说不定再经造谣者撺掇，他会马上传旨，把你当妖孽杀了！”

褒姒当空打着寒颤，楚楚可怜，又没底气：

“那么多事证明，姬宫涅不会轻信谣言。”

褒毓冷冷一笑：“别忘了君心难测！我父亲经历数月的浴血奋战扫平淮夷，原指望加官进爵，可却被打入大牢！这里是朝歌，大周权力中心。你没有听说过吗？后宫是个没有硝烟的战场，一着不慎就万劫不复！”

二

褒姒微微颤抖，把救助的目光投向褒毓：“以姐姐看来，该如何自保？”

流星雨自镐京城头掠过，迅速弥散于悠悠天地。褒毓示意莺儿退出，拿出一瓶药递给褒姒：“这里危机四伏。你寻找机会药死昏君。我带你离开这儿，去寻找自由。”

褒姒慌乱不堪，连连摇头：“不，我没有理由害死他！就算得手，我们可以逃脱吗？”

褒毓警觉目光巡唆门窗，语速飞快，目中蕴着怒其不争的怨恨：

“我说过能带你走！”

褒姒的思想在过往里游走，亦惊叹亦感激亦狐疑，目光浮动如水上飘萍，欲言又止。看着褒毓脸上的理性、执拗，及那抹似有若无的沉郁，她思绪起伏如海上浪涛：

她屡屡舍命救我，难道只凭着个人意气？

个人意气用于一个叛逆的庶出小姐对一个身份低贱的丫鬟？

褒毓的颀长身影在褒姒面前遮挡出一大片阴暗，缠扰着鼻息。她指着几案上的药瓶，面色冷厉，神情笃定：

“你想不想找你父母？要想找到他们，就必须药死昏君！”

长久禁闭于黑暗深渊的思想霍然打开一道口子，明亮的光斑喷薄而出，一瞬间照亮生命的天空。褒姒心中忐忑，胸口起伏不已，呼呼喘息着紧拽住褒毓手，清眸放射出灼灼的希冀，闪烁着绚丽的色彩：“真的？姐姐，你真的可以带我找到父母？”

“当然！”褒毓凝重点头，毫不迟疑地转身，离开。如演戏者不能有任何累赘的动作、台词，又似一幅精美出尘的山水画，恰到好处地收敛了最后一笔。

褒姒隔窗望着她的绛红色影子袅袅远去，消失在稠密的建筑群里，如一曲荡气回肠的战歌奏罢最后一弦，余音缠绕胸臆，欲语还叹。

姬宫涅披着红霞般的灯影进门，褒姒急忙跪礼。姬宫涅拉着褒姒手来在几边，鹰眸凝暖：“美人，孤王方才听奏一些政事，甚是烦恼。”警觉收尽她的满面冷漠：“美人有何心事？”

褒姒蹙着眉，面如傅粉眼波动荡，别具销魂艳姿。她轻轻摇头，发间凤钗上流苏晃动：“臣妾没有心事。”

姬宫涅目光灼灼盯着她：“瞧你这杏眼桃腮，惊羡花鸟羞煞云燕。既然没有心事，孤王然何不见美人笑脸？”

褒姒低头不语，须臾，抬眸望他，轻声道：“臣妾不会笑，臣妾生来如此。”

姬宫涅仰头冷笑，鹰目中沉落一抹似有若无的自嘲。

彼此间这样的问答已经数次，他沉迷于她的冷艳，爱她容颜美妙，妖娆身姿。如同探险者一般满怀好奇，又如同陷入一种魔咒。每每面对她的忧郁冷淡，他每每暗思：我姬宫涅难道是上帝指派给她的奴才？自从见到她的那刻，就不可救药……

褒姒见他面色阴晴不定，不由失措，眸含清泪，跪地：

“臣妾真的不会笑，请大王恕罪！”

姬宫涅轻柔拉起她："生来就不会笑的人，孤王从未见过。即便你生来不笑，孤王也要改变你。试着接受我，试着喜欢我。我可以等，用一生去等。总会等到你笑的那一天。"姬宫涅满目倨傲，拉着她来在宫外，后面跟着几个宫娥。

他们站在观花台上，被萧索冷风吹起鸾带和衣袂，飒飒作响。姬宫涅仰头望着巍峨宫殿、灯火辉煌，目光里带着睥睨众生的气度，指着群山般连绵的宫殿，和宫城之外的万里江山："美人你看，这一切都是孤王的，以后也都是你的。你自幼丧了生母，那便如何？如今你拥有了孤王，就拥有了十万江山。"

褒姒耳边回响着褒毓的提醒，如临寒潭，欲挣脱他的手，却被他紧紧攥着。

姬宫涅轻轻揽住她，深情凝望着。他不知为何会迷恋这个表情冷漠的女子，迷恋到死。

褒姒被他拥着，灵魂却飞越了万里关山——

三

她常于夜幕四覆时分，伫立在高不可攀的宫墙下，将握在手心里的诗笺，一遍一遍，虔诚、悲情地吟唱着，摩挲着，试图找回些往日气息。时光回环，几年的光阴，仿佛只是一瞬间，红墙上依稀映出他俊美的容颜。多少次悲怆哀婉的梵唱里，她置身于森严宫殿，遥望曾经仰望过的那些山，流连她曾经流连过的花园。

他藏青色的衣袂，比黑夜还黑，在夜幕下遁于无形。

莺儿拿着件狐裘大氅从石阶上走来，给褒姒披上，系了带子，看着大氅领口的狐毛在风里乱颤，看着在树梢动荡的月光一点点变得暗淡，看着一只孤鸟在树枝上跳跃。她在他们身后立了那么久，低声道：

"大王，娘娘，这儿风大，当心着凉。"

姬宫涅似被惊破梦境，面上一丝愠怒，见是莺儿，缓了脸色道：

"快去张罗，孤王还要和姒儿共饮。"

褒姒被他温热的手掌牵着走下观花台，进入内殿时，掌衣宫娥抱来了一大堆紫色衣物，被云儿领着，放于龙凤榻上。

那宫娥对着褒姒深深一揖，低头退出。

姬宫涅拉着她来在床边，眸色灿烂：

"姒儿，孤王知道你喜欢紫色，快试试这些衣裳。"

褒姒强打精神来到床边，被云儿服侍着胡乱试了一通衣服，对着姬宫涅，心里忐忑，美眸流转："臣妾感谢大王美意。"

穿着釉绿宫裙的莺儿来禀："大王，娘娘，前殿已摆好宴席。"

"大王，请先行一步，臣妾稍后便来。"褒姒在门口挣开姬宫涅，对云儿道："你不敢劳累，快去歇歇。"让莺儿和几个宫娥一起去了前殿，她独自返身回房，掩上房门，拿出药瓶，犹豫、挣扎，回想着褒毓的话：

君王喜怒一瞬……他会把你当妖孽杀了！

她想她所言非虚，后宫已有那么多活生生的例子。姜德妃容貌绝美，身世显赫，曾经宠冠六宫。那又如何？证实她罪状的那些人，或许早已被收买、利用。

后宫嫔妃反复演绎成王败寇的故事，为达目的无所不用其极。这里只有弱肉强食，逢高踩低。活着二字会教你一日日剔除温情，一日日变得冷血。

所谓的宠冠六宫，不过是后宫无数佳丽的刻骨仇恨。

褒姒终抖着手，将药粉倒入酒壶。

青铜烛台上火影绰绰，青铜壁炉里炭火明灭。她直感到浑身的寒冷，抱着的臂不住地抖着，步态虚浮，忐忑不安地来在前殿。

姬宫涅将她拉坐身边，开怀畅饮。她不动声色地和姬宫涅推杯换盏几次后，见他已有醉态，便命莺儿："回咱们房里，将那壶从褒国带来的桂花露拿来。"

莺儿应声去了，她身后灯火迷离，香雾萦纡。

莺儿抱着个桂花四瓣壶转来，倒满一杯酒递给褒姒。褒姒眼神游离，抑着慌乱，敬于姬宫涅："大王，这壶酒是臣妾亲手做的。"

姬宫涅接过青铜高脚杯，就要将酒饮下，忽听门外传来一声女子的尖呼：

"不可啊大王！酒里有毒……"

姬宫涅闻言一怔，看着强稳心神站定的褒姒，目光里的温柔一瞬间变作尖锐的剑气。

莺儿已吓得魂飞天外，只见一个绿衣丽姝从殿外冲进来，脱去身上绿绸大氅，露出里面浅绿锦裳，走得气喘吁吁，跪在姬宫涅面前道："臣妾鲁莽，大王赎罪！千万不可饮了此酒！"

姬宫涅面上狐疑和怨怒交织，伸着臂道："恕碧瑶无罪，站起来讲话。"

瑶嫔抬起头来，怨毒目光瞪着褒姒，语声尖厉："大王，适才臣妾在窗缝里亲眼看到褒美人往酒里下毒，她要害死大王！"

褒姒再看这瑶嫔，黄白皮肤的长方脸上施了脂粉，妩媚靓丽，瑶鼻檀口，一双炯炯目，右眼珠上长着朱砂痣，她不是那街头卖唱女子绿贝又是谁？

褒姒分外惊诧地指着她："姐姐你……"

瑶嫔却似不曾认识她一般，轻蔑地哼了一声，两眼射出仇恨之光，指着褒姒，冷斥："妖女，你受王恩宠，不思报答，却生加害之心，真是歹毒！。"

姬宫湦拿着酒杯的手紧了又松，松了又紧，面色萎靡、痛楚、怨恨、绝望，指着褒姒："褒姒，你……你为何要加害孤王？"

烽火红颜

褒姒大传

郑洁　著

中国出版集团公司
China Publishing Group Corp
華文出版社
SINO-CULTURE PRESS

图书在版编目（CIP）数据

烽火红颜 / 郑洁著．—— 北京：华文出版社，2014.6
ISBN 978-7-5075-4182-3

Ⅰ．①烽… Ⅱ．①郑… Ⅲ．①长篇小说－中国－当代
Ⅳ．① I247.5

中国版本图书馆 CIP 数据核字（2014）第 110364 号

烽火红颜

作　　者：郑　洁
责任编辑：胡慧华
特约编辑：张志君
出版发行：华文出版社
社　　址：北京市西城区广外大街 305 号 8 区 2 号楼
邮政编码：100055
网　　址：http://www.hwcbs.com.cn
电　　话：总 编 室 010－58336239　发 行 部 010－58336212 58336238
责任编辑 010－63336197
经　　销：新华书店
印　　刷：三河市宏盛印务有限公司
开　　本：710×1000　1/16
印　　张：39.5
字　　数：728 千字
版　　次：2014 年 6 月第 1 版
印　　次：2017 年 3 月第 2 次印刷
标准书号：ISBN 978-7-5075-4182-3
定　　价：49.80 元

第五十四章　申茳太庙抛红泪　太子丞相谋狡计

一

褒姒低着头，双肩紧紧缩着，只是不语。原来早已听说的瑶嫔，竟是从前在街头卖艺的绿贝。不知她什么时候摇身一变成为宫嫔了。她看起来完全被嫉妒蒙了眼，忘记了昔日她们的相遇；忘记她追着她，将一把陶贝赠予，希望她治好母亲的病；忘记她曾说过的“妹妹大恩”，和她转身前的跪谢。那夜“会琴”的套子，应是她的杰作，只是那乐师失踪，是否枉死不得而知。

也许她一切都不曾忘记，如今只为着生存，大家都在挖空心思剪除竞争对手。那个月夜的林中合奏，竟是个精心的局？是自发是被胁迫？

横竖不过一死，一了百了！褒姒心寒之极，不觉捏紧衣角，把头低低的垂着，不让人看到眼底的那抹惋惜、悔恨、恐惧、脆弱。

瑶嫔傲然挺立，眸底冷辉夺目，犀利直逼人心，跪地请命：

“臣妾肯请大王治罪褒姒！”

姬宫涅进退两难六神纷乱，喘息着，胸膛起伏，正要传诏太医，忽听门外女声：“且慢！”

褒毓随着话声进来，宫灯将她傲然身影静静铺展在地上，飒爽英姿中流淌着娇柔、妩媚，玫瑰般的绝美下隐着簇簇利刺。她曲身行礼：“拜见大王，娘娘。”

姬宫涅将酒杯放于几上，厉声道：“褒侍卫，有何话讲？”

不待褒毓讲话，瑶嫔指着她，目流冷肃：“大王，这褒侍卫和褒美人乃是同胞姊妹，常一起鬼鬼祟祟，理应治她个通同作弊之罪！”

褒毓冷眼看着瑶嫔，挑起眉毛道：

“请问这位娘娘，你如何识得褒娘娘酒中毒药？”

瑶嫔面上一抹自得掩了怨恨：“刚才经过后窗，我亲眼看到褒美人往酒里下毒！”

褒毓对着姬宫涅抱拳恳求：“这酒是小人从褒国带来的，请大王赏了小人这杯水酒！”. 说完，端起几案上酒杯一饮而尽。

褒姒睁大惊恐的眼睛看着褒毓喝完酒，稳稳放下酒杯。

姬宫湦和所有人一样，神情紧张地看着褒毓。

褒毓气定神闲地站着片刻，犀利目光环顾众人，轻渺渺落在姬宫湦脸上：

“如此美味的桂花露，有人竟然说它有毒。”

姬宫湦面色一寒，指着大惊失色的瑶嫔：“孤王多次告诫，你们都是孤的心爱之人，只能精诚团结，不能相互嫉妒、怨恨。可你们就是不听！来人，瑶嫔妖言惑众，犯了嫉妒之罪，退居冷宫！”

一群宫娥进来，就要架着瑶嫔走。瑶嫔花容失色，嘴唇苍白，忙不迭磕头求饶：“大王饶了臣妾吧！臣妾真的看到褒姒下毒了啊，难道臣妾两眼昏花了？请大王饶恕臣妾啊……”

姬宫湦鹰眸寒冷，满面涨红，猛地一拍几案：“瑶嫔，你狭隘嫉妒，图谋陷害褒美人，孤王若是轻易饶恕，岂不让人耻笑我大周律令不行？”喝令将她押往冷宫，以正宫规。瑶嫔拼命挣脱，磕着头，大哭大叫着：

“臣妾冤枉啊！臣妾是忠心的！想必褒侍卫服了解药。大王快传太医验酒，再治罪臣妾不迟啊……”

申后幽然走进，用小指上的指套在酒里轻轻一蘸，抬指，笑道：

“不用太医，此酒无毒。”

姬宫湦拳头紧握，满目厉色，喝令左右：“快将瑶嫔押往飞霜殿！”

褒姒攥紧的手不自觉地伸开，粉红的甲片在宫灯下散出温润的光晕。她知道，冷宫是宫人们的坟墓，进入冷宫就意味着成了活死人，且有人被暗杀烧死，少有生还者……

褒姒微步向前，看着面无人色的昔日绿贝匍匐在地如同烂泥，回想着她街头卖艺救母情形。她心中大痛，噗通跪地，面色涨红道：

“臣妾恳求大王饶了瑶姐姐！她也许是花了眼没看清楚，但她初衷并非谤讪臣妾，而是爱护大王龙体。瑶嫔忠心可嘉，罪不至死。臣妾恳请大王开恩赦免。”

姬宫湦沉吟片刻，伸臂拉起褒姒：“念起褒美人求情，瑶嫔，孤王姑且饶你。”环顾蓄势待发的宫人：“将瑶嫔关在荟萃宫，禁足一月！”

二

瑶嫔被侍卫们押着走，挣扎着回头，目光像嗜血的母兽，歇斯底里地对褒姒大骂：“妖精，你这祸国殃民的妖精！你恶意陷害本宫，还在这里假充好人！本宫不会放过你的！大王，你被这妖女骗了……”

看着嘶声哭骂的瑶嫔被拉下去，姬宫湦拥着泪光闪闪的褒姒坐下，宫灯映出他目中火花："美人不愧褒府千金，这么好的涵养，品格如雪中梅花，如此的冷面热心啊！"饮酒间谛视良久，对褒姒容貌，不住盼睐："孤王观美人容貌，果真如娇花美玉一般。"

莺儿在一旁不免得意，仰着头道："我家娘娘不独貌美，且有神灵般的好心，脾气也极好。"

姬宫湦看着莺儿满面堆笑："莺儿言之有理。褒侍卫也值得嘉奖。"又特准褒毓入座，命左右宫娥："重新摆宴，孤王何幸得美人如此，要和姒儿痛饮至酣。"

姬宫湦畅饮三杯，又和褒姒对饮三杯，醉意朦胧中一再重复，说要早日册封褒姒为淑妃。

褒姒心中波澜不起，多次趁他不备，把酒水偷偷吐进绢帕，悄悄把绢帕里的酒绞在地上。看着宫娥们搀着大醉的姬宫湦送进寝宫，她急忙命众人退下，急掩房门，拉着褒毓手道：

"好姐姐，你可唬死我了！是事先服了解药？申后救了我们？"

褒毓褐瞳闪烁如星，嘴角流出一抹诡异的笑："酒里无毒，申后是来看戏的，她虽然奸诈，但不敢对姬宫湦搞鬼。"

"今天,我只是试试你的胆量,也让你看清周围环境。"褒毓巧笑嫣然，言语娉婷："申后指示瑶嫔监视你，瑶嫔却中了我的圈套。姬宫湦冷酷无情，一步差错就把为他奉献了全部的女人打进冷宫。你救了瑶嫔。她反而骂你陷害她。我就要让你看看，这周宫可存在所谓的仁爱、诚信？"

褒姒半天不语，良久才道："既然药是假的，瑶嫔当然会怀疑我存心诱她入瓮。"回思和绿贝的街头相遇、默契合奏，心里异常憋闷。她怅然若失地对窗叹道："朝朝竟何待？寂寂空自灰。欲寻幽芳去，却与故人违。"

月光洒在丞相府满院萎谢的木芙蓉上，洇出一片瑰丽的红。梅香随夜风徐徐袅绕，透着冰冷。

姬淑岱接到飞鸽传书，在灯光下打开一看，神情变幻莫测，仰天冷笑：

"好啊！哈哈哈哈……"

耶律馨儿从帷幔后走出，头上金钗映着灯光，熠熠生辉，站在姬淑岱身后，笑微微问：

"相爷为何发笑？"

姬淑岱转过身来，扶着妻子在紫檀椅上坐了，盯着妻子闪亮的双眸：

"褒姒这个侯府千金，原来是个赝品。"

耶律馨儿从椅子上弹了起来，瞪大双目："本来我就怀疑，以前从没听说过褒晌有这么一个漂亮女儿。"

"哼哼，扳倒褒晌有望了！"

"虽然褒姒的千金身份是假，但她倾城倾国之貌是真，深得姬宫涅宠爱，荣及宗族。若是找不到她假身份的证据，弄不好就是欺君之罪。想扳倒褒晌，并非易事！"耶律馨儿不屑地推了姬淑岱一把，眉头深深结着。

"我想，很多人会比咱们更关心褒姒的身份。"姬淑岱嘴角耷拉着，两边有着很深的竖纹。

"相爷是说后宫的娘娘们？"耶律馨儿的眸光闪烁如星。

姬淑岱凝重点头："正是。申后娘娘智力超群，正是浓缩的精品。当年申侯恃着拥立姬宫涅有功，迫使他立了他女儿为后。姬宫涅后宫佳丽甚众，申茳已颇多怨恨。申侯位居太傅，褒侯已是太师。如今天子又专宠褒姒，中宫早已恨得牙痒痒的，只恨找不到杀人的剑柄。"

"丞相，那你就赶快进宫去见申后啊！"耶律馨儿催促道："去见申后，万不可少了礼物。"

姬淑岱目光幽深，点头："这个自然，不劳你费心。我抽时间去见申茳。"

三

太庙在千万缕红霞中矗立，门扉不闭，隐约可见其中的昏暗冷寂，透出浓郁的香火气息。残阳如血，在太庙的门廊上缓缓流淌。

殿内一应供奉物品及香案在昨夜三更就已摆放停当。殿正中分别供着周文王、武王、成王、康王、昭王、穆王、共王、孝王、夷王、厉王、宣王图像。中书"祖宗赐福"，两侧贴着"数炷清香酬圣德，三杯美酒现诚心"的对联。供案上摆着手腕粗的云纹方腊，金角香薰左右各一。吉祥如意果盘几个，另有灶糖火肉等物，分别放在三尺见方的花梨木雕花盒里。

申后静静地跪在太庙里的祖宗牌位前，身子僵硬如一尊石雕。墨竹在一旁跪着抹泪道"娘娘，你已从辰时跪倒酉时了，这么长时间滴水未进，饿坏凤体怎么办啊！"

一缕风从门口挤进来，牌位前的长明灯不住地抖索，一阵细细的颤抖掠过一群表情呆滞的宫人心房。

太子宜臼和姬淑岱一前一后进来，不声不响跪在申后身边。

风大了，夹着树木枯黄的叶子，窸窸窣窣刮进来，寒意逼人。红霞没有任何温度，几只小鸟带着惊恐掠过房檐，抖下一串叽喳声。

太子宜臼扭头望着申后，满目痛惜：“母后请起，千万别熬坏凤体！”

申后并不搭理儿子，在地上磕头，泪从鼻尖落下，语声沙哑：“列祖列宗啊，我申氏罪孽深重啊，你就重重责罚我吧，但万不可降罪于我大周苍生啊！”

姬淑岱抱拳垂目道：“王后娘娘，你温良淑德，谁人不知？你为何这么自责啊？”

申后目不旁视，对着祖宗牌位流泪不止，接连叩头，哑声哭诉：“列祖列宗啊，请责罚我吧！我申氏承天命掌管后宫，却不能制止灾祸于万一啊……”

霞光暗淡，槛前四季海棠开得艳丽。太子宜臼英俊仪表，飚扬绝世，举手投足间带着天然的优雅、高贵。娇生惯养使他藐视烦文缛礼，将宫规视作无物。他拉住母亲手，神情恭敬、专注，被越窗霞光撒了满脸淡红：

“母后，后宫在你的管理下一派祥和，大周又何来灾祸？”

申后看了看儿子，目光里透射出悲哀、绝望：“宜臼，我儿，这半月以来，先皇每晚托梦于母后，责骂母后不能制止妖女祸乱后宫……”她痛楚的目光环视左右，语声悲凉：“儿啊，你难道就没听到坊间流传的歌谣吗？咱大周先皇打下的基业就要毁于一旦了。列祖列宗啊，我申茳真是罪孽深重啊……”

姬宜臼忍不住抹泪，哭道：“母后保重。”目流忧惧、狐疑：“坊间传言甚多，难道那褒姒真的是妹喜、妲己一类的妖孽？”

姬淑岱目中深藏着一抹冷笑：

“后宫历来妃嫔众多，她们莫不在王后娘娘掌控之中。”

申后抹泪，满面委屈，哑声道：“你们哪里知道，自从褒姒进宫，大王对她的宠爱不在殷纣王对苏妲己的恩宠之下。夜夜专宠，冷落了六宫嫔妃，众人怨怒。大王对那妖女千依百顺，为讨她一笑煞费苦心。制美裳、召乐工，鸣钟击鼓，品竹弹丝。琼台宫每日歌舞进觞，只为取其欢。还要为她重建琼台再修宫殿。凡此种种，皆非兴国之相啊！”

姬淑岱低声道：“臣下正为此事而来，臣下有事禀告娘娘。”对着申后耳语几句，申后猛地抿去泪水，目光阴冷如墓穴里的风，鞭向姬淑岱面颊：

“此话当真？”

姬淑岱看着被姬宜臼搀起的申后，过于矮小的身材不免流出丑陋，沉声道：

“臣下岂敢撒谎！”

申后对着沉落于宫墙外的最后一抹残红霞影，面色波澜不兴，声音平缓：

“起驾，回宫。”

宗庙距离寿仙宫三十里，申后坐在车辇上头前走，姬淑岱姬宜臼骑马随行，沿途只见苍苔露冷，曲廊摇风。残菱衰草更助凄清。一行人回到宫门，早有宫娥寺人提着灯笼等候。

更漏声声催逼寒意，负责交接的宫娥寺人各个穿着棉袍，缩头抱臂。

姬宜臼、姬淑岱随着申后进入烛火辉煌香雾缭绕的寿仙宫，见青铜壁炉里炭火明灭，突觉暖和了不少。三人围着紫檀木圆几坐了，宫娥穿蚕丝棉坎肩，提着青铜壶，分别给三人上了茶，遵命退下。

姬淑岱又冷又渴也顾不上喝茶，从怀里掏出一匣子，神情凝重，徐徐揭开匣子里几层黄绸，一颗浑身澄明的珠子散发出璀璨的光，映亮了房顶和四壁。

申后睁大放射出惊诧和欢喜的双目：“夜明珠！”话语落时已适时收回情绪。

三人于灯下商议如何揭开褒姒身份之谜。

申后面色肃穆，眸光阴沉，冷冷道：

“既是假千金，我若是抓到她亲生父母，姬宫涅自然无话可说。”

姬淑岱目光流转，捋须呻吟：“娘娘一定要从长计议，沉稳行事。凤舞九天，一鸣惊人。”

在殿门口送走姬淑岱，见狐眼进来，申后便道：

“盯紧琼台宫，不放过一个蠓虫。”

风高月黑之夜，连花都开成黑色，纷纷凋零在黑夜边缘的空隙。褒毓在琼台宫后面的树林里等得焦燥。冰寒的深宫，乱飞的言辞。她一个注定漂泊的黑色灵魂，多少次试着挣脱，来一次前所未有的反叛，可惜无能为力！她望望周际的夜色，满脸疑云道：“奇怪，这信鸽为何逾期不回？”

她四下巡视，褐瞳流出狐疑、警觉，忽被什么东西绊了一下，低头一看，正是自己的信鸽。她急忙捡起，见信鸽已死，腿上捆绑书信的丝线似断未断的系着。

褒毓惊出一身冷汗，眸子快速转动：

“不妙！此信若被别人弄去，后果不堪设想！”

她久久地捧着信鸽，不肯丢手，心颤抖着来回走动，忐忑自语：“威胁最大的，要算申后。”冷冽的褐瞳巡唆四下：“我得计出万全，再去寿仙宫看看！”

寿仙宫里，申后还在看兰妍击落信鸽得到的白色帛卷：

姒儿，我们在安戎城很好。姬宫涅无道，天怒人怨，正须猃狁王这样的明主扶正社稷，福泽苍生，则天下归正。我和你父亲夙夜难安，盼你为猃狁王攻打大周出力，则忠孝双全。

申后如获至宝，已仔细看过数遍，此时脸色由青变白由白变青，惊恐和狂喜在胸中交汇，如火激荡。她手紧紧抓着几案上铺陈的紫锦，咬牙切齿：

“感谢天神！这无从下手、折磨死人的难题，竟然意外解决。妖女，奸细！你想册封，想祸乱大周，等着死吧！色心不死的姬宫涅，看你的色脸往哪儿搁！”

姬淑岱跟着狐眼进来，面色如窗外的夜色凝重，夹着刻意掩盖的得意，语声铿锵：“即便手握轩辕剑，掌握不了使用方法也难克敌。”

申后站起来，迎向姬淑岱，脸色玄然如渊：“这道理我当然明白。待大王册封大典之时，各路诸侯及三品以上官员齐集朝堂。我当众公布此信，立即斩杀妖女！到时连带褒晌欺君之罪，罢官削职……”仰头大笑之后又道：“天神安排这种结果，真是不错！”

姬淑岱走近宝座，来到申后面前，头低着，眼皮上翻，笑容阴骘：“到时我再联合众臣，推举你父亲申伯为太师，在君主缺位时可代行王权。你只需保住王后之位，宜臼必会顺利继位。宜臼继位，天下尽在王后娘娘掌握之中。”

姬淑岱说着，手臂伸直，向上慢慢握住拳头，宛如将大周天下握在手里。

申后请姬淑岱坐下，又摊开纹饰繁复的裙子，稳稳落入宝座，婉然笑道：

“你扶助宜臼功不可没，到时就是他亚父。军政大事，他还得向你请教。”话一落，忽皱起眉头：“册封大典，必有司礼宦官宣读圣旨，万一他不敢宣读此信该当如何？”

姬淑岱俨然有着冷眼风云纵横乾坤的气度，仰头呵呵一笑：

“许以重位，必会如愿。只告诉他读信，他敢不从命？大典当时他若看信，自会衡量利弊，衡量社稷、王后、和妖女的关系。大王醒悟了，还会对他加官进爵。娘娘但请放心，此计万无一失。”

黢黑的子夜，褒毓穿着夜行衣，翻越宫墙，越窗进入寿仙宫正殿，轻手轻脚地在申后宝座前的几案抽斗底层，翻出了卷得密密实实的白色帛卷。她打开看毕，急忙揣进怀里，看着内殿门口，掏出几个布卷，一个白色一个粉色一个黄色，轻轻将白色帛卷放进抽斗，灵猫般轻捷地退向窗口……

第五十五章　申茳送汤探心智　瑶嫔怨妒恶言斥

一

宫前木芙蓉尽已萎谢时，黄叶随风飘落。云儿穿着碧绿宫装，襟口上是大朵金银线绣的荷花，领沿、袖口、下摆都镶了荷花荷叶边饰，站在宫殿的廊檐下，指挥着排列有序的宫娥进进出出。宫娥们手里捧着镶金嵌玉、描画雕刻的盘盏，里面放着形形色色的礼品、饰物。

云儿看看廊檐外的天空明净如洗，边弯腰捶着脚踝边笑道：

“这几天各处忙碌，是为明儿娘娘的册封大典，不得出任何疏漏。若是违了规矩，上边怪罪下来，可不是闹着玩的！”

莺儿捧着攒金礼盒从丹墀上走来，头上云髻用鎏金珠钗别住，粉红的脸蛋洁白的前额，衬得一双眼睛秋水般明净。莺儿对云儿道：

“云妹妹有伤，得好生歇着才是，如何敢这样累着。”

云儿远望着宫婢们在九曲回廊间飞快地穿梭，笑道：

“歇了这许多天，也没什么大碍了，只是走多了伤处会痛。”

四盏垂着玉佩流苏的巨大宫灯映着朝阳，放射出明灿光辉，透过灯壁薄纱上绘制出的山水仕女花卉翎毛，使这富丽堂皇的琼台宫分外秾艳。宫女如花，侍从如云，大殿里却静得堕叶可闻。

褒姒正望着窗外发呆，略嫌苍白的脸透射出晶莹剔透的光泽，益发显得玉骨冰肌。

寺人王进带着几个捧着描金朱漆首饰盒、填漆红木盘的宫娥进来，宫娥们一一将盒子盘子放在屋中几案上，王进低头行礼，细声道：

“娘娘，明天是你的册封大典，这是大王的赏赐。”

褒姒命侍立的宫娥打赏了每人几个铜贝，看着众人出去，心思纷乱地坐着，并不看几案上物品一眼。

褒毓一身绛红色侍卫服俊秀挺拔，悄然无声来在褒姒身边，弯腰伏在她肩，目含轻蔑笑意命宫娥寺人全部退出，“千万不要贪恋宫中的荣华富贵，这要用活生生的血肉来作祭。”

褒姒抬眸看看她，又很快地搭下眼皮，面上表情不卑不亢。想着阿蠡的颠覆令，不由缩肩、皱眉，不由得出了一身冷汗。

褒毓生硬地扳住她肩：“后宫人事比褒府更复杂，嫔妃们争宠夺爱相互倾轧、勾心斗角阴谋陷害，说鬼话做鬼事倒行逆施。似你这等容貌已经惹恨无数。如今妖孽的传言越来越烈，已成洪水之势。他明天册封你，后天便会废了你。你一不小心就会全盘皆输！”

云儿急匆匆进来道：“小姐小姐，又有坏消息了！”

褒姒抬起头来，眉峰上挑：“何事惊慌？什么坏消息？”

云儿搓着手来回走动：“明儿是你的册封大典，王后娘娘不仅要宴请后宫诸位，还要宴请朝廷重臣及各路诸侯的千斤小姐。以后这样的聚会每月要有两次，说是周天子亲民宴。大王一定要与民同欢。”

褒姒面色纹波不兴：“这有什么值得惊惶？以后再别大惊小怪了。”

云儿急巴巴拽住她：“小姐你傻啊？王后娘娘这样做，明摆着是和你过不去，要拉大和你争宠的队伍，把你推到女人们嫉恨的风口浪尖。”

褒姒悲情难禁，清泪如珠滚落，稍倾，拭泪道：

“任他风云起，我自岿然坐。”

看旁人走开后，褒毓神色数变，将白帛条递给褒姒，冷眼瞥她，语气淡漠：

“我在树林边，从一只鸽子腿上解下来的。”

褒姒看罢，脸色由迷惘到风云变幻，爬在几案上痛哭，呼唤着：

“爹爹，娘亲，孩儿不孝啊……”

见她哭得伤心，褒毓便心痛地劝慰。

褒姒倏然双手抓紧褒毓胳膊，噗通跪地，痛哭着诉说身世，唯见凄楚悲惋玉容憔悴心字成灰，最后泣不成声，伤心欲绝道：“那些身不由己，那些隐性伤疤，日夜将人吊在冰渊边上……无法诉说。小姐，你不会去告发我吧？”仰面，哀求的目光久久凝着她，心里掀起忧患的漩涡，越来越大。

褒毓狩猎般的目光急看门口窗口，搀起她，似笑非笑：

“又傻了！还不相信我？”面色忽暗忽明：“不只是你，许多人都身不由己。申后想治死我们，到时候看谁死！”

褒姒双手揉着太阳穴，鼻音浓重道：“小姐大恩，没齿难忘。”

褒姒并不知道此信曾落入申后手中，褒毓觉她胆小怕事，故不告诉她。

门口宫娥领着一个端着汤盘的宫娥进来，正是寿仙宫的墨竹。她高颧骨吊梢眉，目射凛冽之气，将汤盘往铺着红锦的紫檀木几上一放，仰着下巴斜着眼看着褒姒："王后娘娘送给褒美人的参汤。娘娘说大王登基以来，宫里从没人像褒美人一样夜夜伺候天子。褒美人身子辛苦，必得养养。参汤温度正好，奴婢要看着您喝下，好回去复命。"

褒姒不由双颊绯红，脸上热剌剌似挨了巴掌，也不好反唇相讥，垂着双眸道："劳王后娘娘费心了，臣妾惭愧，受宠若惊。"转面云儿："端汤过来。"

云儿端住汤碗又放下，来回几次，以颜色制止褒姒："小姐……"

褒姒从容走到几前，端起褐色陶碗："这汤温度正好，此时不喝怕就冷了。"在褒毓和云儿愕然的目光里一饮而尽，接过宫娥递来的帕子轻轻擦试嘴角，气定神闲地坐下来，低头铺展开云锦裙子。

"告辞。"墨竹说着，也不行拜别礼，转身就走。

云儿站在门口目送着墨竹走远，急忙回屋搀着褒姒，满目惶然，声低而急切："小姐小姐，你有事吗？头晕吗？眼花吗？腹痛吗？要不要赶快去请太医？"

二

褒姒一挥臂甩开云儿："我什么事都没有。你何必让她看出生分、猜忌？加重她的敌意？"

褒毓却是悻悻的神情："那申后是何等老谋深算之人，若要下毒，绝不会这么明目张胆。"

云儿举手给自己头上一个响栗："猪脑，被驴踢了！"

褒毓褐瞳流转，声音冷厉："申后在试探你，这种小伎俩可能随时都会有。"

褒姒转面，安之若素之态："来就来吧，无所谓防范，但需全方位提高自己，从容、随和、优雅、大度。天道向善，仁者无敌。如果大家都仁爱当先，世间就没了杀戮，一派祥和。"

褒毓撇着嘴，冷冷望她："这只是你的个人意识！这世间多的是恃强凌弱媚上欺下者，每天都在制造阴谋，靠踩倒别人来竖起自己。"

满屋的温暖潮水般随着褒毓的言语哗地退去，冰流暗潮无声袭来。

静谧的光影透过镂空绣户投射在铺了撒花锦毯的地面，将人影迤逦着。廊外落花飞絮，廊内光色轻薄。

云儿一一拿走几上首饰盒，及放着锦衣的盘子，放到柜中。返回来，一手掀起帷幔：

“现在才知道，小姐真的不喜欢首饰、华服。每次大王送来，你看都不看。但明天参加宴会的衣服马虎不得，需仔细准备一下。听小姐示下，奴婢这就去张罗。”

褒姒望着窗外萧风翦断杨柳，一些花纷扬飘落，心里充溢着荒凉、落寞：

“将近年关，天也冷了，就穿御衣坊送来的应季礼服。这宫廷里最是讲究礼仪，一切需合规矩、法度。你去检查检查礼服会否少了扣子带子结子什么的，或露着线头，以免丢丑。”

云儿笑得眼睛弯如月牙：“就是御衣坊前日送来的那两件？颜色、款式无不喜庆，穿着当真好看！以后小姐名分定了身价涨了，看哪个再敢妄自非议？”

褒姒在几前坐了，以肘拄着几面，神情不卑不亢：“后宫那么多想一飞冲天的女子，非议是免不了的，嘴长在别人身上，咱做好自己就问心无愧。”

看着云儿匆忙去了，褒毓将一瓶药递给褒姒，将一个顶端凿开的管状鎏金指套试戴在褒姒小指上，刚好合适。她轻轻取下，塞给她，目光冰寒：“趁着明天宴会人多杂乱，你药死昏君矮后，我们马上就可以离开这儿，找你父母。”

褒姒想着那封父母来信，用惊恐不定的眼神，打量着褒毓眼里的狠戾、怨毒：

“你在为我着想？还是你和他们有仇？”

褒毓褐瞳瞪着：“我要让你们骨肉团聚，共享天伦。”

褒姒拉住她双手，紧盯她透射出诡异的褐色双眸：

“小姐，我不会忘记你的大恩！但如今，我看到了你眼里的异常。”

褒毓的眸子随着神思流转，声音冷得如腊月夜霜：“昏君不该猜忌我父亲，押入牢狱！他如今把你当闲花野草占有着，册封后，你便更是梗在申后脖子里的鱼刺，后宫众矢之的。每日流言蜚语围绕，一不小心就是万丈深渊！你会死无葬身之地，也会拖累褒家，会拖累父母，使二哥哥冤死。杀不杀昏王，你看着办吧！”说完，一阵风似地飘到廊外。宫城内外云蒸霞蔚，奇花异木将一座座大殿笼罩得灿若锦绮。

云儿笑盈盈从内殿出来：“小姐，一切妥当，请去内殿试衣。”

褒姒心思纷乱如麻，暗藏药瓶、指套，随着云儿进入内殿，被云儿伺候着穿了青紫色纹凤十锦绣礼服，裙摆逶迤拖地，袖口领口都是金银线纹绣的盘旋金凤，广袖舒缓。腰间敝屣裙斜围，珍珠流苏盘旋而下，一静一动间摇曳生姿，外罩青紫色披麾。

褒姒站在铜镜前，镜子里映出个仪态不凡、花貌雪肤的冰玉美人。

只是，无论她怎么努力，绝美的脸上都没有丝毫笑意。

她刚刚脱了甚觉累赘的礼服，寺人王进来禀报：

“启禀褒娘娘，大王今日款待外臣，不能陪娘娘午膳了。”

“知道了。”褒姒正换上衣服，柔声应答，思量着明日的大典，和褒觞给她的任务，一整天的忐忑不安，看帷幔屏风、花草树木皆不顺眼，调筝抚琴也不能颐养性情，午膳时不小心摔碎了陶瓷碗，几次丢掉了银箸。

三

午后玉宇静幽，仿若能听到风折枯枝的声音，寒号鸟叫得惹人怜悯。

身穿釉红绢帛宫装的云儿拿着兽嘴铜壶，仔细给窗台上折沿瓷盆里的水仙、君子兰浇水，又取出曲颈光口瓶里蔫了的腊梅，将一束新折的插进去，看着呆坐出神的褒姒道：

“小姐，你也不午睡，这样闷闷不乐会熬坏身子。”见褒姒闷声不语，云儿扭头看着窗口颤动的水仙花道：“这会儿风没了，太阳出着，也不算冷。要不，咱们出去走动走动？”

褒姒站起来道：“也好。”

云儿拿了雪缎狐裘大氅披在她身上，两人出了宫门，见槛前梅花开得极艳，花坛里的四季海棠黯然失色。她们沿着抄手游廊往前走，向南进入一条白石甬道，两旁松柏夹径，遮天翳日。走有数十米，再拐入一条绿荫小径，头顶树叶萧疏，两边青藤、灌木繁茂，灌木中夹杂着白红紫黄色的无名小花，清香浓烈。

忽闻空中传来悠扬琴声，褒姒凝立聆听，目流异彩：“不知谁人弹奏，好美的琴音！”对云儿道：“走，咱们看看去。”

两人循着琴声而行，沿着雾柳烟杨，如画碧水，进入一个四面环水的亭子，亭上有刚劲俊逸的“沁芳亭”三字。透过亭前的参天大树，可见层层宫殿的雕梁画栋。亭那边的竹林掩映处有一栋红色小楼，楼的两侧分别延伸出两座雅致的凉亭。云儿眼梢飞掠出怯意，声音微颤：“小姐，这是瑶嫔的荟萃宫。”

褒姒看着在树梢跳跃的一米阳光说：“她被责罚禁足，必是孤独、伤感。咱们去看看她吧！”

云儿望着褒姒，神情狐疑：“小姐，真要去看她？”

褒姒目光通透，神态自若地望着若隐若现的红色小楼：“嗯，去看她。”

两人踩着落叶来在门前，褒姒不等传禀，却也无人阻拦，绕过影壁、厅房来到正殿门口。

见明丽阳光笼着一树腊梅，绯红的花瓣映出女子清丽、幽怨的眉目。

一袭丽雪宫装，墨绿锦绣兰花披麾的瑶嫔正在飞檐下抚琴，挽着扇形单髻，薄施脂粉的长方脸透着晶莹水光，发间配饰显然精挑细选过，华贵不凡。她灵动双目清辉冰彻，轻动竹笋指，流水弦上走，花绽调间流，倏高倏低，似语似泣。脉脉温情里复转哀愁，澹澹风声里倏而雨啸，最后化作急雨寒风，直侵入人的五脏六腑，寒透指尖。

“绿贝姐姐，琴声便是心声，姐姐琴声如此阴冷、凄惨，会伤了身体。”褒姒站在她身后，怯怯地叫道。

瑶嫔姿势不改玉指不停，琴声弥漫天地，一声怒吼冲破了琴音：

“走开！这里只有瑶嫔！”

褒姒止不住一颤，目凝淡淡哀愁：“姐姐，你难道忘了过去？造化弄人，既然你我再次相遇，同为深宫薄命人，更应该惺惺相惜，又何苦相互怨恨？”

忽闻砰地一声，琴弦仿若心脉，断裂。

瑶嫔玉指覆琴弦，扭头盯着褒姒，灵动双目放射出怨怒：

“不要提过去，我只要将来！”

褒姒走上前，满脸的温厚，柔美的声音有着化解冰霜的力量：

“有谁说过，将来我们就不能是好姐妹？”

瑶嫔如遭蛇噬般跳起来，指着她，如武将出招的威猛：

“你不要花言巧语了，我不爱听！”

褒姒回思在褒府时燕虹、林娴的嫉妒、排斥，苦闷于女人间自筑的冰霜长城，为何就不能以仁爱和真诚去化解？她用温暖、真诚的眼神久久盯她：

“姐姐，我乃真心诚意，绝无花言巧语。”

云儿在一旁捏着帕子，愤愤不平道：“请娘娘想明白些，我家小姐若要和娘娘为敌，为何要在大王面前美言救你？”

瑶嫔猛挥双袖，眼里喷射出剑气，吼得歇斯底里：“是啊，我正要问你。你既然设计害我，就干脆看着我被打入冷宫算了，又何苦相救？说什么相救，只不过玩个一箭双雕的把戏！一为固宠，让大王更加赏识你宠爱你；二为让我感恩你，将我这失宠人作为你和王后争斗的棋子！伯阳父早就算出你是妖女！妖女，你的如意算盘打错了，我不会上你的当！”

褒姒抚着闷痛的胸口，面色苍白，褒毓拿假药试探她，被瑶嫔隔窗看到之事，果然被曲解为陷害了，真是百口莫辨！

褒姒哆嗦着走出宫门，见爆裂的阳光在树顶嬉戏，燕雀拍着翅膀翱翔。空气里氤氲着冰冷之气，她却心似油煎，满目疮痍。

瑶嫔仍在对她吼，细长的手指指着她，纤细的喉间发出的声音尖利得惊魂：

“你又夺宠又陷害，还要来这儿惺惺作态；要当婊子还要立贞节牌坊，虚伪！我最看不起你这类货色！”

第五十六章　申后以钗示警戒　云儿受罚不叫屈

一

花梢索然安谧，檐下雀儿静好。褒姒被云儿搀扶着，泪流满面，蹒跚前行。举目处天河黯淡，蕴着一汪绝望的水。青树掩朱栏，烟水自凝寒翠。

两人步履迟缓地走上来时路过的八角亭，亭台临水而立，水里倒影处岸上花树。褒姒依着栏杆，呆呆望着水中自己的影子，不停抹泪。

云儿转到褒姒面前拉住她袖子："小姐，莫为这不知好歹的瑶嫔伤心了。她就是一个疯子，咱们今天就不该来看她。她设计害你之事，咱们提都不提。她也不仔细思量思量，小姐待她什么心肠？真是个昏头昏脑的货色，良心让狗吃了！"把脚边一块石子踢进水里，平静的水面泛起一圈清澈而急乱的涟漪。

褒姒对着自己的水中倒影怔忡半天，忧心忡忡抹泪，自语般地道：

"会琴之事，她受胁迫也未可知。这宫里总有太多的身不由己，若要事事追究，岂不自寻烦恼？她青春美貌时失宠，未免心理不平衡。我不是为她伤心，是为我自己。以色侍君者，色衰而爱弛。我今日得宠如此，若他日失宠呢？未必不会沦落到瑶嫔的境地。"

"小姐，不要说丧气话了。大王对小姐寸步不离的，朝朝伴着小姐宴乐，连朝政都懈怠了。群臣的谏章，他也视同儿戏。这般情形，小姐如何会失宠？"云儿歪着头反驳。

褒姒蹙眉，耷拉着面肌："自古君王皆薄幸，从来帝恩朝不保夕。"

云儿扶着栏杆，笑意妍妍："小姐切莫悲观，像那前朝喜妹妲己，都被君王一宠到底呢！"

褒姒玉颜一瞬冰寒，颤巍巍指着云儿："你也拿喜妹、妲己两位妖妃和我作比？我宁可去死，决不做那样的祸水！"

云儿笑着弯腰合手："奴婢口不择言，请小姐恕罪！"

两人走出凉亭，走上白石拱桥时，风又大了，吹得衣袂呼呼作响，梅香更浓。刚下桥头，便看到一群宫娥寺人打着青罗伞，簇拥着一个眉清目秀衣着华贵的申后款款走来。

宫娥、寺人、侍卫一拨拨从桥上来去，无不弯腰向申后行礼。

云儿变了脸，急忙拉着褒姒，声音急促："小姐，申后来了！不知道者都道她持重、端庄，其实早有人私下议论，说别看她那么矮小，身上的每一个毛孔，从头到脚都是奸计。咱们需得小心应对。"

褒姒点头，忐忑不安地看着青罗伞到了眼前，忙和云儿迎着申后，伏首，曲身叩头："见过王后娘娘，王后娘娘金安。"

申茳扬着下巴，目光冷傲，微窥集聚的宫娥、寺人：

"下跪何人？本宫怎会如此眼生？"

站在申后左边的墨竹梳着双鬟插着碧玉簪，身穿釉绿宫装，满脸卑微，低着头道："启禀娘娘，这就是来自褒国褒城的褒美人。"

明明见过几次，当众却作不识。褒姒苦涩地咀嚼权术二字，它足以翻云覆雨颠倒黑白指鹿为马。

申后故出惊讶状，犀利目光斜睨着褒姒，语声婉柔："哎哟，褒美人，这名字如雷贯耳。抬起头来，让本宫看看。"环顾众人，面上笑容掩不住目光莫测："哦，如此俏丽的一个美人，怎么会被大周上下说成祸国妖精？"围着褒姒转了一圈，锥子般的目光上下左右将她刺扎数遍，笑道："褒美人这么美，我看她可不像人们传说的妖精。难怪大王传旨止谤。"对高颧骨吊梢眉的宫娥挤挤眼："墨竹，你可知道民间传唱的那首歌谣？"

墨竹挑着嘴角道："奴婢当然知道，褒城幽冥到后宫，祸害大周的妖精……"

申后猛一挥手，不耐烦地打断她："如此不堪的污言秽语，脏了耳朵！"弯腰搀起褒姒，顺手拔去脚边一棵野草，擎在手里，目光幽深，暗含气势凌厉的警示："宫中不比别处，王家御园，并非任何闲花野草就能存活。"凑近她，冷傲目光灼灼逼视："我的好妹妹，六宫佳丽无数，为什么就数你名声不好绯闻多？听说你在褒城生活非常自由、多彩，今儿既入王宫，你就一定要自重！这主子娘娘可不是什么人都能当的。大周后宫最不缺的就是绝色佳人，一个个都想平步青云。即便才貌绝世，妇德不好也寸步难行……"

申后喋喋不休数落了半天才走，褒姒只觉头顶阳光变暗，心里闷痛不堪，泪水哗然滴落，濡湿衣襟。锥心的刺痛漫向全身，手脚冰凉，不住地颤抖，哀伤欲绝。

看着褒姒仓皇离开，申后一顿足，不由流出一抹自得："想册封，想找死！"

墨竹望着褒姒背影冷笑，转面申后："娘娘，参加册封大典的千金小姐名单是您亲自拟定，礼帖也发了。果真能在那天翻牌吗？万一……"

申后冷哼一声，轻蔑的笑着，凝望挂在树梢的太阳：“后宫的佳丽就像太阳月亮，初出时风光一阵子，时辰一到就得落下去。本宫才是这王宫的长明灯，无论严寒酷暑，昼夜不衰。一定要在册封大典上翻牌！”

二

申后组织的大周天子亲民欢宴和褒姒的册封大典同时进行。

接近吉时，褒姒身着崭新的吉庆礼服坐在菱花铜镜前，唇上点了大红胭脂，耳上三联珍珠坠子，皓腕上是镶金翡翠玉钏子。赤金制成的华冠，前后左右四面各三只展翅金凤，口衔长串红珊瑚珠滴；后下方三扇博鬓，展开后如同五彩缤纷的凤尾。云儿拿出金丝络为褒姒镶带，褒姒被金冠压得脖子发困，微微闭眼悄声道：

“取了凤冠，再整理一下发髻吧，看看绢花戴歪了没有。”

礼乐响起时褒姒衣冠齐楚，被莺儿云儿扶上宫门口的七尾拂扇凤辇，由十二个宫娥抬着往崇政殿走。空中透着丝丝缕缕的梅花香气，细微的雪末穿越凤辇四周的玛瑙珠流苏进入褒姒衣领，沁凉的感觉直至肺腑，激得浑身颤栗，却只能纹丝不动地坐着，一径往崇政殿走。

崇政殿前的开阔广场上一派繁花似锦，红毯铺地，绿毡遮天，四周遮了挡风的油毡。又搭了戏台，摆了几案、锦椅，几面上堆满了果点茶水。

巍峨的正殿在阳光下熠熠生辉，丹墀上下挤满内外官员，殿中以礼坐满后宫佳丽和朝廷大员，面前各有香几，摆着茶水、点心、果品。

姬宫涅端坐正中蟠龙宝座，身上是以青色为主调的五色礼服，绣刻着蛟龙腾空，龙身际围绕着水一般的祥云，长长的袍摆逶迤及地。姬宫涅左首坐着申后，亦是五彩鸾凤衣，宽袖长裙摇曳逶迤，裙摆上朵朵玉兰绕着金凤，丝绦束腰，配一小香囊，耳挂两串红珊瑚珠。

司礼宦官正要宣读圣旨，申后短臂一挥，长声喝道：“且慢！”

褒姒和人群里的褒晌同时一愣。坐在群臣前列的姬淑岱和侍卫队里的褒毓却都昂首冷笑着。褒毓见姬淑岱的护卫马三眼神贼溜溜地看她，心里暗骂着，面上却对他笑道：“见到马统领真是高兴！”

马三双眼里溢出奇异之光，激动地朝褒毓抱拳，点头：“褒府大小姐，幸会幸会！”

大殿正中的蟠龙宝座上，姬宫涅鹰眸一寒，瞪视申后：

“你嫉妒疯了吗？想忤旨？”

申后清秀的脸上是老谋深算的得意："本宫掌管后宫，册封佳丽，难道不许我致贺词吗？"她提着刺绣繁复的裙裾站起来，含笑走向司礼宦官，递给他一个锦盒，环顾大殿，笑意婉转：

"本宫的贺词必会让今天的大典更为出彩、蓬勃。等诵完贺词再宣圣旨。"轻轻转身，笑望姬宫涅："大王，赏脸吗？"

姬宫涅鹰眸里微含茫然，又轻轻颔首："为大典增辉添彩，当然可以。"扬声命令司礼宦官："先读王后贺词，再宣圣旨。"

司礼宦官打开锦盒，看到白色帛卷不由一怔，打开看完，笑着高诵：

褒侯千金褒姒，温良淑德，效礼守仪，知书达理，心怀仁慈，册封为妃，本宫甚为满意！

姬宫涅脸上笑容消失，阴阴地瞪了申后一眼，暗道：这是什么虎头蛇尾的贺词？想和紫微星争辉？竟来大典上显摆，真是丑陋、恶心！

下面的大臣们忍俊不禁，偷偷发出嗤笑。

申后大惊失色，站起又跌落的动作重复了几次，想将司礼宦官撕碎又竭力克制，想一把火烧了现场却无能为力。姬淑岱面色风云诡谲，眼神恍惚迷离，极为失态，暗道："难道证明妖女的书信被掉包了？女人操刀还真是不行！一不小心就刺到自己。"

司礼宦官满面端肃再宣圣旨：

"褒晌之女褒姒，丕昭淑惠，贞静柔和，珩璜有则，持躬端肃，效礼守典，心怀家国。册封为淑妃，居琼台宫。尔其秉承圣训，笃孝思进。钦此！"

宣旨已毕，全场一片哗然。下面的文武百官全体俯身下跪，恭贺之声响彻大殿。

褒姒艳妆华服谢礼已毕，被宫娥搀着依礼坐在君主右首，对着左首的申后略略颔首。

大礼完毕，又有传膳寺人一声高呼，筵宴开始。众人鱼贯而动，以礼入座。

烈火油烹繁花似锦总会激起嫉妒、怨恨，后宫佳丽向褒姒射去刀一样锋利的目光，或羡慕、叹服，各不相同。又用在深宫里千锤百炼的定力掩饰情绪，含笑以礼道贺，各命宫娥献了首饰、葛麻、宫扇一类的贺礼。云儿一一收了，命莺儿等人送进殿中，并一一回礼、打赏。

申后趁乱抓住司礼寺人来到殿柱后，因为身材实在矮小，需要窜起来才能够着搧了寺人两巴掌，瞪着眼斥骂："狗奴才，你敢欺诈本宫！想死想疯了吗？"

司礼宦官恐慌跪下，满目委屈、迷惘，唯唯喏喏道：

"小人岂敢忤逆娘娘？不知娘娘因何发怒？"

"猪狗不如的狗东西！"申后踢了他一脚，夺过他手中锦盒，打开，看完白帛，眼珠乱转，却不好言语，捂着胸口歪在殿柱上。

司礼宦官想搀扶却不敢，想喊人也不敢，诚恐诚慌道：

"王后娘娘，你这是怎么了？"

申后嘴唇抖着，只是说不出话来，好久，才嘶声骂道："混蛋，滚开！"

在崇政殿宽阔的偏殿筵宴的均是三品以上的朝廷大员，余者分散在广场及其余宫殿。

姬宫涅头戴金丝王冠，身穿衮龙青罗袍，神情傲岸地高坐在正上首的红木几案前，左首坐着申后，右首坐着褒淑妃。依次挨着数张几案坐满的，是花团锦簇的后宫佳丽，和朝廷大员的千金小姐，各有近侍奴婢在旁边伺候着。另有寺人宫娥在分成两列站着，配剑的侍卫排成四行。

酒至半酣，欢声笑语不绝于耳。姬宫涅要和申后、褒姒共饮，端起一杯酒环视二人，笑道："二卿今后共同伺候孤王，当以姐妹视之，不可相互怨恨、嫉妒、猜疑！"

申后褒姒端着酒杯，异口同声："大王之言甚是。"

申后对一旁侍立的墨竹道："拿来赏赐褒妃的礼物。"

墨竹答应着去了，很快拿着一只描金匣子转来，递给申后。

申后打开匣子，取出盒中一金光闪闪的凤钗，擎着，笑道：

"好马配好鞍，褒妃配上这枝凤钗，真是名副其实的人中之凤。"

褒姒掩着忐忑将凤钗放入盒子，道谢，想着褒毓的叮嘱，心中纷乱不堪，眼睫毛散乱地眨动，用眼角余光微窥众人。姬宫涅满脸的阳光灿烂，喜笑颜开地接受着众嫔妃和千斤小姐敬酒，来者不拒。申后看着繁花环绕的姬宫涅开怀畅饮，应接不暇。她微微移步，将凤钗插入褒姒发髻，含笑低语：

"这凤钗乃是一双，本是外邦贡品。我藏了多年，舍不得自便也舍不得送人。它的两只凤眼左边宝石右边夜明珠，可做夜行照明。姐姐我这儿也有一只。"从发髻上取下一枝相同的凤钗，举在褒姒面前："它再怎么身价不菲，也只是个饰物。若还喧宾夺主，本后定然毁之！"说着，狠狠掰折凤钗，扔在地上用力踏踩。

褒姒心猛地一揪，觉寒雾漫了身际，扭头见一群嫔妃笑着来敬酒，申后举杯和大家共饮，笑逐颜开。

姬宫涅、申后和众嫔妃说笑。褒姒审视自己小指上鎏金青铜指套顶端的一个小口，乃是特制，藏点剧毒足矣。她动作轻闲、优美地将弯着的小指在酒壶上弹弹，再倒酒敬姬宫涅申后。

云儿紧紧跟在她身后，看着褒姒将两杯酒在盘子里放好。她端着填漆盘子，走到姬宫涅、申后中间。

一旁的墨竹为示殷勤，急忙去接云儿的盘子。她刚一伸臂，云儿就丢了手。填漆木盘和两只青铜杯摔在地上，发出刺耳的声响，青铜杯滚了很远。

墨竹看看帝后，尴尬笑道："啊呀云儿，你怎么这样不小心呢！"

云儿瞪起眼睛，虚张声势，语声尖利：

"明明是你故意丢了盘子，却来怨我！"

云儿的尖声引得所有人侧目，她感觉到自己失态时，吓得猛地一吐舌头，退后时绊住凳子，跌跤时不由自主发出一声惊呼："啊！"

申后一拍几案，满面怒气：

"大胆贱婢！这是什么场合，竟敢大呼小叫举止失措？真是有损王室威仪！来人，把这缺少教养的死蹄子拉出去杖责四十，以正宫规！"

四名侍卫拉起云儿就走，云儿大哭着求饶。

三

褒姒看着护卫排里站着的褒觞，慌乱得不知所措。

申后笑意深刻地望着褒姒："咱们是好姐妹，姐姐责罚失礼的下人，妹妹不会介意吧？"

褒姒把拳头缩进袖子里，忍着锥心的痛，咽下泪水：

"下人无礼，任凭姐姐责罚。"

云儿被打得皮开肉绽，被侍卫拖上来，扔在众人面前。有人唏嘘，有人抹泪，有人窃喜。

一场盛会完毕。申后回到寿仙宫，坐在花梨木嵌百宝高几旁，望着琉璃帘外的天空出神，薄施脂粉的脸上一片惨淡之色，像散发不出任何光彩的石雕，神情也是疲累已极，像一个远征跋涉者，见兰妍进来便冷颜怒斥：

"本宫丢了东西！这几日可有闲杂人等进来？"

兰妍慌忙跪地，转着眼珠道：“启禀王后娘娘，奴婢日夜坚守，毫不懈怠，从未闲杂人等进来。”

申后得到这样的答复更见恼怒，拿起白玉插屏摔了：

“没人进来？真是见鬼！”

明知这是琼台宫的诡计，让她反胜为败，当众出丑，然却无能为力！一股气在胸臆间游走，串得两肋作痛。犬戎细作入宫，册封为妃，成为君主的至爱，将要夺去她儿子的江山，夺去她母子的一切，当然包括性命！她还不能挑明，否则就是不贤、嫉妒。这真够拷问她后宫之主的智慧！这真够摧毁申氏宗族的尊严！简直是拿姬家王朝的镇国玉玺当泥巴玩。她捂着懵痛的双鬓站起来，来回走动，不知为何会遇到这样的鬼难题！

窗口红霞静柔，将淡紫锦帷染成拂桑花的颜色。她的思维忽被利刃斩成两段，一段流淌着虚幻的构思，一段封印着生活的真实。虚幻的时光中，褒姒满脸妖媚，几乎连装出来的那抹婉然都挂不住，手拿偷窃的上古神器，几乎每一次都命中目标……

被封印的真实生活里，褒觞满脸得意，将写好的白帛绑到信鸽腿上，转面忐忑的褒姒：一举击败申茳，你会成为后宫之主！

姬宫涅在册封大典上以厌烦目光看她，脸上是乾坤在握的霸气，暗道：

自作聪明的你，暗施手脚的你，怎会知道我的苦心？

风吹帘动，吹去了申后的浑身燥热。她在破窗的霞光里缓缓落座，静静铺展开裙裾。兰妍看着宫娥细致地收拾完碎裂的玉器，又慌忙退去，悄悄凑前，探身申后道：“妖女褒姒昨天喝了你的参汤，怎么没死？她仗着年轻貌美大王宠爱，今儿可能要趁乱报复，却被云儿那蹄子故意弄翻酒杯。娘娘责打了云儿，也属杀鸡骇猴之计。”

申后习惯性一拍几案：“人聪明些未尝不好，但别总把坏主意打到人的骨缝里，太自以为是了你！认为本宫昨天会汤里下毒害那褒美人？本宫秉天神之灵，感谢她伺候大王，因而送去进补参汤。本宫今儿责罚那贱婢，只为了维护宫廷礼仪，绝无什么私心！”

兰妍狐眼转了几转，粗壮的身子再朝前探，满脸谄媚，一笑脸上粉渣就往下掉：“属下愚陋，娘娘大智！”

红霞妖媚地在紫锦窗帷上跌宕，申后在霞影里扬着下巴道：“历代做后妃的，应知顺逆。大王万乘之尊，必能震住各方妖孽。褒妃以后若安分守己伺候大王，我们就不可怠慢她。天神地神慈悲，本宫容不得邪恶。”把疑问的目光射向兰妍：“听说瑶嫔诬陷褒姒毒害大王，大王要把瑶嫔打入冷宫，褒姒还替瑶嫔求情，瑶嫔却大骂妖精，可有此事？”

兰妍狐眼堆笑：“确有此事。听说是妖女以前和瑶嫔认识，却设计陷害瑶嫔，因此二人反目成仇。可笑那妖妃褒姒，还带着云儿那贱婢，假惺惺去看被禁足的瑶嫔，被瑶嫔骂走了。”

申后微笑的目光映着晚霞，下颏依旧上扬：

“可见褒姒心机深重，瑶嫔不是她敌手。”

兰妍的狐眼瞪得没了黑眼珠子，冷哼一声道：“难道我们寿仙宫也怕了她琼台宫不成？若不早日铲除妖女，他日必成大周祸害，危及的不只是后宫！”

申后微眯着的眼睛警觉地收尽兰妍眸中歹毒、狠戾，暗自冷笑，面呈无助、悲悯：“先王屡屡托梦于我，让我制止妖女祸乱后宫。可叹我只有顺从，无力回天！瑶嫔敢于斥骂褒姒，值得钦佩！兰侍卫对大周忠心耿耿，值得嘉奖。从今天起擢升你为寿仙宫侍卫统领。要严加戌卫，不得有任何纰漏！”转面站在门口的墨竹：“去库房取五百两纹银，等天黑后送到兰侍卫住处。”

兰妍跪地拜谢：“谢王后恩典！王后大恩没齿难忘，我兰妍誓死效忠！”

她拜辞出来边走边想：申后的无奈之言，既洗清她自己，也巧妙亮明了观点。她不会白白擢升赏赐我。我一定不负栽培，揣摩透王后心思，大干一番！在天香楼和褒姒生节，真是天造地设的冤孽！只有整死妖女，我兰妍才会天下无忧！

阳光飞跃琼台宫的壁廊，褒姒亲自给趴在偏殿连声呻吟的云儿涂药，满目伤痛、怜惜：“痛吗，云儿，忍忍啊。看你脚踝处伤刚好，又落新伤……”拿着药瓶哽咽着，不由流泪。

云儿稍稍一动就疼痛难忍，气息微弱道：“忍，为了好好活，我什么都能忍。得亏我苦求那两个人，说脚踝处有伤，他们避开这儿，下手也不狠。想来是因着小姐的脸面，否则我今天就死定了。”

摇曳灯影映出褒毓桀骜的影子，她声音幽幽渺渺：“你不让褒娘娘喝汤，你怕申后下毒。申后今天合二为一惩罚，乃打狗欺主之意。”

褒姒慢慢涂着药物，云儿忽尖叫喊痛，她吓得猛一缩手。

云儿趴在床上，橘红灯影映出她满脸委屈：

“可恨那矮子申后，真是神口魔心。是谁向矮后搬弄是非？”

褒毓轻蔑目光射向门口：“申后仗着其父申侯功高，貌似温厚，骨子里狡黠善妒飞扬跋扈。她在各宫遍布眼线，所有人的一言一行均在她掌握之中。”

褒姒云儿均有惊愕之色。

云儿犹豫了一会儿，声若蚊纳：

“弄翻酒杯，实则我故意而为，挨打也是活该。”

褒姒褒毓俱惊奇地看着她，齐声道：“为什么？”

云儿嘟着嘴半天，看看窗口树影，又看看门口，低声道：

“你们要趁乱药死姬宫湦、矮后，若还得逞，必难逃脱……我故意……”

第五十七章　指鹿为马巧作戏　褒毓深夜追狐眼

一

褒毓怒目而视，猛地一掌朝云儿挥去，拽起她，怒斥：

“贱婢，好计划都被你破坏了！你该不该死？”

褒姒大惊失色，急忙哀求道：“快放下云儿，她有伤啊！”

褒毓偏是不放，无情如老鹰叼起小鸡的，满目戾气，呵斥道：

“快快从实讲来，你如何得知我们的谋划？”

云儿被揪起来扯动伤处，痛得面色惨白：“小姐饶命！奴婢昨日在内殿偷偷听到你们对话，不是存心忤逆，奴婢是为我们大家好。万一药死大王矮后，我们一个也难逃脱……”

褒姒求褒毓放下云儿，帮云儿躺好，盖了被子，看着褒毓忐忑不安道：

“云儿胆小心细，这事若被别人偷听到岂不惹祸？”

云儿哼哼着叫痛，片刻，气若游丝道：“奴婢还有下情禀报。非是奴婢难于忤逆小姐，奴婢偷偷观察了很久，看到矮后每每用小指上的银指套尖试毒，小心翼翼，不放过一杯酒。故担心小姐们有失，才冒险相救。”

褒姒暗自庆幸，感慨于云儿忠心，万绪纷纭，拉住褒毓、目光凝重：

“姐姐，宫中险恶，我们一定要谨言慎行，不能有任何闪失！”

褒毓眉目间一抹似有若无的讥嘲：“你以为申后今天的贺词如何？”

褒姒便忍俊不禁，掩嘴道：“前面虚伪、笼统的敷衍之词也就罢了，本该以称颂大王册封英明之类的语言结尾，她却用了一句本宫甚为满意。以她阅历、城府，这样忤逆、露丑、喧宾夺主的行止，十分怪异。”

褒毓讥笑更深：“你道她真的致贺词赞赏你吗？”

褒姒盎然道：“难道不是？她想麻痹我，再出其不意地击溃。”

褒毓的一抹浅笑若梅花似开未开：“我索性实说了，你莫要惊怕！你父母的信被她截取，我料定她要在册封大典上宣读，震慑群臣。我连夜从她那儿偷出来，顺手放进去一封自制的。本想让她颜面尽失，且被姬宫涅以越权罪惩治。谁知只惹人笑笑而已！”想起贺词，不由嬉笑，将司礼寺人的强调模仿得惟妙惟肖：“褒侯千金褒姒,温良淑德,效礼守仪,知书达理,心怀仁慈,册封为妃,本宫甚为满意！”

褒姒丝毫笑不出来，恐慌不堪，站立不稳：“申后看过书信了？天啊……”

褒毓处变不惊地笑着：“别怕，申后口说无凭，便是诬陷罪！”

褒姒忽忧心忡忡道：“制止册封不成，弄巧成拙，申后一定怀恨在心。我们要步步谨慎。”

褒毓的褐瞳泛起乌油油的水光，脸上一抹迷幻色彩：

“不要忘了你父母的叮嘱！”

褒姒忽觉不堪其重，取了礼冠，一手摸着凤嘴里衔着的红珊瑚珠，一手捻着繁复的礼服，心海上像投进无数石子。

数天后的晚间，褒姒陪着姬宫涅晚膳已毕，看着宫娥撤下残羹，擦几抹凳，躬身退出。

紫檀木几上，青色淡烟从鎏金熏香炉里徐徐飘升，缭绕到旁边的翡翠挂件上，更显剔透。白瓷插屏，牡丹芍药画小屏风，名贵考究的摆设显出主人的不俗。

闪烁灯影里，残醉的姬宫涅拥褒姒入怀，审视着她的闷闷不乐道：

“爱妃，册封时，申茳致了贺词，也送了礼物以示亲近，你理应大度些，不要为她责罚下人一事烦恼。”

褒姒挣开他，走到镂花窗前，思量前事，心底钝痛绵长，幽然道：

“大王，臣妾没有欢喜，也没有烦恼。”

风吹进花香，吹起褒姒衣袂，若飞若扬，若仙子临凡，美不胜收。

姬宫涅摇摇晃晃地站起来，从身后揽住她，凝望她映着宫灯的眸子水波荡漾，几欲泻出。他一阵心悸:“爱妃啊,古人道明眸如水,你这眸中哪里是水,分明是酒啊!醇醇的酒,让孤王未尝已醉。谁说孤王贪恋美色？哪个男人能逃过你一个深情回眸？有人劝孤王杀了你，说你是妖孽，说你会祸国；有人骂孤王好色，说色情乃是大劫。孤王却不管是妖是劫，认定你了，决不放手，哪怕丢了江山……”

褒姒缓缓抬头，凝望他眼里的红丝，凝望他目中痴迷，将这个男人沉重的躯体倾于自己柔弱的臂膀，扶他缓缓落入御座。她不知道，真的不知道，自己的眸，在生命四季的哪段路途里，已悄悄蓄满秋水。

窗外朗朗明月下萧声百转，如泣，如诉，如歌，如咽，化作她心底不绝的怨叹：洪德，洪德！洪德……

姬宫涅紧紧抱着她不放，口中吐着酒气：“姒儿，爱妃……”

褒姒不由心悸，轻抚这个霸道的男子。他面容说不上俊雅，肌肤却也细腻。

他对她极尽宠爱，却不是帝王对待宠妃那般。而是以一个单纯男人的心态对她关爱呵护。

他于她恩宠万千，为她醉为她迷，说宁可丢掉江山。

可她，却受命于人，要离间他君臣，要亡他社稷。她一个与父母失散多年的小女子，偏要不计一切，成为民族纠葛的牺牲品。她忽然痛楚难忍，轻轻挣开他，伫立窗前，望着窗外荡漾的明月，无声流泪。

“姒儿！”他恍然惊呼，从御座上起来，痴痴抱住她。只抱着她，他便浑然忘了身外之世：“姒儿，有了你，孤王有了一种前所未有的牵挂，放不下舍不得离不开。只要拥你在怀，即使江山变色，社稷更迭，都没有多大关系。就算与你结草筑庐，渔牧织耕，孤王此生足矣。”

醉中的姬宫湦偶偶低诉，情真意切。

她颓然跌落他怀，柔嫩手掌轻轻滑过他温热面颊，触到他湿热的泪，她受惊似地猛一缩手。这一刻，她不由颤栗，多想忘记过往，忘记所有。

二

她也曾有过他所谓的放不下舍不得离不开，遗落在过去的那个夏季。

她流着泪，搀着他进入罗帷，扶他上床，脱去他外衣、靴子，轻轻为他拉开红绫被。

“姒儿……”姬宫湦声音粗哑地唤着她名字，左臂沉沉落下，一会儿便稳稳睡去，嘴边的笑像个贪玩了一天的小孩，满足而疲惫。

褒姒轻轻挪开他停驻在腰间的右臂，从枕边翻出她从褒国带来的碧玉萧，拂开紫锦软帘，也不理门口当值寺人的卑微，只身走过回廊走过红墙，走入满地的清冷月华中，顿觉冷风刺骨，寒意满怀。

“咯咯咯咯……”身后响起冷笑，褒姒倏然回头，见褒毓披着银月的光华卓然而立，衣袂飘飘，被夜风吹起细长发丝，脸上笼着一层轻淡银灰。褒姒看着在她身际荡漾的月光，环顾左右，声音清冷如扫落荒叶的夜风：

“夜冷霜寒，褒侍卫还没睡觉？”

褒毓在万缕月华中挑着嘴角：“娘娘不也是吗？小人正好护卫。”两人踩着被夜霜打湿的落叶，来在梅园，只觉苍苔霜冷，朔风鸣笳。褒毓拂去落在肩头的荒叶，附耳褒姒：

“无论他对你如何，你都不能爱他！”

褒姒回望着沐在月华里的琼台宫，听头顶叶声哗哗，身边琼枝玉叶万木峥嵘，月高风摇露华香清。褒毓的低语伴着潺潺花香、呼呼长风，把褒姒的心事搅成裙摆样凌乱。她在月光之下静静凝视褒毓如星褐瞳：

“姐姐，你是我恩人不假，可爱与不爱，是我个人之事。”

褒毓隔着朱漆栏杆，狠狠折断一束四季海棠，将花揉成汁液：

“你爱褒洪德，我支持过你，可你不能爱姬宫涅！”

她的恩人，总是这般没缘由的冷酷、跋扈。自从来到宫里，褒毓就直呼她二哥哥的名讳。褒姒手扶朱漆栏杆，眼里是满满的困惑，怆然出声，声音是没有底气的低弱：“我心已死，也爱不起。”

褒毓闻此，褐瞳里掠过满意之色，微微点头，被风吹起耳边发丝。月华在左肩飘着，她左脸银亮右脸暗沉，久久盯视褒姒，声音阴鸷：

“杀了他，我才能帮你找到父母！”

褒姒又是一惊，猛地拽住她手，满目痛楚、挣扎，沉声道：“好小姐，告诉我，为什么一定要杀他？。即便是仇恨，也可以竭尽所能化敌为友。心怀怨念就永远不会快乐！我想找到父母，可我不想杀人！”

两人为此低声争辩了很久，相持不下。月亮偏西时她们不知走了多远，又转身往回走。褒姒一路疑惑，为什么褒毓和阿鸁一样，都锲而不舍地以她父母为饵，诱她杀人。人心难道就如此险恶？忽听一阵惨叫从一旁的矮房里传出。褒姒猛地一颤，急忙拽紧褒毓：“半夜三更的，谁在哭叫？”

褒毓以大姐姐姿态轻拍她手：“别怕，咱们去看看。”

两人跨越栏杆，横穿小径，顺着忽高忽低不绝于耳的惨叫声悄悄接近矮房后窗，透过昏暗的豆油灯，看到一个侍卫和一个宫娥被绑在沾满斑驳血迹的木架上。兰妍和一个鼻子上长着痦子的男人正在扬鞭抽打，每一鞭下去均伴着数声惨叫。

兰妍的眼珠瞪得像要掉出来，扬鞭对着那宫娥吼：

“说！刚才在我窗前看到了什么？”

那宫娥脸上身上都是伤痕，气若游丝地哭道：“奴婢什么也没看到，兰统领饶命啊……”

被绑着的侍卫亦哀声求饶。褒姒隔窗看到，那宫娥左耳颜色鲜红，原是被红色胎记覆满。她看到兰妍和她的情人马三扬起皮鞭，急雨般朝他们当头抽下，厉声斥道：

“不老实交代，今天就打死你们！”

看到兰妍和马三，褒姒顿时呆住，胸腔里波涛跌宕。

那宫娥实在捱不过，满目绝望、萎靡，嘶声哭求：

“别打了，我实话实说吧……”

“说！”兰妍以鞭相指，满目戾气。

那宫娥哭道：“王后说兰统领夜值辛苦，让奴婢和丁侍卫送来夜宵。我们在窗外听到屋里有男人的动静，就没敢进去，走也不是……”

三

兰妍朝马三挤鼻子弄眼，又扬鞭恐吓那宫娥：“快说！你们看到了什么？知道你是个多嘴多舌的娼妇！以前我刚进宫时，你曾骂我痞子、流氓、混混，如今看我如何？”

宫娥哭道：“饶了奴婢吧，奴婢有眼无珠，以后再也不敢了。奴婢今晚什么都没看到。兰统领是个女英雄。”

兰妍夺过马三的皮鞭，噼里啪啦地朝那宫娥左右开弓。宫娥发出惨不忍听的嚎叫，兰妍斥道：“贱婢！既然你什么都没看到，我的窗棂纸为何破了？不老实交代我就打死你！”

那宫娥嗓子里发出被宰母鸡般的呜咽，断断续续道：

“饶命，我说。听到屋里声音……奴婢心生好奇，就舔破窗棂纸，看到你们……奴婢死也不会说出去的，兰侍卫饶命啊……”

兰妍和马三对视，对奄奄一息、惊恐不堪的两人道：

“饶过你们不难，你们得听我的！”

那宫娥和侍卫见有生机，齐发哀声：“一定听从……”

兰妍的狐眼在豆油灯的昏暗光影里流转：“明儿我押你们去王后面前认罪，你们就说送膳时见我不在房内，就生淫媾合，被我抓到，聊以惩戒。不能暴露太师府马护卫！王后娘娘信任、重用我，擢升为寿仙宫侍卫统领。我弄死你们。像捏死一只蚂蚁！”她说完，见两人呆若木鸡，便扬鞭作势：“如此顽劣之徒，说不得了！今天就打死你们，没得冤伸！”

那两人哭嚎：“一切听从兰侍卫的啊……”

褒姒透过窗棂看得真切，兰妍一张胖敦敦的四方脸，一双灵活转动的狐眼，足矣掀波翻浪的一条尖舌。她低语褒毓：“这个狐眼我在褒城见过，差点儿被她害死。那次还看到她在街头抢绿贝姐姐的卖艺钱。她如今怎么就成了申后面前的红人了？又在这里诬陷好人开脱自己。”

褒毓拉着褒姒到树影里躲着，冷笑道：“都说她是个千里挑一的泼货，刁钻凶狠毒辣，又诡计多端，被赏识者申后拉拢为心腹，很快升任为寿仙宫侍卫统领。她认得你？那便不是什么好事了！”

“看来，我们又多了个劲敌。我一想起或看到狐眼，就如芒刺背。”褒姒想起天香楼往事，不由脊背发麻，在浓稠夜色里攥紧了褒毓手。

说话间她们看到兰妍和马三从屋里出来，又回头锁了房门。狐眼拉着马三走出十几丈远，恨声道：“自周厉王始，通奸本是死罪。申后说她最恨此项。若让他们说出去，咱们岂有活命？但今晚动刑之事隐瞒不住，申后知道必然不妥。索性让他们顶了罪去，我再卖给他们个人情，留下他们慢慢算计！”泼墨一般漆黑的夜色，星疏月落，浮云于天际暗流汹涌。

马三笑着抚狐眼面颊：“妍妍，你这脑瓜子转得特别快，又让我们躲过一劫，佩服！”

兰妍一推马三，瞪着狐眼埋怨：“姑奶奶为你坏了名声，真想一刀宰了你那贼婆娘，再求王后赐婚我们。”

马三斜睨她，颇显不屑：“别以为我不知道你的那些破烂事儿，我敢娶你吗？若是遇上有钱有势的主儿，我还不成了你家那个死鬼第二？我上有老下有小，可不想被你药死。”

兰妍一掌朝他拍去，斥道：“姑奶奶早就看清楚了，你们男人都不是好东西！只知道偷腥换口味。算了，你且悄悄回我房里睡，姑奶奶还有急事要办！”话毕，一阵风似地消失。

褒毓望着两人背影已远，忙拉着褒姒从黑影里走出来：“你且自己回宫吧，我去跟着狐眼，这破烂货一定不干好事！”话音落时，人已走远，绛红色身影很快消失于苍茫夜幕。

褒姒眼望凝着华彩的皓皓宫灯在琉璃瓦上如水流泻，愣了很久的神后，转身，慢慢往回走。走着走着竟然迷了路，只见面前数条白石道纵横交错，周围是同样形状的花草树木和亭台楼阁。半明半暗处绣阁隐隐，如同瑶阁仙苑，大周皇宫丝毫无逊于白日的奢华峥嵘。

褒姒摸回宫时已近子时，嘴唇发抖浑身冰冷，老远看到云儿在宫门口的丹墀上等候，孤单的身影被宫灯迤逦拉长，风吹起衣袂显得凄凉。

云儿看到褒姒急忙提着灯笼从丹墀上跑下来：“娘娘，你去哪儿了？把人急死了！无奈我去找褒侍卫，她也不在。”看到她手里的碧玉萧，惊讶道：“这么晚了，小姐还出去吹箫啊？”

“云儿，伤好了吗？我出去走走，不料迷路了。”褒姒拉着云儿，一步步走上丹墀，想着狐眼，如芒刺背的感觉越来越烈，不觉攥紧双手。

“小姐这双手何等尊贵？每天亲手为我抹药，我岂有不好之礼？”云儿笑得甜蜜，歪着头看着褒姒。

两人踩着宫灯的淡黄影子进入朱漆大门，褒姒似见一黑影从宫墙上掠出，一瞬消失。

第五十八章　瑶嫔雪地盼龙颜　梅园献媚不畏寒

一

“刚才，我好像看到有个黑影从咱们宫里飞出去了。”褒姒说着，又怀疑自己看花了眼。

云儿看着褒姒被宫灯染红的脸上覆了阴郁和疑虑，皱眉问道：

“哪里有黑影？我怎么没看到啊？小姐你太累了，看花眼了吧。”

褒姒以为然，眸光泛愁，心思纷乱：“不过心里烦闷，出去走走，不料看到了那个狠角色又在诬陷好人。只怕以后这儿更不平静了！”

“什么狠角色？有比那矮后更狠的角色吗？”云儿狐疑的目光向宫墙扫掠。

宫墙巍然耸立，披着华丽外衣，向茫然夜幕显示着它的高不可攀。

两人说着话已来在前殿，褒姒忧心忡忡地在几边坐下，喝了两口云儿递来的茶，看着红烛跳跃，如同人起伏的命运。她呆呆想着狐眼恶行，忧心忡忡道：

“寿仙宫的侍卫统领兰妍，长着一双白多黑少的狐眼。奸淫、抢劫、颠覆黑白、指鹿为马，什么坏事都做得出来。有她和矮子狼狈为奸，只怕大周后宫将会有一番血雨腥风。”

接着，褒姒向云儿说了狐眼的所作所为。云儿听得目瞪口呆，连声道：“知道知道，她就是那个长相十分凶恶的黑胖子。都知道她整天会编出丧心病狂的瞎话，一贯的媚上欺下，想不到还有这等凶恶前科。”

晨曦扑向结满冰花的窗口，宫城如同陷于云烟之中。一夜辗转一夜忧思的褒姒睡了过去，醒来时见太阳涌了满屋，白得耀眼，身边也不见了姬宫湦。她刚一坐起就看到一袭绿裳的云儿走进来，掀了帷幔探着头：“小姐小姐，上天开眼了！”

褒姒揉着眼睛打着呵欠，满目疑惑，扭头望着云儿，娇嗔道：

“教你稳重些，老这样咋咋呼呼。”

云儿伸伸舌头，做个鬼脸，伺候着褒姒穿完衣服，帮她系了丝绦，一边压低声音说道：“今天一大早起来，就听说荟萃宫里丢了银票，瑶嫔命人报了那矮子，那矮子的兰统领正在带人搜查各处，慌得像狗吃屎。前天我们好心去看瑶嫔，她反而骂我们，上天开眼，她这就遭了现世报了！”

褒姒思想着狐眼的作为，怔忡道：“只怕没那么简单。宫中的所有事都不会独立存在，暗中的牵扯千丝万缕。以瑶嫔对我们的敌视，只怕会怀疑丢失银票之事和我们有关。”

梳妆、用膳已毕，褒姒铺展开白帛练字，白帛边上放着尺形青玉纸镇。忽听门口一阵扰攘，褒姒将笔往青玉笔搁上一放，向门口望去，见兰妍带着一群侍卫冲进来，顷刻间挤满屋子。

过往心照不宣，初次正面相对，兰妍似无片刻愣神，立即俯身行礼：

“参见褒娘娘。”

褒姒伸臂，神情漠然：“兰统领，少礼。”

兰妍嘴角挑出一抹嘲讽，亮出寿仙宫腰牌：“奉命搜查银票，褒娘娘，得罪了。”向带刀侍卫们一挥手：“搜！”

云儿气定神闲站在褒姒身后的孔雀屏风边，看到褒姒平静外表下的忐忑不安。

不到一盏茶时辰，一个侍卫兴冲冲从云儿住的偏殿出来，向兰妍递上几张银票：“兰统领，你看。”

兰妍手里举着银票，狐眼溢波，在满屋的晨光里大笑：

“哈哈哈哈……窃贼果然在这里。”

云儿情急大叫：“你栽赃诬陷，我没偷银票！”转面褒姒，跺着脚，眼泪汪汪分辨：“小姐，奴婢真的没偷银票。我呆在咱们宫里，就没有出去过啊！”

兰妍指着满目含泪、不知所措的云儿：“快把这个窃贼带走！”

几个侍卫架住云儿就往外拖，云儿苍白着脸，魂飞魄散地尖叫：

“小姐救命啊！我没有偷东西，真的没有啊！”

褒姒心中火急，不知所措，坐下去又站起来，却听姬宫涅的声音自门口响起：

“爱妃，何人在此喧闹。”

姬宫涅满面肃穆走了进来。满屋人跪地行礼，褒姒跪在地上，垂泪道：

“臣妾请大王做主！”

姬宫涅让大家起来，环视众人，责备目光落在兰妍身上：“你跑到此何事？”

兰妍亮出腰牌，低着头道：“瑶娘娘的荟萃宫丢了银票，在下奉王后娘娘之命缉拿盗贼。”

侍卫们已悄悄丢开云儿，她跪地哭道：“大王，奴婢近来负伤伺候小姐，从来不曾远离。说奴婢是窃贼，实在冤枉啊！”

姬宫涅被褒姒扶着落座，声音透着威严：“捉贼捉赃，让孤王看看赃物。”

二

兰妍小心翼翼地垂首上前，狐眼低转，流泻出得意，拱手举着银票，递给内侍王进。

王进接了银票，递于姬宫涅。

姬宫涅将银票翻看两遍，面带愠色和讥讽，鹰眸翻着，将银票递于内侍王进。

王进仔细将银票翻看，嘿嘿一笑："大王慧眼，这银票果然是假的。"他掏出身上银票，站到窗口对比："它的印章含糊不清，而且它比之真银票的金帛，色极淡极薄。真是荒谬！"

屋内所有人都大惊失色。

姬宫涅拧着眉毛，眸光寒冷迫人，厉声道："带瑶嫔！"

内侍向外传旨，半盏茶时间不到，瑶嫔头上插满珠翠，一袭石榴红十锦绣裙襦，战战兢兢进来，伏在地上哭道："大王与臣妾做主啊！臣妾昨晚丢了银票。"

阳光照着姬宫涅的满脸幽深莫测，他瞟她一眼，将假银票扔给她："你可识得此物？"

瑶嫔抹了一把泪，捡起假银票看来看去，捻捻厚度，在室内明亮的光线里感受到黑暗无边，惊恐伏地，大哭："大王明察！这假银票可不是臣妾的啊！求大王为臣妾找回真银票啊！"

姬宫涅拉起哭得梨花一枝春带雨的瑶嫔，指着兰妍道：

"将这诬陷者押了下去，杖责九十！"

兰妍涂了厚粉的脸变成乌鸡肉色，慌乱不堪时却见申后带着一群宫娥寺人进来，温声笑道："大王且慢。"申茳环顾满屋人影，面上不带些许愠色："今儿这么热闹啊。"走到姬宫涅身边，微启温润的唇，嘴角勾出微微笑意："宫中失窃，非同小可，若不查清，后患无穷。大王一向英明，如今为何怪罪起秉公办案的兰统领来了？"

姬宫涅乜斜着眼睛看狐眼，指着申后道：

"你得好好调教，她竟敢拿着假银票胡乱栽赃！"

兰妍跪地抖成一团破絮，哀声道："大王，娘娘，在下只知搜捕窃贼，忽略了其他。在下办事不力，请求责罚！"

申后跪地道："大王，兰统领的过错，仅是忙于办案疏忽大意，并非处心积虑诬陷好人，就由臣妾带回去责罚。真假银票之事，臣妾日后自会查清。臣妾恳请大王恩准！"

姬宫湦早被这鸡毛蒜皮之事搞得昏头，忽听寺人传禀虢太史求见，就对申后一挥袍袖：“好！你要掌管好孤王的后宫！”急匆匆走了。

褒姒云儿等恭送申后一众离开，看到狐眼回头盯视她，目光里射出毒箭。回到内殿，命众人退去，她抚着胸口坐在锦凳上道：“总算过去了，好险！”

云儿噙着泪拉住褒姒手：

“小姐，让你受惊了。他们怎么那么笨啊？拿着假银票诬陷栽赃？若不是假银票，咱们今儿就完了，矮后必然说是主子教唆下人偷盗。”

褒毓挑帘进来，手里举着一沓银票，难得的真诚欢喜表情：

“真的在我这里！云儿房中的假银票，是我调的包！”

褒姒云儿一边一个拽住她，又惊又喜又怕，连声道：“我们房中真有银票？好险啊！你如何会有假银票掉包？”

褒毓眉梢一抹冷厉的笑，挑起薄削朱唇：“做真银票不容易，做假的可不难！昨晚我一直跟踪兰妍，把她从瑶嫔那儿偷出，又放云儿房中的银票偷了出来。又连夜赶做了假的。这就叫以其人之道还治其人之身。”掀开紫缎锦袍，露出里面撕破的黄帛夹袄。

不管后宫擅妒的嫔妃和那些手握实权的擅媚女官有多么的诡异多变、睿智巧思、阴狠毒辣，褒姒像一朵孤绝的花，凌寒傲霜地开着。花儿无需为土壤担忧，花儿无需编织梦想，一切都有人为她摆平——姬宫湦、褒毓、云儿。

他们的生命真相就似乎在于为她奉献，他们不需要她过多地感恩。

三

槛前梅花开尽，荟萃宫帷幔叠叠数重，锦茵无数，却无法抵抗它来自八方的寒意。

瑶嫔坐在紫色凤纹帷幔里，任由沸沸扬扬的思绪将灵魂吞噬，黯然叹道：

“唉！神争一炷香，人争一口气。后宫中禁锢着这么多抱守青春美貌的女子，谁甘于平庸无为，在寂寞中守得红颜老去？强权之下争的不仅是一份宠爱，更有锦绣前程和家族命脉！我为何就要输给别人？”

瘦长脸的翠缕提着裙子，慌慌张张进来道：“娘娘，大王早朝完毕，这会儿去明德殿接见外臣。完了可能还是要经过梅园、桂园，回琼台宫。”

瑶嫔略嫌苍白的面颊涂了胭脂，檀唇如饱满嫣然的花瓣，妩媚艳冶，眸光一瞬光华四溢：“翠缕，快，咱们快去梅园！我今天一定要见到大王。”

翠缕不敢怠慢，忙扶着她下床，将一件粉色缎面绣了大红芍药的貂皮披麾给她披好，系了带子，细声劝慰道：“外面下着雪，天寒地冻，娘娘风寒未愈，只怕出去伤了凤体……”

瑶嫔朝翠缕猛一挥手：“别说了！被禁足这么久，憋闷死了！今儿哪怕下了铁钉子，我也一定要出去！”

主仆二人刚一出宫门，就迎上一阵扑面的风雪，迫的人儿欲窒息，吹起头上凌乱发丝。

瑶嫔抬头向空，见风夹着越来越大的雪蕊，落在眼睫上，眼眶立即濡湿。瑶嫔将乱发拂向脑后，抬起青缎面十锦绣芍药凤头靴，一溜烟往雪幕里跑。

“娘娘，你等一等，雪这会儿大了，奴婢回去让他们撑伞。”翠缕在她身后，被逆向的冷风噎得喘不过气来，焦急的喊叫被弹了回去。

“撑伞干什么？这快要坏掉的身子没人心痛！”瑶嫔的喊声被顺向的风清晰传音，泪水纷飞，和飞舞的雪花融为一体。

翠缕急忙上来搀住她，风吼迫使她把嗓音放大：

“娘娘慢些，奴婢身子壮，在前面为你挡个风。”

主仆二人亡命般来在梅园，见树树梅花冲天而放，晶莹、浩然，映亮了寂寞寒空，梅花沐雪，更见脱俗神韵。梅园每到隆冬便成了赏梅胜地。远远望去，从从簇簇，繁花似雪，丝丝缕缕的幽暗清香沁人心脾。

瑶嫔被翠缕搀着，气喘吁吁望着明德殿方向，不敢有些许分神。

风雪如故，梅花如故，一些梅蕊随风飘扬，舞尽天涯作琼英。

半个时辰过后，当看到姬宫涅的銮驾仪仗朝这个方向行进时，紧张、兴奋、不安、焦急等情绪，使得瑶嫔一阵眩晕。她扶着雕栏的手轻颤着，也不顾栏上积雪，眯着眼将虚浮的身子轻倚上去。翠缕惶急地摇晃着她，嘶声呼唤：“来了来了，娘娘，快打起精神来啊！”

瑶嫔睁开眼睛，仰望天空，惊叫：“雪小了！”拽紧翠缕：“咱们装作赏梅，不要看大王。”

说罢拉着翠缕进入梅林，伸开双臂旋舞，扬声吟唱：

物华天宝降琼花
玉骨冰肌堪惊诧
天长地远无限恨
仙魂渺渺向天涯

渺茫风雪，送走她如泣如诉的歌声，飘向万里长空。

姬宫涅的銮驾接近梅林，在铺满积雪的甬道上行进。他被那凄凉的歌声吸引，隔着帘子看到瑶嫔随风舞动的妙曼身影，命人停驾，朗声喊道：

“天气如此冷寒，哪位美人在此伤感？”

瑶嫔衣袂在风里飘飞，漫天落梅衬着窈窕身姿，美若仙子，转身望着姬宫涅，恍若隔世。

翠缕搀着瑶嫔急忙跑过去。瑶嫔跪地，口吐娇声：“碧瑶参见大王。”

姬宫涅见她双目灵动面挂清泪，恰如梨花带雨，不由爱怜，拉起她走向銮驾，埋怨道：“这么冷的天，美人不该出来赏梅。瞧这手都冻凉了，岂不教孤王心痛？走，快随孤王到寝宫的暖阁里去。”

第五十九章　强强联手发攻势　褒妃玉箫惹祸端

一

瑶嫔止不住内心狂喜，脸上红晕益浓，恰似迎春早梅，依着姬宫涅温暖的身子，口吐莺声："臣妾感谢大王怜爱，不胜惶恐。"

两人相拥，情深意浓，在不远的路段内走了一时。翠缕在后面跟着，不停搓手，满面欣喜，忍不住低头笑着。三人刚刚靠近銮驾，却见小径那边，褒姒、褒毓、云儿三人结伴而来，后面跟了一群宫娥寺人。

瑶嫔定睛望去，见褒姒穿着荷色葛麻袄，同色十锦绣牡丹裙，外罩桃红大氅，鬓发被风撩起，领口的白色狐毛随风颤动，映着一张粉白无暇的脸，杏眼桃腮，一瞬间羞煞雪地梅花。

瑶嫔咬紧下唇，目射利箭，感到姬宫涅温热的手掌温度散去，她冰冷的手徐徐垂落下来。

姬宫涅丢开瑶嫔，没有半点犹豫，喜笑颜开迎向褒姒："姒儿……"

褒姒三人行礼已毕，她目光清郁：

"臣妾前来赏梅，大王，瑶姐姐，你们也来了。"

姬宫涅看着褒姒从无笑颜的脸，心里是消融冰山般的征服欲，上前拉住她手，沿着曲幽小径往梅林里走："难得爱妃有此雅兴，孤王今天就陪你踏雪寻梅，聊解烦闷。"他虑她身世凄苦而心思沉凉，因离乡背井而缺乏安全感，或她勃发的青春里受过非同寻常的惊悸、凄苦，他只想慰抚、探秘。

褒姒被他拉着往前走，不回头，也知此刻的瑶嫔心思，迟疑片刻，停住脚步道："大王，请带瑶姐姐一同赏梅吧？"

姬宫涅眼珠一转，哈哈笑道："难得爱妃如此贤德，这当然好！"

已有人传旨瑶嫔，瑶嫔咬碎牙和血下吞，面上堆笑跟上来，只走得气喘吁吁香汗细细。

姬宫涅一边拥着一个美人走向梅林，云儿褒毓翠缕等一帮宫娥寺人在后面亦步亦趋跟着。

风拂梅枝，红玉滚动，如同仙境，如同香雪海。一阵欢声笑语，丽影花面穿梭其中，诗画般的恬淡，似梦似幻。

半晌的梅园徒步没有人觉得寒冷和疲惫，中午姬宫涅赐宴明德殿，命人邀请申茳。

申后赴宴完毕回到寿仙宫前殿，姬淑岱求见，申后引他到内殿，密议盘查褒姒身份之事。内殿的紫檀几上铺着紫锦，摆着茶点，鎏金青铜茶盘里放着青铜壶和青铜高脚杯。宫娥将两杯茶放于两人面前。申后一口气喝完一杯茶，仍喊口渴，看着宫娥添满，粗短的手指在几上划出混乱的印子，怅然叹道：

“唉！这顿饭吃得好不痛快。”

姬淑岱拱手道：“王后承天命掌管后宫，责任重大，当以凤体为重，注意饮食起居。”

申后目光幽然，盯着他半天：“你侄儿整天的把妖女当做宝贝捧着，纵知她身份有假，拿不到证据就是诬陷！”

姬淑岱微笑点头：“若是找到那妖女的父母，一切自会水落石出。”

申后站起来踱步，眉头深结：“可是，我们为此费神好久，毫无眉目。一个细作一个妖女混进宫中成为宠妃，社稷必危！”

“以妖女得宠之势，又有褒晌这个位列三公的靠山，只怕以后她图谋后位……”姬淑岱只想掩盖自己的狼子野心，满目忧患道。

“不妨这样假设，后宫的脂粉千变万化。那封显示妖女身份的信，该不会是个请君入翁的缸？册封当时，当着三品以上大员的面就把娘娘装进去了。”

申后闻听猛地一颤，像被人搧了耳光，脸上热辣辣地故作平静地坐下来，端起茶钟，阴沉的目光掩进杯口热雾里。轻启檀唇吹出无数细小涟漪，一如密密匝匝不可胜数的心事。

墨竹进来禀道：“娘娘，丞相爷，马护卫急事求见。”

申后扭头姬淑岱，见他微微点头，便望着门口道：“命他觐见。”

云开雪霁，彩霞满天，映亮宫殿，燕雀在梅枝上振翅。

马三挺直脊梁进来，跪礼已毕，将一块轻薄白绢递于姬淑岱：

“丞相爷，飞鸽传书。”

姬淑岱接过来慢慢展开，反复阅读，深邃的眼波激荡着惊喜，转面申后：

“褒府内线再传消息，这妖女褒姒乃是褒府奴婢，和褒晌次子褒洪德有私。褒洪德至今对妖女念念不忘。”

二

申后的眸中火花骤起，细眉高扬：

“妖女欺君，甚是荒唐！若不铲除，必害国本。”

姬淑岱冠冕堂皇，义正词严：“我姬家江山，岂容他人祸害。清查妖女，清查图谋不轨的褒晌，我责无旁贷！听说褒晌居功自傲，已不把国丈申侯放在眼里，多有轻慢之处。褒晌位居太师，申侯仅是太傅，虽受弹压、排挤，却也无可奈何。”

申后冷笑，一拍几案：“妖女，也想一人得道鸡犬升天！”

姬淑岱探身，目光幽深如渊：“盘查妖女，或可从褒府人身上打开缺口。”

申后很快地收敛了情绪，神情莫测，顾左右而言他：“你的褒府内线，很有价值，当做嘉奖。”打着哈欠道：“本宫也困了，你且回去，有何情况，及时禀报。”

姬淑岱说一定一定，当即告退。

墨竹又给申后倒茶，看着她满面倦色道：

“娘娘累了，到凤榻上睡一会儿吧？”

申后摇头，望着在窗口跳跃的红霞失神：

“寂寞宫廷，漫漫长夜，这会儿睡了，夜里又会失眠。”

墨竹拉着申后手看了一会，笑道：“娘娘指甲长长了，奴婢给你磨磨如何？”

申后点头，被墨竹扶着半卧在铺了狐垫的贵妃榻上。

墨竹又抱来桑蚕丝被给她盖好，从妆台里取了修指甲的器具——青铜死皮剪、指甲剪，琉璃指甲挫。她搬了锦凳坐下，刚刚拿起申后手，又拿了死皮剪，却见狐眼进来禀道：“娘娘，奴婢刚才听崇政殿值班的说，今天皇上在崇政殿接待漠北使臣，收了好多进贡的首饰。”

申后在贵妃榻上转着眼珠：“我倒不知此事，不急，总要分给后宫挑选的。”

高颧骨的墨竹笑逐颜开，黑幽幽的眸子动人心魄：“这当然好，咱们又有新首饰了。娘娘，你一定要把好看的全部留下来，再把那余下的掰断摔坏，破烂货才配给褒姒那妖女佩戴。她敢有半句怨言，立即掌嘴！娘娘总该拿出六宫之主的威风来，免得那小丫头云儿尾巴都翘到天上去了。那日去内务府总管那儿领月银，她还找碴和我吵架……”

申后挥手打断墨竹，对侍立的狐眼兰妍道：“如今无事，你且去吧。”

兰妍走在漫天的红霞里，见琼台宫方向走来一位嬷嬷，手里捧着一两尺见方的珠宝盒子，走得呼呼喘气。兰妍识得是内务府管事婆子，便转着狐眼迎上去："余嬷嬷哪里前去？"

余红莲嬷嬷四十左右，脸皮已见松弛，腮上稍点胭脂，眉梢挂着讪笑，低头答道："漠北进贡珠宝，在下奉命送给娘娘们挑选。"

兰妍扭头看看沐浴在红霞里的琼台宫，转面来眸光冰冷：

"嬷嬷真是见多识广，如今见褒妃得宠，就拿了首饰先去尽她挑选。"

余红莲吓得手一抖，差点丢了珠宝盒，又急忙抱紧，跪地哀求道：

"老奴上了年纪，一时犯糊涂了！请兰统领宽容，切莫告知王后娘娘啊！"

兰妍仰头，从鼻孔里发出一声笑，伸臂道："拿来封口费，我自然不会说出去。你以后要长记性，凡事权衡清楚才好。"

"喏，喏！"余红莲急忙往怀里摸铜贝，塞给兰妍，见兰妍面色不悦直瞪着她，她便咬牙收拾了身上所有铜贝、玉贝给她，边走边道："老奴全仗兰统领照应。"

晚饭后兰妍夜值来到申后宫里，对正在用浸泡的干凤仙花染指甲的申后说：

"我下午从这儿出去，竟然看到那内务府管事余红莲捧着珠宝盒子从琼台宫出来，我斥她不懂规矩，不料她哭着跪下说：老奴在宫中二十多年，哪里会不懂规矩？是褒淑妃早就告诉我，后宫诸事必得先经过她……"

三

见申后的眼里射出不可名状的亮光，兰妍继续挑拨："余嬷嬷还说，那褒淑妃多次告诫她：后宫里没有一成不变的尊卑，谁最受宠谁就是六宫之首。有谁听说过黄叶的价值能胜过红花？有谁听说过狗尾巴草比牡丹花招人待见？妖女还有口头禅，小人实在不敢饶舌……"

申后微微笑道："说了便罢，本宫决不怪罪。"

狐眼低头道："妖女竟然口口声声说，申后算什么……"

黢黑的皮肤粗壮的腰身常使兰妍自怨先天不足，，广泛施展媚男伎俩也不能做到无坚不摧，常恨不得杀尽身边漂亮女子。活着的紧迫更是她对褒姒深怀怨恨，不能释怀。

申后坐着怔怔不语，手指攥得发麻发痛，喃喃重复着：

"申后算什么？申后算什么……"

灯影移动宫墙柳，琼台宫烛晶灯彩，流金烁银，缭绕着檀麝焚香。

王寺人悄无声息进来，松垮着一张无肉的黄脸："娘娘，今天乃宣王忌日，大王独居寝宫，不回来了。天儿冷，大王嘱咐娘娘早些安歇。”转身去了。

褒姒晚膳后便临窗吹箫，进入物我两忘的境界，优美音韵波荡起伏，旷远清幽沁人心脾。

云儿弯腰拿着灰锹，往壁炉里加了银炭，炉火一暗，啪地一声响，又很快亮起来。

褒姒一曲方罢，余音袅袅绕梁，她玉指握着家传的碧玉萧，眼神冰冷。

窗外，玉英漫天飞舞。

云儿把灰锹靠在壁炉边，站直身子道：

“眼看就要过年了，也没什么值得高兴的。宫里都在悄悄议论，说瑶嫔犯了花痴了，风寒未愈，还站在雪地里半晌，巴巴等着大王宠幸。结果不仅没等到宠幸，反而加重了病情，吃了太医许多付药，也不见好转。”

褒姒闻言站起来，满目怜悯、伤感：“总觉得有谁在暗里作祟，鬼使神差一般，屡屡惹得瑶嫔误会我。那日咱们去梅园，又无意撞上她和大王……”她叹息：“只怕她更要气恼，心里窝火，便不利于病体恢复。云儿，如今酉时刚过，也不算晚。御膳房有专供晚间补养的现成鹿茸汤，你快让人用小罐子装了，咱们拎上去探望瑶嫔。”

云儿瞪大眼睛：“现在啊？外面下着大雪呢！况且，人家瑶嫔又不领情，净给脸子瞧。”

褒姒语气果断：

“就现在，你快去。她误会咱，咱就要让她冰释前嫌，不给人空子钻。”

“行行行，奴婢这就去。”云儿嘟着嘴，披了挂在门后的斗篷走进雪幕，直觉寒风阵阵刺骨痛，仰头望天，呵出一口白气。

褒姒在窗口望着云儿很快成了雪人，叹息着，急忙拿出狐皮大氅，放在椅背上，焦急等候。一盏茶时辰后，云儿提着一个小布袋回来，袋子里装着陶罐。她将布袋放于几上，去偏殿取了斗篷穿了大氅。身穿黑色葛麻袍的褒毓和几个宫娥寺人随行，有的撑着罗伞，有的提着灯笼，簇拥着褒姒，积雪在脚下咯吱咯吱作响，一径往荟萃宫而去。

荟萃宫门口的红灯笼在风里摆动着，红色的暖光透射着飞雪，格外璀璨夺目。

一群人在宫门前止步，褒姒看着那朱红大门，褐色金属门环锈迹斑斑。门口没人当值，围着宫墙的十几颗松柏历尽风霜的老人般高耸入云，枝繁叶茂。门旁几树红梅火一般怒放着，给这死气沉沉的宫门添了生机。

无需传禀，一群人踏着丹墀上的莲纹石板推门而入，绕过正堂前放着的紫檀架子屏风，见屏风上已有了斑驳的虫蚀痕迹。

众人转过屏风，门口几个宫娥急慌慌跪礼，引着他们进入三间宽阔的厅房，那古色古香的装饰虽已陈旧，却依稀可见它旧日的堂皇。

众人在厅房等候，褒姒云儿被宫娥领进内殿，隔着重重帷幔，看到了半卧在床头的瑶嫔。

瑶嫔双目深凹靠着床头，憔悴枯槁得像秋后的菊花，只消一阵风就会萎谢。双膝蜷着，发未挽起，嘴唇毫无血色，如同涂了一层灰。她瞥见褒姒，苍白的脸瞬间冰寒。

褒姒视若不见她的冷漠，从黄帛布袋里取出陶罐，命瑶嫔宫娥拿来陶碗，汤勺，舀了汤端给瑶嫔："天寒地冻，正当进补，以后我每天给姐姐送来补汤，姐姐身子就会很快好起来。"

第六十章　翠缕溪桥遭祸害　二褒涉险救义士

一

瑶嫔咧嘴呲目，猛一挥手，推翻了褒姒手中参汤。陶碗在地上摔碎，锦毯上满处狼藉。她偏着头，目光怨毒地瞪着，咬牙切齿：“喝你的汤？我怕被毒死！”

云儿急了，大声道：“瑶娘娘，这么晚了，我家小姐冒着雪，走这么远的路来看你，你不能太亏我家小姐的心了！”

瑶嫔接连咳着，咳得喘不过气、面颊涨紫，语声嘶哑：“我亏她心了？她巴不得我早些死了，后宫全部死光，好让她一人霸着大王……”一句话未落，又接连咳了好几声，指着云儿斥道：“狗仗人势，你一个狗奴才，也敢对本宫大呼小叫。”

云儿见她言语如此刻薄，不由动了怒气，指着她：“请娘娘想明白了，我家小姐若有恶意，岂会在大王面前替你求情？只怕娘娘早已在冷宫里了！我一个奴才也比娘娘通晓事理。”

褒姒呆呆凝视瑶嫔病容，满面痛楚，嘴唇蠕动，泪已流出：“姐姐，以往种种，妹妹不与姐姐计较，也无意冒犯姐姐。来日方长，后宫人性凉薄，我希望与姐姐并肩携手，相互取暖。”见瑶嫔不为所动，她哽咽着走近，拉住她手：“姐姐难道忘了？自从咱们第一次见面，我一直都把你当好姐妹看待……”

窗外风狂雪猛，颠覆世界之势。

瑶嫔挣开手，喘着气，咳的厉害，张着嘴说不出话来，又喊口渴，宫娥翠缕慌忙递上茶水。瑶嫔端起茶杯，热雾缭绕之下，是她被怨怼填满的脸：

“什么好姐妹？谁会相信你的巧言令色？”

褒姒命所有人退下，取出怀中碧玉箫，转到瑶嫔面前，双手捧着递给她，被她推开。褒姒目蕴怀恋：“姐姐，记得咱们初次见面时，姐姐在街头卖艺。我为姐姐琴声痴迷，拿出此萧与姐姐合奏，一曲难忘，曲诉衷肠。自那时起，我便认定姐姐是此生知音，常常私下怀念，不料我们竟以敌人的姿态再见……”她沉于往事，眼里渐渐有了泪光：“这碧玉萧是我唯一家传之物，我就放在姐姐这儿。姐姐原是曲中高手，何时心情好了，给琼台宫传去个信儿，妹妹立即来与姐姐合奏、解闷。天不早了，姐姐晚安，妹妹告退。”

褒姒将萧放于几上，走进门口的绰绰灯影里，回头看时，见瑶嫔图画般嵌在重重帷幔中，单薄得像一抹虚无飘渺的影子。

褒姒等人走出荟萃宫不远，听到前边一阵人声扰攘，夜空中传来纷乱的嘶喊：“抓刺客，别让他跑了！”

一群人手持灯笼火把从远处雪道上飞跑过来，为首者正是狐眼兰妍。她的属下对着褒姒等人凶神恶煞般的大吼：“站住！检查。”

褒姒一行人被震慑在雪地里，面面相顾。褒毓跨前几步，目流轻蔑：

“褒娘娘在此，谁敢无礼？”

雪落在人身上，脸上，眼睫上，化成一串串雨水。风助雪威，分外狂肆，偶有落叶飘飞，姿势惊人。

狐眼手里的腰牌映着灯光、雪影，在暗夜里熠熠夺目：

“寿仙宫的，哪个敢挡？搜！”

众侍卫一拥而上，在琼台宫一众寺人宫娥身上胡乱搜了一通，说是刺客逃逸，检查凶器。

众人都感受到侮辱、挑衅，敢怒不敢言，立于冰冷雪地，承受无礼。

当狐眼带着一帮人气势汹汹地离开，褒姒一众人打着冷颤往前走，云儿气呼呼地说：“说什么检查凶器，分明是寻衅滋事！”

褒姒轻拽她手，附耳低语：“这狐眼擅生是非，浑身上下都是诡计，常是瞬息万变，我们能忍则忍，不能给她留下口实。”

回到宫里，褒姒脱去披麾，看着明亮烛光，只觉得暖意铺天盖地。忽见云儿弯腰，捂着脚踝，蹙着眉道：“这伤都多少天了，见了风寒还会痛。哎哟……”

褒姒满目关切道：“走，去你屋里，我再给你抹些活血通络的药。”

云儿揉着脚踝，抬眸笑道：“什么时候了，奴婢岂敢劳驾主子？”

褒姒指头点着她额头，嗔道：“浑说什么？快走抹药，落下病根可不得了。”

自从进宫，二人名为主仆，实同姐妹。褒姒命当值宫娥退去，领着云儿进入偏殿，掀开罗帷，却见靠着墙角坐着一个黑衣人，面色惨白，奄奄一息，袍上血染，鲜红的血湿了一大片锦毯。

褒姒吓了一跳。云儿发出一声尖叫，又急忙捂住自己嘴。主仆们战战兢兢走近那人，见他发如墨染，目若寒星，英俊面上的痛楚、惊惶掩了往日的沧桑。

二

烛火跳跃动荡，一如褒姒激烈起伏的情绪。她弯腰凑近他，压低声音道：

“淮夷太子蚩磊，怎么是你？伤成这样……”

云儿满目惊诧：“他……他就是大名鼎鼎的淮夷太子？”

褒姒轻轻点头，失意她噤声。

灯火昏黄，映出蚩磊的颓废、苍白、虚弱，他惶恐如风雨中的蝉蜕，嘴唇蠕动着，艰难出声：“救……救……我……”

褒姒满目惶然地看着他：“我认得你。在褒国，狐眼欺负绿贝姐姐，你行侠仗义……你是怎么进来的？”

蚩磊气若游丝，眸中一丝火花一闪而逝，指着头顶窗口：

“被追……无奈……翻窗……”

褒姒忙命云儿去关殿门，正要问话，忽闻喊声震天由远而近，灯笼火把映亮了镂花窗。蚩磊寒星目中的哀求、伤痛、凄凉，正在慢慢变成伤感、颓丧、绝望。

抓刺客的喊声已响在窗口，震耳发聩。

褒姒云儿在对视中达成默契：顾不得许多了，救人要紧！

褒姒看看蚩磊身形足够魁梧，浓密的头发以褐色鸾带结在头顶。和云儿匆忙拿来姬宫涅宽大的龙袍，套在蚩磊黑色夜行衣外面。掀开床上红绫被，搀扶着他上床。让他面朝里躺着，拉了红绫被盖住。又取了他头上褐色鸾带，拿来姬宫涅缀满珍珠的青色鸾带系住。云儿拿白色棉袱擦拭了窗口、地上和床前血迹，将袱子仍在墙角。褒姒急忙拿起几上八宝纹茶盅，倒了茶端在手里。

镂花红漆木门已被敲响，有人在门口喊话：

“快开门，我等奉命盘查刺客，不敢疏漏任何一处。”

褒姒云儿都把心提到嗓子眼儿，以惊恐不定的眼神对视。片刻，云儿轻轻开门，褒姒背门而立，端着茶盅站在床前。

一群侍卫站在门口灯影里，狐眼见到褒姒背影愣了一下神，忙亮出腰牌：

“褒娘娘恕罪，兰妍奉命搜查刺客！”

褒姒不回头，不搭理，只端着茶钟站在床前，柔声道：“大王，大王，你怎么睡到这里了，快喝口茶醒醒酒吧。”回头时目光冷彻，满面寒霜映暗满屋烛影，厉声斥道：“惊扰圣驾，尔等该当何罪！”

兰妍急忙躬身：“奴婢不敢，奴婢告退，请大王褒娘娘赎罪！”

褒姒冷脸斥道："知罪就好，还不赶快退下！"

狐眼带着属下悻悻退出，在琼台宫外边走边暗骂：

妖女，我第一次见你就恨你之极，你那狐媚子相本就该死！还在溪边作出那般贱样，想勾引我的马郎。什么褒府千金？瞧你那般打扮，必是一个下贱的丫头。不料你逃出天香楼，今日竟然成为昏王宠妃，爬到我头上来了！我若告密前事，只怕整不到你，反惹你两个妖女破釜沉舟，和我死拼。我已明白申后心意，咱们走着瞧！你不死，哪有我的荣华富贵？

朔风凛冽，呼呼地折断树枝。狐眼带着属下走上雪道，一股怨气无数发泄，踹了身边侍卫一脚："笨蛋！我发现那刺客在荟萃宫附近窥视好久，回去打个盹儿，你们却让他溜走！我一箭射中他大腿，他应该不会走远！你们去御苑各处搜查，尤其要盯紧荟萃宫！注意查看地上血迹，有什么情况，快来通报！"

她身后一个侍卫道："兰统领，下这么大的雪，血被雪埋住了，不好找。"

兰妍回头给他一个响亮耳光：

"抓不到刺客，我要你狗命！"看着侍卫们慌慌张张走远，兰妍搓着手回到住处，倒口热茶喝了，狐眼在灯光下流转出狐疑："不行，抓不到刺客，只怕娘娘会怪我办事不力。娘娘心思，应该是让妖女和妃嫔们相互厮杀，她作壁上观。我得赶快闹出点事来！除掉妖女才会天下大吉。"

思绪至此，她悄然掩门，不声不响朝荟萃宫走去。雪小了，风依旧叫嚣。似有若无的玉蕊映着宫灯，很快被风吹散。风从颈口袖口袭入，冷气直往毛孔里钻。她勒紧脖子里带子和腰里丝绦，听脚下积雪吱咛吱咛地响，风刮得面颊生痛。忽见前面荟萃宫方向走来一个宫娥。宫灯和积雪交辉处，映出那宫娥踽踽前行的步子。她提着灯笼缩着脖子往前走，在冷气的袭击下打了一个响亮的喷嚏。

兰妍敏捷地闪进树影里，待那宫娥近前，猛地窜出来挡住她，厉声问道：

"哪宫的？这么晚了，你慌慌张张行走，为了何事？"

那宫娥正是瑶嫔的贴身侍婢翠缕，瘦长脸冻得苍白，如同覆霜，目光畏怯，右手背在身后，怯声道："奴婢是荟萃宫的翠缕，奉我家娘娘之命，前去琼台宫。"

三

兰妍满面的威严，在雪地里更现凛然："看你鬼鬼祟祟的，定然不干好事！半夜三更去琼台宫？那可是个不干净的地方，你就不怕沾了妖气？"狐目放射出冷厉，直直逼视翠缕：

“你右手背在后面做什么？有什么不可告人的秘密？”

翠缕垂着眼睑，神情卑微：“奴婢不敢隐瞒兰统领！奴婢有下情禀报。”

狐眼绛红色影子伫立不动，指着她，一声怒叱惊颤树顶荒叶：“老实交代！”

翠缕左手捏着绿绫袄边，将右手拿着的碧玉箫递给狐眼看，战兢兢道：“褒淑妃今晚去看我家娘娘，留给我家娘娘这只玉萧。我家娘娘特命奴婢连夜送回去。”

兰妍的狐眼在夜色里如珠流转，面色有所缓和，拧着的眉毛扬起，对忐忑不安的翠缕道：“原来如此，冒雪支差，我很欣赏你，请跟我来！”

翠缕答应着，只得如履薄冰地跟着狐眼走，雪影、灯光、寒气罩着她，高高宫墙的影子压得她喘不过气，呼吸困难。两人走过池塘，走过假山，来在一个拱形白石桥上。翠缕随着狐眼在桥边驻足，见桥头竖一木牌，牌上三个红字：清溪桥。

桥上铺满雪冰，桥下水面结了一层薄冰，映着远处灯火，色彩斑斓，照出两人模糊身影。

耳旁风声呼啸，如同敌人八方来袭。翠缕望着自己在桥下的模糊倒影，不觉心沉沉下陷到暗无天日的洞里。悠长的无底感使她恐慌，憋不住仰头问道：

“奴婢急着回宫向瑶娘娘复命，请问兰统领有何训教？”

风声嘤嘤嗡嗡，夜色在身边缠绕、弥漫。远处宫灯倒影映着薄冰，闪烁着梦幻般的光彩。

狐眼暗自冷笑，指着桥下薄冰道：

“那里亮闪闪的，究竟是什么东西？你给我看明白了。”

翠缕不敢怠慢，急忙探身，低头，清澈双目在冰面上寻找：

“什么亮闪闪的东西？奴婢怎么没看到啊？”

话音未落处，兰妍忽夺过她手中碧玉萧，猛将她推进水里，狠命地将她探出的头往水里按着。翠缕几声呼救都在狐眼掌上截断。河水冰冷透骨、刺透心肺。她全身冷痛，如同刺进无数锥子。拼命挣扎、扑腾，溅起很高的水花，手胡乱在兰妍身上抓着，抓掉了一颗扣子，拽开了她的衣襟。可她的头被死命按着，沉下去，浮上来，往返沉浮，身子渐渐停止抖动。

褒姒云儿到窗外擦拭血迹已毕，回屋扶着面色苍白的蚩磊下床。褒姒声音惶急：“一个时辰已过，现在已近子时，这里不是久留之地，你快走吧！”

蚩磊勉力朝前走了几步，一个眩晕倒在殿柱旁，沉重的身子随着殿柱下滑，气喘吁吁道：“我……如何走得出去……”

褒姒搀住他，胸口起伏，满目焦灼：

“若是事情泄露，怕是整个琼台宫都要遭殃！”

云儿道："算你侥幸！幸亏大王今晚不在这里，我家小姐最是好心。你快走吧，若被狐眼识破就不得了了！"

蚩磊靠着殿柱脊背生寒，拔出腰中佩剑，扔于褒姒面前，闭上绝望双目，哀声道："请杀了我吧。"

褒姒五官纠结，挥泪摇手，凄凉的一声呻吟发自腹底："不……你见义勇为，是个好人……"她又一次想起瑶嫔当年在街头卖医，被狐眼抢钱，又被蚩磊所救，瑶嫔跪谢众人却没跪蚩磊之事。那时，他们的眼神似曾相识……

忽听门被敲响时褒姒魂飞天外，只听褒鮌压抑的的低声在门外响起：

"开门，快开门！"

蚩磊拼命摆手示意她别开门，褒姒面无人色不知所措，却听褒鮌在门外低吼：

"开门！我看到那个人了！"

褒姒忐忑、挣扎，终命云儿将门打开。蚩磊在她们身后紧张注视门口，目光惊恐、绝望、发抖。

褒鮌进来后转身栓门，扔给蚩磊一套绛红色侍卫服装：

"快，换上这个，我送你出去！"

蚩磊有些大喜过望，不及言谢，急忙在云儿、褒姒的协助下换衣。云儿拿着他的黑色夜行衣塞进床下。

第六十一章　暗取衣扣造冤案　芸萃宫里哭声惨

一

褒毓扶着蚩磊坐下，取出怀中金疮药，十分细致地倒在他流血的伤口上。

蚩磊感到一阵火烧般的痛，浑身颤抖。

她不顾他呲牙咧嘴，接过褒姒递来的白纱布和白棉，三下五去二裹住他腿上伤口，将白棉垫在出血处，止住溢出的血水。白纱布很快被血水洇红，蚩磊痛得发出颤音。

褒毓和云儿、褒姒借着夜色掩护，搀着他从后门出去，来在御马棚旁。褒毓毫不费力地牵出两匹黑马，扶着蚩磊上去，对惊恐不安的云儿褒姒亮出琼台宫腰牌：“放心！”

雪光清亮，映得宫城银装素裹。

二人打马离去的身影在雪地上渐渐模糊，雪光映亮褒姒兀立雪地的影子，风吹起鸾带嗖嗖生寒。

回到偏殿，褒姒看着云儿拿出床下的黑色夜行衣和仍在墙角的白袱，又揭了染血的床单、褥子，飞快地铰烂，点火烧了，将灰弄进壁炉。打开全部窗户，散出去满屋的胡焦味。

云儿扶着褒姒回到正殿，动作麻利地铺床，低声道：“小姐都冻坏了，快歇着吧。”

“睡不着，只怕狐眼万一得知大王不在宫里，如何是好？”褒姒脱去貂皮披麾和紫绫狐裘裙襦，换上缠枝梅花粉缎棉睡衣，抱膝坐在床上，忧心忡忡道。

云儿将绣着大红石榴的葛麻紫绫被拉好，欠身坐在床沿打着哈欠：

“谁都不会想到这层，请小姐安心歇息。”

看着云儿离去，褒姒依旧故我地保持着那个姿势，只是望着门口，盼着褒毓速回，劫难般的情绪使她不得片刻安然。

直到东窗露出一抹微白，褒姒在困意袭击下爬在膝上打盹，梦到狐眼把琼台宫所有人押往斩桩，指着褒毓吼叫：“先杀了这个犬戎细作——”

褒姒被结结实实地绑着，对狐眼哭喊：“请杀我吧！她是褒侯的千金小姐。我才是细作。”

刀斧手却不管不顾，第一个砍掉了褒毓的头颅，鲜血洒满彩霞横飞的天空。

褒姒大哭："啊——都是我害了你啊……"

却听褒毓的声音在耳边响起："别做噩梦了，他已安全离开。"

褒姒感觉胳膊被揪得生痛，睁开眼却见褒毓站在面前，朝她瞪着眼睛，斥道：

"你敢情是不要命了？你根本不该救他！"

褒姒从梦中惊醒，呆呆看着她高挺的鼻梁，凤眼褐瞳，细腻的皮肤，微黄的头发，淡黄的眉毛和密实的羽睫。

褒毓的红唇皓齿一张一翕："冒着被砍头的危险，救一个素不相识的人，你简直疯了！"

褒姒望望紧闭的殿门，下床跪地，拉住褒毓手，仰头，如水明眸流泻愧疚、歉意、感激："姐姐，上天有好生之德，救人一命胜造七级浮屠。我见过他，他是个狭义之士，我替那位英雄拜谢你！"

褒毓气吁吁甩开她，转面窗外曙光，双眸凝寒："我只是为救我们自己，不用哪个感激！也不管什么侠义不侠义！"

褒姒站起来，转到她面前，拉住她手：

"姐姐冷面热心，侠骨柔肠，世上罕见，褒姒佩服之极！"

褒毓不语，洒下一串冷笑出去，在涌进屋子的晨曦里，留给人一个模糊难辨的背影。

朝霞越窗倾泻在墨绿锦毯上，裹着瑶嫔颤抖的身子。她坐在冰冷的地上嚎啕大哭，几个宫娥跪在她身后悄悄抹泪。

她们的面前是翠缕僵硬的尸体，身上的冰渣逐渐融化，将墨绿的撒花锦毯洇湿了一大片。

申后带着兰妍、墨竹等一帮宫娥寺人进来，默默站在痛哭的瑶嫔身后，良久。

兰妍的声音清脆得像枝头黄鹂："瑶娘娘，王后在这里呢！"

瑶嫔的哭声断断续续止住，转过僵冷的身子，匍匐在申后面前，颤抖的手抓住她殷洪如血的裙摆，嘶声泣语："娘娘，臣妾只有这一个贴心侍婢，她突然就这样了。请娘娘替臣妾做主啊……"

二

申后的纯金后冠映着朝霞，光彩夺目。五彩銮佩，翠玉指环，银白指套，十锦绣彩鸾凤头靴。她弯腰拉着瑶嫔，深雕细刻的满目悲戚：

“事情已经发生，请节哀顺变保重身子。”

瑶嫔喘息着，伏地不起，将悲哀、伤痛、怨恨等情绪憋回腹底，凄声哭诉：“昨晚褒妃来看我，留给我碧玉萧，说是她家传之物。我不堪其重，命翠缕连夜送回去。不料翠缕一夜未归，今早起来，值班寺人就将她尸体送回来。臣妾进宫以来孤苦伶仃，就翠缕这一个贴心人，如今无端遭此横祸，求娘娘为我做主啊……”

申后被宫娥们扶着落座，命宫娥搀起瑶嫔，满面伤感语声悲沉：

“妹妹宫婢无端殒命，六宫惶恐，本宫甚悲！我一定要禀明大王，让内务府和慎刑寺介入调查此事。捕捉真凶，为翠缕申冤、报仇。望妹妹节哀、宽怀。”转面狐眼：“兰统领，本宫接到报案即命你彻查，可有什么蛛丝马迹？”

兰妍躬身抱拳：“娘娘，在下带人去了事发地点，没发现什么可疑人物，也没见打斗痕迹。或是这宫娥走路不慎，失足落水？”

瑶嫔闻言哭声大作：“不会的，断然不会失足落水。昨晚大雪，天寒地冻，她奉命去琼台宫送萧，何故绕那么远的道去清溪桥？如今她手里也不见了那短命的玉箫，必是被人诬害，抛尸桥下。翠缕，你好可怜啊……”哭得一咏三叹，摧心折肝，众人无不低头抹泪。

申后扭头身边墨竹：“太医到了没有？”

“老朽来迟，娘娘恕罪！”一个发须灰白、满脸枯皱的驼背老太医背着药箱，应声而进，对申后跪礼。

申后满面凄容，伸臂：“钱太医，休要施礼，快去验尸。”

驼背太医腰躬得像要倒地，先是翻开翠缕眼皮和嘴唇，又仔细查看身体各处，目光在尸体某处停滞一刻，掰开她僵硬的手指，发现了一颗紫色葛麻扣子，急忙交与申后道：

“不见外伤，乃是溺水窒息而亡。凶手将她溺毙在水里，也是有的。这颗扣子，应是从凶手身上揪掉的，请王后圣裁！”

申后接过扣子一看，见这颗紫锦覆面的布扣，做得十分精致。她高高举着紫扣，环视众人：“你们看好了，这是紫色衣服上的扣子。凶手必是穿紫衣者。”

又进来一群看热闹的妃嫔，对申后行礼，各带随侍将屋子挤得满满的。众人面面相觑，又窃窃私语，再低头无言。

兰妍道：“娘娘，应该排查各宫，寻找那件丢失了扣子的衣服。”

申后抑着情绪，面上不动声色：“兰侍卫，陪我各宫搜索，查找凶手。本宫向来公正无私，定要杀人者偿命。”

朝霞在梅枝上横飞，褒姒命寺人铲除了琼台宫周围的雪，褒毓亲自沿着窗口收拾被雪覆盖的血痕。

昨夜无眠，又一早劳累，早膳后头昏昏晕晕，褒姒正在床上小憩，忽闻宫外人声大作，急忙探头道："外面何故喧哗？"

云儿从外面小跑进来，手中抱着红艳艳的梅枝，面色慌张道：

"听说昨夜出了命案，王后带着兰侍卫，正往咱们这儿搜索来了。"

褒姒想起蚩磊，不由吓白了脸，欲穿鞋下床，脚却钻不到绣花凤靴里，急了一头汗。

云儿急忙过来帮她穿上凤靴，申后已带着兰妍等一大群人冲了进来，迎面笑道："执行公务，打扰了妹妹好梦，祈请宽容。"话毕收尽笑容，厉声道："搜！"

兰妍带着众人翻箱倒柜，专捡紫色衣服挑，查看扣子。找到一件紫锦夹袄时她笑得像主持律法的司寇查到凶器，拎着它来到申后面前："娘娘，你看。"

申后拿出布扣仔细对比，它的花色、面料和这件紫锦夹袄完全一致。她面无表情地将扣子递给狐眼："公正办案。"

褒姒不知所措，面色惨白呆立着。

三

云儿和琼台宫所有人看看布扣和紫锦夹袄，满面恐惶，如同等待被老虎吞食的小动物。

狐眼左手布扣右手紫锦夹袄，在屋里走了一圈，让所有人看得明白，语声干脆："荟萃宫翠缕被杀，手里拿着这个扣子。凶手再狡猾，总也逃不过正义。"拱手申后："讨娘娘示下！"

申后正待发话，瑶嫔被宫娥搀着进来，哭着扑向褒姒，胡乱撕打着：

"好你个妖女，为何害我宫婢？本宫今天和你拼了……"

褒姒被撕打得钗乱鬓松，身如落叶飘摇，直觉百口莫辩，张着嘴说不出话来。

褒毓分开人群冲过来，拽开瑶嫔又猛地一摔。瑶嫔踉跄后退着倒在地上，发髻散乱，衣衫不整，膝行向申后，哑声哭嚎：

"娘娘，你要严惩凶手，为臣妾做主啊……"

申后指着狼狈、慌乱的褒姒，满面悲悯，深深一叹：

"唉！本宫不能徇私枉法。兰侍卫，将杀害翠缕的凶犯褒姒带走！"

褒毓拦在褒姒面前："申后娘娘，就凭一个扣子不能定案！"

拥进来的众妃嫔指着褒姒喧嚷不休。褒姒哭喊：

"臣妾没有杀人，臣妾冤枉啊……"

申后将神一般悲悯的目光投向褒姒："妹妹，事已至此，你狡辩无力。姐姐执法，迫于无奈，宫娥惨死，众愤难平，得罪了！"面色悲郁、苍冷："将凶犯褒姒押下去吧……"

云儿已请来姬宫湦，他在门口大叫一声："慢着！"

众人急忙跪礼。姬宫湦走得气喘吁吁，听申后说明情况，又查看了扣子和褒姒的锦衣，沉吟着，叹息着，只说缺乏人证，不能定罪。说完，安然落座。

一个侍卫匆匆进来，跪地禀报："大王，王后，找到了死者丢失的碧玉萧。"

申后探着身子，瞳孔紧缩："起来说话，在何处找到的？"

那侍卫站起来，微窥众人："在琼台宫后面的树林里。"有些忐忑地，将箫呈给姬宫湦。姬宫湦看罢递给申后，申后递给瑶嫔。瑶嫔嘶声哭号："是，正是这萧害死了我的翠缕！"

褒姒云儿皆大惊失色，面色变幻莫测，目光慌乱、惊恐。

众妃嫔窃窃私语，交头接耳，共同射向褒姒的目光带着各不相同的复杂涵义。

申后阴鸷目光盯着姬宫湦半天，意味深长：

"翠缕死前拿着的箫遗落琼台宫，死后手里攥着褒妃的扣子。事实已然明晰。请问大王，这后宫之事，你和臣妾谁处理比较妥当？"

姬宫湦两眼余光微窥众人："当然是王后你了。"

申后微笑扬声："来人！把凶犯褒姒押进大牢。"

姬宫湦环视众人，目光变得剑一般锐利：

"慢着，在真相还没弄清之前，我相信褒妃，她不会杀人！申茳啊，一定要谨慎行事，一旦冤枉了好人，便会导致真凶逃脱，亡魂九泉之下也难瞑目！"

申后在姬宫湦身旁坐了，凝目地毯上图案，说话不疾不徐：

"瑶嫔证明，翠缕死前是去给褒妃送箫，死后手里又攥着褒妃衣服上的扣子，这难道还不能说明问题？宫廷命案非同小可，大王，我们不能姑息养奸。"

瑶嫔哭着跪拜："大王，王后，褒妃杀了我的侍婢，请替臣妾做主啊！"

一人挤出人群，跪在帝后面前，正是褒毓。她叩头道：

"大王，王后，可否听在下一言？"

申后暗中咬牙，语声冷硬："这里没你说话的份！"

姬宫湦面露微微笑意："褒侍卫有何话讲，请站起禀奏。"

褒毓站起来，垂手而立，敛眉含目：

“如今天寒地冻，大王王后请看在场诸位，有没有人穿着秋天的夹袄？”

所有人都看看自己身上衣服又看看别人身上衣服，不敢做声。

第六十二章　宫娥寻扣被射死　狐眼销毁物证急

一

褒鯀气度从容地走近申后，深深一揖：“王后娘娘，请借物证一看。”拿起褒姒的紫锦夹袄和扣子，环视众人：“这件衣服是秋季衣服，褒娘娘早就放在箱底。我想是有人恶意栽赃，提前取了锦衣上的扣子。昨夜溺死宫娥后，塞进她手里，以混淆黑白。”

门口的光柱映出无数尘粒，起伏如群魔共舞。风携着梅香从窗口扑进来，卷起帷幔，在锦毯上荡起巨大阴影。众人在阴影里面面相觑，脸色莫测。

一缕阳光照亮姬宫湦暗沉已久的脸，他鹰眸在光影里闪烁：

“褒侍卫言之有理！”

兰妍和申后目光一触即开，跪地，水波潋滟的狐眼转了几转，满面的庄严：

“大王，王后，若是凶犯故意穿着秋季衣服作案，混淆视听呢？”

姬宫湦目光里阳光散尽，立变冷寒，猛地一拍椅子扶手，一声怒吼如起惊雷：

“兰妍休要胡言，断无此理！这么冷的天，你可敢穿着秋衣去清溪桥走一趟试试？”他站起来，拉起呆立已久，神情冷寂如风中梅花的褒姒：“爱妃，梅园梅花开得甚好，孤王想让你陪着赏梅。”扭头申后，不怒自威：“王后，你也累了，歇歇吧！传旨，此事干系重大，移交内务府和慎刑司处理。”

他拉着褒姒朝宫门走去，一派气定神闲。众人让路，云儿褒鯀紧紧相随。

姬宫湦拉着褒姒走出游廊，走上丹墀，褒鯀等一群宫娥寺人、侍卫在后面跟着。他见万缕阳光将一个冰玉般的美人映得益发美艳，只是面色一如既往的阴冷。姬宫湦攥紧褒姒手，神情莫测：“如此娇花美玉，切莫动杀人之念啊！”

褒姒随着他往丹墀下走，不由一个磕绊，颦眉不语，眼里涌出泪珠，很快被风吹散。

虢石父急步走向丹墀，对拾级而下的君妃跪地行礼：

“参见大王，淑妃娘娘。”

姬宫湦走下台阶，伸臂道：“虢太史不必多礼，起来叙话。”

虢石父跪地不起，双手举着一个匣子：

“微臣闻听褒娘娘睡眠不好，特献上千年灵芝。它有补血安神、美容养颜之效。微臣愿大王万寿无疆，娘娘千岁美颜不老！”

姬宫湦笑得如光风霁月：“难得虢爱卿一片忠心，快快起来。”

内侍王进接过虢石父手中匣子，递给云儿。

虢石父说着谢恩，站起来，拍拍膝盖，甩甩袍袖。

一个粉面亮眼的紫衣寺人匆匆走来，禀道：

“银月城守将和褒晌国丈匆匆来京，说淮夷二王子在岭表招兵买马，结集天下豪杰。大臣们议论纷纷，齐聚崇政殿外候旨。”

姬宫湦袍袖一摔：“摆驾崇政殿！”扭头轻拍褒姒权作安慰，大步去了。

看着一群人簇拥着姬宫湦离去，云儿和褒毓对视，急忙拉着褒姒顺着御道往前走，一手抿着被风吹乱的鬓发道：“咱们赶快离开，免得等会遇上瘟神出来。”

褒姒在宫墙拐角处回头，看到一群人已拥着申后走下丹墀。褒姒心有余悸，抚着胸口：“不知我那件紫锦夹袄上的扣子什么时候丢了？此事大为蹊跷！”

云儿的细长眼在阳光下流转出狐疑：“秋末时我已全部收拾了这些秋装，拿到浣衣局去洗，洗完很久才拿回来，放在衣柜里。真是奇怪，不知何时就丢了扣子。”忽一拍头：“想起来了！那次我从浣衣局洗完衣服回来，路上碰到狐眼。她说荟萃宫银票丢失之事没有结案，要仔细检查，把衣服来回翻了几遍，那件紫锦夹袄也在其中。后来天冷了，这紫锦夹袄就一直放着，咱们当然不知道它早被促狭鬼摘了扣子！”

二

褒姒骤然明亮的眼睛证明着恍悟：“为洗脱罪名，须得去事发现场看看，也许会找到蛛丝马迹。既然别人以扣子诬陷，也许，翠缕被人害死前，的确在凶手身上抓掉了什么东西。天网恢恢，害人者总会露出蹄爪。褒侍卫，你和云儿快去清溪桥寻找证据，若遇到鬼鬼祟祟的可疑人，即刻抓捕！”

褒毓的绛红色袍摆在风里微微颤动，神情庄严：“属下遵命！娘娘请回。”

白桥，残雪。

白云漠漠，冷风潇潇。地上积雪在阳光下徐徐融化，宫殿飞檐前的冰条尾部衔着淅沥水珠，落在地上嘀嗒嘀嗒的响，形成数个细小的水涡。

褒毓和云儿沿着松林往清溪桥走，脚印里露出斑驳的黑色痕迹。鸟鸣阵阵松涛声声阴风凄凄，两人不由抱起膀子。

脚下地面有些湿滑，云儿站在松林边，眼神怯怯地朝清溪桥望去，见白石为栏的清溪桥沐浴在灿烂阳光里，一片皓然。几只麻雀在桥栏上飞来飞去。桥下，正在融化的薄冰上飞速掠过一群水鸭子。云儿悄悄拽住褒毓，声音颤抖：

“小姐，我怕鬼。”

褒毓伸手折断松枝，弹掉上面积雪，弄湿了指头，洒在前襟几滴雪水。她望着在桥栏上飞跃的阳光，目流不屑：“我从没见过什么鬼，倒是觉得人比鬼更可怕！”目之所及处，一个宫娥东张西望而来，淡蓝色宫装的身影，在无边雪地里异常渺小。

褒毓迅疾拉住云儿隐身于松林，借着松树向桥边瞭望。

那宫娥似乎很怕冷，缩头缩脑的，望望白石桥栏，目光四下巡梭一番，低着头，搓着手，一直走到桥边。

桥上弱小的麻雀被不期而至的大物惊飞，斜刺里掠向松林，细小的爪子拍落枝头残雪。

褒毓云儿藏于树后，见那宫娥在桥边低头寻找什么，找来找去很是仔细，又弯腰探身，不住地朝水里张望。

忽看到那宫娥的左耳被红色胎记覆满，正是那晚被兰妍以“通奸相逼”的寿仙宫宫娥。

褒毓的呼吸变得急促，攥着云儿的手越来越紧：“她乃是狐眼差遣！”

说话间，已看到那宫娥在桥边捡起什么东西，捧在手里如获至宝，带着庆幸的笑容看看四周，撒腿就跑。

褒毓飞鸟般从树林里掠出，拔剑扑向那宫娥背影，声音尖利道：

“哪里走！”

那宫娥分神间脚步略迟，刚狂奔不远，即被褒毓的青铜剑逼上脖子。她扭头朝褒毓瞪眼，面上几无惧色：“琼台宫的褒侍卫，光天化日之下你就要行凶么？”

褒毓冷冷一笑，目射凌厉剑气：“交出物证，饶你不死！”

那宫娥眨眨眼，莫名其妙的样子：“什么物证，我在寻找前天丢失的耳珠。”

褒毓将剑慢慢滑向她的手腕，稍稍加力，她手腕已有血迹流出：

“老实交出物证！再施奸猾，我便砍了你这爪子！夺了物证到褒妃娘娘那儿复命去。”

那宫娥痛得面容惨白，鼻尖浸出细密汗珠，颤声道：“褒侍卫饶命啊……”

褒毓收回剑势：“快交出手中东西！”

那宫娥面朝褒毓背朝松林而立，阳光映出她满面的挣扎、凄楚、恐慌、无奈，极不情愿地，缓缓伸出手臂，轻描淡写地，眨着眼睛笑道：

“何来物证？只不过一个扣子。”

褒毓紧张盯视着她手，一瞬不瞬。

一束银光自松林射出，夹着劲风直奔那宫娥后心，她身子猛地前倾，栽倒在雪地上。一粒绛红色扣子从她手中弹出很远，在雪地上发出血色光芒。

三

褒毓极为敏捷地捡起扣子，扔向慌忙奔来的云儿：

“快回宫，交与娘娘！”一个纵身，向松林掠去。

云儿捡起沾了雪水的扣子凝视，在衣服上擦去水渍，紧紧攥在手里：“这扣子和褒侍卫身上的一样，该是狐眼掉的。”松林里传出厮杀声，云儿眸光疾转：“猜的不错，果然是狐眼奸计！待我赶快禀于娘娘！”一念起处，撒腿就跑。

松林里，叶落雪地，鸟鸣枝头。褒毓追着蒙面人不放，缠斗不休。剑光闪闪，烁如羿射九日落，矫如群帝骖龙翔；来如雷霆收震怒，罢如江海凝清光。

黑衣蒙面人见对手凶猛，也不恋战。一个夺命招数迫推褒毓，纵身一跃，凌空一个烟雾弹阻断她视线，飞一般逃走。

狐眼在门前背抄手而立，暗忖：马郎去监视婢子，说有事就放烟雾弹。如今松林里起了烟雾，想是那婢子已有去无回。她黯然叹息着回屋点火，烧毁了藏匿柜底的绛红色侍卫服。

褒晌朝事已毕走出崇德殿门，迎面一阵风，吹走了在雪地上辛苦觅食的雀儿。他走下丹墀，眉眼间沧桑依旧，对侍立的随从们说：

“去琼台宫，拜见娘娘千岁。”

一行人经过处，雪地上留下一行深深浅浅的黑色脚印。

褒晌微翘的浓眉里掺了银灰，如同霜染。嘴角被松弛的面肌牵引，有些奋拉。沿途见宫殿雄伟草木萧疏，唯各处梅花欲耗尽青春召唤春天。

经过清溪桥时，他看到桥下一泓碧水，波光粼粼。

琼台宫的廊檐下，两个寺人正在把顺着前檐下滴的雪水扫走，雪水沿着丹墀的石阶蜿蜒下淌，在丹墀下积成一片水洼。

一个宫娥看到褒晌等人走来，急忙进去通报。

褒姒带着云儿等宫娥迎了出来，在大门以里碰面。

褒晌紧走几步，跪地道：“微臣拜见娘娘千岁。”

褒姒站在梅树旁，花与人面相映生辉。她心中万绪奔涌，抑着激烈的悲绪道：

“父亲大人快快请起，宫里叙话。”

随从们皆在前殿喝茶，褒晌随着褒姒来到内殿，见蕊宫阆苑，琼楼玉阁，锦绣罗帷重重，一应物品皆华贵不凡。

褒姒行走处佩环叮铛，跪地，目含清泪：“褒姒拜见父亲大人。”

云儿亦含泪跪拜于地。

褒晌一手扶起一人，褒姒引着他在铺着红锦的紫檀木几前坐下，云儿命宫娥们上了茶水，小茶果子。众宫娥退下，父女二人喝茶叙旧片刻，褒晌挥泪道：

“娘娘救我褒家于水火，恩同再造。我已命人在宗庙塑像，香火祭拜。”

褒姒端起缠枝梅花青瓷茶杯，淡烟缭绕之下，是她略含悲怨的双目，语声凄哀：“时也，运也，命也，万事不由人。褒姒既入深宫，便也安之若素。但有一事相求，还望父亲大人成全。”

褒晌端起青瓷茶杯，一口气喝下一半，擦去唇角水渍，闻言一愣：

“娘娘如今金枝玉叶，矜贵不凡，能有何时相求？”

褒姒端起风纹青铜壶给褒晌添茶，看着龙井绿丝上下翻涌，又如此时心绪：

“褒姒薄命，十二岁时与父母失散，做梦都想寻回双亲。”

褒晌苍颜转暗，锐利的目光向门口一扫：“微臣明白，微臣一定留意于此，暗暗察访。但娘娘这边，千万不可泄露半句！”

褒姒站起来，伏地跪拜：“父亲大人恩德！女儿明白其中利害。深宫内苑，不可多说一句话，不可多行一步路，处处陷阱如履薄冰。女儿一定牢记父亲训教。”

褒晌忙搀起她，谈起申后心机，及她父亲申侯手握大周半壁河山，提醒她千万留意。褒姒掩着许多欲说还休的心事，凝重点头，左等右等不见褒毓进来拜见，耳语云儿出去寻找。半晌云儿回来，在门口向褒姒摆手。褒姒来到门外，云儿附耳道：

“她刚才回宫复命，听说褒侯来却不拜见，转身就走，真是奇怪。”

第六十三章　兰妍计诱褒洪德　淮夷太子横空来

一

褒姒回屋落座，褒晌以殷切期待目光看她，忍不住道："不知毓儿她……"低头一叹："这孩子，和杨氏不合，脾气古怪些，还望娘娘担待。要过年了，也不能相互走动，唉！"

褒姒抑着愧疚，温声道："真是不巧，姐姐有事出去，没在宫里。我们在此还好，父母亲休要挂怀。"

片刻后褒晌满怀遗憾地拜辞，褒姒和云儿在宫门外的丹墀上目送，看着他一袭紫袍在视野里消失，褒城过往，历历在目。褒姒满怀的伤感，不知不觉落下泪来。

下雪不冷化雪冷。太阳高照，空气冷得势要割破血管。宫娥寺人手缩在袖管里不愿伸出来。云儿拉着在往事里呆滞的褒姒手道：

"小姐别伤感了，这儿好冷，咱们回去吧？"

褒姒指着在宫门前广场上往返搬运木材的一群寺人道："他们在做什么？"

云儿搓着手，缩着脖子道："要过年了，这可是宫里最隆重的节日。大王诏令内侍监搭建歌台，用于正月里一连七日的温酒赏雪盛宴。听说过年时大王不仅要带众嫔妃守岁、筵宴、祭祀，还要在年夜里钦赐羊脂膏给带着夫人进宫拜年的近臣，即意味着赐予他们无上的荣光、恩泽。我还听说，凡去寿仙宫贺岁拜年者，申后皆重金打赏……"

褒姒若有所思，拉着云儿手回到内殿，边在壁炉上取暖边道："等到过年时，我要亲笔写福、寿二字，送给文臣武将。"

云儿闻言喜笑颜开，拍手赞道：

"这当然好，给大臣们娘娘的墨宝，也算是无上恩德。"

褒姒到一旁花梨木几上练字，云儿磨墨。白帛边上压着纸镇，一侧放着玉石笔搁，修竹纹青瓷花瓶里插着妍妍的梅花，陈色物品被靠墙摆放的几株四季海棠盆景点缀得赏心悦目。后壁上悬挂着武王伐纣图，波澜壮阔中亦现往事峥嵘。

周幽王二年除夕，阖宫欢庆。也是褒姒进宫以来第一次过年。早有礼辅内侍安排了宫中除夕宴和大年初一朝拜的一切器物。

依照仪制，守岁筵席照旧设在寿仙宫正殿。姬宫涅居于正中首座，申后褒姒左右陪着。嫔妃们分列席坐，各自使尽浑身解数说笑话凑趣，以显示自己，以讨帝后欢心。每人身后站着两名随侍宫娥。一时殿内脂香粉浓，莺声燕语嬉笑不绝，热闹喧天。

嫔妃们坐的席子上皆是鎏金青铜貔貅四角做镇，另铺了兔毛座垫。垫上十锦绣石榴、荷花、梅竹，做工精美细致。大家边说边笑，吃着果子喝着茶，边欣赏高台上艳美歌舞伎的精彩表演。乐工们敲打磬钟，吹拉着管萧倾情伴奏。另有小部乐坊弟子男女混杂，梳着双鬟，一番空中跳转，用清亮的童声唱着“祝我大周千载昌盛、祝大王娘娘万寿无疆”的贺词。

姬宫涅喜笑颜开命人嘉赏。接近子时，王后从宝座上徐徐起身，带领众嫔妃向姬宫涅敬酒，齐声祝贺大王新年快乐万事胜意，祝贺大周江山继往开来长盛不衰。

正月结束时狐眼奉命来在褒城，身上十锦绣牡丹绸面狐裘，头上插着粉红绢丝宫花别着金凤钗，脸上涂脂抹粉，花枝招展地在褒府门前的大街上东张西望。见青石铺路的大街热闹非凡，街东边焚香点火祈祷平安，街西边结彩铺毡迎娶新人。一些摆摊的高声吆喝着做买卖，一群小孩在街边蹦跳着欢唱。

狐眼在墙上贴完告示，买了一串糖葫芦递给一个梳着双鬟的小女孩，指着告示笑道：“这里贴的是首好听的歌，你们若是唱会了，会受到所有人夸奖。”

那小女孩看着狐眼扭着粗腰去了，对身边的小伙伴笑道：

“那个妓女骗人吗？”

小伙伴们都跃跃欲试，便围住一位过路的年轻男子，指着墙上告示：

“叔叔叔叔，这是一首好歌，你教我们认认字好吗？”

那男子凝目告示，朗声念道：

“褒城幽冥到后宫，祸害大周的妖精。有朝一日妖风盛，万民涂炭何聊生。”

他在小孩们的热烈要求下念了几遍，又望着沐浴在阳光里的巍峨褒府，若有所思地离去。他身后，几个孩子七嘴八舌地背词、高唱起来。

褒洪德和燕虹打马由远而近，马背上驮着野兔等猎物。他听到歌声急忙下马，看到告示赫然色变，慌忙揭下来，明朗双目激射出缕缕不绝的愤慨、狐疑，暗暗揪心道：姒儿，流言蜚语要人命啊，你可懂得自处？

燕虹偏腿下马，拧住一个小男孩黑红的脸蛋，怒目圆睁地恐吓：

“不准唱，再唱我撕烂你的嘴拔了你的舌头！”

那津津有味地吃着糖葫芦的小女孩吓得摔了糖葫芦，大哭起来：

“呜呜……都是那个黑胖子妓女害了我们……”

狐眼一路打马如飞离开褒城，粗壮的身子随着马蹄腾跃一起一伏，面凝笑意，自语：“褒洪德看到这个，必然要去镐京会见妖妃，哼哼！”

她越秦岭过渭水，一路快马加鞭，这日中午来在宫城南门明德门。马三迎上来笑道：“兰统领，在下已恭候多时。褒府内线消息，褒洪德已经偷偷上京来了。”

“来的好，但教他有来无回！”狐眼目中戾气骇人，说着一扬手，和马三一前一后进入城门，在寿仙宫正门前的丹凤门广场下马，将马交与迎上来的食马寺人，和马三告别，独自沿着平整御道进入寿仙宫，拜见申后。

二

内殿熏香很浓，充斥在鼻息中。垂首立着的宫娥面无表情如同石雕。

申后手搭在一侧的玉石手搭上，涂着丹蔻的水晶指甲莹润剔透，听完狐眼汇报，说话保持着人们夸赞的老练、沉稳：“嗯，你干得不错。”忽轻蹙眉毛，扭头看狐眼：“褒洪德大概何时赶到？”

狐眼微微一笑：“他明天中午应该到了。”

申后姿势不改表情依旧：“盯紧琼台宫，明日白天若不见褒洪德影子，好戏应在明晚。”

狐眼忙不迭点头，面有得色：

“明天恰逢褒毓当值巡逻，不能留守琼台宫，但大王……”

申后似是乏了，双手放在膝上，身子向后一仰：

“甚好，姬宫涅这儿有我，你放开手脚。”

夜晚华灯竞彩，大周后宫不亚于白天的繁华。褒姒洗漱已毕看着云儿去了，正要上床，见掩上的门被猛地推开，一个黑衣人进来取下面巾，目光灼灼：

“姒儿……”

褒姒见是褒洪德惊得猛地跳起来，语无论次：“你……你怎么进来的？”

褒洪德麦色脸庞千绪纠结，上前拉住她手，悲哽难言：

“姒儿，对不起！我让你进宫受惊受怕受屈辱了……”

褒姒急忙挣开他，惶急、焦虑：“你不该这样进来，这很危险！”用力推搡他：“你快走！”

褒洪德被她推得后退了几步，脸色因痛楚而惨白：“姒儿，你在记恨我？为了褒府、为了你能平安活着，我只能绝情，我只能一刀一刀切割自己……”他疯狂般回拳捶打胸膛："我言不由衷我自欺欺人……我混蛋，我看不起我自己！"

褒姒哭着抓住他手止住他疯狂，累得喘息不已，悲痛不已，流着泪呆成一尊冰雕。

她曾想用尽一生心力，和他踏刃而舞，丘陵山脉，城垣桑林，无论王家陵阕，还是神灶庙堂，都留下他们的缠绵身影。禅是春风化雨，化作了无所不在的风流和绸缪。如今，一切已成为烟梦往事。

在褒洪德滔滔不绝的忏悔里，过往种种纷至沓来，宫廷委屈齐集胸怀。奈何桥头叹奈何，天上人间远相隔。道不出伤心语，流不尽悲念泪。褒姒一阵气血翻涌，觉得深陷于一大团灰色迷雾里，不能自拔。身子晃悠悠向后倒去，却被褒洪德揽住，紧紧拥着："姒儿，姒儿，知道我多么想你吗？相思锥心，每夜如在冰宫行走，将蜂之针蛇之信对着自己，那种滋味不堪忍受啊！"

耳听门外人声大作，云儿衣衫不整乱着头发进来，大嚷：

"少主快走！小姐，狐眼来了！"

褒姒推开褒洪德，面色煞白，浑身颤栗："怎么办，怎么办啊……"

不知所措的褒洪德被云儿拽着来到后窗。云儿利索地打开窗子："少主快走！"褒洪德回头看着褒姒惊恐的眼神惨白的脸，刚一跳到窗外即被数把剑逼上胸膛。

褒洪德绝望闭目，却听身边一阵惨叫。睁开眼见持剑者纷纷倒下，一个侍卫拉起他就跑。

他们身后灯笼火把闪耀，喊杀声如同潮水此起彼伏。

褒洪德被那侍卫拽着进入琼台宫后面的树林，偌大的树林绿芽初萌鸟声啾啾，蝙蝠横飞。

眼看无数的灯笼火把朝这里奔来，那侍卫寒星目闪烁，脱下外套扔给洪德，露出一身黑色夜行衣，苍俊脸奔放豪迈："快换衣服，快走，我在这里断后！"塞给他一个荟萃宫腰牌。

褒洪德看看飞一般由远而近的火把，喊杀声横空，声音冷硬：

"不行！你会被他们抓住！"

黑衣人目光收紧，断然道："别婆婆妈妈了，你出事会害了褒妃和你全家！"

褒洪德头一懵，有什么东西在脑子里轰然炸开，攥着那腰牌，神思暗转着换了衣服，回头已不见那人。听身边虫声东西，头顶寒星闪烁，又听抓刺客的喊声在树林外大作，倏忽远去。

褒洪德抿着冷汗走出树林踏上白石甬道，阁楼闪烁的宫灯映着被雾水打湿的地面，走在上面有些滑腻。他看着面前纵横交错的道路正不知该逃向哪里，倏见褒毓领着一队侍卫迎面走来，一个侍卫扬手朝他喊话：

“哪宫的？鬼鬼祟祟在此作甚！”

三

褒毓看到褒洪德的侍卫打扮稍有愣神，即快步走近，冷冷瞪着他：“新来的李原，你又在这儿偷懒？”挥手命侍卫们先行，扭着他来在宫墙拐角的僻静处，看着他的侍卫衣服，低声怒吼：

“企图私会淑妃，你不要命了吗？就不怕姬宫涅诛灭九族？”

褒洪德目中慌乱、惊怕一闪而逝，望着侍卫们的背影，有些气急败坏，嘶声道：“我只想看看她，并未私会之意。无奈虹妹妹不依，藏了礼服不给。毓妹妹快救恩人！若不是他，我就完了。”

夜幕四覆，树林黢黑，宛如潜藏着无尽危机。褒毓拧住他手腕不放，褐瞳放射出剑光：“并未私会之意？为何乔装改扮？你不是说过褒府下人只是工具吗？你这样来见她只会害她，也会害了褒府！”眸光一转，面色更寒：“救你恩人？他是谁？我为何要听你的？”

褒洪德猛地跪地：“毓妹妹，情势危急，来不及解释，快去救我恩人！”

褒毓拉起情绪激烈的褒洪德，塞给他琼台宫腰牌：

“你快走！否则会害了褒姒。”

褒洪德推开她，惊诧不已地望着小自己几个月的同父异母妹妹，分别数月，已读不懂她的决绝、冷漠。他神情一如既往地桀骜：

“我不走，除非你答应救我恩人。”

褒毓在夜幕下摊手：“什么恩人？让我怎么救？追杀他的是寿仙宫侍卫！”

褒洪德指向夜幕里喧嚷的方向：“若不是他，被追杀的就是我。你不救他，我这就去跟他们拼了！”撒腿奔向嘶喊声缕缕不绝的方向。

冷风嗖嗖透过锦袍袭身，褒毓飞奔着横剑拦住洪德：

“你快走，我答应救他！”

见她递来腰牌，褒洪德也掏出一个腰牌：“不用，我这儿有，恩人给的。”

褒毓在影绰灯影里看到腰牌上的荟萃宫三字，一抹冷笑起自眸底，孑然而立，直看着褒洪德身影在白石甬道尽头消失。

青铜壁炉里炭火明灭，绰绰灯影伴着满室的冷清、死寂。褒姒在屋里泪水涟涟坐立不安，见云儿披着一身寒雾进来，急忙迎上去问：“外面情况如何？他……”

云儿的鬓发在脸上抿着，擦着汗，脱去葛麻袄，露出水红绣百合夹衣，上气不接下气道："我藏在寿仙宫外的树丛里，看到他们押了一个浑身是血的人进去，却不是二少主！"

褒姒错愕、狐疑交织："难道他们抓错人了？这怎么可能！"

云儿满面的不可思议和惊喜，压低声音道："可不是抓错人了么，那人看来也是夜闯深宫的。和二少主差不多高，像大王一样魁梧。"云儿比划着说着，突然恍悟："哦，那人好像那次负伤、藏在咱们宫里的淮夷太子……真是奇怪，我看到瑶嫔娘娘鬼鬼祟祟躲在树影里哭呢。"

褒姒想起在褒城与瑶嫔的那番遭遇，脑子里灵光一闪，望着黑乎乎的窗口，呓语般地道："难道他们渊源不浅？"转面来语声迅疾："云儿，快去找褒侍卫来！"

云儿答应着往外飞跑，在门口和匆匆进来的褒毓相撞。褒毓边往里走边回瞪云儿，脚步又快又疾。褒姒闻声掀开帷幔出来，急慌慌迎上褒毓，拉住她手：

"一定要想办法救那人，是他救了你二哥哥。"

褒毓冷冷甩开她："他是瑶嫔的人，有荟萃宫腰牌，也不知两人干些什么见不得人的勾当。申后狐眼一定会借题发挥，广加株连。救他作甚？就让她们狗咬狗去。"

褒姒深深惊讶于褒毓的冷漠无情，拉住她手猛摇：

"一定得救他，他救了你二哥哥！"

褒毓冷眼看她，褐瞳里一抹狐疑一抹轻蔑："你干嘛这么紧张他？他上次为什么带伤逃到这里？你为什么豁命救他？他今天救二哥哥，怕是为了你吧？这种来王宫东寻西望的色狼狗胆包天，死了活该，没有棺材！"

褒姒也不理她的含沙射影，不管她污蔑性的疑惑，满目的焦躁，含泪祈求：

"瑶姐姐家母患病，身世可怜。这人若是出事，必然会牵连整个荟萃宫！快想办法救救他吧，褒姒求你了！"说着跪下，抹泪，透过泪雾见褒毓在屋里来回走动。

褒毓转着褐瞳，挥臂道："寿仙宫是什么地方？是龙潭虎穴！在一奸一恶眼皮下救人，咱们不要命了！"

云儿汗未干神未定，和褒姒跪在一起祈求：

"小姐你若想救人，总会有办法的。万一那人牵连到二少主，被狐眼矮后抓住把柄坐实罪名，琼台宫所有人都得死！"

"咯咯咯……"褒毓的冷笑分外刺耳，透过窗棂飘散于深邃夜空，转身走得像一缕无据的风，旋即飞鸽传书出去。

第六十四章　瑶嫔夜半捡腰牌　申茳示好送花木

一

马三正在房中翻看姬淑岱盛传于世的鹿皮制作的药典，闻听属下报告门外有一俏丽女子约见，便兴冲冲走出门来。见月色荡漾，雾霭似幕似纱，一窈窕女子在月色里转身，袅袅婷婷地朝夜幕深处走去。马三情不自禁地追着妙曼的女子身影走，一时间春心荡漾，边走边问："哪里的小娘子，找我何事？"

那女子也不答话，轻摆柳腰直往前走，一直到树林边才止住脚步。

马三艺高人胆大，无所顾忌地紧追着，走到女子身后时，将手伸到女子丰满的臀部，轻轻抚摸，淫笑道：

"小娘子，既来便是客，外面风冷，不如到我屋里……"

女子强硬地打开他手，转过面来，玫瑰色面颊上一抹淡淡阴影随之消退，朝马三妩媚一笑，明艳不可方物，空中的月色顿时暗淡下来。

马三张大嘴，满面谄媚的笑："我道何人，原是琼台宫褒姑娘。姑娘身为王亲，矜贵无比，怎能纡尊降贵来到这里？马三受宠若惊，受宠若惊啊！"

褒毓上穿海水蓝绣芍药袄，同色同质地百褶裙，外罩黑色十锦绣玫瑰披麾，柔顺的秀发高高挽起，一支紫琉璃钗在头上点缀着。耳垂上闪烁着两串白珍珠耳坠，颈中挂了一串红珊瑚珠，更映得肤色白腻，粉装玉琢一般。她冲着马三莞尔一笑，语声甚是娇美：

"谁不知丞相府护卫统领马三风流倜傥，武学功底深厚，还懂医术。那次册封大典上有幸相见，本姑娘心神往之，只叹身不由己，无缘再会……唉！"褒毓轻若微云地一声低叹。

马三欣喜涌了满脸，春波荡漾情难自禁，想着深宫成熟女子终是耐不住勃发的春心。他心痒痒地，巴不得立即将眼前美人拥到怀里，又怕因鲁莽坏了好事。他鼻尖冒汗，搓着手道：

"褒姑娘哪里话？在马某心里，姑娘便是这天上明月……能一近芳泽，如在梦中！"

褒毓望望头顶明月，褐瞳流波，一双纤手皓肤如玉，指着头顶：

“莫使华年空对月。今晚月色这么美，我不想辜负。特邀马统领前往宫里赏月喝茶，不知您可肯赏脸？”

马三直觉一阵眩晕的幸福，神魂化作无数簇，呼呼乱飞，忙不迭点头：

“三生有幸，三生有幸！”

褒毓挑着嘴角，笑得极媚：“听说你的手下训练有素，个个有万夫不当之勇。你顺便带一队出来，去和我的一队女侍卫相互切磋、交流武学，互有补益。他们中若有热爱、钟情的，咱们就促成好事，不知你意下如何？”

马三顿觉褒毓在刻意引领他深入闺帏一般，心湖春波点点，喜眉喜眼，连连点头道：“好事，好事。他们切磋，咱们交流，互有补益。”忽一凝眉：“宫里不得有男人进出啊？”

褒毓笑着抖出一件寺人外套：

“你穿上这个随我进宫。他们……在练武场切磋即可。”

更漏声声响起，琼台宫朱门微启。马三以操练为名带出的护卫已和褒毓培训的女侍卫分别以枪刀剑戟、骑射等项比输赢，在练武场上厮杀得难分难解。两边一男一女两个副统领在记录、核实胜负战绩。

褒毓领着寺人打扮的马三进入宫门，回到住处。马三定睛观望，见屋内外由白玉祥云飞凤雕透做框，镶鎏金百鸟朝凤为屏隔开，外殿有紫檀宝座和左右花梨木芙蓉榻。内屋是休息所在，摆设、装饰，无处不显富贵华丽，丝毫不比寿仙宫逊色。褒毓引着马三在芙蓉榻上坐了，由艳妆俏丽宫娥在小几上摆上四品茶点：松子、蜜饯银杏、榛子、银杏，倒了蜜柚玫瑰茶。

青铜壁炉里的沉水素香伴着青玉香薰里的合欢香，只让人心旷神怡四肢瘫软。褒毓走得热了，脱去外套递给宫娥，里面的薄锦紫襦恰衬出胸部浅淡春山。马三早已仪态痴迷难以自持，又见褒毓面色白里透红，妩媚娇艳，与之喝着茶说笑着，心里的春潮波澜起伏不能自制，只盘算着不知要走过多长山水路，才能抱得美人入帏。

忽有莺儿来见，打着千儿道：“参见褒小姐。”

褒毓似有愠怒之色，眼神犀利，一拍几案：“没看到贵客吗？何事打扰？”

莺儿怯色道：“不是奴婢多事，是淑妃娘娘传您。”

帷帘处垂挂的鎏金镂空青铜球碰触着，发出叮铃叮铃的声响，其中香雾袅袅飘出，更显神秘。褒毓忙站起来，去屋里换了侍卫服出来，轻笑着凝望马三：

“你安心等，我去去就来。”走出几步，回头交代艳妆俏丽宫娥：“伺候好贵客，我重赏；敢有怠慢，我活剥了你！”

马三眼巴巴地望着褒毓身影在门口消失，顺手栓了门，扭头闻到添茶的宫娥身上脂粉香气，满身按捺不住的邪火腾地窜了上来，猛地抱住宫娥，又亲又摸：

“真是个美人坯子。从了爷，爷就将你们主仆一同纳了……”

那宫娥吓晕了，又羞又怒，挣脱不开，急道：“快放开，我要告诉褒大小姐！”

马三淫笑着将宫娥掩在芙蓉榻上，急不可耐地边撕扯裙子边说：

“爷是丞相府护卫统领，丞相的意思就是王后的意思。王后是后宫主子。小骚货，能让马爷办你是你的造化！爷一句话就可以晋升你为尚宫。没看清爷和褒小姐的关系？胆敢告诉她，我就说你耐不住了，勾引爷，想爷的人和铜贝，你看褒姑娘会相信谁……”

冬夜秀寒松的子时，霜月明辉扬，旋扑绣帏过红墙，轻于柳絮重于霜。丞相府陷入一片静谧。一群人在丞相府后面的密林里聚集，为首黑衣人蒙着面，眸中绿光阴气沉沉，压低声音号令众人：

“今晚不是杀人放火，乃是扰乱。坚持到一个时辰就是胜利，上面重重赏赐！”

众人点头，仗着飞檐走壁之术，纵身入内，身子轻盈如夜空苍鹰，一边放火一边杀人，把丞相府闹得鸡飞狗跳。

丞相府护卫、门客拼命抵抗，可黑衣人神出鬼没声东击西，并不正面交锋，只是点到为止。姬淑岱正在和耶律馨儿下棋，闻听厮杀声遽然站起：

“不好，有刺客！”

一个带伤护卫爬进来哭道：“相爷，刺客甚是厉害啊，即打即逃，败走复来，延时已久，抵抗不住！”

姬淑岱厉声道：“马三呢？”

那护卫跪地哭道：“带一队人马操练去了。”

姬淑岱对着门口大叫：“快去找马护卫，再去宫里，请王后支援！”

丞相府护卫拿着令牌到寿仙宫拜见申后，申后急命狐眼带了一帮侍卫前往支援。

二

身上黑衣，黑巾蒙面的褒毓藏在寿仙宫旁的树林里，望着狐眼带领一群侍卫在夜幕里消失，冷笑道：“你们中计了！合该我的迷魂香派上用场。”借着高高低低的林木掩护，飞身跃过三丈多高的宫墙。

她身后树影动处，传出女子的一声叹息、一阵抽噎，正是一夜无眠的瑶嫔。

瑶嫔冻得哆嗦成一团，风吹动发丝凄然，眼睛哭得通红，满面的怔忡、忧伤。她不顾夜寒霜冷，苍叶摇风，老鼠唧唧平添惊恐，就那样一直等着。当看到一个黑衣人和淮夷太子翻越宫墙朝着旁边的曲幽小径奔跑时，她捂住胸口长出口气，又双手合十祈祷："女娲娘娘保佑啊！"

瑶嫔站起来，紧紧腰中丝绦和颈中鸾带，敏捷地从幽林闪身而出，一径追着他们，听风吹草响心神不安，忐忑中略有掩饰不住的欣喜。

月华灼灼，照亮殿顶、树梢，及宝塔状的雪松，桦树的白皮。星星点点的月华在小径上斑驳、起伏。褒毓引着淮夷太子往前走，眼观六路耳听八方，来时已看到瑶嫔，此时能感觉到她的急促呼吸。褒毓面含冷笑，忽掏出一物，朝后扔去。

瑶嫔急于追随淮夷太子，慌忙间走得气喘吁吁，正好踩在青铜腰牌上，差点跌倒。她急忙扶住路旁一棵树，见脚下物什映着月光熠熠闪亮，捡起一看是琼台宫腰牌。脸色变幻莫测，不期而至的悸动难以控制。她浑身无力地斜倚在一棵枯秃的梧桐树上，流着泪道："褒妹妹，我对不起你啊！"

镐京的二月柳萌花淡，浩渺长空飞掠云燕。姬淑岱这天刚刚下朝，接到马三呈上的飞鸽传书，在阳光下展开，几行娟秀的字迹映入眼帘：

褒洪德最近和淮夷太子蚩磊相交甚密，蚩磊常常出没于褒府，且赠短剑与褒洪德。我已证据在握，丞相应奏明天子，领圣旨前来查抄褒府云云……

姬淑岱拿着白帛仰着头，深邃的眼波流泻出笑意："哈哈，天助我也！来人，备马！"急往外走。

耶律馨儿一袭紫莓色裙襦，外罩貂皮披麾，高挑的倩影从后厅袅娜而来：

"丞相慌慌张张所为何事？"

姬淑岱对她耳语，耶律馨儿一半惊喜一半怨愤：

"丞相乃厉王儿子，本应继承厉王大统，不料却被宣王姬静鸠占鹊巢。如今他儿子姬宫涅昏庸无道宠爱妖女，丞相理应早些取而代之！"

姬淑岱的眉毛刀一般直插双鬓，面流倨傲，满目狠戾、跋扈之色：

"剪除褒侯，则大功告成指日可待！"

耶律馨儿理理他湖蓝嵌银线长袍的衣领，殷殷叮嘱：

"此乃天大的事！你速去速回，免妾心挂念。"

姬淑岱凝重点头，转身。耶律馨儿送他到门外，看着他和护卫统领马三跨马而去，穿着湖兰葛麻袍的身影如一抹蓝色云朵。

姬淑岱来到崇政殿外，执事寺人脸上是暧昧的表情：

"大王正在琼台宫，听褒妃瑶嫔两位娘娘合奏曲子。"

姬淑岱告辞，带着马三，走得汗水淋漓，来在琼台宫门外，听玉筝未停，琵琶声正浓。他眼珠疾转，挥手制止了正要往里传禀的当值寺人，对马三语声果决：

“走，去寿仙宫。”

寿仙宫殿门由一色的橘黄撒金花软帘遮挡风寒，殿内熏香袅袅。申后正在进膳，几案上摆着数个大炖盅，数品色香俱佳的御菜。两个宫娥在身后伺候着，墨竹、兰妍一旁站立。姬淑岱刚一进来，直觉一股熏香之气扑面而来驱散寒意。他戒备目光环顾众人，面有难色。

申后放下银箸，对众人轻轻一瞥，众人退下。她转面姬淑岱，伸臂请座，水一般的温柔微笑涌上双腮。听姬淑岱说明情况，她笑容还未铺展开立即收去，转面门口：“兰侍卫，速去琼台宫，请大王来此议事。”

狐眼站起来，却又神情迟疑：“午膳时间，只怕……”

申后面色阴沉：“快去！就说本宫有要事相商。”

狐眼不敢怠慢，立即出宫去了。申后和姬淑岱窃窃私语，相谈甚是投机，直到狐眼转回，满面颓丧跪地：“请王后恕罪！大王，他……”

申后满面愠怒地站起来：“他怎么了？”

兰妍的狐眼飞转：“大王，她被那两个妖精缠住，脱身不得。而且那褒妃说，不管是谁想见大王，必得经她同意……”

申后拿起面前小磁碟，啪地摔碎，掂起摆放在几案后的龙头杖，扭头就往外走。

姬淑岱慌忙拦住申后，看着她手中龙头杖，目流畏怯：

“只怕惹恼了大王……”

申后将龙头杖在地上一捣，满脸胜券在握的冷傲：“这是厉王的宝杖，宣王钦赐本宫，殷殷叮嘱，监督他不肖子孙。”说着就往外走。

兰妍站起来，背着姬淑岱朝马三抛个眉眼，窃笑着挥手墨竹：“有妖妃好看的！快，跟我走。”

琼台宫里摆盛宴，繁花满屋，珠摇玉动。姬宫湦正在左拥右抱，满面春风，开怀畅饮。

瑶嫔饮下一杯酒，依着姬宫湦眼波妩媚：“大王，只怕王后会怪罪我们。”

褒姒在左首位上欠了欠身子：

“也许王后姐姐真有要事呢，大王切莫贪杯，误了大事。”

姬宫湦已有了醺醺醉意，脑细胞紊乱，嘴巴管不住舌头：“大事？她那三尺长的身子，从头到脚都是算计，孤王了解她。她能有什么事？”

话音未落，申后已挑帘而入，举着龙头杖，声色悲愤："先王啊，本宫无奈，今儿就代行天命了！"横杖扫翻了满几佳肴，一时满屋狼藉，众人大乱。

姬宫湦狼狈跪拜龙头杖已毕，申后痛心疾首道："只知声色犬马，不顾江山社稷的昏王！本宫替先王来，命你到寿仙宫议政，你去也不去？"

三

姬宫湦两眼瞪得像猎豹，身子挺着只不言语。

申后扬起手中宝杖，作势欲打："姬宫湦，你去也不去？"

姬宫湦蓦然转身，噔噔噔地往后殿走去。

申后执杖追着不放，斥道："姬宫湦，哪里走？你敢忤逆先王！"

姬宫湦被申后逼到后殿墙角，甚觉羞愧，满脸涨红依着墙站着，闷声道："什么要紧的事，你把孤王逼成这样？"

申后怒极反笑："十万火急的政事！是你逼本宫还是本宫逼你？"

姬宫湦怅然一叹，微微摇头："申茳，你变了。以前的温婉贤淑哪里去了？"

申茳绷着脸，面肌不动，满目冷笑："臣妾没变，是大王眼光变了。"

姬宫湦摇头叹息着，随申后出了琼台宫后门。

琼台宫前殿里，云儿莺儿等宫娥忙乱不堪地收拾残局。

一时纷乱平息，众人退下，瑶嫔看着摇头叹息的褒姒："以前多有得罪处，望娘娘海涵。我从翠缕的冤案中明白过来，咱们中了人家的圈套。"

褒姒目流欣慰，拉住她手："姐姐，你能有此觉悟，我好开心！"

瑶嫔眼神郁郁，面有愧色："在褒国第一眼看到你，我就明白，妹妹绝不会杀人！若非她们性急，制造这起宫娥溺毙冤案，我可能永远都被假象蒙蔽着。"

云儿正拉住瑶嫔的一个宫娥，指着窗外院中种植的夹竹桃、松柏，还有很多花草："真是怪事！也不知那矮子什么心思，昨天命人送来了好多花草，有紫荆花、郁金香、含羞草、兰花、百合、月秀花、夜来香，还将松柏夹竹桃栽满院里院外了呢！"

瑶嫔闻听，满目凝重，有忧惧也有不屑：

"那矮后奸猾诡诈！我们还是小心为妙。我终于了悟，直觉太晚了。"

褒姒皱眉不语，脸上是难测祸福的郁闷，却听褒毓冷笑道：

"昏君，奸后……"

瑶嫔的目光里有欣赏也有惊诧，定定地凝望褒毓：

"褒侍卫真是个痛快人！在这尔虞我诈的后宫，颇为难得。"

“褒侍卫率真，瑶姐姐见笑了。”褒姒柔声回应，整天被褒毓催着杀姬宫涅及离间他君臣，她千般揣摩褒毓的怪异，不明究底，忽见瑶嫔凝目窗外的千缕阳光道：“憋在屋里一冬了，难得这么好的天气，咱们出去走走，如何？”

褒姒嘴角微微上挑，眸子里含着晶亮的笑意：

“姐姐有此雅兴，妹妹当然奉陪。”

云儿莺儿拍手赞成，一群人出了琼台宫，穿柳渡水而行，经石桥越亭台，见万顷宫阙沐浴在阳光里，如同琼阁玉楼。宫娥寺人侍卫匆匆而过，走得足不沾尘。

云儿走在前面，看着病愈的瑶嫔鼻尖上的汗，指着那个四面环水，红柱黄顶。嵌着碧纱，内有帷幔重重的沁芳亭道：

“娘娘们也走累了吧，可到沁芳亭里歇息一下？”

瑶嫔轻轻沾去汗水，在阳光下眯着眼:“好啊！”拉着褒姒，从白石拱桥进入亭子。

宫娥们急忙用手帕擦了青石长凳，伺候着主子坐下。

阳光透过碧纱窗照亮亭子，众人在亭子里可看到四周环绕的池水、花草树木，及稍远处的假山。

一缕霞光映亮瑶嫔的灵动黑眸，她郁色再现，宛若心事斑斓，闷声叹道：

“唉！良辰美景空怅然。”

褒姒想起第一次和瑶嫔、淮夷太子蚩磊在褒国的相见，那时她判断二人似乎有私，事实已证实，他们可能是一对被迫生离的苦命鸳鸯，又想起自己的过去，不由暗叹人不如草木。

站在亭子入口处的褒毓探头向外，冷笑一声：“哼！一对狗男女。”

褒姒瞩目处，狐眼兰妍和马三正嬉笑着走出林子，绕过假山，径直去了。

瑶嫔探身看着他们的背影，目光幽然：“奸诈矮后加上个恶虎狡狐，后宫人人自危。妹妹想去飞霜殿看看吗？”

莺儿摆手，满脸急切：“去不得去不得！我家娘娘最是胆儿小。”

褒姒狐疑望着莺儿，霞光在她的半边脸上洒了淡金：“有什么去不得的？”

云儿凑近褒姒，面色莫测：“小姐，我听莺儿姐姐说，去那里……会沾染妖气……”

褒姒有些惊骇，却听瑶嫔道：“那里是失势宫人的集聚地，说不出的冷落、荒凉。有一个厉王时的老宫婢叫紫珠，传说她因生了妖精被打入冷宫。如今姬宫涅已继位三年，她被关押那儿十六年了。疯疯癫癫的，又哭又唱又笑，见人就打骂，甚是可怕，但也可怜。”

褒姒想自己活于人世十六载，还从未见过生了妖精的女人，平素又最见不得可怜人，便动了恻隐之念，美眸含愁，言语温柔：“我不也被人传为妖女吗？偏想去看看那个生了妖精的宫婢。”

瑶嫔看着褒姒，眼波妩媚地荡着：“也是！这后宫之中最是颠倒黑白，指鹿为马，咱们便去探个究竟。”

飞霜殿在宫城东北角，和明德殿处在遥遥相对的位置。褒姒命云儿莺儿去御膳房拿了几盒糕点回来，和瑶嫔等几个宫娥寺人穿越明德殿前宽阔的广场，走进广巷时，早有掖庭局的人将道路收拾得利落。青石路面十分干净，连一片落叶也没有。空气里弥漫着阳光的味道，猛吸一口，沁的心都浮了起来。

褒姒和瑶嫔拉着手在广巷里并行，一长串宫人在她们身后迤逦跟着。一行人转过红漆廊道，见凉亭旁的杨柳已生出鹅黄色的茸茸。在那通往大殿的九曲回廊尽头，一扇扇菱花镂空的绣户下，是一张张悄然顾盼的女子脸，充满了艳羡、好奇、仇视或嫉妒。也有过路的宫娥、寺人附身参拜。

临近飞霜殿时，褒姒只觉槛栏阴冷，阳光变淡。

殿门看守点头哈腰地让她们进去，褒姒见飞霜殿内外数重殿门，正殿和偏殿门前集着许多蓬头垢面的女人，或坐在廊檐下叽叽吵吵，或从门窗里探头看着褒姒等人走过，或惊诧或羡慕或仇恨或悲怨，表情各异。

初春之风撒冷宫，萧索凄凉。阳光飞掠殿顶，如沐寒霜，阴风处处，鸟叫也凄凄。院里的长绳上晒满各色破旧肮脏的被子，纷纷嚷嚷，抢争着那缕从高大房屋缝隙里漏出的少得可怜的阳光。一个清瘦宫娥正在抱出被子搭晾，一个老宫娥猛地推开她，将她破了被头露出棉絮的被子掀翻在地，骂道：“哪来的破烂货，弄脏了我的被子！”

第六十五章　褒姒冷宫探疯妇　褒晌举家入牢狱

一

两个宫娥撕打在一起，众宫娥疯狂般呐喊助威，只看着她们抓破了脸撕烂了衣衫拽乱了头发，才带着幸灾乐祸的快意，拉开她们。清瘦宫娥抱起地上的被子，胡乱弹去尘灰，痛哭着回屋。

一个苍颜女人坐在石阶上，面前一摊白面，她往手心里捏了白面吐了唾液，涂匀后拼命往脸上抹，站起来，对着众人神情俨然：

“今晚大王驾幸红鸾宫，本宫梳妆已毕，你们快替本宫更衣！”

众女人放声大笑，有几人对着她讥讽、斥骂、吐吐沫、扔石子。

褒毓走近，拉住一个面色蜡黄的宫娥低语。宫娥往右后方指，眸光轻蔑：

“那个疯子，就在最后面一排房的最西边住着。”

褒姒等人绕过她们，心情杂乱地沿着尘土满地的青石路面，往最后面一排房子走去。所经处更见荒凉冷寂，新生的杂草和陈年的枯蒿交茎叠身，一只野猫从草丛里窜起，飞上破墙去逮那只仓惶逃命的耗子，喵呜一声惨叫惊悚肺腑。风吹草动叶声飒飒。一行人踩着荒草靠近最后一排最西边的一间房子，见门前有棵弯腰槐树，簇簇新叶刚刚萌芽。

褒毓轻轻推开红漆斑驳脱落的木门，有些忐忑地闪身一旁。随着吱咛咛的门响，屋里传出悉悉簌簌的响声，众人只觉寒意袭身。

褒姒站在门口，从黯淡的光线里望去，见屋中清冷多尘，连窗帘也没有，置身其间，空荡荡颇有深山野林的凄冷。靠左墙一张白木几和几条残破木凳，靠后墙放着一张木床，单薄而褶皱的棉被在床上凌乱一团，破纱帐随风而动，牵着波荡的蛛网。

“贱货，你休想害我，走开！”凄厉的喝声从墙角传来，彻骨的寒意起自褒姒脊背。

幽魂般的白影子飘到褒姒面前，面上凝着污垢，眼神呆痴。

褒姒一手抱着糕点盒子，一手被瑶嫔攥紧，身子忍不住发抖。

众人俱瞪大双目屏住呼吸。

白衣女人朝着褒姒扬起的手忽然僵在空中，盯着她脸，张大嘴，木偶般一动不动，白痴般的眼神里似有悲伤、痛楚的雾水激荡，还有诡异的傻笑，最后是歇斯底里的一声尖叫。

褒毓冲上来扭住她胳膊，她痛得惨叫，噗通一声被摔在墙角。

她摔倒时的一声惨叫，魔咒般引发了褒姒的心痛，不由捂住胸口。

“小姐被吓坏了么？”云儿急忙搀扶。瑶嫔也紧张地看着她：“妹妹怎么了？”

褒姒脸色煞白，擦去额头汗水，竭力平定痛楚、恐惶，将糕点盒子摆放于尘埃积淀的几上，缓缓走近白衣女人，清眸流泻着阳光的暖色：

“别怕，我们来看看你，没有恶意的。”

白衣女人满面的褶皱如同将枯的树木，姿态不改地望着褒姒，渐渐瑟瑟发抖，缩成一团。

褒姒命下人退到门外，掩了门，益发昏暗的屋里只留下满目疑虑的瑶嫔、褒毓、云儿。

褒毓有些不屑地抱臂，走向门口，轻轻将门打开一条缝，走了出去。

褒姒搀起衣着褴褛的白衣女人，扶她坐在床沿，看着她耷拉的嘴角肮脏的脸，心中楚痛奇妙地递增，蔓延。

她轻抚她肩，声音同神情婉柔：“其实你不疯，是吗？”

“啊——”白衣女人发出狼一般的尖叫，双手在空中抖了抖，像要拥抱，又很快收拢。

褒毓急忙推门进来。白衣女人猛地向床上倾倒，继续狼嚎，无视褒姒、瑶嫔的安抚。

一盏茶时辰后，胸口奇疼的褒姒被云儿搀着走出飞霜殿，见万物沐浴着金色的彩辉，风舞弄着枝头花蕾，也吹起她桃红百蝶穿花裙裾明灿惊心。

瑶嫔看着含胸低头满面悲戚的褒姒道：

“妹妹心太善了，早知这样就不该引你来。”

褒姒声音低弱，颤抖：“姐姐切勿多虑，我不知怎么就突发心绞痛了。”

云儿扭头道：“小姐心绞痛了？以前可没说过你有这病，快回去看太医吧。”

二

褒姒脑子里堆叠出白衣女人白痴般的眼神和诡异的面色变化，心绪复杂：

“这紫珠，大概有五十多岁吧？”

跟着瑶嫔的年长宫娥道：“她大概只有四十岁，十六年前生下妖精，那时才二十多岁……”娓娓叙述了疯女人的奇特经历，引得众人震颤。

走出飞霜殿，一直顺着原路折回，褒姒回到琼台宫喝了几盏热茶，心痛稍缓，心绪不安，坐在几案前，耳旁响着宫娥在回路上的话：

“厉王年间，帝后检阅内库，发现一刻着兽纹的青铜箱子散出金光，王后命侍婢紫珠打开箱子，见两条小虫钻出来，忽而不见。紫珠自此腹部日大，以大周刑律，女官、宫娥无夫而孕者，要以通奸罪赐死。厉王要将紫珠赐死，姜后跪地求情，说那刻着兽纹的青铜箱子乃是夏桀王所遗，紫珠打开箱子之时，被妖精附身，遂有身孕。周厉王将紫珠押入禁宫……”

“姜后所言有凭有据，后宫一直都在传述，夏朝时有两条神龙来到王宫，口流涎水，自称褒城二君。夏桀王命人取来金盆，将龙的涎水藏在这口青铜箱子里，存入内库，君王代代相传，至周厉王时，已经八百余年……”

“后来紫珠产下妖孽，姜后顾忌杀死婴儿会引起后宫血光之灾，命宫娥将其带到宫外处置，紫珠整日哭泣，后来就变得疯癫……”

“她真的生了妖精？我不也被人诬为妖精吗？哎！”她的一声自语夹着幽魂般的叹息，感叹着自己身世凄凉，感叹着后宫女人无法把握自己的命运，就那样呆呆坐着，直到明朗的霞光变成暗红色。

“小姐，你都坐这儿快一个时辰了。”云儿站在她身后，理着她垂腰长发说。

“云儿，”褒姒回头道：“你相信那紫珠疯癫吗？”

云儿歪着头道：“小姐这话好奇怪，她明明就是疯子嘛！”

风吹得镂花窗咯吱咯吱响，褒姒站起来，凤钗轻颤，紫袂飘飘，将云儿拉住：

“云儿，你记住，我这话你不可告诉别人！那老宫娥紫珠，她没疯！她是被逼的。”

“啊！”云儿屁股着火般弹跳着，瞪大眼睛：

“只听说过装鬼装神的，还没听说过装疯装癫的，哎……”

褒姒按住她肩：“她是周厉王王后的侍婢，既然如今装疯，那么之前，生妖孽之事，必然是个天大的冤案！”

云儿有惊恐也有愤慨：“原来这大周皇宫，比褒府还会制造冤假错案啊！天下老鸹不是一般黑，是一个比一个更黑！”

褒姒蹙眉低首：“以后，你别忘常给她送去些吃的。还有，将咱们不穿的旧衣服送去些。到冬天，别忘给她送床厚实的被褥。咱们连自己都不能保全，能为她做的，也只有这些了。”

“小姐，云儿听你的。”云儿被主子的善心感动得泪光闪闪。

“不可以！”褒毓无声无息进来，站在二人面前，声色俱厉：“那矮后狐眼一奸一恶正在制造妖女的谣言，姬宫湦又狡黠多疑，照顾那个疯子，你们难道不怕惹祸上身吗？”

如同遭遇北极寒流，屋里的温暖气息哗然而逝，晚霞消退，冷寒暮色从窗口悄悄漫入。

晚膳时云儿给褒姒煎了半碗姜枣汤，说是暖胃驱痛。褒姒喝完姜汤只喝了半碗燕窝粥，便回到内殿躺在床上，梦到他轻轻的来了，轻得让她不曾察觉。

他轻轻拥住她，声音很轻很温和：“姒儿，为何哭泣？想我了么？”说着，他轻抚她脸，俊朗双目含着浅淡而醉人的笑，脸色明朗如秋雨初霁。

他们紧紧相拥，于重重帘幕中鸳鸯交颈，羞落了一地繁花，

三

褒姒醒来时看到云儿闪亮的眸子映着烛火：“小姐，你刚才在梦里哭了。”

宫中的春天漫长而无趣，每天，褒姒除了坐在那株开满繁花的夹竹桃树下弹琴，就是思念有爹娘相伴、无忧无虑的孩提时光。这天她正对着晚霞抚琴，把对褒洪德的思念融入琴韵，见柳烟成阵处，瑶嫔一向款款的步子骤然急如被风吹着的黄叶，大声道：“妹妹，你家出大事了！”

扣在弦上的手指如同惊鸟，猛地弹起，琴弦砰地一声断裂。

一根弦割进肉里，鲜血沥沥下淌，落在淡紫色衣袂上，如杜鹃泣血。

褒姒急乱地甩去手上血滴，站起来，直瞪瞪看着瑶嫔的满面惶急。

瑶嫔不容分说地拽住她就走，神情急切，边走边附耳私语：

“丞相姬淑岱参奏褒洪德勾结淮夷太子蚩磊，姬宫湦大怒，传旨姬淑岱、虢石父去褒城抄查褒侯府，证据确凿。姬宫湦连夜传旨，诛灭褒侯府九族。现姬淑岱、虢石父已将你全家押到京城，关押在司寇大牢。妹妹快去向大王求情，要不然都来不及了！”

褒姒魂飞魄散，大张着嘴却哭不出来，只是无声抹泪，和瑶嫔走得气喘吁吁，分不清脸上哪是泪水哪是汗水。

两人风一般疾行，已在路口统一了口径，来到明德殿，拉着手跪于姬宫湦面前。此时褒姒却不知，瑶嫔消除对她敌意，与她和好的根本原因，仅是因为淮夷太子。

瑶嫔磕头道：“碧瑶冒死请求大王，褒晌乃是忠臣，为我大周立下赫赫战功，褒府谋反一事证据不足，还清大王慎重处理。”

寺人王进将竹简奏折一捆捆搬来搬去。姬宫湦正坐在伏案批阅，将笔一搁，冷笑道：“已从褒洪德屋里查到淮夷太子的短剑，短剑上刻着象征银月城的银月图案。

另查到绣着淮夷太子蚩磊名字的绢帕。这些证据，难道还不够定罪吗？”

褒姒跪地叩头，语声悲咽：

“二哥哥少年心性，狂放不羁，只图结交朋友，并无异心图谋不轨。况且他和淮夷太子交往，也许我父亲褒晌并不知情。望大王宽恕褒家！”

瑶嫔亦连声请求。

姬宫涅审视着褒姒的悲态，鹰眸中悲悯、挣扎退去，面转激愤，冷哼一声，猛地站起来，向她们挥去袍袖，转身就走。

瑶嫔向呆立的褒姒耳语：“他的调兵龙符可在琼台宫？妹妹先得借它一用。”

褒姒会意点头，被瑶嫔拉着走出殿门。

一腔悲郁地回到琼台宫内殿，褒姒见褒毓进来急忙掩门，拿着姬宫涅调兵龙符，递给她：“速去司寇大牢，告诫看守，任何人不得接近褒家犯人；除了手拿龙符者，任何人命令不得执行！父亲受奸人所害，须得预防暗杀！”

褒毓眼神冰冷地推开她：“我不去！”低眉垂首，转身往门口疾走。

褒姒面色憔悴，神色悲戚，大声道：“站住！”

褒毓回头，把不屑的目光撒向她。见她泪痕狼藉面色无华神情怔忡，似乎每一个毛孔都充溢着伤痛怨恨。褒姒走到她面前，嘴角搐动几下，泪流到脖子里，语声悲切、压抑：“姐姐，你是我的救命恩人，我一直对你感恩戴德。可如今，我几乎都不认得你了！你才是褒府嫡亲。褒府遭难，你应该比我更急。可你，什么时候变得这般冷酷？”

褒毓目光低转，仰头冷笑：“别忘了褒府人是怎么对你的！他们压制你、污蔑你、陷害你、打击你！我不去监狱假传圣旨，那是为你好！一旦事败，咱们谁也逃脱不了！”

褒姒冷冷看她，清冷眸中泪水奔涌：“他们怎么对我，那都是过去。忠义仁爱之士，活得才有意义。假传圣旨又如何？你不是要带我离开这儿寻找父母吗？”

褒毓又是撇嘴一笑，面容如寒夜东风：“你若假传圣旨获罪，还怎么寻找父母？要离开这儿寻找父母，你必须下狠心杀了昏王！”

第六十六章　褒妃怀孕幽王喜　圣旨赦免褒家罪

一

褒姒那受惊的心脏痉挛不已，身子颤抖，声音虚忽：

“虽然我想找到父母，但我不想杀人。”

褒毓褐瞳放射寒光，一步步逼近褒姒，抓住她衣襟，咬牙切齿：

“窝囊废！为什么？”

褒姒直视着她，清瞳里映出熊熊烈火：

“你就那么喜欢杀人？你就那么喜欢仇恨？因为对身世的仇恨，你就甘愿看着你的父亲、兄长，和褒府那么多人被砍头？”

褒毓的嘴角微微上挑，神情有些莫测，有些匪夷所思，忽夺过褒姒手中龙符：

“我这就去监狱。”

褒姒看着褒毓的身影沉于漫上来的暮色里，她将屋门关闭，在黑暗中颓然跌入锦椅，蹙眉流泪，任由纷乱思绪纵横驰骋。

朱漆回廊外是宫人们往返穿梭的身影，明月摇篁竹，玉宇澄明。

姬宫涅回到琼台宫时，宫娥跪地道：

“启禀大王，褒娘娘已经一天滴水未进了。”

姬宫涅脸色冷寒：“好啊，她在跟孤王闹绝食。”他迈开大步，蹬蹬蹬进入内殿。

褒姒以手支头，蔫蔫无力地坐在孔雀屏风前的圆几旁，见姬宫涅进来也不行礼，黯然转过脸去。姬宫涅转到她面前，指着她，眉头挑着，神情如发怒的狮子：

“孤王今天问你，孤王的江山社稷，和你一家人的性命相比，孰轻孰重？”

褒姒再次转面，背对着他，抹泪不语。

姬宫涅转到她面前的窗口，揪住她，眸光凝寒：“你兄长褒洪德勾结淮夷太子谋反，你不去责骂他，反而跟孤王闹情绪？你就不怕孤王废了你吗？”

褒姒拼命挣开他，眼神空洞，神情怔忡，跪地，哑声哭道：

“就请大王废了臣妾，将臣妾打入监狱去陪父母吧！”

“褒妃，你以为孤王不敢废你不敢杀你吗？”姬宫涅指着她，手臂冷硬如石条，在岁月侵蚀中化作剑一般的锐利，挥动间即见生死。

褒姒的脸色冷若寒冰，心志坚若磐石："或废或杀，请大王下旨！"

"好！好！算你狠！"姬宫湦怒极反笑，宽大的袍袖向她一拂，怒气冲天而去。

褒姒无力地顺着殿柱滑倒在地，泪珠索索地感受着铺天盖地的冷寒。

这一夜，他没有回来。她赶走云儿及宫娥，栓上门，就那样靠着殿柱坐着，禁不住伤感，晶莹的泪水将黄底撒金花地毯滴得斑斑驳驳。

一个人的夜如此寂寞和无助，褒姒隔着窗棂仰望天边朦胧冷月，悲伤难抑。风吹起帷幔，吹进来淡淡花香，吸入鼻息却是苦涩。黯然神伤之际，她不禁思量：

如此悲苦、孤单的情绪，除了对褒家命运的悲哀，难道没有对君王情爱的审视？

幽幽的一声叹息，凋落了窗外繁花。

第二天姬宫湦命人将门撞开时，见褒姒昏倒在地。姬宫湦大叫：

"传太医，快传太医！"

一群太医鱼贯进来，慌慌张张的样子像在加入抗震救灾，先独诊，再合议，共同跪地："恭喜大王子嗣藩昌！褒妃娘娘此乃喜脉。"

"哈哈哈……"姬宫湦笑得像没心没肺的寻常百姓：

"传旨，每人赏银二百两，你们下去吧！"

霞光跃上殿顶的透明琉璃瓦，映亮褒姒脸上冰玉般的颜色，细小的绒毛清晰可鉴。她缓缓睁开眼睛，看到在面前俯视的姬宫湦满目楚痛。

他的笑明朗如阳光下波光粼粼的水面，轻轻揽起她：

"姒儿，你可醒了，急煞孤王了！"

二

褒姒冷冷的看他，脸无一丝血色，心无一丝生念，哀莫大于心死。

"小姐，快喝了这碗燕窝粥吧。"云儿端着陶瓷碗挑帘走来，满目关切、焦灼。

褒姒冷冷推开云儿手，黯然落泪：

"大王若不释放臣妾全家，就请将臣妾废弃，打入大牢陪我家人吧。"

姬宫湦轻抚她苍白面颊，想着她腹中麟子，从焦灼、痛楚、挣扎中艰难涉出，朝外扬声："传旨，褒洪德谋反缺乏人证，赦免褒晌全家。将国丈褒晌由太师降为司空①，兼守褒国、燕国，无事不得入朝。虢太史接任太师，掌管帅印。"

历来君王忌惮大臣谋反，看来他难弃疑惑，将褒晌降级降职使用，兵权少责任重，隐患更多。褒姒依旧就床上跪着，谢恩，低着头，不敢触及他的凝视。

姬宫涅搀起褒姒，温厚的掌心放于她小腹：

“姒儿，你怀了孤王的骨肉了！孤王保证，以后一切依你。”

见他满面傲岸尽转温情，知他绝无戏言，她愕然，无措。

他眉眼带笑，手掌轻压：“姒儿，今年孤王登基第三年，年底将迎来第三个龙子，真真是可喜可贺，哈哈哈哈……”他朗声大笑，附向她耳，眸光璀璨，满面奇异神采，温热气息扑面：“姒儿是上天派来的天使，这么快就有了龙子。孤王已谕令太医，好好调养你的身子！”

烛影玄虚，薄凉如水浸透栖纱窗。

姬宫涅早朝前拥褒姒入怀，信誓旦旦道：“姒儿，一旦你生下龙子，孤王立即将你册封贵妃。”轻轻丢开她，为她拉好被角，依依不舍地出门。

晨光熹微，褒毓隐身长廊等候已久，从阴影里走出来，对姬宫涅跪拜道：

“参见大王。”

姬宫涅站在丹墀上，神采奕奕，意气风发，笑意满脸：

“褒侍卫，好好守护着褒淑妃，待她生下龙子，孤王重重赏你！”

褒毓低着头，眸光悄转道：

“奴婢昨晚偶做一梦，关乎娘娘腹中龙子，甚是蹊跷，特来禀明大王。”

姬宫涅高大的影子迤逦在莲纹石板上，扭头望望发白的东方，笑意盈然，伸臂道：“褒侍卫起来说话。”

褒毓目光无波，面色云淡风轻：“昨夜梦中，一仙翁言之凿凿：生明主者，当有明珠。奴婢醒后思量此话，似有玄机，再也难眠，特来禀告大王。”

姬宫涅的太阳穴突突跳着，鹰眸中疑惑顿生：“以褒侍卫之意呢？”

褒毓低头屏息：“奴婢愚陋，不敢对此梦妄加评判。”

姬宫涅饱满的嘴唇弧线轻轻晃动：“孤王恕你无罪，但讲无妨。”

褒毓抬头，褐瞳映着宫灯，笑如晨曦淡影：

“奴婢以为，仙翁提点，褒娘娘要生明主，必得明珠护佑。”

姬宫涅看到从东方地平线上跃起的几缕白云，面色暗沉如头顶天空：

“明珠？前些时抗震救灾，孤王几乎倾尽国库，变卖了许多金银珠宝。若寻明珠，还得派人到库房查点。”

褒毓微微一笑：“若说明珠，恐怕都不如王后房中那颗，罕见的硕大，光彩四射，应可护佑褒娘娘生下龙子。”

姬宫湦略有犹豫之色，忽转笑容："这有何难，一切以龙子为重！只是太子已经年长，'明主'二字，千万不可再提。"

三月白云如绵，衔着温暖。桃李无言，向隅绽放着沉甸甸的心事。

风吹动水晶珠帘叮当作响，兰烛琼脂香气馥郁。

褒姒被云儿服侍着将一碗参汤喝完，又呕吐得肠胃翻江倒海。

云儿收拾完残局，扶着面色苍白的褒姒躺到床上。褒姒只觉得头晕目眩，神情恹恹道："近日夜里失眠，白天又恹恹欲睡，心情烦闷，反应迟钝，什么东西都不想吃。吃了太医数剂药也不见好转，不知到底是怎么回事？"

三

瑶嫔明眸溢喜从外面进来，将一瓦罐放于紫檀木圆几上，纤秀的玉指掀开盖子，笑道："我已问过几个老嬷嬷，害喜的女子若还体弱，都会出现这症状。妹妹快起来，喝了姐姐亲手为你炖的十全安神汤，里面放了女贞子、枸杞、山茱萸、红枣莲子等，而且有补气养血的功效。以后我每天给妹妹送这个，妹妹一定会生个白白胖胖的小王子。"

褒姒坐起来，皱眉摆手道："姐姐先盖着，我等会儿再喝，这会儿实在难受。"看着窗外落絮飞扬，轻轻叹息："唉！我倒也希望生个小王子，将来金戈铁马驰骋疆场，总强似闺中幽怨女子。"

姬宫湦一连三日不见踪影，第四天走进内殿时，疲倦的脸上带着孩子气的笑："姒儿，孤王回来了。"

褒姒正站在后窗口，如瀑长发仅用粉红鸾带松松一束，随意垂至腰际。轩窗大开，水红丝绫裙被风吹起，飘摇出几缕惆怅气息。她凝望他，窗外阳光般淡淡郁郁的眼神。

他笑着走近她，将一把象牙色骨簪轻轻插在她黑瀑般的发间，紧紧拥住她，细语呢喃："爱妃这般视金银财宝绫罗绸缎为俗物，孤王便亲手给你做了根簪子，花了三天时间。"

她看着他鹰眸里布满红丝，再看他手，那原本细嫩的手掌，竟然伤痕斑驳。她轻抚他掌中伤痕："大王，痛吗？你何苦如此？"

他面色有些憔悴，神情却是欢喜："孤王只望你心情好些，顺利生下龙子。"

再也忍不住心中愧疚，扭头，透过镂花窗，看见一双阴气四溢的眼，和申后转身的背影。

那样弯曲的眼神让她不安。

寿仙宫檀香缭绕，姬淑岱进宫跪礼已毕，坐下，蹙眉道：

“大王宠爱妖妃褒姒，轻易就赦免了褒晌一家。只怕长此以往，危害社稷。若妖妃一旦生下龙子，必然会母凭子贵，不仅祸及后宫，褒晌还要重掌朝政大权。”

申后看着自己的金黄色指套，面色无波：“天要下雨，谁能阻挡得住？姬宫涅这个狼心狗肺的东西，竟将太师之位赐予虢石父那个谄媚小人。可见他对我父女颇有猜忌。左右兵马大元帅之位都落在旁人身上，我也不用惦记。”

姬淑岱暗暗抑着沮丧，拱手道：“申国和犬戎交界，须重点戍卫，兵力和褒国兵力旗鼓相当，都仅次于镐京。天子之道贵在平衡，若是褒晌兵权移交你父亲，便会天下失衡，姬宫涅就寝食难安。但娘娘掌管后宫，难道就任凭妖妃横行？太子本是国本，一旦妖妃生下龙子，恐要动摇国本。”

申后提起儿子的太子之位就心痛如绞，微微眯眼，目光阴沉：“我向来只求安宁，不喜欢生事。希望团结，不希望对立。那封飞鸽传书可以证明妖妃身份，原是犬戎奸细。可书信丢失，苦于再无凭证，飞鸽的线索也断了。本想在新任司寇那儿活动下，酷刑逼问褒晌，褒晌却很快被释放。所有一切，我都无能为力。”

姬淑岱不语，暗笑：申茳，后宫生活已将你变成狐狸，和我玩虚伪、心计！

狐眼从外面进来，参拜已毕道：“听说大王对妖妃言听计从，还对妖妃许诺，她一旦生下龙子，立即册封为贵妃，仅次于王后了。而且那妖妃的侍婢云儿，最近常去飞霜殿。还有，瑶嫔和妖妃来往甚密，每天都给妖妃送汤。”

申后伸开手指，又缓缓攥住，连续做着这样的动作：

“后宫和睦，本宫很高兴。”

狐眼正在暗自鄙薄她口是心非，忽见内侍王寺进来，行礼道：

“大王最近常常深夜在灯下批阅奏章，眼睛很累。闻听娘娘这里有颗硕大的夜明珠，可做照明之用，大王特命奴才来借取一用。”

申后接连笑了两三声，看着王寺人，目光幽然：“大王可是在琼台宫批阅奏折？”见王寺人点头，她笑意妍妍：“你取走便是。”

看着王寺人取走挂在芙蓉帐顶的夜明珠，屋内光线变暗，姬淑岱道：

“王后真乃海量。”

申后嚎嚎冷笑两声：“如今的后宫是妖妃的天下，我只能顺势而为。”

兰妍的狐眼在暗影里流转，仰头道：

“褒家人关押大牢时，我找了个女犯替罪羊，护送着林娴从大牢里走出。不料那妖妃的侍卫褒毓也一路追行，料是趁夜黑私探姬太师府邸。”

姬淑岱脖子猛地一拧，双目喷射出恼怒的火焰，暗恨申后亦反亦复的性子，竟然在他面前装神。

申后支出去狐眼，姬淑岱抑着怒气道：“你的兰统领为何不给我提个醒？林娴乃我在褒府的内线，淮夷太子的手绢，乃是她跟着醉酒的褒洪德和虫磊，在池塘边捡到的。查抄褒府，她功不可没。这些秘密若被妖妃得知，我这棋子岂不报废？”

注释：

① 司空：掌管土木工程建设的官员，相当于后来的工部尚书。

第六十七章　褒姒重病时昏迷　飞霜殿里提紫珠

一

申后扭头看姬淑岱，白皙面颊上笑影浅浅："兰统领可能急于回来复命，丞相何必着急？琼台宫并非铁板一块，那妖女的侍卫是个不可捉摸的人物，行为匪夷所思。她可能没对妖女说这件事，你不要庸人自扰。"

姬淑岱略觉释然："但愿如此。"告辞之时，又悄语申后："妖女要成气候了。他父亲褒晌屡屡弹劾太傅大人拥兵自重，无功与国。"

"褒晌被夺帅印，必不甘心，想夺我父亲的兵权？用心真是险恶！"申后咬牙切齿，看着姬淑岱告辞，魁梧身影在门口消失，只觉胸口闷痛，怒火熊熊，如洪水咆哮之势。

兰妍退而复进，冷静审视王后，转着狐眼打破沉默：

"王后娘娘，何不趁瑶嫔给妖妃送汤，在汤里作些手脚？"

申后手轻轻挥动，目光轻淡，颇显息事宁人："不必管她。注意飞霜殿即可。"

狐眼转动眸子，煞费思量，觉得申后高深莫测。

墨竹拿着一株桃花进来道："娘娘给那妖妃送的花，都开了不少呢，想想就窝心。咱一个王后娘娘，为何偏偏去贴妖妃的冷脸。"

申后看着墨竹往几案上花瓶里插花，笑容娴雅：

"墨竹，以后记住，咱也每天给褒妃送汤滋补。"

太子宜臼一袭月白罗袍从门口进来，摇着撒花扇的动作十分潇洒。他双眉如漆，鹰眸酷似姬宫涅，冠玉面上尽是不屑："母后何必这样憋屈自己？儿子可不会忍辱负重。有一日妖妃碰到我手，必然要她好看。"

狐眼趁着参拜挑拨宜臼："参见殿下，刚才妖妃派人取走了娘娘的夜明珠。"

姬宜臼鹰眸冷寒，直视申后黑瞳："母后，果真如此？"

申后紧紧拉住儿子手，默默流了泪："母后……无奈啊……"

姬宜臼面色悲戚，脊背森然发麻，嗖嗖恨意起自足底，迅速弥漫周身。

窗外，清风明阳九千里，花飞花谢在澹荡春风中。

夏天来时，琼台宫内外，松柏竞翠，群花比美，兰殿凝芳。

褒姒穿着绢丝绣芙蓉广袖罗衫躺在铺了瑶席的床上，面色苍白，奄奄一息。

太医走了一拨又来一拨，各个摇头叹息，愁眉苦脸。

云儿站在一旁抹泪，抽噎："小姐，你怎么就病成这样了啊……"

坐在床沿的姬宫湦脸色铁青回想着申后昨晚送汤来时的进言，指着面前的太医院医监："钱医监，查验结果如何？"

钱太医磕了一个头，申后的脸在眼前闪回，他雪白的须发都在颤抖：

"启禀大王，查验出瑶娘娘的汤里有毒，而申后娘娘的汤只是补汤。"

跪了一串的太医们异口同声鹦鹉学舌。姬宫湦突发一声怒吼似猛兽咆哮：

"瑶嫔谋害皇嗣，打入大牢！"又指着太医们大骂："你们这群酒囊饭袋每人罚一月月俸，统统给我滚！"

太医们如得大赦，先是脚后跟蹭着地走到门外，然后撒腿逃奔。

姬宫湦摔碎了宫娥递来的茶钟，一抬脚踢翻了锦凳，俯身轻抚褒姒脸，满面忧愁、伤感："爱妃之病历经三月而不愈，又受恶妇毒害，难道真的病入膏肓？母子都没救了吗？"

王寺人的黄瘦脸上写满恐慌，眸光闪烁：

"大王，奴才想起来一人，或可医得娘娘之疾。"

姬宫湦黯淡的眸光骤然一亮，耷拉的双眉瞬间扬起："什么人？现在哪里？"

王寺人目光躲闪，支支吾吾半天，直到姬宫湦发怒，他跪在地上，眼神漂浮：

"奴才请大王恕罪，方敢说出此人名字。"

二

姬宫湦霍然起立："救治爱妃要紧，他是何方隐士？你就别再吞吞吐吐的了，恕你无罪，快说！"

王寺人叩头，低声道："她就是……被关在飞霜殿十六年的紫珠。"

姬宫湦茫然抬头，满面疑惑："紫珠？她就是被我爷爷关在飞霜殿那个女人？"

王寺人颔首，惴惴而言："正是那个紫珠。"

"孤王好像听说她懂得医术。但爱妃玉体关系重大，不可轻率托医。"见众人面面相顾不敢言语，姬宫湦看着王寺人的目光变得尖锐："你有何理由举荐紫珠，快说清楚！"

王寺人弯着脊背伏地，禀道："据说她出身于犬戎的医疗世家，厉王征讨犬戎胜利，她作为战利品被带回大周，聪明伶俐，几年后成为姜后心腹。她不仅女红极好，且精通医术，善治疑难杂症，擅施针灸、疗毒，曾被厉王派去丞相府撰写药谱。后来她因打开从夏朝流传下来的箱子，怀孕并生了妖孽，被关押在冷宫。”

姬宫湦深结的眉头缓缓舒展：

“嗯，好像听说过这事。但愿她能治爱妃的病。快去传她，快！”

众人惶惶不言，王寺人不住地磕头，吞吞吐吐：

“大王，她如今时疯时癫，奴才还怕她不能奉诏。”

姬宫湦思绪烦乱、心情迫切，挥臂道：

“孤王不管她疯子傻子，只要她治好姒儿的病！快密传紫珠来！”

王寺人亲自带着两个侍卫去了，一炷香时间后转来，脚步悄悄走进殿里，哭丧着脸道：“大王，奴才密入飞霜殿，将紫珠装在麻袋里带到，只怕她惊吓了圣驾和娘娘啊！”

姬宫湦放下茶盅，满目傲然，伸臂扬声：“带进来！”

两个侍卫扛着一个袋子进来，打开袋子，放出紫珠，按在地上，斥道：

“赶快参拜大王！”

那紫珠穿的乃是云儿送去的黄罗衫，裙衫不整，呆滞的目光盯着地面，头乱摇，结满污垢的头发蓬乱，尖声叫道：

“我是天帝的公主，下凡捉妖降魔。小鬼们，赶快放开我！”

姬宫湦看着她满面的枯皱、匪夷所思的神态，目流厌恶之色，厉声道：

“快，放开这个疯子！”

两个侍卫不敢迟疑，急忙松手。那紫珠一下子跳起来，利索地拔出墙角盆景里的百合花，举在手里，在屋里乱挥乱跳，尖叫：“我不是疯子，我是神仙姐姐。天帝命我下凡捉拿妖邪。”忽指着巍然高坐的姬宫湦，目光诡异，口中尖叫：“这妖邪就是姬宫湦！”

紫珠跳着蹿着，就要去抓姬宫湦。姬宫湦唬了一身汗，众侍卫欲要上前，被他挥手喝退。

忽听褒姒在床上怅叹，低沉呼唤：“母亲啊——”

疯跳的紫珠如被施了定身法一般呆住，片刻，重新蹦跳起来，拿着百合花舞得如痴如醉。直到云儿捧给她芙蓉糕，微黑的脸上笑影潋滟：“云儿送给神仙姐姐芙蓉糕了。”

紫珠夺过云儿手里芙蓉糕就往嘴里塞，狼吞虎咽很快吃完，又重新蹦跳起来，拔出几上花瓶里插着的桃花枝乱甩乱打，口中高喊：“降妖伏魔！降妖伏魔！降妖伏魔！”满屋乱跳乱窜。

王寺人凑近姬宫湦：“大王，不如用刑，待她老实下来后，或可救治娘娘。”

姬宫湦顾虑重重后，指着紫珠，目光骤冷："来人！将她押下去，用刑。"

云儿急忙跪地："使不得啊大王，只怕一用刑她便更疯了。"

姬宫湦袍袖一挥，鹰眸反射着凛冽寒光："我自有道理！"命人押着尖叫的紫珠下去，杖责三十。

褒毓一直石雕般在屋角冷立着，岿然不动。

云儿看着被侍卫们架出去的紫珠，满面惊慌，目流怜悯。

褒姒在床上似睡似醒，又发出一声含糊不清的哀呼。

紫珠被几个侍卫押上来扔在地上时，浑身血染，气若游丝。

三

云儿默默望去，见她烂泥般倒卧着，呆滞的眼里笼着浓郁悲雾，嗓子里发出兽类的嘶鸣："哦……呜啊……"

姬宫湦指着她，目光凝寒："孤王就是要杀杀你的野气！治好褒妃的病，孤王重重有赏，胆敢有诈，小心你的狗命！紫珠，你要想明白了！"

紫珠倒卧在地上好像死去，回应姬宫湦的是一阵垂死的、凄绝的呜咽。

姬宫湦正要说话，虢石父进来，跪倒：

"大王，申侯快报，犬戎犯边，众朝臣正在崇德殿候驾！"

"虢爱卿，快随孤王走！"姬宫湦霍然而起，面色立寒，走到门口转回头来叮嘱：

"褒侍卫，当心留守！切莫使她伤了爱妃。"

褒毓俯身向前，褐色眸子溢着春水，拱手道："请大王放心！在下一定不辱使命。"

望着姬宫湦一行人在门外消失，云儿俯身看看粗重喘息的紫珠，拉着褒毓到门口，满目惶急，压低声音道：

"娘娘病体要紧！目前，我们要以友善消除她的顾虑，她才肯治病救人。"

褒毓看看床上面若金纸的褒姒，点点头，和云儿走近紫珠，一边一个搀起她，扶在云儿为照顾主子临时摆设的耳榻上。云儿命宫娥反复换了几次热水，仔细为她清洗伤处和污垢。

褒毓在她腰臀部敷了金疮药时，紫珠痛得昏了过去。褒毓由云儿帮忙，仔细为她包扎。

云儿又端来参汤喂她喝下去。

紫珠仰面躺着，趁着云儿起身，褒毓凝目窗外之时，呆滞的目光渐渐流出悲酸、惊恐、渴念一类情绪。

云儿从偏殿里拿来了自己的棉褥，轻轻盖在紫珠身上，示意褒毓等人出去，掩上门拉上窗帷，在满屋黯淡的光线里握住她手，轻言细语：

“紫珠嬷嬷，我知道你心里的苦。可这世道，谁心里没苦呢？我是个没父没母的孩子，打小被人贩子卖进褒府为奴，打骂责罚，那是每天的家常便饭。自从跟着我家小姐进宫，算是改天换日。我家小姐不会说好听的给谁，却性情婉柔、良善，惜贫怜弱，不诈不欺。能遇到这样的主子，可算是下人的造化。有人说她从来不笑，爱摆脸子，可我知道那只是她心里苦。处在这深宫寒潭，人心诡异、尔虞我诈、逢高踩低，哪一日不得小心提防，一不小心就是灭顶之灾。所以，我们主仆也苦，也会身不由己！自从那日在飞霜殿遇到嬷嬷之后，我家小姐无日不在惦念着你，嘱咐我给你送食送衣送被褥……”

云儿喃喃细语、挥泪，却见紫珠浑浊的眼里涌出水珠，胸口剧烈起伏，嘴唇嗦嗦抖动，神情变幻莫测的脸上，宛若无数的血雨腥风掠过，又如月影凄迷、残花零落、夜寒惊起，小阑独倚。

蕊宫阆苑，逍遥烟浪无羁绊。紫珠一直躺着，或眼神呆滞或闭目不语，面色僵硬渐无表情，正如活死人一般。

云儿却不停地细语绵绵，嘱她珍重嘱她忘忧，还说若医好娘娘的病，说不定姬宫涅大喜，会释放她出来，她衷心盼她走出飞霜殿的那一天。

紫珠闭目流泪，胸口又是一阵起伏。

直到太阳直射进雕花窗，云儿打开门，对门口当值宫娥道：“传午膳。”

云儿伺候了紫珠午膳，饭后脱去她肮脏、破烂的黄罗衣，换上自己的兰绫裙襦，对一旁的宫娥道：“快去，洗净嬷嬷的衣服，仔细晾干。”

看着宫娥应声而去，云儿又端了菊花蔗糖茶来，一匙一匙地喂紫珠喝完。

紫珠打了一个呵欠。

云儿悄悄掩门，望着呆呆躺在床上，神情静怡的紫珠道：

“嬷嬷，你睡吧，睡醒就会感觉好些。”

第六十八章　深宫竟遭花草毒　紫珠言行惊主仆

一

几缕越窗的光线映着青铜兽嘴香炉，紫檀香雾若断若续，若有若无。

紫珠闭上眼不久，在昏暗的光线里发出均匀的呼吸。

云儿拿着宫扇，打走一个围着紫珠嗡嗡乱转的蚊子，站起来，转身看着昏睡的褒姒，默默流泪："小姐，你怀着龙子，老天会保佑你，你一定会好起来的。"

窗外阳光清淡，茉莉花纷纷扬扬飘落。半晌时光如梭飞过，云儿看到紫珠动了动，急忙跑到她面前，见她睁着眼睛面色平和，不由笑道："看到嬷嬷这样好心态，云儿好高兴！"指着陷入昏迷状态的褒姒道："我家小姐要知道嬷嬷这样，都不知道会多开心呢！"

紫珠不语半天，透窗的霞光笼着她目中凄迷，忽道：

"扶我起来，敞亮门窗，我要望闻问切。"

云儿几乎是蹦跳着打开门窗的。只一瞬，灿烂的霞光涌了满屋，一股热浪随风挤了进来。莺儿绞了冷毛巾，敷在褒姒头上，用以降温。

云儿和褒毓搀着紫珠，坐在床前的锦椅上，莺儿又命几个宫娥给紫珠打着扇子。

紫珠忽看着云儿目光锐利，对身旁宫娥尖叫："小妖们，出去！"

云儿忙命宫娥退出。紫珠目光呆滞地把脉听诊，又翻开褒姒眼皮和嘴唇，仔细观看。

"哎哟……"褒姒带着似悲似叹的一生呻吟，缓缓睁开眼睛，眉头深深地皱着，当看到面前的紫珠时，惊愕不已。

云儿急忙道："小姐，紫珠嬷嬷精通医术，特来为你诊病。"

褒姒神情悲惋，心绪复杂，气若游丝道："嬷嬷，你如今好吗？"

紫珠呆滞目光又转怪异，尖声道："不许讲话，你只能回答我！"

褒姒就枕上点头，紫珠让她伸出舌头，看后，问道："从春季开始，你夜里失眠、白天贪睡，心烦意乱，反应迟钝，头晕目眩，恶心呕吐，甚至呼吸困难，身上屡见微红，而且脱发严重。娘娘可有这些症候？”

褒姒点头，云儿大喜道：“嬷嬷真是神仙转世，说得和小姐症候半点不差。不知我家小姐此病根源何在？”

紫珠却不答话，嗔着脸半晌，命云儿从飞霜殿取来她的木箱，拿出银针，扎了褒姒几处穴道，运针已毕，拔出，收针，幽深目光环顾屋角、窗台上摆放的百合、兰花、郁金香、月绣花、含羞草，和夜来香，突然尖叫道：“这屋里瘴气甚浓，不能呼吸，快扶我出去！”

所有人震惊。云儿和褒毓扶着她走到门外，满目关切：

“嬷嬷，您这会儿好些了吗？”

紫珠仇视般地指着院内外的松柏和夹竹桃树，问院里为什么要种这些？云儿说是申后赏赐。紫珠目光诡异，突发歇斯底里的大叫：

“快放我走——这病我治不了！”

姬宫湦正从台阶上走下来，后面跟着一群侍卫、寺人。他指着紫珠，怒吼：

“将这个疯女人拉下去，砍了！”

云儿急忙跪下，神色慌张：“大王，她虽然时疯时癫，但还是可以诊断病情的，请大王饶她一命！”

一个宫娥从内殿慌慌张张跑出来，跪地道：

“大王，娘娘醒过来了，要您进去说话。”

姬宫湦顿觉惊喜，鹰眸含笑，撩起青罗袍进入内殿。

檀香缭绕，帷幔掩映中，褒姒推开莺儿正在喂着的参汤，对着姬宫湦，声音和目光一般轻渺：“大王，请留下紫珠，为臣妾治辽顽疾。”

姬宫湦走近，附身，爱怜地轻抚着褒姒脸，撩开她鬓边散乱发丝：

“爱妃，你可醒了，想吃什么？心里这会儿什么感觉？”

几个宫娥齐声道：“娘娘已喝了大半碗参汤。”

二

姬宫湦眉毛一扬，鹰眸灿亮，瞬间精神抖擞神气倍增：

“好，既然那个疯女人医术奇绝，从今天起，她就任爱妃处置。”

褒姒眼前闪过紫珠怪异的神情，怔忡的脸、呆滞的眼神，不知她疯女人的声名后隐藏着怎样的悲怨凄苦？她凝望着姬宫湦，声音细弱：

“她刚才替臣妾把脉、针灸，臣妾已觉好多了。臣妾如今抱病在身，不能侍寝。

就请大王近日移驾别宫，臣妾就留紫珠在此，聊胜那帮庸医。”

姬宫涅温热的掌心滑过褒姒面颊，满面宠溺，悠然点头：“一切依着爱妃。”

静谧光影投射在蟠龙雕透的床头，褒姒望着姬宫涅依依不舍地离开，呆呆坐着，隔窗霞光映亮她斑斓心事：

我鬼使神差地留她在琼台宫，不是期望她看好我的病，而是希望给身世悲苦的她一些照顾。自见到她诱发心痛的那刻起，潜意识里，呵护她温暖她，就是我此生不可逃避的宿命。每当命云儿悄悄给她送去衣食，我就会得到莫大的安慰！

紫珠和云儿住在琼台宫的偏殿里，紫珠仍时发癫狂，又为褒姒针灸两次后，就坚决拒绝治疗。她针灸过后褒姒呼吸顺畅，对她的坚持也不恼火，吃的用的，凡事依着她。

这晚看着紫珠熟睡，云儿悄悄来到褒姒窗前，蹙着眉道：

“小姐，总这样敬着她，也不是个法子，须得她好好给你看病才行。小姐如今这般情形，如何能顺利生下龙子？”

灯影迷离，将褒姒坐着的影子映在墙上，她神情怅惘微微一叹：

“生死由命。我十二岁和父母离散，在褒府经历那么多事，如今已看淡生死。生亦无所喜，死亦无所悲。生下龙子又如何？只怕更会带来灾祸……”

云儿错愕，神情忐忑：“难道就不会母凭子贵么？”

褒姒眼神凄冷，取下头上凤钗，钗上宝石和夜明珠熠熠闪光：

“那申后是什么人？你该清楚。她百般阻止册封，在册封宴上便以此钗警示我，不能喧宾夺主。她父申侯拥有重兵，握着姬宫涅半壁河山。申后勾结姬淑岱，笼络恶妇狐眼，前事种种，皆因他们而起。历代王后无不忌惮嫔妃生子。姬宫涅专宠我，申后儿子现为太子，要确保她儿子继承大统，她会扫平一切路障！为了陷害我，她们连瑶嫔的宫娥都杀了；离间不成，便仇视瑶嫔不为所用，又借瑶嫔送汤，肆意陷害，将她打入大牢。”

见云儿目中忧患、伤感、迷乱、泪光闪闪，褒姒又道：

“情势至此，就如在褒府那般，我们只求苟且偷生罢了。妖女的传言，是为群起而攻之，扼杀手段奇特。紫珠的命运，也许就是我的将来。平安之日，即便稍能给人点儿救赎、安慰，我便觉得生命有了价值。对于紫珠，便是此意。留她在此只求改变她生存环境，不求她救治顽疾。”

云儿异常惊诧，气喘吁吁哽咽不已：“小姐留下她，原是可怜她，想要救她。”

褒姒缓缓点头，泪顺着鼻尖流到嘴里：“我甚至不敢承认，在飞霜殿的第一个照面起，夜夜被她呆愣的神情、白痴般的神秘、歇斯底里的尖叫、诡异的傻笑扰得惴惴不安烦恼重重。心底有一颗好奇、疑惧、怜惜的种子在缓缓滋长。我忘不了那次去看她，离开飞霜殿时，她那茫然若有所失的眼神。我不相信这个人们所谓的疯子，她只会在春阳普照时产生温暖，在寒意入侵时打起寒颤，除了病痛引起的不适，她身体就泛不起任何情感的涟漪……”

那紫珠正在门外偷听得热泪盈眶，悄悄抹泪半天。

第二天朝霞满窗时，莲花素肌不污天真，晓来玉立瑶池，亭亭翠盖，盈盈素靥，时妆净洗。紫珠被云儿请到内殿，和褒姒一起早膳。褒姒亲自盛饭递给紫珠，嘘寒问暖，紫珠感动不已。

三

饭后，紫珠见宫娥们出去，便掩了房门，跪地哭道：

“紫珠没疯，请娘娘恕罪！紫珠装疯乃为活命。娘娘若肯为紫珠保密、救紫珠出去，寻找我那失散多年的苦命女儿。紫珠一定治好娘娘的病！”

云儿、褒姒皆大喜过望，惊呆在满屋的霞光里。得知紫珠当年托宫娥余红莲放生了她女儿，又为她母女命运扼腕叹息。御园里，风在枝头轻舞飞扬，空气里脉脉花香袭衣。

这日紫珠为褒姒针灸已毕，让莺儿支开门口的宫娥寺人，拉着云儿来在门外，指着院内外的松柏夹竹桃，目光幽幽：

“娘娘没卧床前，是否经常在这些树下走动？”

云儿暗惊，指着那些树木道：“嬷嬷神机妙算，我家小姐喜静不喜动，喜散不喜聚，还怕人群里是非多，常是独处。自春季以来，风也不上身了，她或做女红或弹琴、博弈，就常坐这些树下。”

紫珠目光里呆滞尽失，满脸幽深莫测，思绪飘忽：

“申后竟将这些树种满院子用心良苦！”

云儿眉心拧出深深纹痕：“我们整天只顾着见招拆招逢凶化吉，哪里顾上种这些花草树木？屋里屋外的花草，院里院外的树木，都是申后送的，想是为示贤德。”

紫珠眼里闪出不可名状的光：“如此作孽，就不怕报应？”

云儿扭头，奇怪地望着她道：“嬷嬷这话什么意思？娘娘的病，难道和这些花草树木有关系？”

褒姒临窗而立，听着她们对话，止不住打起冷颤，风吹起素白单衣，惊心的婉美。

紫珠也不答话，拉着云儿回到屋内，对褒姒道：“娘娘，请将屋里、窗台上的所有花草收拾，偷偷扔掉，切莫张扬。”

褒姒闻言一怔，即向云儿点头。云儿莺儿动作麻利地将那些花草拔了，一齐装进麻袋里。恰巧褒毓进来，伙同云儿搬走。

紫珠挥着手，如将军在战场上指挥若定：“敞开前后窗，卷起所有帷幔。让风吹进来，使空气形成对流。”

云儿莺儿依言而行。

风声呼呼从后窗灌入，一直吹向前窗。

褒姒依着殿柱站在屋内，风舞起三千发丝，宽幅纱绫襦被风灌满，猎猎作响，涌动如潮。

紫珠伏案开了一药方，即刻让云儿抓药，熬了，让褒姒服下。午膳时，紫檀木几上铺摆着御菜五品：葱爆牛柳，喜鹊登梅，蝴蝶暇卷，姜汁鱼片，五香仔鸽；还有饽饽四品：翠玉豆糕，栗子糕，双色豆糕，豆沙卷；另有酱菜四品：甜酱萝葡，五香熟芥，甜酸乳瓜，甜合锦；又有猪脚黄豆汤，金针乳鸽汤。

褒姒和紫珠对坐着用膳，紫珠问道：

“娘娘是否觉得这半晌呼吸顺畅了不少？吃起饭来，也不那么恶心了？”

褒姒边往紫珠面前的瓷碗里舀了猪脚黄豆汤，神思悄转处急忙点头：

“果真如此，似乎有了食欲。而且，经嬷嬷几次针灸后，身上微红就没有了。”

云儿欣然笑道：“紫珠嬷嬷果真是妙手回春！”

褒毓褐瞳流转，一笑间华容婀娜，令人忘餐：“那群庸医，全是废物、饭桶。”

褒姒微启朱唇，气若幽兰：“紫珠嬷嬷大才，乃是女中须眉。”

紫珠却目光呆滞，面有郁郁之色：“娘娘此乃慢性中毒，毒性入侵日久，非三两剂药石可医。又考虑您腹中龙子，下药不敢太猛，只能慢慢来。”

褒毓、云儿闻听中毒二字，皆大惊失色，异口同声道：“难道是那些花草？”

褒姒却是满脸的云淡风轻，生死淡然，似乎没有什么可以让她挑起七情。

紫珠凝重点头，面色僵硬：“此事不要说出去，千万不要！”

第六十九章　紫珠悲声诉往事　母女相见不相识

一

褒毓的褐瞳溢出冷笑:“申后心机，果然非同一般。杀人于无形，还留了好名声。”

紫珠失意她噤声止，神情诡秘：“小心隔墙有耳。”

膳后针灸，云儿扶着褒姒躺在床上。紫珠道：

“今天娘娘仰躺，我试着调息您天突、璇玑、华盖、紫宫四穴。”

褒姒依言仰躺，云儿解开她胸前布扣。紫珠正要施针，忽死死盯着她脖子半晌，面色风云变幻，忽萎在地上瑟瑟发抖。

云儿、褒毓急忙搀扶她坐在床沿上，齐声问道：“你怎么了？紫珠嬷嬷。”

窗外的太阳像个火球，风夹着湿热气息扑面而来。

褒姒微微抬头，看到紫珠死死盯着她，浑浊的眼睛变得异常明亮，呆滞的神情似乎生动起来。

紫珠的目光火炬般笼罩着褒姒，挂在嘴角的恐慌、茫然、疑惧，最后演变成愚痴诡异的笑：“哈哈哈哈……哈哈哈哈哈……”她盯着褒姒胸口的兽纹陶贝吊坠，忽仰头傻笑，扬手将针扔掉，喘得像随时就会断气的牛。

云儿惊得大张着嘴，急忙去搀扶她，被她甩开。

片刻，紫珠以不可想象的敏捷，从她的覆满尘迹的医箱里拿出一把刀，飞奔出去，噼里啪啦地砍着院里的松柏和夹竹桃树，以不可想象的力量边砍边尖叫：

“妖孽，砍死你们这些妖孽！是妖非妖，非妖即妖！是妖非妖，非妖即妖！是妖非妖，非妖即妖啊……”

褒姒被褒毓云儿搀着来在宫门口，面面相觑，惊恐神情渐渐变幻莫测。

一群宫娥寺人站在丹墀上悄悄议论。

寿仙宫里开盛宴，舞转回红袖，歌愁敛翠钿。满堂日照曜，分座俨婵娟。

申后将一杯酒敬于姬宫湦，笑道：“关于瑶嫔陷害褒妃一事，朝野里议论纷纷。瑶嫔一直都嫉恨褒妃，却又假意示好，暗暗包藏祸心，甚是可恶。谋害龙裔，罪同叛国。此风不可长！大王若不下旨杀一儆百，只怕后宫会竞相效仿，无法管理。”

殿里锦幔高挂，彩屏张护，香雾霏霏。在座的佳丽齐声附和：

“王后所言甚是。”

姬宫湦正要答话，忽见狐眼进来跪禀：

“启禀大王、娘娘，大事不好！”

申后面色一寒，随即笑道：“大王英明果断，我大周征讨犬戎、淮夷，节节胜利，淮夷逃到岭外，犬戎潜往漠北。正是天下顺服，四海承平，有什么大事不好？”

狐眼低头敛眉道：“琼台宫有一疯女人，拿着刀在宫门口乱挥乱砍……”

姬宫湦鹰眸骤寒。众位佳丽色变，唏嘘不已。申后推开面前酒杯，面色无波，柔声道：“让一个疯子拿刀乱砍，成何体统？琼台宫那些侍卫在做什么？难道一个疯子就没人管么？兰统领站起来说。”

狐眼站起来，敛眉屏息，低声下气道：“真的是没人管。”

姬宫湦思忖片刻，霍然而起，一挥袍袖：“走，孤王倒要去看看！”

帝后坐着腰舆，舆上撑着青罗伞，后边跟着一大群交头接耳的佳丽。一长队人冒着酷暑，沿着白石甬道，踩着路两边苍松翠柏的影子走，不住地议论纷纷。蝉在树上高叫低鸣着附和。

来在琼台宫前，姬宫湦热得浑身冒汗，指着边挥刀砍树边喊妖孽的紫珠道：

“快将这疯妇拿下！”

紫珠累得满头大汗，已砍倒几棵夹竹桃树，见势不妙呆立原地，浑浊的眼里现出惊恐慌乱，身子抖得像风中枯叶。

众佳丽指着紫珠评头论足。兰妍一个箭步上前，一脚踢掉紫珠手里的刀，当啷啷落在白石地面上，发出刺耳声响。又飞起一脚将紫珠踢倒在地，命人绳捆索绑。

申后审视紫珠良久，暗自冷笑，面色镇定：

“宫廷重地，岂容撒野，将这疯女人拉下去，杖毙！”

狐眼喝令侍卫，押着紫珠便走。云儿、褒毓急忙跑出来，跪地叩头：

“大王，王后，这疯子不能杀啊！她能治好娘娘的病呢！”

二

姬宫湦怒容收尽，鹰眸灿亮，眉目间一抹挣扎、彷徨。

云儿褒毓齐道：“奴婢们岂敢撒谎？请大王进殿，一看娘娘便知。”

姬宫湦三步并作两步进宫去了，风鼓起漫天青软罗龙袍汹涌波荡。

申后身子微微颤抖，看着紫珠，目光幽深，流转成仇恨和深恶痛绝，厉声道：

“把这疯女人押下去，杖毙！”

褒毓敏捷得不可思议，猛地弹跳起来，拔剑挺立在紫珠面前，身披灿烂霞光，怒目环视众人：“这是琼台宫，没有大王命令，那个胆敢放肆？”

申后指着她怒斥：“放肆！你一个侍卫，也敢在六宫之主面前逞强？！”

褒毓满面的不羁，冷冷笑道：“我褒毓一心维护大王，维护褒妃娘娘！”

“反了，反了啊……”申后对着众佳丽，声音悲哀，透出心底的凄惶。

申后要杖毙紫珠，褒毓偏是拦着。两下里相持着，气氛剑拔弩张。众佳丽神情各异，等着剧情高潮。

褒姒松松的挽了个慵妆髻，依着殿门而立，后窗浩然风来，细长发丝萦绕身际，更衬得面色温润如玉。她见姬宫湦进来忙要跪礼，被姬宫湦拉起来，温厚掌心滑过她细嫩脸庞：“姒儿，你病体果真好些？”

褒姒点头，一翦秋瞳水波流转，抑着心事万千，指着门外道：“多亏紫珠。她方才正要为臣妾针灸，不知怎的就突然发疯了。”

姬宫湦望着褒姒，目光似无边春潮，满蕴着足以沉溺世界的温柔：

“好啊！”扬声传旨：“快带紫珠进来！”

王寺人急忙传旨，众人看着褒毓和云儿搀着紫珠入内，申后气得面色煞白，冒着汗珠，胸口起伏不已。

被褒毓云儿搀着进入内殿，紫珠面色僵冷眼神呆滞，口中念念有词：

“是妖非妖，非妖即妖，是妖非妖，非妖即妖…”

姬宫湦面色转寒，正要发作。褒姒轻挽他臂，柔声细语：

“紫珠嬷嬷被关押十几年，甚是可怜。她脑子时清时混，清净时一如常人，但最是受不得刺激。臣妾请大王开恩，留紫珠在此，则臣妾病体恢复指日可待。”

姬宫湦不语，沉沉点头，又指着紫珠道：

“治好爱妃的病，孤王重重有赏。若有闪失，孤王定斩不饶！”又谕令众人：“看好她，保护好爱妃。若有任何闪失，诛灭九族之罪！”

紫珠蹲在墙角，将手指含在嘴里吸允，目光呆滞，面如僵尸。

褒姒忽跪地道：“臣妾还有一事求情大王。”

姬宫湦弯腰搀扶，褒姒却跪着不起：

“大王若不依了臣妾，臣妾便常跪不起！”

姬宫湦满目爱怜，拉起她来，拍着她手安慰：“爱妃何事？快快请起，孤王依你便是。你病着，又有身子，以后不必再行大礼。”

褒姒被姬宫湦扶着，在锦椅上坐下，抿一缕乱发于耳后，喘着气道：

“瑶嫔下毒一事，值得怀疑，还请大王赦免了瑶姐姐。”

姬宫涅不语，皱着眉头环顾屋子，忽道：

“我道屋里与往日面貌不同，那些花草哪里去了？”

褒姒微微蹙眉，心思暗转，语声低缓：

“臣妾病中，看这些花草颇不顺眼，扔了。恳请大王赦免碧瑶姐姐！”

姬宫涅沉吟片刻，抬起头来眸光闪亮：“好，传孤王旨意，瑶嫔死罪饶了活罪难免，押往冷宫，永不伴驾。”

褒姒谢恩，目送着姬宫涅一行人走远，却见紫珠瞪着眼道：

“快砍去松柏和夹竹桃树！”

褒姒、褒毓、云儿急问其故，紫珠目光犀利，语气坚决：

“那些树制造瘴气，不利怀孕人的呼吸，快快砍去！”

褒毓带着一帮寺人在宫门口又挖又砍，云儿扶褒姒上床，闭目仰卧。

三

殿宇精致，色彩辉煌。后窗风吹修竹，飒飒有声。

紫珠边往褒姒天突、璇玑、华盖、紫宫四穴运针，一边流泪不止，神情怪异，风云诡谲。

针灸完毕，紫珠拔去银针，看着褒姒恬然睡去，推开云儿递来的水果，蹲在墙角抱头捂脸，抽搐着，肩膀耸动、起伏得惊人。

云儿以为她神神叨叨，也不理会。

傍晚时申后和狐眼兰妍在寿仙宫的观花台上纳凉，面前放着圆儿，儿上摆着应时水果、花卉。一群宫娥寺人侍卫在一旁候着。青岚霭霭，云蔚蒸腾，琪花瑶草，缤纷耀目。

兰妍剥了一块贡橘，递给申后，狐眼在霞光里流转出狡黠：

“娘娘，琼台宫里那么袒护一个疯子，属下觉得事有可疑。”

申后吃着橘子，情绪激烈，咬牙切齿：

“我大周王宫，任凭疯子胡闹，此事传出去，岂不贻笑天下？”

兰妍探头，霞光映着她流转的狐眼，狡黠诡异：

“那妖妃说疯子可以给她治病。”

申后撇着薄削嘴唇，转着眼珠，舌泛莲花：“妖女祸乱后宫危害社稷，受瑶嫔毒害不治，此乃天神惩罚，正所谓天道不可违也！怎会又有疯子治病之说？那疯子当年生了妖孽，那妖妃身世不清不明……”她看着狐眼，目光幽深，面色暧昧：“难不成，生妖孽者和妖妃之间有什么必然联系？”

兰妍狐眼流转处神情莫测：“此事蹊跷，娘娘且听属下的。”凑近申后，窃窃私语一番。

殿宇重重醒于灿烂霞色，亭台林立蔽于绿荫叠叠。晨光摇动殿中烛影，昏黄迷离。

褒姒已经紫珠治了多日，病情大减，闭目躺在床上，面色红润如初。

紫珠拔出最后一根银针，放于药箱，面色幽深，语声谆谆：“娘娘的病一日日好起来了，以后不用针灸，服用汤药即可，奴婢也该走了。”

褒姒坐起来，掀开桑蚕丝被道：“嬷嬷要去哪里？”

紫珠目中隐忍，胸有波涛万顷，面色悲戚：

“哪里来，哪里去，只怕别人不肯放过。”

褒姒穿了绣花珠履下床，扶她在几案边坐下，掩上门，跪在她面前，哭道：

“感谢嬷嬷救命，恩同再造，请嬷嬷受我一拜。我中毒之根源，大家心照不宣，尤其感谢嬷嬷替我保守秘密。我定当设法救恩人出宫，寻到失散的女儿。”

紫珠满面的翻江倒海，心起伏不已，眼里泛起莫名的泪光，缓缓搀起褒姒，语声低哀：“娘娘可曾明白？那些太医皆有所忌惮，不敢为娘娘治病。”

褒姒含泪点头，默默不语里蕴含了许多情绪，任后窗清风吹动屋内静幽，又见紫珠高挺的鼻梁深邃的眼眶面色白皙，不由道：“想必嬷嬷年轻时也是个美人。”

“流光最宜把人抛，往事不堪回首。”紫珠温柔目光捕捉着褒姒脸上细微，低头沉思、挣扎，忽然道：“娘娘可愿听老奴讲个故事？”

褒姒眸光一亮，言语温婉：“嬷嬷乃至慧之人，褒姒当然愿意受教。”

紫珠神情怔忡地站起来，缓步，索然立于后窗，肩头微微颤动。风鼓满衣袖，吹乱灰白发丝，在地上拖出她浅淡影子，幽静神秘。

褒姒站着不动，心中悲悯，凝神倾听。

紫珠声音虚飘，如同来自墓穴，又如同来自遥远天际：

“厉王年间，有一个名叫卓文菲儿的犬戎漂亮女子，被作为战利品劫往大周后宫。战争，让她失去了家园，失去了青梅竹马的恋人。她忠于自己的感情，盼着有朝一日回到故土，和恋人团聚。因此守身如玉，拒绝了周厉王宠幸。她为了自保，凭着过人才智，很快成为姜后的心腹侍婢，在后宫也算要风得风要雨得雨了……”

第七十章　吊坠解开身世迷　褒姒含泪为母泣

一

褒姒不胜惊讶，止不住赞道："那卓文菲儿危难不易其志，算是世间奇女子，委实可敬。秉丽色而守寂寞者，可储金屋。"

紫珠面色幽暗、悲沉，似有不可胜数的凄风苦雨关山飞度：

"卓文菲儿身在大周心在犬戎，盼着回到故土，命运却偏偏和她过不去。当时，厉王的小儿子姬淑岱痴迷医道，一心要结合犬戎医术，创出飏扬后世的药典……"

褒姒听闻姬淑岱名字吓了一跳，欲要发问却又止住，单听紫珠道：

"姬淑岱请旨王后，要出身于犬戎医学世家的卓文菲儿到他府书写药谱。也该是卓文菲儿的情劫，当时的王子年少英俊，风流倜傥，且极擅在女人身上做功夫。卓文菲儿陷入王子情网，情之所使，书写药典不遗余力。待半年后药典写成也有了身孕，便要求姬淑岱纳她为良娣或良媛。王妃不做，却要做王子的妾室，这卓文菲儿何等愚痴！那时有个千斤小姐钟情于姬淑岱，嫉妒成恨，让其父进谏厉王，要以通奸罪赐死卓文菲儿。周厉王律法上有通奸罪款，对卓文菲儿便力惩不殆。姜后救了菲儿，但她身孕日长。姜后禀告厉王，说菲儿因打开那夏朝流传下来的箱子，怀了妖孽……"

褒姒已知卓文菲儿就是面前的紫珠，只是事情的本真面目，和传言所述南辕北辙。褒姒不由感叹紫珠性情之奇、命运之舛，却见她突然泪如泉涌，泣不成声：

"不久，姬淑岱的药典流传于世、扬名天下。菲儿在冷宫又遇到刺客暗杀，恰逢姜后来探，将她救下。原是那怀妒的千斤小姐挑唆姬淑岱，说怕卓文菲儿把代写药典之事泄露，要杀她灭口。由于姜后庇佑，卓文菲儿侥幸苟活，在冷宫十月怀胎，生下女婴后，她苦求执行命令的宫娥，偷偷将女婴放生……"

紫珠喘得上气不接下气，几欲昏厥，被褒姒搀扶着，痛哭流涕："宫娥抱走女婴之时，卓文菲儿取下祖传的两个兽纹陶贝吊坠中的一个，挂在女婴脖子里……"说着，瑟瑟取下脖子里陶贝吊坠，青筋凸出的手抖如风中荒叶。

褒姒神色大变，急取颈中兽纹陶贝吊坠，把两个完全相同的吊坠并在一起，它们在屋内明亮光线里发出淡淡紫辉。回想起随着养父母卖桑弓箭的日子，那时她便从父母私语中得知，自己是个被捡回的弃婴。多少年的悲苦狼奔豕突而至，梦里所思所念、千万次呼唤的娘亲就在眼前。熟料，娘亲的一生如此不堪！褒姒咧着嘴跪地，哭声颤抖：“娘亲……娘亲啊……”

褒姒的一声哭喊惊残了满屋淡黄光影，匍匐在地，抱着紫珠双腿，哭声嘶哑喘息不已。

紫珠抖索的手捧着女儿的脸，压抑多年的满腔激情终将心灵的堤防冲破，十六年生死两茫茫，她不思量自难忘，猛然揽她入怀，哭道：

“儿啊！我苦命的儿啊——”

母女在此种情况下相认，各自心中且悲且喜，相拥哭了一阵。紫珠抽泣着悲叹着，迷离目光折射出烟梦往事：“真该感谢我的好姐妹余红莲啊！她果真救了我的孩子。风雨沧桑，人心变异。听说她如今很是得势，幸亏也认不得我儿了！”

“娘亲所言，可是内务府那个余嬷嬷？我必要瞅准机会，巧妙答谢她。”

紫珠点头称是，褒姒擦着泪问：“母亲一直装疯，亦是为了躲避那个怀妒的千斤小姐毒手？这么些年过去了，她还不放过你？她应该已经出嫁了吧？我想，她就是耶律馨儿。”

紫珠面色变冷，身子猛地挺起：“不是她！这矮子阴柔狡黠，奸诈狠毒，命运也和她开了个大大的玩笑。她爱着姬淑岱，姬淑岱却因犬戎和亲娶了犬戎公主耶律馨儿，她却被指婚给姬淑岱侄儿。她装得宽容慈善，其实心底极端狭隘、自私。谁若不小心使她难过一阵子，她准会让谁难过一辈子。我为了活下去，为了麻痹她，就只有装疯作傻……”

褒姒眼珠瞪直，脱口而出：“天啊！她是申……”急忙捂嘴。

二

紫珠点头，颊上挂满晶亮的泪珠：“她后来虽然嫁了姬宫湦，但和姬淑岱一直相交甚密，且靠着心机，哄得耶律馨儿和姬宫湦都不吃醋。”她轻抚褒姒柔软如缎的头发，悲酸心事浮上枯皱面颊：“兰花百合会使神经中枢过度兴奋引起失眠；月季和月秀会引起胸闷不适、呼吸困难；郁金香含羞草脱落毛发；夜来香会使孕者加重心脏负担、头晕目眩；夹竹桃花会使人中毒、昏昏欲睡、智力下降；松柏影响孕妇食欲、引起恶心呕吐、心烦意乱，头晕目眩。她把这些花木围着你住室，使你不知不觉慢性中毒，尽是周密谋划，必要害死我儿方才罢休。”

褒姒站起来，满目冷肃："种植树木花草，使我慢慢中毒，她好歹毒的法子！且一箭双雕剪除了瑶嫔。以前种种，我以忍为上，以后，我要为咱们母女争！"拉起母亲枯枝般的手，就往门口冲："请娘亲这就和我一起出宫，面见大王，揭穿矮后的种种诡计！"

母女争执、撕拽，紫珠费了好大劲儿，才把冲动的女儿劝住："关我种种，朝野皆知，加上申后的灵舌慧心，我们根本无法挽回局面。若是定要说出来，只恐有害无益。矮后，她做事从来滴水不露！她以花草害你慢性中毒，太医们或诊不出来或悄悄绕过去。咱们如今去论理，她肯定会推得一干二净！大不了找个替罪羊。到时在姬宫涅那里，最多是她好心做了坏事，不知者无罪，反而疑你无事生非……"

褒姒一股悲怨之气堵在胸口，五官扭曲，哭得喘不过气来：

"娘亲啊娘亲，女儿受害也就罢了。我总须豁上性命，为娘亲正了身份吧？难不成还让您去冷宫受苦？"

紫珠紧紧攥着女儿手："不可，万万不可！若此事一旦揭开，申后定会联手姬淑岱，调动几朝元老的力量，来证明你的妖孽身份，说你就是殷周的苏妲己一类。申后的势力手握重兵，大臣们迂腐、呆板、随波逐流、趋炎附势者众多，夹着一些恶意陷害者，群起而攻之。只恐到时姬宫涅也无法拨乱反正，救不了你，还会祸及琼台宫所有人。我们母女必死无疑……"紫珠满面泪光，悲咽难言："为娘原没想过能这么快见到我儿，能看着你好好活着就已满足，原不奢望其他……"

褒姒惶惶然呆滞，抿着成把的泪：

"难道我们只有逆来顺受，任凭恶人横行？"

紫珠轻轻将女儿的乱发抹平，泪如泉涌，哽咽难言：

"自从你入宫，申后就大肆制造妖孽谎言。我生妖孽之事，已经历姬家三代君主，影响深远。如今咱再以母女身份面世，就算姬宫涅相信、承认，可如何堵得住悠悠众口？就算堵得住幽幽众口，申后可会罢休？她必然使妖孽的谣言铺天盖地蔓延，然后行使后宫之主的权利，将你当妖孽捕杀。如若受阻，她会让其父以清君侧为名，派人来京诛杀你。无论她怎么走棋，我们都没有制胜的筹码。"

褒姒一时悲伤如潮，肝胆俱裂，咧着嘴大哭：

"娘亲，难道只有人为刀俎我为肉了？"

紫珠哀声道："为娘这些年生不如死的活着，只为寻找我儿。忍字头上一把刀，我们只有认命。你坚持生下龙子，我还回到冷宫去，只有这样才能暂时保得性命，为未来创造机会。"

现实的冷酷无情，深深的无奈和悲痛，将刚刚团聚的母女推进绝命的深渊。褒姒哭着站起来，嘶声喊道："褒侍卫，褒侍卫——"

云儿端着汤药进来，见状大惊："小姐，紫珠嬷嬷，你们这是怎么了啊？"

褒姒急忙以帕拭泪，挺起脊梁，故作平静道："为紫珠嬷嬷伤心而已。我来问你，为何数日不见褒侍卫影子？快传她来，我有话说。"

云儿犹豫了半天，被追问不过，才吞吞吐吐道："褒侍卫，她被大王宠幸，大王称道其玉洁冰清，封为玉夫人，钦赐鸾凤阁居住。"

褒姒闻听惊呆，双肩颤抖，手中锦帕飘落地上，见窗外落花纷纷，仿若世间万事皆休。她胸中激流奔涌，呆呆出声："褒侍卫……她……"

三

褒毓挑起紫琉璃珠帘进来，目凝冷笑，脆声道："娘娘这般荣华富贵，我为何就不可一试？跟着娘娘实在憋屈！连被人施毒暗害都不敢说出去，下人们跟着你，能有什么前途？"

褒姒憋得几乎要窒息，缓缓转身，背对着褒毓，攥紧抖索的双手，默然无语，蹙眉凝思：

孤傲清高的褒毓趁我疾病委身姬宫湦，难道就冲着所谓的荣华富贵？

她多次让我杀姬宫湦，难道就是褒府人所谓的"祸事精"？

褒姒的疑惑没有答案，像悬在空中的风筝那样无着，被悲伤、酸楚、绝望的潮流一波波吞没。

窗外天空变暗，殿顶挤满阴霾。大周皇宫的园艺多保持瓦石土木本色，甚少雕琢装饰，除了房屋之间彩石铺路连接以外，其他地方都任其草长花鲜，枝叶蟠虬，鲜有修剪。古树盘根错节枝叶繁茂，绿荫满地。

大风忽起，吹得镂花窗吱吱咛咛似要破裂。飞鸟从林中惊起，天空苍鹰盘旋，池水卷起深深涟漪。

一直到宫娥传午膳时间，紫珠抱头蹲着，云儿只顾默默抹几凳收拾衣物。褒姒褒毓背向站着，如星宿各自守着自己的位置，保持着彼此之间的距离。

午膳时二褒默默就坐，谁也没说一句话，唯闻窗外风声潇潇鸟儿鸣叫。

午膳后宫娥收拾残羹已毕，退下。紫珠一句话打破满屋沉寂："申后之心深不可测，又有狐眼助纣为虐，姜德妃、苏嫔、赵嫔、瑶嫔命运便是警示。无论如何，二位娘娘都不能窝里斗！否则只能让亲者痛仇者快。"

云儿正在将手里衣服叠好，放进柜子，砰地一声急关柜门，风一般旋向褒毓，惶然抓住她双臂："大小姐，你和娘娘不是仇人，是自己人啊！"

玉夫人伫立不动，冷冷地对紫珠道：

"谁能把我怎么样？紫珠嬷嬷最得考虑你自己的安全。"

褒姒想到申后加害，娘亲救治，申后怕诡计暴露，必会灭口，不由出了一身冷汗，湿了内衣。若要保护娘亲，必得和褒毓携手抗击暗流。她转过面来，幽静目光直视褒毓褐瞳，抑着碎心的伤痛、怨尤、没有嫉恨，只有明朗的期待、信任：

"玉夫人，我们仍然是好姐妹。"轻柔拉起她手："姐姐晋升，就此别居，咱姐妹无法相伴，令人伤感。妹妹知道姐姐一向清高，不将俗物放在眼里。莺儿这丫头跟着咱们这么长时间，性子好，行事也稳妥。我便将莺儿送你，她知道你的口味、脾气，省得那些生人毛手毛脚伺候不周。不知姐姐可给面子？"

一旁立着的莺儿见事已定局，紧忙含笑跪礼：

"见过玉夫人，奴婢愿意听玉夫人使唤。"

终因心怀愧疚，褒毓拉起莺儿，又紧紧攥住褒姒手，眼里有了泪光："好，好！莺儿这丫头一向招人待见。妹妹思虑周全。"转面紫珠："嬷嬷，妹妹的病可是大好了？"

紫珠点头道："病去十之七八，辅以汤药，半月后自会痊愈。"

褒毓望着紫珠眸光流转："嬷嬷可肯逃出宫外？"

紫珠本为出宫寻找女儿，女儿已在眼前，岂肯远走？她冷然摇头：

"我本想仗着娘娘们逃出宫去，可被申后父女追杀的滋味并不比飞霜殿好受，只怕还会给琼台宫留下隐患。"

褒毓目流一抹赏识的光斑：

"既然如此，就请早些离开这儿。嬷嬷大恩，我等永记！"

紫珠点头称是，打乱头发，正要装疯离开。无奈褒姒苦苦挽留了一日，第二日在她脸上身上涂了猪血，由人押送着，她哭着闹着，尖声叫骂着进入飞霜殿。殿门口当值的寺人，及殿里众宫人无不骇然，议论纷纷。

褒姒送走紫珠便面朝里躺在床上黯然伤神，被温热的手掌抚摸时她转过面来：

"大王。"

姬宫涅擦去她面上泪珠："爱妃已大好了，然何这般伤悲？如此不良情绪，只怕对龙子不利。"

褒姒抑悲坐起，心思宛转，依着他，悲悲切切道："屋里屋外的花草，皆是王后娘娘所赐。如今被毁，只怕王后娘娘得知，必然会怪罪臣妾，臣妾不胜惶恐。"

姬宫涅淡然一笑，向外传旨："孤王今晚设宴琼台宫，请王后、玉夫人赴宴，不得有误。”

黄昏时长空清幽，白云被红霞润染得如同灿灿云锦。远山云遮雾罩，青松攀岩，藤蔓缭绕，遥遥绵延开去。

第七十一章　毁去花木妃忐忑　幽王设宴为开脱

一

琼台宫迷蒙疏淡，雾岚缭绕，歌伎低唱。宫门口挂着一排琉璃芙蓉彩穗灯，淡红色的光晕，照得当值宫娥目光闪烁不定。

殿中红幔微颤，烛火明灭，香雾袅袅。正中设着宴席，上有御菜十几品，旁边歌舞助兴。上首坐着姬宫涅、申后，褒妃、玉夫人分礼在下首陪着。墨竹、云儿、莺儿等宫娥拿着巾帕、漱盂等物在一旁候着。另有一帮宫娥捧着大攒金盒往返端菜，忙得不可开交。

姬宫涅无视满庭的红飞翠舞，珠滚玉动，双目熠熠生辉，望着申后，再看褒毓："王后，玉夫人，这琼台宫内外原来花草甚多，占了空间，孤王觉得挺不顺眼，就一一撤换。如今这内外花草皆由孤王亲自布置，孤王觉得这样甚美，你们以为如何？"

申后眼珠暗转，并不言语，只听玉夫人道："紫珠那个疯婆子，毁了这里许多东西。褒娘娘宅心仁厚，也不杖杀，真是便宜她了。"

褒姒将汤勺放于碗里，语声婉柔："非是臣妾不怪罪与她，她给臣妾针灸治病，虽是瞎猫碰上死耗子，但没有功劳有苦劳。至于她疯癫毁了些物什，若与她斤斤计较，岂不要被下人们耻笑气量狭隘？"

玉夫人曳地墨锦长裙，窄腰阔摆，熠熠流光随身摆动，裙边配以指甲大小夜明珠镶圈，层层荡开叮当作响。外裳轻纱薄透，飘逸空灵，华贵异常。她冷冷一笑道："遇上娘娘这样的好脾气算她侥幸。要是她毁了我屋里一花一草……哼！"

申后如意高髻，斜插飞凤鎏金步摇，搭配青紫色锦服的各色宝珠，耳上坠着同色明铛，项上亦是同色璎珞金镶宝项圈。她慢条斯理道："姒妹妹说的也是，我们做主子娘娘的，是君王的夫人，要为天下人表率。我们一定要胸襟开阔，宽以待人。不仅是为家，更是为国。我希望人与人之间宽容、友善，不希望天下陷入纷争。"

闻此，几乎所有人都和褒姒一样觉得极为好笑。玉夫人一伸臂，露出皓腕上红玛瑙镶金钏子："若做主子的都胸襟开阔，宽以待人，那当然好！只怕是有的人神口魔心，阴狠苛刻，口蜜腹剑，两面三刀！"

申后见姬宫湦离座小解，眼睛如蛇，向褒姒、玉夫人放射出鲜红的蛇信子，挑着眉头道："后宫等级森严，主子就得有主子的廉耻，下人也得懂下人的规矩。主人若是没了尊严、廉耻，一些下作贱婢就会顺势骑到头上。维雀有巢，维鸠居上，惹天下人耻笑！"

三句话映射了两个人，暗骂褒姒这个做主子的让玉夫人这个奴婢骑到头上，两人没廉耻也没规矩、道义，徒惹人笑。

褒姒红了脸，低头，羞愧难言。

玉夫人满面冷厉，啪地一声，抬手摔了面前的小碟。

姬宫湦进来大笑："玉夫人何事气恼？你倒是率真得很！喜怒挂在脸上，不用人费神猜测，孤王甚是喜爱。"

玉夫人舀了一个牛肉丸子，扬着眉毛，满面娇媚：

"大王，臣妾最讨厌这矮小的东西了，外表光滑，内里烫嘴烧心。臣妾为了它，一不小心就弄打了碟子，真是丢丑。"

申后低头铺展开裙裾，肤色晶莹玉润，抬头对姬宫湦嫣然一笑，更增端美之态："大王，臣妾正和姐妹们讨论如何守礼自持，精诚团结，稳定后宫。只有后宫稳定，大王才能在安心朝政之余，有个良好的歇息身心环境。大王你日理万机，龙体贵重。你龙体康健，才能福泽我大周万民。施惠与民，我大周基业才能继往开来，千秋不衰。"

姬宫湦看着申后，目流欣悦之色，举酒相敬。

一场酒宴在两个女人表面和悦内里烈火相煎中接近尾声，王寺人悄禀："大王，几路诸侯远道跋涉而来，在崇德殿候驾。说是东夷残部联合百越人①犯境，西部犬戎袭击。东夷残部和百越联军听说齐国民富兵强，便要攻下。齐国城池沦陷，全军覆没，齐侯姜吕逃往燕国。奉旨镇守燕国的褒晌掩护齐侯进关。燕侯旧部嫉恨褒晌，暗中串通外敌里应外合，导致燕国沦陷。齐侯、褒候吐出重围，各自纠集旧部，一举夺回了齐国。齐侯、褒候现和诸侯同在崇德殿候驾。"

"有这等事？燕国乃我大周门户，门户一开，匪军便可能长驱直入。严密封锁消息！孤王这就去，与诸侯共商夺燕大计。"姬宫湦面色通红，站起来，袍袖扫落一个茶盅，在地上摔碎。

二

玉夫人望着姬宫涅背影消失，站起来朝申后冷笑：

“个子矮，脑子大，这话一点不假，从头到脚都是奸诈！”

申后走到门口，向后一挥袖子：“专吃窝边草的，都是兔子。兔子尾巴短，命也短，拼着命把尾巴向天翘，也翘不了多少时候！”朝身边人一挥手，疾步前行。

玉夫人对着申后背影咬牙切齿，扬声道：“不吃窝边草的母猪，扮猪吃老虎又当如何？女娲娘娘会保佑她长生不老。因为，活一百年也赎不清她的罪。大王昨晚在床上和我说了，他最见不得这等母猪。年年月月独自睡着猪圈，没男人理会、心痛，就等着生不如死地长生不老吧——”

褒姒拉住玉夫人，悄声劝慰：

“奸小最是惹不得，姐姐何必要与她一争长短？”

玉夫人望着申后背影，扬声冷笑道：

“咯咯咯咯……咱走着瞧！”

夏末时石榴挂满枝头，池塘里荷花已残，唯有硕壮的莲蓬孕育绮梦。

褒姒腹部已明显隆起，三餐膳食皆有云儿亲尝，姬宫涅又派侍卫守护琼台宫，褒毓也常常身穿夜行衣巡梭。这日褒姒坐着腰舆从飞霜殿看完瑶嫔、送了衣物，所有东西皆另备一份，由云儿避开人眼，悄悄送给紫珠。回途，宫娥们抬着腰舆在旷野般的萧索里走了一程又一程，才进入宫城繁华地段。往来官员宫娥寺人侍卫增多。褒姒命宫娥们停住腰舆，望望头顶白云：

“我坐得腰困腿麻，你们先走吧。”转面云儿：“天也不太热，咱们走着，全当赏景。”

宫娥们抬着腰舆应声而去。褒姒捶着腰，被云儿扶着走上清溪桥，扶着白石桥栏看流水潺潺，淙淙有声，击在白石岸上，乱琼碎玉一般。

清澈河水里倒影出蓝天白云和二人影子，云儿看着褒姒失去窈窕的身子，又是遗憾又是高兴，笑道：“小姐如今身子辛苦，坚持到冬月就好了。到时候生下龙子，大王还要晋升您。虽说那矮后一身诡计，幸好有玉夫人和她唱起对台戏，咱们这里方得些安宁。”

褒姒扭头看风将云儿黑发吹乱：“听说那日狐眼到鸾凤阁，以搜查为名翻乱了玉夫人柜子，玉夫人和她打了起来？”

云儿纤手扶白栏，嘻嘻笑道：“玉夫人外出，回来时在门口碰上狐眼，回屋见被翻乱了东西，就破口大骂着，不顾宫婢拉扯，疯癫般扑向狐眼。那狐眼岂是善茬？又是痞子性，戏子一般，说念唱做打，样样通达。她口口声声骂玉夫人惑君妖妇，玉夫人骂她骚狐、走狗，两个人闹得鸡飞狗跳。狐眼又是挑拨离间的圣手，回到矮后那儿巧舌如簧一番搬弄，说玉夫人如何如何含沙射影骂申后，如何打狗欺主欺负她。那矮后本就多事，对狐眼岂有不信之理？已和玉夫人势同水火。”

褒姒说话间拉拉裙子：“也多亏玉夫人，嘴上手上心上都有一套，对付一奸一恶强强组合得心应手。”

云儿拍手，眉开眼笑：“小姐说得有道理。玉夫人可不像瑶嫔，只有嗓子没有脑子，轻易就被人当枪使，又当做练武靶子。”

风在耳边呼啸，褒姒的脸色一瞬暗沉，回想起刚才飞霜殿里瑶嫔的泣语：

“我本是淮夷丞相之女，和淮夷太子两情相悦已久，他却娶了别人。我母亲和王后论理，牵连我父亲被打入大牢，一夜之间被仇人暗杀。我和母亲逃出银月城，到岐山投奔亲戚，不料岐山灾祸，户户饥馑。亲戚想要卖我到坊中，无奈我和母亲趁着夜晚逃往褒城。母亲染病客栈，我街头卖艺，遇到妹妹之后认识了一个富商的女儿碧瑶。姬宫涅选美，碧瑶在册，她已有心上人，死活不肯进宫，向我哭诉。我为了母女的治病钱，就替代她入宫，她父亲答应救治、供养我母亲。我入宫以来，只盼着成为人上人，孝敬母亲，雪得前耻，不料处处遭人算计，落得如此。我如今依然这样，死不足惜，只盼妹妹替我孝敬家母，绿贝纵死九泉之下，也会祝福你！”

那时日光明媚，她在屋里阴暗的光影中握着瑶嫔手落泪：“姐姐上有高堂，不能说死。我一定替你尽孝。”言毕，想起自己冷宫里的生母和在犬戎为人质的养父母，不由悲痛难捱，珠泪纷落。

云儿见状挑起眉毛道：“小姐如今该高兴才是，怎么又伤心起来了？”

褒姒擦着泪，鼻音浓重，悲泣哽咽，身子在风中打颤：

“想起冷宫，不由伤感……”

云儿忙搀扶着她，安慰道：“小姐莫为瑶嫔和紫珠嬷嬷悲伤了，您已尽心了。小姐今天累了，咱们回宫去吧。”

云儿说着话搀着褒姒走下石桥，走过幽林，风吹着树叶纷扬，掀起衣袂，带来丝丝冷意，如同进入寒秋。

枉死的翠缕、瑶嫔的冤屈、母亲紫珠的命运乖戾一一掠过心头，褒姒心绪杂芜如脚下荒草，纷乱难以理出头绪，一不留神踩上石子，一个趔趄差点跌倒。

云儿大惊失色将她搀稳了，望着四周，倒吸口凉气：

“小姐千万当心，万一摔倒，奴婢岂不要身首异处了？”

三

褒姒目光似嗔似怨似悲，幽然叹息道："唉！苟活罢了，纵然不小心摔倒了，哪个会怪罪你不成？"

云儿搀着她往前走，眸子在太阳的影子里流转出怨嗔：

"你不怪罪，别人却不会善罢甘休。污蔑陷害，指鹿为马，颠倒黑白，嫁祸栽赃，借刀杀人，指东打西，这宫里处处皆是。"

两人正在绕过宫墙，宫墙柳袅娜生姿，绿如翠帷，褒姒道：

"岂止是宫里，你倒是忘了褒府。满世界一个样。"

云儿一手搀着主子，一手折断宫墙柳，笑吟吟道：

"是是是，宫里比褒府更厉害罢了。"

褒姒看着垂柳摇曳道："宫里若无矮后狐眼一奸一恶组合，秩序会好许多。"

回到殿里，云儿搀着褒姒在贵妃椅上半躺半卧，倒了茶水放在花梨木几上，看着渐渐在西天上沉没的红霞道："天儿也快黑了，娘娘歇着，我去御膳房端参汤，免得喝晚了，待会儿又喝不下燕窝粥。"

褒姒闭着眼斜着身子，一条腿翘在另一条腿上，微微点头，听云儿脚步在宫门口消失，胸中郁结的一股闷气不能消散，默默抹泪半天。

尽管太医叮嘱孕妇要好情绪，可她总会无端伤感默默流泪。中秋逼近时益觉思念亲人苦不堪言，锦衣玉食的生活总也难以弥补身世凄凉的锥心痛楚。这日她正在贵妃榻上歪着垂泪，看到云儿提了参汤进来，语声带着快意："小姐小姐，太子宜臼在桂苑调戏玉夫人，大王震怒，这下有那矮子申后的好戏看了！"

褒姒一个激灵坐起来，满目惊诧满面狐疑："太子调戏玉夫人？有这等事！我也见过太子几次，他恭谦之下隐着薄怒，想是被其母挑唆。看他也是儒雅俊秀之人，怎会调戏父亲的女人，做出如此禽兽不如之事？"

"刚刚发生的事，人们都在议论呢，没有人敢针对太子造谣诬蔑吧？太子现在正被绑在明德殿受罚呢，大王亲自动手。"云儿拿着鎏金银勺，将陶罐里参汤舀进陶瓷碗里，一手拿了汤匙，放进碗里递给褒姒："娘娘快喝了，别等会儿凉了，喝了又说胃里难受。"

褒姒用汤匙舀了一口汤，尝尝温度正好，便很快喝完，放下碗和汤匙，抚着腹部道："喝了这汤，就觉得饱胀，近来总是这样。离产期还远呢，怪难受的。"神思忽转，心里一动："玉夫人呢？咱们这会儿去看看她。"看着涌上西窗的晚霞道：

“正好到她那儿晚膳。”

云儿便取了柜中紫锦芙蓉花披麾给褒姒披上：

“这时节，白天倒也暖和，早晚冷飕飕的。”

褒姒和云儿一路踩着晚霞闻着花香来在鸾凤阁，见屋宇辉煌，点缀精致，庭中一丛修竹，户外数棵花树，花儿英英艳艳缀满枝头。她们也不用门口跪礼的宫娥寺人传禀，直接进入内殿，见越窗霞光映红褒毓的半边脸，她正在床边站着，脱去十锦绣牡丹蓝绫，没有放到床上，而是仍在地上，打开柜子，取出一件粉红缠枝梅花锦裳，匆匆穿上。又命宫娥莺儿取来熏香，单提手柄，顺着她穿好的衣襟，细致地一处一处熏过去。既让香气触到锦裳，又不熏蒸过分。这样会使锦衣原味合着熏香味，香气氤氲萦绕，经久不散。

褒姒原想着玉夫人此时不知会如何难过，掀着红锦帷幔向里探头道：

“姐姐……”

褒毓忙挥去莺儿，拉正衣襟，系着丝绦，走出来，轻淡的眸中有几分气定神闲，浑身上下无一丝受伤迹象，迎面冷笑道：“看热闹来了？”

云儿站在褒姒身后，忙回头看看门口，低声反驳：

“两位小姐本该同枝连气，大小姐，你以后不要再说这种见外话了。”

褒姒似笑非笑似嗔非嗔的表情，全神贯注凝目褒毓，眼睛一眨不眨。

褒毓走到褒姒面前，挑着嘴角，面上一抹奇异一抹闲适：

“我这人不会像你一样，一味的忍气吞声。谁若犯我，我必还之。”

注释：

① 百越人：越即粤，百越的百是多数、约数，而不是确数。百越是对南方诸族的泛称。夏朝称于越；商朝称蛮越；周秦时称百越。百越人居住在今东南沿海和西南一带。

第七十二章　褒姁设计诬太子　幽王暴怒欲废储

一

褒姒错身而入，拿起她扔在地上的十锦绣牡丹蓝绫，觉肩膀处有些粘手，她仔细在蓝绫上拈了拈，又轻舔指尖，目光闪闪望着褒姁，眉毛扬起：

“果然不出所料。你算准他们父子会入瓮。”

褒姁朝褒姒瞪眼，命云儿关上房门，背对着褒姒，声音冰冷：“难道我不该这样吗？难道这宫里只许尔虞不许我诈吗？我就要告诉那矮后，教她不要目空一切，自以为天下第一！我更要离间姬宫涅君臣、父子、夫妻，然后杀死他们！你做不到的，我都替你做了！”

褒姒震惊，百感交集，心思纷乱，徐徐走到她身后：“姐姐，我一直都很感谢你，真的很感激。我也有那么多恨，也想过杀人。可这世界已够乱，冤冤相报何时了？我不想再添乱，我想我们试着忍让、宽容，便可化解一些东西。太子是储君，我们不能得罪。”

褒姁转过身来，褐眸冰冷，厉声打断她：“什么宽容？什么化解？对于豺狼，即便你宽容他一百次，你能让他放弃吃人？经历那么多，你还是不明白人性！什么储君？他可是申后的儿子！若是继位，不会放过你！”

褒姒惴惴不安疑虑满怀，将丝绦穗子捻乱：

“姐姐，我担心的是，姬宫涅很多疑，他真的完全被你蒙蔽了？”

褒姁冷哼一声，轻蔑笑道：“他色令智昏！”

寿仙宫前雁阵翻飞，晚风肆虐拂动花草，形成动态景观。走廊、门楣、隔断，处处都点缀着精美的紫檀木透雕。

宫内锦幔重重，香雾缭绕。梨花木家具配上同样质地的十二扇仕女屏风，四墙上名人字画，青瓷花盆中应时花卉盆景。淡红浅绿的纱幄流苏随风浮动。狐眼对坐在屏风前喝茶的申后微微笑道：“我前时提醒过娘娘，把疯货抓来伺候几天，就会有意外收获。娘娘这段忙忘了。娘娘执掌后宫，不可日日疑虑着。”

申后点头，说话时眯起眼，带着入定般的神色：

“嗯，是该试试了。她若是真疯，谁会相信一个疯子，若是假疯……”

狐眼恶狠狠道：“那她就得死！”

“你一定要神不知鬼不觉的，此事办得好，加官进爵不成问题。”

“现在不妥，夜晚最宜。”狐眼暗藏心机，小心翼翼看着申后脸色。

一寺人一脸慌张进来报告太子调戏玉夫人之事，申后听罢拍案而起：“宜臼，孽畜，他怎会做出如此糊涂之事？”

墨竹和一个宫娥正在取下紫贝母宫帘，换上墨绿撒金花丝绒软帘。墨竹扭头看申后：“奴婢早就提醒过娘娘，太子该是大婚年龄了，如今……”

申后拿起面前茶盅摔向墨竹，目光犀利直逼她心：“死娼妇，你这是什么话？我儿子年幼无知，那淫荡骚货见不得英俊少年，动了下流念头，勾引我儿子也是有的。我可怜的儿啊！你被那下作娼妇害得好苦啊……”声音极哀，极惨、极怨。

墨竹额头被砸，破了一个口子，鲜血顺着眼睛眉毛流到鼻子，嘴里，滴到衣服上，也不敢叫痛，跪地，自己掌嘴，哭道：“奴婢多嘴，奴婢该死，请娘娘恕罪！”

狐眼面朝窗外冷笑，扭头申后时满面恻隐：“娘娘，褒毓那个贱人，说话、走路，浑身都是骚劲儿。尤其那双眼，看男人时是带钩子的。太子一定是受了她调戏，那个娼妇还反咬一口……”

申后眸底闪射冷辉，挥手打断她：“别尽说这些废话了，太子如今哪里？”

那寺人道：“太子现被绑在明德殿，大王怒气冲冲，还说要废……”

申后厉声吼道：“别说了，快随我走！”

傍晚的秋空天高旷远，大风潇潇鞭入肌肤，略觉冷寒。申后一行人走过清幽异常的园林，无心看树木成行，仙藤野蔓，奇花异卉，灵芝珍果，迅速地穿越一道道藩篱，接近桂苑时桂香扑鼻。接近明德殿时，众人不由发抖。

明德殿矗立眼前，宫门口灯火通明，依稀有仙姿萦魂。风里传来姬宫湦不绝于耳的怒吼，夹着太子宜臼声音由大到小的惨叫，申后不由毛发直竖，如处九重炼狱的煎熬。

二

内殿灯火通明，姬宫湦正亲自对着儿子扬鞭，斥骂：

“畜生，孽障，我今天就废了你储君之位，定要打死！”

太子宜臼已经浑身是血，奄奄一息地闭着眼，哭声微弱地呼叫冤枉。

王寺人等一帮人恐慌、悲戚，跪地，磕头，齐声求情：“大王，请饶了太子吧！”

申后旋风一般冲进来，扑到太子身上嚎哭："宜臼，我可怜的儿啊……"转面姬宫涅，伸开双臂挡着太子宜臼血染的身子，歇斯底里地哭喊："姬宫涅，你嫌我们母子碍眼，就打死我们吧，打死我们去讨好那两个狐狸精……"

申后的哭声随风弥漫了整个夜空。

狐眼、墨竹等宫娥、寺人、侍卫跪了一地，异口同声请求饶恕太子。

姬宫涅垂头丧气地扔掉皮鞭，狠狠一跺脚："嗨……"

从鸾凤阁晚膳已毕回宫，褒姒由云儿伺候着卸妆，望着飘摇的烛影，幽然叹道："玉夫人这下甚是麻烦，申后母子岂会罢休？"

云儿取下褒姒发间凤钗放于妆台，幸灾乐祸地笑着：

"小姐应该庆幸才是，那矮后必然一心想着向玉夫人复仇，就会放下对咱们的那些心思，咱们可以喘喘气了。"

梳洗完毕褒姒躺在床上，看着云儿叠好衣服放进衣柜，熄烛退去，她在满屋黑暗里忆起傍晚时鸾凤阁的情景：

褒毓站在满屋的红霞里放声大笑："你想知道这件事的详情吗？让我告诉你。"她指着屋角："那儿是明德殿的观花台，我从王寺人那得知姬宫涅最近每晚到此纳凉，掌握了具体时辰。"她跃到屋中央，动作敏捷表情鲜活，如同戏子进入戏剧高潮："这儿是明德殿旁边的桂苑，我算准时间，身上藏了蜂蜜，约了太子宜臼在桂苑比武。剑光闪闪的比武引起观花台上的姬宫涅注意时，我便暗暗撒了蜂蜜在身上，引得桂苑里的蜜蜂成群袭来。太子宜臼不知是计，要显示他的君子风度，拼命为我赶走蜜蜂，我便作势晕倒在他怀里……"

内殿陷入一片静寂，窗外叶舞飞扬，明月如霜降。褒姒在辗转难眠中想着飞霜殿的母亲，想起受冤的太子，想着申后狐眼之流的奸恶，最后思绪归结于褒毓：什么样的心态和意志，使她变得如此厉害、怪异？

睡意朦胧中，她的心飞向飞霜殿方向，痛楚难当。

玉砌雕栏回护着鸾凤阁的院落，回护着庭前两棵正在开花的丹桂。桂花灿灿生辉，在远处异香扑鼻，走进了更觉香冽。殿内精巧的仙鹤香炉上插着线香，蓝灰色香雾升起丈余又袅袅飘散。褒毓一动不动地坐着，垂着眼帘，敏感的内心似乎在揣摩着什么，娇弱的双肩似忽在顶抗着什么。

莺儿默默递上参汤："娘娘，趁热喝了吧。"

玉夫人挥手命她退去，一想起今天的事她就不由心虚，弯着有些僵硬的脊背，将一把明晃晃的匕首扎进裤筒里。她站起来走近后窗，站在满屋烛影里，风飘起衣袂若飞若扬。

烛影里回放着傍晚时褒姒的惊诧，而那时，她却在洋洋自得的叙述中伸出手指，银环指套熠熠生辉："我约莫着戏已演足，飞一般跑向明德殿，途中自己打乱头发，用指套在胸前划了几道指印，上了几层台阶，正赶上姬宫涅瞪着血红的眼睛往下走，我大哭着说太子非礼……"

门哐当一声大响惊飞思绪，惊破满屋烛光。一群人拥挤着进来，褒毓依旧故我的姿势，背对着宫门冷冷道："谁人不懂规矩，夜半闯宫？"

再也不想掩饰，申后的斥骂如凌空匕首刺向肌肤："贱人，你恃宠而骄，见了本宫也不参拜，敢在本宫面前做出这种无礼姿态？"

玉夫人缓缓转身，嘴角微微上挑，目光如窗外之秋风冷冽："哼哼，王后，你儿子以下犯上，受了处罚。你心理不平衡，就到鸾凤阁寻衅滋事来了？"

申后粗短的手指像暗器指向褒毓，声嘶力竭："贱人，你以淫荡狐媚之态，在桂苑勾引诬陷太子，本是死罪。来人，将这个不守礼仪不知廉耻的妖狐拿下，带回寿仙宫处死！"

三

玉夫人眸光流转处心思一定，胸有成竹，站着不动，被狐眼等一帮侍卫绑了，走到宫门口，正好碰上匆匆赶来的姬宫涅，他大喝一声："站住！"

褒毓被狐眼等侍卫架着，满脸恐慌地看着姬宫涅，大哭：

"大王救命啊！王后姐姐要处死臣妾……"

姬宫涅目中幽光在宫灯下闪烁，看着申后，嘴角耷拉着，唇边竖纹深刻：

"玉夫人犯了何罪，为何绳捆索绑？"

申后做出个无比难看的笑脸，信口开河："臣妾知道玉夫人受了委屈，深夜前来安抚。哪知她不仅不领情，反而口出恶语。说大王不如太子年轻有为，却和太子一样好色、轻狂，贻笑天下是小，只怕大周基业……就要毁于大王手里……"

姬宫涅挥臂打断她，如被匕首刺中一般，一股寒意直抵肺腑。

褒毓楚楚可怜地流着泪，声音一哀再哀："大王，臣妾不敢，臣妾冤枉啊……"

姬宫涅眯着眼冷笑，扬声道："带玉夫人走！"

看着姬宫涅一行人提着灯笼消失于夜幕，狐眼向申后道：

"娘娘，大王他……"

申后微窥所有人脸上俱是忐忑之色，她抑着心底虚弱、怨恨，脊背一挺，装腔作势道："大王英明，他不会放过这妖狐的！"

宫灯映着明德殿旁的桂苑，桂花灿灿如梦如幻，桂香四处飘逸。殿门前时无数高低林木组成的园艺，殿内烛光破窗而出，映出姬宫涅的雄壮威武。

褒毓洗漱已毕，坐在芙蓉帐里，飒爽英气中萦绕着娇柔，娇柔中冷傲缓缓流泻，仿若夜光下的玫瑰绽放当时，令人陶醉。只是娇媚之色掩了簇簇让人防不胜防的花刺。她推开凑上来的姬宫涅，声音婉柔、缠绵：

“大王，臣妾刚才没有说谎……”

姬宫涅揽她入怀，抚她面颊：“你不用说，孤王还不了解她吗？她会随时编造出击中人心的离奇谎言。孤王今晚如此，是想告诉她，不要轻易惹你。”

姬宫涅探身吹灭了红烛，玉夫人在他怀里蹙着眉，嗤嗤冷笑。

飞霜殿风吹树影动，阴风凄凄。门口当值寺人见兰妍扛着一麻袋出来，探着头讨好：“何劳兰统领这么辛苦？小的喊来兄弟帮你把这劳什子搬出去吧？”指着她肩上麻袋。

兰妍狐眼朝他一瞪，在迷离夜色里分外阴冷：

“你不用多事，需当没见过我，明白吗？”

“小的明白小的明白。”当值寺人弯腰对着兰妍背影作揖，奴颜婢膝。

兰妍不顾花露浓重，穿柳踏草走得飞快，回到屋里，扔铁器一般将紫珠往地上噗通一扔。紫珠被摔得头晕眼花，挣扎着从麻袋里钻出头，爬到兰妍脚下，紧盯着她脚尖，目流馋笑，神情惬意：“好香，这地瓜闻着好香哎。”

兰妍一脚把她踢到墙角，撇嘴，用眼角撩着她，笑容诡异。

紫珠忍着头晕眼花坐起，身子猛地前弓，跪地，忙不迭叫道：

“女娲娘娘显灵了，女娲娘娘显灵了，快赐我龙子吧！”

兰妍走近，弯腰，挥臂猛甩她几个耳光，又踢了几个窝心脚，厉声斥骂：

“装，叫你给我装！”

紫珠抱着头尖叫：“别，别装我！我爱你，这世上我只爱你一个人啊！”

申后身披黑色斗篷，幽灵般进来，命身旁寺人扔给紫珠一只死老鼠。

申后抱臂而立，目光灼灼看着紫珠，在满屋烛影里笑意盈盈。

紫珠抓住死老鼠就咬，污血顺着嘴角流淌：

“猪蹄，好香的猪蹄啊，好香啊！”

申后和狐眼看着她把一只死耗子当美味咀嚼，脸上、嘴边沾了鼠毛、鼠血，两人先后到屋外呕吐，听着紫珠在屋内笑着：

“好香啊，神灵赐我兔肉，好香啊……”

第七十三章　沁芳亭里遭暗算　褒毓现身解危情

一

此后数日，狐眼把紫珠秘密关押，每日悄悄查看，直到听说她不着寸缕地睡在青石板上叫热，饿了挖蚯蚓吃、夜半喝了宫娥的尿，抱着树说我爱你，拿着树枝对着太阳练拳脚和剑术。

因为紫珠之事处理得甚合心意，申后不觉对兰妍另眼相看几分，彼此拉近了心里距离。夜色里桂花随风纷扬，主仆二人在桂树下笑得欢天喜地。狐眼脆声道：

"看来她一切正常，属下请娘娘指示。"

"她越正常越好。"申后低着头，双掌合十，神情虔诚："天神慈悲普度众生，看来她真的超越了世间悲喜。"抬头，神情笃定，声音温软："兰统领，天神忌造杀孽，本宫心怀仁善，将她送回飞霜殿，让她好好地活着。另外，玉夫人孤傲绝顶，自以为天下第一，你可邀她到宫外比武。"

"属下谨遵娘娘之命。"狐眼思忖着，转身就要离开。申后命回，声音幽幽忽忽，如从墓穴飘出："比武也可以搞死人的，你听明白了吗？"

狐眼神色一凛，目光乱颤："娘娘，万一大王怪罪……"

申后指着她，声音低沉、无波："一切有我罩着，你不用怕。"

申后的阴鸷冷笑弥散在桂花的香气里。兰妍有些烦乱，低头说着是，正要走开，又被喊住。申后目光幽深得像望不到底的寒潭，一字一句道：

"听说妖女临冬分娩？"

兰妍转着狐眼，思忖半天，不得要领，索性问道：

"娘娘可是要……在她分娩时用力……"

申后微微一笑："兰统领果然聪明。"

兰妍又是半天思忖，抬眸请示："小人愚钝，请娘娘明示。"

申后附耳一番，狐眼神情十分凝重地答应着，奉命而去，转身时暗暗一笑道：矮后要破釜沉舟！我得好好准备准备，援手需得力。我还有享受不尽的荣华富贵，不可有失！

又一日傍晚红霞满天时，兰妍奉命独自来到鸾凤阁，狐眼闪烁，对褒毓笑道：

“玉夫人娘娘才貌双全，又身怀绝技，这宫里除了娘娘，再没有能让在下心服口服之人！”

褒毓冷冷转面，看窗外落花飞絮：

“你狐狸尾巴一跷，本宫便知你要拉什么屎。有话快说！”

兰妍面不改色气不喘，依旧满目笑意：

“听说玉夫人身怀绝技，在下能否讨教几招？

褒毓双目闪亮：“好啊！这宫里整天的唇枪舌剑太不过瘾，本宫正闲得手痒痒呢！”

狐眼不由窃喜，气壮山河挺背扬声：

“娘娘果然痛快！酉时，宫城南门明德门外的松林边。告辞！”

“知道你不是比武，是剿杀！”褒毓隔窗看着狐眼背影渐远，急忙用白帛写了几字，打开窗子，对空吹响口哨，斜刺里飞来一只信鸽，稳稳落于窗台上的一盆吊兰旁。

褒毓将白帛绑在鸽腿上，双手放飞于浩淼夜空。

夜幕千条覆盖四野，宫城华灯溢波，远望如星罗棋布的天堂。宫城南门外的树林边，狐眼和褒毓各自使出绝技，厮杀得风生水起。

但听金戈之声交鸣，难分南北东西；刀剑之光乱射，哪明上下交锋？狐眼边打边骂：“下贱的婊子，今日姑奶奶受命于人，必要取你狗命，放下武器受死吧你！姑奶奶会信守诺言，留你个全尸！”

褒毓飞起一剑，迫开狐眼砍来的短柄宽背青铜刀，刀背上的一串铜环被削掉几个。又挥剑向空，划出耀眼剑花，口中骂道：“你这样的下作娼妇，只会勾三搭四、指鹿为马、颠倒黑白，还会有什么信守？我宁可相信鬼，也不相信你那张嘴！宫里已不清净，添了你这个孽障，更是秩序颠倒，混乱不堪。你和马三勾搭成奸，虐其妻室，不许你情人看其他女人一眼，因嫉妒祸害无辜女子。你的丑行，无人不知。你心目中只有金钱、名利、欲望，哪有什么道义、廉耻、信诺？姑奶奶今天定要杀了你这千年狐妖，也算替天行道！”

狐眼被揭露伤疤恼羞更甚，挥刀横砍，只欲立时取命，斥骂：

“妖狐看刀，死到临头还这样嘴硬！”

褒毓一个腾跃，指着她骂道：“你这妖狐，偏偏颠倒是非、黑白！”挺剑便刺。

一场惊心动魄的恶斗，初时不分伯仲，到狐眼渐处下风时，一群黑衣蒙面人赶来为她助战，摆开环字阵势，凌厉的攻势迫得玉夫人险象百出。

玉夫人拼力还击，手中三尺青铜剑被一群人持刀架着，逼得步步后退，却也毫无惧色。

蒙面的马三边打边回思往事，想起褒毓设调虎离山计诱他带领护卫离开丞相府，虽受到丞相罚俸处置，却也在宫里上手了俏丽宫娥。而褒毓显然做贼心虚，事后也没张扬、追究。马三垂涎褒毓美色，只虚假应付差事，并不痛下杀手。玉夫人得以保命。

忽闻天边传来一声冷笑，几个玄衣人飘然而至，各个身似雄鹰，手脚伶俐，招式怪异，迅疾迫退狐眼的帮凶。一个两眼精光闪烁的玄衣人冲天而起，一个剑花刺伤一圈黑衣人，飘落时露出里层白衣。

双方开始混战。夜暮重重，一片喊杀之声，冲开七层飞叶。

二

太阳的金光洒满琼台宫不远处的沁芳亭，空气里桂香扑鼻。

褒姒和云儿等宫娥进入琼台宫旁边的沁芳亭，明目朗朗环顾周际，见亭外曲水流觞，淙淙有声。水面清亮，可以一眼望到底。石板红栏，曲桥七折。合欢树茂密，紫堇碧绿的枝叶迎风摇曳，各色月绣花含露盛开，澄亮的露珠在花瓣上若隐若现。褒姒不由道：

“这地方挺好，这几日在此弹琴，弹去了很多烦恼。”

云儿笑着凑近褒姒，附耳道：“只怕不是弹去的烦恼，主要是那恶虎狡狐阴魂似的缠着玉夫人，无暇对付咱们。”

褒姒对宫娥们道：“你们去玩吧。”看着宫娥们撒花般地去亭外摘花捡草捉迷藏，她目流隐忧：“咱们清净一日算一日吧！只不知玉夫人怎样了？几日没见，倒是有些担心她。”

云儿笑道：“小姐没必要杞人忧天，人和人不同。咱们以前倒不明白玉夫人，她天生就是斗争的料，一人抗衡了矮子和狐眼两个魔怪，这后宫倒是安静了许多。”话音刚落脸色立变，忙拽住褒姒衣襟，看着亭外道：“哎哟，不好了！说魔怪魔怪就到了。”

褒姒闻听忙朝亭外张望，透过栖纱窗边飘拂的帷幔，见小径尽头，树木掩映处，影影绰绰出现了申后和狐眼一伙人。

褒姒拍拍云儿肩：“不怕，你只作没看到，且听我弹琴。”说着话刚一往铺了灰鼠锦垫的凳子上坐，那凳子突然腿断歪倒。褒姒发出啊地一声惊叫，悬空的身子向地上摔去。

"啊！小姐……"云儿大惊失色，正在搀扶不及之即，却见一个浅绿色影子及时飘进来，稳稳将褒姒扶住，搀坐在亭中青石长凳上。

霞光映得玉夫人满脸生辉，她指着断腿的锦凳冷斥："定是被谁做了手脚！"

褒姒在刚才的虚惊中扭到了身子，腹部一阵隐痛，额头汗珠在阳光下晶晶闪亮。她低头捂着腹部，面容扭曲："这凳子……本来是好好的……肚子……好痛……"

云儿搀着她满目惶急，舌头打颤："小……小姐啊，不会是动了胎气吧？"

云儿话音未落，已看到申后一伙人涌了进来。

申后撇着嘴，递给狐眼一个眼色。狐眼窜上去，揪住云儿头发，几个耳光打得她顺嘴流血，面颊肿胀起来。狐眼厉声斥道："娘娘，这贱婢谋害主子，打死得了！"

狐眼高扬的手被玉夫人扭住。玉夫人高傲地扬起眉毛，满面嘲讽："前日比武弄鬼，没死是你造化！琼台宫的事，自然轮不到你管，快放了她！"

申后面色涨红，歇斯底里怒吼："本宫是六宫之主！"

玉夫人也不搭理她，气势凌厉地推开狐眼，和云儿搀着褒姒走出亭子。

小径上彩霞跳跃处，宫娥们搬了白玉琴紧紧跟随。

回到内殿，云儿请来御医诊视。

御医悬丝把脉已毕，开了安胎药，面色凝重道："谅无大碍，娘娘服了药，务必好好歇息。"

看着御医退下，褒姒坐在几案边抚着隐痛的腹部，惊怕不已，声音颤抖道：

"好好的凳子，为什么会突然断腿？"

云儿擦去嘴角的血，满面伤痛，气喘嘘嘘："这还用问吗？一定是她们昨晚做了手脚，要害娘娘腹中胎儿，再把罪过推到我身上……"

玉夫人在窗口走来走去，霞光漫了全身："昨天晚上我路过那儿，看到一个黑影在里面鬼鬼祟祟，那黑影听到人声撒腿就跑。我心存疑虑，进去一看，识得娘娘的琴在那里。唯恐有事，今早就过来一看，果真不太平。依我看她们见不得后宫平静，一天不找事就急得发疯。拿我没辙了，就捡软的捏。害了娘娘，再嫁祸云儿。"

云儿双手紧握，出了一身冷汗，暗叹：多亏玉夫人，帮我们逃过一劫！

三

褒晌孤军深入，夺回燕国。捷报传来，京师震动。三日后的中秋节，姬宫涅在琼台宫大摆宴席，宴请三品以上朝廷大员，和六宫嫔妃饮酒赏月，二喜同庆。

月色轻舞飞扬，浩波千里携着桂香，照着琼花满枝。后宫佳丽花枝招展如百花争艳，这个转眄流精，光润玉颜；那个含辞未吐，气若幽兰；这个姿态婀娜，莺声呢喃；那个明珰乱坠，玉颜半掩。

申后和褒姒分礼左右而坐，她举着酒杯满面堆笑："本宫给各位姐妹敬酒，我们共同祝贺褒妃能顺利生下龙子。祝贺各位妹妹容颜不老，玉体康健。"

主座下首依次坐着妃、嫔、世妇、女御、姬、七子、八子、女史等人，轻纱为幔，玉颜若隐若现，无数窈窕倩影，在烛影摇红里绰约多姿。众佳丽一齐端着酒杯饮下，大多掩着情绪说笑，也有的趁人不备暗暗撇嘴或目流不屑。

玉夫人站起来喝酒，褐眸流盼间神采焕发，嘴角挑出一抹冷笑：

"只怕有的人口是心非，明里献花，暗里摸刀；明里添蜜，暗里投毒。"

申后对姬宫涅笑道："大王，你看玉夫人妹妹，说风凉话煞风景，专挑这好时候。"

玉夫人笑望众位佳丽："姐妹们明鉴。暗地里挑拨离间也就罢了，当面挑唆可太不地道！"

赵嫔举杯一笑："难得中秋月圆，大王和姐妹们相聚，吃酒吃酒。"

宴席散后，醉意酩酊的姬宫涅被玉夫人挽着往鸾凤阁走，柔灿的月华静静洒落，照亮了曲幽小径，映暗了宫娥寺人手里的灯笼。宫灯为引，绿茵铺地，所遇的寺人侍卫宫娥统统弯腰下拜。

从树上飘落的花瓣被风拂来，仿佛追着一群人的脚步。花瓣落地之前在地上盘旋，宛若层层水浪，芬芳悠扬。

玉夫人在洒满玫瑰花的木桶里沐浴已毕，服侍姬宫涅睡下后，换上夜行劲装，一径来在琼台宫外，借着花树掩护，噌地跳进朱漆高墙，悄悄来在内殿的后窗，不顾夜冷露浓，只静静待着。

子时刚过，夜猫子在树上一声尖叫，惊残了四周浓稠夜色。一个黑影刚刚接近后窗，玉夫人脱兔般从树丛里窜出来，一剑刺去。

那人仓惶迎击，两个黑影在夜色里打得难分难解。

几十招过后，玉夫人剑尖跳开那人腰带，割掉衣袂一块。那人见不能得胜，一剑迫开玉夫人，飞身便逃。

玉夫人也不穷追，借着微弱天光，看到一个物什在草丛里微微闪光，捡起一看，正是寿仙宫腰牌。玉夫人仰着头，一脸冷笑，徐徐消融于明朗月色。

晨曦初透时，玉夫人浑身困乏四肢伸展着，仰面躺在偏殿的榻上。习惯使然，只有这样她才能比较舒服地歇息。一缕透窗的晨曦映亮殿中静幽，她昨晚沐浴过的偏殿有些凌乱。木桶里的玫瑰花水早就冷了，上面飘着残败的嫣然花瓣。紫檀架子屏风上搭着换下的衣服，乱七八糟的没有整理。她半醒半睡地躺着，直觉人生不过一场荒唐的凄凉之梦。忽听执事寺人在门外道："大王，早朝时间到了。"

姬宫涅仍是昏睡不醒。玉夫人灵猫般从偏殿跳出来，穿着亵衣，脑子里怀着恶毒的念头，探身朝帷幔外道："大王昨晚酒多，今日不能视朝。"转面见姬宫涅翻了个身，嘴里嘟囔着，面朝里睡了，发出微微鼾声。

姬宫涅醒来已是日上三竿。玉夫人伺候着他用了早膳后，命人退去，面带冷笑道："昨晚大王熟睡，臣妾去琼台宫，差点抓到一个刺客。"

姬宫涅身子一抖，满目疑惑："刺客？"

玉夫人淡然一笑，拿出捡到的寿仙宫腰牌："刺客逃走，掉下这个。"

姬宫涅拿着腰牌看罢，鹰眸里怒气如织：

"又是兰妍？孤王真是忍无可忍！"狠狠一拳砸向几面。

玉夫人又拿出一个扣子出来："这扣子是翠缕被害后，臣妾在清溪桥边，从寿仙宫一个宫娥手里夺到的。可惜那宫娥也被蒙面人杀死。"从屋里拿出一件侍卫服："就是这种衣服上的扣子。"

姬宫涅霍然而起，目光瞪得发红，像要吃人的兽：

"兰妍派人杀了无辜的翠缕，嫁祸褒妃？"

玉夫人站在霞光里，凝重点头，欲语还休地说了沁芳亭之事，说得姬宫涅脸色数变。

玉夫人依着他，挽住他臂，淡然道："还有许多事，说出来只怕有害无益，臣妾不说也罢。"

任凭姬宫涅追问，玉夫人再也不吐一字。姬宫涅面色冷厉，袍袖猛地一挥：

"待我传旨，立即捕捉、斩杀兰妍！"

玉夫人摇头，喟叹："不行！嫁祸褒妃之事，两个涉事宫娥都已冤死。申后必然倚证据不全，百般阻拦，事情最后不了了之，有损大王圣威。就凭一个寿仙宫腰牌，也不能捕拿兰妍。逼急了，她们会推出个侍卫屈打成招。大王何苦助她们制造冤案？再说了，兰妍虽然可恶，左不过受人差遣。杀了兰妍，还会出来个张妍赵妍李妍。"

姬宫涅呼呼喘息半天，鹰眸倏忽闪亮，幽然道：

"知道了，得先铲除那个躲在幕后的罪魁祸首！"

第七十四章　姬宫涅赦旨废后　姬宜臼悖逆毁旨

一

中秋过后暗夜渐长，镐京的琼花纷纷谢落。

明德殿灯火通明，侍卫林立。满面堆笑的虢石父应招而来，跪礼已毕，见姬宫涅面呈晦色，似是余怒未消，烦恼困扰。玉夫人一袭雪青色葛麻裙襦站在他身后，玉颜冰冷。

虢石父抱拳抬眸："幸大王英明，今我大周四海昌平，盛世难逢。大王深夜诏微臣来，有何训教？"

姬宫涅仰头，灯影照亮他满面烦忧：

"此事甚丑，不足为外人道也！故诏爱卿来议。"

"微臣愿为大王效力，肝脑涂地，在所不惜。"虢石父欠身，满面的谄媚。

"今诏卿来，欲商议废后之事。"姬宫涅说话间面呈骇人的阴冷。

"废后……"虢石父之惊异不亚于夏雪冬雷，接着狂喜不已。他和姬淑岱因争名夺利久已结仇，废去申后，乃是砍去姬淑岱左膀右臂。

姬宫涅的眉心拧出深深纹痕："王后申氏，心胸狭窄，庸俗擅妒，华而不实，焉得敬承宗庙、母仪天下？孤王欲将她废为庶人，别院安置。"

虢石父收尽笑容，面目凝重："朝臣对后宫诸事心明眼亮，多有议论，废弃王后，微臣心痛不已！但微臣相信大王的决策英明。无论何时何地，微臣都义无反顾地拥护大王！"

姬宫涅点头，面有欣慰，扬声王寺人："王进，替孤王草拟废后诏书！"

王寺人急忙在一旁拟诏已毕，念给姬宫涅听：

王后申氏，天命不祐，华而不实，屡起狱讼，朋扇朝廷，见无将之心，有可讳之恶。焉得敬承宗庙，母仪天下？可废为庶人，别院安置。刑于家室，孤王甚愧宗族！为国大计，盖非获已。

忽闻门口一阵扰攘，太子宜臼风一般闯进来，夺过王进手里诏书，狠狠撕毁，摔在地上，环顾众人，厉声斥骂：“佞臣，妖女，阉奴，你们狼狈为奸，撺掇父王废去母后。小心有朝一日犯到太子爷手里，剥皮抽筋伺候！”

虢石父陪着笑脸，玉夫人和王寺人垂目不语。

太子宜臼跪地，叩头：“父王，妖女、奸佞颇不可信，母后决不可废！”

姬宫涅一股怒气穿胸贯顶，指着儿子斥骂：“孽畜！你枉读诗书枉披人皮。竟敢口出狂言，中伤大周梁柱，辱骂姨娘，忤逆为父！”

太子宜臼胸中如火燃烧，冠玉面上凝着浓重悲雾，目光沉痛：

“请父王三思！收回成命。我外爷手握重兵，一旦废后，将危及江山社稷。”

姬宫涅正紧紧抓着砚台，想要向宜臼砸过去，手倏然一松，目光低转，幽幽叹道：“暂不颁旨，废后事容后再议。”

拜辞父王，太子宜臼在幽径追上虢石父，红色身影犹如一抹夺目霞光，在宫灯辉映下晃得人睁不开眼。他用力揪住虢石父，狠狠一甩，面红耳赤地斥骂：

“食王俸禄不思报国的奸贼！太子爷有朝一日得势，饶不了你！”

宫灯映着太子的乌发锦冠，红袍玉带。衣袂上金银线绣着的蟠龙仿若要驾云腾飞。

虢石父倒而复起，跪地道：“太子爷切莫迁怒小人，圣意如天，谁能左右？”

太子宜臼飞起一脚，踢向虢石父心窝，呲目骂道：

“奸佞小人，岂敢相信？快滚！”

太子贴身侍卫张成面容俊逸，神情黯然，对怒发冲冠的太子抱拳：

“太子爷，这等奸诈小人不可得罪啊！”

“这帮小人，迟早要毁了我大周社稷！”满天的花瓣随着轻烟飞舞，衬着太子宜臼出众的面容，眉目间掩不住的傲岸风流，黑黝黝的瞳仁焦灼如许。

玉夫人挽着姬宫涅臂绕道而走，扭头凝望太子宜臼，褐色凤目里若隐若现着一抹诡异。

二

宫娥寺人提着七八盏灯笼，照亮树木和草地。姬宫涅一边往琼台宫走，拍着玉夫人削肩：“孤王近来无心留宿鸾凤阁，玉夫人不仅不恼，且伴孤王每日在琼台宫陪着褒妃，真是贤德！”

玉夫人头低在暗影里，看不清表情，只挽着姬宫涅臂，声音娇柔：

“大王爱屋及乌，只盼褒妃早生龙子。臣妾亦爱屋及乌呢，决无怨言，只愿褒妃无虞龙子无虞。”

姬宫湦偏头看玉夫人，目光映着灯笼，流泻暖辉：

“孤王就住在琼台宫，护佑着褒妃生下龙子。”

玉夫人抬头探视姬宫湦脸色：“大王，申后……不废……只怕遗患无穷。”

姬宫湦面色有些怔忡，幽然一叹：“唉！废是要废的，但须瞅准时机。”

玉夫人笑语妍妍：“大王英明。”姬宫湦笑道：“玉夫人神武。”说着话已望见琼台宫的灯火，玉夫人挽着姬宫湦上了琼台宫丹墀，笑道：“大王，臣妾回去换衣服，去去就来。”

玉夫人告辞姬宫湦，带着侍婢莺儿及一帮寺人宫娥一路小跑，回到鸾凤阁。

她在内殿的烛火下匆匆写了两个同样的短笺：

可去东宫搅水……云云。

飞鸽传书已毕，她看着朱红的纱窗寂寞的墙，心事蜷缩成朱砂梅，一地的梅香随着月光流向远方。万木霜欲折，孤根暖独回。梅在悬崖边，悲伤心事在长空里盘旋。

听更漏亥时已过，玉夫人换了夜行衣走进苍茫夜幕。

天河明澈，月色融融。东宫青树掩朱拦，重门院落，繁华压轻枝。几个犬戎白狼鬼魂般从后园的高墙纵身而入，在粮仓里泼油、放火，对着赶来的侍卫一阵打杀。太子亲率侍卫搏斗，顷刻间捉住了两个犬戎白狼。所余白狼向追赶的侍卫放了烟雾弹，飞速逃走。

琼台宫莺声燕语，一派祥和。檐前的一串灯笼，照亮门前的盆景和花树。

姬宫湦正和褒姒、玉夫人喝茶说笑，王寺人进来禀道：

“大王，娘娘，虢太史要见驾，样子甚急。”

玉夫人对着姬宫湦，一笑间羞煞春风，艳可倾国：

“大王，你也累了，天这么晚，不见也罢。”

姬宫湦道：“虢爱卿此时见驾，必有要事，快传他进来。”

虢石父满脸慌张地进来，脚上沾了尘土，头上玛瑙珠子歪着，急忙扶正，跪礼已毕，声音颤抖道：

“大王，出事了，出大事了！犬戎白狼到东宫行刺，听说太子爷还捉到两个白狼。”

姬宫涅身子一挺，目中激荡着寒气，另有错愕、狐疑、惊慌、痛恨：

“太子捉到白狼了？快去带来，孤王要亲自审问！”

虢石父领命急往外走。褒姒想着阿蠢的指令，想着白狼的现行，面上故作平静，胸中冰火相煎，忽瞥见玉夫人目中一抹诡异冷笑一闪而逝。

姬宫涅站起来，又颓然跌入椅子，再站起来，再跌落椅子。

一炷香时间刚过，虢石父进来跪地道：“大王，白狼带到。”

姬宫涅双眉高挑，额头青筋暴露：“带进来！”

虢石父站起来，扭头门外：“带犬戎奸细！”

所有人引颈望着门口，见四个带刀侍卫押着两个白衣白巾者走进来，后面紧跟着姬宜臼。

一白狼低头跪下，一白狼直挺挺站着，红脸小眼，面带傻气，两眼直盯着姬宫涅看。

盘龙柱上的夜明珠照亮殿宇，照亮姬宫涅目中威严肃穆，脸色青白。

太子宜臼一脚将站着直盯姬宫涅的白狼踢倒，斥道：

“犬戎狗贼，休得无礼！”

那人急忙爬起来，嘻嘻笑两声，依旧盯着姬宫涅看：“你就是姬宫涅？我以为你三头六臂呢，原来和我一样，没多一条胳膊一个腿，嘻嘻嘻嘻……”

三

姬宜臼又是几脚，踢得他吃痛不已，连声惨叫，不得不跪。姬宫涅面色凛然，斥道：“好大胆的犬戎狗贼，你们受何人派遣，聚集地在哪里？同党多少？为了何事，夜晚到太子府行刺。”

那人满面愚痴，傻声傻气道：“不是小人斗胆夜闯东宫，是听我们的太子府内应说，那里多的是美女金银，还有美酒和鸡鸭鱼肉。我想要美女，还想吃鸡鸭鱼肉喝美酒……”

姬宫涅和众人一样忍俊不禁，一笑即收：“刚才孤王所问，你听到没有？老实坦白，饶你不死。”转面王寺人：“笔墨伺候。”

那傻子大声大调道：“绑着好不舒服！松绑了我才好说。”

“倒也不怕你跑了！”姬宫涅环视满屋侍卫，命松绑。

王寺人拿出羊毫、黄帛，递给那人。

那人舒展下身子，挠着头皮，傻笑：“嘻嘻嘻嘻，我不会写，记性也不好，还得仔细想想同伙是谁，在哪里当差。”

看宫灯的影子洒满那张混沌不清的脸，姬宫涅道：“王进，你仔细记录。”

那傻瓜歪着头，眼直勾勾盯着地面，用一个手扳另一个手的手指头：

“我妈说我天生就是练武的料，一算个小账就得数指头。”扳了一个指头，颇费神地转着眼珠道：“第一个是……”想了半天，茫然扭头同伙：“我忘了，还是你说吧。”

低头跪着的四方脸白狼沉声道：“太子贴身侍卫张成……”

一言未落，他就被满腔怒火的太子宜臼一剑刺穿胸部，骂道：“犬戎狗贼，休得诬陷！”仰起头来表情痛切：“父王，你千万别听这狗嘴胡言乱语。”

那傻子抱住头尖叫：“杀人灭口杀人灭口啊……”抖若寒蝉。

四方脸白狼倒在地上，于血泊里抖动着身子，张大嘴，看着姬宫涅，喃喃要说什么，没有说出来，眼睛吊了上去。

虢石父阴笑着捋须。褒姒望着毙命的白狼微微哆嗦，面流恻隐。

玉夫人警觉观察到姬宫涅的错愕、怨恨、疑惑。

姬宫涅阴沉的目光转了几圈，冷眼瞪视太子，厉声道：

“来人，将太子宜臼带下去！”

侍卫们押着太子宜臼往门外走，宜臼挣扎着回头，哭喊：

“父王，张成是被诬陷的！你要相信儿臣啊！这是有人在给你设局……”

姬宫涅双手抱头，拇指揉着双鬓，蹙眉，呼吸急促，黯黯无语。

虢石父面上微笑，低转双目：“太子袒护悖逆的下人，大王应念其年幼，姑且宽恕！”

风从后窗吹进，纠缠着帷幔的影子，奇幻、迷离。

玉夫人附耳姬宫涅：“大王，太子对您和后宫素有怨恨。又听信其母，依着外公申侯权势为所欲为。那申侯官至太傅，位极三公，一旦君主缺位，他可以依着王法，替代君主行使权力。历代太子谋逆，勾结外贼或朝廷重臣，弑父杀君者有之……”

“不要说了！”姬宫涅猛一挥手，朝看着同伙尸体满目惊惶的犬戎傻瓜呲目怒吼：“你等为了何事夜闯东宫，内应共有几个，快说！老实交代就饶你不死。”

“别杀我别杀我，我说我说。”那傻子哭丧着脸，歪着头连扳了两个指头：“第二个内应，李良信，第三个，孙更胜……”

虢石父弯腰悄语姬宫涅：“这李良信是虎贲军副统领，孙更胜是禁宫内务副总管，俱和太子交好啊！”

姬宫湦忙命那傻子停住，低语玉夫人，玉夫人对门里门外站立的侍卫寺人宫娥道：“你等暂去宫门候旨。此事不可泄露，否则杀无赦！”

姬宫湦朝殿柱上瞪着眼睛，面色阴沉如雨前森林。

那呆头呆脑的白狼连续扳了两遍指头确认，王寺人在黄帛上记了几十个名字。

姬宫湦厉声道：“将白狼押进大牢！”

傻子被侍卫们押着往门口走，回头大哭大叫：

“姬宫湦，别杀我，姬宫湦，别杀我啊……”

王寺人将名单递给姬宫湦，姬宫湦看罢，声音出奇地冷静：“虢爱卿，孤王赐你龙符，即刻调动虎贲军，围剿太子府，诛杀这些私通犬戎的奸细！”转面王寺人：“快去调动虎贲军中的特卫队，孤王要亲自捉拿禁宫副统领李良信，禁宫内务副总管孙更胜！”

第七十五章　恶狐眼夜抓女奴　奸申后虚构妖孽

一

姬宫湦摔碎了几个茶盅，匆匆而去，走得像尾巴着火的老虎。

虎贲军中郎将带着成群结队的虎贲军横冲直撞，宫城里月色惊颤花木失魂。

夜幕益愈浓重，遮住天际最后一缕银色月影，将无尽的黛色席卷于镐京辽阔的天空。黑暗的静谧教人望穿了双眼，望不到渴盼的一丝明亮的慰藉。窗前供着的一株木芙蓉送来一缕若有若无的香气，令人神清气冽。

褒姒急忙拉着玉夫人进入内殿，掩上门，在烛影叠叠里，把狐疑、怨恨的目光投向她："那李良信和孙更胜，及王进名单上的人，可能都要做冤死鬼了。死这么多人，你看起来好像很高兴？我不明白，你难道天生喜欢血腥？我更不明白，是谁调遣了这些白狼？这个人装傻装得好真！可惜姬宫湦被他的多疑蒙了眼睛。"

玉夫人嘴唇挑出不屑的弧度，目光幽深：

"我更不明白，你怎么关心起这些白狼来了？我是天生喜欢血腥、喜欢看人死！若非如此，林娴当初买通那人诬陷你通奸，是谁放飞镖射杀他？是谁为了让褒洪德返回府里救你，蒙面在秦岭救了他？又是谁从坟墓里将你救出？"

过往种种，纷至沓来。沉积许久的疑问，如烟云散开。

褒姒一时呆住，如同植物。看着眼前芙蓉面、玉葱指的褒府千金，原以为她只是花拳绣腿迷惑人，却原来怀着惊世绝技。

太不可思议！

玉夫人在纷乱的光影里转面，气定神闲，笑意盎然：

"虢石父假白狼之手消弱太子实力，将太子宫里宫外的心腹除尽。太子元气大伤，申后又该忙乱一阵子了。咱们就消闲些，你难道和自在有仇？"

灯烛摇曳长夜不灭，透过寿仙宫窗棂，照亮朱漆长廊，长廊里挂着一排橘黄灯笼。

太子宜臼跪在申后脚下哭道："父王按着犬戎白狼供出的名单，把我的忠心侍卫和宫里的亲信侍卫、寺人一网打尽了。这分明是一场奸计，那虢石父的奸计！"

申后伸臂扫落了几上所有东西，茶盅、花瓶、翠玉摆饰等物在地上摔碎，发出惊心动魄的响。此时她不像怒火冲天的人，而像一头发怒的母狮：

“你懂什么！祸根是那两个褒国来的妖女。虢石父奸贼善于逢迎，站在褒城二妖的队里。又素与丞相结怨，而丞相极维护咱们母子。他只是借机排除异己，纳权固宠而已！而那两个妖女在处心积虑陷害咱们母子。”弯腰搀起儿子，满面的痛伤、怨恨，替他擦泪。

狐眼躬身道：“娘娘慧眼，在下也是这样认为。妖女褒姒欲生下儿子，取代王后和太子。那玉夫人更是祸精，很可能是她引来了白狼。褒城二妖一日不除，我们就一日不得安宁，还将危及整个大周王朝！”

申后眼神森然阴冷，语气淡定从容：“兰统领，本宫愿闻其详。”

狐眼低头一揖：“娘娘难道忘了？那晚我奉命诛杀那妖女，还约了丞相府护卫统领马三。本是有十分胜算的，眼看她就要束手就擒，不料突然冒出来一帮玄衣人，拼命相救。不是她同党还能是谁？我看到一个人穿在里面的白衣，似是白狼。妖女行为一向匪夷所思，她那高鼻梁深眼睛白皮肤黄头发，都证明她可能是犬戎人。她用奸细之计谋害太子，恰恰证明她就是混进大周王朝的犬戎奸细！”

申后头轰然一炸，心里如刺进无数钢针，痛不堪言，粗短的手指将裙摆紧紧捏着：“兰统领言之有理！那件事当时我们也有合计，但无法上奏。她屡次诬陷太子，证明她有十足的底气。我怀疑这两个褒国妖女勾结犬戎白狼谋逆！大王却完全被这两个妖女蒙蔽。要证明她们的奸细身份，必得费些周折。”黯淡的眼神，凌厉的语气：“若能找到真凭实据，必能将她们一举击溃，连坐同党，聚而歼之！”

太子宜臼眼睛一亮：

“蠓虫过去也会有影子，不如抓捕她们贴身宫婢，逼出口供！”

申后站起来，走向后窗，宫灯映出她彷徨难定的影子，她望着无边夜色目现迷惘：“事有万一，若逼不出口供呢？这场戏将如何收场？我们将如何自处？”

狐眼站在她身后，语声急促：“娘娘，你有权处置后宫所有人！那些奴婢不过是利益所使，就不信她们的骨头是钢铁做的？动之以刑或诱之以利，不容她们不招。”

二

见申后依旧徘徊瞻顾，太子语气急切：“母后，你身为六宫统领，岂能看着妖女横行？铲除奸细，稳固社稷，乃儿臣义不容辞的职责！不成功则成仁，儿臣甘愿拼着性命一搏！”

墨竹忽有些惶急的神情，拽住申后：“娘娘，娘娘……”

红灯笼透过雕花窗在地上投下安谧的影子，申后心里是斩不断理还乱的千头万绪，扭头看墨竹，不觉声厉："有话就说，何必吞吞吐吐？"

墨竹忽闪着眼睛道："听说褒妃常遣人去冷宫，给紫珠送衣送食，照顾得很周到。她还常常私自派人拿着铜贝出宫。"

申后闻听，眼里射出逼人寒气：

"是否大家都在说，那妖女和生了妖孽者往来密切？"

墨竹和狐眼都点头称是，狐眼道："娘娘，下人们早就对此议论纷纷！"

申后以端肃面孔掩住心里情绪，神情和语气酷似坐在夏夜葡萄架下的老人，在绿叶的缝隙里看着月光给儿孙讲故事：

"二位妖狐是褒国褒城人，褒国自夏朝始，是夏王朝的侯服之国。它偏隅一方，民众过着半农耕、半渔猎的生活。传说在夏桀王末年，二龙降于王庭，口流涎沫，忽作人言，对桀王说：'吾乃褒城二君。'桀王欲除之，太史占之不吉；欲逐之，再占，仍不吉。就命宫婢将那些涎沫放于一个兽纹青铜箱里。那箱子一直流传下来，至厉王年间，帝后检阅国库，命王后宫婢紫珠打开箱子，从中爬出两条虫子，忽而不见。紫珠就身孕日大，据说开箱子之时被妖精附身，遂有身孕。她生的妖孽被送往宫外……"她转面众人，如梦初醒的神情："看来，二位妖女和紫珠的密切并非偶然，完全可以追本溯源。"

狐眼脸上是幸灾乐祸的惊喜："事情显而易见，妖孽才会和生妖孽者有情，妖妃褒姒就是紫珠当年生的妖精。我早算好了，年份恰好符合。"

太子宜臼脊背森然发冷，面有惊骇，瞳孔紧缩："什么褒城二君？分明化作褒城二妖来祸害我大周！太子爷决不饶她们！"

所有宫娥寺人都大惊失色，窃窃私语，慌乱不已。

申后做出诚恐诚惶态，面色苍白浑身发抖：

"天神啊，如今褒城二妖在我大周后宫，我申氏罪不可恕啊！"

狐眼必欲除褒姒褒毓而后快，言辞恳切："娘娘，为将帅者，切忌优柔寡断。如今褒城二妖祸害我大周，是除是留就在你一念之间。"

申后做作的痛楚不堪步态虚浮，被墨竹和另一宫娥搀扶着，神情惶然地入内，跪在神位前祈祷，满面的痛楚、凄哀、无奈，顶级的惺惺作态："先皇，列祖列宗啊，申氏承天命执掌后宫，却遭褒城二妖祸害，你们保佑大周社稷，保佑申氏除妖成功啊！"风呼啸而来，卷起帷幕哗哗作响，惊残灯影。彻骨寒意侵向人的脊背。申后环视左右，示意下人们退去。

众人如水流哗然而逝，申后拿起腰牌，递给太子宜臼，面色凝重目光凛然：

“太子听旨，本宫命你去琼台宫，秘密抓捕妖妃侍婢云儿，严加审讯，务必要有结果！”

太子宜臼走得惶急，狐眼追到门外，递给他熏香，抱着太子手臂在怀耳语一番，亲热态俨然情侣。

申后递给狐眼腰牌：“速去鸾凤阁抓捕玉夫人贴身侍婢。”见狐眼出宫，又命墨竹：“快传余嬷嬷来。”附耳交代了一番后，又道：“让妖孽之事快速、广泛地传播……”

墨竹凝重点头，急忙出门，飘起的衣袂迅捷消散于索索冷风里。

一盏茶功夫，余嬷嬷踩着细碎灯影进来，跪拜在地。申后命起，仔细打量她，幽然一笑：“余红莲，厉王在位时，你就在姜后身边，资历不浅。如今听说你在内务府干得不错，本宫甚为看重你。近来寿仙宫管事告病还乡，本宫欲奏明大王让你接替，不知你意下如何？”

余嬷嬷心里发抖，却忙打着千儿，言不由衷道：

“能得娘娘赏识，这是老奴的福分，愿为娘娘效力！”

三

申后下巴扬着乜斜着眼，面色阴晴不定：“各个都会说愿意效力，但究竟忠诚二字最为重要。听说你得了妖女褒姒不少好处，和她走得很近。”

余嬷嬷惊恐不已，跪地道：“褒淑妃抚下之计，老奴不敢不受。既来寿仙宫，老奴心里便只有王后娘娘，岂敢不忠？”

申后不看余氏，但将目光掠向左前方紫檀架子上挂着的宫灯。宫灯光辉莹莹，照亮满屋凄清：“既然不敢不忠，我便问你。你当据实回答。”

余氏惶然点头。

申后盯着她看了那么一会儿，黑乌乌的目光若有深意：

“当年紫珠生的那个妖孽，乃是你亲手处置？”

余嬷嬷诚恐诚惶，磕头道：“老奴岂敢忤旨？当年亲手执刀，又将那妖孽埋于明德门外的树林里。”

申后站起来，弯腰走近余氏，捏住她下巴，冷然逼视：

“但我却听说，那妖孽没死！”

余嬷嬷心里慌乱不已，嘴上却强硬道：

“岂会没死？若是没死，那才是可怕的妖孽！”

申后幽然转笑，逼视着她：“要的就是这话。是否当年你埋了妖孽，却看到那儿飘起一股青烟？”

余嬷嬷心念飞快地转动，只有曲意迎合！她结结巴巴道：

“是，老奴，看到，有一股青烟，飞走了。”

申后赞赏地点头：“嬷嬷为人果然不错！你看那妖妃褒姒可像一个旧人？”

于大周后宫浸淫二十多年，什么样的权术不曾得见？什么样的阴谋还会惊叹？余嬷嬷扩大的瞳孔徐徐收缩，目流疑问：“娘娘是说……她像当年的紫珠？”

申后捏着锦帕，目光飘向远处，淡淡笑道：“你说，她像也不像？”

若说像，怕是有一日要以忤逆先王旨意、办事不力为由，杖毙处置，褒淑妃更会被传为妖孽；若说不像，怕是违背了申后心意，今日必死！余嬷嬷脑子飞快地转动，旋而斟酌已毕，且作蝼蚁偷生，便越想褒姒越像当年的紫珠，点头道：

“像，的确太像了！”

申后仰头，得意的笑声在灯影里恣肆飞扬：

“你决不可忘了今日之言，要与我作证！”

余嬷嬷黯然答应，似觉自己骤然变成炮烙现场的薪柴，只管燃成灰烬，不管遭受炮烙者将被陷进怎样的不堪承受之境。

这都是各人的命数，逃不脱，跑不掉，避不开。

狐眼兰妍和太子宜臼趁黑夜分别去了鸾凤阁和琼台宫，用熏香迷倒当值宫娥寺人，悄无声息地抓了已经熟睡的莺儿、云儿，装进麻袋，带回审讯。

斑驳染血的墙上挂着煤油灯，一摇一晃的。墙缝里长出发霉的菌，和一些乱爬的虫子。昏黄灯光照亮血迹斑驳的各种刑具，闪着阴森的光，甚是骇人。

狐眼命属下打开袋子，放出莺儿。莺儿拨开脸上散乱的头发，跪地哭着，浑身颤抖：“莺儿自进宫来，行事一向严守规矩，不敢越雷池半步。不知兰统领何故抓我？我上有花甲老母无人侍奉，请兰统领高抬贵手啊！”

狐眼指着她，眸光阴冷、强势：“今晚所问之事，干系重大。我以身家性命担保，你若如实相告，必然无事，或王后娘娘开恩，赏你个官做。”

莺儿圆润的粉脸惨白，挂满泪珠，抬头看着兰妍，满目慌乱、疑惑：

“不知兰统领所问何事？莺儿定会如实回答，知无不言。”

狐眼含笑点头：“这样便好！”示意左右退出，来到莺儿面前，低声道：

“玉夫人本是犬戎奸细，你肯定比谁都清楚。她是怎么和外贼联系的？她都干了些什么，同党都在哪里？说出来，我定然保你无事。”

莺儿吓得粉脸更白，哆嗦着磕头，哭声汹涌：

"兰统领饶命啊，奴婢真的不知此事……"

兰妍面色陡然冷寒，指着她怒斥：

"不动大刑你就不会老实。来人，大刑伺候！"

莺儿惊断魂魄，面色惨白，亡命般扑上去，抱住兰妍腿大哭：

"兰统领饶命啊，奴婢真的什么都不知道啊……难道让奴婢冤枉玉夫人娘娘不成！奴婢不敢啊！奴婢想要活命啊……"

第七十六章　玉夫人再探冷宫　瑶娘娘拼死一搏

一

兰妍狐眼一转，看着侍卫们将莺儿绑在刑架上。为留后路，放弃酷刑，狂抽了一阵耳光，打得她两眼乌青面颊红肿，又放进底下燃着火堆的铜炉里炙烤，昏过去又用冷水浇醒。

莺儿醒来后声音嘶哑地嚎哭："奴婢真的什么都不知道，岂敢诬陷主子？"

狐眼看着奄奄一息的莺儿，皱着眉头无计可施。

一个贼眉鼠目的属下凑近狐眼道："兰统领，这样恐怕没法交差吧？"

兰妍狐眼一转，瞪着莺儿："是，没法向王后、太子交差。你有何妙计？"

那人满脸谄笑："我是说，玉夫人，咱抓了她的人，她追究起来怎么办？"

"玉夫人？她算什么东西！"兰妍劈面掮了那人一个耳光，嘿嘿狞笑着，弯腰点了莺儿穴道，看着倒卧在地不会说话白瞪着眼的莺儿，笑道："她这样子，倒像是没被淫贼折磨过。把她赏给你们，拖到御花园里行事！"

两个侍卫动作麻利地将莺儿装进麻袋，在黑影里抬着走，贼眉鼠目的侍卫满脸淫笑："等会到御花园我先乐呵，你可不要和我抢。然后勒死她，吊到树上，谁都会认为此女贞节，自缢了。让她死了落个刚烈之名，对得起了。也不枉咱们在她身上快活一回！"

话音未落，他冷不防被同行的微胖侍卫一掌打晕，木桩一般倒在地上。

微胖侍卫边解口袋弄出莺儿，口中怒骂道：

"你们这些黑心贼！整天制造冤案滥杀无辜，怎的连一个小宫娥都不放过？我便豁着舍了饭碗，做回好人，今晚就收拾收拾逃出宫去。"

微胖侍卫话音未落，后脑勺挨了一记闷棍，噗通倒地。

另一个马脸侍卫从树影里窜出来，踢了他一脚，冷冷道：

"兰统领真有先见之明！说你这厮不地道，得防着点，果真如此！"

马脸侍卫掐住贼眉鼠目的侍卫人中，将他救活，扶他坐起来，满脸赏识她笑：

"兰统领乃是奇女子，慧眼识珠，一直很赏识你。常夸你人品好有能力，说你为人忠实可靠。今晚所见不虚。”

两人手忙脚乱地把莺儿装进麻袋。马脸侍卫笑道：“我刚才都听到了，你的计谋真是不错！”两人一起往御花园走，见苍苔露冷，花径风寒，叶落纷飞，荒草飒飒。

假山后一阵冷风扑面生寒，贼眉鼠目的侍卫有些惊悚，从袋子里倒出莺儿，伏在她胸前乱摸一通，声音低得像一缕幽魂：

“这婢子这会儿冷冰冰的就像死人，我这会儿不行，要不你先……”

夜色狰狞。马脸侍卫拂去头上一片落叶，嘿嘿一笑：“我先就我先，哥哥我一向胆大，逮到女鬼都不放过！”宽衣解带，满脸馋笑，若有所思地撕开莺儿衣服，边笑道：“只可惜咱兰统领那一身肥肉，净便宜了那些人。”风吹树叶颤动，在假山的缝隙里回旋，发出尖细的吼叫，荒草簌簌作响。

贼眉鼠目的侍卫在黑影里撇嘴：“都说黑女人那路强，兰统领每天和形形色色的男人应酬，且不说丞相府的护卫统领马三。他爷爷的，这等好事就没咱们的份儿！”

马脸侍卫已解开莺儿衣带，拉下亵衣，笑道：

“谁让你不是姬宫湦？谁让你没有位列三公呢！嗨，没空和你说了……”

贼眉鼠目的侍卫不屑道：“姬宫湦和位列三公的都看不上她那一身黑肉！要是能看上，她岂不要把天地颠倒过来？”话未落忽觉凛冽冷风来自背后，未及回头，手腕已被抓住。来人朝他肋下猛地一捣，他痛彻心肺，五官扭曲，张着嘴却叫不出来。再看衣衫不整的马脸侍卫，亦被此法制住。

二

黑衣蒙面的玉夫人双目闪亮，看着呆若木鸡不能动弹的两人，冷笑道：

“好淫贼，你们还抓了何人？实话告诉我，便饶你们狗命。”

马脸侍卫抖抖索索道：“太子爷还抓了琼台宫人，好汉饶命啊！”

“饶命？和你们讲不得道义！你们下黑手，咱就来个黑吃黑！明天人们都道你们落水淹死，明年今天便是你们的祭日！”玉夫人抓起他们，扔向假山后的水池，池水溅起极高的白浪。

树上落叶纷纷扬扬，飘向水池，在漩涡里挣扎、沉浮。

玉夫人背起莺儿送到琼台宫，见宫里的当值者皆中熏香集体昏睡。她讯又飞身赶往东宫，翻墙，走过几条长廊，在一片漆黑里找来找去，终看到角门处一间房隐隐透射出灯光。

她近前一看正是刑房，便从怀里掏出几枚五星钢镖，分别射向几个看守胸口。背起云儿，在黑夜里消失如一缕烟尘。

寿仙宫整夜不曾息烛，申后躺在软榻上，正望着几案上的冰裂釉瓷雕塑发呆，恨意怨夜长。狐眼掀开珠帘进来，目光乱颤：

“娘娘，属下无能，恳请恕罪！那婢子死活一个不知道啊！”

申后的脸上泪痕未干，用绢帕擦拭着眼角，猛地坐起来，呆滞般望着狐眼。

太子宜臼从门口稀淡灯影里走进来，橘红色宫灯照亮他的满目颓丧、疲惫、失望：“母后，孩儿切肤之痛，料想已无后路，一心要逼出口供。即便对那云儿用了皮鞭、拶指、烙铁等刑，仍是一无所获。”

申后沉默片刻，手一挥，神情果决若将军指挥军队驰骋：

“一不做二不休，你们该知道怎么处理！”

狐眼略有笑意：“娘娘，在下已处理完毕。”

太子目光笃定，声音略有沙哑：“母后不必紧张，孩儿身为储君，难道就不能审问一个婢子？她们就是怀疑，难道她们两个妖女还能翻了天？”

申后指着儿子，声音发抖：“蠢材，不能有妇人之仁！快回去，不能留下活口！”

太子宜臼急忙转回东宫，打开刑房门一看，见两个看守倒在血泊里，云儿不翼而飞。他吓得跌倒在门框旁，不知所措，目瞪口呆。

玉夫人背回云儿，进入琼台宫门时见当值的仍靠着门框昏迷。她悄悄进入云儿的偏殿，扶着云儿躺在榻上，见莺儿在墙角缩着，发出痛苦的呻吟。

窗口透出稀淡灯影，窗外的树丛中虫声唧唧。

玉夫人坐在几前的一片黑暗里，听着莺儿、云儿一声声的呻吟，巴巴望着东窗露出鱼肚白，霞光慢慢跳出地平线来。

闻听寺人叫姬宫涅早朝，听着君王脚步走远。玉夫人噌地跳起来，命值班宫娥退下，唤醒两个伤者，左手莺儿、右手云儿进入内殿，拽醒褒姒。

褒姒揉着惺忪睡眼坐起，身子猛地一抖，抚着腹部道：

“小家伙，你动得太厉害了。”

听褒毓低声说明缘故，又掀开帷幔让褒姒看到云儿莺儿。褒姒吓得面无人色：“天啊……”

云儿满身满脸都是污血，哭着跪地，悲悲切切道：“小姐，云儿差点都没命了，只怕从此以后，琼台宫人人自危。小姐，你要为奴婢做主啊……”

莺儿抖抖索索瘫软在地，灵魂出窍一般，面如白纸，啜泣声时断时续。

玉夫人由于一夜无眠，面色疲倦，眼窝乌青，语声凝重：

“你怕惹事，可事儿偏偏缠着你！”

褒姒穿好紫锦绣牡丹裙襦，下床，拉起玉夫人手，神情悲戚：

“再不能忍下去了，姐姐，咱们这就去找姬宫湦！”

玉夫人站在帷幔前，一袭月白色葛麻裙沐着晨曦，像是从画轴里走出来的江南女子，透着一种天然的恬淡、冷艳。她语调沉缓，冷静：“我们仔细计划后再说。我刚才有意避过姬宫湦。她们有权利拷问后宫所有人。”

褒姒不觉颓丧已极，迎着淡淡晨光立着，身子已然臃肿，难掩容貌的娟秀妩媚：“难道我们就任人宰割？”

玉夫人斜睨着褒姒，突然对着三人发怒：

“要想报仇，你们必须听我的，不得违抗！”

褒姒、莺儿、云儿共同点头。玉夫人扭头就往外走，头也不回道：

“等我回来！”

三

殿宇连天，绵亘不绝。落叶在灿灿阳光里飞扬。

几个宫娥在甬道边窃窃私语：“听说夏朝时宫里进来两个长虫，说是褒城二君，钻到箱子里了。”

一宫娥道：“知道知道，什么褒城二君，是褒城二妖！那箱子一直传下来，到厉王时，王后侍婢紫珠打开箱子就怀孕了，生的两个妖女又从褒城来到后宫，昨夜害了两个侍卫呢？”

她们远远见玉夫人走来，脸色大变道：“来了来了，快走，可别被生吞了！”

望着宫娥们一哄而散尽，玉夫人仰头冷笑，惊飞了花下鹧鸪。

飞霜殿风儿料峭，落叶飘飘，清幽冷寂。这儿没有大丽花和美人蕉，菊花悄无声息混在野草里，花苞缀满枝头，宛若铺陈开的云霞，明媚光鲜。

玉夫人踩着被风吹得嗦嗦作响的落叶走过大殿门口时，见当值的寺人笑容勉强，满目畏怯。

几个迎面而来、衣着褴褛的女人神情惊慌地走得飞快。

玉夫人所经过处，几乎所有人都躲避着她，望风而逃之势。

走到荒凉的草径尽头，头上落叶脚下荒草，玉夫人隔着门楣前跳跃的光影，看到瑶嫔穿着灰布裙襦倚门而立，套着素青坎肩，正手搭凉棚看太阳。微寒的风，肆无忌惮地吹起她灰色裙裾。

“玉夫人何故到此？”瑶嫔看到玉夫人颇显意外，急忙拉住她手让到屋里，用衣袖抹了抹凳子，让她坐下，语气急切道：“我想是那矮后施法，如今整个宫城都在传言，说你和褒妃是褒城二妖，并引申到夏朝盛传的‘褒城二君’。”

玉夫人神情冷肃，如秋风中的海棠，忽微微笑道：“我说呢，人们看到我都是那般奇怪的表情。以为我是妖精？妹妹如此紧张，难道也相信谣言？”

瑶嫔眯起的眼里含着轻蔑：“矮后狐眼的奸谋！我岂会不知？只是不知情者都被蒙蔽了。谣言铺天盖地，谁能辨识？”

玉夫人的视线飘过瑶嫔头顶，看到脏兮兮的帷帐，她语气果断：“如今我们和矮后，不是鱼死，便是网破。妹妹，褒妃被害中毒，乃是矮后的花草树木毒计，又连带了你，可谓一箭双雕！那时我们口说无凭，如今时机到了！紫珠治好了褒妃所中之毒，也可为你做证！如果你敢于指认矮后种种恶行，既可雪了沉冤出离冷宫，又可为翠缕报仇雪恨！妹妹愿意吗？有这个胆吗？”

由于过分激动，瑶嫔苍白无血的面颊一瞬潮红。她站起来，紧紧抓住玉夫人，狠命摇晃：“真的？这是真的吗？”

“妹妹，”玉夫人的眼神仿若乍暖还寒的风：“我褒毓从来不打诳语，唯愿妹妹早雪沉冤，唯愿惩治奸后，使后宫安宁！”

“我愿意，我敢！我情愿拼死一搏！”瑶嫔丢开玉夫人，不由自主握紧衣边：“大不了一死，胜似做这活死人！”

如果要死，那也是命。生死由命不由人！危机重重也抵挡不了对重生的渴盼。

玉夫人低声叮嘱瑶嫔几句，转身就往外走，警示目光告诫欲送出来的瑶嫔回屋，并在外面替她掩了门。

宠荣，富贵，秋风海棠胭脂血，覆盖不了根植的屈辱、仇恨。

玉夫人踩着遍地的荒草走，被明丽的阳光撒了满脸满身。忽然站在阳光里，略有迟疑，终没折向紫珠那儿，暗道：

我不必画蛇添足，引人怀疑，节外生枝。我相信紫珠的智慧、判断，和临时决策力。

玉夫人一径回到琼台宫。在门口等候的褒姒急忙拽住玉夫人：

“姐姐，你去冷宫了？你知不知道这时候去，会带给她们致命的危险？”

“咱们就在这儿等着姬宫涅回来，很快的。”玉夫人面色冷傲，也不回答，胸有成竹地坐下，看着褒姒，目光怜悯、冷寂。

姬宫涅整整一天没回琼台，这很反常。

霞尽西天，暮色弥漫时，琼台宫廊檐下的宫灯发出凄清而迷离的光。

玉夫人和褒姒分别到宫门口看了无数趟，差出去的寺人急匆匆回来禀告：“娘娘，大王下朝后就去寿仙宫了，王后不知患了什么急症候，去了一拨又一拨太医。”

“知道了。”褒姒抑着不安，双手合挽站在门口，敛着裙裾，显示出宫妃训练有素的舒雅、端庄。

玉夫人看着阶前橘红灯影，目光薄凉，语声淡然：“虽然晚些，但不要出意外！”转身走进门口灯影里，高挑身影很快被灯火尽头的暮色淹没。

朗朗明月，将连绵宫殿，及远近交错的红墙白栏笼上一层银白。花叶随风翩然而下，如同静美出尘的风景画一斑。

玉夫人来在树林边，击掌三声。

从林中出来一个粗壮汉子，俯身道：“听候玉夫人吩咐！”

她扔给他侍卫衣服：“换上，跟我走。”

两人绕过巡逻侍卫举着的灯火往飞霜殿方向走，转眼已在林边消失踪影。

一个黑影趁着夜幕掩护紧紧尾随着他们。那双露在外面的眼睛闪射出邪气和流气，正是丞相府护卫马三。

玉夫人和那人灵猫般来在飞霜殿，用熏香抓了前殿里两个在灯下做针线的宫娥，点了穴道，装进布袋。一人扛了一个，分别往瑶嫔、紫珠的住处走去。

玉夫人推开紫珠的屋门，伸出手指制止她惊呼，脱了宫娥衣服扔给她，又把她脱掉的衣服给宫娥穿上。玉夫人将宫娥放在床上，掀开褥子盖了半截身子，拉上紫珠就走。在石道拐弯处与扮作侍卫、背着瑶瑸的汉子会合。

马三轻捷跳过草丛，亦步亦趋尾随，幽光闪烁的双眼顶着紫珠不放，自语道：丞相爷也是奇怪！一向维护申后，不知为何又立意救这疯子。

第七十七章　冷宫走水失瑶嫔　褒姒临盆申后急

一

夜永，月光如水。

飞霜殿方向起了烟尘火光，金橙色的大火瞬间以燎原之势，照亮夜幕下的宫城。哭喊声惨叫声不绝于耳，从破旧宫殿里传出，惊散了凝聚在宫殿顶的烟雾、火苗。处处是手持火把、提着水桶、配着兵器的侍卫，火焰在他们面前熊熊燃烧。

太子宜臼矗立在飞霜殿门外的空场上，一身金戈甲胄被漫天火光映得辉煌耀目，脸上带着天神般的威严。

侍卫们在他身边站成两行，手中的火把闪闪烁烁，映暗了长空和辉煌宫庭。

伤痛的碎片如飞舞的精灵，在熊熊火光下翩跹。

四溅的火星飞上天空。一些披头散发、脸上蒙着烟灰的侥幸宫人扯着拽着拖着抱着，从火堆里逃出来，仓惶迷乱，坐在远处空地上嚎啕大哭。

风携裹来排山倒海般的灼热气息。太子宜臼眸底倏忽而逝的某种东西让人把握不住，周身笼着拒人千里的冷漠气息，一如既往。

他冷眼看着一群侍卫将所有生还者围住，一个侍卫拿着火把，带着一个老嬷嬷，对嚎哭的或呆成僵尸的宫娥们一一辨识。

辨识完毕，那侍卫走近宜臼，嘴角一抹谄媚的笑：

“太子爷，出来的就这些，没有王后要救的瑶嫔、紫珠。”

太子宜臼向空，脸上是纠结得化不开的痛楚，闷闷一声：

“聚集救火人马，撤离。”

晨辉隔着婉转的帷幔和烟光，照亮了褒姒漆黑的瞳孔。她脸上倦容因为无眠，缓缓坐起来，皱眉，捶腰。

云儿慌慌张张进来，声音急促：“小姐，飞霜殿走水，瑶嫔和紫珠，还有那么多人，都被烧死了。”

褒姒发出一声惨叫，头顶的一大团黑雾将她淹没，屋宇倾斜着倾轧下来。

黄昏时褒姒哭叫着醒来，被云儿劝慰着，勉强喝了半碗燕窝粥。又被玉夫人虚扶着，摇摇晃晃地来在鸾凤阁后面的一处小屋。

玉夫人拍着她，语气轻松："矮后狐眼的一举一动都在我意料之中，便躲在暗处看她们如何演戏。我已将瑶嫔和紫珠接到此屋，以备大王会审。你放心，不管她们如何奸恶，咱们必会大获全胜！"

玉夫人面带稳操胜券的笑意，轻轻推开低矮的小屋。

小屋光线昏暗，简陋的家具上积满浮尘，却空荡荡没有一个人影！

唯有墙角的蛛网微微颤动，像衰老到垂死的生命。

满希望很快能拯救母亲于水火的褒姒，看着满屋空寂里唯有上悬的蛛网和下落的灰尘，火热的眸光瞬间冷凝。她疯一般推搡着玉夫人："你骗我，你骗我！她们都被大火烧死了！娘亲啊，瑶姐姐……"虚浮的身子摇晃着，倒向石墙。

玉夫人被推了个趔趄，张大着嘴，满目惊恐，发出绝望的嘶叫："啊——"

褒姒顺着冰冷的石壁一滑到底，呜咽难止，又痛又恨：

"都怨你，谁要你取证？谁要你报仇？要死多少人你才罢手？"女欲养而亲不在，被愧疚、伤痛、凄哀充溢着的心常是落满尘埃。

玉夫人满目狐疑、颓丧、懊恼，看着空荡荡的屋子，走近褒姒，伸开双臂，怒吼："她们火焚冷宫我已有所预料，抓了两个人放进去迷惑敌人，救出了她们！"

褒姒站起来，对她又推又搡，珠泪滚滚，声嘶力竭："既知要火焚冷宫，为什么不拦住？！你骗我，你骗我！我再也不相信你！"

玉夫人猛地甩开她："我没骗你！你为什么不相信我？我能拦住？我能成神？"

褒姒险些摔倒，扶着墙站稳，指着玉夫人，呲目怒斥：

"我不信你，因为你利欲熏心诡计多端心肠歹毒！"

她们怨恨着争吵着，互不妥协。出来时天空飘起了雨丝，濛濛细雨打在树木花草上，声音清晰、空灵。两个人一前一后走在雨里，头上没有打伞身边也没跟宫人。

她们一前一后，徐徐走过廊桥、湖畔，烟雨中的亭台楼阁，顺着一道垂柳依依的宫墙往前走，前面开阔处的一座殿宇就是琼台宫。

玉夫人站在丹墀下，看着褒姒掸了掸肩头水珠，走进这座布置让人赞叹、景致各有不同的宫殿。廊檐下的琉璃宫灯从东侧一直挂到西端，昼夜发光，堪与日月争辉。

"是你害死了她们，你越来越诡诈、歹毒！"褒姒怒斥着走上台阶，回头，冷冷瞪视着玉夫人。

"我把她们接出来了！你为什么不信？"玉夫人目光如锥地和褒姒对视，神情冷寂地转身，茕茕折回迷蒙雨幕。

天，忽然在这一刻暗到了极致，雷声隐隐在天际滚动。

鱼也没死网也没破，仇恨的火苗也不会自行熄灭，燃烧的余烬在一场细雨里发酵、窖藏。

二

宫殿、丹墀、红毯、鲜花，嗜血与萧杀，一切都在平静中充斥着疯狂与绝望。

初冬时风剪残柳，褒姒怀胎十月即将临盆。申后在榻上歪着，忽猛地坐起，一想起褒姒即将出生的孩子就心绪激荡。发髻两边的环簪缀着细密的金丝络，络尾缀着白玉珠，打在耳朵上丝丝生凉。她命墨竹叫来狐眼，面色凛然道：

“内线来报，妖女这两天颇不舒服，像是要临产了。你赶快出宫，无论以何种手段，务必要弄到女婴！”目光轻闪，若有深意：“记住，请个好稳婆，带个大点儿的箱子进来。”

狐眼会意，点头：“娘娘放心，早前我已打听多处，这几个产妇都和妖妃怀孕时间相同。”

申后阴冷的眼神扫掠窗外落叶：“天神怜悯，她能养活个女儿已经不错了，别想和我儿子争！”

送兰妍至宫门，申后看着朝阳在呼啸的风里瑟瑟发抖，遥望宫殿楼阁连绵，宫娥寺人侍卫森然而立。她端然扬声：“本宫掌管后宫，一定要对所有嫔妃和王嗣负责。兰统领，你务必要给褒淑妃请到最好的稳婆。”

看着兰妍拜辞而去，一袭紫色缎袍很快消失于万道霞光里。申后扭头问墨竹：

“这两天大王在忙什么？”

墨竹打着千儿道：“大王忙于和丞相谋议征讨犬戎，又有东夷犯边，大王愁眉不展呢！”

申后仰头阴云渐盛的天空，一抹不易觉察的笑意迅速沉落眼底。

兰妍来在一个小村，叩开一家院门，踩着呼啦啦响的落叶，走进破旧的院子。

一个满脸风霜的妇人大概五十岁左右，臃肿的身子，看着倒像个孕妇，愁眉苦脸道：“大人，我和几个姐妹互通声息，可近来接生的几个都是男婴。”

兰妍黑脸蒙了寒霜，看起来颓丧、焦灼，朝妇人瞪着狐眼，问道：“还有几个没生？上边有令，必须得找到女婴！你可是马护卫介绍的，我很相信你！”

那稳婆耷拉着眉眼，声音颤抖：“哪有这么邪门啊？应该有女婴的。小人正要去村东头赵家接生，后村还有一个产妇。”

兰妍手一挥，厉声道：“上边儿很急！再没女婴就来不及了。走，我这会儿随你去。”

稳婆不敢拒绝，拿出一件破旧裙襦让兰妍换上，卑微的神情蘧然转笑：

“正好合适，只是委屈了大人玉体。这样扮成我的朋友，那家人才没戒心。”又觉话不合适，扬手搧自己耳光：“小人哪有这样的福分，掌嘴掌嘴！大人切莫怪罪！”

兰妍跟着她走出院门，正午的阳光有些耀眼，长空飞过孤雁。她看着稳婆锁门，严厉警示：“此事须得办好，别对不起那些金子。否则上边怪罪下来，谁能担待？”

稳婆惴惴不安地往前走，偷瞥着兰妍，低声道：“小人一定尽力！”

落叶与苔癣交织的小道尽头是三间破旧的茅屋。稳婆给兰妍使个眼色，推开被风雨侵蚀得有了蛀痕的木门，看到陈旧的几凳，破败的炕头、草席上放着看不清颜色、露着棉絮的褥子。炕前放着木桶，桶里冒着热气。

一个产妇满头是汗满脸泪水地仰躺着，盖着破被子的腹部高高隆起，目光伤痛、绝望，微微抬头，气喘声嘶，哭道：“大婶，你，可来了。生不下来，我，要死了……”

那稳婆理理她髦乱的头发，满脸的虚假笑意：

“都说女人天胆，过后还敢，你会没事，啊！”

一个灰头土脸的中年男子端着一黑色陶碗出来，浓黑的胡茬，满脸的忧愁，另有控制不住的欣喜：“大婶子，我总算盼到有孩子了，可这……”朝破炕努努嘴：“分娩这么难啊？”

不待那稳婆接口，狐眼拽着她胳膊向外轻推，向男子荡去妖媚眼波：

“放心，我有绝招，你和老姐暂且回避一下。”

三

稳婆一愣神，心神纷乱，点头称是，推着神情迟疑的男子来到门外，看看四周只有鸟雀乱飞。她有些神秘地凑近他道：

“她是镐京来的，别看年纪不大，却是我师父。”

忽听屋里一声惨叫，门外的两人大喜：“哎呀，生下来了！”急忙进屋，见产妇无声无息地躺着，兰妍抱着血淋淋的婴儿，笑得像捡到了大锭金子：

“是女婴，快洗好包好。”

稳婆急忙抱着女婴走向木桶。兰妍一挥手，从破旧棉袍下抽出青铜剑，狠狠刺向那灰脸破衫男子。

那男子猝然倒地，眼神惊恐、愤怒、绝望交织，死不瞑目的眼睛瞪向他的妻子。

稳婆见汉子中剑倒地，颤抖着洗好女婴，见女婴也已气绝，吓得尖叫起来。急忙去看产妇，见她肚子被剖开很长，肠子流在破炕上，眼睛瞪得异常骇人。

稳婆面如死灰，抱着婴儿倒退几步，靠着破墙一点点滑落在地。

兰妍跳过来，踢了她一脚，瞪着狐眼，看起来十分凶残、暴戾：

“就这点胆子，还想发财？快包好婴儿，随我进宫！那里有大把的铜贝和享不尽的荣华富贵。”

稳婆抖着臂，拄着地，慢慢爬起来，畏怯地擦泪，递给兰妍女婴：

“大人，你太用力了……”

兰妍一看女婴已死，心窝处有个血口，将婴儿狠狠摔在地上，满目失望道：

“我也第一次干这事，否则岂会有失？”

日光偏西时，稳婆领着狐眼来到另一产妇家门口，低声叮嘱：

“只有她一人在家，男的从军去了。”

兰妍只怕赶不上宫中时间，心里焦急，蹦进去点了产妇眩晕穴，眼也不眨，一刀将正在哭叫的产妇肚子割开，取出婴儿，一看是男婴，啪地摔死在地，补了产妇一刀，惶然道：

“时间紧迫，只有去马三家了！”

她命稳婆将摔死的男婴装进木箱里。稳婆满腹疑惑也不敢问，只有照办。当他们在一个阔绰庭院前下马时，天气已近黄昏，冷风益甚。兰妍向抱着膀子缩着头的门人出示丞相府腰牌：“马护卫吩咐我们来给少夫人接生。”

门人满脸的卑微转为笑意：“这下可好了，少夫人正在难产。”吱呀呀关上门，领着二人入内。兰妍和稳婆向正厅里的马三父母招呼，经指点进入正在待产的马三妻子房内，支出穿着粗布棉袄的丫头去烧热水，由稳婆栓了门。

兰妍命稳婆以接生手法割开马三老婆会阴，取出一血淋淋的女婴，在婴儿的哭声里低声笑道：“大功告成！”

稳婆缝好产妇伤处，从门口接过小丫头递来的热水，复栓上门，麻利地将女婴洗好包好。兰妍用一块沾了麻醉药的破布捂住女婴嘴，女婴立即止住哭声，她从箱子里抱出死男婴，放进活女婴，盖上箱子，少顷开门，喊来小丫头道：“生个死婴。”

醒过来的孕妇气若游丝地哭喊：“刚才我明明听到孩儿哭，如何会死了？”

小丫鬟急忙去客厅报信，兰妍领着稳婆走得甚急。

稳婆随着兰妍进入寿仙宫内殿时，顿觉暖和得只是冒汗，急忙脱去外衣。

殿中宝座旁灯火辉煌，照着申后的满脸焦躁。她刚摔碎几个花瓶，见她们进门忙站起来，语声惶急："事情办妥当了？"

青铜壁炉里烧的木炭噼啪作响，烘的整个大殿如同阳春三月。青瓷曲茎花瓶里的梅花苍劲有力开着，或红苞尚裹，或纤弱绽放，幽幽香气弥散了满屋。

兰妍在舒坦的空气里点头，和稳婆跪礼。申后命起，看看箱子里的女婴还有气息，乜斜着兰妍笑道："你一向脑子聪明，这会儿被一路风霜蒙糊涂了些。"

兰妍疾转狐眼，便暗自怨叹：矮后不过随便要个婴儿罢了，我却做得好生辛苦！

她正自思量可否立即捏死婴儿，又怕行为鲁莽，却见墨竹急匆匆进来。

墨竹撩起耳边乱发，面色诡秘，耳语申后：

"大王已被丞相拖住。玉夫人已喝了有蒙汗药的参汤，正在昏睡。"

申后的得意之色一闪而逝，看看窗外夜色正浓，不自觉流出些微笑意，缓缓扬声："褒淑妃这会正在鬼门关上哭呢。走，你们快随我去琼台宫探视。"

申后坐着凤辇走上平整御道，一大群人簇拥着凤辇而行。天边一弯凉月，如水的银光隐隐渗出月宫般的清冷。远近处的亭台楼阁或浓或淡、错落有致地铺上银雾。空中弥漫着幽寂的味道，幽暗处浮动着沁人梅香。

将到琼台宫时，申后在一团树影里下辇，命宫娥空辇回去，让墨竹和另三个宫娥稍离。她和兰妍耳语，兰妍命稳婆打开箱子抱出昏睡的女婴，申后亲自藏于宽大的衣袍内。

她们走到琼台宫丹墀下时，见灯影灼灼，光色璀璨，如披着阳光的海浪一波波涌到人身上，金光迷离，蔚为壮阔。申后明灿的脸容便在这样的光束里暗了下去，低声道："只怕她在宫门口醒了，再一哭，麻烦就大了。"

第七十八章　申后斗胆换龙脉　褒妃护犊遭毒打

一

申后带着狐眼和稳婆，仪态端肃，一步步登上琼台宫玉阶，不待传禀径自入内，后面紧跟着墨竹和三个宫娥。

白花花的灯光里人影交叠，稳婆和宫娥来往穿梭。

申后满脸关切地伏到床前，见褒姒大汗淋漓，连床褥都湿透了。满脸纵横的泪痕斑驳一片。一群接生嬷嬷围着她忙碌，急得要命，纷纷对申后诉苦：

“王后娘娘，催产药都给淑妃娘娘喝了好几剂，可能是孩子太胖……出来可难啊！”

褒姒痛得五官扭曲脸色雪白，高一声低一声嘶嚎着。云儿红着眼站在榻前，拿着棉帕，给她擦去不断涌出的泪水、汗水。

申后站于床前，满目凛然呵斥众人：“你们这么多蠢材、废物，连一个人都伺候不好？淑妃娘娘要有个好歹，我不仅一个个将你们打死，还要诛灭九族！”见众人跪地默然，噤若寒蝉，又道：“淑妃妹妹这会正在鬼门关上，你们这样乱糟糟的，岂不把她烦死？起去，都快起去！我特意请来经验丰富的稳婆。”扭头命令那稳婆：“伺候淑妃生下龙子，本宫重重赏你。若有半点差池，刮骨熬油点天灯，还要灭你九族！”

众人不敢违命，怯怯地退到殿外。云儿哭着嚷着不肯离开，被墨竹等几个宫娥硬拽出去，狐眼从里面关上殿门。

不久，随着褒姒一声凄厉的嘶嚎，终听到一声微弱的婴啼。云儿身子激灵灵乱抖，一被墨竹丢开就扑到门上，拼命捶打，泪眼迷离道：

“开门，快开门！我家小姐生了！”

殿门打开时，婴儿哭声已停。申后笑微微看着众人：

“你们这些奴才刚一出去，淑妃娘娘就生了，是个公主。”

姬宫涅满头大汗地进来，呵呵笑道：

“姒儿，可把孤王急坏了！公主也好，公主也好啊！”

随兰妍来的稳婆低着头，颤抖着将婴儿洗好包好。申后抱在怀里看着，满面的欢喜："好啊，真好啊！瞧公主这双眉眼，多像淑妃妹妹！"突然惊叫一声："哎呀，公主怎么没气息了？"

众人大惊，一时间慌乱不已，齐齐跪了满地，哭求饶命。

申后面色风云突变，指着稳婆斥道："公主刚才明明好好的，你是怎么洗的？"

不顾稳婆大惊失色语无伦次，申后厉声道：

"害死龙裔，罪同谋逆。快把这稳婆拖出去杖毙！"

姬宫湦抚摸着死婴渐失温度的脸，默默流泪，呆成石雕。

申后抹着泪，对姬宫湦和褒姒说了许多安慰之词，叮嘱褒姒好好养息，注意饮食，切莫落下月子病了。

看着申后狐眼一行人有序走出，褒姒怔忡地望着她们背影，胸中疑窦丛生。

褒姒生下死婴，狠狠地忧伤、呆滞了一阵子，册封贵妃化为泡影。一年后申后和她同时怀孕，姬宫湦特设小灶。哪料两人同时中毒、小产，后宫风声鹤唳。姬宫湦命严查凶手，兰妍捕捉御膳房太监，逼死，被证畏罪自杀。姬宫湦冷眼观风云，觉申茳以自伤拿下敌手，十分可怕。褒姒此时身心皆伤，怔忡憔悴，月子里十分牵挂母亲，偷偷去冷宫探视，被推进深潭，被巡逻的侍卫救下，因溺水落了病根，脊背、四肢时时困痛，又觉宫里步步惊心，立意去寺院修行，姬宫湦不允。她又一次怀孕在进宫的第五个年头，为保胎儿无虞，并不向外泄露，只托病请旨出宫，由褒毓云儿相伴在法原寺祈福，于此年冬天，顺利生下男婴，姬宫湦欣喜无比，銮驾迎回母子，满朝皆贺，将儿子取名伯服，将褒姒册封为贵妃。

伯服满月宴，琼台宫前的广场上搭彩棚下铺红毯，珠滚玉动间一派歌舞升平。

姬宫湦在饮酒，摇晃的青铜酒杯，樱桃醇色艳而芳香。众多佳人花摇玉动，众星捧月般围着他，燕语呢哝。另有华服盛装歌舞伎一群，在当中红毯上水袖飞扬，旋转歌舞。

时光飞逝，伯服迎来了了他生命里的第一个盛夏。

这天没有太阳却十分闷热，终有一阵凉风将滚滚热浪吹散。云儿和几个宫娥轮流抱着伯服在琼台宫前的花园里纳凉，风穿越树木呼呼送爽。许多宫妃、宫娥、寺人在林间络绎不绝，都夸伯服长得虎头虎脑。

云儿站在一棵夹竹桃树下，安抚着伯服，对身边宫娥笑道：

"御花园假山后的水池里淹死过两个侍卫，人们都说那里有水妖作祟。若不是大王在这儿建了花园，这样热的天，大家都到哪里乘凉去？"

风大起来，乌云覆盖了天空，天际雷声隐隐。各色花草都抬起耷拉了半晌的头。鸟儿惊得啾啾乱飞。

一个宫娥看看头顶乌云道：“要下雨了。快走啊！”

云儿刚抱着伯服走出花园上了丹墀，进入大殿的屋檐下，豆大的雨点就铺天盖地般落了下来。

后面的几个宫娥晚进来一步，裙裾和鞋都被雨水溅湿。

云儿弯腰掸了裙子，捏捏伯服鼻子道：“多亏早进来一步，要不然，你个小家伙就被淋成落水小鸭了。”

空气粘稠湿热，伯服在云儿怀里，蹙着的眉眼极像姬宫湦，张着嘴叽叽咛咛，满脸委屈和烦躁的表情。

一群人挤在檐下，此时廊檐下更见闷热，只让人喘不过气来。

褒姒以锦帕擦着汗出来，拍拍儿子绸缎般光滑的脸：

“伯服，忍忍啊。这雨下久了，天儿就凉快了。”

一个宫娥搬出铺着青竹席的摇篮来，放在云儿左侧，笑道：

“抱着给殿下加温呢，放进这里就好了。”

“就是就是！这儿凉快些。”云儿弯腰将穿着红肚兜的伯服放进摇篮里，站起来时拉整裙裾。

一群人围着伯服逗乐，他躺在摇篮里咧嘴笑得嘎嘎咯咯。

雨落在台阶上，水珠四溅。

天地间唯有雨声哗哗，雨水顺着宫城里逶迤纵横的大理石栏杆、朱红宫墙和宽绰悠长的廊道及一道道镶了无数鎏金铜钉的红门下淌，处处都洇染了水渍。

申后领着一群人过来避雨，十来个人挤进廊檐下，立即显得拥挤。

狐眼抖着轻骨竹伞走近伯服，水珠飞溅得到处都是。

二

这边云儿等人急忙往后躲，挪伯服的摇篮不及，伯服被抖着竹伞走动的狐眼撒了满脸满身水珠，惊得手脚乱舞，咧着嘴大哭。

褒姒心痛地抱起惊恐不定的伯服，晃着哄着。

云儿急忙擦着他脸上身上水珠，垂着眼皮道：

“娘娘，怕是小王子被吓跑魂儿了。”

兰妍猛地又朝伯服抖了几下伞，狐眼流转，微微作笑：“这儿有妖精啊？把小王子吓跑魂儿了。”

后宫里妖孽的议论从未停息。许多人当着姬宫湦面对褒姒笑着，一离开姬宫湦，看见褒姒就像躲避妖孽。

申后一行人纷纷向褒姒撇嘴，眼角从下向上撩着看，满目不屑。

琼台宫众人也盯着褒姒看反应。

申后慢吞吞道：“如今这世道，妖精横行。”

褒姒朝申后翻翻眼皮，样子有些恶毒。抱着悸动不安的儿子，想着那些有关妖孽的流言蜚语，眸中放射出一种前所未有的锐利之光。

申后还褒姒一个同样锐利的眼神，语声平缓：“夏朝时两个妖孽入宫，自称是褒城二君。看来这世上妖孽，都要把自己装成神仙……”

褒姒心里苦涩，尽管将怒气一抑再抑，仍不免目中喷火，瞪着申后：

“下人们口无遮拦倒也罢了，究竟是下人。王后这般尊贵身份，又是六宫之主，怎的也这般胡言乱语。位尊者若不做人典范，一旦上行下效，诽谤成风，我大周后宫还成什么样子？还请王后娘娘自重！”

她要呵护着儿子活下去，不能让儿子的以后，生活在妖精的阴影中！

檐下很静，静同人心。

申后冷冷看着褒姒，眼神变成要把她射穿的利箭：“天降妖女惑乱朝纲，谁人不知？何来诽谤之说？既知尊卑有别，在本宫面前，你就只有受训教的份儿。别以为被下等人叫声娘娘，就忘了自己什么身份了！”

“你……”褒姒指着她，剧烈发抖，猛一转面，头上的骨簪落在地上，也不捡起。

廊檐下好一阵死寂，只有哗哗啦啦的急雨声惊悚人心。

雨点落于台阶和铺地的方石上，飞溅起晶莹水花。丹墀下的地面上汇集了无数水流，顺着方石块的缝隙潺潺流动。

褒姒示意云儿抱着伯服回屋，另有宫娥寺人在后面簇拥着紧随。

一行人挤攘着将要进入殿门。狐眼在他们身后尖声道：

“娘娘，咱们快走吧，这儿妖气太重，站久了会惹上骚气。”

褒姒终是忍无可忍，折回来，这才捡起骨簪，眼风冷凛：

“你们不要信口雌黄，欺人太甚了！”

申后冷眼盯着褒姒，环视众人，嗤儿地一笑：

“你们看看，这倒是奇怪，一说妖精她就起反应。”

狐眼对身边几个宫娥挤眉弄眼，并发出一阵窃笑。

褒姒气得发抖，隐忍的怒火终于喷发，拿着簪子的手向申后胡乱挥舞：

“你，如此德行，怎配统领后宫母仪天下？”

褒姒的话如狠狠一脚踢向申后软肋。

申后瞪着褒姒，目光阴毒得吓人，伸臂怒斥：“你想以下犯上？刺杀本宫。”

褒姒气得咬牙，脸色惨白，攥着骨簪的手在空中僵着，不住地发抖，以眼还眼，怒气汹汹勃发：“位尊而无德者，贻笑大方！”

狐眼虚张声势，如临大敌般挡于申后面前：“休得伤害我家娘娘！”

申后嘿嘿一笑，面色冷寒：“来人，将这目无尊卑、图谋刺杀本宫的妖妃擒住，掌嘴伺候！”

所有人俱已惊呆，面面相觑神情畏怯。申后瞪着眼，怒斥左右：“你们都害怕了吗？兰统领，将这妖女制住，我亲自动手！”

兰妍扭住褒姒推到申后面前。

申后粗短的手指极有力道，噼里啪啦就在褒姒脸上落下一阵雨点般的巴掌。

褒姒左右扭头躲闪不过，感受着深深的折辱，羊脂般滑腻的脸上肿起无数指头印子。

申后打得手腕发困发麻，褒姒一口血吐到她脸上，痛骂之语如激流飞泻：

“矮后，你心胸狭隘，嫉妒成性，满口谎言，草菅人命，屡起狱讼，其恶可诛！天道从来向善，你难道不怕遭报应？伯服这么小，他是大周小王，是你儿子的同胞兄弟！你为何一定要制造谎言，让他在流言蜚语中长大？你为何没一点点善心？真是枉为中宫……”

“哈哈哈……报应？你现在正在遭报应！”申后最恨听到矮字，接连几个耳光，打得褒姒几欲晕厥，捣着她脸斥骂：“褒城二妖，你们祸乱后宫谋害储君，难道不怕遭天谴吗？”

三

云儿等几个宫娥从殿里出来，大惊失色，纷纷哭着跪地：“请饶了我家娘娘吧！请饶了我家娘娘吧！”

狐眼一脚将云儿踢翻，眼珠子瞪得鼓突着：

“什么娘娘，娘娘在这儿呢！”指着申后。

申后边疯狂般抽褒姒耳光，斥骂：

“妖女惑君，祸乱后宫，就该打死，以正宫规！”

和伯服进入内殿的宫娥寺人蜂拥出来，一起跪地求情。伯服一人躺在摇篮里，看着昏暗的屋子哇哇大哭。哭声从内殿传来，伴着潺潺雨声，刺激着人的七情。

墨竹在狐眼身后拽拽她，丢给她一个息事宁人的眼色。

狐眼犹豫着，缓缓丢开褒姒。

不料褒姒疯一般哭叫着扑向申后，挥起手里的骨簪猛刺。

申后难料遭此一击，仓惶偏头。

褒姒手中骨簪在申后左耳旁狠狠滑过，留下一道如刻血痕。

狐眼急忙制住褒姒，夺了她手中簪子。

申后开始疯也似地对褒姒乱打乱踢一阵子，打累后仰天痛哭：

“反了啊反了啊，妖妃谋害本后，她是想谋反啊……”

忽听一声惊雷似的大吼：“后宫如此，成何体统！”

姬宫涅巍然而立，指着扭住褒姒双手的狐眼，厉声怒斥：

“兰妍，你竟敢如此以下犯上！”

所有人都惶然跪地，廊檐下更见拥挤，哗哗的雨声响在头顶。

狐眼丢开褒姒，跪地，面色哀哀，拿着骨簪，满目的无奈、委屈：

“贵妃刺杀王后，在下无奈上前止住，请大王恕罪啊！”

申后匍匐到姬宫涅面前，抱住他腿，哭得悲切：

“褒贵妃以下犯上，谋害本后。大王，你要为臣妾做主啊……”

褒姒如败絮瘫晾在廊壁上，面颊、眼窝处都有青紫瘀伤，神情呆滞，怔忡泣语：“你们可以欺负我，但不可以欺负我儿子。你们可以说我是妖女，但不能让我儿子在妖女的谎言中长大。你们可以杀了我，但不可以害我儿子……”

姬宫涅锦袍透湿，黑锦蟠龙鞋上沾满泥水，靠着红漆雕栏，任凭雨水打在身上，落进心里。

宫娥从内殿抱出伯服，伯服哭声由爆裂到嘶哑，和着哗哗雨声，直要摧肝折肠，撕裂人的心肺。

申后拽着姬宫涅的袍袖，仰面哭道：“褒妃刺杀臣妾在先，臣妾为正宫仪，才责罚她的啊！”

姬宫涅沉默过后终于爆发，指着申后怒斥：

“你身为后宫之主，却不能让后宫平静。孤王屡次传旨止谤，为何就谣言无休？后妃们如此打骂哭闹，传出去岂不贻笑天下？传旨，王后、贵妃各自罚俸半年，以儆效尤！将以下犯上的兰妍拉下去，杖责四十。”

申后冒着雨走在路上，虽有宫娥打伞，但依旧有很多雨点溅到身上，哗啦啦地不断下滴。地上的无数漩涡如同世人不可胜数的烦恼。

回到宫里，申后由墨竹侍候着换去衣服、鞋子，在紫檀椅上落座。墨竹为她伤处擦药，她痛得颤栗，又恢复了寂寥、落寞、悲酸、怨恨，如同寒门学子对未来命运的不可预知。

她饱含悲怨的双眸扫掠空寂的屋子，隔窗望着雨水从偏殿的飞檐源源不绝地泻下，如同人细密、杂芜的无限心事。

墨竹端着一碗褐红色汤水，放于她面前几案上，细声道："娘娘，这冬瓜红糖茶去斑、美白、清燥，对美容养颜最是有效，娘娘坚持着喝才好。"

申后动作迟缓地拿起备于几案的鎏金青铜菱花镜照着被刺的伤口，叹道："天一热，脸上这些斑点就没间断过。如今又添了伤痕，不知何时才能消去烦恼啊！"扭头墨竹："褒晌已被削职贬爵，三朝元老应少了顾忌。不知他们齐谏大王、请旨诛杀妖女之事，可有进展？"

墨竹凑近，低声道："有余嬷嬷佐证，大臣们对妖孽之事自然深信不疑。但妖女宠深，不能动摇。倒不如娘娘往申国修书一封，请申侯大人发兵镐京，以清君侧。"

申后朝后一靠，满目的挫败感，十分颓丧：

"逼宫是下下策，罪同谋逆。不到万不得已，不可尝试。"

第七十九章　宜臼暴怒险伤弟　褒毓跪请废太子

一

夜晚琼台宫内殿，嵌在芙蓉帐顶的夜明珠如明澈月华，照得屋内一片清朗光色。这样的时光适宜放弃灯烛，前后窗大开，每个窗台上放了蒿子叶、芳香草等天竺葵科驱蚊植物。

伯服自受惊吓开始高烧，从下午申时一直哭到半夜子时，方由云儿哄着在耳榻上睡了。姬宫湦坐在龙凤榻边，撩开芙蓉帐，拉着褒姒手，眸色阴冷，如绝地深渊，黑暗深邃：

“孤王一直都在容忍、纵容着她，包括她那些自私、狭隘、忤逆的小动作。她便以为可以瞒天过海，以为可以天下无敌，所以才有恃无恐，以为本王不敢动她……”

褒姒躺着，面有瘀伤，眼睛红肿，咬着嘴唇：

“臣妾原本不会恨，可自从有了伯服，臣妾变了。”她眼神痛伤，看着帐外，忧心忡忡道：“不知伯服何时才能退烧？”

云儿在耳榻上掀开葱绿软帘，嗓音嘶哑：“小王已服了两次汤药，这会儿浑身是汗，额头、嘴唇好像不那么热了。”

褒姒急忙下床，披散着头发，趿拉着绣履，来到耳榻前，弯腰、探头，用额头、嘴唇试探伯服体温，果觉好些。回到龙凤榻边，姬宫湦轻柔地拉住她手扶她上来，揽住她柔软腰肢：“姒儿，你太宠伯服了。不如让云儿陪他睡偏殿，你才能睡好。你体弱，经不得折腾。”

宫灯晕开温暖的光影，褒姒笑意苦涩：

“臣妾就这性子，只有时刻看着伯服，才能安心。”

姬宫湦拥紧她：“姒儿，我定要让你和我们的伯服生活得完美无忧。”

想起今天的侮辱、欺凌，她感到深重的悲伤、怨怒，偎于他臂弯默然片刻，心慢慢变得月色一般柔软。她回拥他，纤手灵巧地滑过他宽厚胸膛，细语温存：“大王，无论妖女的谣言怎样满天飞，无论过什么样的生活，臣妾和儿子都会为你骄傲。”

姬宫涅倍感妥帖，十分动容：“姒儿，孤王决不亏待你。”

“大王，臣妾只想让伯服长大，有所作为。”

今天，她知道了爱恨皆会入骨！如他之对她，她之对幼子，她之对申后；也看清了后宫生存真象：不是你死，便是我活。心中有爱有希冀，谁会轻易选择死亡？她要以婉柔之情，紧紧抓住君王的心。

依稀如闻梦语，她听到姬宫涅言之凿凿：

“姒儿，孤王要瞅准时机，赦旨废后。”

她婉转，拥他，奇缺笑意铺展在无边夜色里。她被诬为妖精已久，今后，却愿把自己打造成真正的妖精！哪怕曲意逢迎，哪怕刻意媚惑，哪怕恣意风情，只愿给儿子一个锦绣前程，只愿母子好好地活。

月华照着鸾凤阁顶，如沐霜华，玉夫人推开窗扉，见江天一色无纤尘，皎皎空中孤月轮，满地的风华如诗如画。

玉夫人云髻高绾，露出饱满的额头、白腻的脸，褐眸下眼皮有些黑青，显得倦怠不堪。

莺儿从偏殿出来，手上沾着水珠，掀着帷幔笑道：“洗澡水温度正好，请娘娘沐浴。”

玉夫人趴在窗棂上看满地月色摇动树影，头也不回，被莺儿喊急了，挥手道：

“烦，你只管睡吧！”

莺儿蹙眉道：“奴婢等着便是。”

玉夫人不语半晌，悠然道：“今天很累，不想洗。”

莺儿微微摇头，悄悄回房。不久，偏殿便暗了下来。

玉夫人换了夜行衣，翻越后窗，一溜烟直奔镐京西郊的京华寺方向。

第二天的阳光一览无余地照在寿仙宫玉阶上，照得太子宜臼越发的玉树临风。白色的团龙罗袍，风吹起袍摆飒飒作响。

廊外阳光灿烂，他的周身却笼着一层悲愤、冷漠气息。僵硬脸色映着空中阴霾，黑琉璃似的眼眸含着无限嗔怨，攥紧拳头呆呆自语：

“母后前夜梦中看到花妖在后窗跳跃，白天便昏睡不起茶水不思。去京华寺请人作法，也不知是否奏效，唉！”

狐眼领着一个目光闪烁，腰配驱邪宝剑的僧人从宫里出来，那僧人跪礼道：

“在下京华寺僧人，叩见太子殿下。”

太子宜臼昂着头，仔细审视僧人，伸臂命起，鹰眸流泻出满腹疑虑：

“大师辛苦了。我母后病体如何？中宫母仪天下，阳刚之气理应震慑四方妖孽，为何会有花妖作祟？”

僧人目光闪烁，语气坚定：“王后娘娘这会儿气色好些，正在休息。那花妖来自琼台宫的花园。若要娘娘病愈，必得毁掉花妖的巢穴，除尽那些花草。”

二

夏末阴天风爽，琼台宫前的花园里，凤仙花、昙花、千花葵、美人蕉，大丽花、剑兰等争奇斗艳。褒姒抱着伯服，和伯服乳母、云儿等人在花园里流连，绣履踏在花柳夹道的小径上有些湿滑，脚上沾了些花瓣、草渍、泥土。褒姒穿着桃红纱绫百鸟朝凤裙襦，金线镶滚衬得绫料更加纯粹，与十锦绣的花鸟图案交相辉映。

已经九个月的伯服已扎了满口牙，已能蹒跚行走，在褒姒怀里依依呀呀、手舞足蹈。云儿指着美人蕉道：“伯服，这花有紫有红，叫双色美人蕉，也叫鸳鸯美人蕉。”又从褒姒怀里接过嘎嘎笑着的伯服，指着近处花草道：“那叫叶子花、夹竹桃、白兰、文珠兰。那叫百子莲、茉莉、凤尾兰……”

褒姒一改往日的素颜淡妆，每日都黛螺描眉，面上脂粉，唇上胭脂，妆扮得娇艳动人。听着伯服咿咿呀呀地应声，她若有所思道：

“玉夫人多日不来看伯服，也不知在忙些什么。”

人声喧嚷处，太子宜臼带着一群人来在褒姒对面的夹竹桃树下，扬声下令：

“铲除这些花草，花树，一棵也不能留！”

众侍卫、寺人、宫娥随着命令进入花园，飞快地拔着花草、挥动铁锹，砍倒一棵棵花树。

云儿见伯服唬得大哭，涨红着脸，竖起眉毛，急切地阻止：

“你们疯了吗？不许砍……不许拨……”

太子宜臼雄赳赳气昂昂，挥臂扬声：“不得迟误，违命者死！”

……

这年的花开的特别艳，风儿轻轻而过，便飘落了繁花无数。

琼台宫内殿，灯光笼着人心头萦绕的愁，如同窗外空中阴云密布。

看着昏睡的云儿面色灰黄，褒姒含泪对姬宫涅道：

“伯服自出生都由云儿日夜陪护，她对伯服，比臣妾还要用心。她心痛伯服，比臣妾犹甚。如今云儿伤成这样，臣妾好难过。”

姬宫涅拍着怀里的伯服逗乐，笑道：“伯服甚是聪慧，身体也强壮。九个多月已能走路，惹人惊诧。不仅长出满口白牙，还会表示喜怒好恶。”扭头看着艳光照人的褒姒："姒儿如此打扮甚是好看，以前孤还以为你天生适宜淡妆呢，如今才知错了。我的姒儿美貌倾国，浓妆淡抹皆相宜。"

伯服嘴里咿呀着母母，推着姬宫涅，要往褒姒怀里钻。

姬宫涅将他递给褒姒，笑道：

"瞧我儿子，他见了母妃美貌，就嫌弃孤王了。"

褒姒抱着伯服，含嫣一笑："你的儿子就像你，见到美貌宫娥便张开双臂，欢笑，要扑人家怀里；见到丑陋人便皱眉，哭着向臣妾怀里躲。"

姬宫涅眉开眼笑，揽着褒姒，亲吻伯服："姒儿，看到你笑，孤王才开心。进宫这么久，你终于开颜。你这样的绝世容颜，就该经常粲然笑着。"唤来乳母，抱走伯服，拉着褒姒坐于膝上，凝视她，神情复杂，略略挑眉：

"姒儿，你现在情绪稳定了，就告诉孤王太子行凶的经过。"

褒姒温暖的心一瞬冰冷，伤害的丝缕混乱、嚣张。那一双水眸里，仿佛隔着烟光冰火。她慢慢诉说，满脸的悲凉、愠怒，都沉淀成难以治愈的怨恨。

太子带着侍卫砍倒云儿身边的茉莉花树之时，伯服看着云儿，伸出小手，咿呀啼哭。委屈的眼神凝着云儿，似在告诉她：

"不嘛不嘛！我要这些花树，快别让他们砍了。"

云儿急得抱着伯服团团转，指着另一棵夹竹桃树：

"伯服莫哭，这儿还有，明年让你父王再从别处栽花种树。"

伯服不依，对着满处被毁的花草哇哇大哭。

太子宜臼却赌气一般，亲自砍向伯服眼前的那棵夹竹桃树。

三

伯服在云儿怀里乱窜乱撞着哭。

云儿要去阻挡太子，却被褒姒拦住，云儿瞪着眼睛道：

"他是太子，总该讲道理吧？我去求他，为他弟弟留些花树。"

云儿将超通人性的伯服递给褒姒，跪地哭求："太子爷，奴婢替不会说话的小王请求您！不要将这些花草树木毁完了，小王每天要在这儿玩呢……"

太子宜臼目中浮现一缕深刻的讽刺、嘲弄，指着云儿骂道：

"你这婢子真是可恶！这般巧言令色，搬出一个不会说话的阿猫阿狗来压你太子爷。太子爷就请你转告阿猫阿狗，花树没有，明年可以再植。我母后病体耽误了，谁能负责？"

云儿极疼伯服，容不得别人羞辱，看着哭成泪人的伯服，跳起来抱住那棵树，执拗道："伯服是小王殿下，不是猫狗，请太子爷为他留下此树。"

太子宜臼大怒，陡然走近她，裹挟着压迫的凌厉，吐出怆然的侵略气息："呵！还真是个称职的贴身小妖，无愧于主子调教，有这等撒泼充愣、以下犯上的胆识！"

他们周围已围了一大群宫娥、寺人、侍卫，窃窃私语不绝。

褒姒闻妖色变，将伯服递给乳母，走向太子：

"太子宜臼，你身为大周储君，应有海纳百川之襟怀。请不要以你母后为楷模，学着她颠覆善恶混淆黑白！"

兰妍走近，耳语太子："妖女恃宠，当众诬蔑殿下，实则欲为她儿子谋取储君之位。申后娘娘的病，就是被她所害。那日众目睽睽之下，她竟然蓄意刺杀王后娘娘。若还置之不理，后宫则混乱不堪！太子爷当拿出储君的天威，给她些颜色看看。否则，岂不让天下人小觑？太子爷将何以服众、治国？"

太子本来年少气盛天不怕，觉狐眼言之有理，便一把拽住褒姒，狠狠甩去，骂道："妖女，走开，别阻挡你太子爷正事！"

褒姒被摔倒，又拼命扑了上来，心里是难抑的悲绪、怒潮，斥骂：

"宜臼，你如此藐视后宫，欺压妇孺，枉为储君！"

……

夜晚的琼台宫，丹墀前的灯柱映着稀淡雨幕，显得格外灼亮。光线璀璨迷离，照着层叠繁复的彩绘琉璃，也照亮巍峨雄伟的殿宇。褒姒目光怔忡，思绪萦回。

"妖女，你竟敢羞辱储君？我若轻易饶恕，将来如何君临天下？"太子咬牙切齿，面色涨红，慢慢攥紧拳头，抬起脚很久，晃悠悠就要落下。

玉夫人从乳母手里抢过伯服，迅速拉开褒姒，迎上太子的飞脚。

云儿正在近处，爱惜眼珠般护着伯服，尖叫一声，亡命般抢在玉夫人前面，抵挡太子攻击。

在众人惊愕的目光里，云儿被太子一脚踢飞，纸片般飘了出去，撞倒了几个看热闹的宫娥、寺人。

风从窗口吹来雨滴，落到褒姒身上，她浑然不觉。在叙述中不自觉隐去玉夫人拉开她、抢过伯服、迎上太子一节。她痛到极处，满面泪光，跪地悲泣：

"为了伯服，请大王放逐臣妾出宫吧！"

总是在阴谋和算计里分辨，觉得脚下土地突然陌生、遥远，姬宫涅惊诧、狐疑："爱妃，何必如此让孤王锥心剜肉？"

玉夫人踩着门口破碎灯影进来，金镶玉发簪上水珠晶莹，头发被细雨濡湿，轻盈盈地，对姬宫湦跪拜："大王，贵妃娘娘在担心小王殿下！今天臣妾亲眼所见，太子宜臼差点踢飞伯服，云儿为救小王殿下才受重伤。若不是云儿这一挡，小王焉能活命？"

玉夫人言毕，深深低着头，咬着唇，褐色瞳孔里竟是妖孽一般的恶毒。

姬宫湦目光瞬间锐利如刀，转面褒姒：

"爱妃，你明确告诉孤王，宜臼他真的这么大胆？"

褒姒一怔，在明亮光线里心系儿子黯淡前途，索性点头，泪水索索：

"帝王之家向来手足相残。请大王放逐臣妾出宫，隐匿民间。臣妾会在一个农家小院里把伯服养大，让他无忧，使他健康、快乐。太子宜臼虽然不容他弟弟，但终究少年心性，不易责罚。"

姬宫湦不乏狠戾、决绝，杀伐果决，毫不留情，以致于丢失了纯粹、信任。他眼珠低转，面朝窗外，沉沉不语。

玉夫人叩首道："太子失德，理应废除！"

姬宫湦深深眸中，倏忽而逝的某种情绪，让人难以把握。

他目光掠过她们，蓦然转身，疾步走进薄薄雨幕。

一群侍卫寺人急忙追着，寺人在雨幕里撑开伞，稳稳罩住天子。

第八十章　申后赠送胭脂果　太子获罪遣申国

一

褒姒隔窗望着一群人影在雨幕里越来越淡，仿若天边一吹即散的云，转面玉夫人，厉声诘问："你为何要抱着伯服涉险，为何要扭曲事实，诬陷太子？"

玉夫人穿着素白裙襦，头上简单发髻，只插一个金镶玉发簪，眸光是潇潇雨幕般的清寂："我诬陷？难道你不愿意吗？你比我表演得更为巧妙！"

褒姒狠狠拽住她，流着泪，咬牙切齿：

"可你差点伤了伯服！我不知道你到底想要干什么？"

玉夫人冷笑间露出皓齿："你懂什么？你就会哭！舍不得儿子套不住狼！我会拿捏好分寸的！如果宜臼伤了伯服，一定会被废除。将来，伯服就是储君！你难道不希望这样吗？"

"将来？你好像只想制造混乱，只规划你的将来！我越来越弄不懂你！"

"和我玩心术？你自不量力！你弄不懂我，别以为我也弄不懂你！自从有了伯服，你就变了。为了母子上位，你早就处心积虑了！"

"是，我变了。宫里太多阴谋、邪恶，我如果不改变自己，那就是放任邪恶。我的改变只为遏止罪恶遏止血腥，让花儿艳月儿明风儿清。如果让政治不再沾染血腥，让贫苦人不再骨肉离散，让后宫祥和朝纲稳定，我情愿永世沉沦万劫不复！"褒姒想着入宫以来所受的诬蔑、欺压，想着冷宫里的母亲紫珠和身在犬戎的人质父母，想着在申后虎视眈眈下的儿子前途……大批量的悲苦、怨仇似要将她吞噬。

玉夫人一瞬怔住，好像认不得她了。

夜浓而深，月光洒在红墙碧瓦上，宛若数不尽揉碎的银。褒姒慢慢松开玉夫人手，神情怔忪："我对上位不感兴趣，权利的峰巅就是刀风剑雨，一步差池就会万劫不复。我烦透了阴谋、算计，但希望谁都不要伤害伯服。"

玉夫人蓦然转身就走，又旋风般转回来，指着僵立的褒姒："你不喜欢阴谋，可我喜欢！我天生喜欢！装花妖，请僧人，一切都在我的谋划之中！可你也不想想，我这是为了谁？"

看着玉夫人风一般消失，褒姒如陷魔咒，发出呓语般的声音：

“她为了谁？到底为了谁？”

伯服生日宴满朝皆贺。宴后褒姒不胜其累，歪在贵妃榻上，隔窗看着紫霞恣肆飞满天空，神情迷惘。

一个宫娥进来跪禀：“贵妃娘娘，虢石父大人求见。”

褒姒犹豫片刻，坐上紫檀椅道：“命他进来。”

虢石父笑眯眯进来，撩袍跪礼道：“微臣叩见贵妃娘娘。”

褒姒伸臂道：“不必多礼，起来说话。赐座。”

虢石父谢座，捋捋稀淡的胡须，满面谄媚地探着身子：“昨日大王和朝臣商议废储，众人群情汹涌反对。都说储君乃国之基石，轻动则国不安，国不安则天下危。微臣以为储君担负天下重任。既然失德，理应废黜。虽然事有周折，但微臣和太保尹球决意拥戴小王和贵妃娘娘。”

褒姒在紫檀椅上移移身子，莫名目光看着虢石父，沉默良久，才道：

“今儿太累了。”

虢石父急忙告辞，走到门口，又回头盯着朱漆镂花门，阴沉冷笑：“不识抬举！褒晌已倒台。我不过想借你母子搞夸申后，弄到申候兵权而已。”

姬淑岱在第一时间把废储的消息传于申后。

申后制止了宫娥传禀，缓缓进了琼台宫。后边跟着狐眼等人。

申后素净的脸，轻渺的目，不动声色，看不出任何情绪，

褒姒正在逗着伯服玩，伯服的笑声像绝妙音乐，平复了她心中连绵的伤痕。

见申后到来褒姒顿时一愣，忙丢下儿子，行着大礼，微微垂眸：

“不知王后驾临臣妾宫中有何训教？臣妾有失远迎，望乞赎罪。”

申后以主人姿态命宫娥看座，仰头笑起来，满目的自得、轻蔑：

“这后宫本就姓申，何谈来你宫中？”

心知来者不善，褒姒心思婉转幽测，明净双眸灼灼直视：“姐姐，你我共同侍君，我们的儿子本是同胞兄弟。家不和则外人欺。因此，咱姐妹之间应该和睦，不该敌对、怨恨。以往种种昨日死。妹妹今日特向姐姐谢罪，还望姐姐海量、宽容。”说着，盈盈伏地、叩首。

也许因着话语入耳慰贴，申后的面色显出欢愉：“本后心怀天下，又得天神教化，当然既往不咎！你既知错，理应改过自新，好自为之。不要以为姬宫涅宠着你，你便可以为所欲为，眼里没了天地！你别跪着，跪坏了我可吃罪不起。”抑扬顿挫，每一字都如刀如锥。

褒姒缓缓起身，再三压抑情绪，口中道："妹妹知错，感谢姐姐宽容。"

申后环顾左右，看着墨竹："给伯服殿下戴上长命金锁。"

墨竹打开朱漆描金匣子，拿出金光闪闪的项圈，项圈上挂着造型玲珑别致的金锁。她给伯服戴上，笑道："小王戴上这个，当真是好看呢！"

申后临走时笑得灿然，十分友善："我父亲从申国给他外孙们带来了胭脂果，待会儿让墨竹给伯服送来，也算我这做大娘的一片心意。"

她缓缓走向门口，沉入霞光里的影子幽然静谧。

二

云儿笑着教走路稳健的伯服跳舞，伯服模仿得惟妙惟肖，又挣扎着要往门口跑，一个宫娥拉着他去了。云儿急对坐在几边、神情迷惘的褒姒道：

"这个矮后，不知又在耍什么诡计？干脆取了小王的项圈，免得她煨了毒。"

褒姒轻摇螓首，发髻间钗环上的流苏摇摆不定："不过是怀柔术，这项圈不至于喂毒。她向来笑着拿刀，出其不意致命，如何会轻易授人以柄？"

云儿笑得眼睫毛乱颤："明白了！她怕废了太子，一来这儿怀柔，二来寻找刀的切口。"

玉夫人影子在窗外一闪，纤足踏着满地落花，倏忽消失于花圃深处，像一阵握不住的风。

西斜的阳光投在宫墙和鳞次栉比的亭台、阁楼上，星罗棋布的宫殿、游廊，笼着细碎的金光，宛若迷离的梦境。

玉夫人站在树影里看着墨竹捧着果盘逆着霞光款款走来，雪白的大理石廊道宛若银蛇在她身后蜿蜒。

墨竹穿着粉底撒花葛麻狐裘袄，银丝翠烟罗裙，发髻间斜插玉凤钗，略嫌突出的颧骨，消瘦面孔。她见到玉夫人眸色噙寒，即转嫣然，急忙行礼：

"墨竹见过玉夫人。玉夫人吉祥。"

风在玉夫人的湖蓝色百蝶穿花裙上掀起细微涟漪。她高挑身材，欺雪凌霜的脸，黄发映着灿烂霞光，褐色眸子若有幽意："墨竹姑娘，何故走得匆匆忙忙？"

墨竹嘴角挑起，涂了胭脂膏的双唇，艳若鲜红花瓣：

"申侯从申国拿来了胭脂果。奴婢奉王后娘娘之命，给伯服小王送去。"

玉夫人伸出纤细的手，指甲涂了丹蔻，闪着珍珠般的光辉。唯有一青铜鎏金指套，藏些奇异足够。她用拇指、食指微微捏住果盘上的黄帛一角，轻轻掀开。

黄帛恰恰覆盖了其余三指。她的青铜鎏金指套在鲜红的果子上弹弹，眸光若月华流转："好美的胭脂果，我想尝尝，可否使得？"

墨竹细眉扬起，弯起眼眸："当然可以，娘娘请自便。"

玉夫人眸光低转，在果盘边缘拣起一个艳红的胭脂果，咬了一口，在阳光里眯起眼，神情惬意："果然美味无比！我回头再向王后娘娘讨去，你走吧。"

阳光角度正好，一瞬在她侧面折射出艳丽光晕。湖蓝色撒金花狐裘，同色百蝶穿花裙，凝出她冰雪之姿，光鲜逼人。

"奴婢告辞！"墨竹躬身一揖，转身就走。

玉夫人看着墨竹走远，唇角泛起一抹诡异冷笑，在飞荡霞光里渐至于无。

申后正歪在杏黄软榻上吃着胭脂果，往旁边瓷碟里吐了许多黑色的籽。

狐眼看着枯叶飞扬，西斜的阳光缓缓洒在申后头上身上，探身笑道：

"估计胭脂果已到，不知娘娘为何不做些手脚？为太子扫平路障。"

申后面肌不动，嗓子里发出嗤地一声笑：

"什么路障？伯服可是我儿子的亲兄弟。"

琼台宫的人们乱做一团。

伯服面色乌紫，捂着肚子在锦毯上翻滚，号啕大哭。

御医们如热锅上的蚂蚁，慌张救治。

姬宫涅满面通红地在一边吼着："救不了小王，你们统统得砍头！

伯服哀嚎声渐低，直着眼睛，渐渐进入昏迷。

褒姒抱着儿子泪如雨下，凄声哭喊："伯服，你不能死，不能死啊……"

姬宫涅甩着袍袖走来走去，不断怒斥合诊已毕、战战兢兢跪了一地的太医。

太医们齐道："大王，伯服殿下这是中毒迹象。"

姬宫涅额头青筋暴长，怒指太医："说清楚些！"

太医们齐答："小王吃了有毒的食物，好则毒量不大，不会致命。等会儿服了药，自会醒来。"

姬宫涅脊背挺直，眼神森然发冷："什么毒药？何人如此歹毒？"

太医们齐声道："砒霜。"

檐漏缓缓滴到申时三刻，灿红霞光透过雕花窗，为伯服雪白的小脸打上淡红。他慢慢挣开眼睛，目光闪动得不像幼儿，巴咂了几下嘴，轻声道："母妃……"

"儿啊，你可醒了，吓死为娘了啊……"正在悲伤里如呆如痴的褒姒欣喜万分地抱起儿子，哭得肝肠寸断。

云儿站在一旁，满脸挂着泪珠，笑道：

“小王逢凶化吉，娘娘应该高兴才是。”

褒姒贴着儿子脸，泪水恣意流淌，抽噎道：

“明枪易躲，暗箭难防，何时是个尽头啊……”

姬宫湦抱过伯服，审视的目光盯着云儿，流泻出疑问、怨怒：

“伯服果真只吃了胭脂果？”

褒姒跪地，哗哗流泪：“午膳云儿亲自尝过才喂伯服。膳后，王后赐了申侯送给太子的胭脂果，伯服贪嘴，吃了几个。”

姬宫湦厉声道：“取胭脂果检验！将寿仙宫琼台宫东宫的人全部提审！”

三

此时宫廷，日光倾城。风剪残柳，在霞光里迤逦成一缕翠烟。

玉夫人站在路边看着一片片枯叶被风吹落，兀自冷笑着，阳光下将一双纤纤十指舒展，宛若绽放的玉兰。

她一身纯白绣牡丹雪绫，细白面庞浸在如水霞光里，愈加莹白剔透，至美至秀。如瀑秀发垂了满肩，裙摆亦是轻柔下垂着，使她整个人显得娇弱不胜。

面前是横贯的宫墙，宫墙之间形成巨大庭院。间有垂花门，轻绡门帘被风吹起，日影渐渐将宫墙臃肿的影子拉长。

头顶的风吼忽被一把轻骨竹伞遮住，玉夫人扭头看到莺儿的秀目。

莺儿碧绿葛麻袄，轻烟绿棉裙，绾着双鬟，双颊无脂而红，对看西边树梢的日影眨眨眼，轻声道：“虽是入冬，今天太阳还这么大。娘娘这晒不黑冻不黑的皮肤真是叫人羡慕！这么冷的天您出来也不叫奴婢一声。”

玉夫人褐色美眸如浸了月光的泉，忽然有着别样的温柔，挑起嘴角：“哪里会晒不黑冻不黑，我瞧这几天都黑了呢。大冬天撑伞，亏你想得出。”伸出皓腕仔细看着，腕上一只翡翠玉镯，益发衬得玉骨冰肌。

莺儿低头，语气神秘：“娘娘，伯服殿下吃了王后娘娘送的胭脂果，竟然中毒。大王在提审寿仙宫琼台宫东宫的所有人，慎刑司那边都闹翻天了！”

玉夫人故作惊诧地收紧褐瞳：

“伯服殿下中毒？有这等事？走，咱们快去瞧瞧殿下！”

晨风潇潇，吹得雪花纷纷扬扬。宫湦由崇政殿侧门进入御座，各路诸侯整齐朝服，轻摇玉珮，进午门，过九龙桥，至丹墀，山呼朝贺，俯伏拜毕。

姬宫湦在御座上满目冷肃，回想着玉夫人的进谏：

太子宜臼毒害嫡亲兄弟，枉为储君。若不废黜，将祸及天下！

姬宫涅皱着眉，身子微微前倾，再看申候奏折：大王英明，太子年少气盛，宜发遣离京，去臣的申国，一为惩戒，二为锻造。微臣恳求大王准奏！

姬宫涅脊背一挺，命寺人王进宣旨。

王进捧旨，宣读的声音有些发抖：

太子宜臼，好勇无礼，不能将顺，权发去申国，听申侯教训。东宫太傅、少傅等官，辅导无状，并行削职。钦赐！

文东武西站立的两班大臣心怀不平，惧怕杀身之祸，皆三缄其口，单听寺人一声退朝，悄然退下。姬宫涅看着众臣背影，悄语王进：

“虎贲军中郎将该有行动了。”

王进对姬宫涅探究了半天，方道：

“大王烦心于那些屡屡进谏诛妖的三朝元老？”

姬宫涅眉头拧成一团，鹰眸暗沉：

“他们都是有功之臣，倨傲固执。如今老了，更见迂腐，张口闭口除妖。孤王实在不忍心动他们，但为稳定大局，只有杀一儆百！”

寺人王进垂目，点头：

“奴才明白，大王英明，此举乃为稳固社稷。奴才这就去办。”

司徒郑伯友靠在午朝门外的殿柱上，两道漆黑的剑眉直入鬓角，一双闪亮的黑眸折射着凛然正气。面相有些憨厚，却不是“老实无用”的那种。他因一向不被姬宫涅赏识，棱角分明的脸上，惯常的寥落退去，被阳光照亮满面的痛心疾首：

“善盈而后福，恶盈而后祸，储君动国本动矣！天子不恤国政，亲小人而远贤良，叹我身为重臣，却不能尽忠节而谏之，惭愧，惭愧啊！”

姬淑岱走过来，在耀目的光影里扭头看他，似笑非笑的表情看起来好像宽厚、仁慈。他转身要走，却被郑伯友拉住，曲身，行礼：“丞相，你长大王两岁，你们叔侄一向感情较好。你应当直言进谏，让大王收回成命。”

姬淑岱摇头，目光幽深：

“事已至此，但恐言而无益。”转身去了，脚步轻快，心中欢喜不尽：且待姬宫涅和申侯反目！鹬蚌相争，渔人得利！

午后的雪松枝上，云雀鸟叫得激烈，惊落一些松针。

太子宜臼胸中淤积着一股不平之气，满面羞愤地避着行人，来在琼台宫，不待传禀就往里闯。

侍卫们持械将他挡住，满面冷肃："大王有旨，任何人不得见驾！"

太子宜臼满面涨红，挑着眉，厉声呵斥："让开！本宫一定要面见父王。"

侍卫不为所动，举械紧紧护着宫门，不管太子宜臼软硬兼施，只不放行。太子宜臼情急大喊："父王，儿臣是冤枉的！儿臣有话要说，父王，父王——"

宫门深似海，阵阵回旋的飞雪，将宜臼沙哑的喊声一遍遍弹回来。

朱红宫门上闪烁的雪线迷离、遥远，一片空灵。廊间的风夹着深远的梵唱，穿透身体和意念。太子宜臼孑然立于风雪中，哭喊声回荡在遥远的时空，直至夕阳渐落。

第八十一章　血腥灭绝褒侯府　贵胄女主遭凌辱

一

金碧辉煌的宫殿由森森白骨堆砌而成，平整的御道由鲜血和牺牲铺垫。

寿仙宫栖纱窗，十二道垂花门，紫琉璃珠帘。红木几案上放着青铜香炉，漫漫熏香袅袅萦绕。

墨竹在前殿被拶子拶得十指鲜血淋漓，昏了过去，又被冷水泼醒，倒伏地上恹恹弱息，哭道："娘娘明察秋毫，借奴婢一百个胆子，奴婢也不敢谋害小王……路上遇到玉夫人要尝果子，定是她企图陷害小王，嫁祸中宫……"

血腥气息透过窗棂，浸入漫天的清淡雪光里。

申后心里是诉说不出的纠结、痛楚，无奈，将玉夫人三个字反复咀嚼，脸色风云突变：

那妖女褒毓行为不可捉摸，如今虽说受宠正深，却连妖妃都无法暨越，不足为忌！我如今拿不到证据，若说她尝胭脂果时做了手脚。姬宫湦必不肯信，反疑我嫉妒、诬陷。罢了！妖妃母子才是心头大患。如今且为自保，更换策略。圣旨已下，难以更改。我儿子暂去申国，我总要请旨让他早些回来！

申后心思一定，抑着刻骨的痛楚、怨恨，指着墨竹，装腔作势厉声怒斥：

"玉夫人加害小王？光天化日之下？你个贱婢已说过她两手空无一物，又如何施毒？以本宫看来，你是信口雌黄、贼喊捉贼！"

墨竹不住声地哭喊冤枉，被抽了筋骨一般瘫软在地。

申后在紫檀椅上挺背、扬声："墨竹施毒谋害小王，罪同谋逆，立即赐死！念她服侍本后有功，九族不加株连！"

侍卫们架着面无人色的墨竹出去。申后见太子进来，忙挥去众人，拉着儿子手，拍去他肩头细碎的雪花，目光幽怨、痛切：

"宜臼，母后知道你受那褒城二妖所害，这个仇我会给你记着。你外爷已经请旨，你此番跟他去申国，乃是权宜之计。"

太子宜臼挺立于宫殿正中，与生俱来的高贵优雅，如万仞山中的孤峰。风吹白衣动，英姿儿追仙人。他纵然被无边的悲痛罩着，泪流满面，面色亦如月下明丽湖泊：“母后，父王只宠信褒城二妖，不惜让孩儿蒙冤受屈，毁坏名誉。妖女屡屡设计谋害，你让孩儿如何消得胸中这口恶气？儿臣远离朝歌，只怕她们更生加害之心啊……”

申侯从帘幕后走出，脸上布满褶子，常是不显七情的一副表情，目光深深：

“事必归正，妖女不足为惧。宜臼，男子汉就该包羞忍耻，不要气馁！你还年轻，难免受些挫折，以后的路很长……”

太子宜臼冠玉面倏然涨红，一双黑眸，折射出仇恨和感伤：“那妖妃害我，不过是想为她的儿子谋取储君之位。”转面申侯，颈上血脉突突跳着：“外公，她们将孩儿发遣出去，是要伯服取而代之。孩儿并非贪恋储君之位，只忧二位妖女为祸乱政。若伯服将来君临天下，有母如此，岂不毁了我大周的江山社稷？我大周必将万马齐喑生灵涂炭啊！”

静谧的灯影顺着镂空窗棂透射在地面上，将他的颀长身影蔓延着，透出浓郁的悲凉、忧伤气息。

申侯俨然成竹在胸，面肌不动，眼里些许莫名光影让人难懂：

“真是黄口小儿之言！伯服幼崽，也想谋取储君？哼哼……”粗哑的嗓音使他笑得像公鸭在叫。

申茳扶着廊柱的手缓缓下移，几缕悲叹在心底飘落，眸底隐着无法掩饰的痛惜、爱怜：“宜臼，听你外公的，我们不会害你。明天就随你外公启程。”

宜臼上前搀住申后，黑眸在灯下闪射出泪光：

“孩儿从小到大不曾远离，孩儿想念母后。”

申侯满面的褶子被庄严充溢着，铁腕俨然可以握住帝国，攥紧宜臼：

“孙儿且随我去申国暗图大事，笑在最后的才是真英雄。”

申后踮脚，捧着儿子脸，泪流满面：“只是自此一别，我母子不知何日才能相见。我儿远去申国，母后时刻挂怀。这后宫冰火，留下母后独自生受……”

申侯面色凝重、桀骜：“宜臼随我赴申，娘娘但请放心。唯京中诸事，娘娘需慎密、周全应对。”向上猛一抬手：“这大周王朝有我姓申的一半。一切有老夫撑着，你们无需惊怕！”

华灯灿灿，琉璃角灯将飘雪的御苑照得通明，又如芙蓉初波。往来宫娥寺人侍卫络绎不绝。

在宫门口目送祖孙二人的身影被迷离雪光淹没，申后缩着膀子回屋。

青铜壁炉里的炭火驱不散她浑身寒意，在灯下修书一封，黑眸流转若月冷栏杆："兰统领，你立即出宫，将此信交与丞相亲阅。"

二

丞相府正在庆贺耶律馨儿的四十大寿。

歌台设在阔大的广场上，由黄花梨木搭建成椭圆形状。台上红毯铺地，彩锦绣幕，布置的雍容华贵。台中屋顶凿井高悬，彩绘繁复，琉璃闪亮。华灯连绵燃放，烟花如同星雨。歌台两侧互通，环绕着台下九曲回廊。华服艳妆、明媚照人的歌舞伎不停走台换场。各处置放着炉火，驱散了逼人的寒意。

姬淑岱正和坐在身边的太保尹球说笑、看戏。观台分成上下两层，中间是宽敞的散席，铺着紫锦的檀木座椅耀眼辉煌，男宾东女宾西，两两相对，不断有女仆小厮端上樱桃酒、合欢汤、柑橘、苹果、凤梨、胭脂果及如意糕点等。

忽有小厮近前，耳语："丞相爷，申后差了兰统领来。"

姬淑岱深邃眼眸炫然若渊，叫人不知不觉会陷进去："快命她瑾见。"

小厮面带难色："她……她说事关重大，故请丞相爷移步讲话。"

姬淑岱没有稍许彷徨之色，站起来，随着仆人走到壁廊拐弯处。见兰妍从暗影里出来，红灯笼映着她的脸，浅若琉璃的眸色有些撩人。

兰妍见无人留意，便有意将肥硕的胸蹭到姬淑岱臂上，含笑递上锦帛：

"王后娘娘书信，请丞相爷示下，在下急于复命。"

姬淑岱心神一晃，后退两步，借着墙上悬挂的宫灯迅速看了短信，幽然一笑：

"褒晌因为救助齐侯连失城池，已是失守之罪，另有谋反和通敌叛国之嫌。虽说我嫉恶如仇，和虢石父屡屡进谏，可大王顾念褒城二妖，一再包容。如今既然王后娘娘有旨……"冷冷一笑，阴鸷如黑夜里的鹰涕：

"嘿嘿！褒晌，你也怪不得我了！"

他引着狐眼来在内庭，拿出林娴图像：

"记住了，不得伤害她！秘密带她来京。"

兰妍狐眼流出谄媚，抱住姬淑岱臂噌着自己身子：

"丞相爷，在下必定赤胆忠心！"

姬淑岱对着在壁廊外弥漫的夜气冷笑：

"王后，我给你人证，妖女身份很快就要被揭穿！"

峨眉山深处，白雪皑皑，青藤繁茂，遮掩石屋。

褒洪德立于万缕萧风里，阳光点点，映着明澈双目，俊逸面上覆着阴郁，正在对蚩磊诉说肺腑：“姬淑岱虢石父嫉恨我父，屡屡加害。我父忠心报国，以苍生忧患为己任，行事光明磊落，一生戎马倥偬，虽屡为奸贼所忌，无奈痴心不改。兄弟我却对仕途心灰意冷至极！如今暴君荒淫无度。我欲偷偷在此招兵买马，聚天下英豪，揭竿反之！”

淮夷太子蚩磊站在溪边，用树枝搅碎薄冰，溪水中荡漾着阳光的金缕。他沧桑容颜挂着冰冷，如绝顶寒松：

“为兄那时在虢家村劫粮，给褒府带了灾难，愧疚至极！贤弟却既往不咎。士为知己者死！你若竖起大旗，为兄义无反顾支持！”面向阳光眯起眼：“尘世之人，谁没有一段痛心往事？我和哥哥自幼感情最好，最难忘狩猎时遇到猛虎，哥哥拼命救我一幕。哥哥乃是父王嫡子，偏是我母亲设计杀了我同父异母的哥哥，为我谋取储君，又破坏了我和绿贝妹妹的婚事。早在褒家军攻破银月城之前，我已把世事看淡，富贵名利不过是过眼云烟！因此，我没有随弟弟蚩佑残部去岭表。甘于浪迹江湖，做闲云野鹤。因甚愧于绿贝之情，数次进入大周后宫涉险，如今听说她已于冷宫失火中遇害，真是万念俱灰……”

山中重峦叠嶂，萧风阵阵蔓延开去。树荫在褒洪德脸上洒下斑驳影子：

“褒家军攻破银月城，兄长却不记恨，何等宽阔的胸怀？褒洪德能与兄长结缘，真乃三生有幸！我将来揭竿非为宠荣，乃为推翻暴政，解救天下苍生！”

蚩磊剔透双目，反射出令人砰然心动的色彩：

“为兄如今随缘而往随遇而安，任他红尘纷扰，我自一瓢而往。劝君一句：欲成大事，粮草先行，屯钱屯粮乃是至重！”

褒洪德语调沉缓冷静：“大周气数将尽，外有盗寇纷起，内有奸贼窥伺，不亡于寇便亡于贼。蜀中乃天府粮仓，陕西居天下之脊，欲成大事，此两地乃重中之重。出褒国而居巴蜀，聚兵屯粮。待羽翼丰满之时，再西出潼关而争豫楚，挥师北上扼有中原，于陕边区建立霸业。如今连年战乱，天灾人祸，百姓流离失所，因而不难招兵。陕境秦川八百余里，便于拓荒也便于养兵。”

阳光映亮蚩磊漆黑双瞳，他拍手称赞：

“褒公子深谋远虑，必成大器，前景美好。”

“如今昏君、奸臣误国，何谈个人前景？姑且杀几个鱼肉百姓欺压良民的奸小，过一日算一日罢了！”

三

蚩磊定睛看他，满目欣悦：“为了一个天下太平，流不尽的英雄血，淌不尽的平民泪。杀一人而为千万人，是为神。杀一群人而为天下苍生，是为圣。”

山脚下，褒南将马拴在一棵松树上，沿着石阶迤逦而上，见山道被浓荫遮蔽，苍苔积雪遍布，中有溪流蜿蜒。褒南老远便喊：“少主，少主——”

褒洪德逆着阳光望去，见山道云遮雾障，迷蒙淡远，紫岚缭绕，飞鸟低回。

褒南神色仓惶由远而近，挥袖抿去汗水：“少主，夫人有急事让你回去。”

褒洪德麦色面庞映着日光，眸色澄明：“可知有何急事？”

褒南迟疑着：“奴才不知。请少主这就随奴才下山。”

褒洪德和蚩磊挽着手下山，在山口拜别，互道珍重，后会有期。

背向而行的两个伟岸身影很快消失于雪光霞影深处。

夜晚的褒府一片火光，火光中夹着一片杀戮之声。

许多人在房顶、院墙上往返搏杀。

昔日贵胄奢华不复，屋顶的琉璃瓦和水榭上的雕镂纹凝着混乱而凛冽的血光。

蒙面黑衣人和褒府护卫进入混乱厮杀已久。空中剑气纵横，光芒耀目。

蒙面的狐眼和情夫马三各自划出刀花朵朵，如黑夜繁星千点万点，遍空飞洒。

地上一团团黑影滚动，渐渐分不清双方人马。

杨子叶正往前走忽被狐眼刺中后背，面色痛楚，缓缓倒下，回望着狐眼，凄惨、绝望中饱含着屈辱、愤怒。

常林豁命去救，遭遇马三的凌空暗器，身子晃悠悠倒地时，见杨子叶倒卧着，眼神已然涣散。

常林痛呼一声：“夫人……”他充斥着惊恐的眼睛渐渐空洞无神，凝望处鲜血飞溅到空中，尸体横陈。身际阴风阵阵，剑光闪烁如星斗明灭。

褒响一人一剑击退无数蒙面杀手，击飞了马三和兰妍的九环青铜刀。他白袍血染，踉跄着来在院中，望见合府上下无一生还者，不由惊恐、伤痛、悲愤欲绝，身子落叶般摇摇欲堕。

败走的狐眼飞身又至，向褒响出示姬宫涅龙符，尖声笑道：

“君叫臣死，臣不得不死。褒响，你一向以忠臣自居，大王龙符在此，你就自裁吧！”

褒响眼神呆滞地盯着狐眼手中姬宫涅的调兵龙符，见它映着迷乱灯火和空中月色，反射出凛凛寒光。风夹裹着浓郁血腥扑鼻，他几欲晕厥。不敢回想往事，一回想腹内就枪刀剑戟生生不息。他用一生的忠烈、仁智坚守，身经百战，无数次九死一生，最终演绎出一场令人捧腹的冷笑话。

他仰头与冷月对视，苍眸中折射出缕缕不绝的雪光。头晕眼花，泪水汗水混淆，模糊了视线。

他忽而狂癫般转着身子，大笑，四肢痉挛般抖动着，如一碰即碎的纸人。

笑声忽在半空僵住，他低头看到胸前冒出的刀尖在徐徐向前推动。

经历无数战役、见过各种死态的他蓦然大骇，空前的惊恐，感觉不到伤痛。

狐眼在他身后将刀往前狠狠一推，又猛地拨出，轻蔑地看着口吐鲜血慢慢后倾的褒晌，笑声刺耳："哈哈哈哈……龙符是假的！褒晌，你身为大周名将，想不到也就这点儿智商！"手上用力，龙符碎为齑粉，飘散于纷扰的风里。

褒宝从一片坍塌的废墟中慢慢钻出来，昔日娇娆红颜如今满脸满身灰垢，被冲天的火光映亮血红的眸子。

她边逃命边回头看身后的一片火海，在凄厉的风声里嚎啕大哭。

她跑得浑身瘫软，被后院的高墙拦住去路。

亡命逃奔的李护卫看到她便停了下来，用肩托起她身子，拼力送上院墙，喃喃道："珠儿死得冤……林娴勾结王叔姬淑岱……"咬牙忍痛，一伸臂将褒宝送出墙外。

在刚才那一送中耗尽力气，他捂着冒血的胸口，眼里倒映着熊熊烈火，看到狐眼已追了过来。

……

怡芳轩外烟柳独自幽迷。轩中帘影晃动，朱阁鸾镜像上了釉似的隐隐亮着。

林娴换了丫鬟装束，藕荷色粗布棉袄，水蓝粗布棉裙，飞快地收拾了细软，正要掀起软帘。

一蒙面人立于门口，仅露幽光闪闪的双目，对她虎视眈眈，又嘿嘿一声阴笑："想跑？晚了！"

林娴要掀珠帘的右手僵在空中，左手轻拽裙裾，慌乱在时刻浓重着，无法藏匿，脸上是故作的强硬："你是从京城来的？不得对我无礼！"

蒙面人正是马三，见到林娴美色，已是淫心摇曳，双目迷离，馋笑着向她一步步逼近。

林娴惊恐如枝头摇叶，双足蹭地徐徐后退，一直被逼退到床边，绊倒时撤掉了一缕红幔，被红幔覆了半边身子。

第八十二章　狐眼杀人巧嫁祸　褒毓自揭身世迷

一

马三一把扯去林娴身上红色锦幔，拽住她扔到床上，嘿嘿笑着取下面巾：

“实话告诉你吧，我的主子兵强将勇，原本忌于褒家军。如今褒家军已灭，将来的大周属于我家主子。你如今从了我，以后有你的好处。”

林娴看到他鼻子上瘊子和手上腰牌，拼死推搡他，面凝寒霜怒斥：

“你曾借看病名义传丞相密令，我给过你那么多铜贝。我是丞相的人，你不要有这种龌龊想法！不，我干脆告诉你，我是耶律馨儿的外甥女儿，从小在丞相府长大，是他们未来的儿媳妇……”接着费了许多话，但求马三放过她。

“放过你，嘻嘻嘻……”马三盯着她淫笑：“覆巢之下焉有完卵？你就和爷成就好事，便有享不尽的荣华富贵。第一次见面，爷便看上了你。”

任凭马三猴急，林娴偏不依从。两下相争，扭打在一起，怒骂、挣扎、撕打，床板不堪重负般地随人声喘息。

林娴在耗尽力气后终于放弃反抗，在马三淫威下仰躺着，目光怨恨、悲凉、绝望，泪水濡湿了鬓发。马三馋笑着掀开她水蓝色裙子，目光里燃烧起烈焰，呼吸急促得像负重的老牛。

窗外血腥味浓，月色凄清，如暮霭里的烟岚。帘影淡素光，夜露、梅香、月色入梦来。

两人事毕，手忙脚乱穿衣。林娴扭头，见窗外落花以倾斜的姿势，飞泻于肮脏尘埃，她闭上眼，流了满脸的泪。

兰妍追杀了李护卫，持刀冲进来，警觉收尽床上凌乱，满面惊怒忽转笑靥，拿出姬淑岱交付的画像，斜睨林娴：“不错，你就是丞相爷要保护的人。”对着马三笑得魅惑：“你且出去，我们有些女人间的私语。”

马三系着腰带，容光焕发地往外走，满足而得意。

兰妍回望马三已走到门前，指着林娴，狐眼瞪得像要吃人，低声斥骂：“贱人，你死到临头还敢勾引男人？姑奶奶正直、仗义，最是容不得你这等败坏世风的淫妇荡妇！”言毕，九环青铜刀已从林娴前心刺向后心，血流如注。

兰妍抽刀，血光飞溅。林娴来不及发出一声惊呼，缓缓倒下，惊恐双瞳中回映着表哥姬宇阳的英俊脸容，伴着无数鲜花从天空飞落。

如此精于算计的娇媚女子，豁命追逐挚爱、追逐权利，原不过成为嫉妒者歼灭的一条毒蛇、一只妖狐。

马三听到奇怪的声响急忙转回来，见林娴在血泊里向他伸手，眸含无尽诉求，喃喃地像要说些什么。

马三大惊失色，复杂情绪渐归于淡定，笑道："区区小事，妍妍，你过了吧？"

兰妍赌气似地一脚把血泊里的林娴踢飞，噗通摔在地上，七窍汩汩流血。她指着马三鼻子怒斥："贼喊捉贼！到底谁过了？姑奶奶会记住你这一笔的！"

夜空中传来的哀嚎凄厉、悲痛，惨不忍听，直直划破褒城上空的苍穹。两人不由凝眉，提刀而出。

褒家宅院从半夜开始燃烧，初时出来抢救的人无一不遭了毒手，人们只有躲在自家窗后，看着那里冒出来的浓浓黑烟，夹着冲天火光，灼热气息四下里蔓延。人们甚少看到这样的火情，只见梁柱在燃烧中噼里啪啦地坍塌，隔着时空，能听到里面若有似无的哀嚎、呻吟声。

褒洪德和褒南进入褒城南门，便望见夜空里升起的一阵火光和烟尘，顿时一愣。

马僮右臂烧伤，满脸熏烟、灰垢，来在褒洪德面前，匍匐于马下，失声痛哭：

"少主，晚了啊……那些人杀人放火，褒府人死光了啊……"

褒洪德眸光顿冷，胸中一阵阵抽痛："什么？父亲，母亲——"扬天一声狂呼，打马冲破层层烟雾。

三人站在一片熊熊燃烧的火场前，心由热变冷由冷变僵。褒洪德一次次疯狂般往热浪里扑，一次次被褒南和马僮给驾了回来。

二

灿烂的冬阳在寿仙宫门楣上滚滚流动，如同平静中涌起的暗潮。

狐眼回宫复命已毕，早在宫门外等着的马三迎上来，满脸怨气道：

"你杀了林娴，让我无法向丞相复命！"

强烈光影笼着狐眼，她乜斜着他，目中讥讽、嘲弄，撇嘴道：

"我若不杀她，你强奸了她，同样无法复命！"

马三一拳擂在身旁的树上，枯叶纷纷垂落，掉了他一头一身，他也不管，兀自气咻咻道："路归路，桥归桥，一码归一码。你不要无理取闹！"

狐眼猛地拽住马三，恶狠狠瞪着他道：

"谁无理取闹了？我看你是在想她、心痛她？"

马三甩开她："你总是好心当成驴肝肺！丞相夫人不是善茬，若知道你杀了她外甥女儿，焉能轻饶？"满脸的忧烦倏转哀求："你不是主意多嘛，快想出个弥补的法子。"

"耶律馨儿知道你强奸她外甥女，必会奖赏你！"兰妍不依不饶，狐眼在光影里流转，流泻不屑。

"我告诉你多少遍了？我马三堂堂丞相府护卫统领，岂会强奸？她要我饶命，就主动勾引我。男人一时把持不住……你就别再跟我提这事儿了！"

"那个淫妇真是不要脸，让天下女人蒙羞！"狐眼斥骂着，一拽情人："走，把她尸体送进丞相府，我自有分寸。"说完从怀里掏出一把鎏金青铜镶宝宽刃匕首，眼风犀利地递给马三。

马三接过鎏金青铜宽刃匕首，灼灼阳光映出剑柄上红绿珠宝雕成的虢府二字，不由笑道："这种颠倒黑白、指鹿为马、诬假做真的计谋，你最在行！"抱拳笑道："我马三佩服，佩服！"

狐眼啪地一掌朝马三打去，黑脸绷紧，挑眉横目诘问：

"你到底是在夸奖还是在诽谤我？终究是难忘和那贱货的媾合！"

梦幻般的梅花在水光潋滟中婆娑着，随着水波幽香弥散，犹如千年隐士般不染世俗。

宫城外的开阔官道上阳光灼灼。兰妍和马三策马走在前面，后边跟着一辆马车。车上放着林娴尸体，上面蒙着宽大的白布。兰妍衣袂带风，身形比多数男子更为彪悍，眼神幽幻莫测。他们身后，大道无边蔓延，烟岚如水如雾。

兰妍一路为林娴和马三斗嘴，押着马车来在丞相府门外，见大门两旁的石狮子威严无比。

门人飞传，姬淑岱夫妇领着儿子媳妇出来，见到车上林娴尸体的一刻，全家人顿时呆成木雕泥塑。

耶律馨儿紧走几步，拽住林娴冰冷、僵硬的手攥了又攥，倏瘫倒在地上，放声大哭："娴儿啊，姨妈对不起你啊！你从小没了父母，在我这儿长大。姨妈对不起你，我全家对不起你啊……"

姬宇阳和妻子哭着搀着母亲，不住声地劝慰。

兰妍和马三跪地，面色黯然声音恳切："在下办事不力，愿领责罚。"

姬淑岱面色铁青，指着兰妍和马三怒斥：

"我特意交代过你等，你们难道就没有记性？"

兰妍叩头，满目凄哀，口若悬河："在下严密执行任务，和褒府一众好一番厮杀，险些丢了性命。马护卫亦是如此。待我们进入怡芳轩，看到小姐时，她已罹难，衣衫不整。一个黑衣蒙面人跳窗逃跑。我们追了一程却没追上。我等忠于使命忠于丞相，请丞相明鉴！"

马三亦口执此词，不容人不信。

姬淑岱儿子姬宇阳颤抖着手拔出林娴胸前的鎏金青铜镶宝宽刃匕首，瞳孔骤然扩大，咬牙切齿：

"娴儿，你死得冤……虢石父，你个奸贼……"

耶律馨儿扑在林娴尸体上，哭得死去活来，断断续续道："娴儿啊……你从小性格要强善解人意，何等乖巧哇……明知你心思，姨妈却把你嫁到褒府，是姨妈害了你啊……"任凭众人围上来拉扯，劝慰，耶律馨儿悲伤难止。

姬淑岱命兰妍马三起来，眸光阴沉地望着倾泻在石狮子上的一抹阳光，暗自悲怒、沉思：娴儿一直牺牲自己，为我做内应。那时制止燕侯、褒侯联姻，欲让褒家军覆灭于淮夷，她机关算尽……如今褒家军覆灭了，她却不能分享战果。本要她出面佐证，立即揭穿妖女身份的，可如今……嗨！

三

兰妍转到姬淑岱面前，看着他眼里跳跃的一缕火一般的光色：

"那虢石父奸贼如今升任太师，掌控天下帅印，依然极擅谄媚，见褒城二妖得宠，便与妖妃亲近，与王后为敌。他如此借机行凶，凌辱并斩杀林小姐，乃是敲山震虎，欺压王亲，威慑朝歌。听说他儿子出自骊山老母门下，武功高强，因而他便有恃无恐。"

姬淑岱挑起浓眉，满脸的阴狠使人恐惧："虢石父，他简直无法无天！"

兰妍转面，头低在阳光的暗影里，嘴角流出一抹得意的笑。

姬宇阳年轻的脸上藏着暗流，偏向自苦的性子使他眉眼郁郁少有开颜时。他伏在林娴僵硬、冰冷的尸体上抬不起头，身子不住抽动，俊逸面容下隐着激流、藏着刺痛肌肤的寒冷。

琼台宫的青白石基墙上饰以华美的彩绘，隔墙和游廊将两侧的边道隔离，显出中间的开阔御道。宫门上鎏金铆钉闪亮，吉祥瑞兽，威严端肃。

清晨，许多的梅花披着梦的衣裳，尽情烂漫于雾霭间。褒姒吻着熟睡的伯服，命一宫娥看住，和云儿等几个宫娥去花园采集带露的梅花，走到门廊外的疏林旁，脚忽被一个人拽住。她唬了一跳，低头一看，卓文蒋浑身是血地倒在面前，弱息恹恹地伸着血手："娘娘……娘娘……"

褒姒似被铁钳夹住，惊悸、痛楚，目光乱颤："卓文护卫！"

卓文蒋像垂死的困兽那般喘息："褒家，全完了……"

朱漆雕栏旁，潇潇的风吹落了一些梅蕊。褒姒听完叙述，命云儿等人搀起卓文蒋去寻太医，凌迟般的撕痛仿佛肝胆俱碎。她向前走了几步，颓然跌倒，瘫软的样子仿若经脉已经断裂。曾经，有洪德相伴的岁月总是安好，无需黄吕大钟，也无需桂棹兰桨，几副尺素，一台瑶琴，便已足够。当玉指在七弦上跳跃，珠露在花蕊上滴响，那一串串洁白的音符，便在尘世里回旋出松涛轰鸣，梵唱嘹亮，月色朦胧。

忽听玉夫人在雕栏旁放肆地笑着："褒府完了，咯咯咯咯……"

褒姒的膝盖和手掌都磕出了血，生痛、困麻。她在冰冷的地面缓缓回头，脸色虚白，怔忡得像个木偶，眸中的那抹狐疑证明了活力："褒府被毁，遇难的数百人中有你亲生父亲嫡亲兄长……你……还有人性吗？"

太阳像一团哔啵燃烧的火焰，在淡蓝色的天空激情迸射，洒出一痕一痕的水墨剪影。

玉夫人转到褒姒面前，脸上闪着莫名的幽光："褒候削职，褒府被血洗，正所谓树倒猢狲散，快意！入宫以来，你心里必定很多疑惑，我今天索性一股脑端出。"她眉毛上扬，嘴唇调成嘲讽的弧度："褒响的外室和女儿早被阿蠡杀了，我是他训练的杀手，真实身份和你一样，是獫狁王派往褒府的细作。我和你一起进入大周王室，乃为协助你完成瓦解大周王朝的任务。"探身凑近褒姒，瞳孔放大，眸光犀利逼人："看清了，我只是个杀手，杀手会有人性吗？褒府已灭，大周气数已尽，咱们獫狁人正该进入镐京……"

朝阳依旧当空照着，褒姒却似掉进深不可测的陷阱，四周漫无边际的黑暗似要吞噬生命。过往的许多暗点徐徐燃亮，她身子漂浮如许，挣扎着撑起自己，站起来，裙襦上沾了枯叶和霜露。她咬牙切齿："犬戎进入大周？你休想！我这就去告诉大王，让他捕杀你！"

玉夫人拽住欲走的褒姒，狠狠向后一摔，看着褒姒那般无助地在冰冷地面上摊晾成植物，她扬起下巴冷笑："告诉大王，你敢吗？别忘了你的细作身份，你父母还在阿蠡手上！而且，我完全可以肯定，你不会告密！你怕连带你，还怕姬宫涅杀了我，你会一辈子活在愧疚里。"

褒姒就那样倒卧在冰冷的地上，手掌上涔出斑驳血迹，融化了枯叶上寒霜。她呆呆张着口，却说不出一句话，眼神空洞，灵魂出窍。

玉夫人站在梅树下，在穿透梅枝的光影里眯起眼，满脸得意之情，像个叼了猎物的狐狸：

"从褒府到镐京，我一直救你帮你，乃因我们是同党。我很了解你，对你知根知底。你，纵然有心复仇，却对仇人都下不了手。而你不了解我，你连我是谁都不知道。所以，你注定要败给我，要服从我！"

"你……你……"褒姒咬着牙站起来，颤抖的手指着她，语无伦次，表情似哭非哭似笑非笑，无法描摹；身子如浮萍轻絮，凛凛裹着微澜。花露簌簌而落，澈如泪，碎了那份执着。

玉夫人抬手折断梅枝，自信得像掌控生死的天神：

"即便你真去告密，我也不怕！多疑的姬宫涅会认为你嫉妒诬陷我。我还要告诉你，姬宫涅并不是被我演技蒙骗，他是欣赏我看重我！他不想让申后后宫独大，就看上我是个斗争的料子。册封我为夫人，只是想让我抗衡申后、平衡后宫。他看出你不行，你没有这个能力！我确实爱斗，天生爱斗，一天不斗争就会觉得活着没意思！"

第八十三章　相寻姐妹被处死　山村忽又见生母

一

褒姒这一刻便似望尽天涯碧云秋，肌肤合着骨髓血液一瞬冷透。往事浮光掠影飞过心头，五内俱焚的冷痛，无限凄凉的酸楚，点点滴滴，浮萍般清漾。一阵尖利的风，裹着呼啸而来的颤栗。

玉夫人紧紧拽住她，褐色瞳孔在霞影里瞪得通红，最后的话像恶魔的咒语：

“听清楚了！我们不是大周宫妃，我们不是靠脸蛋吃饭的粉头，我们是光荣的猃狁战士！我们的荣耀不靠男人而靠自己。你只有和我统战，共同完成我们的使命！我们将共享猃狁勇士无上的宠荣……”

无论玉夫人怎么说，说什么，褒姒只是哭得泪人一般，不说一句话，怔忡回到房中，滴水未进，拒绝见人，直到傍晚。

玉夫人去而复至，推开云儿的阻拦，轻飘飘进来，神情近乎悲悯，笑意幽深：

“多么容易分辨的事，你却这样想不开，真是没办法了。”

她不容分说地将褒姒拖到宫殿后门的台阶上，在飘满天空的紫霞影里仰头冷笑：“走，随我去见一个人。”

傍晚时风很淡，云很轻，薄薄的紫岚飘荡在殿顶。飘摇在松针间的一抹淡红是落日的背影。

褒姒身如槁木，被玉夫人拖着绕过寿仙宫的重重庭院，一路沿着宫墙躲避着行人，直到后庭角门。

瑰丽奇幻的紫霞嵌于朱红色的门楣，群鸦正围着飞檐上的镂空彩纹起舞、啾啾。守门寺人见到她们刚要参拜，却被玉夫人手势止住。

玉夫人塞给他一块金锭，便拉着褒姒，悄悄登上白得照见人影的石阶。

二人来在一处被高大宫墙遮挡了光线的小屋，见门前杂草丛生，一棵银杏树仿佛挂满金色蝴蝶。

褒毓扭头看褒姒，褐瞳幽深，指着屋门：“你进去看看吧。”

褒姒疑窦丛生地走到门口，颤巍巍推开木门，在满屋昏暗的光线里，看到一个被绑在柱子上的素衣少女，鬓发凌乱，衣衫不整，处处灰垢。

少女在黯淡的光影里慢慢抬头，满面血痕混着泪痕，目光凄凉、伤痛、绝望，头发像一篷乱草。

竟是褒宝！

褒姒的心仿佛被撕裂了一般，一阵风似的扑进去，紧紧抱住她，声音颤抖：“褒宝……是你！”

褒宝暗淡的目光倏忽亮起希望的光斑，咧嘴痛哭：“贵妃娘娘啊，夫人候爷全都殁了。我逃出来，进宫来找你。却被申后抓住，关在这里。娘娘若不忘旧，就快些救我出去啊！”

褒姒心如被铁棒捣着，势要碎裂，抑着悲伤，凝泪点头，擦去她唇边血丝，将她散乱的头发抿到耳后：“这里有我，你别怕啊。我会禀明大王，救你出去。”

忽闻一声阴气沉沉的冷笑，褒姒讶然，怔忡回头。

申后幽灵般站在门口光影里，下巴仰着，指向褒宝，语声里含着不可一世的狂傲：“来人，将这个窃贼处死！”

“别，不要！”褒姒疯一般扑上去，伸开双臂护着褒宝：“不要！不要处死，她不是窃贼！”

申后指着褒姒，目光尖厉如匕首：“你是贵妃，我是王后，后宫里我是主子，你不要乱了尊卑！兰统领，执行命令！”

“不，不要啊……”褒姒哭叫着，拼命护着褒宝，终被狐眼等人动作粗暴地拽开，在一声哀嚎中猝然倒地。

熏风玉界绮罗丛，黯淡的梅蕊仿佛噙住了落日余曛的汁液，艳红似血染。

似醒非醒之中，褒姒看到一片庞大的白雾弥漫，如同一场盛大无比的死祭。

而褒宝，在那片庞大的白色里拼命、哭喊、挣扎。

被地面的寒意惊醒时，褒姒心似落絮，魂似游丝，摇摇摆摆站起来，见屋里空无一人，墓穴般的死寂。

褒宝悬于屋梁，吐着舌头、面目狰狞，颈中缠绕白绫，肮脏得看不清颜色的裙子在半空中摇摆不定。

“褒宝，姐姐啊！”褒姒惨叫着猝然跌倒，一动不动地保持那个姿势。眼里已没了泪，只有心里的血液汹涌而出，混乱了唇上胭脂：

死了，全死了，褒府那些曾和我朝夕相处的人。

情同姐妹的褒宝前来寻我，却被当做窃贼赐死。

褒姒柔肠寸折地抽噎着，身子颤动却没有哭声，嗓子里发出叽叽咕咕的怪响。

破旧的窗帷被风掀起，扫落了灰尘，向褒姒扑面洒落。

而她不躲不闪，萎靡到死的姿势。

二

窗外一弯素月，静静依于夜幕的眉心处。静谧的夜空剪瞳秋水般洒下一抹幽然清光。

耳畔似闻伯服哭声，合着云儿的呼叫。褒姒扶着墙慢慢站起来，步态踉跄地走出这间阴暗潮湿的屋子，向着灯光，走向一条朱漆游廊。

她远远看到玉夫人孤零零站在游廊尽头的蟠龙廊柱后，被风扬起裙裾的身影，有着一抹幽暗一抹孤寂。

当她走近时，玉夫人脸上没有表情，声音如同幽灵：

“只有让你感受剧痛，才会激起你的仇恨，唤起你的斗志！”

这个冷血无情的杀手！见死不救，也有这么充足的理由。

褒姒没有理她，单薄的身影走在漠漠风里，身子轻飘虚浮，脚下如踩棉絮，落寞的影子投在地上。一股冰凉的雾水把她的影子濯透。

她施施然前行，像要把无限悲怨的心事抖露给无边冷寒的夜色。

褒姒回到宫门时，只觉得头重脚轻，视线模糊。

云儿抱着穿得胖胖熊一般的伯服站在宫门口，一群穿着棉衣的宫娥寺人将他们包围着。

褒姒失落的魂魄瞬间聚拢，快步迎上去：“伯服——”

听儿子口齿不清地呼唤母亲，只一瞬间，心上的所有血痕魔幻般渐次淡化。

云儿抱着伯服走下几层台阶，眼里是满溢的关切：“小姐，你一个人去了哪里？可把我们急坏了！伯服刚才咳得厉害，哭着喊母亲呢，这会儿才哄住。晚膳已经备好，等你好久了。”

褒姒从云儿怀里接过伯服，回到内殿匆匆用了晚膳，喂罢伯服蛋糕和羊奶，半个时辰后又灌了治疗咳嗽的汤药。

云儿刚抱着伯服出去，玉夫人一闪身走了进来，目光像风中明灭起伏的烛火乱颤：“卓文蒋又有武功又通医术，你可以留作侍卫。”

褒姒转身对着殿柱，面上几许怆然，眸中泛起潮绿青苔般的湿润：

“你看着褒宝死，也可以看着卓文蒋死。别人的生死，不劳你费心！”

玉夫人冷笑着转身去了。

褒姒扑倒在床上哭得几欲窒息，连姬宫涅进来也不知不觉。

姬宫涅看到她这般情形鹰眸顿寒，急忙扶她坐起，问明缘故，面色若风雨中的浮萍，怅然感叹："内耗甚是惊人！褒侯树大招风。爱妃切莫哭坏身子了，待孤王揪出幕后黑手，定然碎尸万段！"

褒姒哭得双目红肿，抽噎道："我父亲已被降职，兵将甚少，却坚守褒、燕两地，在燕国又屡屡被燕侯旧部要挟、嫉恨，何等凄凉？又何来树大招风之说？定是有人妒恨我姐妹二人得宠，才祸及家门。我父那晚因病在家小憩，却遭横祸。可怜他秉一腔忠耿，疆场纵横戎马半生，没有死于战场，却不清不白死在家里……太子被遣申国，王后怀恨我们姐妹。家奴褒宝死里逃生，前来投奔我，却被处死，说是窃贼……"

姬宫涅警觉的鹰眸已转了数转，揽着褒姒，轻轻拍着她背："姒儿要节哀顺变，孤王一定要查明真凶，为你一家报仇雪恨。至于申茳以窃贼之名处死褒府家奴，死无对证，你们又对立已久，孤王不好追究，毕竟她掌管后宫。朝政大事孤王都顾不过来。如今褒侯已殁，褒国、燕国堪忧，须从速朝议，调将镇守。"

令节三秋晚，又一年重阳九日欢。已成为琼台宫侍卫的卓文蒋骑着马，跟着褒姒伯服乘坐的铜轴木轮马车走，眉目间挂着几缕沧桑，声音爽朗：

"闻说有医术高超者可以为小王治好咳嗽顽疾，娘娘连骊山老母都无心朝拜了，可见实在宠爱小王。"

云儿骑马跟在车旁，歪着头，一笑嫣然：

"那当然了！伯服本来就人见人爱，更别说娘娘了。"

卓文蒋看着云儿的目光蕴了无限幽意，生生的让人沉溺：

"小王眉眼颇似大王，都说大王也极爱小王呢，这真是贵妃娘娘的福气。"

云儿被他看得有些羞怯，垂眸道："大王本来要带咱们去骊山呢，这会带着玉夫人去了。"

远山凝黛，白云出岫。一行人走得人疲马乏时，来在一个山村。村口竖一石碑，碑上三字：小石洼。褒姒命便装的宫娥寺人在村口滞留，只她和抱着伯服的云儿随着卓文蒋踏着铺满绿草和落叶的小径，来在村东一座石屋前。

卓文蒋单手叩门，含笑叫道："姑姑，贵客来了。"

随着吱呀呀的响声，木门开处，露出紫珠期待的双目，她一把抱住褒姒：

"儿啊……"

原以为她早已遇害，此生再无相见日。云儿、褒姒都如同掉进一个梦里，梦醒时褒姒悲喜交加，哭着抱不断轻咳的伯服给紫珠看，听着她满目沧泪叙述：

"申茳火焚冷宫，我和瑶嫔被玉夫人救出来。欲要作证，又怕掉进套子里。瑶嫔不相信玉夫人会斗倒申后，但恐性命不保，我们就连夜逃走。我牵挂我儿，又偷偷去镐京，那料一直被他的人盯着。他把我安置在这里，可却一直不见我，也不曾得知你是他亲生女儿。你们父女……”

褒姒冰冷而凌厉地打断她，语声十分尖利：

“不要提他，我只有母亲没有父亲！”

她明白，母亲所言的他就是王叔姬淑岱。

他沽名钓誉、暗设情局，害一个钟情于他的女子耗尽青春，于冷宫囚禁十数年，困苦难言，红颜变白发。

他为上位，宁可牺牲自己的骨肉，如今这点儿良心发现，也未免太迟了吧？

如今权高位重的他，当然无兴趣面对一个苍颜女子！

“卓文侍卫，你如何知道我母亲在此？”褒姒擦着泪，扭头，清眸折射出疑问。

紫珠面色凝重看着褒姒：“快叫表哥。”

卓文蒋腼腆一笑：“我得感谢丞相爷。”

褒姒听卓文蒋诉说身世，原是自己舅父的儿子，一瞬百感交集。

她曾误会玉夫人为达目的不择手段，害了瑶嫔和母亲，此时心中难免愧疚，且涌起无尽的感叹、悲苦，落下近乎干涸的瘦泪。她问瑶嫔下落，紫珠说她要去找真正的碧瑶。

紫珠抱着伯服看，眼神依旧浑浊、呆滞。刚过不惑的她俨然花甲老妪，布满皱纹的面肌表示出心底的欢喜：“多好看的孩子，来香一个，香一个。”

伯服看着紫珠面容唬得大哭，呼唤母亲，又推又打，挣扎着要往褒姒怀里钻，咳声又起。

褒姒忙接过伯服，擦去他满脸泪珠，递给云儿，示意云儿和卓文蒋出去。

三

卓文蒋和云儿会意，领着伯服走到门外空地上玩，见一树合欢花仿佛秉承了天恩，虬枝苍然，凌厉向空。花儿在风里纷纷飘落，如同世间最为直接的神谕，又似粉琢玉雕的天使飘满来时的路。

褒姒关了门，跪在母亲膝前，紧紧攥住她枯枝般的手，泪如滚珠：

“母亲，孩儿不孝，让你受惊、受苦了……”

紫珠搀起女儿，两下里倾诉别情，悲酸难抑，泪流如雨。

窗外的合欢树上花瓣飘落，恰恰成了装饰树根的绯红，在青草荒叶里十分醒目。

褒姒悲切切地向母亲诉说前事："……孩儿十二岁便入褒府，受尽折辱，原以为褒府千金处处维护，却原来她是犬戎细作。她随我入宫，便是以颠覆大周王朝为目的。她性情桀骜不驯，一向有违世俗，成为玉夫人时我便纳罕，如今又要我和她共谋。我若和她闹翻，只怕养父母生命危急。养父母虽为犬戎人控制，但却极为痛爱孩儿，视若掌珠。女儿决不能不顾他们生死，心头常盘着一团刺啊……"

紫珠瘦弱的身躯，蹒跚的步履，蛛网般的皱纹里密布着伤痛的丝缕，情绪波动，泣不成声："都是为娘……害了我儿……儿一出娘胎便遭受劫难啊……"

母女俩交首痛哭，陷入长久的悲苦，似要将平生的心酸、挤压抖落殆尽。褒姒见母亲嶙峋的手上青筋凸起，铜币大小的暗黄色斑毫不留情地刻在脸上，一时在难言的酸楚里止住悲绪，并慢慢劝住了母亲，说起姬宫涅对他们母子的痛爱，说起伯服的诸般逗人……

紫珠听说伯服九个多月便会走路、便会准确表达情绪，一时激奋难抑，连声道："我外孙真是奇人，将来必有大福……"激烈情绪忽转万事皆在胸中的淡然，幽然一叹道："大周屡征猃狁，猃狁王意欲讨伐大周，此乃兵家常事。正是周厉王的侵略、吞并野心，改写了为娘的生命之路。为娘一直为寻找我儿活着。我儿如今陷入进退维谷之局，该思静变了。"

"静变？"褒姒目中凝泪，面色痴痴："女儿一直认为人的情感是不可改变的，自从伯服出生，我更觉得姬宫涅有着使人爱恋使人臣服的能力。"

紫珠眯眼看女儿，理着她鬓边乱发，理解地点头："女人，都会为男人和孩子失去自己。你正该争取移储伯服，别管玉夫人如何，否则会被申后钻了空子，腹背受敌。一旦移储伯服，我儿以后就有了靠山了……"

乌鸦在门外的枝头聒噪，空落、苍老、顿挫有致。褒姒呆呆看着窗外摇曳枝头的合欢花，泪流如雨："太子被发遣去申，伯服是姬宫涅的心肝宝贝。虢石父、尹球等朝臣屡言时局至此，合当立伯服为储君。我觉得伯服还小，事有缓急之分。而玉夫人要颠覆大周，危害的是伯服的前途。女儿欲择机让姬宫涅捕杀玉夫人，既无狠心，还怕人质父母有失……"

紫珠以将女儿拉出深渊般的迅捷拽住女儿，语声急切："你若下得了狠心，玉夫人必然将你供出。玩弄权术者心机甚深！姬宫涅即便不把你当细作杀了，从此也不会再信任你，处处防着你。到那时，申后和太子宜臼就会乘虚而入，你和伯服焉有活命？为娘我情何以堪啊……"

褒姒紧攥母亲手，深深凝望母亲的满脸丘壑：

“母亲请放心，姬宫湦视伯服若珍宝，极宠爱我们母子。”

霞光如水倾斜进来，理性而冷漠地浸透冰冷地面，在石壁上燃起无声的火焰。

紫珠浑浊的眼里，忽有了怆然的笑：

“朝野已传得沸沸扬扬，后宫里，玉夫人宠深，不在贵妃之下。但她没有儿子，难以僭越我儿。她想和你共谋，你得稳住她，携手铲除申后母子。待伯服成为太子，我儿取代申后，朝臣竞相附趋之时，再设法铲除玉夫人，也不为迟。”

褒姒摇着母亲的臂，悲悯之色涌上玉润面颊：

“母亲，对玉夫人，我总是心软。她宠深……只是表象。”她在光影里走动，也许蛰伏的灵魂窒息太久，血液将在幽微瞬间凝固，反应显得迟钝，满面的冷静、肃穆：“那时申后为了夺宠，屡屡对付我，生出许多事端。姬宫湦册封玉夫人，只是想为阴柔狡黠的申后找个对手。”

紫珠冷然打断女儿：“天子之心深不可测，最不可信！玉夫人意在离间君臣，使申候、姬淑岱皆和姬宫湦反目，瓦解大周，崩溃姬宫湦。铲除申后母子，她必会不择手段。你留心掌握她一切，到时再铲除她，易如反掌。在男人心里，永远是先天下后女人。一旦女人威胁到天下，他会毫不犹豫地舍弃。”

冷清清深秋时候，衰柳寒蝉一片愁。母女俩话毕情未尽，临走时褒姒拿着紫珠给伯服开的药方，含泪拜别，说定要接母亲团聚。

春风过夏花落秋无痕，寒冬又临。夕阳残照，乌云涌上天际。

申后呆呆坐着，望着窗外雪飞纷纷，目中几许悲酸几许怆然：

想我申茳出自名门，曾经爱而不得，受尽苦楚。而今香冽清凛，却被褒城二妖夺宠，落得孤独无侣。也不知远在申国的宜臼怎么样了？儿啊，你何时才能回到东宫？咱母子何时才能团聚？

她日夜想着母子的前途未卜，不免陷入长久的悲伤，默默流泪。

她悲伤目光扫掠几案上酒壶，略略欠身，拿起倒满铜斛，一杯杯猛灌下去。近来突然迷恋上酒，没日没夜的喝。

宫娥过来夺过酒斛，抱住酒壶不丢：

“娘娘，你别喝了，这样下去，会喝坏凤体的啊！”

申后猛一用力夺过铜壶，砰然摔在地上，滚到墙角，一个巴掌甩在宫娥脸上，瞪着眼斥骂道：“好你个小娼妇，看到本宫失势了，就这样猛浪、无状？倒敢来指手划脚管我！”

那宫娥捂着被打红的脸跪在地上，惊恐万状地哭诉：“娘娘饶命啊！奴婢岂敢指手划脚？奴婢这是怕伤了娘娘凤体啊……”

第八十四章　幽王赦旨剿洪德　细作觊觎烽火台

一

残菊纷纷零落，是为几番风烈。狐眼披了一身雪花进来，行礼道："请娘娘息怒，奴婢有事禀奏。"

申后呆呆站在窗前仰望长空，心纷乱神飘飞头痛欲裂。也许，只有天河里泛着迷离银浪的地方，才是安稳的宿地。

狐眼恶毒的目光瞪瞪跪在地上的宫娥，又用畏怯的目光望着申后背影，声音脆亮："娘娘，奴婢有要事禀奏。"

申后慢慢转过身来，声音冷漠："说吧。"

狐眼看看跪着抹泪的宫娥，申后指着她冷斥："贱婢，还不快些滚下去！"

"谢娘娘饶命……"那宫娥带着哭音，目光乱抖，急忙退出宫门，到了门外才撒腿跑开。

狐眼搀扶着申后坐下，一说话就显出细致入微的体贴：

"忧愁伤身，娘娘千万保重凤体！"

她弯腰捡起墙角的茶壶，放回紫檀木几上，凑近申后，满目幽深道："太子殿下去申国也快两年了吧？宫里都在议论，说大王宠爱妖妃母子，早有废嫡立庶之意。乃事无其因，难于启齿。虢石父奸贼揣知圣意，与太保尹球商议，暗语妖妃道：太子既然被发去申国，合当小王伯服为嗣。内有娘娘和玉夫人周旋，外有我二人鼎力相助，何愁事不遂心？"

申后霍然而立，手紧紧抓着铺在几上的紫锦，眼里射出可怕的幽光：

"祸国妖妃，趋炎附势的奸贼！"

狐眼心中荡起快意，微微一笑道："大王与太子殿下父子情深，娘娘何不修书一封密寄申国，使殿下暗中回京，上言词恳切之表，以谢其罪。大王若是感动，定然召还东宫，岂不破了奸贼妖妃狡谋？"

宫外，白雪覆盖了参差交错的廊檐，苍黛色的苔衣恍惚迷离，高矮树木组成的园艺，已然暗下来的红墙边耸立着一些青梗的苎麻。

申后在涌进来的暮色里缓缓点头，扬声道："来人，掌灯，笔墨伺候。"

窗外微雪依旧，冷风依依，梅花纷落，碎萍凄切。

那挨打的宫娥慌忙进来，一边的脸红肿着，点了青铜烛台上的蜡烛，又点亮宫灯，捧出砚台、竹简。申后低头在灯影里，流着怨恨、忧伤的泪，很快刻成书信一封：

> 天子无道，宠信褒城二妖，使我母子分离。每每思儿，夜不能寐，食不甘味。今妖妃勾结奸贼虢石父、尹球等，意欲使天子易储其子。汝可悄悄回京，上言辞恳切之表，书悔过自新之词，以谢其罪。若你父王宽恕，赐还东宫，母子大喜，亦破妖妃奸计！

殿宇连云，绵绵不绝的气势，风裹着雪花四处乱窜。

姬淑岱在崇政殿向姬宫湦禀道："大王，那褒家不幸被仇家剿灭，褒晌次子褒洪德却逃了出去。他勾结淮夷故太子蚩磊，在峨眉山招兵买马，屡屡杀害朝廷命官，意在谋反。若不派兵剿除，只恐要留下无穷后患。"

姬宫湦赫然变色。

司徒郑伯友复奏道："此事臣亦有听闻，不过，听说那褒洪德所杀，尽是贪赃枉法的奸佞之臣。褒洪德还常带属下打击混进大周境中的犬戎白狼。他乃忠良之后，如此义军，不该诛杀，实该优抚、招安，以扩充军队，巩固我大周军事。"

姬宫湦最忌谋反，朝郑伯友一瞪眼，扬声："传旨，新任燕侯为帅，齐侯为开路先锋，联合蜀中各路诸侯，前往峨眉山剿杀叛贼褒洪德，不得有误！"

三岁的伯服，眉眼与姬宫湦更是一般模样。他看着门口飞雪欢呼：

"下雪了，下雪了！"

"乖儿子，门口那么冷，快别冻着了。走，随母妃回屋暖和暖和去。"褒姒拉着儿子手往屋里走，对当值宫娥道："快放下暖帘。"

宫娥应声放下黄锦撒花暖帘，伯服偏是哭着不依，挣脱褒姒手折回来，对宫娥吼：

"拿开拿开，我要看雪我要看雪！"

宫娥无奈重新挂起帘子，一股风魔怪般扑到门口，吹进来几片落叶，众人浑身哆嗦。

二

逐渐深浓的乳白色雾霭，袅袅飘在殿门口昼夜闪亮的夜明珠光辉里。沥沥淅淅的雪蕊越来越稠密，与风共舞呼啸来去，似要把人间一切像春笋般的剥蚀殆尽。

褒姒正对着伯服束手无策，云儿捧着一束落满雪蕊的红梅进来，拉住褒姒往里走，连说："出事了出事了！"

褒姒的心像被一双大手攫住，瞪大眼睛看着她：

"你这样惊慌，到底出了什么事？"

日落黄昏，雪花伴雾霭四处飘着，烛台上火苗被风吹得乱颤。一个宫娥正在将壁炉上的铜罩掀开，拿着灰锹将熟炭埋了埋，夹着银炭放进去，拈了两块沉水素香放上，盖上罩子。

云儿让直起腰来的宫娥出去，神色慌张："褒府出事，二少主他没死！丞相参奏他和淮夷太子勾结，在峨眉山招兵买马，意图谋反。大王传旨，命新任燕侯为帅，吃过败仗的齐侯为先锋，联合蜀中各路诸侯，去峨眉山剿杀二少主了！"

褒姒背靠殿柱滑下，冰冷的殿柱向她传递着彻骨寒意，一瞬间六神皆失，眼神空洞如同枯井。

云儿将褒姒搀扶在铺了鼠褡的紫檀椅上，语声急切："小姐，别在这里发愣了！我听说二少主虽然落草为寇，但他不杀好人，杀的都是那些目无王法的贪官污吏。你快去找大王求情，停令不发即可。要不然，二少主可就没命了！"

雾笼寒烟瘦，一盏灯笼孤零零挂在窗前，在地上洒下一抹红色，黯淡凄冷。

褒姒站起来，哑着嗓子道："快去打听天子现在哪里。"

伯服在门口和宫娥们发脾气，哭着闹着要出去。

云儿让她们强行把伯服抱去偏殿，在伯服的哭声里心烦意乱，匆匆走进茫茫雪幕。

褒姒灵魂出窍般呆坐着，看着雪花纷纷扬扬落在窗棂上，晶莹剔透，寒鸦的叫声顿挫有致。仿佛宗庙的梵音，时断时续地从时空的某个角落传来。

云儿取着绛红色葛麻斗篷进来时，脸冻得青紫，跺着脚道：

"大王今儿一晌都在鸾凤阁！"

褒姒急忙穿了紫色狐裘大氅，由云儿打着轻骨竹伞走进苍茫雪幕。

巍巍宫殿，风霜雪雨摧不折的奢靡、繁华。算计、利用、争斗、邀宠，都不过为实现自己的人生目标和价值活着，或活得更好。

褒姒沿着被积雪薄覆的御道往前走，听见雪打在伞上沙沙作响，从鼻子嘴里冒出白气。云儿单手向空，雪落于掌心，很快化了。

雪越下越大，纷纷扬扬落满了油毡伞顶，又铺天盖地之势洒落，人的视线很快模糊。在鸾凤阁的廊檐一侧，褒姒和匆匆赶来的一个宫娥撞了个满怀。那宫娥身子一歪，一下子滑倒在檐外雪地里，又急忙爬起来，跪拜：“贵妃娘娘恕罪！”

褒姒凝目打量她，声音温婉：

“大冷天的，快起来吧。你匆匆忙忙干什么去？”

那宫娥墨绿色厚棉葛麻袄，绣着单朵的玫瑰，襟口袖口镶着雪白的狐毛，随风颤动。因为穿得臃肿而笨拙，费劲儿站起来，葛麻棉裙上沾了雪，一大片晕开的濡湿痕迹。她声带压抑道：“大王在此晚膳，奴婢急着去传。”深深一揖，急忙去了。

褒姒二人也不用传禀，直入鸾凤阁，小心翼翼走到窗口，但听玉夫人声音随着熏香味从镂花窗泻出：“褒洪德举兵谋反，若不剿杀，难服天下，后患无穷！臣妾佩服大王英明！莫说他是我嫡亲兄长，臣妾决不以私废公！”

褒姒的心像被铁手攫住，冷痛难忍，又听姬宫涅道：

“爱卿无私襟怀，孤王叹服！”

褒姒扶着窗框的手在一点点下滑。在冰冷的空气里，在满腔的悲怨里，只觉得天地间一派不可辨识的混沌。

她浑身颤抖，呼吸急促，心痛得像被利刃戳穿，碎成无数片，再没缝合契机。

三

宫灯的光辉虚幻、迷离。褒姒只觉得眼前一片空茫、模糊，又听玉夫人道：

“国不可无储君，既然太子去了申国，大王就当改立伯服为王储。”

褒姒的心砰砰跳着，强稳心神，若非亲闻，实难料玉夫人心肠如此，仿佛什么都可以尝试，什么都可以随心而为，一挥而蹴。但听姬宫涅道：“以孤王心意，欲废申茳，立贵妃为后，伯服为东宫，册爱卿为贵妃，但怕群臣不从。”

玉夫人道：“臣从君，忠顺；君从臣，逆天。大王但将心意告知众臣，胆敢忤逆者，杀无赦！一来扬天子之威，二来臣服天下。”

姬宫涅声音透过薄薄的窗棂纸流泻在雪幕里，有着分明的欢愉：

“爱卿言之有理……”

褒姒那一点少得可怜的惊喜很快退去，在窗外喊道：“大王，不可——”急惶惶入内，跪地：“伯服尚且年幼，废立涉及江山社稷，请大王慎思！”

她抬眼，可怜兮兮又满怀期待地看着姬宫涅。

救褒洪德乃是当务之急，她和玉夫人殊途同归，誓要获取宠信。

几时这样会算计了？褒姒暗暗鄙视自己。

姬宫涅弯腰搀起褒姒，她预料中的感动、惊诧：“爱妃总是这样厚道、不俗。天这么冷，你走这么远的路，就和孤王一起晚膳吧。”

褒姒挣脱他，跪着哭道：“大王，天地之间，最重要的是均衡。天地和万物生，人际和致太平。褒家被毁，家兄褒洪德落草，实属无奈。他所杀尽是奸人，可见并无谋反之意。臣妾恳请大王收回剿杀圣旨！优抚、招安，使他为朝廷所用。”

姬宫涅面色立寒，转面过去，给她个僵硬背影：“为君之要在于眼观全局，洞察一切隐患，及时消除。抑强扶弱，使之各得其所，方为天下太平。杀褒洪德乃是为了天下大治，不可收回成命！”

褒姒膝行到他面前，拉着他袍摆痛哭：“褒洪德并非谋逆啊，他才是弱者，举家被灭，流浪漂泊。大王理应饶恕啊。臣妾入宫以来，可曾有事求过大王？求大王体恤伯服的舅舅，饶他不死。若不然，臣妾今天就跪死在这里！”

“不行！”姬宫涅语气强硬，转过身来，摊开手表示无奈，略含愠怒：“天下之大，万象纷乱，纵容谋逆者，恐有激变，后果不堪。爱妃，你不要为难孤王了。传旨官早就走了，就算孤王反悔，如今也已追不回来！”

“大王，求求你，求求你了……”褒姒痛哭着，不再振振有词，抱着姬宫涅双膝，凄凄惨惨哀求。

姬宫涅示意玉夫人，两人一边一个，搀起哭得颤抖的褒姒，厉声道：“孤王一言九鼎，王命不可收回！”

褒姒神情僵冷，呆滞，坚辞两人的挽留，身子哆嗦着出门，又含泪回头，哀声道：“大王……”

姬宫涅咬紧牙关，硬着心肠不看她，闭上眼睛打坐，如同如定。

褒姒步履机械地走进苍茫雪幕，迎风打着哆嗦，心里冰火交替，思绪潮涌：

玉夫人怂恿姬宫涅杀褒洪德，一为证明她的无私，二为灭绝大周与犬戎抗衡的一切力量。劝立伯服为太子，不过要姬宫涅失去人心，被群臣孤立……

褒姒心如刀绞，仰头见雪花似有若无，空气里梅香若断若续。和云儿且行且议着走得很慢，商量不出营救褒洪德的办法。

她们迎着冷风走在隆冬的冰天雪地里，脚踩在雪上咯吱咯吱作响，浑身却热得如同冒火。

琼台宫的偏殿亦不免堂皇，紫绡帘幕低垂，遮挡住宫灯氤氲的光影。熏香袅袅，淡烟如梦如幻。

取了狐裘大氅进入偏殿，褒姒痴痴望着熟睡的伯服，情不自禁落泪，擦去泪水唤来宫娥：“伯服晚膳吃的什么？”。

那宫娥的几缕发丝垂下来，遮住一边眉毛，眸中荡着水波："小王子喝了半碗红豆山药膳粥，吃了大半块栗子糕，可能玩得累了，就睡得早些。"

云儿抱着伯服进入正房，将他轻轻放在耳榻上。

褒姒坐在榻前，看着青铜烛台上的烛火跳出轻柔红光，面色怔忡，呓语般地道："褒洪德，我怎么才能救得了你……"

云儿担忧地看着褒姒，倏忽灵光一闪，低声道：

"我有一个法子，或可救得了二少主。"

褒姒顿时激动，忙拽紧云儿："什么法子？快说。"

云儿面色幽深，语气神秘："一边设法引开各路诸侯，一边设法通知二少主。让他有所戒备，必不会遭到毒手。"

褒姒眸中闪耀的火花迅疾熄灭："你这算什么法子？痴人说梦而已！天子已经传旨，如何能引开各路诸侯？"

宫廷生活的历练使云儿少了稚嫩多了稳健，胸有成竹，轻轻嗡动丹唇："小姐你仔细想想，传旨官到达蜀中需要时间，各路诸侯赶往峨眉山需要时间。若能赶在诸侯到达峨眉之前引开他们……"

褒姒顿时激奋，搓着手走到窗前，目射崭新希冀，透过镂花窗看梅花在风中一瓣瓣飘落："到达蜀中需要时间……设法引开诸侯……"

云儿忽闪着亮眼，微黑的脸色被灯火映红：

"兵不厌诈，此事须从天子那儿做起。"

褒姒心思百转后失望之极，摇头，摇落了数行泪水：

"我已跪求大王，好话说尽，无用！"

第八十五章　天子无奈点烽火　戏弄诸侯失众心

一

银装素裹的世界，千峰笋石千株玉，万树松萝万朵云。

玉夫人不知何时进来，妙音悦耳，如鸣佩环："我有一个办法，或可有用。"

云儿急忙拉住她："我的好小姐，你有什么办法，快说出来！"

褒姒朝玉夫人冷冷地瞪眼，对着云儿，嘴角挑出讥讽、怨恨的弧度：

"不要理她，她刚才还请旨大王，说一定要剿杀褒洪德。"

玉夫人以眼还眼瞪着褒姒："是，我就是要赢得姬宫涅宠信！"

云儿含笑站在僵立的两人中间，一手拉着一人道："我的小姐们，如今，救二少主乃是十万火急，咱可别自己在这儿较劲儿！"目光从玉夫人脸上落在褒姒脸上，拽住她手暗中加力："此一时彼一时，且听听大小姐高见。"

玉夫人脸色在烛火里忽明忽暗，眼波荡漾盯住褒姒："明天，娘娘可抱伯服随我登骊山烽火台，以伯服哭闹为由，要姬宫涅下令点燃烽火逗伯服乐。烽火一起，齐候燕侯等人必以为外敌入侵京师，立即放弃剿匪，起兵勤王。去蜀中需要数天时间，救褒洪德性命，我们完全来得及！"

云儿拍手笑道："大小姐和我想到一块了。我刚才可不敢说呢。"

褒姒眼珠疾转，冷冷道：

"就算说动姬宫涅，点燃了烽火，保不齐诸侯一意奉旨行事。"

玉夫人依着蟠龙殿柱，耸着鼻子冷笑：

"勤王远比剿匪要紧，功劳也大。诸侯们哪个不会权衡利弊？"

褒姒冷颜在屋里走动，精致五官里流出苦涩、慌乱、焦急："烽火本是紧急军事报警信号，边镇要塞，沿途均筑高台、设烽火，士卒日夜驻守。只有敌人进犯时才可点燃烽火。烽火一路传递下去，边情很快传到京城。骊山一共有二十多座烽火台，一旦京城有紧急军情，哨兵就点燃烽火，一路传至边塞诸侯。点烽火乃天大的事，也敢儿戏？姬宫涅难道是傻子吗？"

玉夫人盯着褒姒一瞬，一股自信从眼底透射出来：

"水柔，却能克刚。姬宫湦最大的心病是看不到你笑。由伯服作饵，你笑着求他，自会如愿。自姬宫湦登基以来，除边境有蛮夷作乱，内部昌平无事，烽火如同闲置。所以，姬宫湦自然会放松警惕。"

褒姒扭头，脸上一抹淡红消融在璀璨灯影里，语气坚定："他生长在帝王之家，但凡涉及政权，敏感得很。他政治娴熟，不会应允的！"

"不听我的，看褒洪德怎么死！"玉夫人说着往门口走，身形迅疾地在门口消失，如一缕轻烟一道闪电。

"小姐，玉夫人如今性情大变，甚是奇怪。为救二少主，你也只有冒险一试了。"云儿满面担忧，摇着呆立的褒姒胳膊。

"世事无常，姬宫涅会糊涂一时吗？"褒姒语气悲悯，伫立窗前，久久望着骊山方向，风吹起披散的头发似云似锦，亦似那即将到来的不可把握的命运。

云儿催促道："小姐别犹豫了，时间紧迫，快去求见大王吧！"

褒姒道："若我猜的不错，玉夫人这会儿已经去了。"

王城的晨钟唤醒了一夕沉睡的太阳，它金色的光芒尽洒御苑，伴风越过寒艳层林。

玉夫人、褒姒等人皆一大早起床，黎明时梳妆已毕接着用膳，准备好去骊山踏雪寻梅。姬宫湦另传一帮文臣武将随行。王驾由众人簇拥着，辰时三刻自镐京出发，行了将近七十里路程，接近午时到了骊山脚下，人困马乏，稍歇，再踏上上山的复道，只见晴空万里，银装素裹，群鸟啁啾，婀转如诉。一时，众人都涨了精神，纷纷四顾。

姬宫湦和褒姒乘坐的车辇在前，玉夫人车辇相随，最后两辆装饰简约的大马车上，坐着云儿莺儿，伯服的乳母，随侍的一群宫娥寺人。文臣武将皆骑马随行。

大队人马接近西缭墙时，墙外的山谷中梅花盛开。西缭墙内侧有夹道直通山顶，外侧有直道通往山下。伯服一直不安分地站着，伸出小手拉开车帘，好奇地看着山谷中的梅花道："父王，为什么没见芍药牡丹？"

姬宫湦欠身拉住伯服，笑道："这是冬季，到了明春才有芍药、牡丹。"

车辇徐徐向前，越过缭墙，朝罗城西门望京门靠近。伯服要起脾气来，闹着要看花，姬宫湦便令车辇停下。众人刚一下车，便觉寒气袭人。云儿忙为伯服穿了狐裘，抱着他跟在君妃身后，进入望京门外的王室花园。花园里设着观花台、芙蓉园、粉梅坛。粉梅坛里的各色梅花在阳光下焕发奇彩。伯服由云儿抱着，摘了朵梅花嗅嗅，又让姬宫湦和褒姒闻，连问是不是很香。姬宫湦褒姒和悦作答，伯服开心了，笑得咯咯响。

赏过花，由望京门进入罗城，骊宫的重要建筑都布设在这一带。姬宫湦抱着伯服，褒姒由云儿扶着，一大队人马乌泱泱地绕曲池，越游廊，踩着青石方砖地面，进入了飞霜殿。伯服开始叫饿，众人也都饿了。由于早已快马传令，御膳房已备好午膳。

众人分礼落座，用膳已毕，一众人马沿着宫墙内侧的夹道登山。姬宫湦、褒姒、伯服分别由步辇抬上西绣岭第三峰，下了步辇，进入老君殿拜了老君，早有宫娥寺人焚了香摆了供。接着，君妃们弃辇步行，登上第二峰，拜了女娲殿，老母殿。姬宫湦命大臣们自行游赏，独应玉夫人之约，领着褒姒、云儿等宫娥寺人，来到西绣岭第一峰。

在烽火台值守的烽帅引着属下列队站立，早已望眼欲穿，站得双腿抽筋儿才盼到王驾，一齐山呼拜见君妃已毕。烽帅见乌泱泱一群人站立拥挤，便命属下退去，由他引着姬宫湦一众，由栈道走向烽火台。自有虎贲军在外围开道，不使闲人干扰。褒姒踏着青石方砖栈道往前走，见这里打扫得十分干净，必是早已得了知会。

伯服小孩儿心性，最喜探险，从云儿怀里挣下来，在栈道上蹦跳着前行，高兴得大喊大叫。云儿却不敢大意，曲身护着他向前，随着君妃们来到烽火台边。

青砖砌起的烽火台，在峰顶四顾险绝处魏然耸立。台上烟墩，巨鼓，气势磅礴。

姬宫湦边走边感叹先王奇功，有意向引路的烽帅问政，那人跪地，对答如流：

“烽火乃军情警报，干系重大。在下上任以来恪尽职守，严以治下，不敢懈怠片刻。此烽共有十二人，十人为烽子，分为五组，每组两人，更刻视察动静。另置副帅一人，知文书、符牒、转牒。烽子们白日放烟，夜则放火。每晨昏平安举一火，闻警举二火，见烟尘举三火。见贼烧柴笼。若昼日阴晦雾起，望烟不见，即差脚力速告前烽。如晨昏平安烽火不来，即烽子为贼所捉……”

烽帅回答完毕，小心翼翼地引着姬宫湦一行，沿着烽火台边的栈道拾级而上，登上台顶时风更大了，太阳也更加耀眼。一大群人分散在台顶及附近栈道上，显得空间狭小、拥挤。姬宫湦、褒姒、玉夫人、云儿、伯服及随侍的宫娥寺人数名，由烽帅引着进入烽顶的圆屋。褒姒一路走瞧，觉得这传闻中的神秘之地也不过尔尔。伯服却这儿摸摸那儿看看，满脸的新奇、神秘。烽帅站在姬宫湦身边侃侃讲述：

“烽火台乃厉王所建，是至关重要的军事防御设施，台高五丈，下阔二丈，上阔丈余。台上建圆屋覆之，上覆下栈，屋上置突灶三所，台下亦置三所，相去二十五步。复置柴笼三所，流火绳三条。屋四壁开觑贼孔、安视火筒，另置旗、鼓、弩、抛石、垒木、停水瓮、干粮、麻蕴、火钻、火箭、蒿艾、狼粪、牛粪，用以防贼……”

伯服乱钻乱摸，趁人不备搬了凳子爬上去，往墙壁上的觑贼孔里钻，将头伸进去向外看。

云儿忙抱他下来，伯服挣扎不得，想要发火，却又要在父王面前表现守礼，只得忍了。云儿只说伯服手弄脏了，忙不迭拿着帕子擦拭，擦净了左手再擦右手。伯服不受约束，依旧乱摸乱扒。

姬宫湦一行从圆屋走出来，他站在青石围墙旁俯瞰巍巍群山，苍翠丛林，俨然将大周江山尽收眼底，抱过来伯服，笑道：

“我儿，你看这大周江山多么辽阔、壮观！待你长大，这一切都是你的！”

云儿闻听，止不住窃喜，神采飞扬地拉拉褒姒绣着牡丹团花的广袖。

姬宫湦察看完烽火台，拾级而下，带着众人俯瞰群山。褒姒却无心赏景，茫然地望着豪情满怀的姬宫湦，少年时的铁马金戈、权利中心的冰火历练，都凝注成他身上的一股不可抗拒的力量。正如沉凝的金秋，使每一个生命都鼓涨起蓬勃的帆；即便是一片叶，细细的脉络直到萎黄也纯粹清澈，闪着柔和、刚劲的光。

褒姒惊诧于她不知何时爱上了姬宫湦。往事历历，她不想褒洪德死，忧心如焚，终究率性，不擅欺诈，忽朝姬宫湦跪下，珠泪滚滚：

“大王，请看在伯服面子上，饶了他舅舅吧！”

二

烽火台周际山崖幽深峭俊，林泉密布，陡岩飞瀑，涧壑苍润，泉水自崖上淅沥落下，一泻千里，婀娜有致，为骊山添了几分秀丽。

姬宫湦瞪大眼睛，有些错愕地看着褒姒满面悲泪：“姒儿……快起来！”

褒姒叩头泣哭：

“大王，点燃烽火，必能招回去峨眉山的诸侯。褒洪德罪不至死！”

伯服活泼好动，不喜拘束，挣脱姬宫湦，扑向褒姒，表情悲伤，口中咿咿呀呀，说了许多孩子稚语。

姬宫湦将儿子指给云儿，目光如锥盯着褒姒：

“贵妃，你难道疯了？烽火台乃先王韬略，为防贼寇。虽然孤王登基以来，京师并无兵戈之忧，但也不能视同儿戏！”

褒姒再三磕头，哭求饶恕褒洪德。无奈姬宫湦不允，义正词严，厉声斥责：

“我若下令点燃烽火，招诸侯轻蔑，必会导致政权失衡。就为褒洪德一人，你想让天下失衡吗？天下至大，国事甚繁，牵一发而动全身。”

褒姒却仍是哭求：“大王至尊至贵，请饶恕褒洪德吧……”

“点燃烽火，恐激出难以想象的变乱，后果不堪！为大周社稷永固，为生民安乐，天下归心，这事不能准，你要明白了！”姬宫湦声音冰冷，佛袖而去。

褒姒跪地悲泣，一时懊恼、沮丧、惶急、忧愤，无法自拔。

玉夫人过来搀起她，见她膝盖处的濡湿在晕开、扩大，一张皎月般的脸上挂满冷笑："不听我的，自以为是，自吞苦果！褒洪德，他死定了！"

伯服看着玉夫人诡异多变的脸，嗅到了某种危险气息，在云儿手里挣开，扑向褒姒，哇哇大哭："母妃啊……咱们快走吧！"

烽火台周围有茂密森林，涓涓山泉自石缝潺潺流淌，淙淙有声，如弦音拨出，悦耳动听。

玉夫人一手褒姒一手伯服，极快地踏着石阶前行，来在一绝壁处。四顾不见人影，唯落叶萧萧，雾霭茫茫，鸟儿斜飞横枝。

玉夫人看着啼哭的伯服，语声急促：

"快逼姬宫湦下令，点燃烽火，要不然，我将你们母子推下去！没人能救！"

伯服显然害怕极了，小脸惨白，哭得更厉害，大声呼喊着母妃，紧紧抱住褒姒。褒姒紧紧揽着伯服，脑子里一片苍茫的空白，只有儿子的存在感那么强烈："不，不！我的伯服不能死，我儿子不能死！"挣着要走，却却玉夫人制住，难以挣脱。

玉夫人从褒姒怀里夺过伯服，拽到绝壁边上，面色映着积雪，苍冷灰白，低声嘶叫："快逼他点燃烽火，救了褒洪德和你儿子。否则，我将他扔下去，褒洪德也得死！"

伯服在绝壁上挣扎着，哭声撕裂肺腑。

褒姒如同置身烈火炉火。玉夫人手段强硬言出必行，为达目的不顾一切。一切都可以没有，唯儿子不能失。褒姒心中洪流咆哮，魂魄俱失，仰头大哭：

"来人啊——伯服要看烽火！"

玉夫人急将右手里伯服贴着褒姒，褒姒顺手抱紧儿子，玉夫人左手制住褒姒，瞪着褐瞳低吼："一定要他点燃烽火！否则，你、伯服、褒洪德，谁也别想活着！你若敢耍心眼，逃过今天逃不过明天！"

伯服的哭声响彻云霄，在山谷里荡起强烈回响。

听到褒姒的喊声，一个寺人在崖壁处探下头，急忙跑开，少顷领着姬宫湦赶来。

姬宫湦边走边惊叫："姒儿，玉儿，你们要干什么？"

玉夫人身子不动，在伯服的哭叫声里暗往褒姒腕上加力，故作惊怕地惨叫：

"大王，贵妃要抱着小王跳崖……"

褒姒声嘶力竭，对着姬宫湦哭喊："别过来！再过来，我就和伯服跳下去！"

姬宫湦看着近乎癫狂的褒姒，吓得呆滞，指着玉夫人：

"玉儿，快救他们母子！"

玉夫人哀声道："大王，臣妾都没力气了，怕是要被贵妃娘娘带下去了……"

褒姒心意已决，五脏六腑燃起痛楚、煎熬之火，嘶声道：

"大王，伯服要看烽火！玉夫人，再不放手我就跳下去了！"

姬宫涅惶然无助。

伯服哭声惨烈。玉夫人演技绝妙，悄声警告褒姒：

"一定要逼他点燃烽火，否则，我随时能毁了伯服！"

她故作无奈地放手，面带痛楚、恐惧，向后退着，哀声道：

"贵妃娘娘千万别跳啊，伯服小王那么可爱，你怎么忍心让他死啊……"

四面悬崖陡立，怪石嵯峨，雪后初霁，雪水汇入山泉，气势猛烈地泻向山下，如同飞珠溅玉，源源不绝，颇有惊心动魄之势。数里外可闻轰鸣之声，置身其中，仿若天地融为一体。

褒姒眼珠血红，冲着姬宫涅吼："快快点燃烽火，不然，我就跳下去了！"

伯服只是痛哭不休，小脸憋得涨红："不啊……不啊……母妃，父王啊……"

郑伯友赶来，大惊失色朝姬宫涅跪倒、叩头："大王，万万不可点燃烽火！无故举烽，戏弄诸侯，大王将失信于天下，社稷必危啊！"

姬宫涅知道褒姒秉性纯良，破釜沉舟为救家兄。他又是气恼又是哀怜又是无奈，看着危崖耸立的褒姒，听着儿子汹涌的哭声，心乱如麻地怒斥：

"郑伯友，你不要危言耸听！"

郑伯友满面通红，炯炯双目燃烧着火苗：

"大王若一意孤行，将来定然后悔莫及！"

三

虢石父跑来，气喘吁吁跪地：

"太平年间烽火闲置。人命第一，请大王三思，切莫铸错！"

姬宫涅正处于冰火交煎的漩涡里，拼命挣扎难抵彼岸。虢石父之言像一双神奇的手，一下子把他推到岸上。他昂首挺立鹰眸凝暖：

"虢太师言之有理，太平年间，兵器入库，烽火闲置。"满脸傲岸，带着睥睨天下的气度："传旨，点燃烽火！孤王今日就让伯服看看这天下奇观。"

"大王，不可啊大王！失人心者失天下。"郑伯友膝行着拉住姬宫涅袍袖，被他甩开，斥道："滚一边儿去，你这个愣子！只会看孤王的笑话……"

姬宫涅一声令下，烽火陆续从二十多个烽火台上熊熊燃起，一瞬间狼烟腾起，直冲霄汉。又似一条长长的灰龙，十分壮观。

巨鼓擂动，响彻云天。悠悠天地间，似有百万雄师在纵横驰骋。

褒姒抱着伯服，力气耗尽般瘫软在危崖边。

玉夫人急忙将她扶起，连同伯服拖离危崖，看着软绵怔忡的褒姒，目流一抹幽深笑意："诸侯必然赶来勤王，褒洪德必然安然脱险。"

伯服被眼前壮观景色吸引，果然忘了委屈，不哭了，睁大好奇的眼睛望着冲上云霄的烟尘、火光，欢呼雀跃。

褒姒痴痴立着，风吹起裙裾缥缈如仙，想起褒洪德将会脱险，不觉绽开笑颜。

围过来的侍卫、寺人、宫娥第一次看到褒姒笑颜，如同撞鬼般惊骇不已，面面相觑，窃窃私语："以死相逼，迫使大王点燃烽火，什么道理？为逗儿子乐？"

"万事要合法度。无故举烽，天下必乱。真是妖女！看看郑伯友的脸色，就知道事情有多严重，那可是个忠臣！"

事已至此，姬宫涅觉得他只有担当，拉起褒姒手，走到一旁，刻意扬声：

"能让伯服一睹这百年景观，孤王心中甚慰！"看着褒姒花容，不觉心荡神驰，压低声音倾吐心曲："孤王今天才明白，失去天下又如何？万不可失去你们母子！姒儿，你知道吗？那时后宫屡不太平，申后日日生事。我为了让你顺利生下儿子，就宠幸了玉夫人……"

褒姒有些震颤，似被利器搅戳心扉。

以为贪色，以为薄幸，以为冷酷，以为无情；曾经怨，曾经恨，所有的一切灰飞烟灭，只化作蕴藏心底的灿花一束。褒姒慢抬臻首望着姬宫涅，徐徐绽开灿烂笑容："臣妾感谢大王厚爱，此生能长相厮守，朝起暮息，荣幸之至！"

姬宫涅见到褒姒的这般笑容先自痴了，激动地握住她手，满目温柔、爱怜："姒儿，你进宫这么久，孤王今天才看到你开颜。爱妃笑起来这般美，似这等花容月貌，微微一笑便可倾国。"

云儿凑近褒姒，笑着耳语："今儿才看到娘娘一笑，把大王笑痴了！文武百官、宫娥侍卫们，也都被娘娘这一笑弄痴了。"擦肩悄语："小姐放心，卓文蒋已快马加鞭前往峨眉山……"

点燃烽火当夜，君妃们留宿骊宫飞霜殿，姬宫涅传旨相随的文武百官散去，趁伯服哭闹间，对奉命留下的虢石父密语："太师，剿匪之事，不可放松！"眉目舒展，又一瞬凝住："自孤王登基以来，从未举过烽火。若是诸侯真的赶来勤王，必然怪孤王荒唐。请问太师，如何补救？"

虢石父微眯的眼映着宫灯，笑意盎然："天子无忧，一切有臣周旋。"

姬宫湦笑道："爱卿在此，孤王当然无忧。"扬声道："召乐工舞伎！"

一帮乐工舞伎进来，鸣钟击鼓，品丝弹竹，歌舞进觞。

褒姒心怀感激笑靥如花刻意承欢，在人群中舞出一片美丽梦境，又似幻界撞来的灵魅。

姬宫湦正看得出神，侍卫来报：

"大王，几路诸侯已十万火急赶奔骊山而来。"

不待姬宫湦说话，虢石父道：

"大王政事繁多，难得一刻放松，臣去应付诸侯。"

虢石父迎着嗖嗖冷风出来，绑紧脖子里的带子，仰头打了个响亮的喷嚏，吓得随从们猛地颤栗。他带人绕过星辰汤[①]，一径出了望京门，来到缭墙外，通往镐京的山道口，命属下将七八盏灯笼挂在路两边的松柏树上，巍然屹立的身影有着一夫当关万夫莫开的气势。

注释：

① 星辰汤：温泉汤，即后来的华清池。

第八十六章　众佳丽请命除妖　申王后欲擒故纵

一

人马喧嚷声越来越近，似是到了耳边。虢石父抬头向下看去，顿时目瞪口呆，只见山下一团团军队灯笼火把地蜂拥而来，各自弓箭枪刀在手，各色旗帜在风中飘扬，场面极其壮观。

几路诸侯率众走近，凝目天神般站在路口的虢石父，喝退持械欲拼的属下，耳闻山上传来一阵鼓乐声。站在齐侯旁边的黑脸虬髯汉子瓮声瓮气道：

“请问太师大人，叛贼何在？我等前往擒拿！”

虢石父习惯性地耸耸肩，仰头笑得一条眉毛高一条眉毛低，声音雄浑：

“诸侯急来勤王，忠心可嘉。大王天威在此，岂有贼寇轻扰？此乃大王试探诸侯之计，我一定将诸位忠心禀告大王。天下无事，诸位请回吧！”

诸侯面面相觑，竭力平定呼吸，齐侯姜吕手臂哆嗦如风中枯枝，一挥彩旗：

“变换队形，撤回！”

大队人马向东驰去。

雪光皑皑如明澈月华。北风怒吼暮色浓重。大片的阴云低覆空旷静寂的四野。

乔装打扮的卓文蒋骑在马上，回望处是苍茫无际的天地，竟无一处炊烟。风打着旋儿从身际掠过，刺得面颊生痛，细细的雪末飘在脸上。他奋力挥鞭向马臀一抽，那马一声长嘶，在原野上如电驰骋。

雪道向远方延伸，无穷无尽，只通往天地相接的地方。

卓文蒋要去峨眉山给褒洪德送信，打马越过山林、丘陵、枯秃的原野，风扬起衣袍哗哗作响。

玉夫人派出的两名侍卫凶神恶煞般追来，一刀一剑左右出击，招招式式追魂夺命。

卓文蒋腹背受敌，颇觉吃力地招架，几十招过后被一侍卫击落马下。

两侍卫一左一右夹击，剑光濯濯，就要砍下。忽一道玄色影子凌空而来，一剑迫退两人，架起卓文蒋就走。

两侍卫紧追不放。卓文蒋被人拖着进入积雪皑皑的树林，看清来人面容后大喜："是你！淮夷太子。我叫卓文蒋，曾是褒府护卫。"向淮夷太子说明事因，忧心忡忡道："我被这两个小鬼缠住不放，二少主危在旦夕！"

蚩磊面凝寒霜道："褒府当初何等富贵、荣耀，不料一夕被毁！褒洪德屯兵屯粮计划受挫，仓皇狼狈。没有金银基础，一切抱负都是灰色妄谈。"他不由感慨万千，冷峻眉目映着雪光，溢出郁郁笑容："卓文将军请放心，你且想办法引着那两个人回去，我去峨眉山通风报信。"

卓文蒋大喜，紧紧握住蚩磊手："蚩大侠真是义薄云天！"

蚩磊一人一剑穿越苍山丘陵，穿越旷漠，头顶日月，足踏漠漠长风，一径往峨眉山而去。

申侯带着人马，于烽火点燃后的第三天傍晚赶到镐京，见漫天彩霞将城垛打上一层橘红。他在城门口刚一立马，守城武将便迎了上来，抱拳行礼道：

"朝中无事，请国丈大人将军队留守城外，所到诸侯皆是如此。"

申侯眉毛耸了耸，多皱的脸上波澜不兴：

"本侯乍见烽火，勤王而来，难道贼兵已退？"

守城汉子身材魁梧，浓眉虎目，满面感慨，摇头叹息道：

"唉！小人不便多言啊。"

齐侯姜吕瘦高个瘦长脸，眉心一缕如雕纹痕，正从城门里面走出来，迎着申侯，黄白色脸上，勉强的笑容下是难以掩藏的愠怒：

"国丈大人忠心，可叹啊，可叹！"

申侯唇角的竖纹一耸，沉声道："可叹什么？齐侯不妨讲明。"

齐侯稀淡的眉梢挑起，嘴角痛楚变成嘲讽：

"朝野如今议论纷纷，都在传说，大王为了讨得褒贵妃欢心，无故举烽，戏弄诸侯。只怕他日倘有不虞，诸侯必不肯信！"

申侯面色阴沉，握住姜吕手，愤然道：

"一个昏君，一个妖妃，拿政事当儿戏，这般荒唐！果真就不怕贻笑天下？听说当年姜德妃出事，也为妖女褒姒所逼。"

"家妹福薄命浅，也怨不得别人。"姜吕念及褒晌救命之恩，神色黯然，拜别申侯，一径出城，前往齐国去了。

申侯令部队滞留城外，带着随从四人，打马入城，执着马鞭的手在傍晚的风里微微颤抖。

狐眼在寿仙宫外迎接申侯，挽住臂抱到怀里，黑脸堆笑，状极亲密：

“闻知侯爷到来，王后命在下等候多时。”

申侯笑意暧昧地看看狐眼，心神一荡，被她挽着，触到胸部，一股热力自丹田而下，血液不觉上涌。大步上了丹墀，一径入内。掀开紫锦帷幔，见女儿一袭深青色镶滚绢帛高腰裙，暗沉的色泽，肃穆的装束，配着沉稳的云髻。三十而立刚过，已显出些许老态。

申后正怀抱青铜手炉坐在绣墩上，满面泪痕。

申侯心里一阵揪紧，不由自主将手攥住，跪礼已毕，申后又朝父亲跪下：

“女儿拜见父亲大人。”

二

申侯搀起女儿，看着寿仙宫的垂花门分布在宽敞的殿堂里，甚是玲珑秀雅。

申后挥去众人，为父亲看了座上了茶，哀伤欲绝地泣诉：

“我命宜臼回来上表谢罪，因何迟延？父亲大人乃为勤王而来。可这昏聩的姬宫涅只知取悦褒城二妖，根本不认为他是在毁掉君王的诚信、威严！”

申侯又是一耸眉毛带动松弛的面肌：“宜臼如今武功长进，为父勤王，命他留守申国，以防犬戎偷袭。待为父回申，自当令他速来。”转念道：“对于妖妃祸国，我儿当拿出后宫统领的威严来，别总教妖妃母子骑到你母子头上。为父拥有重兵，难道惧怕她两个妖孽不成！即便你公然杖毙妖孽，也不为过！”

申后激动地站起来，手顺着红色蟠龙殿柱无力下滑，哭红了眼，神情委屈、凄楚、无助：“父亲大人，褒城二妖勾结虢石父、尹球等人，权势日重，志在图谋后位、储君，全然不把你女儿放在眼里。别说教训她们了，女儿如今连路都得绕着走。褒贵妃面瓜心奸，玉夫人特别的飞扬跋扈。若是杖毙她们，只怕君王怀恨，女儿后果不堪。”

申侯瞪着眼，不觉用力，将手中茶杯捏得粉碎，渣子纷纷落在撒花锦毯上。他习惯性耸了耸眉：“我儿一向是个有主见的，如今竟然惧怕褒城二妖至此？气煞老夫也！妖女侍宠逼迫君王，混乱朝纲，难道不是死罪？”警觉巡视门窗口，对女儿低声道：“为父虽在申国，无一日不挂念镐京。宜臼知书达理武功飞进，如今受了挫折，将以前的缺点改了许多。我儿但将腰杆子直起来，行使后宫主权。一旦有何哗变，为父立即发兵镐京，以清君侧！昏庸的姬宫涅将褒晌削职、移调，导致褒家军覆灭。虢石父老贼只有谄媚功夫，外强中干。看他手里还有什么牌！”

申后闻言涨了精神，眸中一道明亮的光斑徐徐弥散出来。

琼台宫白栏红墙，屋顶琉璃瓦反射着阳光，透出一股华贵气息。

褒姒身穿织了金线的绢帛深紫裙，同色同质上襦。宫灯安静地洒在她的发髻、肩头。

她背向云儿站着，双肩绷得很紧，只听云儿道：

“人们到处都在议论呢，说姬宫湦是个昏君，被褒姒那个祸水迷得晕头转向，无异于夏桀商纣。还有些话，奴婢真的不敢讲……”

云儿低着头，抠着手指甲，声音渐低，睫毛乱颤。

褒姒保持着背对的姿势，不肯转过面来：“说吧，我受过的诬蔑、诽谤还少吗？再多一千条又如何？逼迫君王烽火戏诸侯，千真万确，还有什么不敢说的？”

云儿由于畏怯，结结巴巴道：“他们说……说……说小姐比妹喜、妲己……有过之而无不及呢。”

褒姒身子趔趄几下，手抓紧大红帷幔，尽管有垫底，心还是沉入无底冰渊。

云儿继续道：“自从烽火戏诸侯，小姐笑过之后就更加沉闷了。你连梦里都哭喊呢，常常从噩梦中惊醒，满头冷汗。”

褒姒慢慢转身，伏向床上熟睡的儿子，泪落于儿子脸上：“伯服，你知道吗？自从烽火戏诸侯，母亲很怕，很怕……怕为娘作孽，使天下失衡，会遭报应，怕咱们母子不得善终……”

抬头窗前，御养的雀儿鸣声欢畅，金钟饮水，玉碗食粟，怕是再也记不得风雨飘摇中的陋巢和昔日的伙伴。

褒姒幽然一声叹息，咽泪悲哽。

暮色昏沉，在天边翻卷的几片灰云，随着星辰的明亮逐渐黯淡下来。申后站在红木几案前，透过镂花窗看着梅蕊纷纷飘落，风拂过，香如故，残梦无痕。

狐眼站在她身边道：“娘娘，后宫都在议论纷纷……”

殿里熏香很浓，伴着挥之不去的愁恨。申后转面时感到后背被风吹着，凉透的感觉，面色苍冷：“本宫知道，是有关妖孽的议论。”

狐眼垂眸道：“大家都在说，妖女就是妖女，从来没人看到她笑过。但那一双勾魂眼端的厉害，把大王牢牢地勾住。她早也不笑晚也不笑，偏是在大王点燃烽火后笑了……”

申后坐在紫檀椅上，凝重沉思，黯然神伤：“国之将亡，必出妖孽。”

狐眼走到她面前，抱拳道：“娘娘掌管后宫，就该拿出主子的威风来。何不就烽火戏诸侯一事审问妖妃？若她说不出个子丑寅卯来，拉出去杖毙！一了百了。”

三

狐眼说着朝门外一挥手，从门口走进来一群花枝招展的后宫妃嫔，一齐跪下，像花儿撒了满地。

众佳丽异口同声请求："妖妃乱政，逼迫天子烽火戏诸侯，失去人心。王后若不处罚，后宫众人将争相效仿，国将不国！"

申后目光低转，流泻出无奈和悲怨，朝前探身，伸着臂道：

"天气寒冷，你们都跪着干嘛？快起来吧。"

妃嫔们齐声道："娘娘若不处置妖妃，我等长跪不起。"

申后的心思在灯影里急转，面色流泻出愠怒，站起来，逼视她们：

"无论怎么说，那褒妃也是大王的至爱，为大王生了儿子。自她入宫，大王再没宠爱过其他妃嫔。大王对她宠爱至深，离不开她！你们要我处置她，难道就不考虑大王龙体？本宫幼承庭训，恪守妇德，宁愿清静无为，坚决不会忤逆大王。快起来吧！本宫知道你们心存善念，便不与你等计较。俗话说，天作孽犹可恕，自作孽不可活。妖妃作恶多端为祸大周，一定会有天神惩处。如今天寒地冻，本宫又累又冷，你们也各自回宫歇息去吧。"

后宫妃嫔面面相觑，犹自不动。

赵嫔的瓜子脸凝寒，双挽手，扣于腹部，低头，缓声道：

"臣妾等人对妖妃深恶痛绝，只一心维护宫规，绝无忤逆大王王后之意，请王后娘娘赎罪。天寒地冻，娘娘早些歇息吧。"言毕，起身，伙同众妃嫔鱼贯而出。

料峭夜风将一大片寒意推进宫门，吹落三两片梅蕊，夹裹四五缕馨香。丹墀下，无数的花苞缀玉寒枝，映着灼灼宫灯，宛若铺陈的云锦，明媚、灿烂。

狐眼隔窗看着一大群妃嫔走远，各着丽装如鲜花之缤纷，不仅蹙眉：

"娘娘，俗话说众怒难犯，何不撺掇众妃嫔共同请命剪除妖妃？就算惹得大王恼怒，法不责众……"

申后朝她挥臂，冷冷打断她："你以为以众人之力就能扳倒妖妃？前时三朝元老共同请旨除妖，为首几位却遭了暗杀，余者群龙无首，一哄而散。你道大王是吃素的？手段强硬的很……"

狐眼恐慌得舌头打颤："难道……是大王狠心暗杀了三朝元老……"

申后冷然一笑，言不由衷："大王一向敬爱三朝元老，岂会暗杀？但事情的确蹊跷。你该仔细想想，三朝元老触犯了谁的利益……"

狐眼出了一身冷汗，但听申后道：“大王肯为妖女烽火戏诸侯惹笑天下，又岂会忌惮后宫？后宫势态一旦引起姬宫涅警觉，想除妖妃就是痴人说梦！”

狐眼的失望情绪瞬间转为赞赏：

“在下明白了，娘娘此乃欲擒故纵之计，高！”

申后站起来走到窗前，指着窗外蔓延的小径道：

“你敢肯定，今晚请命的妃嫔中没有妖妃耳目？我若答应处置妖妃，消息必然会马上传出，机不密祸先至！我们且把头低到尘埃里，使姬宫涅和妖妃放松警惕。再瞅准时机处置妖妃，必会万无一失！”

狐眼点头，神情钦佩，叹服道：“属下领教，所谓的时机就是避开大王，必可一举成功。”

申后转回紫檀椅，俏脸上流出一抹得意：“届时，你只需引开玉夫人便可。”

狐眼跟着申后转回，疑惑道：“大王……”

申后瞪着眼道：“你不必多操心，只需听命而为，见机行事。”

这日云开雾霁时朔风依旧，卷起一地落英，宛若香雪海。

申后在花树间弯腰，探身，端起昨晚放在树林里的胭脂玉盘，盘里放着几个雪梨，忙走上曲幽小径。看着一个宫娥由远而近，她神情凝重，将盘子递于宫娥，轻轻推了她一下：“这是外邦进贡的雪梨，你去送给伯服殿下，回来领赏。记住，一定要让殿下看到雪梨，看着他吃了。”

那宫娥釉红镶滚葛麻宫装，梳着双鬟髻，精致的五官、脸庞，答应着接过填漆盘子，单手拂开挡在面前的一枝梅花枝蔓，穿越花树，轻步走开。

这里是寿仙宫久已开辟的花圃，栽种着进贡的各季花品，四季花开不败，花气袭人醉。

花圃边缘的开阔月洞门连着宫外。

宫娥来到月洞门前，掀开垂花门帘，顺着方块石堆砌的石阶走了下去，裙裾飘摇若灿花初开。

狐眼看着宫娥背影消失、快意一笑：

“娘娘智慧！冻过的雪梨，谁吃了都拉肚子。”

“妖女，看你能猖獗到几时？”申后不理狐眼冷冷瞪视着琼台宫方向，和走近的狐眼相视一笑，伫立在梅树下，脚下荡开层层叠叠的花蕊。身后衬着或浓或淡的枝叶，水波般静静摇曳。

第八十七章　褒贵妃险被杖毙　兰统领遭受炮烙

一

又一日紫霞当空却没温度，几瓣梅花悠悠然顺着窗棂飘下，落到红木几案上。一道琉璃珠垂帘映着殿顶亮瓦，满天的彩霞将内外殿分成明暗交错的两处。

云儿领着伯服走进内殿，伯服捂着肚子对低头练字的褒姒道：

“母妃，我也要去丞相府，和父王一起看戏。”

褒姒一手拿笔，一手捣着伯服头：“都没看看天快黑了，还要出去？你父王一早就走了。瞧你多没出息，贪吃几个雪梨，早晨起来就一直拉肚子。若是带你去丞相府看戏，岂不太烦人了？”

云儿蹲下来摸摸伯服肚子：“小王子，这会儿肚子还痛吗？”满面忧色附耳褒姒：“小姐，小王子从早上到现在拉了十几次。太医来看他，我悄悄拿了那雪梨给太医查验，雪梨没有问题。”

褒姒盯着云儿，略有嗔怒之色：“多事！让矮后知道不妥。我说过雪梨不会有问题。这么冷的天，伯服人小，任性贪吃所致。他喝了汤药没有？”

不待云儿回答，伯服气咻咻指着她，向褒姒告状：“母妃，孩儿肚子这会儿好些。云儿以下犯上，刚才捏着孩儿鼻子逼孩儿喝药，你得惩罚她！”

褒姒摇头笑笑，暗叹儿子口齿超越年龄的伶俐，环顾侍立的宫娥：“你们和云儿领伯服出去玩，我自个儿清净些，再练会儿字。再过年时还要写字赠予群臣，字写得好些便有面子。”扭头，似闻花梨木六方香几上的插屏梅花芳香醇郁，随着灿霞弥散了满屋。

俄顷，忽闻门口一阵扰攘，几个宫娥一个嬷嬷进来。那嬷嬷吊梢眉松脸皮嘴角耷拉，腮上稍点胭脂，正是余红莲，如今是寿仙宫总管。余红莲出示寿仙宫腰牌，声音干脆道：“王后娘娘请褒娘娘去寿仙宫议事。”

褒姒刚好写完一个福字，摊平，放下笔，略有迟疑之色，审视的目光盯着余红莲看。

她曾那么感激她，可如今世事变迁，一切不可把握。

余红莲目光闪烁、游离，催促道：“王后娘娘恭候着娘娘呢，车辇在宫门外候着，请娘娘快随奴婢走吧。”

“好。”褒姒站起来，穿上紫锦大氅，随着她们走到停放在宫门口的车辇前，似觉有何不妥。忐忑着欲要转回，却被车辇前候着的侍卫左右架住，不容分说推到车上，用纱布捂住嘴。

车辇顺着平整御道一溜烟而去。

在琼台宫门口当值寺人中的一个，正是当初在御膳房当差时劈柴受伤，得过褒姒救助的那位。见此情形急忙往殿里跑，边跑边叫：“云姑娘！云姑娘——”

一个迎面而开的宫娥忙道：

“何事惊慌？今儿天好，云姑娘带小王子出去玩了。”

那寺人急得哑了嗓子，举着双手作揖：

“求求姑娘了，快找她回来，事情紧急。”

那宫娥有些不满，嘟着嘴，嘀咕道：“你在宫门执差，都不知云姑娘哪里去了，我又怎么知道？”磨磨蹭蹭往门口走，正碰上云儿抱着伯服进来，后边跟着一群宫娥寺人。云儿边放下伯服边埋怨：

“哎呀小王子，我都被你折腾死了，又要拉。”

那寺人拦住云儿拉到一旁，小声道：“云姑娘，褒娘娘被寿仙宫人带走了，依我看大有蹊跷呢，你快去禀告大王！”

“大王今儿一早就去了丞相府。”云儿转着眸子，忽道：“有预谋，不好！”浑身的血液上涌，微黑的脸变成紫色，忙示意宫娥伺候伯服，通知桌文蒋去见大王，转身，拔腿就往鸾凤阁跑。

马三穿了稀奇古怪的衣服，带着牛头马面的面具，将一帮重金收买的江湖异士乔装改扮成小鬼模样，乘着自制的可以载人的巨大风筝，蜂拥飘降到鸾凤阁门口。

迷蒙暮色里，鸾凤阁门口的当值宫娥寺人吓得纷纷尖叫：

“鬼啊，牛头马面来了！”

寺人和宫娥亡命般哭叫着，四散逃走。几个侍卫挺刃，呈环形包抄上来。

马三有备而来，与众人合力与侍卫们搏斗，很快绑架了两个侍卫，点了穴道。又使出几个夺命招数伤了进攻的侍卫，挥手示意属下，一伙人风一般撤退。

二

玉夫人正在殿中由宫娥伺候着以熏香熏衣，闻讯推开宫娥，提剑飞身而出。

她紧追着一帮鬼怪，在苍茫暮色里一直追到明德门口，见鬼怪们飘越宫城高大的城楼，云烟般消失了。玉夫人正自纳罕、焦急，忽听云儿在不远处哭叫：“大小姐，大小姐，出事了！”

玉夫人心猛地一抖，忙回头看时。云儿已来到面前，跑得发髻凌乱汗水淋漓，跪地哭道：

“玉夫人大恩大德，快去救救我家娘娘啊……”擦着鼻涕眼泪说明事因。

玉夫人听罢惊叫：“不好！我道谁敢绑架大内侍卫？原是申茳的调虎离山之计。大王如今哪里？”

云儿红着眼、抿着泪道：

“大王在丞相府看戏，我已让卓文蒋去了，但恐远水难解近渴。”

玉夫人转着裼瞳拉起云儿：“快走，去寿仙宫。”

宽阔的寿仙宫大殿坐落在三层大台之上，殿基很高，两侧的尾道和高大的阙楼拔地而起，殿前半开平台。立于平台，偌大的宫城尽收眼底。殿前交错环绕着一道道朱漆宫墙，雪白的大理石雕栏，丹墀的方块白石上雕刻着精致的莲纹。

殿中的香雾里氤氲着血腥之气。宫门口侍卫林立，妃嫔宫娥寺人等只许进不许出。

申后从紫檀椅上站起，指着手指被拶得血淋淋的褒姒，斥道：“妖狐，你魅惑君王淫乱宫闱，又逼天子烽火戏诸侯，惹天下人嗤笑、怨怒。试问你居心何在？夏桀王的妹喜，殷纣王的妲己祸国殃民人神共愤，你却比那两个妖狐更胜一筹！本宫承天命掌管后宫，就算我宽宏仁慈容得了你，你可问问这在座诸位姐妹容也不容？”

众妃嫔早已怨妒噬心，纷纷嚷嚷起来，跪拜申后：

“请王后娘娘杖毙妖女，以正宫闱！”

褒姒十指连心痛，痛得无法呼吸。她瘫软在地，一呼一吸间，十指的痛感牵动全身神经和五脏六腑，顺着模糊视线望去，见申后端然上座，俨然正义之神的化身。大多妃嫔怨毒的目光如同利箭向她激射。个别妃嫔看看她又看申后，似有惴惴不安之态。

狐眼向申后耳语：“娘娘，时间刻不容缓！”

申后端然点头，一怕几案：“妖女褒姒魅惑君主，祸乱后宫，草菅人命，目无正宫，罪恶昭昭，馨竹难书！为了捍卫大周社稷，为了稳固后宫。本宫今天要代行天命。”身子微微发抖，挥臂扬声：“来人，将妖女拉下去，杖毙！”

狐眼微微含着笑意，一扬手臂，喝令侍卫架起褒姒就往外走。

“且慢！”玉夫人一声娇斥，一人一剑扑向狐眼。

押着褒姒的侍卫和满屋人一样愣在那里，生怕轻举妄动便成灾祸。

玉夫人和狐眼缠斗一阵，将她擒住，剑架在她颈间，妖媚褐瞳寒光凛凛：

“要想活命，快放了贵妃！”

兰妍直觉寒意彻骨，黑脸变得乌青，转着狐眼向申后求助。

申后猛然起立，指着玉夫人：

“你杀了她又该如何？妖妃不能饶恕！”看着兰妍，面色莫测：“兰统领一向忠心耿耿，一命换得国泰民安，她必会含笑九泉！”一声怒喝激荡着满屋寒气：“杖毙妖妃，立即执行！违命者，诛灭九族！”

青玉花熏里檀香浓郁，青铜壁炉里炭火明灭。见申后竟然不顾心腹的死活，只一意除去敌人，所有人却都惊呆。兰妍直觉彻骨的寒意来自四面八方，倾覆一切之势。

押着褒姒的侍卫们本是狐眼从属，看看被玉夫人劫持的狐眼又看看申后，迟疑着，一时无措。辨不清反复无常的申后心思，知道她经常是即不是。

玉夫人难料申后如此行事，握着剑柄的手微颤着，不觉倒吸一口冷气，抑着惊惶审时度势：

我若丢开狐眼去救褒姒，必会引得狐眼与众侍卫合击，决无一分胜算……

玉夫人身系千钧，褐瞳急转面色煞白，进退维谷之时，忽听姬宫涅在门口一声暴喝：“放肆！快放了孤王的爱妃！”满目急切走向褒姒，身后跟着白面俊目的卓文蒋。

所有人跪地山呼万岁。

姬宫涅抱着半昏的褒姒，满面痛楚、爱怜：“爱妃，爱妃啊……”看着她染血的双手，五官纠结，扭头卓文蒋：“快带爱妃回宫救治，孤王稍后便回。”

看着琼台宫侍卫统领卓文蒋等人搀着褒姒离开，姬宫涅雄赳赳气昂昂地高处坐了，鹰眸凝寒，指着跪地的申后，厉声道：“申茳，不要以为你贵为王后，便可以为所欲为，以为孤王不敢动你！”

三

申茳抬头迎视姬宫涅，一瞬间满面珠泪，声音哀到极致：“褒贵妃逼迫君主烽火戏诸侯，惹笑天下士。臣妾只恐大王失去众心，一心除去祸根，抚平众怨。希望社稷昌隆，天下永泰，万众归心。”忽仰头悲哭，声音凄哀：“列祖列宗啊，你们都在看着啊，我申茳承天命执掌后宫，便将一己之生死度外了。我一心维护宗庙、社稷啊……就算被大王处置，也算以身殉国，忠孝两全，我了无遗憾了啊……”

“了无遗憾？”姬宫涅情绪复杂地看着申茳，看着面前跪下的形形色色女子，媚眼含春，皎如满月，灿若娇花……他目光在满庭芳中巡视，任是再多的争妍斗丽，都比不过一个女子。她没有媚俗和妖艳，温润如玉，气若纳兰，柔若无骨中隐着一股刚劲、倨傲，似高山雪莲，不染凡尘。

跪地的众佳丽一起请求：

“王后娘娘掌管六宫，为正宫闱，并无罪过，请大王宽恕姐姐。”

狐眼拳头攥得困麻，暗暗瞪视申后，审时度势已毕，抑着情绪，跪地道：

“请饶恕王后娘娘！”

玉夫人知道申侯手握重兵，申后难倒。她褐瞳流转处有了主见，冷笑着掠了眼兰妍，附耳姬宫涅道：“王后无罪，乃是受了恶奴教唆。恶奴不能宽恕，否则下人们都敢无视法度。”

姬宫涅心里痛楚、发堵，发出一声很轻的叹息，瞳心幽深，宛若夜色里泛着涟漪的湖面：“申茳，你起来吧。你们都起来。”指着旁边铺着绣垫的紫檀椅：“赐座。孤王有话要说。”

申后谢恩、站起，走到紫檀椅旁落座，见玉夫人也拉了锦凳，在姬宫涅另一侧坐了。众妃嫔各寻位置，徐徐坐了满屋。

玉夫人媚眼如丝，紧紧盯着姬宫涅，嗓音轻轻浅浅，如玉筝低回：

“大王，恶奴兰妍一贯以下犯上惹是生非，今天又要杖毙褒贵妃。臣妾阻拦，她便拿刀与臣妾玩命，差点杀了臣妾。此等无视礼法的奸凶之徒，如不责罚，后果不堪设想。”

申后看着玉夫人自负、笃定的脸，暗自憋气：说什么惩罚恶奴，分明是剪我羽翼！

她惊诧于这么险恶的心思，她竟然这样平静、安心地，以这种理由说了出来。

幽幽的叹息，自申后唇边滑落。她声音更轻，几如呢喃私语：“大王，褒毓贵为一品夫人，动辄掂刀弄杖与奴才撕打，成何体统？实该责罚！”

玉夫人将锦凳移近，侧身，挽住姬宫涅粗壮手臂，娇声道：“大王，有人在转移你的注意力。若非臣妾今天不顾身份地丢丑，褒贵妃如今焉有活命？请大王处置恶奴，以绝后患。”

申后不甘示弱地挽住姬宫涅左臂，细语：

“玉夫人擅闯正宫，以下犯上，罪同欺君。”

姬宫涅烦透了，猛地甩开两人，站起来，愤愤地瞪视：“你擅闯正宫，你教唆下人行凶，各罚三月俸禄！”

玉夫人不肯罢休的姿态，抬眸，眼睛轻眨：“大王，既然惩罚了我们姐妹，也该惩罚恶奴。”指着兰妍：“她诡诈恶毒，今天竟然对褒贵妃用刑，臣妾阻挡，她便要刺杀臣妾，幸亏被我拿下。如此藐视王法目无君主之徒，必得施以重罚，以儆效尤。”

姬宫涅眸光骤亮，隔着满屋光影迫得人五内生寒，指着狐眼道：“这等歹人，已有许多前科，孤王往日看在王后面子上，不加追究。今天就将你交与玉夫人处置。”站起来，打了个呵欠，埋怨道：“孤王日理万机，刚去消会儿闲，你们就在宫里又打又杀的！”

申后忙拽住姬宫涅衣袖，跪地：

“兰统领为正宫规，何罪之有？还请大王收回成命！”

玉夫人清润的褐瞳，氤氲着旖旎、迷离的气息：“大王金口玉言，不可收回。”面色凝寒，向着门口侍卫喝令：“本宫谨遵圣谕，将兰妍拉下去拶指，炮烙！”

狐眼吓得满脸乌鸡肉色，跪地哭求，却被侍卫们拖了出去。挣扎着回头，冲申后哭喊：“娘娘救命，救命啊娘娘……”

申后跪在姬宫涅面前，拽住他，哀声哭求：

“大王，请饶过兰侍卫，求求你饶恕她啊……”

阳光透过殿顶白色琉璃瓦，在玉夫人身上筛下静谧的影子，淡淡的光彩在颊上绽放。她对着众侍卫扬起唇角：

“要严格执行圣谕，将火烧得旺旺的，本宫要亲自检验铜柱的温度。”

姬宫涅甩开哀哭的申后，拉住玉夫人手：“玉儿，孤王陪你去监督执刑。”

姬宫涅拉着玉夫人手在前面行走，众妃嫔花一般追着姬宫涅的脚步而去。一群爱看热闹的宫娥寺人在后面跟着，窃窃私语。一些平时常受狐眼欺侮的宫人，高兴得眉飞色舞。

申后被烂泥一般摔倒在殿角，看着偌大的宫殿在料峭寒气里颤抖。贵为千金之躯，一贯的心高气傲，她对着旋转的殿顶狂呼一声，似觉自己被一大团越来越浓的黑雾淹没。

第八十八章　申后书简请高人　褒毓巧用计中计

一

余嬷嬷披着朝霞来在寿仙宫内殿门口，玉阶上站着一个细长眉眼的宫娥，迎面笑道："娘娘昨夜身子不舒服，睡得很晚。今儿辰时一刻才起床，这会儿正在梳妆更衣，等会儿还要早膳。嬷嬷须等等才可进去。"

余嬷嬷一手插腰一手指着那宫娥，横眉冷眼道："好则我如今是寿仙宫管事，倒要被你管着？外面冻死人的天，我到殿中暖阁里候着娘娘去。"

申后坐在妆台前，巨大的铜镜映出一个眉眼俊丽的中年夫人。镜中女子眉目含愁，细白的肌肤衬着下眼皮的青色，看起来烦忧、憔悴。她揉揉鬓角，复揉眉心，感觉浑身难受，倦怠不堪。

一个宫娥过来，双挽手扣着腹部，低眉顺眼道：

"辰时三刻了，早膳已备，请娘娘移步。"

申后扬手给了她一个耳光："不长记性的娼妇！自从墨竹殁后，你跟我多长时间了？本宫但凡辰时后起床就是睡眠不好，睡眠不好就没有胃口早膳。"

那宫娥吓得急忙跪下，接连搧自己耳光，流着泪道：

"奴婢愚笨，请娘娘宽恕。"

申后看着狂抽自己脸的宫娥，眼里透出些怜悯、厌烦，摆摆手道：

"算了算了，你起来吧。"

那宫娥磕头、起立，走开，很快端了两块芙蓉糕和一杯羊奶来，小心翼翼放于妆台旁的几案上，低声道："娘娘请喝奶。"她再三提醒自己记清，娘娘的不用膳就是不要烦琐的各类糕点、煲汤、菜品，只要她爱吃的芙蓉糕和一杯羊奶。

申后来到香几旁坐下，看着羊奶冒着腾腾的热气，挥手道：

"你不用杵着，我看着心烦。"

那宫娥低着头退到门口，停住道：

"娘娘，余嬷嬷已在前殿暖阁里等了好久。"

申后端起羊奶，喝了两口，将杯子放下，乜斜着宫娥道："让她进来。"

宫娥退出，余嬷嬷应声进来，跪礼已毕，低着头，低声道：

“娘娘，兰统领伤势很重，作冷作烧，不能动弹。她差老奴来告诉娘娘，她有重要话，需当面告知。”

申后眼珠低转，叹了口气道：“唉！难料如此，我也正要去看她。”忙端起牛奶一口气喝完，用银箸夹起芙蓉糕吃了几口，站起来道：“你前边带路。”

申后上穿月白色十锦绣牡丹缎面狐裘，下穿金黄色葛麻纹凤百褶裙，头上螺髻，配着十二描花纯金环簪，簪上缀着金丝串珠流苏。髻中另插一朵粉红绢丝宫花，淡红的花瓣娇艳欲滴，若可吐芳一般。衬得她优雅端庄，颇显脱俗。

她头前走着，忍住头晕，和余嬷嬷步至回廊，见阳光在廊檐下静静流淌，风携来梅香扑鼻。

申后挥去跟着的寺人宫娥，独和余嬷嬷绕过回廊，走过几树鸟雀欢闹的冬青，走过梅花、四季海棠、一串红缤纷盛开的花圃，走过覆着霜华的幽径，径直来到兰妍居住的院落前。

余嬷嬷引路，跨越气派宽敞的正厅，进入光线明亮的居室。

紫锦为幔，红木为床。兰妍爬在床上呻吟、叹息，身上的红色葛麻合欢被遮挡不住发自骨髓的寒意。她见申后到来艰难蠕动着，抬头望她，满目泪水一直留到脖子里。

嘘寒问暖已毕，申后让余嬷嬷往青铜壁炉里加了木炭。又掀开被子，拿出肤乐膏，亲自为兰妍涂抹，一边流泪，骂道：“妖妇，心狠手辣的妖妇……”轻拉她手，颤声道：“昨儿我难过得一夜无眠。非是我那时狠心舍弃你，情知那褒城二妖同枝连气。我扬言只要杀褒姒而不救你，那褒毓妖妇必然放弃你而施救褒姒。我若轻易答应放了褒姒，妖妇褒毓素来嫉恨你身怀绝技，必会借机对你不利……”

狐眼哭得乱颤，口中道谢，却暗暗咬碎银牙：玉夫人以我为挟让你放褒姒妖妃，你不顾我的死活立意杖毙妖妃，这会子却来这套混话骗我！

心里虽恨申后，但终究在同一战船上绑着，利益休戚相关。狐眼气若游丝道：

“如今情势，必得请来高人异士，暗中除掉玉夫人，再除妖妃褒姒便是探囊取物……”

申后眼波一亮，如余烬极快地熄灭，面上却是傲然：

“我身为王后，矜贵无比，不屑搭理什么江湖异士。”

狐眼抬头看申后，眸中光色璀璨：“启禀王后娘娘，请您为后宫安宁，为天下万民计，放下身份，斩除妖孽。我师父黄发智叟深居东阳山，乃青瞳真人的同门师弟。请到我师父定能达成除妖心愿。”

二

如在惊涛骇浪中攀住一艘救命的帆船，申后有些大喜过望，目中火花一闪而逝，不动声色道："降妖伏魔，扶正抑邪，乃我和兰统领共同心愿。妖妇玉夫人胆敢伤我爱将，不报此仇雪此恨，我申茳宁愿不做这六宫之主。但不知如何能请来此人？"

兰妍每一动便是扯心扯肺的痛，气喘如牛，断断续续道："当年，我师父黄发智叟和青瞳真人年轻时，为争做掌门弟子结下夙怨，一生互为仇敌。青瞳真人乃褒晌的生死之交。娘娘只需修书一封，说明两个妖女是褒晌亲生女儿。最后再写二妖与我等作对，为祸后宫祸国殃民，若不铲除则后患无穷等，再诱之以利……"交代了诸多细节，最后道："我师父下山之日，自会飞鸽传书与我。只是我师父脾气古怪，讲究礼仪。我人微言轻，若飞鸽传书请他帮助，他必不肯来。此去东阳山路途遥远，娘娘派人往返需得几日时间。此事又在急不在缓。"

申后已将肤乐膏抹了一遍，合上药瓶，放在一旁几上。忽听后窗似有响动，她瞪着眼斥道："谁？"

狐眼扭头看到后窗青竹动荡，发出簌簌声响，一只老鼠仓惶而过，忙道：

"小人陋居，常有老鼠出没，惊扰娘娘了，真是罪过。"

申后抚着胸口舒了口气，言语恳切道："这药乃宫中珍奇，由丞相药典中秘方研制，有化淤生肌奇效，名满天下。兰统领及时用药，安心歇着，本宫立即回宫行动。若是除妖成功，你功高至伟！我定然保你加官进爵。"

狐眼叮嘱：

"娘娘，东阳山路途遥远，送信至关重要，且不可走漏消息。就让余嬷嬷去，她很有能力。"

申后目光在一直侍立的余嬷嬷宫裙上停留片刻，幽然点头，走到门口又回头，面有忧患之色：

"妖女褒姒褒府千金身份是假，只是我们没拿到证据。不知你师父可肯佐证？"

狐眼点头，目光深恶痛绝："小人早知道这个。我师父应该会有办法。"

余嬷嬷随申后回到宫门口，见游廊里油亮的红漆反射出一道刺眼的光线。申后仪态端庄娴雅，步入内殿，纯银丝绣履一步步在牡丹纹织锦毯上开出银色的花。

镂花窗半开着，阳光游弋在红木几案的一角，案上的翡翠挂屏晶莹剔透，在光影里闪闪烁烁。

申后坐到几前敞椅上，探身看看太阳，细声道：

“时间过的真快，已经巳时了。”

几个宫娥跟过来接过她脱下来的狐裘，揉肩、捶腿、上茶，申后肘拄几案一角道：“拿来文房四宝，你们下去。”

巳时两刻，申后将刻好的竹简用缎带捆住，递于余氏，目光凝重看她：

“人情凉薄，难得你有此忠心，事成后本宫定不亏待于你。你先回去打点一下行装，酉时出离宫门，宫南门外有车接应，记住要悄无声息。”

余红莲神情端肃，低头一拜：“请娘娘放心，奴婢一定不辱使命。”

门外无风，阳光灼烈。申茳隐身在门廊内望着余氏离去的方向，心里如压重石，深深一声叹息，回到几案边品起无滋无味的茶。

冬夜的脚步惶急而来，灼灼宫灯次第燃起，照亮了回廊角的残雪。余氏步履匆匆地南出明德门，看着宫门在身后吱呀呀关闭，自语道：“得亏我走得快，冬天的夜来得果然早。”一径来到南门外的树林边，看着幽静深邃的林子，又望望远方，见雪后初霁的夜空晴朗得宛若一块绿黛，月朗星稀游云飘移。她将怀中竹简抱好：“东阳山在镐京东南方向。娘娘思虑慎密，让人驾车在此侯我。”拍了三声巴掌，只见四周万籁俱寂，林枝微微晃动处，步履翩翩走出一人，高挑身材，褐瞳流转，艳光灼灼，正是玉夫人。

“你……”余氏一时反应不过来，强抑惊慌，跪地：

“奴婢参见玉夫人，玉夫人金安。”

玉夫人飞天髻上插金凤，墨绿色高腰裙无风自荡，灵动飘逸，身后立着贴身侍婢莺儿和另一提着灯笼的宫娥。她低头掸了掸裙裾，侧眸审视她：“余嬷嬷请起，这么晚了，你到此何事？宫门已经关闭，你就不怕今晚回不去了，何处歇息？”

听她语气，弦外之音浓重，余氏嘿嘿笑了两声掩饰尴尬，眼珠只在玉夫人褶裙外层起伏着的香云纱上打旋，慢声答道：

“老奴夜晚执差，当然怕了。玉夫人难道不怕吗？”

三

见她这般有恃无恐，玉夫人面色一寒：“不愧是寿仙宫管事，眼里除了主子再无别人。”朝身旁的宫娥一努嘴：“她鬼鬼祟祟，分明是图谋不轨，给我搜！胆敢忤逆，拉回去杖毙！”

余氏在宫中浸淫了二十余年，瞬间权衡已毕，不待搜身，自将竹简奉上，跪地哭道：“在下奉命行事，祈请玉夫人饶恕！从今往后甘愿听从玉夫人示下。”接着，又口述了事因，及与黄发智叟交接的诸般事项。特别说明了黄发智叟下山前要飞鸽传书兰妍。

玉夫人就着宫娥手里的灯笼看完竹简，蹙眉看着余氏道："申茳狭隘善妒，奸诈阴狠，跟着她没有前途。很快，后宫就要易主。你若诚心投奔我们姐妹，我便既往不咎。你只管去执行任务，回宫前只需这般这般……"附耳言毕，蓦然回望紧闭的宫门。

"老奴在哪里不是当差？我们做奴婢的，谁不承望跟随个宽厚仁德的主子？请玉夫人放心，奴婢甘愿追随着您，决不反悔。"余氏逢凶化吉喜出望外，嘴上抹蜜，正要拜辞。听莺儿学了三声猫叫，一个黑衣人牵着一千里驹出来，递于余氏。

莺儿指着余红莲转身离去的背影，目流轻蔑：

"能跟着我家娘娘是你福气。我们倒也不怕你反悔！"

宫灯阑珊处，玉夫人款款往回走，美丽容颜携裹着凌厉、侵略的意味，宛若精心琢磨出的冰魄玉宝，再回首处翠袖婉转，余氏已经走远。

第三日落雪天气，玉夫人在明德门外树林边望眼欲穿，冻得嘴脸乌青，时而跺脚、甩手，用五星钢镖击落了数只飞鸽，直到从一只大白鸽腿上解下一块白布条，打开细看：

知道你不是个省事的，但事主涉及青瞳，为师版有兴趣。三日后黄昏抵达。

玉夫人拿着布条，仰头，对着满空飞舞的雪花咯咯大笑。

三日时间飞快，这天午后雪霁，群鸟鹏翔于万里晴空。玉夫人便让请来的青瞳真人及阿蠡等人埋伏在明德门外的林中。黄昏前他们历尽艰辛、险象百出地截杀了黄发智叟，搜出他携带的申后书简。晚饭后又说通姬宫涅，明天带她和褒姒出宫踏雪寻梅。

次日依旧是阳光灿烂的天气，巳时一刻，宫中踏雪寻梅的仪仗已停在一处山石堆砌的湖畔。湖边林中积雪尚存，湖湾里一抹碧水泛起粼粼的波光，倒影出梅树的倩丽多姿。梅花开得正盛，风过处梅枝轻摇，花瓣纷纷飘落湖面，荡起细细的涟漪。

玉夫人和褒姒左右挽着姬宫涅臂，漫步在明媚阳光下。

云儿和一群宫娥拉着伯服，伯服看着从辽源天空飞掠的鹏鸟叽叽喳喳。

褒姒只是不语。玉夫人指着在远处洗衣的农妇，唇边的笑轻柔、悠远：

"大王，你看那农妇日出而作日落而息，守着丈夫互敬互爱，多么自在。"

姬宫涅往前走了几步，葛麻靴底沾了一片绯红的梅蕊。他细心地将玉夫人被风吹乱的几丝头发抿往耳后，恣意笑道：“是么？”左右拍拍两人肩：“你们身上这件貂皮，怕是得耗去她们十几年的口粮。”

玉夫人褐瞳里的喜悦之色转身即失，踮足折下花枝，枝上五朵花苞，其中三朵绽放正艳。她低着头嗅，轻薄的花瓣，鲜嫩的花蕊，团团氤氲着幽然的芳香。

“母妃你看，那边几个大鸟来了。”一直望着天空的伯服指着远处道。他话音未落，褒姒看到一群人飞鸟般自半空飞掠，气势凌厉地直奔姬宫涅而来，又听云儿等人尖叫刺耳：“啊！有刺客——”

姬宫涅狼狈地弯着腰躲避，抱头惊叫：“护驾，快快护驾！”

玉夫人拔剑在手，挽了个耀眼剑花，飞身迎上，边回头喝令她精挑细选的侍卫：“护驾，快！”

伯服在云儿怀里哭声尖利。褒姒呆立原地瑟瑟发抖，直视玉夫人的眼里带着几分悲哀：她的剑一旦出鞘，不知又会增加多少亡魂？

玉夫人逆风而立，裙裾飞扬。头顶日光冷冷的洒下，似乎和她那闪着银光的剑色溶为一体。

第八十九章　姬宫湦疑子谋反　狐眼女趁机倒戈

一

蓝天白云之下，风吹落梅翩翩舞，玉夫人带领着众侍卫和刺客展开殊死搏斗。

玉夫人足踏八宫，左手捏起剑决，徐徐绕着为首刺客游走。双足变换间，口中念念有词，眼见整个人越走越快越走越疾，最后直如一团呼啸来去的风，寻找着为首刺客的破绽。

为首刺客暗运一口真气，宽刃短柄九环青铜刀当胸一横，身子随着玉夫人旋转，双目一闭竟似熟睡。

玉夫人这八宫步法最耗真气，缠斗半柱香功夫已感疲倦。奈何那人从容收发，竟似铁打铜铸的身子。她无奈之下扬手一剑刺出，直化作九道银芒，径取那人背后空门。

那刺客惊叹她竟是练到了九芒齐出的境界，眼见剑芒已到身后，他猛地双目圆睁，怒吼一声，反身一纵，跃上了玉夫人头顶。

玉夫人身随剑光冲天而起，在空中虚虚实实挽了数个剑花，如蛇吐芯，直逼对方前胸。

为首刺客面对她如影随形的长剑不为所动，顺势一个空翻，躲开致命一击。双手紧握刀柄，头下脚上朝着玉夫人劈了下去。

他这一刀凝聚了全身功力，自上而下的气势先声夺人。

玉夫人面无惧色，厉声呵斥，举剑相迎。

两器还未相交，两股劲气相撞，发出锵的一声响。

一时间，玉夫人感到强大的压迫好似天崩地裂一般，撤身不及，拼命挥舞长剑，眨眼间攻出了七七四十九式。

两人动作俱快如闪电。为首刺客直觉银色的剑光在胸口一闪，什么都没看到，胸口的一阵冷痛很快传向四肢百骸。低头，见殷红的血流了出来。

他捂着胸口足尖点地，腾跃前挥着广袖，喝令属下撤退。

玉夫人苍白着脸，瘫坐在地上呼呼喘气。

随着刺客迎风招展的衣袂掉下一捆竹简。

一个侍卫忙捡起来，捧给姬宫湦。

地上躺着数个受伤的侍卫，东一声呻吟西一声哀嚎。姬宫湦展开竹简一看，面色风云突变，鹰眸冷得骇人，声如闷雷：“回宫！”

宫娥寺人们搀扶着姬宫湦、褒姒、玉夫人、伯服上了车辇，俱是惊魂未定之态。

褒姒安抚着伯服，微窥一旁的玉夫人。她竟微挑车帘，对着刺客消失的方向微微笑了起来。笑容中没有一丝悲哀，似一朵开在高墙里的玫瑰，寂寞，孤独，美丽，又充满了戒备。

姬宫湦在车辇上再看竹简，玉夫人擦着头上仍在冒出的汗，挽着他臂看毕，褐瞳掠过怨怒：“刺客遗落的书信，原是申后写的。”急摇姬宫湦手臂，义愤填膺道：“大王，申后蓄意谋害褒姒妹妹，现又勾结刺客谋害大王，其心可诛！请大王回宫颁旨，立即将申茳正法。”

车正在经过树林，大队的人马惊得林鸟横飞。太阳将树顶映成一半金黄。风吹得车帘乱颤。姬宫湦惊魂未定，环顾四野，再看竹简，蹙眉道：

“这上面也只是诬蔑你们姐妹二人为祸朝廷，说若不铲除则后患无穷等，可见申后跋扈、嫉妒之烈。她思想偏激，欲对二位美人不利，并非刺王杀驾之意。”

“并非刺王杀驾？大王是不见棺材不落泪啊！”玉夫人眯着眼扭头，轻蔑地看着姬宫湦。

姬宫湦面色一寒：“玉夫人，注意言辞！”

伯服在褒姒怀里歪着头道：“玉夫人，你竟敢藐视君主？”

“小王子教训的是。”玉夫人挑着尾音说完，笑着拍打伯服，白腻的肤色映着绯红车帘，像染了胭脂，挽住姬宫湦臂：“申茳仰仗其父权势，目无王法。大王若不下旨惩治，只怕我姐妹从此难以安枕，后宫从此不会安宁！”

姬宫湦摊开双手，面带难色：“她并没有刺杀孤王，如何治罪？”

玉夫人笑容如春花烂漫，冲着姬宫湦摇头晃脑撒娇：

“大王命贵，我们姐妹命贱。她蓄意刺杀我们姐妹就不能治罪了！”

阳光在车帘缝隙里流淌，有些刺眼。姬宫湦挑了挑眉，鹰眸光色迷离，如深潭难望其底：“治罪申茳，现在还不是时候。孤王心里有数，你就别再唠叨了。”

二

红漆回廊里的小凳刚由宫娥擦拭过，被午后阳光晒得已有几分暖气。申后和狐眼分别坐了，觉得十分舒坦。石几上摆着羊脂玉果盘，里面装着进贡来的水果，在阳光下色泽鲜艳勾起食欲。

申后掐了几颗葡萄递给狐眼，挥手侍立的宫娥："你们下去吧。"

狐眼待宫娥退去，拉拉小凳凑近申后，目光幽怨、狐疑："一直不见我师父飞鸽传书，难道余氏那儿……她早已返回复命，不如将她拘来严刑伺候。"

申后一袭宝石蓝色高腰长裙，裙摆上缀满深深浅浅的花瓣。无可挑剔的五官、妆容，眉目间一抹微凉。她难理纷乱的忧患，轻轻摆手，慢悠悠道："事态越来越复杂，千万要慎重，先不理她。"攥着拳，描花的水晶长指甲掐进肉里也不觉痛，呆呆望着远方树木苍翠处，声若叹息："我儿宜臼也该上京来了。"

兰妍微微探身吐出一颗葡萄籽，脊背上仍觉扯痛。她轻声道：

"娘娘若熬到太子继位也就好了。到那时，二位妖女焉有活命？"

"这等话不可乱说！只会惹祸。"申后朝兰妍瞪起眼睛，转念道："你伤好了，我心里也宽慰些。让你密请伯阳父占卜，为何不见他来？"

兰妍穿的是釉烟红绮罗宫裙，镶嵌着白玉的腰带勾勒出身形的粗壮弧度。不执差的日子，她总喜欢女子装束，正看着袖口上绣的荷色缠枝莲花颇为自得，探身，声音低沉道："伯阳父今天一早就到了，须得天黑后才能进宫。"

说话间忽闻脚步声杂乱，姬宫涅气势汹汹而来，后面跟着一大群人。他怒指申后："你干的什么好事？别以为会把孤王蒙在鼓里！为何一直对二位美人心怀不轨？若再嚣张，决不轻饶！"说完，不待申后分辨拂袖，转身而去。

廊外起了风，纷纷扬扬的落叶随着彻骨寒意扑面而来，申后举手遮挡，却遮挡不住。她牵起兰妍手回屋，齿唇相依的感觉，在悲伤的思潮中没用晚膳，一直等到伯阳父进来。申后命人掩了宫门，起身，亲自为白发白须的伯阳父打座，笑道：

"几年不见，大人更见仙风道骨。"

伯阳父落座，也不答话，掏出几个滚圆的铜贝扔到地下，闭目，口中念念有词。稍后，他弯腰捡起铜贝一看，面色大变，跪地道："请娘娘恕罪，你和太子殿下近日要有大劫！"

申后竭力平定着发自肺腑的恐惧，愕然道："血光之灾？"

伯阳父摇头，怆然叹息："唉！不是血光之灾，更甚血光之灾。"

申后霍然站起，声音暗哑："大人可否细讲，本宫还是听不明白。"

伯阳父颤悠悠起身，望望窗外黑黝黝的夜色道：

"天机不可泄露。老朽告辞。"

阿蠡一身白衣在宫城南门外的林子里疾步如飞，形如鬼魅，远远看到一个黑衣人身影急忙站住。他白巾蒙面，绿莹莹的眼睛在黑夜里如鬼火闪动："姬宫涅昏庸、残暴，只有我王一统江山，才能万民安泰天下昌平。你要最大限度地瓦解大周军事，迎接我王早日入主镐京。当下，务必让申侯和姬宫湦对立。我已从申侯处探知，今晚太子宜臼将秘密抵达寿仙宫。你要联合虢石父，将他堵截在寿仙宫内。再撺掇姬宫湦，坐实罪名。等会儿必有一场恶战，我特来助你！”拿出一个申侯令牌：“珊瑚，这令牌归你，以后或许有用。”

“按大周律法，发遣在外的亲王私自回京，私下交接后宫、大臣，本是谋逆之罪。更何况他是太子？姬宫湦十分多疑，忌惮申侯已久，岂能宽容？”黑衣人恭谦地弯腰接过令牌，褐瞳闪闪流出冷笑：“姬宫湦烽火戏诸侯，已失人心。当咱獫狁王兵临城下之时，烽火无论怎么燃烧，各诸侯国肯定没有一兵一卒。”

阿鑫放声大笑，震落了树上残雪：“他们以为天子又在给褒姒母子逗乐，不愿意劳师动众白跑一趟。这真是：天做孽，犹可为；自做孽，不可活！古有明训。”

一身黑衣、黑巾蒙面者目中没有冰冷和桀骜，只有恭谦和卑微：

“奴婢已知会虢石父，感谢主人相助，主上稍等。”说着脱去黑衣取掉黑巾，露出里面粉蓝色葛麻面十锦绣荷花狐裘，一阵风般冲出林子，追上一队巡逻的侍卫，朝最后一名侍卫背上轻轻一拍。

那侍卫回头，惊诧看着她，急忙合手施礼：“玉夫人有何差遣？小人听命！”

玉夫人朝他嫣然一笑，眸底光晕夹杂着一抹奇异光彩：“请随我来。”转身往林边走。

那侍卫紧紧跟着她来在林边，只见玉夫人朝着林子道：“出来吧。”

那侍卫迷惘目光射向浓密树林的瞬间，玉夫人一伸手将他制住，点了晕眩穴，在雪地上拖到暗处。

阿鑫从树丛里跳了出来，一身白衣与凛冽雪光相映生辉。

玉夫人语声急促：“拖进树林，换上他的衣服。”

阿鑫晶亮的眼里闪出欣赏的笑意：“珊瑚，你心思越来越慎密了！”

玉夫人笑靥迷人：“好戏将要开始，莫如主人提前混进侍卫群里。”

三

散花软帘映着雪幕，雕栏覆满白雪。寿仙宫在瑞雪飘浮中宛若水晶宫殿，雅致高贵。雪花顺着窗棂飘进屋里，顷刻化为水滴。

宫娥打扮的狐眼引着寺人打扮的太子宜臼进了宫门，走过数条空荡荡的长廊，一扇朱红镶金的雕花门在面前缓缓开启。

每日的练武使太子宜臼眉目间嵌着风霜，却难掩脸上英姿风流，黑琉璃眸子，瞳仁清朗和煦好似冬日明阳。

廊檐下无人走动，知是提前安排过，但宜臼还是感到了平素的门厅冷落。心急如焚却小心翼翼地往里走，见深宫浮华如夺目霞光，灼灼逼人，在灯光下灼伤他的双眼。

风吹起紫锦帷幔，在他眼前化作一道迷幻的流光。

申茳隔窗看着高低远近的殿宇楼台、青砖碧瓦都覆了一层白雪。她的手紧紧攥着，出了一身冷汗。听到动静从殿内挑帘、疾步走出。金黄色织锦宫裙若层层花瓣，掀起纷纷扬扬的花浪，向宜臼扑来。

“母后，母后啊……”宜臼朝申后跪着，泪流满面，瑟瑟发抖。

申后声音不是一贯的动听，而嫌暗哑、粗粝：

“宜臼，儿啊，两年多了，你想死为娘啊……”

母子携手入内，掩门，诉不尽的骨肉离别情，流不尽的前途未卜泪。

狐眼极快地进来禀奏：“请娘娘殿下放心，各处都布置妥帖！”

申后端然凝望四周：“好。兰统领，你且去吧。”

虢石父带着雄壮威武的精兵强将来在寿仙宫外，向门上两个侍卫亮出龙符：

“奉大王谕旨追查逆贼，尔等让开！”

两个侍卫架着兵器，挡住去路，面色冷寒，厉声道：

“王后有令，任何人不得入内！虢太师，你私闯宫禁，该当何罪？”

虢石父不由耸肩，嘿嘿一笑，猛一挥臂：“闯进去，捉到逆贼者，重赏！”

他话音刚落，狐眼带着大队侍卫，潮水般从四面八方漫过来，大声道：

“私闯宫禁，罪同谋逆，将这些乱臣贼子拿下了，一个也不要放过！”

双方像两股旋风碰撞，很快地厮杀在一起。

穿着侍卫装的阿蠡飞鸟般起落，直杀入宫门侍卫群中，左劈右砍，喊声振地。

玉夫人黑衣蒙面提剑冲来，合着阿蠡前后夹击，帮助虢石父手下杀退狐眼属下一众，决堤的潮水般向宫里溃败而去。

以阿蠡为首者杀进宫门，见前殿内一个金黄色人影犹如夺目霞光，咄咄逼人。

申后一身黄锦恣肆飞扬，满目冷萧杀气，在殿内垂手而立，身后，站着一身紫红锦袍的兰妍。

兰妍的黑脸因激动而显出青紫，猛一挥手，从帘幕后闪出僧、俗、尼、道四人，很快将阿蠡、玉夫人及虢石父属下逼退在宫门以外。

这四人武功了得，一瞬间挽回败绩。那四十多岁的冷面尼姑手中一把佛尘飞扬，所到处如剑、刀、枪、戟，还可根根直竖如针，点击穴道。

僧、俗、道三人合战阿鸁。

狐眼挥动双刀力战虢石父数将。

黑衣蒙面的玉夫人被尼姑迫于佛尘之下气喘吁吁，却听远处一阵喧嚷，姬宫涅带着特等虎贲军潮水般涌来，他声色俱厉：

“太子宜臼私离禁地进京，图谋叛逆，连同党一并拿下！”

众人惊惶住手。由虢石父掩护着，乔装改扮的阿鸁、玉夫人混进噪杂的人群里悄悄溜走。姬宫涅被侍卫们簇拥着入内。

已退入院中的狐眼神思悄转：看来伯阳父之卦甚灵！虢石父等人早有预谋，设下恶局，申后母子必然难逃此劫！

她思量一定处将手一挥，指挥着从属入内，拿下了申后，及躲藏在帘幕后瑟瑟发抖的太子宜臼，绳捆索绑地推了出来，又命人搜出申后房中的诅咒木偶。

狐眼跪于姬宫涅面前，捧着木偶递上，转着眼珠气壮山河道：

“大王，王后诅咒圣驾，串通太子图谋叛逆，在下已将他们擒拿。”

姬宫涅在院里借着灯光将木偶仔细翻看，惊骇、怨恨的目光隔着冷冽空气，迫人胆颤：“申茳，你竟敢诅咒寡人？之前诅咒姜德妃，诬陷褒贵妃，果然是你所为！你……”

夜色如魅，寒气自四面八方而起，一览无余地袭向申后。她如梦初醒般瞪大眼睛，气喘声嘶：“兰统领，你……”捂着奇痛、憋闷的胸口，气得面无人色，险些晕厥。

姬宫涅忽觉冷寒彻骨，挥手众人进入内殿。他在殿中宝座上巍然高座，虢石父等人两旁侍立。狐眼命属下押着申后母子入内，跪在君主面前。

姬宜臼玉面通红，怒气贯胸、悲愤、绝望、冤屈如同前浪卷着后浪的波涛，声音沙哑地哭着申辩：

“父王，儿臣和母后冤枉啊！儿臣私自进京，乃是想念父王、母后，欲上表谢罪，决无谋反之意啊！”

申后颤抖着叩头，哭诉：“大王明鉴，你儿子决未谋反，你可是你的嫡子啊！大王百年之后，一切都是他的，他素来忠孝仁义，忠君爱民，没理由谋反啊？大王，你休听兰妍这个恶奴挑拨离间啊！”

第九十章　申后被废怀冤屈　幽王信馋讨申侯

一

狐眼面色更寒，眸中水波颤了颤，很快平复，粗壮手臂如同钢刀，直直指向申后母子："你母子图谋不轨属实，我兰妍素来正直无私，忠君爱国，岂能袖手旁观？我赤胆忠心维护姬家太庙宗祠，与你们周旋，无非是想套取你们奸谋，使我王者之师最小限度地牺牲。你以为我会真心追随你？"

申后气结，抖得像激流中的飘萍，歇斯底里地斥骂：

"兰妍，你这个奸邪淫妇！本宫早知你那些丑事，念你能力，待你一向不薄！你为何信口开河，诬陷、谋害、栽赃我们母子？"

虢石父在人群里十分惊悚地皱眉，又耸着肩膀笑起来。

狐眼的黑面魁梧和申茳的白脸矮小呈现出势不两立之态，满面受了冤枉的屈辱："申娘娘，谁不知道你神口魔心一肚子坏水？我兰妍乃正义之士，岂能与你同流合污！"抬眼望着姬宫涅，语声伶俐："大王，她恨你宠爱玉夫人和贵妃母子，设巧计、请刺客，火烧冷宫，冤杀宫娥，这些我都可以作证。"

满屋人无不惊骇，心里翻江倒海，唏嘘声一片。

虢石父姬宫涅四目对视，用默契交流。窗外大雪飞舞，摇曳的烛光映亮他们灼灼双目。

玉夫人一袭桃红葛麻镶珍珠裙襦进来，身后紧跟着两个女侍卫。她外面套着黑绢绣牡丹貂皮大氅，头戴缀满宝石的凤冠，四面缀着镀金银线流苏，衬出优雅婉约之美，看看众人，幽然一笑："若是兰妍所言属实，王后死一百次也难赎其罪。谋反之罪，非同小可，必得彻查！给天下人一个交代。"即命身边女侍卫进去搜查。

两女侍卫很快出来，将申候的调兵令牌呈于姬宫涅，齐声道：

"从王后房中搜出。"

姬宫涅久久凝视令牌，抬手擦汗，面色莫测，长吁短叹。

玉夫人款款走到兰妍面前，眉梢微挑唇角轻扬：

"兰统领绑架了我两个侍卫，藏在哪里？"

兰妍眸中惊慌一闪即逝，下意识瞥瞥申茳，跪地磕头道：

“奴婢受人所使，无奈行事，娘娘恕罪啊！”

玉夫人撇着唇角冷笑：“放出他们，保你无事。”

狐眼抛给站在一旁的寿仙宫侍卫一个长期训练的眼色，那侍卫急忙动手，挪开室内书柜。

众人瞩目，只见灯光薄影里，墙壁上露出一个黑黝黝的洞穴，上有蛛网下有尘迹。

玉夫人随着狐眼属下踏着石阶，探身进入洞穴，却听到里面不远处，传出金铁交鸣、怒斥呼喝之声。

一个侍卫从怀里八宝囊中取出火石，点起火褶子。

飘摇动荡的火光，慢慢照亮青苔斑驳的穴顶和四壁。

玉夫人慢慢适应了幽暗光线，见自己的两个贴身侍卫身上带着铁锁链子，身子东躲西闪拼命旋转着，正在逃避两个看守侍卫的砍杀，也瞅准机会还击。

四人在洞穴里展开拉锯式恶战，金铁交鸣之声刺耳，铁链碰撞利剑溅起火星，石壁上石块、石屑纷纷落下。

狐眼的两个看守侍卫见同伙进来面有喜色：

“兰统领有令，快来结束这两个家伙！”

狐眼属下挥刀逼近，以迅雷不及掩耳之势砍向两个看守侍卫。

“你们疯了！”两个看守侍卫瞪大眼睛，来不及分辨就做了倒戈同伙刀下的冤死鬼。

玉夫人几人出了洞穴，见姬宫涅满面通红，发抖的手臂指着申后母子：“将他们带走！”谕旨兰妍：“兰侍卫擒贼有功，暂负责处理寿仙宫一应事务。”

狐眼跪地谢恩。

狐眼站在宫门口冷风凛冽的丹墀上，目送姬宫涅虢石父一行人在夜色里消失。遇到玉夫人洞察世事的明澈目光时，她心中一凛，面上强笑着：

“玉夫人可有吩咐？在下一定鞠躬尽瘁！”

玉夫人狠狠盯视，目光尖锐得要扒掉她虚假的皮，面色诡异仰头冷笑：

“申后母子才得你鞠躬尽瘁，哈哈哈哈……”

狐眼被玉夫人笑得浑身冷麻，急忙进入激战后狼藉的大院。在廊下斩杀了探头探脑的余嬷嬷，边向内殿走边回头冷笑：“你办事不力，还听命于妖女，将诅咒木偶放置于中殿，陷害中宫，早就该死！”

内殿里层层帷幔飘拂，地上倒放着凳子，散着胭脂水粉、衣服、珠履、钗环、果皮等。

两个神色慌张的宫娥正在收拾包裹，见兰妍虎视眈眈地进来，同时惊恐地跪下。

兰妍一手掀着帷幔一手指着她们，满目狐疑：

“两个娼妇，你们想要逃走还是想去告密？”

两宫娥惊颤不已，一齐哭道：“奴婢哪敢啊，难道就不要命了？奴婢们甘愿听兰统领吩咐！”

兰妍笑着取怀中匕首，递给那个红袄宫娥，指着另一个绿袄宫娥：

“她与申后串通谋反，你杀了她，我重重有赏！”

二

红袄宫娥战战兢兢仰头，目流惊恐，哭道：“自从入宫以来，我和她情同姐妹，居则同室，食则同餐。我们只知听王后调遣，做好差使，根本不知道什么谋反！请兰统领体恤饶命！”

她想忤逆眼前女魔，只有死路，便泪眼婆娑，等着断头。谁知狐眼却对着她呵呵冷笑：“你不愿杀友自保，不愿屈服逢迎，也如本统领一般正直、诚朴。本统领向来疾恶如仇，我大胸怀大气度大手笔，便免了你们刑罚之苦。起来吧！”管好嘴，便不会死！

鸾凤阁外回廊里的银白宫灯已经熄灭，又被宫娥点亮。影影绰绰的亮光，静静照着漆黑夜空，映着雪光，如同银月悄然升起。

玉夫人在回廊拐角处将密信分别交给两个刚被救出的贴身侍卫，褐瞳闪亮如星：“快去交给虢石父、尹球二位大人，不得迟误！”

梅花在朦胧晨光里分外璀璨，风动撩人衣袂，夹裹着缕缕冷肃之气。崇政殿前侍卫持械而立，仪仗威严，殿内文武百官早朝已毕，两厢站立，气氛肃穆。

姬宫涅头戴金丝王冠身着衮龙漫天青袍，靠在御坐之上长吁口气。紧蹙的眉颤动的手，泄露了复杂情绪。他面色萎靡声音沙哑：“王后狭隘嫉妒，诅咒朕躬，勾结太子图谋不轨，愧为天下之母，孤王欲将她问罪。”

姬淑岱出班道：“王后乃天下之母，纵有失德，但不可问罪。”

虢石父微窥姬淑岱，耸肩，敛去笑意：“王后纵然不可问罪，但如果德不称位，可传旨废之；从后宫另择贤德母仪天下，实则万世之福！”

尹球奏道：“久闻褒贵妃贤德贞静，堪主中宫。”

虢石父复奏："臣闻子以母贵，母以子贵。太子避罪居申，此次又偷离禁地，私会其母，图谋不轨。既废其母，焉用其子？臣等愿扶伯服小王为东宫，其母为中宫，实社稷之幸，万民之福！"

姬宫湦一瞬挺直脊背，面色庄严，命寺人王进宣旨：

"王后申氏，心胸狭窄，庸俗擅妒，华而不实，焉得敬承宗庙、母仪天下？着废为庶人，退入飞霜殿。另废太子宜臼为庶人……"

姬淑岱暗自冷笑，气定神闲。废了王后，看你申伯怎么神气！

郑伯友额头青筋暴涨，语声激愤：

"大王，王后乃天下之母，不可轻废啊！请大王收回成命！"

姬宫湦手臂猛地一挥："孤心意已决，不要说了！"谕令群臣："反对孤王者乃太子、王后同党，治以重罪！"又低头草拟册褒贵妃为王后、立伯服为太子的谕旨。

司礼宦官宣旨已毕，文武百官俯身下跪。

褒姒青紫轧边火狐狸毛披麾，内着大红团凤礼服，摆裙上金丝线密实地绣着万字不到头的花纹。十二金凤华冠，垂着金银丝络，面前荡着金色薄纱。她拉着伯服进入大殿，母子二人被两个宫娥扶着，跪地谢恩，一步步走上亮得照见人影的玉阶。耳旁，一阵阵山崩海啸似的欢呼震动心神，又有浑厚悠扬的钟声澹澹荡荡。

姬宫湦迎着褒姒伯服站起来，和煦春风一般地笑，让她有些颤栗，心怦怦像要蹦出胸膛。伯服欢天喜地的表情，左手被母亲拉着，伸出右手，轻轻与父亲相握。

一家三口紧紧握住手，一步一步坚实地拾阶而上。

褒姒缓缓落座，看着匍匐在面前的文武百官，回思从小到大所经折辱，轻轻擦去夺眶而出的热泪。

她面前的金漆御案上端放着朱漆描金盒，内放玉版金册，共十二页，均以金字缀写，另有王后宝印，也由赤金所铸，四寸高，一寸见方，龙凤纹钮交叠。

大礼已毕，姬宫湦拉着褒姒母子退出，朝臣们喧哗的议论挤走了在门口徘徊的寒流。

日落黄昏。申侯府邸已陷入沉寂，书房里的通明烛火照亮废太子宜臼满脸的义愤填膺，他拔剑在手，跪地哭道："外爷，你就赐孙儿三千兵马吧，我要进京杀了褒城二妖！"

申侯脸上松弛的皱纹被耸动的眉毛带动，朝宜臼翻翻惺忪的眼皮：“凡事有谋则立，无谋则废！你这样无异于谋反，将坏了外公大计！赶快起来说话。”

宜臼被申侯搀着站起来，烛火亮光晃动，灿灿光晕落于他肩头，照得他被愤怒填满的双目熠熠生辉：

“孙儿不想窝囊地活着，孙儿要为我们祖孙三人争口气，即便死，也死得其所！”

烛光映着申侯坐在椅子上的消瘦身子，他目光凝重，刀一般冷硬的手臂指着宜臼：“轻诺生死，不是人君所为！你得记住，你将来要继承大周社稷，得有人君的气度。”

宜臼闻听，暗淡已久的眼神渐渐明亮，嘴角有笑纹铺展开来，朗朗双目蕴满斗志：

“孙儿无知，但凭外公做主！”

申侯点头，双睛里有火花闪动，低头咳了两声：“文房四宝伺候，本侯要上书大王。”

宜臼代书僮拿了文房四宝上来，摆于书案，看着申侯伏案刻成竹简奏折：

……大王不念昔日扶助之恩，逐太子，废王后，既伤夫妇之情，又害父子之义。昔日桀王宠妹喜而亡夏，纣王幸妲己而亡商。大王宠信褒姒，废嫡立庶，任用奸佞，烽火戏诸侯，桀纣之事，复见于今；夏商之祸，不在异日！万望大王收回成命，或可免除亡国之灾也！”

申侯书毕，命宜臼诵念。宜臼看着满脸丘壑的外公，明朗目光里有疑虑激荡：

“外公这奏折，直抒胸臆直中时弊，好则好矣，但以孙儿眼光看来，却有些不讲策略、不避嫌疑。我父王会认为你一味斥责他，在向他挑衅。万一被他疑为谋反，我们将如何应对？”

申侯面色如故，拳头在书案上一捶：

“宜臼你不懂！不言辞激烈不足以动天子之情。”

三

回廊里的风卷起雪蕊，携来阵阵酷寒，几个宫娥寺人各自缩肩挽手伫立。御书房铺着拜毯锦褥，插着梅花放着水果，彩灯氤氲。

姬宫湦正和虢石父议事，王寺人递上奏折，禀道：

“大王，申国来的加急文书。”

“哦？快呈上来。”姬宫涅接过竹简，目流疑惑看毕，怒火烧得他满面通红，霍然而起：

“申伯这老匹夫，居功自傲，一派胡言！竟敢把大周王朝比作夏商，把孤王比作桀纣二王，把褒后比作妹喜妲己！”

虢石父在烛火里耸肩眯眼，奏道：“自从太子被逐申国，申侯便心怀怨恨。今太子申后被废，他更是怨气冲天。为人臣者，敢用如此过激之言挑衅人主，申伯目的已很明显。”

姬宫涅胸中激流咆哮，颓然跌入御座，紧握双拳，语调沉缓冷静：

“你是说，他要谋反？”

浓密的阴沉掠过虢石父双目，他暗道：宜臼与我结怨已久，申候若不倒，宜臼必会继位。到那时焉有我全家的性命？除掉申侯，得他兵权，我便一人之下万人之上，寻机剪除姬淑岱，易如翻掌！废太子和王后成了被剪去羽翼的金凤，再难图腾！拥戴褒姒母子，待伯服继位，我将永葆荣华富贵。意念至此，他朝着屏风上的宫灯眯眼：“申侯与废太子、废后血脉相连，又手握重兵，如此恶语挑衅人君，反意昭然。”

如一把利刃刺入心脏，心中的隐痛尽化为酸涩，在胸口翻滚涌动。姬宫涅呆滞般地望着心腹大臣良久，面色铁青，握紧双拳道：“忤逆的贼子，竟然要谋反！”

虢石父一条眉高一条眉低，侃侃而言：

“申伯拥兵自重多年，无功于国。今太子王后俱废，宜将申侯贬爵。先发制人，后发者制于人。大王应立即发兵征讨申伯，以永绝后患！”

愤怒的火焰隐于姬宫涅眼底，暴涨的血脉突突跳动：“王进，代孤王拟旨，申伯拥兵自重，谤汕君王，意在反叛，着削去爵位，废为庶人。”

王进急忙遵命拟旨。

姬宫涅阴沉的脸色归于恬淡、笃定：“孤王暂不回复申伯，拖延些时日。就命虢太师为帅，太保尹球为先锋官，一月内结集各路诸侯，讨伐申伯，不得有误！”

虢石父跪地谢恩，微笑着告辞，正碰上玉夫人端着果盘进来，身后一个侍女，手里端着盘子，盘里放着铜壶、陶碗，壶口冒着白气。

玉夫人面色冷傲地朝虢石父点头，进门后满面媚笑，青葱玉手拿着铜壶，给姬宫涅倒了一碗汤：“大王，你日夜操劳国事，务必保养龙体。这灵芝汤有安神之效，您快趁热喝了。”

姬宫涅接住，一饮而尽，向玉夫人投去莫名目光。

讨伐申国的消息传到丞相府邸，正厅里人满为患，姬淑岱正在和一帮政党谋议。

一个灰白发须，目光炯炯的朝臣喝完一杯茶，捋着胡须道：“姬宫湦昏庸无道，宠幸褒城二妖，竟然无故举烽戏弄群臣。对此，诸侯无不切齿痛恨。”

另一黑须瘦脸大臣道：“申后贵为天下之母，太子宜臼秉性温良，又好学上进，却被昏王以谋反之罪废黜，立那伯服小儿为储君。伯服有母褒姒，将来社稷难安。看来大周气数将尽了，我等夙夜忧叹，甘愿听候丞相调遣！”

一个紫袍武士道：“风水轮流转，姬宫湦当年抢走丞相的位子，如今也到归还的时候了。”

姬淑岱暗藏得意，握拳道：“姬宫湦听信虢石父谗言，又要兴兵讨伐申侯。无故兴兵，生灵涂炭，可忧可叹！只待他讨伐大军发走，内廷空虚。我们便趁虚而入，一举可成大业。到时，诸位都是开国元勋，本王一定要论功行赏，决不亏待！”

灰白发须老者道：“丞相爷，请听老臣一言。”见姬淑岱凝重点头，他微微欠身，神情肃穆道：“虽说那时内廷空虚，但需提防两个人物。”

众人忙问是谁。老者端然答道：“一个是玉夫人，一个是虢石父的儿子虢公翰，小名虢果。”

姬淑岱呵呵笑了两声，点头道：“这些早在我算计之中。我的马护卫兰护卫，对付一个虢果绰绰有余。至于玉夫人……”

耶律馨儿掀帘而出，挽着袖子，嫣然笑道：

“诸位放心，区区一个玉夫人，不够我收拾……”

送走众人，耶律馨儿回了内厅。姬淑岱悄语兰妍：“兰侍卫敢于拜辞姬宫湦，投靠丞相府，甚是机智，有勇有谋，必然前途无量。”

兰妍不谈姬宫湦对她明奖暗忌，明扬暗抑，拱手笑道：“姬宫湦昏庸已极，人神共愤。小人家有高堂，不能轻易为人陪葬。小人自幼崇敬英雄，仰慕丞相爷已久。今天得以追随，足慰平生！况且，满朝大臣谁不知道？投靠丞相爷，才会有光明前途。”

姬淑岱被她说得心神激荡，站起来，拥她到一旁，以帷幔遮挡住两人身子，轻抚她脸，目光渐渐迷离：“今晚玉夫人要有行动，你需……”看看四下静寂，手轻轻移到她胸部，喘息着道：“好好干，待本王成就大事，将你册封到后宫。”

狐眼直觉神魂飘荡筋骨酥软，扑进丞相怀里，感受着他灼热的雄性力量，浑身热流激荡，情难自已，气喘声嘶：“丞相爷，兰妍，是你的人。心里早就有你。我这一切，都是你的……”血液澎湃，恨不得立时融为一体。抑着激情，艰难移开他手：

“小人这就进宫。”

姬淑岱喘息着，双手伸进她衣服里：

“本丞相今晚等着宠幸你，让你尝尝王者雄风，非同寻常……”

第九十一章　褒王后痛诉祸乱　玉夫人欲建功业

一

酉时前的浓重雾霭映得梅花如梦似幻，清冷的银月将冬青濯得几许清冽，城楼上的钟鼓声声隐约传来，在岑寂的夜气里久久回荡。

兰妍借着浓黑夜幕，攀上宫墙，背上驮着一宫娥打扮的妇人。她将妇人托出宫墙外，又跳下来，行色匆匆走出飞霜殿。沿着宫墙走了一段，被残柳上的雾水打湿了衣服。跨上甬道时不小心滑了一跤，起来时看到玉夫人在面前站着。她倏忽一愣，急忙行礼。

玉夫人随手折断宫墙边的腊梅，冷冷一笑如天际霜月：

“你倒是识时务，背靠大树好乘凉。王后失事便摇身一变，由寿仙宫侍卫统领变成丞相府护卫副统领。你如今不在丞相府当差，来此作甚？”

兰妍眼珠一转，强抑惊惶，话语冠冕堂皇：“终究主仆一场，在下来看看废后。如今天寒地冻的，在下给她送些衣服被褥。”

玉夫人眸光自下向上撩着，撇起红唇：“那会子正在护主，转眼又把主子当贼人捉住。大周后宫，谁不知兰妍某种手段登峰造极！你这类人会有什么情义？说是来看废后，指不定打的什么鬼主意！”

兰妍朝玉夫人一亮丞相府腰牌，低头道：

“不敢不敢，此乃受丞相夫人差遣而来。”

玉夫人一抹冷笑不减：“大王命虢太师为帅征讨申国。想必兰妍早已得知，特来告诉申茳，给她添堵，让她早死！好使自己心安。”

“宫门将要关闭，在下告辞。”兰妍说着，逃得像过街之鼠。

玉夫人嘴角一抹冷笑随着兰妍背影消失，径直往飞霜殿而来。

冷宫经过上次的火焚，修缮起来的宫殿所剩无几，宫人们大半遇难，人迹稀少，荒草萎花，分外冷落。宫门上一盏月白色纱灯，迷离灯影在凄凄风里飘摇着。看守正在门口矮房里喝小酒啃猪蹄。两个驼背宫娥弯着腰低着头，不知在雪地上寻找什么。皑皑白雪衬得红漆斑驳的廊坊更外破旧。

玉夫人进入宫门，踢开在雪地里冒着头的繁乱萎草、枯叶，一直往里走。在积雪覆盖的地面上踩出一行脚印。风呼呼地吹着裙裾，幽暗、诡异。一只野猫噌地从身边飞掠，吓了她一跳。她瞄着腰走近一座矮房，见豆油灯幽暗的光芒破窗而出，照亮荒草在风里摇动的影子。

屋外蒿草齐腰，夹着许多荒乱的矮草。屋内尘埃满地，炕上一妇人背窗而坐，头发披散在素红棉袄上，在满屋幽暗冷寂里，身材显得格外短粗、矮小。

玉夫人蹲在门外暗影里，也不顾寒意彻骨，直等到月挂中天，听更漏声声惊破身边如水死寂，算算已是半夜子时。她借着月光，拿出早已放在草丛里的松子油，朝门缝里狠劲儿泼洒，点火前神情黯然，幽幽一叹："前时你烧死别人，如今我又来烧死你，也算替天行道。你也怨不得我了，要怨只怨你一贯强势的大周王朝。"说着，把火折子往矮房门口猛地一扔。

火借风势，风借火威，一瞬间交错、扭动着向天空弥漫。屋内传出的尖叫声凄厉而悲惨，直直划破宫城的宁静。浓浓的黑烟，夹着滚烫的热浪冲天。殿柱倾倒时发出轰然的响声，众多无辜者葬身火海。

冷宫的火整整烧了一夜，获罪被关在这里的宫人全部被烧死。

第二天黎明时小雪飘拂，地上积雪盈尺。掖庭宫下等宫人五更便起床，一直扫到辰时，不放过任何一处。若是一不小心让出行的主子摔了跤，轻则罚俸，重则要受跪火钉、拶指、杖责等酷刑，甚至处死。

褒姒立在丹墀上看着飘散在飞霜殿方向的灰白烟雾，周身散发出凛冽之气，连轻薄的雪花都不敢欺身。寺人王进快步走上丹墀，躬身行礼道：

"王后娘娘，大王正在部署讨伐申国的兵力，命你务必查清冷宫走水之事。"

"本宫遵旨。"褒姒牵起嘴角，见王进转身而去，急忙唤回，眉目间几分迫切、痛楚："你身为近侍，应当进谏大王，不可轻易讨伐申国。"

王进神情为难，黯然无语地摇头离去。褒姒回头看到云儿拿着雪缎面十锦绣缠枝梅花披麾出来，忙道："伯服睡醒没？"

云儿将披麾披在褒姒身上，笑微微道："太子醒了，喝了一碗红豆膳粥，现在正在和宫娥们玩骑马游戏呢。"

"走，咱们去鸾凤阁看看。"褒姒边系好狐皮披麾的领带，边走下丹墀，神情冰冷、郁闷：

"寿仙宫余红莲之死，我虽令人厚葬，仍不免痛心。狐眼去了丞相府，冷宫却还走水……"

云儿不知前因，由衷赞赏道："娘娘悲悯余氏，果然厚道。你怀疑冷宫走水之事，乃是玉夫人所为？”

褒姒向着微薄雪幕眯眼，觉冷冽寒风直往脖子里钻，微微缩头，语声坚定：

“昨夜子时走水，酉时宫门已关。狐眼去了丞相府，若不是玉夫人，难道宫里还有第二个喜欢惹是生非的狐眼？”

二

小雪飘着，太阳依旧破雾而出，连绵的殿宇沉入一片柔和的光色之中。霞光将远近交错的雕栏影子拉长，挂在殿柱上的瑞兽气派威严，静静守着一座座恢弘建筑。

褒姒和云儿在前面走，后面跟着一群宫娥寺人。接近鸾凤阁时，远远望见玉夫人着白色葛麻绣芙蓉袄，站在阁旁一片迷离的柔光之中，正在折下梅枝。

玉夫人听到脚步声扭过头来，一双水眸褐光幽然，宛若霜雪深潭。

褒姒眼底若有幽怨，审视她半天，那样子似是初次相见一般，冷冷道：“玉夫人，见了本后也不行礼，果然傲慢之极！”

玉夫人眼里涌出复杂情绪，一瞬而逝，露出讥讽笑容，躬身道：

“参见王后娘娘，娘娘可否借一步说话？”

玉夫人说着拉起褒姒衣袖，撇开云儿等人，来在宫墙边几株盛开的梅树下。

褒姒高挽的云髻，发丝间佩着十二道纯金单簪，鎏金的流苏垂坠着，覆盖了饱满额头。她仰头看着风拂梅枝动，心中只是冷痛。

玉夫人冷眼乜斜着她，唇角挑起一抹讥讽：“你很美，美得风姿绰约，足以迷倒众生。但再美的花也会凋落，以色事人，色衰而爱驰。只有不朽功勋，才会流芳百代。大周气数将尽，咱都别忘了真实身份，和肩负的使命！”

褒姒怀着痛楚、怨愤，以王后的居高临下，来查冷宫走水元凶，不料被她这般说教。再看她褐琉璃似的眸子里只有淡淡的悲悯、惋惜，并没有想象中的愧疚、惊惧，及艳羡嫉妒。

那么多曲折、牵手，那么多温软情谊。褒姒心绪复杂，冷着脸道：

“我奉命彻查冷宫走水一事，早知道幕后黑手是你。你为何要这样残忍？申茌纵有多少过错，现在已入冷宫，成为活死人。为什么你一定要她死？就不怕天下人非议我们？看看你这心安理得的样子，连一丝不安、愧疚都没有！”

玉夫人悠然看着空中飞扬的梅蕊，看红霞在巍峨殿宇上横飞，雪已停了。她羽睫微闪，语气轻淡神情悠闲：

"申茳现在是活死人一个，死了活着都无关紧要。我火焚冷宫，只想引起申侯的仇恨。仇恨太深，他一定会血腥反噬！申侯不反水，他女儿就可能翻身，你就没有立锥之地。你要明白，输家往往不是没有手段、智谋，而是心太软。当对手畏缩了，可怜了，就放弃一举拿下的机会，自己患得患失，最后让敌人出其不意逆转局面。所以，真正的赢家，是没有资格心软的！对敌人一定要斗争到底。"

褒姒目光里带着威严、痛惜、责备，携着冷冽空气迫着玉夫人：

"大王已经听信虢石父谗言，传旨将申侯罢官削职，还要讨伐申国。你如今又害死他女儿，他握着重兵，岂会束手待毙？一旦开战，生灵涂炭，血流成河，遭殃的大多是百姓。很多的无辜将士都会卷入其中，父母失去儿子，妻子失去丈夫，幼子失去父亲……你还嫌天下祸乱不够吗？"

玉夫人昂首立于灿烂光影里，语声充满霸气："我不管！我要建功立业，要真正万人之上的荣耀。而不是干这种以色事人、和许多女人抢夺一个男人的肮脏事！因而每次侍寝后，我都喝了益母、红花茶，以防身孕。申伯被逼无奈，会义无反顾地和朝廷对垒！你别忘了，申侯或姬宫涅一败涂地之日，便是我们猃狁人进军镐京之日。你我将功德无量！"

褒姒痛恨不能自已，拼尽全身力气，猛地一掌朝玉夫人脸上挥去："你真是太没良心了！大王痛你爱你，你不但不感恩，反而毁他社稷，牵连众多无辜，陷百姓于水火。还说什么功德无量？我告诉你，你这是罪恶累累，会遭天谴的！"

玉夫人冷不防被打得一个趔趄，金镶玉发钗掉在地上，乱发披散下来。她低头捡钗，重整发髻，仿佛与生俱来缺乏温情、喜欢与人作斗的脸上却不见恼怒只见冷漠："我不毁他社稷，早晚也被姬淑岱虢石父这帮奸贼毁了。虢石父一贯谄媚，只为纳贿、固宠、渔利。姬淑岱韬略过人，为排除异己屡屡制造冤假错案，褒府被灭，他脱不了干系。每桩事皆令第三者出手布置，第四者出手执行，高深莫测，深藏不露。你这般紧张大周社稷，是怕失去荣华富贵？怕再次沦为奴仆？我保证你不会！只要你听我的，我们都将是猃狁的功臣。"

褒姒乌黑的眸折射出勃发的怒气："我要制止祸乱，不是为自己！我不想众多的无辜经受离乱之难，在妻离子散流离失所中流血丧生。就算再次沦为奴仆又该如何？污蔑、打击、陷害、诽谤、凌辱、欺压，一切我都受过，一切不过再来一次……"说着，她悲伤难抑，不由失声痛哭，最后拉住她祈求："一旦开战，就要有许多人流血牺牲，损失无法弥补。小姐啊，为了天下人，为了伯服的将来，求你高抬贵手，高抬贵手吧……"说着双膝一软，跪在地上。

"你疯了？快别让人看见！"褒毓惊慌四顾，搀起她，面流幽幽恻隐，心思杂芜，娇媚艳冶的面色渐渐与冰冷的天地融为一体。飞霞万缕从头顶掠过，孤鹜振翅于长空搏击。

褒姒逼近她，面色凛然，眼底雪光乍现，声音低沉：

“冷宫走水死了多少无辜的宫人？后宫犯法与民同罪。我可以将此事压下来。但你必须就此罢手，不得干预朝政，不得暗中作祟。”

玉夫人转着褐瞳陡然一笑，面色诡异得不可思议：“只压下来不行，你必须把此事推给内侍局总管。”见褒姒满目迷惑、狐疑，她侧眸，微微一笑，显出手到擒来的快意：“因为，他是姬淑岱的人。”

褒姒低头沉吟良久，清瞳里濡染了淡薄的寒凉。暗叹身在后宫，想手不沾血，终究无比艰难。玉夫人自然是要离间姬宫涅叔侄，决非以维护王朝利益为出发点。

姬淑岱久已觊觎王位，趁机拨出他的党羽未尝不好。

褒姒看着玉夫人近在咫尺的脸，映着霞光，那细微的脂粉痕迹依稀可见，褐瞳流转间妩媚娇艳，暗暗流出得意。褒姒眼神清亮透彻，宛若月下小溪，一望到底，神情笃定，横下心来点头同意。

三

姬宫涅在瑞霭纷纭的崇政殿里高坐着，身边祥光缭绕，沉沉的檀香丝丝缕缕，从鎏金青铜炉里喷射而出。众人七嘴八舌商议征讨申国完毕，王进对众位大臣道：

“无事退朝。”

众位大臣纷纭而去，褒姒一阵风似地穿越午门，直入大殿。淡荷色裙摆被风舞成旗帜。她摆着手，嘶声道：“大王，不可征讨申国啊！”

姬宫涅急忙离座，走近，搀起跪在地上气喘吁吁的褒姒，目流浓重疑惑：

“姒儿一向不干朝政，何出此言？”

褒姒跑得热了，便敞开大氅，淡荷色敞口衣领处露出一截细白脖颈，精细舒雅的妆容难掩惶急神情，语出迅速：“大王，犬戎人一向对我大周虎视眈眈，东夷残部也伺机犯边。我们应该一致对外，不能轻易出兵讨伐申国！大周内部一旦开战，只恐外敌趁机入侵，后果不堪设想啊大王！”

姬宫涅将她扶坐于紫檀椅，捋着她垂到腰际的乌发，端然道：“姒儿你不懂！攘外必先安内。申侯怀恨孤王废储废后，上疏冒犯，意在谋反。若不赶快征讨，恐成大患！”

褒姒惶急不堪，站起来，拽住姬宫涅胳膊：“大王废除申茳、宜臼，申侯未免急躁，疏奏言辞过激，乃是态度问题，或为震动圣心，未必就是谋反。大王，不可听信虢石父谗言，自毁长城！虢石父煽动大王讨伐申侯，意在纳权固宠……”

凡是牵涉到政事，姬宫涅皆会敏感多疑，他寒着脸道：“姒儿你太过善良、仁慈，过多的妇人之仁会害了你。玉夫人近日数次劝孤王早些讨伐申伯，你要有她一半精明，那该多好！”

“姒儿你知道吗？奸细已进入烽火台两次，杀死守军点燃烽火。他是在与孤王作对啊！却查不出他在哪儿，孤王忧心忡忡啊！”姬宫涅说着，拉着褒姒手走在通往琼台宫的白石甬道上。

一群宫娥寺人随后跟着。一路都有宫人扫雪，路旁还有几个雪人堆得惟妙惟肖。经过梅园时姬宫涅扭头看褒姒，见她玉颜冰冷，堪与梅花媲美。他亲自折了一束梅花递给她，笑意痴痴：“美人如花，花如美人啊！”

她的美令人眩目，让人无法抗拒而趋之若鹜。自第一眼看到她时，一种温婉的情感便将他紧紧攫住，难以自主的兴奋、激情，不可言喻。

褒姒看着手中梅花，恰似玉夫人冷艳。风扯着头顶绵云逐渐飘散，耳边响起玉夫人话语：“你怕失去荣华富贵，你怕再次沦为奴仆……”

褒姒又一次冷然摇头，暗道：生离死别，人间所有我都承受过。就算一切再来一次也没什么可怕的！只是不想眼睁睁看着山河破碎，百姓流离失所有家难归。不想毁了我的伯服，想让他有父母伴随，幸福地长大，幸福地活着……

褒姒被姬宫涅牵着手往前走，想纯粹而优美的东西，在俗世往往难以生存，她不由心痛难忍。向空中伸手，雪落在温热掌心，即化成一团沁凉的水。纯粹的人心就像这簌簌而落的雪花，晶莹、美丽，宛若虚幻的梦境，却经不得轻轻一碰。

镐京西去申国的路上，两个玄衣人打马疾行，一路划破了潇潇长风。腰身粗壮的黑胖子正是女扮男装的兰妍，她扬鞭策马一路踢翻了无数小贩的摊子，瞪着狐眼斥骂：“穷光蛋，该死！”扭头笑道：“玉夫人，我一直以为你和那妖女褒姒是一路的，见了申侯令牌才知如此。”

“人挪活树挪死，你我都在审时度势。只道你投了丞相，那料乃是申侯的棋子，佩服，佩服！”玉夫人摸摸怀中申侯令牌。和兰妍一比，她瘦得似乎经不住一阵风吹。

“我死心塌地投靠丞相，我兰妍待人忠贞无二，表里如一。那料马三是申伯安插在丞相身边的棋子。我得他引荐，自然要报答他知遇之恩。他脱身不得，我只有不辞劳苦了。”兰妍自我标榜完毕便展示出类拔萃的挑拨离间技能：“难怪你和妖女褒姒反目！大家一起从褒城来，论外貌论嘴上论手上，她哪一点比得上玉夫人您？凭什么她就节节高升成了王后？既然大王已许你贵妃位子，君无戏言，为什么就没册封？一定是褒姒不念手足之情，母以子贵从中作祟！”

女扮男装的玉夫人轻蔑地冷笑，扭头看着光秃秃的原野道：“必须让申伯早作准备。否则申国地小兵弱，怎能抵抗王师？申侯一旦被灭，内敌外患必然猖獗。”她曾经私自去骊山烽火台两次，杀了守卫将士，点燃烽火。依旧来了愚忠的几路诸侯，各个叹息而归。

兰妍在马上转着狐眼，愤愤不平道：“天子无道，废嫡立庶。宠信奸佞，万民皆怨，如今已成孤立之势。难得玉夫人从中周旋，申伯向犬戎王借兵，此乃大周之福！先发制人机不可失。”

玉夫人昂首望着路旁枯秃的树顶道：

“天子失政，宠信奸佞。配合申侯扶立故太子宜臼，乃我心愿！”

数条官道在身后飞逝，两人两骑走进茫茫草原漠漠长风里。玉夫人眼前回放着她求阿蠡通融猃狁王的情形。那时候，阿蠡在明德门前的树林里得意地笑着：

“哈哈哈哈……珊瑚，你做得很好！求之不得的机会，我王岂会放弃？此番名为借兵，实为侵扰、吞并，大周江山指日可待，你我将居功至伟。”

第九十二章　鼙鼓一声天地暗　玉颜寂寞淡红飘

一

琼台宫雕龙纹凤，流光溢彩。姬宫涅正在进行腊八庆贺。

此时太阳偏西，红木几上的腊八粥和各色菜肴已经扯下。

宫娥寺人门慌忙擦地、上茶，端上来一个个雕琢精致的玉盘，里面放着各种水果、茶点、饮品。

朝臣和后宫嫔妃欢声笑语不绝。高台上歌舞喧天，歌舞伎纷纷走台换场。

九司[①]礼乐鼓吹，鎏金龙纹华盖，朱红雕漆仪仗；瑞帘高卷，兰馨氤氲笼宝扇。

姬宫涅稳坐紫檀椅观赏歌舞，褒姒玉夫人在两边坐着。往下挨着数张几案，以礼坐满花团锦簇的后宫佳丽，各有近侍宫娥在旁边伺候着。

姬宫涅端起翠玉茶盅抿了一口，扭头玉夫人，笑容可掬：

“玉儿，前几天你外出朝山拜圣，如今凤体可好些？”

玉夫人扭头姬宫涅，笑得娇憨，如不谙世事的闺中少女：

“托天子之福，神圣显灵，臣妾今日大好了。”

伯服看着一群宫娥寺人在拔河，宫娥们力气小，被寺人们拽倒了满地。紫珠爬了几下才爬起来，伯服指着道：“看这个老嬷嬷，笨得像沙滩上的乌龟。”

褒姒严辞止住儿子：“伯服，不可无礼。”自从申茳失事，她被册封为后，便私自接回了母亲紫珠，安置了个掌管库房钥匙的闲差事，暗地里百般照顾。

一个传令官自琼台宫前的小径上飞奔而来，在姬宫涅面前跪下，汗水淋漓面色灰白：“不好了大王！申伯联合犬戎王起兵反叛，一路势如破竹无人抵抗，联军杀往镐京而来！”

姬宫涅身子一颤，手中翠玉茶盅跌落地上，发出刺耳脆响。他面色变紫，环视众人道：“孤王欲征讨申国，大军聚而未发，谁人泄密导致祸患？如今我兵未动敌兵先至。诸位爱卿，快献退敌之策！”

众人吓得花容失色，嫔妃丢了汤匙，宫娥掉了盘子，一片扰攘。褒姒紧紧抱着伯服，伯服察言观色，突然大哭起来。

传令官益发瑟瑟发抖："听说犬戎来了铁骑两万，右先锋渤丁，左先锋满也速，犬戎王波超自掌中军帅印，来势汹汹，枪刀堵路，旌旗蔽空。请大王赶快发兵退敌！"一个头磕在地上，转身就往外跑。

虢石父耸了耸肩，跪地奏请："大王勿忧！速派人前往骊山，举起烽火。另派人死守城池。待诸侯救兵到来，咱们发动城内王师。内外夹攻，必可取胜！"

姬淑岱暗暗掩去一抹冷笑，淡定奏道："虢太师言之有理，大王勿忧！"

伯服哭声响亮，褒姒怎么也安抚不住。

姬宫湦的满脸惶急，令他权力铸就的威严一瞬丧失，猝然离座，边走边挥手谕令众臣："快，随孤王到崇政殿议事！"

目送姬宫湦离开，宫人们三五成群议论着散去，各个恐慌不已。

褒姒云儿拉着伯服站在丹墀上，看到玉夫人带着侍婢莺儿，跑得像尾巴着火的兔子。

落叶飘扬，细小的雪粒沙沙啦啦打湿万物，打湿着人的思绪。

褒姒和云儿替换着抱伯服，一直在廊檐下站得双腿困麻。云儿看着褒姒阴郁的脸色道："外面这么冷，小姐回屋歇会儿吧。"

褒姒心里是无尽的忧患和牵挂，推推抱着伯服的云儿：

"我等着他回来。你和伯服先回去吧。"

伯服从云儿怀里挣下来，仰着头拉住褒姒手：

"母后，伯服要和你一起等父王。"

褒姒拉住伯服冰冷的小手，扭头云儿："你出去探探情势，记住快些回来。"

"好，奴婢这就去。"云儿说着，提裙走下台阶，单薄的身子很快消失于稀薄雪幕。

褒姒就那样抱着儿子站着，直到渐起的晚风扯起纷乱雪蕊，徐徐浓重。宫里的灯渐渐亮起，稀稀淡淡的光，完全没有往日的灿烂。

姬宫湦去崇政殿议事一直未归。

褒姒抱着伯服披着雪花，来在琼台宫的观花台——大周宫城的最高处。遥望骊山烽火台上一直冒着的浓烟，狼烟滚滚，火光冲天，此情此景，与烽火戏诸侯的情形何似！

只是，她母子的人生恐怕要万劫不复。

风渐大渐猛，吹打雪片刮在脸上如同刀割。伯服连喊几声冷，褒姒才慢慢走下来，忙拍去伯服的满身雪花，突觉浑身瘫软，慢慢靠着朱漆壁廊，闭上眼睛。

那么多的旧忆绵绵延延，这么多可怕的预想滔滔不绝。反复揣摩，她沉入越来越深的悲苦、无助、恐惧漩涡里，无法挣脱。

雪花映着朱漆廊道的红，周际很静。

伯服的小脸冻得青紫，扯着褒姒的衣袖问："母后，申伯为什么要造反？为什么犬戎人要帮助申伯打咱们？咱们的人能打赢吗？"

二

褒姒有些头晕眼花不胜其累，将伯服放地上，故作轻松地拍拍他冰冷脸蛋："申伯是坏蛋，犬戎人也是坏蛋，所以要打咱们。邪不胜正，咱们的人一定能打胜！"

"母后，万一咱们的人打不胜，坏蛋们打胜了呢？他们会杀了咱们吗？"

褒姒的心仿若被铁钳夹住，喉咙里接连咕噜咕噜地响，终抑住勃发的哭声，泪水却像断线的珠子："伯服，儿子，咱们的人若要败了，你怕吗？"

伯服攥着拳头绷着脸："母后，伯服不怕！伯服要是死了，二十年后又是一个汉子，替父王、母后报仇！。"

"伯服……"伪装的坚强一瞬崩溃，深怕儿子童言成箴，悲愤、恐惧夹着绝望终于决堤，褒姒抱着儿子痛哭："儿啊，母后不让你死，咱们都不死，都要好好活着，我的伯服……"

宫娥们大多在慌慌张张准备逃亡，昔日繁华琼台宫，如今成了大周土地上抖动的衰草，四周是颓园般的冷寂萧条。

云儿气喘吁吁地踏着薄暮跑上来，发凌乱衣不整，眉际的雪粒化成水珠濡湿了眼眶："小姐，不好了！烽火点燃至今，没有一个救兵到来。犬戎人就要逼近宫城了。城里人都在往外逃，都说要不了三天，叛军就要杀进来了！"

伯服在地上跺脚，恼怒使他小脸通红："母后，我恨不能一下子长得像我父王那样高，骑着马提着枪，跟着他杀退敌兵，保护母后！"

儿子口齿伶俐于常人，常常会说出让人惊奇的话。褒姒悲从中来，只想放声大哭，终是忍着，语声嘶哑：

"伯服，儿子，别怕啊！那么多将士守着城池，敌兵攻不进来。"

云儿抿着乱发，对着褒姒耳语道："大王如今急得发疯，要亲冒锋镝杀出城去，被群臣拦着。镐京这些守兵，平素都说大王昏庸，不愿效力，只是勉强听命。如今又怨又骂的，那些话不堪入耳。"

褒姒溢满泪雾的眸光变得锐利：

"食王俸禄，当为国家效命，他们骂什么又怨什么？"

云儿正要答话，见狐眼已带着丞相府护卫冲上丹墀，围住褒姒母子。

狐眼两眼放射出怨毒，挥手喝令众人：

“妖女母子祸国招乱，抓住他们，丞相有赏！”

众护卫吆喝着一拥而上，倏被飘荡而来的一袭墨绿气浪逼退。

绿光闪耀处，玉夫人领着四个女侍卫、手中执剑，俏立玉阶。她怒视狐眼：

“兰妍，大敌当前，你不思报国，却来后宫捣乱？在宫门禁地撒野，罪同谋逆，还不与我退下！”

兰妍见不可坚持，狐眼疾转，挥手众人：“走！”

兰妍率众，一溜烟似的来到丞相府门口，见紫珠正被门官拽住。她一边挣扎着要往门里闯一边哭诉：“我要见丞相爷，我要见丞相爷，他会见我的……”

狐眼抓住紫珠，狠命朝雪地里甩去：

“疯婆子，你是什么人，也配见丞相爷？死一边去！”

玉夫人的一袭墨绿裙裾在琼台宫前荡出某种气势，语声清脆：“守军们无心抗敌，骂昏王骂妖孽，甚至还有人谋划着倒戈逼宫。另有大臣进谏姬宫涅献出王后太子。说祸乱因你们而起，献出你们母子，申侯和猃狁王自然退兵。”

云儿瞪着眼骂道：“这些无耻的奸贼！申候反叛，与王后太子何干？”

暮色暝暝中，廊檐下的灯笼被风刮着忽暗忽明。

褒姒脸上挂着轻薄的惨笑：“这世界，总有那些唯恐天下乱得不够的人。”

云儿忽然面色一暗，低声道：

“听说二少主领着一帮义军，也在协助申候攻城。”

褒姒如听到泰山崩黄河清一类的奇闻，胸口起伏，脑子里一瞬空白。

玉夫人将褒姒拉到一边，声音低而急促：“外面越来越乱，你守着伯服，千万别离开这里，等我来接你们！若是姬宫涅回来，你瞅准机会殷勤他……”将一包药递给她，面色阴冷：“联军兵临城下，大周成了危卵，姬宫涅已是强弩之末。只有我们建功立业，才能保你母子平安，保住伯服的幸福，保住你父母无虞！”

“不行，不行，不行的……”褒姒的惊叫一声比一声低哀、无力。

“你必须执行命令！”玉夫人朝她低吼，风一样在渐浓的夜色里消失。

褒姒呆立成雕塑，又如同屏间金凤，秀丽华美却难能图腾。直到云儿和伯服来拉她进屋，看神情黯然手忙脚乱的宫娥点了蜡烛，心在跳动的烛火里浮荡不已。

三

城门外灯笼火把映亮夜空，攻城将士架着云梯，刚上到一半就被城上抛下来的滚木雷石砸死，却又前赴后继，甘愿赴汤蹈火万死不辞。

守城者不停地放射密集弓箭，扔下滚木雷石，还有蘸了豆油的火把，甚至倒下滚烫的开水、稀饭，还有散发着恶臭的粪便。

接连数日，姬宫涅和虢石父带着虎贲军中的精粹，东西南北逐个城门奔走，支援，鼓气，加油。

这天中午姬宫涅刚刚来在西门，听到一群将士在远处叫嚣不堪，被虎贲军拦着不能近前。

姬宫涅走近城门，望望头顶墨云压城城欲摧，心中莫名的烦乱，扭头虢石父：

“他们何故喧闹？”

虢石父跪地，垂目：“他们受丞相府兰妍怂恿，说王后祸国招乱，交出王后敌兵自退。”

姬宫涅气得面色涨红浑身发抖，仰头向空猛挥衣袖：

“荒谬，天神啊，看他们多么荒谬！”

又一日彩霞横空，惨不忍听的哭嚎铺满琼台宫前的宽阔广场。

空气里充溢着伤残将士身上散发的血腥气，死神在他们身边摇动着黑色的翎毛。

卓文蒋身子弓成虾米，缓缓移动着，逐一给伤者清洗、包扎伤口，缠上棉纱绷带。他包扎好一个伤兵，略略直直困酸的身子，移向另一伤兵，凑近、咬牙拔下他肩上的翦羽，污血溅上他的眉眼。伤兵创口黑紫，显然是箭头喂了剧毒。

一直在给他打下手的褒姒十分害怕这种场面，咬着唇低着头，面色苍白，手微微发抖，只顾在身旁药箱里翻找，一手递上包解百毒的金疮药，一手递上白棉纱布绷带。

云儿在近处挨个给伤兵喂药，面对一个拒绝饮药的伤兵稚气未脱的脸，微笑劝慰道：“快喝啊，卓文蒋出身医学世家，医术精道。喝了他的药啊，你明天就能站起来走路了。”

伯服却是胆儿大，跟着云儿走，面不改色气不喘，推推满面血污的伤兵，鹦鹉学舌：“快喝啊，卓文蒋出身医学世家，医术精道。喝了他的药，你明天就能站起来回家找你母亲了。”

伯服言毕，那少年伤兵目中闪射一抹火花，很配合地把汤药喝了。

云儿回头对伯服竖起拇指，流出赞叹眼神：“伯服乖，伯服真棒！”扭头看到卓文蒋眉目间的污血，忙拿锦帕给他擦拭，望着他俊朗面容，目光渐流缱绻深情。

伯服在她耳边道：“云姨，你喜欢卓文侍卫吗？”

云儿朝他瞪眼，面凝寒霜道：“太子殿下，不许胡说！”

“我没胡说，你就是喜欢他！”伯服嗔着脸分辩。

战场上号角齐鸣鼓声震天。守城方调动全部兵力，依赖一次可发射三十六支翦羽的文王弩死守城门；攻城方没明没夜地架云梯抢攻不懈，但都被文王弩强劲之势挡了回去。两下里又相持了半月多，眼看着守城者已是强弩之末。

百姓们在战战兢兢中迎来春节，不贴红对联不挂红灯笼，镐京昔日繁华不复，一派凄冷。

除夕夜下雪，广场上搭起帐篷，帐篷里挂着无数灯笼。云儿一边给伤员清洗伤口，一边对着卓文蒋眸含温情：“娘娘组织了宫娥寺人，每日白天随着咱们打理伤病员，夜晚和大家一起在灯下为将士缝制御寒棉衣，忙得都瘦了。”

卓文蒋正在给伤员敷药：“王后贤德，国之表率。承受恩典的伤病员们返回岗位后更是卖力攻防，且会发动亲友保卫镐京。士气高涨才能打赢。”

灯火阑珊处，姬宫涅带着一队特卫从蜿蜒小径上回来，满面的尘灰覆盖了彻骨的憔悴。

张望已久的褒姒、伯服大喜，小跑着迎上去。褒姒紧走几步，右手拉着儿子，左手擦掉姬宫涅颊上一道灰迹，心中楚痛、怜悯：“大王，外面情况如何？”

伯服一手拉母后一手拉父王，仰着小脸，童声清亮：

“父王，犬戎人三头六臂？真的很厉害吗？”

注释：

① 九司：西周时的尚宫局下辖三司，分别是司记司、司言司、司薄司。尚仪局下辖三司，分别是司乐司、司宾司、司籍司。尚服局下辖三司，分别是司宝司、司衣司、司饰司。

第九十三章　尔虞我诈抢玉玺　螳螂岂知雀在后

一

姬宫涅眼神暗淡，蕴着薄渺寒雾，弯腰轻抚儿子脸，又抱起来，将自己脸贴上去，不发一语，微微一声叹息若苍老苔藓，匆匆走进宫门。

宫中晚膳已备，待姬宫涅草草洗脸后坐下，褒姒亲执鎏金八宝壶斟酒，声极轻柔："今儿除夕，特殊时期讲不得礼仪。臣妾备了薄酒，聊为大王驱寒解乏。"

褒姒面含温柔笑意，纤纤玉指端起青铜斛，递于姬宫涅，只字不提战事。

姬宫涅接过青铜斛满饮，眼里有了泪光：

"姒儿，孤王让你担惊受怕，甚为惭愧啊……"

褒姒不忍见他此状，不忍给他添堵，转身抹泪，掏出锦帕擦拭，暗暗触到玉夫人给的药包，心似火焚。她究竟不能做到害死他为犬戎立功、受犬戎封赏，不忍让他捕杀玉夫人。养父母的笑脸在眼前闪现，褒姒心上如挨闷棍，不知生母紫珠何故失踪去了哪里……

一场沉闷的晚膳结束，宫娥们撤去餐具上了茶。云儿哄着伯服到偏殿去睡。姬宫涅拉着褒姒进入罗帷，一时温情起痛楚灭灵魂飘飞。

褒姒扑在他怀里，柔软的身子表达的尽是无声言语，似闻远方的烟火烛光里杀声震天。

姬宫涅轻轻推开她，转身将衣柜拉手向上一扳，衣柜吱咛咛移动，墙上现出一尺见方的一个黑洞。他伸长胳膊到洞里，拿出绿莹莹的玉玺，双手捧给她，瞳孔涌起晶莹雪光："姒儿，这是传国玉玺。孤王去打仗，你一定要替孤王保管好，不能有任何闪失！"

褒姒凝重接过玉玺，点头，流泪，似觉千金之重不堪承受，沉声道：

"请大王放心！人在玺在，人亡玺亡。"

姬宫涅拥紧褒姒，一时不管尘世如何纷扰，流窜于血液里的尽是儿女情长。

紫檀屏风上挂着的宫灯放射出温暖的光，芙蓉帐起伏方平，姬宫涅喘息着，手掌一寸寸滑过褒姒肌肤。

褒姒小猫般蜷缩在他怀里，皱着眉娇声叫痛，急忙坐起，双手捧起他温厚手掌，在灯光下细看。

姬宫涅昔日润滑的手掌起了紫泡，崩了无数血口，沾了许多灰渍。

褒姒心里抽痛不已，拿起他另一只手一看，依旧如此。她泪水模糊视线，嗔中含柔："大王，你手都弄成这样了……"

这是何等尊贵的天之骄子？如今这手还不如农夫。褒姒止不住痛楚，哽咽难言。

姬宫涅面上红晕加重，做错事的孩子般急忙将手缩回，无限感慨道：

"孤王多年没打仗了……"

忽听王进在门口叫道："大王，虎贲军整饬已毕，在宫门外候着。"

宫灯迷离映出梅花倩影，雪花不知疲倦地纷飞，无休无止之势。

褒姒急忙服侍姬宫涅穿衣已毕，紧紧相依，抱住他臂不肯丢开。

姬宫涅硬起心肠，缓缓推开她，捧着她面颊的双手被泪水浸湿。他语声分外沙哑，鹰眸中情绪无比复杂："姒儿，你要照顾好伯服，等着我回来啊！"缓缓站起，转身就走，紧急奔向战场的伟岸背影有着钢铁般的强硬。

褒姒急忙穿了桃红十锦绣海棠小袄，披了紫锦狐裘大氅，紧追着他走到宫门口，浑身瘫软如被抽了脊骨。呆呆望着他背影在雪幕里渐行渐远，无语凝咽。

门口也无当值宫娥寺人，这堂皇富丽的宫殿如今成了危城。

褒姒呆立一盏茶时辰，忽想起帷中玉玺，陡然一个激灵，急忙转回内殿。见云儿揽着伯服在偏殿里熟睡，玉玺依旧故我地躺在床头。

她用葛麻枕盖住玉玺，扶着殿柱，长吁了一口气。又轻轻返回偏殿，唤醒云儿，沉声吩咐："你去唤四个靠得住的宫娥进来。"

云儿打着哈欠揉着眼睛，梦呓般地问道：

"娘娘，这半夜三更的，唤人干什么？"

"快去吧，挑忠诚可靠的宫娥。我自有道理，你不必知道。"褒姒语速果决。

云儿听命出去，少顷，随着她进来了四个宫娥，一齐跪地：

"听王后娘娘吩咐。"

褒姒示意云儿回房照看伯服，让四个宫娥随进内殿，关上殿门。

一炷香时辰，待众宫娥一人抱着一个匣子走后，褒姒心如结以丝网，默默流泪，转侧难眠。

约摸更深人定后，她悄悄摸黑去了趟御花园，一路上只觉有人跟踪，四下看时却无人影，回来冻得嘴唇乌青手脚僵硬。弯腰在青铜壁炉上烤手，嘴里冒着白气。又朦胧睡至晨光破窗时分，梦到有人偷了玉玺。她急忙去追，却被一张大网网住……

二

忽闻哐噹一声响，褒姒不知是梦里还是现实，惊得身子猛地弹起。

褒姒睁眼坐起时，见兰妍从后窗跳了进来。

冷气袭人中，褒姒颈间架上了明晃晃的青铜刀。

兰妍一手握刀，唇角一抹冷笑，黑脸幽暗阴冷，横眉瞪目，厉声道：

“妖女，交出传国玉玺，就饶你不死！”

偏殿里的云儿、伯服闻声跑出来。

伯服见此情形小脸涨红，学着大人的口气，厉声怒吼：

“妖女，不得伤害我母后！”

兰妍乜斜着眼大笑，一手指着伯服：

“哈哈哈……你母后才是妖女！你是妖女的孽种！小妖！”

云儿回身抱着枕头朝狐眼砸过来，被她一脚踢开，头在墙上磕出了血，伯服吓得大哭起来。

一个宫娥听到动静探头进来，褒姒朝她大声喊道：“你们快走，不要回头！”

片刻，四个宫娥各抱一朱漆匣子，朝宫门外的朦胧晨雾里飞跑。

兰妍瞥见褒姒嘴角微微勾起，狐眼疾转，忽放开她，喝令在门外待命的属下：

“快追那几个宫娥，不能放跑一个！”

四个宫娥已燕子般轻捷地越过广场、花园，朝四个方向四散，飞奔。

狐眼一时愣神，忙命属下分开追赶四人。

不大工夫，四个宫娥皆被捉拿、押回琼台宫前的广场，逐一搜身。

几个丞相府护卫打开匣子时瞳孔骤然扩大，嘴大张着呆若木鸡。

每个匣子里皆有一个相同的玉玺，反射着阳光，发出绿莹莹的清辉。

四个宫娥面面相觑，垂首不语，各自回思：

昨夜她们奉命进入内殿，褒后急忙将门掩上，神情和语气一般凝重：

“如今叛军兵临城下，多数宫人已经逃走。你们既然留守，可谓忠贞，本后甚为赞赏！覆巢之下无完卵，倘若大周覆灭，我们都要被剿杀，甚至连带我们的亲友……”她悲情难抑，一时泣不成声，掩面拭泪。那泪却似转不断的江水，越流越多。

四个宫娥都哭了起来，悲泣声搅动满屋烛光。

宫娥甲哭道："叛军以下犯上，大造杀孽，导致生灵涂炭，他们一定会受天谴！我们大周王者之师一定会取得胜利……"

宫娥乙跪地道："贼势凶猛，福祸难测。我们死了倒也罢了，娘娘金枝玉叶，不应滞留……"

宫娥丙满面悲壮之气随着泪水溢开："我自幼和父母失散，大周后宫就是我家。贼人若敢杀进来，我要拿起刀剑，拚死一个是一个，决不投降！"

宫娥丁满面的无助、悲凉，哭道："我已经没主张了，但听娘娘的吧……"

褒姒弯腰搀起跪地的宫娥，哭红的眼睛环视四人："我们都是大周子民，应当誓死守卫自己的家园。"见宫娥们纷纷点头，接着又是唏嘘声一片，她目光澄亮看着她们："如今叛贼猖獗，只怕觊觎王位的内贼会趁火打劫，抢走传国玉玺。你们替本宫看好玉玺，我们大周就有不灭的希冀……"

四个宫娥你望望我我望望你，而后点头，齐声道：

"奴婢遵命，誓死保卫传国玉玺！"

"好！"褒姒拿出四个同样的玉玺分别装进四个朱漆匣子，上锁，钥匙她自己留着。又命宫娥拉上窗帘熄了红烛，屋里沉于一片漆黑。她带着宫娥走到门外，掩上房门，声音干脆："你们一个人进去一次，把四个盒子分别挪挪位置。"

四个宫娥分先后顺序进去，在黑暗中将四个匣子各移位置，暗叹王后心思慎密，她们本不知四个匣子哪个装着真玺，她还要让她们更加犯迷。

当夜，四人抱着同样的匣子回到寝室。

梅花纷落，被横冲直闯的风肆意侵犯着。

四护卫不知端的，寒意透骨，各捧玉玺现于狐眼。

狐眼胸口起伏，逐一辨认，愤而拔刀。刀花闪烁处，寒气纵横光芒耀目。四个玉玺分别从四护卫手中抛出，在空中化为齑粉，纷纷随风飞落。

狐眼回身又划出数个刀花，如暗夜繁星无数，遍空飞洒。

四个宫娥各自惨叫着倒地，血溅寒空，染红了空中雪花。

三

狐眼在晨辉缭绕中向琼台宫飞奔，众爪牙在后面紧紧跟着，在雪地上踩出深深浅浅的黑色痕迹。

狐眼进入琼台宫，老鹰叼小鸡般抓起在正往门口走的伯服，伯服哭着尖叫：

"母后救我！"

褒姒从帷幕后走出来，满目惊骇，尖叫："伯服——放开我的伯服！"

狐眼将伯服高举着，厉声道：

"好狡猾的妖女！交出玉玺，我便放了你儿子！"

伯服被提木偶一般吊在空中，踢腾着哭嚎，声音弥漫到窗外，震动了飞舞的雪花。

褒姒机械往前移步，声音低沉："你快放了伯服，我便给你玉玺，听你吩咐！"

狐眼笑立不动，在宫门口飘舞的雪片残花，统统成了衬托她臃肿背影的美景。

褒姒看到她一直不动，黑脸上的笑容倏忽僵硬。

玉夫人站在狐眼身后，青铜剑架上了她的脖子，微微冷笑：

"放开伯服，我便饶你不死！"

褒姒云儿一齐叫道："快放开伯服！"

"只消我一动手，他就会死！"兰妍恨声道，狐眼乱转，手臂僵住不动。

"别做美梦了。"玉夫人目凝冷笑，语气幽幽："你放了伯服，我便放了你，决不食言。可别惹恼了我，没你的好处。"

兰妍狐眼乱转，心思纷繁，阴声道："鱼死网破！没有玉玺，我不会放手。"

褒姒悲凄、怨怒的面色忽浮上冷笑，回身进屋，抱着一个朱漆镶宝盒子走出来：

"玉玺在此，快还我儿子！"

狐眼、玉夫人同现惊喜。狐眼丢了伯服，玉夫人放了狐眼。

云儿急忙将伯服抱住，躲回屋去。

狐眼忽回头道："马护卫，快杀了玉夫人！"

玉夫人猛地回身，却没一个人影。

狐眼趁机扑向褒姒，去抢她怀中玉玺。玉夫人边骂狐眼奸诈，便也扑向褒姒。

褒姒惊恐不堪，敏捷地躲避着两人，语声凄哀地哭求褒毓：

"姐姐，姬宫涅待咱们不薄，你不可趁人之危啊！姐姐，妹妹求你了！"

狐眼一次次逼近褒姒欲抢盒子，一次次被玉夫人击退。玉夫人以剑指向褒姒：

"你这个叛徒！还不赶快交出玉玺，不要命了吗？"

狐眼趁势袭击玉夫人，边朝褒姒喊："不可给她玉玺，她是个奸细，她杀了虎贲军中郎将。把玉玺给我，王叔姬淑岱会替你保住它！"

玉夫人回身招架狐眼，两人又打得难解难分。褒姒要逃，却被两人一左一右拦住。

褒姒急怒，对狐眼道：

"姬淑岱是王室血脉，我就给你玉玺。玉玺不能落在旁人手里！"

玉夫人朝褒姒怒斥："你疯了？不能把玉玺给她！"

褒姒朝屋内高喊："快出来，杀了玉夫人这个奸细！"

玉夫人微窥蠢蠢欲动的狐眼，朝褒姒娇斥："你吃错药了？"

褒姒低头踮起一个锦凳砸向玉夫人，趁她招架之时，将盒子扔给狐眼。

狐眼接住盒子，呵呵笑着转身，一阵疾风般旋向门口。

玉夫人气急败坏，急追狐眼。褒姒忙向在门口探头的云儿伯服道：

"快，走后门，躲起来！"

褒姒和云儿一边一个拉着伯服穿越正殿走到后角门，脚下一绊猛地扑倒，爬起来时，却见伯服被玉夫人抓住。伯服哭声尖利："母后救我，母后救我——

玉夫人面色冷寒，向空，发出刺痛肌肤的冷笑："咯咯咯咯……"

褒姒又惊又怒，指着她道："你疯了？快放开他！"

玉夫人举着伯服向褒姒逼近，面挂冷笑，眼神阴鸷：

"你这个叛徒！完全不顾你父母的死活。快交出玉玺，别逼我杀死他！"

褒姒看着在玉夫人手里挣扎、痛哭的伯服，悲泣道：

"玉玺已被狐眼拿走，你又何苦相逼？"

玉夫人将伯服抖了几抖，语声冷沉："狐眼拿的是假玉玺！你演技精彩，想靠骗术支开我，没门！以为我不会杀你儿子？"

褒姒泪流满腮来，心如锥剜，头顶裹着一层沉痛的雾，悲声道：

"你先放了伯服，我们母子不会跑掉，我这就给你玉玺。"

玉夫人思忖片刻，丢开伯服，撇嘴冷笑："倒也不怕你们跑了。"

"你随我走吧。"褒姒说着披上大氅，一手拿起轻骨竹伞，便往宫门口走，回头，叮嘱云儿照看好伯服。

晨光朦胧中，雪下得更大了，铺天盖地之势，飘满御苑。褒姒嘴里冒着白气，深一脚浅一脚地往前走着，雪挤进凤头靴里也似不觉，只觉风刀子一样割着面庞。

玉夫人亦步亦趋跟着褒姒进入花园，见枯草残枝中，偶而闪出几树梅花几树海棠，花儿朵朵，火一样燃烧了寂寞寒空。几只鸟雀在松树上叽叽喳喳地跳跃，将枝头积雪纷纷弹落。

褒姒在假山旁平湖前止步，见平湖结冻，披了淡薄银装，湖边积着厚厚的雪，几颗荒草在雪压爽欺里苟延残喘着，石阶一层层延伸到湖里。

第九十四章　褒王后藏玺被盗　周幽王仓惶潜逃

一

天光已亮，石阶覆满白雪，结成薄冰，很滑。褒姒张开双臂支撑平衡，慢慢下到湖边，看准方位，以伞柄砸开冰层，手刚一伸进湖水，刺骨的麻痛感从手臂蔓延到全身的神经末梢。

褒姒探摸了一阵，抬起头来面色煞白，发出歇斯底里的尖叫：

“玉玺——玉玺不见了！”

雪光映着玉夫人的脸，同样煞白。她忽一声冷笑，将剑逼到褒姒胸口：

“你还挺会演戏！”

褒姒回头擦着鼻尖冷汗，身子摇摇欲坠，声音暗哑：“真的不见了，我没有骗你……”突发的一声嚎啕似爆发山洪：“姬宫湦啊……我对不起你……”

玉夫人沉思着，满脸的怨怒，褐瞳冷凝：“你这个叛徒，我早知道你将玉玺藏在这里！却让那些宫娥做替死鬼！”

褒姒闻听哭声立止，张大嘴巴望着她，满面泪水下流淌着真切的痛楚、惊诧。

玉夫人将褒姒拖上岸来，咬唇，褐瞳氤氲着一层水气：“昨夜我跟踪你到此，刚从湖里拿出玉玺，不料却被迷倒，醒来后已不见玉玺。我想是你设局！今早进来果然听到你和狐眼准备交易。你偷偷地变了，变得冷酷、现实。见姬宫湦大势已去，你便要投靠他人。你这个叛徒！我小看了你，你竟将真玺给了别人！为什么不听我的？”

辽阔雪幕下，人如昆虫般渺小，似被丝网裹着难以挣脱。褒姒气得发抖：

“没有，我没有投靠谁！给狐眼的玉玺是假的，真的藏在这里！”

玉夫人想了一会，指着她，目流鄙夷：“别以为没人知道此事，你的生母紫珠如今在他府上。玉玺在哪里？与其交给一个觊觎王位的奸贼，不如交给我。我将禀明我王，你会将功折罪！”

褒姒又气又急又悲，语声低哀：“玉玺的确被人偷了。”

玉夫人走近她，褐瞳冷彻，拽住她狠命摇晃：“请不要忘了过去！没有我，就没有今天的你。你这个叛徒、奸细！”

两人头发衣服皆白。褒姒仰头，任雪花落尽嘴里、眼里，噙泪惨笑：

“我的今天？我的今天是什么？是一只惶惶不可终日的丧家之犬！这样还不够吗？还要被你们这些利欲熏心者苦苦相逼！我只要和夫君、儿子过上简单的生活，可那么多人都在阻止……”

褒姒放声痛哭，在雪地上走着，酒醉般步态迷乱。

从褒府到后宫，人间全是黑白颠倒指鹿为马。

玉夫人这个大周的叛徒、奸细，竟然骂她叛徒、奸细。

褒姒看着苍凉雪空哭喊着母亲，张开双臂想要抓住什么，却什么也没有抓到，两手空空悠然倒地。

玉夫人惊叫一声，抱起她，神情凄怆、复杂。

背着褒姒回到琼台宫内殿，玉夫人丢下她转身就走，云儿和两个嬷嬷起了一阵忙乱。直至晚霞映红西窗，褒姒一直昏睡。

云儿在床前轻轻抹泪，愁眉不展。

伯服端着半碗燕窝粥递给云儿，扬起小脸说：“母后这么能睡，咱们唤醒她用膳啊！为什么父王还不回来？”

“小王子乖，你母后累了，就让她睡吧。来，我喂你喝粥。”云儿一手端碗，一手拉着伯服来几边坐下。

褒姒醒来在第二日清晨，大雪止住，初霁时空气十分冷冽，貌似暖洋洋的太阳像个在其位不谋其政者的骗局。褒姒心虚气短，接连打出几个喷嚏，又几声叹息，呆呆坐起，看着窗外雪色添了梅韵，梅花涨了雪神。

“小姐可醒来了！饿坏了吧？”云儿正从偏殿跑出来，脸上一抹微笑一抹担忧。

“果真有些饿，天还是这么冷。伯服呢？”褒姒说着披上织锦小袄，趿拉着靴子就要下床，头一晕，身子倏然一歪。

二

云儿急忙扶她到几案前坐稳，回身端来一青瓷碟子，碟子里放着桂花糕，云儿笑道：“小姐先填填肚子，待我去传早膳。”

褒姒坐在桃心木方几前吃着桂花膏，一想起丢失的玉玺，刚吞下的桂花糕就噎到了嗓子里，眼里有了泪光。不知偷盗玉玺者为谁，此事如何向姬宫涅交代？也不知外面战事如何，一时忧思万千，出了一身冷汗。

伯服跑出来，系着红色葛麻貂皮小袄上的布扣，扑进褒姒怀里撒娇：

“母后，你一睡就那么长时间，想死孩儿了。”

阳光跳上窗口，屋里变得明亮，槛前梅花一叶一蕊玉润莹洁。褒姒将咬了一口的桂花糕递给伯服，伯服咬了一口，一些渣子掉在大红织锦袄上，仰头问道：

“母后，孩儿又不是坏蛋，那个兰侍卫和玉夫人为什么都抓住孩儿要杀孩儿啊？她们为什么要抢咱们的传国玉玺？”

伯服一句话触到褒姒心里痛点，黯然抱起儿子，揽进怀里，轻抚他圆润面颊道：“这是个弱肉强食的世界，人家动不动就要杀你，是因为你太弱小，与好坏无涉。你如果文韬武略无比强大，所有人都会尊崇你，没有人敢轻易动你一下。”

伯服紧绷着小脸攥紧拳头：“母后放心，伯服长大后一定要无比强大，让所有人不敢杀我，也不敢杀你；让他们都尊崇我，也尊崇母后。”

褒姒激动得抱紧伯服，潸然落泪。想着自己“玺在人在”的誓言，心情灰暗到极点，听远方杀声阵阵如雷霆不息。琼台宫前广场上搭起的帐篷里，伤残将士前赴后继地来去。卓文蒋继续着他的忙碌，两个宫娥在打下手。

接下来的日子，褒姒白天帮着卓文蒋救治伤员，夜里仍忙着缝制棉衣。这夜歇息，她听着近处伤兵的呻吟和远方战鼓的擂鸣难以入睡，只听耳榻上的云儿嘶哑着嗓子说：“申侯造反，狐眼夺玺……她目前投奔的可是丞相。久闻姬淑岱狼子野心，听说他拥重兵而拒战，只守着自己的宅院，该是要看着鹬蚌相争，等着坐收渔人之利。难道是他支持着狐眼夺玺？”

褒姒侧卧着，觉四下里的寒气一个劲往身上钻，掖掖被子，望着被宫灯映亮的窗子，黯然道：“狐眼十分诡诈，行为匪夷所思。玉夫人夺玺不成就不见了踪影。”

云儿恨声道：

“玉夫人这个可恶的奸细，一定是在乔装改扮伺机暗杀大周将士！”

褒姒已在比炼狱更甚的折磨里等过数天，一直都不见姬宫湦回转。

她派人四处打探，探子却有去无回失了踪影。

昔日辉煌宫殿今日凄冷如同坟茔，孤单、凄冷、惊怕，褒姒如处炼狱。

这天晚上云儿拉着伯服要去偏殿时，被褒姒制止：

“你还在房中耳榻上睡吧，咱们做个伴，壮壮胆。”褒姒一夜忧叹，在晨光涌满窗棂时听到伯服醒来。伯服手臂伸到被子外面，咳了几声道：“母后，不知父王打退叛军没有？”

伯服总是这般早熟的样子。褒姒由于失眠而眼窝黑乌，她坐起来揉揉眼睛捶了捶腰，掀起紫锦帷幔，看到云儿也醒了，正打着哈欠给伯服穿衣服。

殿里十分宁静，只不知这种状况还能维持多久，褒姒道：

“伯服放心，你父王会打退叛军的。”

伯服又咳了一声，童声脆亮：“母后请放心，等伯服大了，会跟着父王打退叛军，保护母后。”他咳嗽得鼻涕流到嘴里，伸出舌头舔了舔，又用袖子抿。

云儿攥住他袖子递上帕子：

“小王子难道忘了？不能舔鼻涕，不能用袖子抿。惹人笑话。”

“你真浑！”伯服挥拳打自己：“如今你这么大了，该长点儿记性，再不能给母后丢脸了。”

三

听儿子重复着自己平时告诫之言，褒姒心里波涛汹涌，披了缠枝梅花葛麻小袄，又穿了绣着紫百合团花的百褶裙，趿拉着绣履下床。看到檐下结着亮晶晶的冰条，从柜中拿出雀羽裘递给云儿：“天很冷，给伯服穿暖和些。”

云儿给伯服穿戴已毕，正要去炭火炉上加热燕窝粥和烧饼，忽见紫珠满面恐慌而来，语气急促：

“戎兵攻破城池，叛军蜂拥入城，逢人便杀见屋就烧，你们快随我逃命！”

褒姒正在拿着犀牛角镶珍珠梳子梳头，梳子掉在地上，珍珠四处乱滚。

紫珠急忙拉起褒姒道：

“你还愣怔什么？听说姬宫涅已经战死，再不走都来不及了！”

褒姒脑子里顿起一阵轰鸣，面色煞白，身子晃了几晃，猛地弯腰抱住伯服：

“他没有死，他不会死的！”

“他死了，人们都在传说，他是被他儿子一枪扎死的！”

褒姒虚弱得无法支撑自己，哆嗦的身子向伯服传递着惊恐、无助：

“咱们还能去哪儿？”

“去丞相府，快走啊！”紫珠要抱伯服，伯服推搡着不依，她神情惶急：“虽说我不能见他，他也不知底细，但总要看我几分薄面，收留咱们。”

褒姒却是纹丝不动，被云儿、紫珠反复劝说、催促，她神经质般跳起来，泪流满面，挥臂吼道：“不能去丞相府，姬淑岱会杀了伯服的！”她哭着朝云儿、紫珠跪下，声音嘶哑：“求求你们，求求你们，去民间藏起来，为了我的伯服！只有这样，伯服才能活命啊……”

云儿、紫珠搀起她，齐声道：

“听你的，咱们就去那小石洼村暂避一时，快走！”

呼啸的风敲打着窗棂，发出破碎响声，很快被远方传来的喊杀声淹没。

有几个背着包裹的嬷嬷、宫娥进来，哭声不绝。

褒姒在伯服脸上轻吻，将儿子递给云儿，耳语：

“你们带着伯服从后门先走，别走大路专拣小道！我收拾些细软就去追你们。”

含泪看着云儿抱着伯服，和紫珠一起混在背着包裹的嬷嬷宫娥群里，从后门逃走。褒姒将门掩上，背靠着朱漆门一滑到底，发出呓语般的泣语：

“人在玺在，玺亡人亡。姬宫涅，贼兵猖獗，诸侯不来勤王，你孤军奋战，直至战死。都是我逼你烽火戏诸侯，失去人心！都是我害你丧命，害你失去江山社稷……我罪孽深重，该受惩罚，该下地狱。自出娘胎，我就是该死的妖女、祸水。若是活着，只怕要给伯服带灾。姬宫涅，我随你去了……”

她哭着，说着，肝肠寸裂，慢慢起身，抽出枕下防身短剑，朝着自己胸口高高扬起。

门被砰然推开，姬宫涅满脸灰垢、发散袍乱地进来，一把夺过她手中短剑，鹰眸溢满痛楚：“姒儿，快随孤王走！”

褒姒一时悲喜交加，猛地拽住他，声音颤抖：“大王，你……你没死！”

“孤王不会死！孤要保护妻儿。”姬宫涅拉住她就往外走，边走边道：“快走！云儿紫珠他们都在那边等着。”

天空黄云如薰，风尘阵阵玉英潇潇，覆了苑中残花。

一阵女人们的嚎哭，似从遥远的天际飘来，又似很近。

大风夹着雪花四处飘舞，云板声声当空飞扬，使得人心似迎风雪蕊，身似游丝飘零。

竹林边的御道旁停着一辆铜轴木轮马车。马车旁站着大队的虎贲军。

姬宫涅铁腕铮铮，不容回旋地将褒姒、伯服推上车，又撩着青色葛麻蟠龙袍上去，扬声：“快快起驾！”

褒姒、伯服朝车下的云儿、紫珠哭喊，姬宫涅用力将他们制住。

一群宫人疯一般朝他们奔来，哭嚎着大喊：“大王救命啊，大王……”

铜轴木轮马车轱辘辘向前滚动，争先恐后跟着奔跑的三千虎贲军，阻断了后边拼命追赶的宫人，隔断了褒姒伯服含泪的目光和尖利的哭声。一些宫人混进虎贲军里，却被马踏至死。

帘外大雪飞扬，帘内凄苦哀伤。姬宫涅坐在车上挑帘望外，妻儿的哭声如乌云翻滚，扰乱不了他的思绪。他在想着一个君临天下者怎么会突然蜕变成一个亡命之徒；一个覆手云翻手雨的君王怎么会变成惊弓之鸟；风满楼却无力左右风的方向！

他感到从青锦软帘外撞进来一股绵绵不绝的强劲寒流，可他无能为力反驳，一直被撞得没有喘息的力气，颤声悠悠：

“孤王后悔啊，若有褒家军在，大周江山何至于此……”

雪更稠密，将庞大宫城笼罩成一个冰晶世界。

地上落叶、残红被风吹得动荡不安。哭喊声、惨叫声、怒斥声随风飘散。

第九十五章　姬淑岱隔岸观火　俏燕虹为夫殒命

一

叛军所到之处烧杀抢劫，多处宫殿被焚，引燃了荒芜的蔓草和枯树，烟熏味、血腥味满空飘散，浓烈刺鼻。

明德门前，忠于大周的伤兵残将伙同部分虎贲军将士在此结集，阻挡叛军，以血肉组成最后一道守家卫国的壁垒。

宜臼一马当先向周军发起攻击，闪亮的青铜剑挥洒而出，飘忽若絮，密集如雨，尖锐如丝，急速地回旋、飞舞，在雪花飘飘中沸腾如雾，杀气汹汹。

周将和虎贲军如今对抗的是故太子，气势上已经弱了几分。短刀长戟响声铿锵，悚人耳目。喷溅而出的寒星冲天而起，惊颤了飞舞的玉英。剑的血刃在飞雪中银光闪闪，杀声震天。

不消片刻，许多将士在金铁交鸣的尖锐回响中倒卧雪地。雪地像铺上了殷红色的地毯，风里夹裹着惨痛的嚎叫。

周军溃败，狼狈逃窜。宜臼率部追赶，耳旁号角齐鸣，旌旗猎猎，马蹄得得，伴着呐喊声飞驰。

申侯和犬戎王紧跟着周军进入罗城，身后跟进的人马如同江水，滔滔不绝。

琼台宫丹墀前的合欢树下，一个虎贲军呲牙咧嘴倒卧着，肠子凝结在硕大的血冰上……

同样的大雪笼罩着雄壮巍峨的丞相府。雪落到朱漆门上，顷刻化成水珠。门前矗立着两尊石狮。姬宇阳飞跑着穿越大门和游廊，一直来到前院正厅。厅中沿墙摆放着数个青铜火炉，里面炭火烧得正旺，发出啪啪的声响。姬淑岱夫妇正在博弈，旁边丫鬟侍立。见姬宇阳满头大汗地跑进来，耶律馨儿扭头笑道：

“我的儿，何事慌成这样？”

姬宇阳抿了一把汗，语气急促道：“父亲母亲，申伯和犬戎人已经杀进城了！褒洪德正在缠着虢石父老贼打斗，快让咱们的人行动起来吧！给申伯及犬戎狗贼些厉害尝尝！”

姬淑岱转面看儿子，一捋胡须，神情悠然道：

“不急，咱且隔岸观火。等他们杀够了，再去收拾残局。”

耶律馨儿看着夫君笑道：“阳儿，看看你父亲这人君相，虽然遇到麻烦事也会面色铁青，大发雷霆时也会血脉暴涨，但遇到紧急事情他总会这般笃定。如今玉玺在咱手上，怕他何来！”

姬宇阳看看母亲又看看父亲，面色黯淡到了极致：

“可是，犬戎狗贼杀了咱大周那么多人……”

“哈哈哈哈……”姬淑岱仰头长笑，似面临花园里百花盛开：“正所谓一士成仁万骨枯。阳儿，大丈夫要有定力。”转面妻子：“馨儿，你能从宫中抢回玉玺，真不简单。”

耶律馨儿举手走棋子，抿嘴一笑：“我自幼在猃狁练习兵法、剑术、蛊毒，岂是徒劳？玉夫人自视聪明绝顶，不把满世界人放在眼里。岂知她螳螂捕蝉、我黄雀在后？她刚刚破冰拿出玉玺，我就在她脑门后一挥帕子……”

姬淑岱又胜一局，忽阴测测地望着耶律馨儿：“夫人，对于你王兄借兵申伯，又联合申候攻打镐京之事，你有何想法？”

耶律馨儿满面的笑容顿时退潮，声音冰冷：“休要提他，我不承认这个弑父篡位的王兄！待后我们不要手软！”

姬淑岱对妻子十分欣赏，袍袖一挥道：“权利之巅，步步杀机。步入其中，父子反目兄弟阋墙，再寻常不过。”

姬淑岱父子到一旁悄议战事。耶律馨儿望着窗前动荡的帷幔，飞扬的记忆微粒里飘荡起陈年往事：

犬戎郡主耶律馨儿本是炎帝后裔，继承祖先血统，肤白貌美，全家住在猃狁安戎城里。她与宰相的儿子羌胜青梅竹马，于一个月夜怀了身孕，正待禀告父母，羌胜全家却被以谋反罪剿杀。她身孕一日日明显，无奈领着随侍丫鬟、瞒着父母，偷偷在外面生下一个女儿……回府不久，应王命和亲到大周，嫁给周厉王次子姬淑岱。新婚之初，她看不惯他的心机深沉，老谋深算。所幸他对她极为宠爱，天长日久，夫妻同化。他陆续纳了几房妾室，都被她悄不作声地弄出府去。他睁一只眼闭一只眼，忙于政事，一切家事且由她去。这种放任，也未尝不是一种深爱吧？她幸福而满足之余，渐渐忘了那段惨痛记忆。依如今大势，她的夫君继承王室大业该是水到渠成。她合该是母仪天下的王后。

耶律馨儿望着窗口良久，回想来路，百感交集，倏忽流泪：

“飞花轻入梦，蕊蕊总牵情。”

曾让她魂牵梦系、身心托付的那个男子已面目模糊，被她丢弃的可怜女儿如今哪里？一旁的侍女道："夫人，奴婢不知你在说些什么。"惊诧地看着她："夫人，你怎么哭了？"

耶律馨儿并不理会，徐徐站起，走到窗前，默念：

女儿啊，母亲日夜想你。但不知你可活在人世？若是活着，如今哪里？你身上有母亲的玉佩，母亲一直盼着见到我儿……

绛红色衣袍的门人进来跪禀："丞相爷，那个疯婆子紫珠，一直疯嚷着要见您。"

姬淑岱眼角余光微扫妻儿，厌烦地摆手：

"谁放她进来我打断他腿，看好了！"

乱军四处烧杀抢劫，奸淫妇女。云儿混在仓惶逃命的人群里急往前走，不知什么时候已跑丢了紫珠。她惶然四顾处只见火光烛天，弥漫的火焰映着雪空，成了一片夺目的橘黄。浓烟滚滚，风掠着焦糊味和血腥味四处奔蹿。尸体累积在御苑各处，雪地上淤积着许多暗红色的血液。雕梁绣栋颓然塌陷，发出震耳欲聋的响声。

冬青树旁躺着一裸体女尸，云儿一看正是赵嫔，不由发出一声尖叫。她随着人群沿着宫墙奔跑，见前面拐弯处出现了一队犬戎士卒，便撒腿往回逃，忽被一黑衣人抓住，驮在马上就走。不知走了多久，不知走向哪里。待她被扶着下马时，只见山林灯火忽闪，空中耸起大团烟雾。她放眼一望，惊道："骊山，烽火台！英雄哪里人，何故带我至此？"

见没人应声，她愕然回顾，那人已不见踪影。片刻，一个声音似来自苍茫天际：

"前世之因，后世之缘。万般皆空，因缘不空……"

二

褒洪德怀着夙怨，直追着虢石父一众打斗，左边燕虹右边褒南。他挥剑向空，对女扮男装的燕虹道："褒府被剿，我在火堆里捡到铸有虢府二字的兵器，这个奸贼罪不可恕！你有着身孕，需小心行事。"

燕虹一身男装英姿飒爽，举剑劈敌，回道："那时，我去燕国给父母上坟，侥幸躲过一劫。我夫妻大难不死，必要报此血海深仇！"

剑气纵横，光芒耀目，剑花朵朵，如夜空繁星，漫天飞洒。

三人求胜心切，要各个击破敌人，便联手合围，很快将与虢石父并肩作战的尹球擒住。又回头激战虢石父，将他逼进一个死胡同里，正待解决。忽见一阔面肥身的年轻男子双锤单身，迎着晓风踏着残月而来，怒吼如雷：

“哪来的贼人，休得欺辱我父亲。请尝尝俺虢果铜锤的厉害！”

肥头大耳的虢果身形异常彪悍，双手擎着足有五百斤重的大铜锤，满脸横肉，浓眉环眼，话未落人先至，一个流星锤迫退褒洪德、燕虹、褒南三人。又是几锤急攻，一手攥住双锤，一掌拍向燕虹。燕虹因身孕动作稍迟，被虢果擒住，往父亲面前一扔，哈哈笑道：“你这毛贼，果然不堪一击！还敢到镐京逞凶？我便活捉了你，请父亲处置！”

虢石父摇头摆手：“果儿，不杀他也好。”他此时满脸毛躁，平时却不发脾气，喜欢笑着让对方苟延残喘坐立不安，自己则不温不火地岑寂着，眼睛眯缝着如同入定。

虢果撇着嘴，神情暴戾，面色几近狰狞，猛地拽掉燕虹头巾，见瀑布般的黑发从肩头流泻，他舞锤大笑道：“哈哈哈，原是一小娘子，快去小爷府上做侍婢。让我父亲老牛吃个嫩草吧！”

褒洪德气得面色煞白，剑指虢果斥骂：

“小贼，孽畜！快与你爷爷决一死战！”

燕虹对褒洪德挤了挤眼，转面虢果，做出气息奄奄之态：“久闻骊山老母的徒儿虢果是个大英雄，今儿一见，原来传闻是虚，他不给师父长脸。”

虢果一听十分生气，瞪起环眼，鼓起肥嘟嘟的腮帮子，指着燕虹道：

“小娘们儿，我怎么不给师父长脸了？你倒是说来！”

燕虹坐在地上不动，声音弱得像迎风摇曳的游丝：

“大英雄肯定是个好男儿，常言说好男不和女斗，你一个大男人欺负一个弱女子，算不算好男儿？连好男儿都不算，还算什么大英雄？还怎么给师父长脸？你师父乃华胥氏所生，伏羲与女娲是她兄弟姐妹，为北斗众星之母，综领群星、功沾三界、德润众生。哎哟哟，竟然收了你这个不肖之徒。”

虢果甚敬师父，此时被说得羞愧不已，顿足道：“谁让你和这些人合伙欺负我父亲？我不算大英雄，你也算不得好女子！好女子就该在家做女红洗衣服，谁出来掂刀弄杖……”

“虹儿，别和这厮磨嘴！”褒洪德见燕虹斗嘴后面色嘴唇益愈灰白，心痛不已，朝虢石父道：“虢老贼，我欲交换人质，你可愿意？”

尹球名如其人，圆脸肥嘟嘟像个圆球，眉际沾着血痕，被褒洪德义军押着，耷拉着三角眼，苦着脸道：

“虢兄，快救小弟！太师，小弟的命就在你一念之间啊！”

虢石父耸耸肩，指着褒洪德：“交换人质！你就先放了我这兄弟。”

褒洪德俊朗面容覆了阴霾，低头思忖：

这奸贼父子手辣心狠，若那小贼以内力震伤燕虹心脉，燕虹一向心高气傲，这时为了面子勉强支撑，回去后难保不会亡命。我一定要查看清楚，若是内伤，必得先施救治。

褒洪德走近燕虹，心中酸痛，面色平静道：

“虹儿，你吸口气，看看胸口是否很痛？”

率真刁蛮的燕虹本有颗七窍玲珑心，眼珠低转处吸口气，摇摇欲堕，眼神绝望：

“痛……痛死了……二哥哥……我的心脉……可能被震断了……”

虢石父面色一沉，褒洪德尹球等人俱大惊失色。

虢果挑着眉毛指着燕虹，瞪着环眼道：

“小娘们儿，我本无意伤你，你敢使诈？”

燕虹苍白虚弱，气若游丝：“你体壮如牛，不管有意无意，伤了弱不禁风的女子为实。若还抵赖，更枉为男子……我好痛……我想吹下笛子试试……”

虢石父环顾属下：“看住这女贼，别让她使诈弄鬼！”挺身站于褒洪德和燕虹中间。

燕虹动作迟缓，手慢慢伸向挂在腰间的玉笛。

阴风吹起一片雪雾，席卷天地之势。趁着众人集中精力于燕虹之际，虢石父示意虢果，从褒南及一群义军手中抢回尹球。虢石父面色阴沉如头顶的天空，对褒洪德吼道：“你等放下兵器，我便放了这女贼！”

三

“我可以放下兵器，任你处置，但你千万不可再伤害她。”褒洪德以为燕虹伤及心脉，悲痛难忍，语声低沉。明知险棋，却不得不走，又怕进入死局，踟蹰难定片刻，心如重石，弯腰欲放武器，忽听两声男女混杂的惨叫，却见燕虹和虢石父同时滚倒在地。

燕虹显然痛苦难当，身子剧烈迪抽搐着，蜷缩在冰冷的雪地上，像一只遭受袭击的虫子。笛子滚落一边。

“虹妹妹，虹妹妹！”褒洪德颤抖着将她抱起，只见她面色煞白，鲜血顺着嘴角流到胸前、衣袖上，眼珠子往上吊着，气息微弱道：

“二哥哥，你放下兵器，会束手就擒。去找褒姒妹妹，给我报仇，报仇……”

语毕，双目一闭，手猛然垂落。

褒洪德心上的冷痛在无限扩大，抱住燕虹尸体，不住呼唤：

“虹妹妹，虹妹妹……”

虢果面色僵硬，抱起一滩烂泥般的虢石父便走，挥手众人道：

“快，回府救治！”

哭得浑身无力时，褒洪德抱着燕虹尸体走在阴郁的风雪里，目光呆滞，怔忡自语：

“虹妹妹，你怀着褒家的骨肉，为何就这样傻？你明明可以放弃……”

褒南以袖拭泪道：“我可看清楚了，少夫人不忍见你被虢贼羞辱，就拼命保护，装作重伤暗暗运功，突然发力，一肘猛撞虢石父，一手按住玉笛上的机关，从笛里飞出三枝银针，直射那奸贼胸膛。少夫人，她铁定要鱼死网破的……”

“莺儿，你被我害了，想不到人们竟然这般仇视你。”玉夫人哭泣着，抱着莺儿尸体，放进断壁残垣后的一片草丛里，飞快地采了许多花草，将她覆盖，一边哭道：“莺儿，你生前爱花，就好好去吧。这残忍的战争！动摇了我曾经的信念。”

玉夫人跪在地上，只哭得浑身无力，才怔忡起立，远远观望褒洪德抱着燕虹尸体离去，神情变幻莫测片刻，悄悄追去。

那日她站在明德门前的树林里外告诉阿蠡：“你当禀明我主，借兵申伯才能快速进攻大周。申伯这边有我周旋，他一定会为加强实力，联合褒洪德义军攻城。这样以来，我们的军队便可一举灭之，消除大周内部潜在的威胁！”

回到宫里，她以身体欠安朝山拜圣为名，请命出宫，去申国面见申侯，又辗转找到褒晌旧部，给褒洪德转去书信：申侯联合犬戎攻打镐京，一旦沦陷，我和褒姒必成为众矢之的……

褒洪德抱着燕虹尸体，目光呆滞的走过一道道断壁残垣。仿若万念俱灰，不知人生为何如此失重。自攻城以来经历了大小战役无数，他从不觉累，胸中似秉着一股永不衰竭的士气。如今他却颓废衰弱，气若游丝，走起路来深一脚浅一脚，一肩高一肩低，哑声哭道：

“好个奸贼，毁我家园，杀我爱妻……”

褒南牵马随行，抹泪道：“奸贼被射中要害，倒下前给了少夫人致命一击。”

前尘往事俱上心头，褒洪德心痛到一阵阵颤栗：“是我，对不起虹妹妹……”

褒南劝道：“少主珍重！如今要去哪里？”

“去往哪里？”他怔忡自问，头脑昏晕不辨南北。答应协助申侯攻打镐京，原是为着褒姒，猜想一旦城破，她必然成为血祭。如今她生死未卜，他却失了爱妻。

紫珠肩挎包袱仓皇奔来，问清褒洪德是褒府二少主，便说大王和王后逃往骊山方向，请他前往相助。褒洪德不知她是褒姒生母紫珠，却宁信其有不信其无，将燕虹尸体驮在马上，和褒南一起出了罗城东门，寻僻静处埋了燕虹，哭拜已毕，朝骊山方向驰骋。

铜轴木轮马车轱辘辘轧过青石官道，吱咛咛地荡起回响，沉重而突兀。卓文蒋带领着一批将士殿后，另有大队虎贲军护着马车。

车上蔫蔫地坐着逃亡的姬宫湦。他右手抱着伯服，左手揽着褒姒，鹰眸溢悲，语声沙哑："姒儿，情势危急，请别怪孤王，孤王不能失去你和伯服……"忽深深叹息："唉！也不知玉儿……"

褒姒低泣着："臣妾不怨……姐姐她……"嘴唇蠕动着，将话咽下。

一家三口的逃亡之路吸引着贼军兵力，也许他的决绝救了母亲和云儿。她们会避开贼氛去到相对安全的丞相府邸。褒姒心念电转，脱口而出：

"听说丞相府没动一兵一卒，自然也毫发无损。叛军全都冲着咱们……"

姬宫湦神情颓然、苍老：

"虢石父屡屡进言，说丞相图谋不轨，我欲先收拾申伯……"

褒姒依着姬宫湦，呆呆道："姬淑岱虽为王叔，久闻他有谋反之心。"

姬宫湦的手掌自上而下劈开，像利剑斩愁："不说，不说也罢啊……"

马车蜿蜒在雪道上，卓文蒋昂然仰头、扬鞭催马向前疾驰。狂肆的风把他的绛红色衣袍吹得猎猎作响。

申侯和大队的犬戎骑兵出了罗城东门，紧紧追往骊山方向。

杀声震地，铁骑如巨浪滔天，以排山倒海之势奔涌。霎时，雪屑横空杀气蔽日，地动天摇，山河变色。

第九十六章　烈女布阵抗顽敌　宜臼挥剑斩奸佞

一

跟随姬宫涅的数名武将和三千虎贲军一路纷纷逃散，只剩下千余人随上骊山。大队的人马沿着复道[①]直奔骊宫，穿越缭墙，向着罗城走得飞快。许多双脚踏在青石地上，发出纷乱而清晰的声响。

褒姒挑帘朝外望着，脸上只是沉静，不见多少惊恐，只觉夜晚的骊宫与白日很不相同。缭墙又高又长，摆出拒人于千里的冷肃面孔。她曾数次随驾游幸骊宫，姬宫涅为了讨她欢心，

于望京门外植琼花、剑兰、芙蓉，在西缭墙外的山谷中遍植芍药、牡丹、海棠。若站于缭墙内的观花台上，秋季可赏缭墙里的琼花、剑兰、芙蓉，春季可赏芍药、牡丹、海棠。

褒姒倏忽泪流满面，脸被风吹着，紧绷绷的感觉。

骊宫外围是缭墙，缭墙之内是罗城，分设四门，南门昭阳门，取日之光，质以昭明之意。北有东西二门，在东者曰津阳门，在西者曰北正门。东门开阳门，向阳而开而名。西门望京门，因面向镐京而命名，门外是皇家花园，内有观花台、芙蓉园、粉梅坛。姬宫涅一行自望京门进入罗城，直奔骊宫，绕过星辰汤，进入飞霜殿。

昔日辉煌宫殿如今形同荒冢。宫娥寺人散去，文武大臣失踪。不见莺歌燕舞，不见笑脸逢迎。阶前梅花依旧故我地开着，与妖娆、繁华无涉。

姬宫涅挽着袖子走上台阶，面色慌张地命令近卫："点燃烽火！"

寺人王进慌慌张张从殿里出来跪迎，曾经玉树临风，如今已是弯腰老树：

"大王，您已经几天水米未进了，奴才已准备好了饭菜。烽火每日点燃，或许勤王的诸侯就要到了。"

内殿，花梨木几案上饭菜摆好。宫娥侍立。褒姒让伯服在几案前坐好，又端水为姬宫涅净面，拉整他的衣袍，仔细系好玉带，扶他于几案前，伺候着他吃饭，不停地为他夹菜、添汤。白米饭就着腊肉萝卜干，姬宫涅吃得很香，且赞不绝口："好吃，真香！"

褒姒眼圈红了，偷偷抹泪，却听伯服道：

“父王饿极了吧？这腊肉太咸，很不好吃。”

一个袍袖染血的武将进来奏道：

“大王，在下从镐京杀来，看到玉夫人……与犬戎人混在一起。”

暗淡天光笼着姬宫湦满面羞恼，微窥众人，捂着胸咬着牙，浑身颤抖，隐忍到了极致，忽从锦椅上跌了下去。

“大王，大王！”褒姒哭喊着，搀扶不住。卓文蒋急来帮忙，众人纷纷呼唤，惊扰不已。

褒姒卓文蒋把昏迷的姬宫湦安顿在内殿里的御榻上，听众人议论纷纷，莫衷一是。晚霞自窗口涌进来，为褒姒苍白的脸打上动人光色。她从水盆里绞着热毛巾敷在姬宫湦额头，低声问正在把脉的卓文蒋：“大王龙体可有大碍？”

卓文蒋把脉已毕，翻开姬宫湦眼皮：“大王此乃劳伤过甚，又气怒攻心所致，谅无大碍，歇歇也就好了。”

伯服拉着褒姒手，满脸惊怕，眼泪汪汪道：

“母后啊，叛军就要追上来了。父王昏迷在此，怎么办啊？”

褒姒低头抱紧伯服，蹭着他冰冷濡湿的脸蛋，柔弱、无助的目光渐转坚定、强硬，从姬宫湦腰间取下调兵龙符，拉起伯服就往外走，向门前守卫的虎贲军出示：

“大王龙符在此，你等赶快结集，随我走！”

玉英漫天，风吹落梅蕊如同蝶舞，粉白嫩红的花瓣与大地不离不弃，晶莹得不染尘俗。彼此成了生生世世的亲密至交，用朗然翻晒自己，用只有彼此才能读懂的语言。

褒姒在缭墙外下马，将伯服抱下来，风吹起裙裾婉美惊心，鬓发在风里飘起，脸上是凛然不可侵犯之气。这是通往镐京的路口，虎贲军与保驾将士严整结集，分为几路，紧张而有序地搬运骊宫储存的备战品礌石、滚木、火丸、火弹等，在上下复道上各布三道防线，欲成为守护骊宫的三道屏障。

待屏障筑成，褒姒举着龙符发号施令：“去骊宫兵器库将枪刀、弓箭、贮火之器，燃火之物备齐。在贼军仓皇到此，未及立足之时，出其不意攻其不备！”

众人分头行动，褒姒拉着伯服来到缭墙下的避风处，抬头望空，察看风向，面色欣慰：“月在箕、壁、翼、轸四宿者，风起之日也。今儿是壁宿日，利于火攻，天助我也！”

酉时，狂风呼啸。申侯引着大队的犬戎骑兵蜂拥至山前，灯笼火把照亮复道两边耸立的山石。申侯眯着眼朝山上望望，扬声下令：

“变换队形，骑兵押后，步兵向前，快速前进！”

这显然是一支强悍的队伍，队形很快变换，慢慢接近山顶，罗城外的缭墙隐隐可见。倏然，无数的滚木礌石从路旁的山崖抛下，申侯的部属伤亡惨重，或倒卧堵路，或掉下山崖，或恐慌不堪紧急后退。

申侯料想姬宫涅逃往骊宫，原以为他的防御必在罗城内外，此时正在急行，只有仓皇迎战，挥臂高喊：“冲上去，后退者，杀无赦！”

虽然伤情严重，叛军胜在人多，扰攘一阵，后面的人踏着前面人的尸体，终是越过第一道防线。再往前走，见一座“石山”堵住道路，不断有火箭落在上面。申侯便仰头冷笑：

“堂堂周天子，小儿之计！”扬声命令：“翻过去！不得迟误。”

步兵蜂拥着爬上石山，有的进入顶端，有的已在下坡。空中突然射来密集火箭，石缝里到处都是填满艾草的桃核、杏核，名为“火丸”。火借风势，艾草很快被燃，“火丸”纷纷炸裂，以铺天盖地之势四下激射。火箭引燃了石堆上的油脂，稻草，一瞬火焰冲天，带着一连串的炸响，惊心摄魂。

叛军一时没弄清状况，连蹦带跳乱作一团。或被炸伤了腿脚，或被炸伤了脸。也有的正顺着石头往上爬，捂住两腿中间部位，哀声哭嚎。

二

伯服被褒姒拉着在骊宫高处观战，见此情止不住蹦跳欢呼，拍手大笑道：

“太好了，太好了！母后，这些贼兵要是全部被炸死就好了！”

褒姒将儿子揽进怀里，下巴蹭着他脸，咬牙道：“女娲娘娘保佑……”

自那日向王提出加强骊山军备，她数次实验，精密算计艾草的燃速及密度，令进购大批桃核、杏核，铜镜，制作火攻之器。将艾草装进掏空的桃核、杏核里，命名火丸。另将数面铜镜组封成球形、菱形、三角形，填充了艾绒，留了引芯，遇火引燃、爆炸，杀伤力极大，名曰火弹。她曾在山中做过实验，以火丸火弹炸伤了一群群野兽，便命大批制作，充以军备。

山崖上的守卫者看着敌兵惨状，觉得甚为好笑，却没有一个笑得出来，一个个面色凝寒，握紧弓箭。

叛军以退潮之势溃败，山间恢复了片刻宁静，几只乌鸦低低飞过雪色迷蒙的山谷。

火焰映着山上雪光，映着申侯脸上的颓丧。他抹去脸上一层烟灰，命将东一团西一团哭嚎着的伤员往后抬，以使新的战斗力量补充上来。看看混乱不堪的队伍又望望大雪弥漫的山野，脸色阴冷如飘雪的天空，思绪暗转：

原想借助犬戎力量逼迫姬宫湦废黜妖妃母子，重立我女儿和外孙。不料犬戎人难以驾驭，进城来烧杀、抢劫、奸淫，完全失控。如今覆水难收，只能进不能退了！

一盏茶时间过后军队整饬已毕，申侯向夜幕挥手，发起又一轮进攻。

这轮进攻更加凶猛，人群如蚁如蝗，黑压压向前递进。前面的伤兵撤下去，后面的叛军数倍涌至，待"石山"火势减弱，最终翻越第二道防线。申侯命前队进攻，后队搬开山石，以使骑兵速进。骑兵步兵十数万人，声势浩大，申侯回头望去心中甚慰，走了不远，看到前面又一座"石山"。他不敢大意，同时又轻蔑一笑：

"技止此耳！"命人就地制作雪球，用以灭火。

隐身"石山"后的卓文蒋射出信号火箭，片刻，"石山"后及高崖后分别射出无数箭雨，似屏障阻住叛军道路。

漫天都是箭羽，连空中的雪飘都慢了下来。山野里的光色恢复暗淡。叛军一时遭到来自四面八方的袭击，纷纷扔了雪球，举起盾牌也无济于事。

卓文蒋见这些文王弩果真威力无比，却无欣喜，面色风云莫测，似被很大的矛盾折磨着，难以化解。又望望骊宫方向，见那里一片焰火映亮夜空，嘴角溢开笑容：她若安好，一切都好！

文王弩乃周文王所创，长近丈，宽三尺，内设连环机簧，一次可发射三十六支箭羽，在密集敌群中杀伤力极大，箭雨三面交织，冲上来的叛军成了活靶子，身上挂彩狼狈逃窜哭喊连天。前军仓惶后退，后军前进迅速。前后军碰撞、纠缠在一起，乱作一团。

"不许逃，不许逃！"申侯挥剑怒吼，见无法拦住，劈面砍倒几个逃兵。

其余叛军不敢抗令，只好豁命前进，射箭还击，加以火箭。

火箭落在"石山"上，石缝里冒起烟雾。卓文蒋命守将边射箭边后退，一直退到山口，以抛石机抛出火弹，遇到撞击便猛然炸裂，火光四射，追着叛军索命。

叛军被刺伤、烧伤甚重，一时也顾不得申侯的弹压了，只管撤退，逃命要紧。

那些犬戎将士多为骑兵，暗自诧异这骊山竟有这么多邪门暗器，庆幸没有主攻，只是分散在后，倒也得了便宜。

三

申侯经历战争无数，从未像这一仗败得这么狼狈。他以十几万之众，竟被区区千人所阻。他暴跳如雷，亲自冲锋陷阵。那些撤退的叛军也返土重来，抱着雪球灭火，渐渐攀上第三道屏障。空中抛来无数火弹，和石缝里的火丸同时炸响。铺在石山上的石灰粉、胡椒粉、辣椒粉冲天而起，气浪灼人。一些叛军被熏得晕厥，有的猴子般蹦跳着叫骂，丑态百出。或被炸伤了头脸，或被碎镜片刺伤双目，血流如注。伤者倒卧哭爹叫娘，未伤者转身逃命，人压着人，脚踩着脚，或嫌碍事挡道者，自相残杀。

炸响声震耳发馈，火光伴着浓烟向天空弥漫。无论申侯怎么利诱、威逼，竟没有敢于进攻者。情知众怒难犯，申侯面如死灰地命令收兵，听周际尽是哭嚎、谩骂之声，放眼朝骊宫方向张望，那里灯笼影绰，火光烛天。

无边夜色，无尽凄惶。约摸过了一个时辰后，丑时之末寅时初交，火光和爆炸声渐渐消失，山野恢复了宁静。申伯整饬军队，再次发动进攻，密集的箭雨射向“石山”后，对方竟无丝毫反应。他深恐敌军怀诈，忙令前锋盾牌军翻越“石山”，组阵防箭，中队步兵搬山石，后队弄雪球防火。犬戎王嘲笑他的忙乱，喝退他的前锋、中队，唤来犬戎巨人，挥臂间震毁“石山”，一瞬间飞沙走石。这般忙碌一阵，才知并无阻军，申侯和犬戎王暗道上当，率领大部队火速上山。

夜色苍茫。冲上山的叛军报仇心切，由犬戎巨人开道，对沿途道旁的人影一阵疯狂的射箭、砍杀，却发现这些拿着武器蓄势待发的守卫者，原是插着树枝的稻草人。

申侯和犬戎王并驾齐驱越过缭墙直奔罗城，在望京门前下马，径直冲进骊宫，一直来到灯火通明的飞霜殿大门前，四顾不见一兵一卒。殿门口燃着几堆篝火，发出哔啵响声，红灯笼在廊檐下轻轻摇曳。再往里走，见空寂无人的宫殿四处狼藉，门窗大开，雪从窗口飘进来。风吹起帷幔哗哗作响，在地上荡起巨大阴影。申侯气急败坏，挥剑砍向殿中几案，怒道：“昏王姬宫湦，你休想逃走！”

姬宫湦早已在飞霜殿北门上了马车，由众人簇拥着，往北由日华门、月华门，经重明阁、按歌台、王母祠，过望仙桥、瑶光楼，出津阳门，一路向北。

山风夹着雪花在复道上呼啸，冷得人浑身打颤。车帘外风飞雪舞，姬宫湦无力地靠在剧烈颠簸的车上，如同被抽了筋骨。

之前，他在飞霜殿脑袋昏晕着醒来时，褒姒已端着燕窝粥守在床前。一个虎贲军飞跑进来，跪禀：“大王，烽火台烽烟不断，只不见诸侯救兵到来。”

姬宫湦捂住冷痛的胸口，见又一虎贲军跑得直喘粗气，差点被门槛绊倒，跪地道：“启禀大王，娘娘，防护口怕是要被叛军突破，申伯带着犬戎贼兵正在拼死进攻！”

姬宫湦晃悠悠站起来，满脸苍冷、颓废：

“虢石父呢？虢石父父子不来护驾，躲在哪里？”

尹球领着一群将士从侧门进来，跪地哭道：

“虢太师阵亡，微臣绕道前来，护驾来迟！”

“虢太师……”姬宫湦胸口一阵冷痛，趔趄的身子被褒姒扶住，他的苍老、颓废，更是衬托了她的如花如月。他挣着站直身子，推开褒姒：“快让孤王披挂迎敌！”

寺人王进满目忧惧地看着他，苍声道：“大王龙体贵重，不能轻冒锋镝啊！叛军纷纷而来，诸侯勤王之师不见踪影。不如且从后门离开，以图后事。”

姬宫湦略一思索，面色暗沉、颓废，声音无力：“好吧。”

王进早已合计好便捷路径，将逃亡计划禀明，姬宫湦无不依从。褒姒命人在宫门前点燃大火，一为迷惑叛军，二为向卓文蒋报告撤离信号。姬宫湦拉着褒姒，王进抱起伯服，被一群人簇拥着直往飞霜殿后门。

数名武将和虎贲军蜂拥结集，簇拥着君后出了津阳门，离开骊宫，朝苍茫山野迤逦而行。尽管复道经过特修，马车可以畅行。但毕竟曲折、蜿蜒、狭窄，山石铺陈的道路覆了积雪，又光又滑，一不小心，便会车毁人亡。驾车者小心翼翼，坐车者胆战心惊。道旁怪石林立，石上的荒草随风起舞。

“追啊，切莫放走昏王！”申伯和犬戎王波超、左先锋满也速、右先锋浡丁，前呼后拥地追出了津阳门，涌上山道，铁骑连绵，呐喊震天。

万马奔腾，掀起滚滚雪浪，旗帜招展，遮蔽天日。

姬宫湦的人马行至半山腰，贼军已经咬尾。断后的卓文蒋率领几员武将及虎贲军，奋力阻挡潮涌般的叛军，又一阵你死我活的杀伐触目惊心，虎贲军寡不敌众死伤过半，誓死勤王的几个武将也先后毙命。山坳里，刀光剑影，血肉横飞。树林里，山道上，处处堆满尸体，血流遍野。

马车在山道上颠簸行进，喊杀声阵阵破空传来。褒姒面色惨白地拍着睡着的伯服，顺着姬宫湦的视线朝来路张望。巍峨的群峰云遮雾罩，山顶山腰闪着雪光。雪影斑驳处是茂密的林木。追兵的灯笼火把映亮山道，远望如同闪烁的群星。主峰映着火光，渐成了夜幕中一道模糊的剪影。

尹球打马扬鞭跟着马车跑，神情畏怯，对正在掀开车帘的姬宫湦道：“听说那犬戎人一路逢屋放火逢人举刀，焚烧宫殿，抢掠库藏，连申侯也阻挡不住。”

姬宫湦胸痛难忍，仿若肝胆俱碎，命尹球快去御敌，紧攥着褒姒手，面色痛楚、惊恐、怨愤。

尹球本不善战，带着数员兵将，很不情愿地往回走了一程，远远望见敌影，便慌忙躲进道旁的山林，偷看着卓文蒋带人与敌拼命，虎贲军伤亡惨重，追上来的敌军却越来越多。

尹球又慌忙催人折回，怕见了姬宫涅不好交差，便趁人不备躲进一片葳蕤的灌木丛中，也不顾雪水湿了衣服、靴子，隔着繁茂的枝叶看着姬宫涅的马车渐行渐远，看着靠近的卓文蒋玩儿命厮杀，虎贲军仓皇难顾，接连倒地，又两名武将被敌军围歼。

故太子宜臼朝着卓文蒋追击，忽看到灌木缝隙里露出的袍角，哈哈冷笑道：

“哪个贪生怕死的奸贼在此，快快出来受死！”

言毕，打马走近，一把将尹球揪了出来。

尹球瘫软成一团烂泥，瑟瑟发抖，哀声哭嚎：

“太子爷饶命啊！尹球拼命保着你父王，出生入死啊……”

宜臼冷颜怒斥：“你这奸贼，平日里只知谗言媚主，只知钻营、谋利，只识得妖妃母子，哪里识得你宜臼爷爷！哪里想得起江山社稷？焉知今日有此下场？”

他俊逸的面色与地上雪光交融，冷得不可逼视，挥剑刺向尹球胸口，又狠狠踢了一脚。

鲜血四溅，染红了丛生的灌木。

宜臼挥臂，喝令身边将士：“追！杀了妖后母子，重重有赏！”

追兵如潮水滚滚，在山道上呼啸向前。大雪飞扬，铺天盖地之势。

注释：

① 复道：沿着悬崖峭壁修建的一种道路，又称阁道、复道。

第九十七章　郑伯友舍身救主　姬宫湦含泪诉情

一

一大团灯笼火把映亮山野。犬戎王波超、左先锋满也速、右先锋浡丁，将姬宫湦乘坐的马车团团围住，齐声喝斥："切莫放走昏君！"

卓文蒋等人护在车前，奋力拼杀不能顾全，冷汗淋淋血染甲胄。犬戎王波超刺死两个虎贲军，鸿鹄般飞身而起，举戟刺向马车。

郑伯友白袍白马，手中一杆银枪，从偏道上驰来，一声呼喊震飞了飘舞雪花："我主勿惊，微臣前来保驾！"

他如神兵天降，凌空飘来，一枪直刺犬戎王肋下。

犬戎王波超难料生此枝节，长戟在空中一抖，身子横空转向，慌忙招架。

郑伯友手中银枪如蛇狂舞，只攻不守的拼命招式，逼得犬戎王波超步步后退。左先锋满也速、右先锋浡丁急忙助战，抵挡不住。郑伯友刺倒一拨拨围拢的敌将，追上疾走的马车："我主勿惊！臣今天拼了性命，也要保驾杀出重围，前往臣的郑国，以图后事！"

姬宫湦掀开车帘，看着郑伯友额头汗珠袍上血迹，心绪复杂，下巴乱颤，满面凄凉、懊悔、羞愧："孤王昔日不听爱卿良言，才致今日之祸。今日我全家性命，全赖爱卿了！"

褒姒向郑伯友投去钦佩、悲悯目光，万绪交织，悄推姬宫湦："大王，患难之际，方见人心。"

姬宫湦点头，昔日桀骜消失殆尽，神情苍冷、忧伤、悲郁，像个食不果腹的暮年农夫。车往前走，又见一片山林，林中冲出一帮犬戎将士，举着狼牙棒挡住道路，呲目暴喝："昏君哪里走？我等已在此等候多时！"

"犬戎狗贼休欺我主！俺郑伯友在此奉陪！"郑伯友打马上前，挺枪便刺，战了数个回合，一枪将为首戎将挑下马来。余将见他如此骁勇，招招致命，顷刻间一惊而散。

马车向前走了不远，又有阵阵喊杀声从空中飞来，暴风雨一般。车前灯火摇曳，郑伯友冰冷面色映着冰天雪地，嘱咐身边的卓文蒋：

“你带人保驾先行，我来拦住贼军！”

“司徒大人，小心了！”卓文蒋在马上深深一揖，拜别，转身，瞳孔里有了晶莹水光。

郑伯友拨马而回，杀向冲上来的敌军，一根银枪神出鬼没，交锋者无不被伤。

贼众一时被摄，没了前时虎狼之威，惶惶然不敢前行。

郑伯友一人一枪舞出数道幻影，刺退数员敌将，且战且走，脸色苍冷傲岸，目光犀利如箭，额头眉梢全是豪迈、悲壮，并无半点迟疑、恐惧。

犬戎王波超见属下死伤无数，惊诧、怨怒中略带一抹惧色，扭头旁边申侯：

“本以为姬宫涅属下各个草包，不料竟也有这等勇士！若是多几个这等货色，你我将不得半寸喘息之地！”

申侯苍颜依旧没有表情，数道菊花纹铺展，在火把摇曳中耸眉眯眼：

“他叫郑伯友，外号郑愣子，一向不会做人。虽然文韬武略，却不被姬宫涅赏识，每每斥责。临危之时，他竟有这等忠肠，可惜可叹！”

“可惜可叹？你大周不待见他，我偏要招降！”犬戎王波超说着，率众呐喊着直追过去。

郑伯友正往前走，听到风声回马便刺，厉声斥骂：

“犬戎狗贼，你们杀我良民，欺我君主，毁我国土，就不怕天打雷劈！”

二

犬戎王波超以铜戟架住郑伯友长枪，又有四个头戴雉鸡翎、耳边搭着狐尾的近卫挺刃助力，各举大刀，架住郑伯友强劲之势。

犬戎王满面赞赏之色，朝怒目而视的郑伯友道：“郑伯友，我很欣赏你！如果遇不到伯乐，千里马和十里马就无甚差别。你若肯归降于我，我保证封爵列土，立即撤兵！”

“哈哈哈……”郑伯友一声冷笑，惊飞了身际雪花：“保证？你问问我大周子民，谁相信犬戎狗贼的诚信？归降，做梦去吧！你们杀我大周黎民无数，毁我大周良田千顷。只要我郑伯友一息尚存，便与尔等势不两立！”说罢，秉着一股丹田之气，铁臂一甩，手中长枪甩开五个人的武器。

犬戎王波超在马上趔趄着倒退，闻听郑伯友用犬戎二字羞辱，便勃然大怒，指着他骂道：“该死的匹夫，我好意救你性命，你却再三恶语侮辱！”挥手号令属下：

“快！捉拿这匹夫，休要放过！”

郑伯友衣袂迎风飘扬，脸上毫无惧色，回头望见卓文蒋等人已保驾走远，唇边一丝苍凉一丝欣慰，单枪匹马，先后将进攻者挑落马下。不到一盏茶功夫，围攻的犬戎将士几乎全部毙命，幸存者狼狈逃窜。郑伯友与敌方拉开距离，敌人开始放箭。郑伯友挥抢拨开纷乱箭雨，顷刻间又将敌军落下一段路程。

朔风劲吹，卷起雪蕊，寒冷满山隘。

申侯打马急追，见灯笼火把照亮山野，郑伯友的白袍被血染红，被风狂肆吹动，如烈焰燃烧于冰天雪地，如鲜花绽放映红山野。申侯目光幽深，望着他背影接连叹气：“可惜，可惜！”

犬戎王波超扬鞭追上来，一手狼牙棒，一手捋着耳边狐尾，沉声问道：

“可惜什么？”

申侯脸上，松弛的肌肉微颤，瞳孔一紧：“可惜这等大周奇货，遇主不淑！”

姬宫涅的马车进入隘道，减了速度。卓文蒋等人紧随马车。车前灯光幽暗、摇曳，如同墓地鬼火。

郑伯友孤独地立马雪地，回头凝望着马车，额头、面颊满是血迹，头顶雪舞，银白战袍像在血水里浸泡过一般。

敌众追至，见郑伯友立马挡道，又是一阵箭雨。郑伯友挥舞银枪拨开利箭，马却没有幸免，腹部几只毒箭，哀声嘶鸣着倒地。郑伯友从马上跳下，一人一枪拦在隘道前，乱发鼓荡在风里，漾溢着悲壮、凄凉气息，神情几许霸道几许莫测，嘶声怒吼：“誓死保护我王，谁要想冲过去，须踏过我的尸体！”

故太子宜臼越众而来，喝制蓄势待发的众人，见郑伯友满面血痕下是一股难以侵犯之气，一丝崇敬之色沉于眸底，心里涌起钝痛，面色冷凝：

“郑伯友，你一身好功夫又兼一身正气，大周王朝谁不敬仰？若还帮助本太子斩杀妖妃母子，本宫即位之时，便将你进爵封侯，如何？”

郑伯友指着他，浓黑的剑眉扬起，满目的愤懑、不屑：“姬宜臼，你身为大周太子，觊觎王位勾结犬戎，犯我领土害我子民。试问你忠孝仁德何在？可配做人君？自古道，兄弟谗阋，侮人百里。你现在悔改还来得及，快去到你父王驾前，磕头请罪。若其不然，就别怪我翻脸无情了！”

故太子宜臼面色一瞬涨红，复转从容：“郑伯友，识时务者才是英雄。我父王宠信妖女排斥贤臣，草菅人命纲纪不振；烽火戏诸侯，视军情、兵戈之忧为儿戏，引天下公愤。我姬宜臼此次举事，乃顺人意听天命，救万民于水火，解苍生于倒悬，非为谋逆！俊杰当效命于明主，愚忠不可取！”

郑伯友冷冷一笑，面色凝寒："为人君者，当以天下为家，以万民为子，以礼义为纪。以正君臣，以笃父子，以睦兄弟。你勾结外贼，追父王杀幼弟，陷万民于水火，可配为人君？"

宜臼低头抱拳，语声朗朗："司徒大人韬略满怀，当知天下如此，所为何因？政不正则君位危，法无常而礼无序。天意如此，你就不要再执迷不悟，自毁前程了。"

"我郑家对大周世代忠耿，岂容叛贼！"

"大愚若智，我姬宜臼将不再姑息！"

两人各执一词，由唇枪舌剑到举枪厮杀。申伯生怕外孙有失，忙招呼犬戎王波超、左先锋满也速、右先锋浡丁齐上，将郑伯友团团围住。

三

郑伯友挑开犬戎王波超的铜戟，却被左先锋满也速、右先锋浡丁的大刀左右夹击。他身子向后一纵，倒退着落于雪地，闪躲腾挪，势如鸷鹰，奋力苦战犬戎王波超、左先锋满也速、右先锋浡丁、申侯、宜臼等人。

双方战了一炷香功夫，犬戎王见久不能胜，挥手命众人退下，对申侯道：

"不能和这个匹夫久耗，追赶姬宫湦要紧。"

杀掉姬宫湦，申侯许他的金银、食粮，可供他的数万将士及五万马匹安度两个寒冬。大草原的冬天不能正常捕猎，非常可怕。况且他图谋中原已久，可谓处心积虑。布置棋子多年，终于赢得机会。掠尽大周财宝，若还得到象征王权的宝器"九鼎"，兵强马壮，入主中原，一鼓作气！

申侯嘴上道着是，却看看犬戎王又看看郑伯友，心里为难，神色犹豫。犬戎人野心勃勃，一旦中原良将丧尽，必会加倍觊觎疆土。如何留住良将？与他涣尔冰释，留为己用，一致对外……申侯匆忙中不得良策。宜臼却也怜才，暗示申侯，不可伤害。

郑伯友举枪站在猎猎风里，火把倒映出眼中熊熊烈火，凛然之气使天地变色。他身上多处伤了皮肉，鲜血淋漓下淌，滴红脚下一片雪地。

犬戎王波超猜度申侯心思，咬牙切齿，恨不得立即灭尽大周内部潜在的威胁。他的两万铁骑一旦发动，申侯的数万之众根本无法匹敌。草原气候恶劣，战马常年与狼群交战，健壮、精悍、敏捷，耐受力远远超越中原马匹。他的骑兵都是择优选出，三、四岁就被送入戈壁沙漠，进行严格的骑射训练，体格强壮，严守不怠，驾驭马匹和使用武器的本领使人纳罕，能在快速前进或撤退时射击敌人。因此犬戎王肆无忌惮，退后两步，满脸不耐地挥手："弓弩手！"

犬戎人弓弩手数排，越众而出，各持一百多斤拉力的大弓，身上挂着短弯刀、狼牙棒，及带钩的标枪、长枪，向郑伯友拉开阵势。

申侯急忙阻拦："猃狁王稍安勿躁。不战而退敌将，乃是兵法中的上策。且待我等劝降他，岂不大善！"

犬戎王波超冷哼一声扭过头去。他一贯唯我独尊，不容人挑战权威，这态度对申侯，已是加倍礼遇了。

申侯打马上前，后面跟着宜臼，申侯躬身劝道：

"司徒大人忠耿，感天动地。英雄当识时务，如今大周如同危卵，莫入归顺太子，为儿孙挣个锦绣前程。老朽不才，不忍相残，还望司徒大人慎思！"

郑伯友昂着头，有痛楚、挣扎滑落眼底，面色僵冷，一如冰天雪地：

"我郑某食王俸禄，当知忠孝仁义，与逆贼誓不两立！"

申侯见无回旋余地，和宜臼悻悻而退，心中皆是无法描述的怆然，哀声叹息。

犬戎王波超冷笑着扬臂："放箭！"一瞬间箭如急雨，不分玉石。

郑伯友奋力挥枪，挡开激射而来的漫天箭羽，于筋疲力尽后被万箭穿成刺猬，倒下的瞬间艰难扭头，痛苦地望着姬宫涅马车离去的方向，口吐鲜血，语声喃喃：

"大王……去郑国……重整旗鼓……"

看看郑伯友浑身是血插满箭羽，徐徐倒于雪地，宜臼、申侯及所有将士都愣了那么一会儿，又继续追赶姬宫涅的马车。

犬戎王波超边走边扭头左边的申侯，横眉瞪眼，以夹生的大周话埋怨：

"这个匹夫武功了得，又不要命地效忠，和他混战已经拖延了时间，你们又婆婆妈妈和他浑说。我怀疑你们故意要放走周天子！"

申侯觉猎猎冷风势要割破肌肤，脸上菊花纹一耸："我们很讲诚信，猃狁王休要怀疑。"

再往前走，又逢山道崎岖，不利于马行。申侯一众纷纷下马，一阵扰攘。犬戎马极其灵敏、强悍，驮着人照行不误，越众向前。犬戎王命属下放箭，犬戎骑兵纷纷拉开长弓。这种长弓专用于远射，配以箭头重而狭窄的箭羽，可以射穿敌军的锁子甲。

姬宫涅掀着车帘，在扑面的冷风中，看到所剩无几的虎贲军接连中箭倒下，驾车的王进死于乱箭，卓文蒋替代了车夫角色。

卓文蒋紧急催马，马车仓惶前行，大雪铺满的隘道在夜色里蜿蜒曲折。褒姒探头朝外看，见天地间尽是迷蒙凄冷，白雪皑皑的世界在浮光掠影般的后退。马车倏忽一个颠簸，熟睡的伯服被弹起来，撞到了头，大哭着呼叫母后。褒姒急将儿子抱在怀里，见他额头肿起来一个血包，心痛得流了泪，不住地拍着哄着。

马车往前走了一程，卓文蒋看到东边山坳上一轮白光初升，夜雾很快消融在冷冽空气里。路边灌木苍郁蓊蓊，长尾巴鸟婉转鸣啼。树的枝桠因雪而肥大丰盈。

哭累了的伯服昏昏睡去。姬宫湦挑帘看着车后，泫然悲叹：

“一直不见郑伯友追上来，想必……孤王心好痛也！”

褒姒心里的悲伤无法言述，啜泣道：“他本来可以逃避……”

夫妻们在熹微晨光里执手相看泪眼，竟无语凝噎。他没有悔把烽火酬一笑的遗憾，紧紧拥着爱妻，心噗噗跳个不停：“姒儿，见你第一眼，孤王便迷上你，如同着魔。你的弱点在于，心太善太软，在这个四处冷硬的尘世，只会伤害自己。”

褒姒脸色苍白，心如悬空，愧疚、凄惨，清瞳流转，如冷月栏杆：

“此生不能同生，但求同死！姒儿能这样伴着大王，今生无悔。”

由远而近的喊杀声，在凌晨时分格外清晰，将姬宫湦昏暗的脑子劈开一道灵光。他将她拦在胸前，抚过她冰雪容颜，用颤抖的心音诉道：“姒儿，你今儿得听我的……”想要说出什么，又生生忍下，心中是万分的爱怜、不舍，终止不住道：“姒儿，我不想离开你和伯服……”

褒姒哭声低哀、颤抖：“我也不想离开你和伯服……”

姬宫湦费力抑住窜上嗓门的哭声，神情悲悯、哀痛，如贪婪的珠宝商要丢弃美玉：“姒儿，你要听孤王的！叛军要杀的是孤王，你和伯服离开孤王，就有活命机会……”

褒姒哭着说不，拼命摇头，抖如枝头落叶。姬宫湦将她抱住，语声急促：

“孤王在位时有失政德，做过许多错事，如今悔之晚矣！广宁、陕中两地，孤抚恤优厚，皆为褒侯旧部，不听申伯、宜臼调遣。你们母子逃往那里，隐于民间。等伯服长大，切记别让他报仇，别让他反叛！战争只会使将士流血、牺牲，生灵涂炭！申伯以逼宫方式扶起宜臼登基，必会引得同室兵戈，还有犬戎虎狼觊觎。宜臼既要集中兵力守住边塞要峡，又要分散兵力防守各地诸侯，两下不能全顾，堪忧！”

第九十八章　幽王舍命为妻儿　往事万般烟花殒

一

褒姒此时仿佛看透前生今世的精灵，愁绪万千，止不住泪流满面，悲思泉涌：

生死攸关他仍具纵横天下驰骋乾坤的气度，谁道他昏庸无能？谁道他残暴无情？是他逃不过一个情字，一棋差错，满盘皆输！

世人尽责我妖媚惑君，若无恁一个情字，怎来这等悔恨、无奈，万般凄伤？

褒姒紧紧依着姬宫涅，以肢体语言传递着温情信息："大王，臣妾欠了你数年笑容，更亏了你一世情义。今生随你同去，来世结草衔环……"

姬宫涅双手捧紧褒姒柔荑，目含深深情意，撒下数行热泪：

"若有来世结缘，只盼我不再是君王，是一个能呵护你一生的平民……"

他紧张察看地形，见山道旁不远处又闪出一座树林，突然以不可想象的敏捷，把她和伯服扔下车去，嘶声喝令卓文蒋，驾车驰向另一条山道。

雪地湿滑，褒姒被摔懵了。想爬起来，却顺着山坡滑了下去，若非抱住一棵树，会一直滑向数丈深的沟里。待醒过神来，见马车已飞速离开，伯服卡在两棵树中间，大声哭喊。她头上脸上都是雪，连滚带爬抱起伯服爬上山坡，追赶马车，但却离马车越来越远。她心里那么不甘，抱着儿子拼命追赶，忽脚下一绊，跌倒在一片积雪堆里。

山野那么旷大，母子们的影子那么渺小，泪水覆盖了满脸的恐惧、悲伤、绝望。刚才坐在车上直觉寒冷，雪地里比车上冷了许多。母子们在风雪中颤栗着，泪眼模糊地回望来路。叛军在岔道口呐喊着，追赶在雪地里奔跑的那辆孤零马车。

褒姒紧紧抱着儿子，想着夫君的险境，如遭凌迟般的痛。借着路旁灌木隐身，直到敌氛远离，才抱起儿子往山林里奔跑。伯服意识到危险，小身子缩成一团紧贴着母亲，惊怕得连呼吸都不敢。

褒姒刚一进入树林深处，便双脚一软瘫坐在地，忍了好久，才放声痛哭："姬宫涅，你

怎能自己走？怎能丢下我们……"

伯服一脚踩进雪窝里，又急忙抬起来，跺着脚，哭着去拉母亲，明明力气不够，褒姒却就势起来，见儿子小脸冻得通红，忙伸手去暖。哪知她的手更冷，冻得伯服一颤，哭着问道：

“母后，你在哭父王吗？父王被叛军杀死了？”见母亲悲泣不理，小人儿五官扭曲，放声悲哭。褒姒颤栗着，竭力止住悲咽，不能在幼子面前放任痛苦，擦去儿子满面泪水，声音嘶哑道：“伯服，你父王没死，他去为咱们杀敌，要让咱们好好活着……”

伯服似乎不怎么相信母亲的话，愣了片刻，伸出胖乎乎的小手，帮母亲擦泪，红着眼劝慰：“母后别哭了，你一哭伯服就难过死了。伯服什么都不怕，就怕母后死。咱们快走！找个地方藏起来，伯服要好好活着，长大了报仇雪耻，孝敬父王母后。”

儿子童言无忌，他的话使褒姒伤心欲绝，抱住儿子，抑悲含泪，语声沉沉道：“伯服，以后咱们藏于民间，你千万不能叫我母后，要叫母亲，记住了吗？”

褒姒说着，又是一阵悲郁，也许受了风寒，接连咳了几声。伯服也跟着咳起来，咳得满脸通红。渺无人迹的原野，风在头顶尖啸，雪花见小。褒姒怕儿子冻病了，急忙去摸儿子额头，又以唇和儿子相触测探体温，觉热度正常，才稍稍安心。

伯服向来敏感，两岁便能猜度人意，这会儿被母亲的语气吓住，恐慌四顾，伶俐改口：“母亲，咱们赶快逃命吧，要不，一会儿叛贼就要杀过来了。”

褒姒听了，抱起伯服就走。伯服在她怀里挣着：

“母亲太累了，快放下伯服。伯服自己会逃跑，逃得很快。”

这小人儿几时学会逃跑这个词汇了？褒姒抱着儿子疾走，慌乱的心痛到窒息。

山道上积雪很厚，道旁是丛生的杂木。卓文蒋边艰难驾车边脱下侍卫服，扔给姬宫涅，语声急促：“大王，快脱下龙服给我！”

姬宫涅看着在晨光里涌现的追兵，鹰眸有感动也有彷徨：

“卓文侍卫，这，使不得吧？”

卓文蒋果断回应：“君忧臣劳，君辱臣死，没什么使不得。算起来我们还是亲戚，这些事，以后你会知道！”

两人很快换了衣服，马车已进入非常狭隘的山道。左边山林右边危崖，鸟雀在山崖上拍着翅膀飞。

山道滑而狭窄，马车无法行驶。卓文蒋跳下车的同时，见姬宫涅也已下来，抱臂缩着身子，样子猥琐、胆怯。

姬宫涅查看四周地形，鹰眸倏忽冷冽：“快，往树林里，分开跑！”

两人分别进入山林，朝两个方向跑。山林很大，浓荫遮蔽天空。覆满白雪的杂草和灌木丛生，纷纷从雪堆里挣出头来。

姬宫湦不知跑了多久，跑得晕头转向浑身瘫软，走了五个方向，均没找到山林的出口。忽闻近处衣袂破空之声，又传来一声闷响，不久又听到一声惨叫，接着一阵欢呼："杀了昏君姬宫湦，砍了他首级了！"

姬宫湦一下子瘫倒在地，极力缩紧自己，抱头抽搐不已。

卓文蒋的笑脸在眼前回放，姬宫湦的心像被乱刀搅着，痛得无法喘息，就那样匍匐在地，心比雪地还冷，不敢悲泣不敢稍动。思想却异常活跃，不停切换场景。忽而于童年时闻到母亲的乳香，忽而是登基大典的万丈荣光……他一个掌控天下的君主，如何会混到这个份儿上？他不知是想的太累或跑得太累，也不知积累了多少个日夜的忧伤、疲惫。自叛军攻打镐京，他时刻奔波在抗战一线，没一顿安然吃饭，没一夜踏实睡眠。如今浑身没一丝力气，骨头散架般的痛，直忍到人声远去，才向发出惨叫的地方匍匐前行。

二

林中雪地，冷风嗖嗖，刮过来腐烂的草叶味道。几只麻雀在地上蹦来跳去。

卓文蒋的尸身裹着黑网，倒在一个狩猎的陷阱旁边，头颅已无，身上多处血洞，沾着雪渍和污泥。显然是死前经过激战，掉进陷阱。

姬宫湦远远地对着尸体，呆了那么一瞬，刚攀着林木站起来，却又跌了下去，再也无法动弹，就那样趴在地上，双肩剧烈耸动，发出无声的抽泣。

不知过了多久，林子静得像要死去。他好不容易地爬过去，攥足力气坐起来，驮起卓文蒋的无头尸身，双手撑地，在草地上慢慢挪移。来到一处积雪成堆的山洼，他一阵虚弱到极致的颤栗，随着无头尸倒在山洼里，浑身冰冷，表情凝滞，思维跟着凝滞，看样子倒像两具尸体。

"卓文侍卫啊，孤王想陪你葬在此地，永不管世间悲苦，人心莫测。"他和无头尸并躺好久，哭声悲沉、压抑。看到卓文蒋脖颈断裂处黑红色的血，脏乎乎的骨肉，忽然一阵厌恶、惊惶，继而又责备自己，手按着雪地艰难坐起，泪流满面：

"卓文侍卫，孤王为你整装，教你整洁上路。"

他哭着坐起来，手伸进他冰冷的衣袍里，要整理他的亵衣，却摸出来一块皱巴巴的白帛。

他就着天光展开，上面是密密麻麻的蘸血红字：

……大王，臣下并非人们眼里的志士，乃是一个龌龊的猃狁奸细。臣下出生于猃狁，靠祖先遗下的《黄帝内经》，世代悬壶济世。同是炎帝黄帝后裔，臣下被派往大周，心中甚愧。臣下依照军令，该在周军内部制造混乱，起兵内讧。可因为云儿，也为表妹褒姒，臣下一直无法下手。如果臣下毙命，祈愿您和褒姒、伯服、云儿、好好活着……

姬宫湦手中白帛掉在地上，脊背僵直浑然忘我，陷入深深的惊恐、震动里。

褒姒抱着伯服，在林中空地上飞奔，心里的虚弱无法支撑，也不顾雪厚路滑，亡命般奔逃，在眼前岔道处愣了神，茫然张望，忽然僵在那里。

一柄明晃晃的青铜剑，架在她脖子上。一群人呼啦啦围上来，大周话生硬、放肆："女子！这里有绝色女子。"

褒姒脖子僵着，听一个阴鸷的苍声自背后响起：

"褒姒，你这祸国妖女！竟在这里。"

"哎呦，这样的美人若是妖女，本王就情愿被妖精吃了！"犬戎王听了申侯的话，急收宝剑，粘稠目光上下打量褒姒。他阅过美色无数，皆无此等端丽。

褒姒想逃，放眼林中，四面八方都是敌兵，黑压压地包抄过来。犬戎人的长弓、短弯刀、狼牙棒、标枪、长枪相互碰撞，发出凛人的声响。她抱紧儿子，本能地瑟瑟后退。敌军如影随形，向母子欺进，包围圈越来越小。伯服看着不断逼近的利刃寒光闪闪，面无人色。褒姒被身后一棵大树档住，索性靠上去，心中凄冷到了极致，满面的绝望、仇恨。

申侯闪身近前，满脸的松弛肌肉耸动着，指向褒姒：

"昏君已死，你休想逃命。"

仿佛天崩地裂，断了所有希冀。褒姒顷刻间万念俱灰，顺着树身一滑到底，抱紧儿子，却无法收拢弥散的神魂。嘴唇瑟瑟抖动，眸光呆滞，溢出绝望、悲痛、虚弱，连仇恨也淡了。

伯服摸摸褒姒脸，冰得急忙缩回手，又以手在她眼前晃，见她直着眼珠动也不动，唬得大哭着呼唤："母后，父王已经死了，你可别死了啊……"

他这年纪，不甚明白生死，一声声哭得人肝胆俱裂。褒姒依旧僵尸般不动。围拢者面面相觑，一时没了主见。连山林都静了下来，只有伯服的哭声凶猛激烈。

申侯稳操胜券，倒也乐于赏戏。不知多了多久，褒姒突发一阵抽搐。伯服见母后没死，便要笑起来，笑容稍纵即逝，擦泪站起，仇恨地指着申侯：

"等我长大了，一定要拿刀杀你！"

"杀我？那要看你能不能长大，小孽种！"申侯嘿嘿冷笑，借着拉扯伯服，朝褒姒胸前触摸。褒姒躲过他，申侯怕被人瞧见失了颜面，不敢造次。犬戎人却又侵袭褒姒，且满脸淫笑道："啧啧，好嫩的皮肤！果真是绝色，惹得那昏君神魂颠倒，玩起烽火戏诸侯的把戏。"

"不得放肆，拿开你的贱爪子！"伯服不知何时学会了谩骂，且对着仇人又踢又打。

申侯想起罹难的女儿，被废的外孙，新仇旧恨暴涨，猛地抓起伯服，老鹰捉小鸡般举在半空："小孽种，你毁了我外孙的太子之位，该不该死？"

伯服吓得大哭。褒姒一阵悸动，艰难站起，朝申侯敛衽行礼："侯爷乃是贵胄，理应海纳百川，明辨是非，伯服稚子，何罪之有？请侯爷开恩，放下他吧。"

"放下？你敢求我放下？"申侯满脸的嘲弄和不可思议，望望周际，皆是犬戎人和自己部下，也不再装腔作势，双眉一耸，厉声道："请问妖女褒姒，换位处之，你可能放下？"

伯服在空中胡乱踢腾、挣扎着，哭得更凶。褒姒约略思索，除了跪地哭求，无路可走，噗通跪地，哭道："请侯爷开恩，放过伯服稚子。褒姒戴罪之身，情愿炮烙、车裂、五马分尸，决无怨言。"

宜臼面有恻隐，分开犬戎将士，来到申侯面前，曲身道："外公，饶了伯服娃娃吧！"

"饶了他？宜臼，你幼稚！"申侯怒斥着转身，背向宜臼走了数步，手臂微扬，做出抛扔之势。伯服身在半空，被风缠绕，寒冷已极，惊怕已极，哭得嗓子都哑了。褒姒惊恐无比，膝行向申侯，痛哭着，抱住他腿祈求。申侯一生宦海沉浮，疆场戎马倥偬，早已心如铁石，抛弃信仰，到阴曹地府也要追剿政敌。他一脚踢开褒姒，猛地将伯服抛向空中。随着宝剑翻飞和一声惨叫，空中洒落一片血雨。伯服小小的身子像被斩断的鹏鸟，在空中盘旋，啪地落在地上，雪地一片血红。申侯轻轻一瞥，气定神闲站稳，用帕子擦去剑上血迹。

三

"外公，伯服！"姬宜臼一声惊呼，目瞪口呆如同雕塑。见褒姒跌坐在雪地，擦去嘴角的血，嘴唇微微翕动，神情倒似出奇地平静，一动不动盯着身首异处的儿子，泪在脸上凝固。好久，终有了绝望的惨笑，深刻的仇恨。她蓦然站起来扑向申侯，继位敏捷地抽出他腰间佩剑，高高扬起。

"妖女，你作死！"申侯不料有此变故，每道皱纹里都填满惊怒，遽然后退。

申侯左右将士纷纷拔剑，指向褒姒。褒姒的敏捷与方才的迟钝相比，换了个人似的，倒像在卖艺，只管拿着剑，向空乱舞，尖笑声刺耳发聩。犬戎王本能地后退两步，惋惜道："疯了，疯了。"

接着，褒姒变得头重脚轻，步履蹒跚，举剑转圈，像蹩脚艺人在跑场子，向天大笑道："没有了，全都没有了。拥有的都会失去，鲜花都会凋零。自出娘胎，我的路上就没有神灵。谁能还我伯服？谁能还我夫君？伯服，夫君……"

痛苦到这般蚀骨剥肉的人生，活着尽是伤痛凄楚，痂瘀层层叠叠铺满心房，已然不能喘息。褒姒没动，却浑身颤栗；褒姒没想，心痉挛不已；褒姒没哭，眼里却涌出无数水珠。回望来路已塌，那仿佛也是神谕。走过一路荆棘一路血泪，岩峰里闪着粼粼星火，保持沉默的大山猝然摇晃、崩裂，岩熔喷发成奔腾的河，向她漫过来。褒姒面色苍白，惨笑着，猛地把剑横上脖颈。眼前交替回放着伯服、姬宫涅的笑脸，泪如雨下。

剑被飞石震落。

褒洪德一片白云般凌空奔来，落地的瞬间，令四野雪光黯然失辉。

他听了紫珠的话，便匆匆葬了亡妻，十万火急地赶往骊山。行至半途，被紧追寻仇的虢果拦住。两人各怀仇怨，战得地暗天昏，眼看着申侯的兵马汹涌而过。玉夫人为方便行事，假扮骊山老母，隐身暗处观战。见褒洪德即将落败，便飞身上了树梢，向虢果招手。她天性慧黠，将骊山老母的嗓音模仿得惟妙惟肖：

"徒儿，武以止戈，你不要妄开杀戒。"

空谷传音，袅袅不绝。那虢果仰头一望，惊悚跪拜：

"师父，徒儿在报杀父之仇。"

玉夫人扬着手中佛尘道："你父要杀他妻，她妻杀了你父，鱼死网破，各得其咎。褒洪德本是无辜，你不得纠缠！"

她曾遭逢骊山老母，便带着精制的易容面具，满头白发，扮相绝妙，不容虢果置疑。他便虔诚谢罪，弃战去了。

褒洪德是个不喜欢繁文缛礼的人，与生俱来的桀骜使他将金钱权势视若无物。雪色很淡，他黑琉璃般的眸子分外迷人，眸底蕴着毫不掩饰的柔情呵护欲，紧紧抱着褒姒："姒儿别怕！"

褒姒拼命挣扎却难以挣脱，死命地推他搡他打他，似乎彼此不曾相识。褒洪德却不恼不怒，将她紧紧抱住，死活不丢。众人一时愣住，似进入曲折剧情。

申侯脸色风云变幻，怒声道："褒洪德，她是祸国妖女，大周公敌！"

"贼子，放开姒儿！"姬宫涅越众而来，满面狂癫，执剑刺向褒洪德。

褒洪德站着不动，听风辨向，反手一剑，将姬宫涅手中铜剑震飞。犬戎将士却齐举狼牙棒，逼向姬宫涅头顶。宜臼嘶声哭救，却被申侯制住，惶然、悲凄，脸色苍白地倒退。

姬宫涅试图抵抗，待手架住狼牙棒，终踉跄着倒地，面色惊悚、绝望、羞辱、愤怒，接连吐出鲜血，染红了一片雪地。宜臼拼命挣脱申侯，喝止犬戎将士，看着父王头顶血肉模糊。不住吐血。他膝盖一软，跌倒在地，有气无力地爬向父王，嘶声哭喊：“父王，父王啊……”

褒姒挣脱褒洪德，疯颠般扑上去，抱住姬宫涅，哭声凄惨、嘶哑：

“夫君，姬宫涅，你醒醒，醒醒啊！”

姬宫涅慢慢睁眼，视力模糊，看不清褒姒容颜，唇边竖纹里略有笑意，渐转深深的痛楚、怜惜：“姒儿，卓文蒋是犬戎奸细，可他却替孤王死，要孤王照顾你。可孤王……孤王无用，不能保护你了……”血从他嘴角流出，落入她紫色衣袂，像盛开的莲，妖冶、绚烂。

心碎落一地，五脏六腑抽搐不已。褒姒不管不顾地抱着姬宫涅，凄声哭喊：

“夫君，请原谅我骗了你！紫珠是我亲娘，因是黄帝后裔，医术精湛。我一出娘胎，就被当妖孽处置。被犬戎人收养，训练，十二岁送进褒府，毕生得为颠覆大周出力，必须牺牲一切。不然，我的养父养母必被杀掉。姬宫涅，你知道我活得多么痛苦，多么无奈吗？虽然你极尽恩宠，可我每一日都像走在冰渊上，我笑不出来，说不出来啊……”

褒姒就那样抱着姬宫涅，意态痴迷，哭着诉说纷扰过往，听得众人唏嘘、难过。

“父王，你快醒醒。孩儿不孝！孩儿大不敬啊……”宜臼丝毫没有形象地爬过来，握着父王手，悲痛难抑，浑身颤栗。那些幼年时洒落在父王肩头的欢笑，那些少年时的歌唱和牵手，不必地老天荒，只此时便已足够。那些流淌在血液里的笑语，那些关于民众与社稷的寓言，他从头到脚被父爱的光环笼着，伸出小手去采撷阳光。他悲痛欲绝地握住父王手，为了烟消云散的岁月如诗；再握紧，为了多次许下的仁政、爱民。父子间再无歧义，不愿分离。

“宜臼……社稷……”姬宫涅满目忧伤，四个字倾尽一世的悲，想要说，却发不出声音，神情似悲似怨似悔似怜，渐渐混沌。

血红的花，凋零在这个冬季，微薰。回想羁途，太远，太苦。一路走来，连亲情也弄丢。空中，凄惨的余温残留。满眼的泪水模糊，宜臼不曾注意到，父王的手失了温度，手腕沉而凉，慢慢顺着他衣襟下滑，慢慢滑落他寒冷的指缝。

褒姒一霎时泪如急雨，怒视犬戎诸将，转面洪德，痛彻肺腑的恨，双目恶毒地瞪着：“他烽火戏诸侯，是为了救你，而你，却见死不救！”

青山如黛，雪冰荡荡。褒洪德被她仇恨的目光慑住，浑身一凛。

这个曾经温柔如水的少女，如今竟发出母兽般的嘶吼。

他突然无比怀恋过去，可过去已弥散于时光的缝隙，如上元节的烟花，徐徐飘零于冰冷尘世，怎堪捡拾？

第九十九章　各有命数难违逆　洪德褒姒何处归

一

公元前771年，周幽王姬宫湦被犬戎人所杀，死于骊山。

褒姒心如槁木，将自己瘫晾于冰冷雪地，抬头望天，头顶乱云飞渡的背景后，是一汪绝望伤心的水。她抱着姬宫湦，将温热的脸贴上去，一缕霞光，映出她眸中的温情和痛楚：

"褒洪德，你在惊诧，一个女奸细被姬宫湦感动了？自从烽火戏诸侯，我更爱他，已将他当做至亲的夫君。我只想相夫教子，不想做什么母仪天下的王后；只想做个普通妇人，和夫君儿子共享天伦。可你们杀了我夫君、儿子，碎了我所有的梦！"

她俯身揽着那正在变得僵硬的尸身，泪簌簌而落，冲淡了他唇边血迹：

"夫君，褒姒生生世世都是你的女人，生生世世都陪着你。"

她取下头上骨簪，瀑布长发自薄削肩头流泻，衬着织锦紫衫，如彩虹间飘过乌云。她闭上眼睛，长睫毛似那疲倦的蝶翼，张开一道酽酽影子，划过永远撕扯不开的浓郁黑幕。

浩淼天空，一道夺目彩虹，以仓皇姿态一闪而过。褒姒挥动骨簪，猛地刺向心窝。

褒洪德以不可想象的敏捷握住褒姒手，夺过骨簪，将她拖出人群，声音爆裂、嘶哑："姒儿，你这样死，不值！"

"我从来都不懂，你们的值与不值。"褒姒声如蚊呐，慢慢站起，怔忡前行。孤弱女子，人人可欺，可她却不思量褒洪德的拯救。满世界空无一物，视线里只有被杀死的夫君、儿子，横尸于冰冷彻骨的雪野。血，殷红了那么大一片雪地。风吹动血腥扑鼻，她决定不离不弃，以一己之身，去温暖、陪伴他们。

孤鹰当空，血痕遍地。褒姒的紫裙染了许多的血，机械移动步子，要去收拢两具尸体。

她踩着地上光缕往前走，前面忽横出一黑一白两个影子。

一黑一白两个影子逆光而立，在地上孤峭、突兀，左边兰妍右边阿鲞。

兰妍的狐眼瞪得鼓突："祸国妖女，人人得而诛之！兰某嫉恶如仇，你今天休想逃走！"

阿鲞满脸粗大的毛孔，皮肤干燥得像要掉下渣子来。目中亮光莹莹，如同雪地猎豹，冷冷道："叛徒，枉费了主上培育，你今天只有死！"

心里空茫如雪野，只有陪伴夫君、儿子的意念，如风贯穿胸膛，褒姒呆立不动，似笑非笑地望着空中。迎面而来的闪亮青铜刀映着阳光，耀眼夺目，向她左右砍下。

忽一道黄色影子凌空而来，一股凌厉之气将两人兵器荡开。

玉夫人轻飘飘落于雪地，面色冷凛，欺雪凌脂，长发飞扬，嘴角撇出一抹讥讽笑意。狐眼和阿鲞一齐指着她："你……"

"不许伤害她！"玉夫人执剑傲立，一身向日葵黄裙襦，随风回旋着炫目的光泽，宛若金凤鹏翔。

阿鲞看着玉夫人激荡的裙裾，阴凄凄的目中闪射出费解、诧异："她这颗棋子早已作废，留着是为了掩护你，如今何故再留？珊瑚，你快让开！"

兰妍狐眼喷射出火焰："她这样的妖女横行，可有我等良家女子活命？我必须杀了她！"

"兰妍，你这等无耻淫妇，也敢自称良家女子，世间良家女子难道死绝了？咯咯咯咯……"玉夫人的冷笑如银铃摇动，横剑拦着作势欺进的两人，以一贯的娇蛮斥道："走开，我不许你们动她一根毫发！"

兰妍非要拔去肉中刺不可，仗着阿鲞助阵，又有申侯一众，便和玉夫人战在一处。

玉夫人带着崭新的使命感，一柄剑舞得水泄不露。她曾夜闯骊山，杀了烽子点燃烽火，回途经西绣岭第二峰，忽被丝网挡路。那丝网薄如蝉翼，可她竭尽全力也无法突破。转身另择道路，面前又一丝网。再转，还有。翻越，不能。无论她如何跳跃，那丝网总是比她还高。她怀疑遇到传闻中的"鬼挡路"，却一向不信鬼邪，怒极，向空大喊："何方鬼怪捉弄与我？"

空谷传音，袅袅不绝。片刻，一个悲悯女声，仿佛来自天边：

"滥杀同胞，罪不可恕，他们都是炎黄子孙。"

玉夫人屡屡做梦，被女娲娘娘指为炎帝后裔，此时如临梦境，却也没了嚣张，收剑站稳，只见面前绝壁上闪出一位绝色女子，仙姿卓然，衣袂飘飘，手执一根细柄龙头金杖。玉夫人仔细打量她，容色绝丽，比女娲塑像端然，比褒姒美貌更胜几分，更兼威仪绝伦，使人仰视。

绝色女子的声音自玉夫人头顶落下："你的祖先炎帝，继伏羲、女娲之后，为天下共主。少而聪颖，三天能话，五天能走，三年知稼穑。教百姓耕作，得以丰食足衣；为百姓疾苦尝遍药材，一日中七十次毒；又创五弦瑟，开辟蜡祭和市场。造福苍生，功德无量。你秉性不恶，却迷途不返。"

玉夫人自幼无父无母，无一日不渴念亲人，每每午夜梦回时泪水偷弹。见丽姝说得恳切，不由将信将疑。又寻根心切，殷切问道：

"你是何人？"

绝色女子向玉夫人身后一指："你在何处？"

玉夫人回头一望，答道："女娲、老母祠前。"

绝色女子又问："此山何山？"

"乃是骊山。"

"骊山因何而名？"

玉夫人疾转水眸，旋即想起上古：华胥氏生伏羲、女娲。女娲抟土造人，化育万物。伏羲始作八卦，以变天下。水神共工与火神颛顼争霸，水神战败，头撞不周山，撞断西天角的一根天柱，天空向北倾斜，地面向东南塌陷，天塌地陷，洪水泛滥，龙蛇食人，猛禽捉婴。女娲擒杀黑龙，射猎猛禽，驾坐骑骊上山，炼五色石补天，斩神鳌足支撑四极。天仍漏洪，女娲以己之身补了上去。将天补好，元神溶于五彩石，肉身跌落于渭水之侧。其坐骑骊化山相守，人称骊山。人们怀念女娲，葬于山巅，塑像建祠，烧香供奉。其异母妹妹常临，人称骊山女。骊山女天姿绰约，风华绝代，屡被登徒子觊觎美色，便刻意老化仙貌，自称"骊山老母"，扶正怯邪，广结善缘。人们亦为其塑像建祠，建老母殿。

玉夫人思绪翩跹，望着丽姝，脱口而出："你是骊山女！"

绝色女子旋即变成白发老妪，唯手中金杖依然。

玉夫人何其玲珑剔透？便袅袅跪下："拜见骊山老母。"

骊山老母道："我姐姐以一己之身造化自然，造福苍生，博爱仁慈，自强不息。你却为一己之私，在她祠前放火杀人，扰她安宁，仰愧天地，俯怍众生，有辱祖宗。"

玉夫人叩头道："《尚书·洪范》云，君主狂妄傲慢，就像久雨不停；君主办事错乱，就像久旱不雨；君主贪图享乐，就像久热不退；君主严酷急躁，就像持久寒冷；君主昏庸愚昧，就像持久刮风，日月年的时序都将改变，各种庄稼都不能收成，政治昏暗不明，良才不得重用，国家因此不得安宁。小女子既为炎帝一脉，抑恶也是扬善。"

骊山老母道："大周气数已尽。即不举烽，姬宫涅亦失江山，这是不可违逆的天命。但你屡造杀业，有辱先祖之德，污我姐姐双眼。”

玉夫人面有骇然，接连拜道：

“小女子有罪！请女娲娘娘饶恕，请老母娘娘饶恕。”

骊山老母眨眼不见，悲悯的声音凌空传来：

“一切都是命数，你若改过自新，久后不坠恶道。”

玉夫人急拜，大声问道：“请老母娘娘赐教，我父母如今何在？”

渺茫山野，回荡着骊山老母的声音：“设若无缘，见了亦同不见。”

玉夫人闻听伤痛已极，泪流满面，久久地望空凝思。

二

申侯入已观察了好久，额头的皱纹耸了耸，挥剑向褒姒逼近：

“妖女祸乱后宫，蛊惑君王。姬宫涅烽火戏诸侯，众叛亲离。国家因你招乱，万民因你涂炭！今天必须用你的血，祭我大周社稷，慰我黎民亡魂！”

褒洪德一个箭步上前，挺剑挡住申侯，怒斥：“住手！国家兴亡，乃我男儿之责。把所有罪过推给一个女子？你还真不脸红！”

他脸上那种旷世的英武沉浓了许多，有着世事沧桑的深邃，眼神冷冽逼人心肺。

申侯耸耸眉，脸色铁青：“褒洪德，你休得为妖女辩护！她为了晋升祸害后宫，又火焚冷宫，视人命若草芥。她害了我女儿，害了君王，引发战争，害了天下苍生，万死难辞其咎！”

故太子宜臼挺剑向前，熊熊怒火将昔日华贵气息焚烧殆尽：“褒洪德，请你不要以私废公！妖女为祸后宫，冤杀多少人命？她害了我母后，毁了我大周社稷，今天必须死！”

申侯和宜臼逼近褒姒，被褒洪德豁命拦着，三人在雪地上展开搏斗。空中银光飞舞，铿锵之声不绝。

那边，玉夫人被狐眼阿蠡合击，以一敌二，敌方不能取胜。

狐眼生性狭隘善妒，素嫉玉夫人才色，看出她全力拼命，而阿蠡心有旁骛，便挑唆道：“她不是来救妖女，她是要除掉你，好在戎主那儿抢得头功。”

阿蠡面色阴冷如旧，对玉夫人冷斥道：“珊瑚，我一向器重你。虽然你有辱使命，可我不想杀你，是你逼我！我今天就先杀了你，再杀褒姒！”

狐眼边和玉夫人厮杀边撺掇阿蠡：“快杀了她！她是个背信弃义的小人，勾引男人的荡妇！”

阿蠡蓄势待发已久，面色更阴。玉夫人已厮杀得汗水淋淋，想这样混战最终会耗尽真气，输给敌人，便发出几枚气势凌厉的连环镖逼退阿蠡，有意向兰妍卖个破绽。

阿蠡敏捷地荡开飞镖，左手接住一枚，右手一刀突向兰妍刺去，斥骂：

“去死吧，奸诈小人！”

玉夫人和阿蠡几乎在同时，一前一后刺中兰妍。玉夫人拔剑转身，奔向惊惶不堪的褒姒，却被阿蠡反射过来的五星钢镖刺中后心。她身子猛地一抖，片刻的愣神，冷傲的表情渐转痛苦，回头凝着阿蠡。复杂而悲惋的眼神，欲诉还休。

垂死的兰妍挣扎着站起，瞪着眼，满脸的怨毒使她看上去十分凶恶，慢慢举刀，猛刺向玉夫人前心。玉夫人即便没有回头，怕是也扛不住这窝心一刀。她身子摇了摇，复又站稳，痛楚、绝望，吐出一口鲜血，晃悠悠倒在地上。

阿蠡自反弹出五星钢镖的那刻起，手一直在空中举着，惊悚地看着被自己调教、占有多年的女子慢慢倒地。他身子激烈地颤抖，一抹凄凉、悲伤之色，急速地滑落眼底。粗黄脸上风云突起，又飞出一镖，射向兰妍。兰妍正看着玉夫人徐徐倒地、笑得狰狞。

阿蠡竟然也会流泪，边擦泪边笑，看着兰妍大张着嘴倒卧，气绝身亡。

玉夫人在血泊里粗声喘息着，拿出染血的米黄流苏穗子玉佩，向近前的阿蠡泣语：“主上，你传我钢镖绝技，但我恨你。我自幼被你掠走，空有玉佩，至今还不知父母是谁。你不该，在我那么小的时候……”褐瞳飞掠一抹羞赧，眼前荡起七彩光影，看到许多花朵在光影里飞舞，她慢慢被那花光笼罩、覆盖、淹没。

“珊瑚，你实在傲气……”阿蠡又掉了几滴泪，丢开玉夫人逐渐僵冷的手，不知是悔是恨，不知该埋怨谁。岁月如白驹过隙，彼此间那么多铭刻心扉的过往，如昨日黄花随风尽逝。

褒姒大惊失色，踉跄着扑向玉夫人，捧住她脸，拼命摇着她手，嚎恸大悲：

“姐姐，褒毓姐姐！你不该救我，都是我连累了你啊……”

玉夫人气若游丝，被血染红的手指，颤栗着抚过褒姒冰冷的皓腕，断断续续道：

“我不叫褒毓，叫珊瑚。犬戎武士，只能执行命令，不能有感情。可我，无法掌控自己。因为，你身上有一种使人义无反顾，趋向之力。也许，姬宫湦就败在这里。我，做过许多错事，活该受天神惩处……”手伸得僵直，玉佩倏然脱落。

褒姒瞪大眼睛咧开嘴，抱着她嚎哭，透过泪雾，看到山崖上一簇火红的梅花，梅蕊纷纷凋零，娇艳风华俱往。挽不住的似水流年，留不住的如花美眷。曾经喷薄的爱恨，一度被时光挤干了水分，挤压成那些梅花瓣上滴落的雪水，支撑、停泊在岁月幽微处。那些清冽、馥郁的汁液，而今已全部倾洒于干涸土地。她瘫坐在她身边，流着泪，摩挲着她安睡般的脸容：

“睡吧，姐姐，你好累，睡吧……这一生，你我都不能选择自由。”褒姒内心的一种极其坚硬的东西轰然倒塌，不能思想，不能动弹，只有撕心裂肺的恸哭响彻云霄。

一阵凌厉的风声卷起残叶、雪蕊。耶律馨儿和八个侍女在林中守望多时，忽一阵风似地出来。八侍女分别穿翠绿、深绿、灰绿、黄绿、纯白、淡黄、玫瑰红、紫红八色衣服，各自执剑摆开阵势，面色冰寒地盯着外围，将玉夫人、褒姒和耶律馨儿圈在其中。

耶律馨儿悲痛欲绝地捡起玉佩，抱着玉夫人，浑身颤栗，默默哭泣：

儿啊，我苦命的儿啊……这短命的玉佩，为什么才让我看到啊……

落寞的等待，无力的执著，终成了一场烟花残梦。匆匆，苍白了背影；潺潺，掩盖了泪水；记忆不过流沙，浮华不过如水；等到了华发对落花，香消玉殒，如此令人心碎！

耶律馨儿终抑住浪潮般的悲愤，怒视众人：

“万丈高峰，退一步日月光照！这笔账，我会给你们算的！”

话毕，命两侍女架走玉夫人尸体，她和另外六位侍女在后面掩护着离开。

风潇潇拂过面颊，褒姒踉跄着站起，看得呆住。

褒洪德、申侯、宜臼在一片空地上打得难分难解。

申侯趁着褒洪德被宜臼缠住的当里，一剑刺向褒姒。

云儿从林中冲出来，风一般扑向褒姒，哭叫声尖利刺耳：

“不——不要杀我家小姐！”

申侯猝不及防，一剑刺中云儿，血溅当空。他当即傻眼，却听正在打斗的宜臼说：“外公，先留着那妖女！待我二人定了输赢再说。”

宜臼打马狂奔，大红袍，玉束带，青骢马，火龙枪，在雪野里熠熠生辉。

沉寂的雪野，潇潇的长风。

和宜臼似乎打出默契，褒洪德大声道：“姒儿，别怕，这里有我！”白色银丝甲胄，跨上长嘶战马，迎着猎猎长风，追着宜臼的影子，绝尘而去。

“云儿——”褒姒一声尖叫，把完整的空气撕成无数碎片，呆呆伸长脖子，哭得喘不过气来。自离开父母进入人心莫测的褒府，她们一直相伴，多少风波跌宕、风云诡谲，都义无反顾站在一起。云儿做事一向小心翼翼，最知她心。沉也罢浮也罢，不曾稍有偏离、背弃。往事浮现，没有一处不清晰。她拉住云儿的手颤抖，悲伤欲绝，哽咽泣言：

“傻云儿，你不该来这里。你该一个人逃走，到民间，找个好归宿，都是我害了你……”

云儿脸色灰白手脚微颤，惨然笑道：“姐姐，我从小死了爹娘，在这世上没一个亲人。只有你对我好，这些年咱们是个伴儿，明里为主仆，实际为姐妹，我丢不下你和伯服。我，先走了，下辈子，咱们，还在一起……”

“傻云儿，这世上没了你，我还能相信谁？谁还能让我在黑暗中依傍……”褒姒疲累不堪地坐在雪地上，哭得无声无响。昨日笑容犹在，今日却成永别。她的离去全为了她。撑不住一口血喷在裙上，一声痛呼摔倒在地，又一迭声的呼喊着爬起来，哭倒在云儿身旁。

“妖女，快为珊瑚抵命！”阿蠡一声怒斥，挥着青铜刀刺向褒姒。

飞过来的一个黑影，像天空遗落的一片墨云，气势凌厉地向阿蠡背后袭来：

“犬戎狗贼，休得伤害无辜！”

淮夷太子蚩磊厉声呵斥，剑走偏锋出奇制胜，一着刺中志在必得的阿蠡。

阿蠡的刀当啷啷掉在地上，身子倾斜着，慢慢倒地。

犬戎王波超和左先锋满也速、右先锋滓丁等人都围了上来，七手八脚地扶起阿蠡。

三

阿蠡眼神涣散，嘴角血丝直流到脖子里。那么多的过往涌起，那么多的不可挽回。一生为着那个目标努力，却原来什么也不曾抓住，却原来这么苍白、无力地将一切结束。他声音弱到几不可闻：“王……对不起……我叫乞颜阿蠡，一心毁灭大周……是为我表妹……卓文菲儿……”歪头望向耶律馨儿消失的方向：“珊瑚，对不起，我后悔……”

褒姒闻听呆了一阵，感到云儿尸体渐凉，忽扑向血流如注的阿蠡：

“表叔，卓文菲儿，她是我娘啊……她没死，她一直在等你。”放眼处血染雪地，血腥气随风回荡。

原野此时很静，风恣肆地卷起褒姒的哭声，摧心折肝。

阿蠡脸上肌肉一抖，想表达什么，却无力表达出任何东西。血已流了满地，在雪地上慢慢洇开，温热的肉体渐渐冰冷、僵硬。

“表叔，表叔——”褒姒哭喊着，又吐出一口血，染得衣袂一片鲜红。

马三越众而出，抽泣着，将兰妍尸身抱起，走到一片枯蒿瑟瑟的山岗，挖土掩埋，跪拜，哭道："小妍，我今儿要对你说实话了。你一心想成就伟业，想法可敬，心性却不行。你无半点雅量，狭隘嫉妒，那怕别人一件衣服比你强，也不能容忍。你满肚子算计，刁钻凶狠，贪婪自私……我知道，这些，终会要了你的命……"

耶律馨儿流着泪，在半山腰的一片野花丛里，安放了玉夫人尸体，领着八个侍女将马三包围，发号施令："摆阵，杀了这淫贼！掘了那毒妇的坟，挫骨扬灰！"

自从剿灭褒府，林娴被杀，她已对马三起疑。多方查证获知事实，对奸夫淫妇恨之入骨。

八个侍女显然训练有素，身形极为敏捷，瞬间按八卦方位站立，将马三包围起来。

耶律馨儿抱臂，气定神闲地观战。八侍儿皆由她苦心训练，分穿翠绿、深绿、灰绿、黄绿、纯白、淡黄、玫瑰红、紫红色衣服，正是羽衣甘兰花①的内外色彩。身影叠叠如同鬼魅，各执利刃，围着马三不停旋转，四面八方攻击。

空中风声鹤唳，恰如开着一朵硕大的羽衣甘兰花。

马三猝不及防被困在阵中，恰如花心，被层层叠叠的花片包围。他欲豁命突破，却手忙脚乱毫无章法。他知道阵内有八宫八门，冲出生门便能活命，他识得深绿色衣裙的侍女把持生门，便要豁命冲出，另七位侍女的身影如无数花瓣随风飘来……

耶律馨向空冷笑："淫贼，叛徒，你今天要为我外甥女儿抵命！我这羽衣甘兰阵，乃我参透轩辕帝的孤虚法十二章、兵法十三章、奇门遁甲一千零八百局，取其精华去其糟粕，精简后又与伏羲八卦、文王八卦易理化合，尽显奇门遁甲与八卦阵的奥妙。我八弟子分别代表八宫八门，手中兵器，胜过八件上古神器。阵法发动时各方位循环出手不断变化，此进彼退，生生不息，威力无穷。任你是大罗神仙，也休想逃走！"

马三随着阵法旋转，被一片翠绿、深绿、灰绿、黄绿、纯白、淡黄、玫瑰红、紫红色围着飞旋，瞬间映花了眼。似见八个侍儿手中分别拿着轩辕剑、东皇钟、炼妖壶、昊天塔、伏羲琴、昆仑镜、女娲石、崆峒印。他一时站立不稳，冷汗湿衣。

姬宜臼昂然站于岗丘上，风吹动红袍猎猎作响，又如同旗帜血染。岁月褪尽他稚嫩的少年轻狂，沧桑经历沉淀为脸上云淡风轻的风景。他向褒洪德抱拳，朗声道：

"褒洪德，本太子敬你为禹帝后裔，世代忠耿，助我攻打镐京有功。你若不计小节，请助我驱逐犬戎恶狼，收拾破碎河山，本太子事成，一定重用，授命你子承父业，继位褒候。"

褒洪德的袍摆被风吹得嘶嘶有声，笑容如天际冻云般苍凉：

“我父忠耿报国，屡为奸佞所忌。周天子听信谗言，将我父罢官削爵，门客散尽，使我府残遭灭门，致我父母英年罹难。我褒洪德宁愿浪迹天涯，决不重蹈覆辙！”略一思索，神情凝重言语恳切：“你若是放过我妹妹褒姒，我可以联合淮夷太子，助你驱逐犬戎。另有虢石父之子虢果，力大无穷，武功非常了得。对付犬戎巨人，你离不开他。”

姬宜臼极快地打理了失望情绪，凝眉，点头：“你既心如死灰，我决不勉强，感恩你助我对付犬戎虎狼！我便答应你，放过褒姒。听闻虢果是骊山老母的徒儿，我一定拜访。”

犬戎王队伍中的犬戎巨人，身高三丈，臂有开山劈石之力，身有万夫莫开之勇，大周兵将谈之色变，无不胆寒。

两人说着话并马而回，远远看到犬戎王波超正咬着牙眯着眼，一箭射向打马离开的蚩磊。褒洪德凌空发出飞镖，击开射向蚩磊的箭羽。犬戎王催马上前，斥责蚩磊：“你是何人？为何杀我功臣？”

蚩磊眉宇间沧桑依旧，傲然仰头：

“戎主不必记恨，凡事都有缘由。阿蠡为了毁灭大周，滥杀无辜不计其数，死有余辜。我厌倦权位、名利之争，只为褒洪德友情……”走到褒姒面前，目流悲戚、爱怜之色，扶着她站起来：“也为你当年对我和绿贝的恩情。我将云儿带给你，不料却害了她，惭愧！”

他的先祖蚩尤，共有八十一位兄弟，兽身人面，铜头铁额，不含五谷，只吃河石，战无不胜，何等威武？他既然厌倦名位，也无惭愧，崇尚身心自由，不喜欢约束别人和自己。

褒姒颓然跌坐于雪地，神情怔忡，久无一语，双肩颤动，双目充斥着血雨腥风。

褒洪德的出尘英俊足以撩动任何女子的心，与蚩磊抱拳话别，将褒姒抱在马上，满目柔情神色动人：“姒儿，有我在，天塌不了。”面向蚩磊、宜臼抱拳：“青山不改绿水长流，后会有期！”

犬戎王率左右欲发难褒洪德，被申侯、宜臼、蚩磊逼退。申侯躬身，软中带硬道：“协助我等攻打大周，褒洪德有功。况且，此处是大周疆土，猃狁王切莫破坏游戏规则！”

广袤荒原浩淼无垠，暗沉沉的苍穹似泰山压顶。衰草残萎之上的雪在慢慢融化。褒洪德携着心爱的人策马疾驰，银线白袍被风吹得勒紧身子。山岭，河流，荒漠，一一掠过。褒姒的黑发如海草飘舞于风里，不停发出呓语般的声音：“找伯服……

找姬宫涅……”

“往者已矣，来者未必可追。”褒洪德心上钝痛，怆然而语。

枣红马驮着二人，消融于万缕霞光深处。

谁能把心上的皱纹抹平？谁能把岁月的凿痕一刀砍去？

褒洪德修长的身躯似一只大鹏，驮着她走过那些铭心痛楚，驮着她飞掠浩浩长空，引着她去往峨眉苍峰武陵山溪。

雪雾翻滚，叶舞飞扬于他们身后。雾霭在消散，积雪在融化，远山上的红叶夹在苍翠松柏间，宛若燃烧的火苗。

注释：

① 羽衣甘兰花：羽衣甘蓝，二年生草本，为食用甘蓝（卷心菜）的园艺变种。栽培一年植株形成莲座状叶丛，经冬季低温，于翌年开花、结实。边缘叶有翠绿色、深绿色、灰绿色、黄绿色，中心叶则有纯白、淡黄、玫瑰红、紫红等品种。

尾　声

公元前762年，周平王姬宜臼君临天下，迁都洛邑。

山林里的秋天早就寒意阑珊。近几日风狂雨骤，熟果和落红无数。空气里透出丝丝凉意。松柏、桂树益发苍翠冷突。

绿贝和出家人打扮的褒姒满面泪水地叩拜了紫珠之墓，神色凝重，如伴着墓碑度过十年寒暑的苍松。墓前纸灰随风飞扬，周际青蒿葳蕤。

残阳透过斑驳树影，变幻莫测。

商贾出身的碧瑶二十七八岁年纪，穿着橘红色葛布衣裙，手提竹篮袅娜而来。面容纯净而无任何瑕疵，宛若明净秋空。微黑的皮肤闪亮的眸子，彰显着健康的美。

她将摘下的几个胭脂果放进篮里，默默站在褒姒身后，看着她们拜毕起身，笑盈盈道："蚩磊大侠今晚远游回来，我夫君要设宴款待，请二位姐姐快些过去凑个趣吧。"

甜蜜笑意在绿贝唇角溢开，她拉着褒姒走得如风摆柳，说话爽利无异于十年前："如今和蚩磊过日子，逍遥快活，说起王宫就头痛！斗得你死我活的。姒妹妹这样一个人，那时被他们描画成妖精。"

褒姒轻抿着嘴唇，蹙着淡烟眉，曾经的一切都不会风过无痕。那些沧桑与血泪，稚嫩与柔弱，都沉淀为脸上日益厚重的风景，如同秋的沉静却丰沛，苍劲却明媚。

器宇轩昂的青衣秀士拨开林枝走来，老远叫道："碧瑶——"

碧瑶对着男子笑得妩媚："我在等姐姐们摘胭脂果，夫君来此何事？"

青衣秀士三十岁左右，眉目凝重，看看碧瑶，又看绿贝、褒姒：

"蚩磊大侠请回两位贵客，特来拜见褒大师。"

褒姒合手，拧眉。绿贝亲热拉着她手，沧桑岁月无痕，双目依旧裹水灵动："如今褒妹妹琴艺扬天下，晋国、燕国、齐国都要请做内廷琴师，你然何不去？"

褒姒依旧不语，只是摇头，清眸流转出厌烦光色，抱臂，似乎不胜冷寒，忽凝眉问道："世人利来利往，贫寒身居山中，哪来的贵客？"

青衣秀士凝望褒姒，目光里尽是高山仰止的崇敬："一位是名动江湖，匡扶正义、劫富济贫的褒洪德褒大侠，一位是当今王母。"

众人惊诧。碧瑶挑着眉毛张大嘴："啊！果真是贵客！我可得见识见识。"

绿贝手攥得掐进肉里，也不觉痛，深恶痛绝道：

"那个奸诈的矮后，敢来这里？就不怕死么？"

青衣秀士宽厚一笑："绿贝（阿姊），劫后重逢，相聚乃是缘分。往事皆烟云，来者都是客。我们要待之以礼。"

晚风，冷月，山野，碧芜千里。

饭后漫步，申茳和褒姒分别坐在两块突兀的山石上，望着濯濯月光为苍翠灌木披上银色衣裳。

申茳双目直视一身缟素的褒姒，在蒿草上摸到冰冷的露水：

"我父那时借兵犬戎，不料引狼入室，又联合诸侯驱逐犬戎。犬戎恶狼抵抗不了诸侯大军，撤兵前，把王室多年聚敛的宝贝财物一抢而空，且掠走了象征王权和"天命所归"的九鼎，放火烧了王宫。我父亲联合、鲁、许等诸侯国夺回九鼎，拥立宜臼继位。那虢果（公翰）本有些混头混脑，只认传国玉玺，在洛邑拥立姬淑岱为携王，一度两周并立。我儿宜臼拥有几个诸侯国支持，攻陷洛邑，如今，大周幸得统一，苍生得以脱离水火。"

见褒姒只是默然，申后又道："你用爱心包容一切，而我却活在妒恨里，折磨别人和自己。玉夫人火焚冷宫，我已扮作宫娥逃走，乃是姬淑岱所救。我儿子宜臼却执意杀了他，流放他全家。我如今要赎罪，却不知从何做起。"

"大慈大悲的天地神灵。"褒姒合手，容色比之十年前，不见衰老，但见丰腴，如花妍当时，绝美的脸端然静肃："施主如今贵为王母，心善仁，居善地，正善治，事善能，善待你自己，善待天下众生，便是天帝。"

申茳仰头，迎着冷月，被风吹起灰白发丝："我如今彻悟，那时诸事，皆因玉夫人而起。她这个犬戎奸细才是真正的祸国妖女，而你全不辩驳，为何？"

褒姒微微叹息，颔首于月光暗影里，看不到表情：

"善者不辩，辩者不善。天之道利而不害，圣人之道为而不争。揣而锐之不可长保；金玉满堂莫之能守；富贵而骄，自遗其咎。"

死里逃生的申后性情大变，整日思量如何救赎，看看天际一轮明月在褒姒身际洒下轻淡冷辉，她面带哀怜目光悲悯：

"山中生活甚是清寒，妹妹若愿意随我回宫，我们便是两宫王母，亲亲的